CB014776

Aluísio Azevedo no final do século XIX.

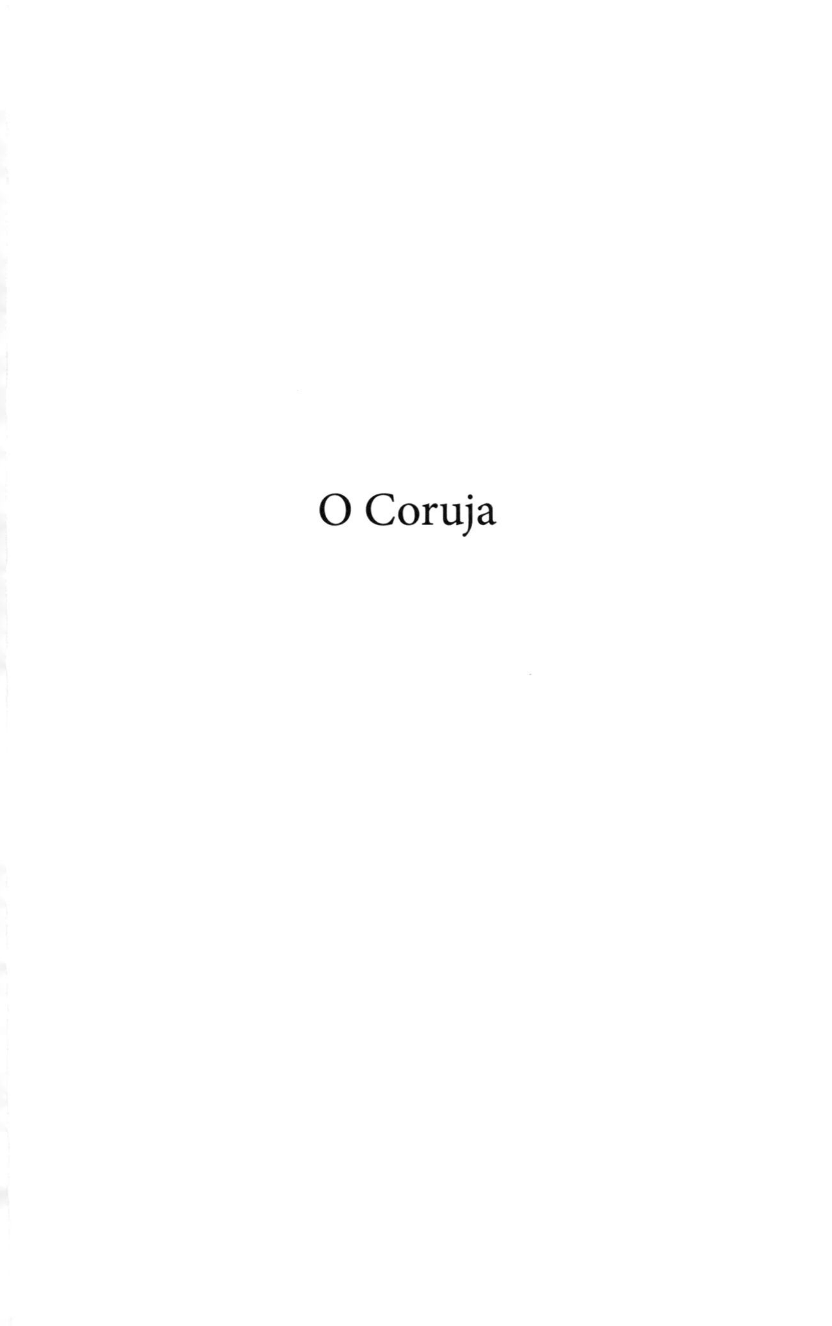

O Coruja

Clássicos Ateliê

Coordenação

José de Paula Ramos Jr.

Aluísio Azevedo

O Coruja

Apresentação e Posfácio
Maria Schtine Viana

Estabelecimento de Texto e Notas
José de Paula Ramos Jr.
Maria Schtine Viana

Ilustrações
Kaio Romero

Ateliê Editorial

Direitos reservados e protegidos pela Lei 9.610 de 19.02.1998.
É proibida a reprodução total ou parcial sem autorização,
por escrito, da editora.

Dados Internacionais de Catalogação na Publicação (CIP)
(Câmara Brasileira do Livro, SP, Brasil)

Azevedo, Aluísio, 1857-1913
O Coruja / Aluísio Azevedo; coordenação José de Paula Ramos Jr.; apresentação e pósfacio Maria Schtine Viana; estabelecimento de texto e notas José de Paula Ramos Jr., Maria Schtine Viana; ilustrações Kaio Romero. – 1. ed. – Cotia, SP: Ateliê Editorial, 2021. – (Coleção Clássicos Ateliê).

Bibliografia
ISBN 978-65-5580-005-0

1. Romance brasileiro I. Ramos Junior, José de Paula. II. Viana, Maria Schtine. III. Romero, Kaio. IV. Título. V. Série.

20-36211 CDD-B869.3

Índices para catálogo sistemático:

1. Romance: Literatura brasileira B869.3
Maria Alice Ferreira – Bibliotecária – CRB-8/7964

Direitos reservados à
ATELIÊ EDITORIAL
Estrada da Aldeia de Carapicuíba, 897
06709-300 – Cotia – SP – Brasil
Tel.: (11) 4702-5915
www.atelie.com.br
contato@atelie.com.br
/atelieeditorial
blog.atelie.com.br

Foi feito depósito legal
Impresso no Brasil 2021

Sumário

O Coruja

PRIMEIRA PARTE

SEGUNDA PARTE

TERCEIRA PARTE

Um Romance de Formação às Avessas

Maria Schtine Viana

De maneira geral, costuma-se agrupar a obra de Aluísio Azevedo em dois segmentos. De um lado, ficariam obras de indiscutível qualidade literária, caso de *O Cortiço, Casa de Pensão* e *O Mulato*; de outro, os livros destinados às folhas matutinas e, portanto, escritos para atender à demanda dos leitores de jornais. Essa divisão contribuiu para que grande parte dos romances desse escritor despertasse pouco interesse de estudo por parte da crítica. No caso da obra *O Coruja*, alguns críticos a condenam; outros consideram suas qualidades, mas lamentam o fato de o romance ter sido escrito apressadamente para ser publicado como folhetim. Por isso, achamos relevante apresentar breve explanação sobre a recepção da obra de Aluísio Azevedo, com destaque para o romance *O Coruja*, antes de nos determos na análise da obra.

OS PRIMEIROS CRÍTICOS

Entre os primeiros que saudaram a estreia de Aluísio Azevedo como romancista está Araripe Júnior. Durante o ano de 1888, esse crítico publicou uma sequência de 25 artigos na revista *Novidades*[1], em que analisa a influência de Zola na produção do escritor maranhense.

A série de textos tem início com uma espécie de panorama histórico, em que trata da evolução do romance desde a epopeia clássica até a produção do século XIX. Isso porque, para Araripe Júnior,

> [...] o romance, ou o episódio pitoresco da vida, tem por base a ficção, tendência existente no homem desde a época em que suas faculdades atingiram certo desenvolvimento psíquico[2].

Portanto, para esse estudioso, a fórmula encontrada pelos romancistas do século XIX não apareceu arbitrariamente, mas a seguir um percurso de tradição nos diferentes países, atingido sua forma exemplar na Inglaterra, com escritores como Jonathan Swift, Daniel Defoe e, principalmente, Walter Scott.

Para Araripe Júnior, o grande mérito de Aluísio Azevedo estaria na maneira como conseguiu proceder "à desintegração das formas do romance fisiológico, para depois integrá-lo sob o ponto de vista sociológico"[3]. O crítico elogia a grande capacidade do escritor maranhense de manter a unidade artística de uma obra, o que certamente exigia muita energia e engenhosidade arquitetônica.

No entanto, para Araripe Júnior, Aluísio Azevedo estaria mais perto de exercer no Brasil um papel correspondente ao de Balzac do que ao feito por Zola na França, apesar de acreditar que, para isso, o escritor tivesse de estudar muito

1. Ver Araripe Júnior, "A Terra, de Emílio Zola, e o Homem, de Aluísio Azevedo", *Obra Crítica de Araripe Júnior*, vol. II. Rio de Janeiro, Casa de Rui Barbosa, 1958, pp. 25-94.
2. *Idem*, p. 28.
3. *Idem*, p. 45.

até conquistar um estado de ilustração que lhe permitisse ir além do que havia conseguido até então. Cabe dizer que Aluísio pouco produziu depois desses artigos de Araripe Júnior, que faz menção às obras do escritor desde o romance de estreia, *O Mulato*, passando por *Casa de Pensão*, *O Coruja*, *O Homem* até chegar em *O Cortiço*.

Vale lembrar que se os artigos de Araripe Júnior datam de 1888, eles poderiam abordar *O Coruja*, caso o crítico o houvesse lido em folhetim (1885) ou na edição de Mont'Alverne (1887). Provavelmente, ele teve acesso aos originais de *O Cortiço* em estado de *work in progress*, pois se refere a "capítulos inéditos" e a certos aspectos do romance em seus artigos datados de 1888[4].

Portanto, dado que Aluísio pouco escreveu depois que assumiu a carreira diplomática, em 1895, não pôde por certo seguir as recomendações de Araripe Júnior para tornar-se o "Balzac brasileiro", e tampouco sabemos se concordaria com tal sugestão. O estudioso também reitera que o autor de *O Cortiço* jamais foi um mero copista dos moldes do naturalismo francês, uma vez que criou uma fórmula nova, a única possível em um país jovem como o Brasil.

A opinião de Araripe Júnior sobre *O Coruja* difere muito da que tem sobre *Casa de Pensão* e *O Cortiço*. Segundo ele, enquanto nestes dois livros o espírito do romancista abrange e trata com facilidade a ligação das personagens entre si e com os aspectos exteriores, em *O Coruja* seu problema foi justamente querer criar um romance de tese. Ou seja, para esse estudioso, quando Aluísio Azevedo tenta escrever uma obra diferente do que ele chama de "essencialmente repre-

4. Essa atenta observação foi feita por De Paula Ramos Júnior, a quem expresso meu agradecimento.

sentativo" e envereda para o caminho das memórias e das confissões, "pode conseguir resultados até certo ponto; mas não tardará em saltar fora do molde, perturbando assim a harmonia da obra de arte"[5].

Não obstante a importância da crítica de Araripe à obra aluisiana – que foi precedida de vasta e rigorosa explanação sobre o romance, o que bem demonstra sua grande erudição –, seu julgamento estava permeado por ideias pautadas em sua filiação naturalista. Chegou a acreditar, por exemplo, que os problemas dos romancistas brasileiros, inclusive seus deslizes gramaticais, advinham das adversidades climáticas: "O tropical não pode ser correto. A correção é o fruto da paciência e dos países frios; nos países quentes a atenção é intermitente"[6].

O crítico José Veríssimo também aponta as influências francesas na obra de Aluísio Azevedo. Mas antes de tratar da obra desse escritor, faz um preâmbulo sobre o naturalismo francês. Segundo ele, o grande demérito desse movimento literário foi a vulgarização da arte:

> Os seus assuntos prediletos, o seu objeto, os seus temas, os seus processos, a sua estética, tudo nele estava ao alcance de toda a gente, que se deliciava com se dar ares de entender literatura discutindo livros que traziam todas as vulgaridades da vida ordinária e se lhe compraziam na descrição minuciosa. Foi também o que fez efêmero o naturalismo, já moribundo em França quando aqui nascia[7].

5. *Idem*, p. 88.

6. *Idem, ibidem.*

7. José Veríssimo, *História da Literatura Brasileira: de Bento Teixeira (1601) a Machado de Assis (1908)*, p. 340.

Ao discorrer sobre as obras dos três representantes do naturalismo no Brasil – Aluísio Azevedo, Júlio Ribeiro e Raul Pompeia –, o crítico explicita a sua predileção pela obra *O Ateneu*, para ele, a mais original produzida no período, justamente por não ter seu autor se pautado tanto no modelo francês, muito embora o livro não fosse tão bem composto como as melhores obras de Aluísio Azevedo: *O Cortiço*, *O Homem* e *Casa de Pensão*. No capítulo dedicado ao naturalismo e ao parnasianismo, no seu livro *História da Literatura Brasileira*, apenas esses três livros do escritor maranhense são mencionados, além de breve alusão à obra *O Mulato*. Para Veríssimo, "O resto de sua obra, de pura inspiração industrial, é de valor somenos"[8].

Portanto, dos dois críticos contemporâneos a Aluísio Azevedo aqui retomados, apenas Araripe Júnior debruçou-se um pouco mais sobre a obra do escritor maranhense e, ainda assim, pouco escreveu sobre *O Coruja*.

UMA ABORDAGEM REPETIDA

Em discurso proferido na sessão solene extraordinária da Academia Brasileira de Letras, realizada em 21 de julho de 1914, para ocupação da cadeira 4, que pertencera a Aluísio Azevedo, Alcides Maya disserta sobre o esforço desse escritor em implementar o naturalismo no Brasil. Para ele, essa escola literária não teve êxito pois, ao querer "arrancar ao artista a sua faculdade característica, esqueceu que a arte é realidade idealizada, não a cópia da realidade; e falhou por isso, por haver tentado substituir o símbolo pelo modelo, a intuição pela experiência, a síntese pela análise"[9].

8. *Idem*, p. 341.

9. Ver Alcides Maya, Discurso proferido na sessão solene extraordinária do dia 21 de julho de 1914 na Academia Brasileira de Letras. Disponível em:

Alcides Maya apresenta um panorama da produção do escritor maranhense, em que aponta *O Cortiço* como "o mais perfeito de seus romances", para, logo em seguida, dedicar longo parágrafo à obra *O Coruja*. Transcrevemos a seguir esse trecho na íntegra, pois, além de sua importância, ele é retomado por críticos posteriores.

> Entretanto, a grande criação de Aluísio Azevedo é outra, é uma figura sombria crispada comicamente a sofrimentos de tragédia interior, é um ser humilde, feio e miserável, quase Alceste, meio Quasímodo, triste como a dor, grande como um protesto atirado ao destino, é o Coruja. Esta criatura de arte, que roça pelo símbolo, não tem rival no romance brasileiro. À verdade pessoal junta a poesia amarga de um combate sem tréguas com a sorte injusta. Ergue-se na existência como a imagem do dever e é o dever que o esmaga; a sua única ventura é a bondade e chega a duvidar dela, a odiá-la; o amor é o seu sonho de todas as horas e só inspira aversão; possui todas as virtudes e são as próprias virtudes que o atraiçoam, que o condenam à derrota, que o matam. Ah! que pena sentimos pensando no que poderia ter sido *O Coruja*, se Aluísio Azevedo houvesse compreendido o valor excepcional, na sua obra, dessa criação! É o seu volume mais descuidado, talvez o único de que desdenhara. Dá-nos a impressão de ter sido composto às pressas, sobre o joelho. Registram-se casos assim na vida literária: quem soube penetrar em tantas consciências, não se entendeu a si mesmo...[10]

Se, por um lado, Alcides Maya defende as qualidades do romance, sobretudo a construção da personagem André; por

http://www.academia.org.br/abl/media/Tomo%20I%20-%201897%20a%20 1919.pdf. Acesso em: fevereiro de 2017.

10. Alcides Maya, "Discurso Proferido na Sessão Solene Extraordinária do Dia 01 de Julho de 1914 na Academia Brasileira de Letras", s/p.

outro, lamenta o fato de o escritor tê-lo redigido às pressas. De certa forma, há nesse posicionamento a sentença decretada posteriormente por grande parte da crítica, que passa a dividir a obra de Aluísio Azevedo em dois grupos: os livros preparados com calma para edição definitiva e os produzidos rapidamente para figurar como folhetins.

Essa divisão é também defendida pela pesquisadora Lúcia Miguel-Pereira, para quem o naturalismo entre nós foi ainda mais postiço do que o romantismo. Sua posição é a de que só quando o realismo teve matiz exagerado, dando origem ao naturalismo, coroado com o êxito retumbante de Zola na França e de Eça de Queirós em Portugal, é que se instalou definitivamente no Brasil com a obra de Aluísio Azevedo.

Ao analisar a obra dos escritores naturalistas, a estudiosa destaca as limitações impostas pelas regras da nova escola:

> [...] o fatalismo que, privando total e exageradamente de arbítrios as personagens, lhes mecaniza os conflitos; a escravização ao concreto, cerceando o poder criador; o moralismo, o pedantismo, a prolixidade, a declamação[11].

Ao se deter na obra de Aluísio Azevedo, especificamente, Miguel-Pereira afirma que ele não realizou inteiramente sua vocação como escritor, pois "Houve como que uma impotência nesse romancista profuso – a impotência dos criadores que não superam a realidade tangível, porque a observação neles não se prolonga pelo senso estético"[12]. Apesar de mais frequentemente apontar os problemas de construção da obra aluisiana como um todo, a estudiosa afirma que

11. Lúcia Miguel-Pereira, *História da Literatura Brasileira*, p. 156.
12. *Idem*, p. 137.

a grande contribuição de Aluísio Azevedo foi a sua capacidade de fixar as coletividades, como observa nas obras *Casa de Pensão* e *O Cortiço*.

Lúcia Miguel-Pereira faz apenas duas alusões à obra *O Coruja*. A primeira para dizer que, a despeito de ter sido escrita caprichosamente, como foi também o caso de *O Homem*, *Filomena Borges* e *O Livro de uma Sogra*, trata-se de uma obra ilegível. A segunda vez que se refere ao romance é para compará-lo à construção bem-sucedida de *O Cortiço* e outras criações do escritor. Em seguida, afirma que em *Casa de Pensão* e *O Coruja* o escritor determina de antemão o futuro das personagens e isso fragiliza a construção.

Em certa altura de sua análise, Miguel-Pereira afirma que, ao seguirem os passos de Zola e Eça de Queirós, os naturalistas brasileiros não atentaram para as diferenças entre as sociedades francesa e portuguesa e o nosso meio, que ainda estava em formação: "[...] sem perceberem que o que lá refletia a desagregação da burguesia, aqui não passava de anedota isolada"[13].

Josué Montello, em capítulo que assina no livro *A Literatura no Brasil: Era Realista, Era de Transição*, também faz interessante estudo sobre o naturalismo brasileiro. Como os críticos anteriores, apresenta o período na perspectiva da influência estrangeira, pois acredita que: "[...] as transformações aqui não se realizam organicamente, de dentro para fora, como resultado da própria evolução da consciência nacional, mas como reflexo das ideias-forças de origem estrangeira"[14]. Todavia, diferentemente dos outros estudiosos

13. *Idem*, p. 130.

14. Josué Montello, "A Ficção Naturalista", *A Literatura no Brasil: Era Realista, Era de Transição*, p. 75.

até aqui apresentados, vê influência maior de Eça de Queirós sobre Aluísio Azevedo e outros escritores naturalistas em detrimento da influência francesa. Mas reitera que em nenhum dos representantes do naturalismo brasileiro pode-se encontrar "a ironia corrosiva com que Eça, na pintura da sociedade portuguesa, atendeu a seus propósitos de demolição"[15].

No que diz respeito à obra de Aluísio Azevedo, como os críticos anteriores, Josué Montello também separa a obra aluisiana entre bons romances e aqueles escritos para figurar em folhetins. Todavia, além de laurear *Casa de Pensão* e *O Cortiço*, destaca também *O Homem*, *O Livro de uma Sogra* e *O Coruja*, que considera como "obras sérias, à altura de seu renome e de sua vocação"[16]. Sobre o *Coruja*, escreve:

> *O Coruja* parece ter sido elaborado sob o impulso da instantaneidade criadora que presidiu a redação dos romances de folhetim que Aluísio Azevedo disseminou na imprensa da Corte. Mas a verdade é que o livro, embora derivado dessa escrita de afogadilho, está longe de pertencer à categoria de trabalhos perecíveis em que se enquadram *A Mortalha de Alzira* e as *Memórias de um Condenado*[17].

Dada a grande importância da crítica positivista e materialista no Brasil para a chamada geração de 1870, Afrânio Coutinho assina o capítulo intitulado "A Crítica Naturalista Positivista". Nele o crítico tece interessante panorama sobre o ideário crítico que norteou as escolas de Recife e Fortaleza, seguido da súmula do pensamento de críticos como Sílvio Romero, Capistrano de Abreu, Araripe Júnior e José Veríssimo.

15. *Idem*, p. 74.
16. *Idem*, pp. 78-79.
17. *Idem*, p. 79.

Apesar do elogioso comentário, Afrânio Coutinho não apresenta nenhuma análise da obra e apenas menciona Alcides Maya como o único grande crítico a chamar atenção para a qualidade do romance, transcrevendo exatamente parte do trecho citado por nós, quando mencionamos o discurso de pose do sucessor de Aluísio Azevedo na Academia Brasileira de Letras.

UM PONTO DE VIRAGEM

Eugênio Gomes é dos poucos que apresenta uma abordagem diferente da linha geral seguida pelos críticos antecessores. Isso porque, além de não se estender em análises demoradas sobre a influência europeia na produção aluisiana, aponta as falhas da crítica ao organizar as obras do autor em dois segmentos: "É simples admitir que a pressa de fazer livros sobre livros o tivesse desencaminhado, obrigando-o a alinhavar as suas narrativas com o olho fixo no mercado. Mas o exame de suas ideias estéticas e de seus processos mostrará que as deficiências de sua obra têm outra explicação"[18].

Essa explicação estaria no que o crítico chamou de "hibridismo de uma estética de transição". Eugênio Gomes desenvolve sua teoria a partir de depoimentos dados pelo próprio Aluísio sobre a dificuldade de se escrever obras naturalistas no país. Segundo ele, diante do dilema de escrever para os leitores que estavam em pleno romantismo e para o pequeno grupo de críticos que acompanhavam a evolução do romance moderno, a opção do escritor foi conciliar as duas demandas. Portanto, quando alguns críticos estranharam a dosagem de romantismo

18. Eugênio Gomes, *Aspectos do Romance Brasileiro*, p. 113.

que Aluísio Azevedo aplicara em suas criações ditas naturalistas "[...] não fizeram mais do que escancarar a porta que o romancista deixara voluntariamente aberta. Isso significa que foi o próprio escritor maranhense que denunciou o hibridismo de sua estética de transição"[19].

Esse crítico baiano foi também um dos poucos a escrever alguns parágrafos sobre a obra *O Coruja*. O estudioso retoma a visão de Alcides Maya, apesar de considerá-la por demais elogiosa, pois acredita que o grande problema do romance está justamente no fato de Aluísio ter construído uma personagem excessivamente boa, no caso André, e, sobretudo, por ter postulado isso logo no início do romance[20].

De fato, no final da primeira parte da obra, quando André vê dona Laura, mãe de Teobaldo, despedir-se do filho, com uma manifestação de afeto que ele jamais recebera, decide ser "bom". Mas por que teria Aluísio, já na primeira parte do romance, apresentado de forma tão explícita essa característica da personagem que dá título à obra, escancarando assim o que poderia ter urdido de maneira sutil durante a construção do romance? Teria construído as duas personagens centrais do romance para justamente demonstrar tanto a impossibilidade da bondade absoluta de André, que se torna um homem amargo e infeliz, como a excessiva vaidade

19. *Idem, ibidem*.

20. "Pela simples técnica de apresentação inicial no romance, *Coruja* estava fadado a ser um paralítico, no plano da criação artística, não pelo defeito físico, que lhe valeu o apelido grotesco, mas porque o romancista o inutiliza desde o primeiro toque, quando se decide a projetá-lo como figura autônoma. [...] Aluísio Azevedo prejulga de maneira incisiva o personagem, em vez de levar o leitor insensivelmente a assistir o fracasso de idealismo absurdo através do desenvolvimento da ação." Eugênio Gomes, *Aspectos do Romance Brasileiro*, Bahia, Progresso, 1958, p. 126.

de Teobaldo, que o conduz a um final trágico? São essas perguntas que tangenciaremos na análise apresentada adiante.

O romantismo apontado por Eugênio Gomes é também um dos pontos tratados por Sérgio Milliet na introdução ao romance *O Cortiço*, para a coleção "Obras Completas de Aluísio Azevedo". Mas, diferente do crítico baiano, que viu os traços românticos como uma opção deliberada do escritor maranhense, Milliet acredita que em Aluísio esse temperamento romântico fundamental – "que o impele a escrever *O Coruja*, ao gosto hugoano da antítese do bem e do mal"[21] – é que fez com que esse romance, apesar do valor literário, não bastasse para que seu autor pudesse ser considerado o maior representante do naturalismo brasileiro, título conquistado indubitavelmente com *O Cortiço*.

No prefácio para o romance *O Coruja* escrito para figurar entre as obras completas publicadas pela Livraria Martins Editora, Raimundo de Menezes pouco acrescenta ao visto até aqui. Ele retoma a crítica de Alcides Maya e a contrapõe, usando as hipóteses empregadas por Eugênio Gomes. As informações novas não são de cunho estético, mas vamos mencioná-las à guisa de curiosidade. O estudioso reproduz citação de Almeida Prado, na qual este afirma que Aluísio Azevedo passou pela vida um pouco como sua personagem Teobaldo. Hipótese da qual discordamos. A grande capacidade de trabalho do romancista está bem longe do diletantismo da personagem em questão. Cita também Augusto Fragoso, que viu em André uma caricatura de Capistrano de Abreu, tipo excêntrico pouco afeito a glórias e obsedado pela ideia de escrever um livro sobre a história do Brasil. Comparação também indevida, pois diferente de André, que não

21. Sérgio Milliet, *Introdução ao Romance* O Cortiço *de Aluísio Azevedo*, p. 14.

termina sua obra, o mesmo não podemos dizer das contribuições valiosas de Capistrano de Abreu como historiador.

Nesse sentido, o prefácio de Nogueira da Silva, da edição de 1954[22], é bem mais contundente. O estudioso vê ponto de contato entre os romances *O Coruja* e *Casa de Pensão*. Além de levantar a hipótese de que a divisão do romance em três grandes partes, que podem ser lidas separadamente, desperta "a impressão vigorosa e funda de serem, de *per si*, romances à parte"[23]. Nogueira destaca ainda a maestria com que Aluísio conduz os diálogos durante a narrativa, de maneira natural, espontânea e lógica, afastando-os da retórica empolada. Aponta também a maneira impecável como o escritor traçou o perfil de André e as personagens que gravitam em torno dele, desde Teobaldo até Inezinha.

Encontramos ainda dois estudos de Nelson Werneck Sodré sobre o naturalismo. O primeiro vem a ser o capítulo intitulado "O Episódio Naturalista", da obra *História da Literatura Brasileira*. O mais interessante nesse texto é a introdução geral, em que compara as condições econômicas europeias com a brasileira, no período em que escritores franceses e brasileiros produziram suas respectivas obras.

Para ele, Aluísio Azevedo foi um "ficcionista desigual, misto de grandezas e trivialidades" e que oscilava entre a crueza realista e a fantasia romântica. Apenas três livros são mencionados pelo estudioso: *Casa de Pensão* ("em que há qualidades marcantes de ficcionista"), *O Coruja* ("rascunho de grande romance") e *O Cortiço*, "romance plenamente realizado"[24].

22. M. Nogueira da Silva, prefácio da 6ª edição de *O Coruja*, em Aluísio Azevedo, *O Coruja*, São Paulo, Livraria Martins Editora, 1954.

23. M. Nogueira da Silva, prefácio da 6ª edição de *O Coruja*, p. 12.

24. Nelson Werneck Sodré, *O Naturalismo no Brasil*, p. 391.

No mais, Werneck Sodré pouco diz por si mesmo sobre o movimento, pois apenas colige citações de Lúcia Miguel-Pereira, José Veríssimo e Olívio Montenegro e ressalta que entre nós o naturalismo distanciou-se por demais da realidade e teve tendências regionalistas.

O outro texto de Nelson Werneck que nos interessa para este estudo é o livro *Naturalismo no Brasil*. O título nos fez supor densa pesquisa sobre o movimento no Brasil. Todavia, dos cinco capítulos da obra, apenas um é dedicado ao caso brasileiro e grande parte dele é sobre os grupos de intelectuais e escritores da Escola de Recife, da Academia Francesa e da Padaria Espiritual. Nas poucas páginas dedicadas à análise literária, reproduz-se o modelo do estudo anterior, pois trata das obras *Casa de Pensão*, *O Cortiço* e *O Homem*, mas apenas citando e coligindo estudos de Lúcia Miguel-Pereira, Olívio Montenegro e Sílvio Romero.

Como vimos até aqui, Lúcia Miguel-Pereira é exaustivamente citada quando se fala do naturalismo como um todo e da obra *O Cortiço* em particular. Sobre o romance *O Coruja*, o texto de Alcides Maya é frequentemente mencionado, e apenas Eugênio Gomes e Nogueira da Silva avançam um pouco na leitura do romance. Quanto à influência francesa, ainda que seja comum a associação com Zola, muitos críticos apontam na obra do escritor maranhense uma filiação com Balzac e Eça de Queirós.

OUTROS OLHARES: NOVAS PERSPECTIVAS

Para finalizar, apresentaremos estudiosos que, a nosso ver, fugiram de certa repetição presente em grande parte da crítica, ao apresentarem argumentos que permitem um outro olhar sobre a obra aluisiana. São eles: Antonio Candido, Franklin de Oliveira e Massaud Moisés.

Na obra *O Discurso e a Cidade*, Antonio Candido apresenta estudo lapidar sobre a obra aluisiana no ensaio "De Cortiço a Cortiço". Não nos deteremos nele, pois não diz respeito especificamente ao romance por nós escolhido para estudo. Todavia, achamos por bem mencioná-lo, pois nesse ensaio o crítico apresenta não só uma análise da obra *O Cortiço* em uma perspectiva inédita – visto que apresenta essa obra em comparação com *L'Assommoir*, de Zola –, como também utiliza o que chama de "redução estrutural": "isto é, o processo por cujo intermédio a realidade do mundo e do ser se torna, na narrativa ficcional, componente de uma estrutura literária, permitindo que esta seja estudada em si mesma, como algo autônomo"[25].

Já Franklin de Oliveira, apesar do tom ufanista do artigo dedicado a Aluísio Azevedo na década de 1970, inicia seu texto sobre o escritor exaltando a tendência renovadora do grupo maranhense do século XIX, com destaque para Gonçalves Dias, Rocha Lima, Celso Magalhães e Nina Rodrigues, só para citar alguns da longa lista arrolada pelo crítico. Ele não só aponta alguns problemas nos estudos feitos até então sobre a obra aluisiana, como alude a aspectos sobre o romance *O Coruja* que mereceram nossa atenção.

Segundo ele, diferentemente da geração de escritores franceses pós 1848, que "viram o homem menos como sujeito do que como objeto das circunstâncias sociais"[26], Aluísio, ao implantar o naturalismo no Brasil, conseguiu ultrapassar essa contradição. Daí o equívoco da crítica que, ao apontar para o excessivo romantismo em sua obra, não percebeu na verdade que o que havia ali era a busca da "autonomia do su-

25. Antonio Candido, *O Discurso e a Cidade*, p. 9.
26. Franklin de Oliveira, *Literatura e Civilização*, p. 74.

jeito". Outro aspecto que ele rebate é a tendência geral de se elogiar a capacidade do escritor de movimentar cenas coletivas, mas não conseguir estudar o comportamento humano em sua individualidade. Ele refuta essa ideia da seguinte maneira:

> Se com Aluísio o povo começa a ser o grande personagem do romance brasileiro, se a sua intenção crítica, quase pedagógica, refulge com vigor até em obras menores como *A Condessa Vésper* (1902) [...], vemos que a sua pesquisa de tipos, fatos e situações, em diferentes camadas sociais, teria sido impossível se lhe faltasse capacidade de penetração psicológica – o seu poder de dar vida e corpo a agrupamentos humanos não elidia, antes, associava-se ao seu poder de desnudar a psicologia de cada agente das camadas sociais que representava. Esse poder é o poder de criar tipos[27].

Há outro aspecto importante levantado pelo estudioso que nos interessa. Ele considera que *O Coruja* constitui ponto de transcendental importância na ficção brasileira, justamente porque Aluísio coloca como um dos temas centrais do romance o problema da bondade que gera desastres. Nesse sentido, André estaria na galeria de personagens universais, contra as quais se voltam as suas próprias virtudes, caso do príncipe Mischkin, da obra *O Idiota* (Dostoiévski) e Shen Te, de *A Alma Boa de Setsuan* (Brecht).

Passemos agora ao que disse Massaud Moisés sobre o romance *O Coruja*. Depois das páginas preliminares, em que analisa o contexto histórico da produção literária no Brasil do último quartel do XIX, o crítico começa seu estudo de autores naturalistas e realistas por Aluísio Azevedo. Os pri-

27. *Idem*, p. 80.

meiros romances citados são justamente os escritos como folhetim, que ele considera como "a faceta romântica" do escritor. Todavia, estranhamos o fato de *O Coruja* não estar na lista de romances folhetinescos citados pelo crítico, que menciona apenas a publicação do romance, ocorrida em 1887, a despeito de apontar para as seguintes características do gênero, presentes na fatura da obra:

> [...] *O Coruja*: publicada em 1887, não pertence ao grupo de obras escritas profissionalmente, e por isso tem merecido da crítica mais atenção. Ocorre, no entanto, que o prosador não teve como evitar a transposição de alguns vícios do folhetim para uma narrativa a que talvez desejasse emprestar a mesma gravidade com que elaborou *O Mulato* e romances de igual têmpera[28].

Contudo, independentemente de Moisés ter desconsiderado o fato de o romance ter sido urdido inicialmente como folhetim, o crítico apresenta informações significativas sobre *O Coruja*, pois é o único que aponta explicitamente para a possibilidade de a obra poder ser lida como um romance de formação: "*O Coruja* constitui uma 'educação sentimental', romance de aprendizagem, mas não da personagem que dá título à narrativa: o Coruja é figura secundária, ainda que relevante pelo papel que desempenha. O 'Herói' é Teobaldo Henrique de Albuquerque"[29].

Portanto, a recepção da obra *O Coruja* pela crítica brasileira até o momento é escassa e bastante repetitiva. Esperamos que algumas questões aqui apontadas possam suscitar

28. Massaud Moisés, *História da Literatura Brasileira: Realismo e Simbolismo*, p. 32.

29. *Idem, ibidem.*

o desejo de estudos mais aprofundados desse romance de Aluísio Azevedo.

O CORUJA: UM ROMANCE DE FORMAÇÃO ÀS AVESSAS

O termo *Bildungsroman* foi empregado pela primeira vez associado ao romance de Goethe, *Os Anos de Aprendizado de Wilhelm Meister*. Desde então, criou-se um signo literário de longa permanência na história da literatura, tendo em vista obras construídas em torno da formação do protagonista. Na concepção do *Bildungsroman* ocorre estreita relação entre a trajetória do herói e a representação dos ideários de formação da humanidade. Na literatura brasileira do século XIX, diferentemente do que se pode constatar nos países europeus, o romance de formação não encontrou ressonância. Todavia, a obra *O Coruja* enquadra-se em tal categoria, ainda que Aluísio Azevedo tenha escrito um livro de formação às avessas. Única possibilidade diante de uma economia baseada na monocultura e no trabalho escravo, que, se permitiu a existência do homem livre, criou a dependência das relações de favoritismo. Nesse percurso de análise, utilizaremos conceitos de Mikhail Bakhtin para definir a tipologia do romance de formação, mas, sobretudo, a categoria considerada por ele como a mais importante. Aquela na qual a evolução do homem é indissolúvel da evolução histórica.

UM PREÂMBULO SOBRE O ROMANCE DE FORMAÇÃO

A palavra *Bildungsroman* teria sido empregada pela primeira vez em 1803, pelo professor de filologia Karl Morgenstern[30]. Alguns anos depois, em 1820, o mesmo estudioso associaria tal conceito ao romance de Goethe, *Os Anos de Aprendizado de Wilhelm Meister*, nomeando assim um signo literário ainda presente na história da literatura e em constante renovação, mas quase sempre associado à obra supracitada. No entanto, trinta anos depois, o próprio escritor alemão lançaria *Os Anos de Peregrinação de Wilhelm Meister*, em que revê os conceitos postulados por ele no romance considerado protótipo do *Bildungsroman*:

> As três décadas que separam os dois romances são marcadas pelos desdobramentos políticos da Revolução Francesa e pela irrupção da Revolução Industrial. Goethe, antevendo as implicações da divisão capitalista do trabalho, é levado a uma reformulação de seu conceito de formação. Assim, enquanto *Os Anos de Aprendizado* proclamavam que o homem deve se desenvolver em todas as direções, o romance posterior faz outra colocação: a formação deve estar direcionada para uma profissão especializada, a inserção social é necessária desde o início[31].

O livro *Os Anos de Aprendizado* é indubitavelmente um marco, obra basilar para a criação de um novo subgênero literário, mas Bakhtin nos informa que a presença do ro-

30. A despeito do relevo adquirido por Morgenstern, Marcus Mazzari alega tratar-se de um pioneirismo gratuito, "que poderia ter cabido já a Friedrich Blanckenburg, que em sua *Tentativa Sobre o Romance* valoriza sobretudo a representação do desenvolvimento ou da formação 'interior' do herói romanesco (em detrimento dos acontecimentos 'exteriores'), descrevendo assim com mais propriedade do que Morgenstern o que seria um romance de formação". Marcus Vinicius Mazzari, *Labirintos da Aprendizagem*, São Paulo, 34, 1999, p. 99.

31. Marcus Mazzari, *Romance de Formação em Perspectiva Histórica:* O Tambor de Lata *de Günter Grass*, p. 85.

mance de formação, ou *homem em formação* (em devir) no romance, é bem mais remota na história da literatura ocidental, ainda que a obra de Goethe apareça "como a primeira manifestação alemã significativa do 'romance social burguês' (*Gesellschaftsroman*)"[32].

Na Antiguidade clássica, vamos encontrar exemplos desse tipo de narrativa em *Ciropédia*, de Xenofonte; na Idade Média, em *Parzival*, de Wolfram von Eschenbach; no Renascimento, em *Gargantua* e *Pantagruel*, de Rabelais; no neoclacissismo, em *As Aventuras de Telêmaco*, de Fénelon. Bakhtin inclui em sua lista os dois livros de Goethe protagonizados por Wilhelm Meister e continua sua enumeração.

A lista pode ser maior ou menor de acordo com o corte estabelecido pelo estudioso do tema. Os mais rigorosos delimitam nessa categoria apenas os enredos concentrados no processo de educação da personagem, o que reduziria bastante a lista. Outros, exigem apenas a presença do desenvolvimento do protagonista, seja no âmbito educacional ou sentimental, o que permitiria a ampliação do *corpus*.

O crítico russo classifica o romance de formação em subtipos. Haveria, dessa maneira, o romance cíclico, em que se mostra a trajetória do homem entre a infância e a mocidade ou entre a maturidade e a velhice. Ainda nesse tipo de formação cíclica, estariam obras nas quais a vida e o mundo são representados como experiência transformadora, que vai "do idealismo juvenil e da natureza sonhadora à sobriedade madura e ao praticismo"[33]. No terceiro modelo poderiam ser incluídos os romances de tipo biográfico e autobiográfico, pois é o destino do homem que determina seu caráter. No

32. *Idem*, p. 67.

33. Mikhail Bakhtin, *Estética da Criação Verbal*, p. 220.

quarto agrupamento estariam os ditos romances didático-pedagógicos, nos quais o processo de educação delimita o curso da narrativa. A quinta categoria, considerada por Bakhtin como a mais importante, seria aquela na qual a evolução do homem não pode ser dissociada da evolução histórica.

O estudioso reitera também que mais de um aspecto pode ser encontrado na mesma obra. Como veremos, em *O Coruja* são perceptivos tanto elementos das duas primeiras categorias, pois o narrador nos permite acompanhar a trajetória de duas personagens da infância à maturidade, passando da representação do idealismo à vida prática, como elementos do tipo didático-pedagógico, já que são apresentadas informações sobre o processo de educação das duas personagens centrais.

Em sua *Teoria do Romance*, de 1916, Lukács argumenta que o modelo tradicional do romance de formação, postulado na obra *Os Anos de Aprendizado de Wilhelm Meister*, não seria mais possível no "momento pós-goethiano". O idealismo presente nesse romance, em que a alma aspira à ação, tendo em vista uma atuação sobre a realidade, já não teria lugar no mundo, sobretudo porque, mesmo no âmbito do romance de formação que marcou o classicismo alemão, os ideários da comunidade não eram possíveis como nas antigas epopeias, quando imperava o enraizamento nas estruturas sociais e a consequente solidariedade que disso resulta.

Ainda que distante do ideário épico, o crítico reconhece em *Os Anos de Aprendizado de Wilhelm Meister* uma ligação intrínseca entre as personagens em prol de um objetivo comum, ao passo que no "romance da desilusão" isso não seria possível, pois, diante da crise instalada entre o indivíduo solitário, protagonista do romance burguês, e o todo, representado pela coletividade épica, já não há qualquer possibilidade dessa ligação. O momento histórico do romance burguês determinaria que o indivíduo solitário e problemático fracassasse em seus empreendimentos. Por conseguinte, a narrativa desse percurso solitário refletiria no fracasso dos projetos exclusivamente individuais, e o modelo de Goethe não faria mais sentido para os escritores posteriores, pois os protagonistas "exemplares", como exigido pelo romance de formação, não teriam mais lugar no mundo.

Em outro texto, de 1936, Lukács volta a escrever sobre *Os Anos de Aprendizado de Wilhelm Meister*. Agora, de maneira mais detida sobre o romance propriamente dito. Há um aspecto apontado pelo crítico nesse ensaio que nos interessa sobremaneira: "Segundo a concepção de Goethe, a personalidade humana só pode desenvolver-se agindo. Mas agir significa sempre uma interação ativa na sociedade"[34]. Portanto, em Goethe, todos os problemas do humanismo brotam das situações concretas, das vivências de seres humanos determinados. E essa opção estaria em acordo com a extraordinária consciência que Goethe tinha da importância da orientação para o desenvolvimento humano, mas pautado ainda em valores iluministas.

O *CORUJA* COMO UM ROMANCE DE FORMAÇÃO

Na literatura brasileira oitocentista, diferente do que pode ser constatado nos países europeus no mesmo período, o conceito de romance de formação permaneceu como referência erudita e pouco produtiva. *O Ateneu* é dos poucos romances do XIX analisado nessa perspectiva. O romance *O Coruja* enquadra-se em tal categoria, ainda que Aluísio Aze-

34. Georg Lukács, *Os Anos de Aprendizado de Wilhelm Meister*, p. 598.

vedo tenha lançado mão de aspectos do grotesco para escrever um livro de formação às avessas.

É comum, nesse tipo de narrativa, o nome do protagonista dar título à obra, como por exemplo *Emílio* (Jean-Jacques Rousseau), *Os Anos de Aprendizado de Wilhelm Meister* (Johann Wolfgang von Goethe), *Parzival* (Wolfram von Eschenbach), *As Aventuras de Telêmaco* (François Fénelon), *Jean Christophe* (Romain Rolland), *David Copperfield* (Charles Dickens), *Sidarta* (Hermann Hesse), só para citar alguns. No caso de *O Coruja*, o romance é titulado com um apelido. Mais que isso, a coruja está entre aqueles animais que se enquadram na categoria dos preferidos pelo grotesco, ao lado de outros bichos noturnos como as serpentes, os sapos e as aranhas, ou seja, "aqueles que vivem em ordens diferentes, inacessíveis ao homem"[35], o que já aponta para o caráter antitético do romance. Portanto, já de saída poderíamos dizer que, ao nomear seu suposto romance de formação com um título que nos remete ao universo do grotesco, Aluísio nos dá a possibilidade de leitura da obra em uma perspectiva diferente da tradição do *Bildungsroman*.

O processo de formação de André e Teobaldo no colégio interno pode ser enquadrado na segunda categoria apresentada por Bakhtin. Aquela que diz respeito ao "romance didático-pedagógico", baseado com maior ou menor amplitude no processo pedagógico da educação no sentido restrito do termo, que, como veremos, compreende tanto as ações ambientadas no colégio interno, como as ideias pedagógicas defendidas por André, quando se torna professor.

Pode-se dizer que o processo escolar de André tem início antes de sua entrada no internato. Padre João Estevão – seu

35. Wolfgang Kayser, *Análise e Interpretação da Obra Literária*, p. 157.

tutor desde que perdera a mãe, quando tinha quatro anos – será seu primeiro professor. Mas a grande dificuldade de aprender as lições mais simples, somada à ineficiência do pároco em ensinar, recorrendo sempre aos berros e às punições durante as lições, faz com que o garoto seja encaminhado a um colégio interno.

Na primeira aparição do doutor Mosquito, diretor da instituição onde André estudará, já fica evidente seu pouco entusiasmo em acolher um garoto órfão que lhe renderá muito pouco, pois o padre lhe pagará somente meia pensão pela permanência do aluno em sua renomada escola. Após a matrícula, André é literalmente esquecido em um cômodo contíguo à sala do diretor, de onde seu primeiro contato com o mundo escolar se dá apenas por intermédio do que ouve através das paredes. Como se não bastasse essa situação de exclusão do universo escolar, já no primeiro dia de aula, é punido injustamente ao defender-se de Fonseca, um condiscípulo que lhe dá um pontapé ao perceber que ele não revida ao ser tratado por Coruja.

A despeito de todas essas adversidades iniciais, André estuda com afinco e tem sempre a lição na ponta da língua. A frieza e a sobriedade com que trata todos da comunidade escolar, somadas à sua afeição aos fracos e indefesos, acabarão por impor certo respeito. E assim transcorre o primeiro ano no internato, durante o qual sua única amizade vem a ser um criado do colégio, Militão, que está sempre às voltas com uma flauta.

Mesmo sem ter significativo conhecimento sobre a matéria, o funcionário do internato dispõe-se a dar ao garoto lições rudimentares de música e "lá passavam as últimas horas da tarde, a duelarem-se furiosamente com as notas mais temíveis que um instrumento de sopro pode dardejar contra a paciência humana"[36]. É dessa maneira que André tem seu único contato com a manifestação artística que o acompanhará até o final do romance, ainda que toque sempre de maneira medíocre.

Nos capítulos que transcorrem no ambiente escolar, não há quase nenhuma alusão às matérias estudadas ou à relação entre professores e alunos. No caso de André, sabemos tratar-se de aluno aplicado e, além do já mencionado estudo de flauta, tem permissão do diretor para ajudar o hortelão durante as primeiras férias que passa na escola. Adquire, assim, certo conhecimento prático, intercalado com as horas que, graças à sua autodisciplina, dedica às lições escolares.

Outro dado da formação a ser destacado é o primeiro contato de André com a biblioteca. O recinto está sempre fechado e é uma espécie de objeto de desejo que o menino cobiça. Até que, certo dia, surpreendido pelo diretor, tem permissão para cuidar dos livros. Contudo, franqueada sua entrada naquele espaço, passa o metódico André a dedicar todo seu tempo a limpar e a catalogar os livros, em vez de fruir das possibilidades de leitura e dos ensinamentos que deles poderia auferir.

Assim, desde a mais tenra idade, André é colocado entre as possibilidades de formação e a inviabilidade de seu processo se dar de maneira plena: seu jeito taciturno o impede de cair nas graças do padre e ser educado por ele; não consegue aprender a tocar flauta, ainda que medianamente, como sempre fora seu desejo; quando tem os livros da biblioteca ao seu alcance e poderia aproveitar a oportunidade para investir na sua formação, devido ao seu caráter metódico, dedica todo o seu tempo a organizar um catálogo que não terá qualquer serventia.

36. Aluísio Azevedo, *O Coruja*, 1954, p. 32.

No que diz respeito ao quarto agrupamento apontado por Bakhtin – aquele no qual estariam romances em que o curso da narrativa é determinado pelo processo educativo –, podemos apontar também para as preocupações pedagógicas de André quando se torna professor. Seu desejo era montar uma escola moderna, onde pudesse colocar em prática suas ideias pedagógicas[37].

E aqui cabe mais uma aproximação com *Os Anos de Aprendizado de Wilhelm Meister*. Nessa obra nota-se que Goethe tinha grande preocupação com a orientação e o desenvolvimento humano, daí a importância das premissas pedagógicas que norteiam todo o trabalho dos membros da torre. Trata-se de uma educação peculiar, em desacordo com os padrões da época, pois, por meio dela, os indivíduos eram estimulados a desenvolver suas potencialidades de maneira livre e espontânea. A despeito de a educação escolar não ser o tema central da obra de Goethe, essa questão é bem colocada pelo abade, espécie de mentor da Sociedade da Torre: "[...] ao se pretender fazer algo pela educação do homem, devia-se considerar para onde tendem suas inclinações e seus desejos"[38].

37. "Um colégio sem castigos corporais, sem terrores; um colégio enfim talhado por sua alma compassiva e casta; um colégio onde as crianças bebessem instrução com a mesma voluptuosidade e com o mesmo gosto com que em pequeninas bebiam o leite materno. Sem ser um espírito reformador, o Coruja sentiu, logo que tomou conta de seus discípulos, a necessidade urgente de substituir os velhos processos adotados no ensino primário do Brasil por um sistema todo baseado em observações psicológicas e que tratasse principalmente da educação moral das crianças; sistema como o entendeu Pestallozzi, a quem ele mal conhecia de nome. Froebel foi quem veio afinal acentuar no seu espírito essas vagas ideias, que até aí não passavam de meros pressentimentos". Aluísio Azevedo, *O Coruja*, p. 194.

38. Goethe, *Os Anos de Aprendizado de Wilhelm Meister*, p. 403.

No entanto, se no romance de Goethe, essa espécie de projeto pedagógico não escolarizado foi executado pelo menos parcialmente, tanto no processo de formação do protagonista e de seus colegas como no trabalho realizado por Natalie e Therese, com as crianças que têm sob sua orientação; em contrapartida o sonho de André de comprar um colégio, onde colocará em prática suas ideias educacionais, jamais se concretizará. Apesar de sua dedicação como professor nos colégios onde leciona e de todas as economias que consegue fazer, quando aparece uma boa oportunidade, ele não tem os recursos necessários para adquirir o estabelecimento de ensino, onde colocaria em prática suas ideias pedagógicas, pois usa seu dinheiro para pagar uma dívida contraída pelo amigo Teobaldo, a quem sempre ajuda financeiramente no decorrer da trama.

Vejamos agora como se dá a formação de Teobaldo. Essa personagem entra na narrativa no quarto capítulo e já no terceiro parágrafo o narrador sinaliza que em tudo sua figura contrastava com a de André, não só pela beleza, inteligência e riqueza, como pelo tratamento diferenciado que recebia por parte dos professores, que o protegiam e bajulavam.

Desde que fora defendido em uma briga no pátio por André, o que acaba levando os dois para o castigo, faz do órfão seu único amigo e confidente, para quem relata sua vivência nos colégios de Londres e Coimbra, onde estivera desde os seis anos.

No caso dos anos escolares de André e Teobaldo não há nenhum trauma inicial, tão comum nos romances que transcorrem no internato, e do qual Sérgio, narrador de *O Ateneu*, é um bom exemplo. A frase célebre do pai da personagem de Raul Pompeia –"Vais conhecer o mundo" –, já prenunciando os sofrimentos que serão vividos pelo garoto ao trocar o aconchego materno pelo inóspito espaço do internato, e que é tão bem tratado em um ensaio de Alfredo Bosi[39], está longe de fazer sentido para André. Aliás, quando o padre lhe pergunta se sentirá saudade dele, a resposta do taciturno garoto é taxativa: – Não.

Teobaldo tampouco manifesta sentir saudade de casa e dos familiares. Apesar de em várias situações sua mãe, dona Laura, demonstrar efusivamente seus carinhos e lamentar não tê-lo sempre ao pé de si.

Mazzari[40], em estudo comparado no qual faz significativas aproximações entre o *Ateneu* e *As Atribulações do Pupilo Törless*, de Robert Musil, discorre sobre a dificuldade de os protagonistas dessas histórias travarem amizade duradoura no espaço opressor dos colégios internos. Não é o que temos no caso da obra aluisiana. Assim como Sérgio e Rebelo, personagens de *O Ateneu*, a amizade entre Teobaldo e André tem início quando este último protege o primeiro em uma briga, mas essa relação amical se estenderá por todo o romance.

A nosso ver, é justamente esse encontro duradouro entre dois garotos tão diferentes que não apenas impede o trauma inicial, como promove uma espécie de proteção recíproca contra a violência tão presente nos romances do período, ambientados no colégio interno[41], pois, ao se aproximar de

39. O referido ensaio encontra-se na obra *Céu, Inferno*, São Paulo, Duas Cidades/34, 2003, pp. 51-86.

40. Marcus Mazzari, *Labirintos da Aprendizagem [...]*, pp. 159-196.

41. Mazzari aponta para a violência na prosa ambientada nos colégios, sobretudo na literatura alemã por volta de 1900: "Esta aparece como um espaço de sofrimento e horror, em que a consciência do dever, disciplina e obediência valem como os valores mais elevados". *Labirintos da Aprendizagem: Pacto Fáustico, Romance de Formação e Outros Ensaios de Literatura Comparada*, São Paulo, 34, 2010, p. 161.

André, Teobaldo lhe proporciona uma sensação de afeto até então nunca sentida, o que, em certa medida, contribui para que o órfão já não se sinta tão abandonado no mundo. Em contrapartida, por ser fisicamente mais forte, André protegerá o amigo das situações de violência e do constrangimento tão comuns nesses espaços. Além de ajudá-lo nas tarefas maçantes e até cumprir os castigos impostos a ele pelos professores.

No referido ensaio, Mazzari aponta o papel de bode expiatório que Franco tem na obra pompeiana: "Franco é, por assim dizer, o bode expiatório institucionalizado do estabelecimento, oprimido não só pelos outros internos, mas principalmente por Aristarco"[42]. Até certo ponto, André também exerce esse papel no internato, mas tanto a relação de amizade com Teobaldo como sua forma de ver o mundo, protegeram-no naquele ambiente opressor. Ainda que o doutor Mosquito, assim como Aristarco fizera com Franco, inúmeras vezes tenha tentado subjugá-lo por meio de castigos ou humilhá-lo diante dos colegas, por comer muito e pagar pouco, André não se deixa constranger e o trata com a mesma frieza de gestos que dispensava aos colegas, à exceção de Teobaldo.

O processo de formação dos amigos continua na segunda parte do romance. Uma vez instalados na Corte, é preciso que Teobaldo escolha o que estudar. E aí, em uma conversa que tem com André, evidencia-se sua dificuldade em escolher uma carreira. O que pode ser resumido na frase dita por ele ao final desse diálogo: "Entendo um pouco de desenho, um pouco de música, de canto, de poesia, de arquitetura, mas sinto-me tão incapaz de apaixonar-me por qualquer dessas artes. Tudo me atrai; nada, porém, me prende!"[43] Apesar dessa difi-

42. *Idem*, pp. 174-175.
43. Aluísio Azevedo, *O Coruja*, 1954, p. 76.

culdade de decidir pelo que estudar, as manifestações artísticas são recorrentes na formação de Teobaldo.

Portanto, se estamos de acordo que a arte tem função importante nos processos formativos, enquanto para André a proximidade com a música deu-se ao acaso e seu aprendizado ocorreu de maneira fortuita, pelas mãos de um homem que pouco entendia da matéria; no caso de Teobaldo, saber música, e, sobretudo, música erudita, fazia parte da formação aristocrática por ele recebida desde a infância. Ainda que essa manifestação artística não seja usada em compartilhamento estético com o coletivo, mas apenas para seduzir as mulheres que farão parte de sua educação sentimental. Além de tocar para Branca durante o namoro e os primeiros anos de casamento, o piano é citado com frequência durante o processo de sedução de dona Ernestina, proprietária da casa onde os rapazes moraram nos primeiros anos na Corte.

Em *Os Anos de Aprendizado de Wilhelm Meister*, a opção pelo teatro evidencia-se como a única alternativa possível para um burguês que deseja alcançar o mesmo patamar de formação inerente à aristocracia. Diferente da personagem de Goethe, Teobaldo não consegue fixar-se em nenhuma atividade artística, ainda que, em vários momentos do romance, a personagem explicite seu desejo de dedicar-se ao teatro e fazer-se ator. Contudo, o excesso de diletantismo não o deixa sequer iniciar-se nessa carreira e é com muito custo que acaba decidindo-se pelo estudo de medicina.

Quando parece começar a empenhar-se em sua formação acadêmica, duas notícias terríveis são recebidas por ele ao mesmo tempo: a morte da mãe e a falência do pai, que terá de hipotecar a fazenda para pagar as dívidas. É quando decide largar os estudos e procurar emprego.

No caso de André, ao final de sua formação especializada, torna-se um professor empenhado em seu ofício, cumprindo, então, uma das premissas estabelecidas pelo ciclo formativo que se fecha: aprender para depois compartilhar o conhecimento com o social. No entanto, se tornará um homem frustrado, justamente porque, a despeito de representar o trabalho intelectual praticado por pessoas do extrato médio da população brasileira à época, exercendo tanto o papel de professor como a função de revisor, o excesso de trabalho e as frequentes desilusões que sofrerá farão dele um indivíduo triste e amargo.

Em *Os Anos de Peregrinação de Wilhelm Meister* encontramos o protagonista exercendo uma atividade prática, como médico. Revela, dessa maneira, como o ideal de formação humanista, ensejado no primeiro romance de Goethe, modifica-se, ao acompanhar uma transformação histórica, quando os ideais da cultura universal humanística são substituídos pelas necessidades de uma cultura econômica, baseada na especialização. Em contrapartida, na obra de Aluísio Azevedo, Teobaldo não consegue nem se dedicar à sua formação plena – nos quase trinta anos em que o romance transcorre, pois a história começa quando Teobaldo tem 12 anos e termina quando ele tem 40 –, nem se especializar na profissão que escolhe na juventude, pois não chega a concluir o curso de medicina.

No entanto, malgrado a dificuldade em dedicar-se a qualquer ofício, graças à sua origem aristocrática e às relações sociais, muitas vezes escusas, que estabelece com pessoas do seu meio, torna-se um político eminente, mas um homem infeliz, que, no final do romance, se conscientiza de sua mediocridade. Justamente porque não havia em nada do que realizava a "menor sombra de amor pelo trabalho, nem desejo de ser útil à pátria ou aos seus semelhantes, mas só à vaidade"[44].

Portanto, a trajetória dos dois amigos permite-nos situar *O Coruja* na categoria do romance de formação, ainda que a obra esteja bem longe do protótipo goetheano.

O DUPLO NA CONSTRUÇÃO DAS PERSONAGENS CENTRAIS DO ROMANCE

Nas páginas dedicadas ao livro *O Coruja*, o biógrafo de Aluísio Azevedo, Jean-Yves Mérian, aponta uma ausência nos estudos críticos: o fato de nenhum pesquisador ter notado o díptico André/Teobaldo[45]. Segundo ele, a contraposição entre as duas personagens foi uma maneira encontrada pelo escritor para denunciar os abusos do governo, que permitia a ascensão de pessoas inescrupulosas como Teobaldo. Embora concordemos com essa colocação – pois realmente a retidão de caráter e a bondade de André tornam mais evidentes as falhas morais e éticas de Teobaldo –, acreditamos que o uso do duplo na construção das personagens centrais do romance merece ser aprofundado. Trataremos, portanto, dessa contraposição, mas verificando em que medida ela traz, imbricada no seu cerne, certa complementariedade. E por que essa situação muda ao longo da narrativa.

A despeito das evidentes diferenças entre as duas personagens, o narrador sinaliza, já na primeira parte do romance, que os amigos se completam. Uma vez reunidos, completavam-se perfeitamente: "Cada um dispunha daquilo que faltava no outro; Teobaldo tinha a compreensão fácil, a inteligência

44. Aluísio Azevedo, *O Coruja*, 1954, p. 260.
45. Jean-Yves Mérian, *Aluísio Azevedo: Vida e Obra (1857-1913)*, p. 511.

pronta; Coruja o método, e a perseverança no estudo; um era rico; o outro econômico; um era bonito, débil e atrevido; o outro feio, prudente e forte. Ligados, possuiriam tudo"[46]. Entretanto, veremos que o processo de formação, longe de levá-los para a realização plena, advinda dessa possibilidade de juntos "possuírem tudo", os conduz a um final infeliz.

As diferenças entre os amigos de infância podem ser observadas tanto na caracterização física como psicológica. A primeira descrição de Teobaldo é feita justamente em comparação com a de André: "O tipo desta criança fazia um verdadeiro contraste com o do Coruja. Era débil, espigado, de uma palidez de mulher; olhos negros, pestanudos, boca fidalga e desdenhosa, principalmente quando sorria e mostrava a pérola dos dentes"[47].

No período de férias, desfrutado pelos amigos na fazenda dos pais de Teobaldo, o narrador apresenta inúmeras situações em que as diferenças entre os garotos são evidenciadas. Por exemplo, durante uma prática de montaria, Teobaldo cavalga em um elegante alazão; enquanto André prefere um burro, contrariando a vontade do amigo, que insistira para que utilizasse um animal nobre.

As diferenças de temperamento também fazem com que André prefira a calmaria da pesca, mais adequada ao seu tipo tranquilo e reflexivo; enquanto Teobaldo tem predileção pelo alvoroço e as surpresas das caçadas. Para o filho do barão, o campo era apenas um fundo pitoresco, onde desfilava sua figura fidalga. Disso decorre a grande importância dada à roupa que usaria em determinada atividade, às armas utilizadas em uma caçada ou à elegância do animal que montaria, como se tudo fizesse parte de um figurino. Em contrapartida, André, usando

46. Aluísio Azevedo, *O Coruja*, 1963, p. 39.
47. *Idem*, p. 31.

roupas ordinárias e um chapéu de palha, percorria a fazenda em busca de alguém que pudesse lhe ensinar o nome de cada árvore e o processo empregado na cultura de determinada plantação. A Teobaldo é atribuída, com certo viés crítico, a necessidade de aderir ao que está na moda. Na meninice, essa necessidade pode ser notada nos apetrechos que usava nas atividades esportivas praticadas no campo; na juventude e maturidade, transforma-se em um seguidor de todas as novidades que surgiam.

Na primeira parte do romance, são inúmeros os exemplos que mostram as personagens em contraposição. O narrador, sempre que descreve as atividades realizadas pelos amigos, acentua tanto as diferenças físicas como as de temperamento.

Como visto, o universo escolar, que ligou de modo fraterno essas duas personagens de origens sociais tão distintas, poderia ter acentuado essa desigualdade, sobretudo graças às atitudes do diretor Mosquito, que geria aquele internato mais como um negócio rentável do que um centro educacional. Contudo, as dificuldades enfrentadas pelos garotos, diante das ameaças de seus condiscípulos, acabam unindo-os em uma amizade que perdurará durante todo o romance.

Desde as primeiras páginas, o narrador demarca a decalagem social entre os amigos e, com frequência, reforça também a ideia de que as condições decorrentes dessas diferenças de nível social favoreciam o desenvolvimento de determinados talentos em detrimento de outros.

Teobaldo desfrutava de todas as regalias sociais, como filho da aristocracia rural que era, mas o narrador faz questão de mencionar também o determinismo da hereditariedade na caracterização da personagem. Aspecto tão caro aos naturalistas, como mostra a seguinte passagem:

> Passadas as primeiras épocas depois da morte dos pais de Teobal-

do, o verdadeiro temperamento deste, aquele temperamento herdado do velho cavalheiro português e da cabocla paraense, aquele temperamento mestiço agravado por uma educação de mimos e liberdades sem limites, começou a ressurgir como o sol depois da tempestade[48].

André, por sua vez, é a encarnação do senso da realidade. Ingênuo, simplório, detentor de sólido senso de justiça e lealdade, apresenta, desde a mais tenra idade, grande disposição para o trabalho e desejo de investigação apurado.

O tema do duplo em geral e da duplicidade em particular, no romance, não é gratuito. Terá desdobramento constante na construção da narrativa. Nota-se na predisposição para o binário, que o narrador começa a história acreditando na cristalização de uma mesma essência em duas pessoas distintas, questão implícita, por exemplo, na frase "juntos teriam tudo". E essa centralidade de toda a trama em torno dos amigos prossegue na segunda parte do romance, em que ainda prevalece a ideia de que as duas personagens se complementavam. Durante a montagem da casa onde vão morar em Matacavalos, Teobaldo se encarrega da escolha da mobília com muito critério e bom gosto, mas é André, com seu senso de praticidade, que mantém o lugar sempre limpo e em ordem.

O Coruja não tinha vícios e envergonhava-se por ser tão puro, enquanto Teobaldo reunia com frequência os amigos em casa para beber, fumar charutos e discutir diversos assuntos. Se havia alguma sobriedade naquele lugar, ela se encontrava na mesa de estudos de André. Espaço sagrado que o filho do barão fazia questão de preservar, mesmo durante as noites de pândega.

Em *Sobre o Fundamento da Moral* (1841), Schopenhauer defende a ideia de que bondade ou maldade são sentimentos

48. *Idem*, p. 122.

inatos nos indivíduos. Por conseguinte, a ética nada poderia fazer para tornar o homem maldoso em compassivo, ou vice-versa, dado que esses distintos modos de proceder seriam inatos e indeléveis:

> Se a compaixão é a motivação fundamental de toda justiça e caridade genuínas, quer dizer, desinteressadas, por que uma pessoa e não outra é por ela motivada? Pode a ética, já que descobre a motivação moral, fazê-la atuar? Pode ela transformar um coração duro num compassivo e, daí, num justo e caridoso? Por certo não; [...] A maldade é tão inata ao maldoso como o dente venenoso ou a glândula venenosa da serpente. Também como ela não pode mudar. [...] A virtude não é nem inata nem ensinável, mas distribuída pela sorte divina e sem entendimento àqueles que foram sorteados[49].

Enquanto André pode ser enquadrado na categoria chamada por Schopenhauer de "motivação compassiva"[50], Teobaldo é quase sempre guiado pela motivação maldosa. Os homens classificados nessa segunda categoria consideram as outras pessoas como meros objetos, usadas em prol da realização de seus próprios interesses.

Essa motivação maldosa se dá porque o indivíduo está de tal forma centrado em si mesmo, que o aniquilamento do outro poderia até mesmo levá-lo a praticar injustiças. Esse aniquilamento dar-se-ia de duas maneiras, pela força física ou por meio da persuasão. Ou seja, o homem maldo-

49. Arthur Schopenhauer, *Sobre o Fundamento da Moral*, pp. 190-191.

50. "A motivação compassiva é aquela que impulsiona os homens para ações que têm como finalidade o bem alheio. Diferente da justiça, que somente impede que um homem faça mal a outrem, a compaixão impele o indivíduo a ajudar aquele que necessita, mas a compaixão só será genuína se totalmente desprovida de egoísmo" (*op. cit.*, p. 160).

so manipularia o outro, de maneira a colocá-lo a seu serviço ou tomando-lhe algum bem, por exemplo, o fruto de seu trabalho:

> Sem dúvida, nesses moldes, o praticante da injustiça, ao atacar não um corpo alheio mas uma coisa sem vida, totalmente diferente dele, invade do mesmo modo a esfera de afirmação estrangeira da vontade, pois as forças, o trabalho do corpo alheio, por assim dizer, confundem-se e identificam-se com essa coisa[51].

A manipulação de André por parte de Teobaldo é bastante recorrente no romance. O filho do barão não apenas é invariavelmente socorrido financeiramente pelo amigo, como promete ajudá-lo a publicar sua *História do Brasil*, mas acaba se apropriando das notas escritas por Coruja para escrever artigos que publica em jornais e, posteriormente, coligidas em um livro de sua autoria.

As diferenças entre as duas personagens vão sendo apresentadas por um narrador distanciado, que descreve as dessemelhanças tanto físicas como psicológicas, perpassando a infância e a juventude. Entretanto, quando Teobaldo se dá conta de que está só no mundo e desprovido de recursos financeiros, o narrador muda a abordagem. As virtudes de André começam a provocar reflexões em Teobaldo, que, a partir de então, passa a invejar as qualidades do outro.

Essa compreensão de Teobaldo a respeito das diferenças de caráter entre ele e o amigo será apresentada com frequência, a partir da morte do barão de Palmar. Mas ele jamais confessará a qualquer pessoa, ou mesmo ao Coruja, essa surda admiração. Exceto na discussão que tem com a cortesã Leonília sobre

51. *Idem*, pp. 190-191.

o amor, durante a qual fala abertamente da afeição que nutre por André e enaltece sua maior virtude: ser bom.

Não obstante, ao final do diálogo, o narrador pontua: "Teobaldo tinha às vezes dessas expansões; dava para discorrer com entusiasmo sobre alguém que na ocasião o impressionava; ao passo que no dia seguinte seria capaz de fazer o mesmo por uma pessoa completamente oposta"[52].

Tal observação do narrador, em certa medida, desqualifica tudo o que fora dito por Teobaldo sobre André um pouco antes. Esse recurso, conhecido como metalepse de autor, acontece quando o narrador emerge na narrativa de forma abrupta. Esse expediente era comumente empregado pelos romancistas do século XIX, sobretudo nos romances-folhetins, tendo como finalidade levar o leitor a refletir sobre certa situação ou determinado comportamento.

Contudo, não parece ser essa a posição do narrador de *O Coruja* que, com frequência, refuta as ideias emitidas por Teobaldo sobre o amigo. A opinião do narrador, em exemplos como supracitado, são diretivas e usadas com o firme propósito de validar a vaidade de Teobaldo e, ainda que de maneira indireta, enaltecer o bom caráter de André. De certa forma, o uso do discurso indireto livre, neste caso, não problematiza nenhuma das vozes, mas provoca uma mescla entre narrador e personagem e acaba rebaixando os problemas implicados e expostos nas falas e, consequentemente, os sentidos que carregam.

A maneira como o narrador apresenta as duas personagens demonstra certa tendência a levar o leitor a ter mais estima por André do que por Teobaldo. Poderíamos então afirmar que o tom por vezes moralista imposto ao romance apresenta uma tentativa de pacto entre o narrador de Aluísio

52. Aluísio Azevedo, *O Coruja*, 1963, p. 146.

e seu leitor, com a intenção de cooptar certa cumplicidade, para que juntos assistam à derrocada fatal, não de um indivíduo, mas da classe aristocrática à qual ele pertence.

Outro traço que aproxima as duas personagens é a necessidade de manter as aparências. Teobaldo, ao ver que a fortuna de Branca estava longe do que imaginara, para não se comprometer diante das pessoas da sociedade a qual pertence, aplica metade do dinheiro em luxo e investe a outra parte no comércio. Desta forma, seguia a teoria paterna: "As aparências são tudo." Por seu lado, André esconde de todos ao seu redor suas privações e seus desgostos,

> [...] procurando ocupar no mundo o menor espaço que podia, e sempre superior aos outros, sempre além da esfera de seus semelhantes, atravessava a existência, caminhava por entre os homens sem se misturar com eles, que nem pássaro que vai voando pelo céu e apenas percorre a terra com a sua sombra[53].

Teobaldo camufla suas dificuldades financeiras por orgulho, mas não é por outra razão que André também oculta de Inezinha e dona Margarida o estado de penúria em que se encontra. Ele jamais admite ter gastado suas economias para praticar o bem, mesmo quando o faz para socorrer a malograda sogra doente. Esse comportamento leva as duas mulheres a acreditarem que o Coruja havia desperdiçado seus recursos financeiros na jogatina e na pândega.

Isso posto, estamos diante de um paradoxo: Teobaldo é orgulhoso, por ser egoísta e vaidoso, mas paulatinamente começa a sentir desejo de ser bom e humilde; André é orgulhoso por altruísmo, mas progressivamente deseja ser amado como o amigo.

53. *Idem*, p. 237.

Esse aparente espelhamento de desejos, que tem como ponto de partida o orgulho, pode ser visto também no triângulo amoroso vivido por Teobaldo, André e Branca. O filho do barão não atira no amigo apenas por causa da carta anônima que recebera, mas porque os fatos recolhidos daqui e dali mostram certa aproximação afetiva entre sua esposa e o Coruja, ainda que fosse apenas uma relação platônica.

Importante lembrar que, movido pela vaidade, Teobaldo põe a perder seu casamento. Pouco fica em casa, depois que decide ter projeção política, o que favorece a aproximação entre André e Branca. O nível de intimidade chega a tal ponto, que a moça revela para o amigo as chantagens de Aguiar, e não ao marido.

Por que Teobaldo se precipita e atira em André, ao pensar ser ele amante de sua esposa? Porque, devido à sua excessiva vaidade e ao seu orgulho narcisista, que fazem dele o centro das atenções, não suportaria ser trocado pelo amigo, feio e desprovido de talentos. Atira não porque ama a esposa, mas porque seu orgulho ferido assim o exige.

Nota-se que, à medida que as personagens envelhecem, a narrativa ganha maior densidade. Os diálogos ficam mais longos e as diferenças ressaltadas são mais de ordem psicológica do que física. As longas descrições dos temperamentos das personagens durante a infância e juventude dão lugar a frases despidas de floreios. A crise existencial finalmente acomete Teobaldo, que, do alto dos seus 40 anos, conclui nada ter feito, pois todos os seus talentos foram colocados a serviço apenas de sua excessiva vaidade. Essa situação é bem representada na imagem de um espelho partido, como tão bem demonstra o narrador na seguinte passagem:

> Seu ideal era um espelho, onde só a sua imagem se refletia; que-

brado esse espelho, ele não tinha coragem de encarar os pedaços, porque em cada um via ainda, e só, a sua figura, mas tão reduzida e tão mesquinha que, em vez de lhe causar orgulho como outrora, causava-lhe agora terríveis dissabores[54].

Nesses fragmentos de espelho, o que Teobaldo vê com melancolia amarga é o esfacelamento de uma vida inteira dedicada apenas aos ímpetos da vaidade. Essa tomada de consciência tardia deflagra uma crise moral que acaba levando-o à negação niilista da vida e do mundo e, consequentemente, à morte prematura.

Em contrapartida, André é um sobrevivente, ainda que emoldurado em um corpo grotesco e claudicante. Se podemos ver traços do pessimismo schopenhaueriano também no Coruja, poderíamos dizer que esta personagem estaria enquadrada no que o filósofo chamou de "purificação ética", mediante a qual o homem, pelo exercício da justiça e da caridade, mortifica a sua vontade de viver, o seu egoísmo, que o separava dos outros homens, impelindo-os até à perversidade.

Mas ainda assim, André não venceu a dor; pelo contrário, carregou-se do sofrimento universal, que o leva à renúncia extrema. Com seu estoicismo, ele muito se aproxima da "purificação ascética", proposta por Schopenhauer, mas sua excessiva bondade não lhe permitiu tornar-se indiferente à dor alheia.

Como visto, o mundo representado no romance organiza-se na duplicidade. Nesse espaço de representação, não existe apenas uma personagem em processo formativo, mas duas. Podemos verificar essa simetria na caracterização dos dois amigos, mas também na maneira como eles atuam no mundo. A individualidade, ponto chave de qualquer pro-

54. *Idem*, p. 347.

cesso formativo no romance em estudo, perde sua potência justamente porque o narrador tentou cindi-la no caráter de duas pessoas diametralmente opostas. Teobaldo tem exatamente o que falta em André e vice-versa. A fusão idealizada pelo narrador nas páginas iniciais do romance não se cumpre nos anos subsequentes da trajetória formativa.

CONSIDERAÇÕES FINAIS

Conduzimos esta trajetória analítica tendo em vista que nossa hipótese principal era a leitura de *O Coruja* como um romance de formação. A ampla concepção do gênero defendida por Bakhtin, em certa medida, contribuiu para a possibilidade de alinharmos esse romance brasileiro com a tradição do *Bildungsroman*. Mas procuramos também dialogar com o modelo goethiano. Por isso, é a partir da saga de Wilhelm Meister que gostaríamos de desenvolver essas considerações finais.

Sabemos que *Os Anos de Aprendizado de Wilhelm Meister* originou-se de um discurso historicamente localizado. Ou seja, o conceito de formação ali ensejado estava associado a um pressuposto típico da burgesia alemã no final do século XVIII. Como bem pontua Wilma Patricia Maas:

> *Os Anos de Aprendizagem de Wilhelm Meister* sob o termo genérico "romance de formação" reflete esse momento histórico particular, quando a preocupação burguesa com o (auto)aperfeiçoamento encontrava-se manifesta tanto no discurso teórico quanto nas reformas que então se ensejavam, nomeadamente no âmbito da educação e instrução[55].

55. Wilma P. Mass, *O Cânone Mínimo do* Bildungsroman *na História da Literatura*, p. 34.

Todavia, Mazzari vai mais além, ao constatar que em "um romance de formação nos moldes goethianos, o impulso individualista para o aperfeiçoamento das potencialidades pessoais necessariamente vem sempre antes do elemento da socialização, da integração do indivíduo na ordem de seu tempo"[56].

Realmente, as bases pedagógicas, instituídas pelos membros da Sociedade da Torre, preconizavam que as qualidades individuais e os talentos inatos ao indivíduo deveriam ser considerados durante o processo formativo. Mais que isso, esses talentos, uma vez desenvolvidos, teriam de ser, de alguma forma, compartilhados com o social. O que quer dizer que, no romance goethiano, o conceito de formação percorre um caminho que vai do sentido pedagógico iluminista – tendo como paradigma a formação universal – ao *Bildung* idealizado por uma sociedade de classes, onde já se antevia a necessidade da especialização.

Em *Os Anos de Peregrinação de Wilhelm Meister*, escrito por Goethe trinta anos depois, encontramos seu protagonista exercendo uma atividade prática como médico, o que revela como o ideal de formação humanista, apresentado no primeiro romance, é modificado para acompanhar uma transformação histórica.

Essa necessidade de renunciar à formação ampla em prol da específica já está indicada no final de *Os Anos de Aprendizagem...*, quando o protagonista se conscientiza da necessidade de limitar seus anseios formativos, até então focados nas aspirações individuais. Cabe dizer que, antes dessa tomada de decisão, Meister está prestes a correr mundo novamente, agora levando consigo o filho Felix. Mas as condições impostas

56. Marcus Mazzari, *Labirintos da Aprendizagem*, p. 109.

pelos membros da Torre, que determinam que ele acompanhe um marquês italiano em uma viagem como secretário, é aceita com a seguinte afirmação: "Entrego-me totalmente a meus amigos e à sua orientação – disse Wilhelm –; é inútil empenhar-se neste mundo em agir segundo a própria vontade. Tenho de abandonar o que desejei reter, é um benefício imerecido que se impõe a mim"[57].

Portanto, na parte final do romance, temos um indivíduo, em certa medida, conciliado com seu processo formativo, que vai das buscas intempestivas da juventude à necessidade de inserir-se no contexto social. Encontramos, assim, o protagonista não apenas harmonizado com seu percurso formativo, e as mudanças que doravante poderão ocorrer, mas também prestes a se unir a Natalie. Ainda que outras mulheres tenham participado de sua educação sentimental – como Mariane (mãe de Felix), Philine e a Condessa –, a união com Natalie é uma espécie de coroamento desse processo formativo.

Pelo visto neste estudo, a trajetória das personagens centrais do romance *O Coruja* difere bastante do percurso do protagonista goethiano. Teobaldo está longe de ter a energia e autodeterminação de Meister. Como vimos, o diletantismo da personagem aluisiana não lhe permite dedicar-se à sua formação plena e tampouco se especializar na profissão que escolhe na juventude, pois não chega a concluir o curso de Medicina. Ao final da obra, Teobaldo vê sua autoimagem refletida em fragmentos de espelho, que mostram a pequenez de sua existência, e se dá conta de que nada fizera: tinha talentos que não foram desenvolvidos, foi amado por três mulheres e não amara nenhuma, contou com a dedicação de um devotado amigo que abandonou à miséria.

57. Goethe, *Os Anos de Aprendizado de Wilhelm Meister*, p. 475

Ao ler as duas primeiras partes do romance, até podemos supor que a solidariedade estabelecida nos anos iniciais de convivência entre os amigos André e Teobaldo se estenderá nos posteriores, de maneira a contribuir para que o processo formativo de ambos seja bem-sucedido, mas essa possibilidade é desfeita na última parte da obra.

Temos consciência de que, diferentemente do ocorrido na literatura europeia em geral e na alemã especificamente – onde o romance de formação é pedra angular, chegando sua origem a ser confundida com a própria gênese do gênero romance –, na literatura brasileira, sobretudo do século XIX, o conceito foi pouco explorado. Por isso, não foram poucas as dificuldades enfrentadas para fundamentarmos as ideias apresentadas neste estudo. Mas esperamos ter conseguido mostrar que esse romance tão pouco estudado de Aluísio Azevedo pode ser lido como um romance de formação.

DO FOLHETIM AO LIVRO

O Coruja foi publicado inicialmente como folhetim no jornal *O Paiz*, do dia 2 de junho a 12 de outubro de 1885, por isso consideramos relevante analisar alguns dados obtidos do microfilme do jornal durante esse ano.

Fundado em 1884 por João José dos Reis Júnior (Juca Reis), com redação à Rua do Ouvidor, *O Paiz* tinha forte tendência republicana. De 1885 até 1889, o periódico foi dirigido por Quintino Bocaiúva. Era um dos jornais mais vendidos à época, ao lado do *Correio da Tarde*, *O Jornal do Comércio* e a *Gazeta do Rio*.

Esse periódico era, em geral, composto por quatro páginas. Abrindo a publicação havia a seção "O Paiz", espécie de editorial não assinado com temas da atualidade à época, trazia informações que iam de artigos em prol da República a notícias sobre inauguração de linhas ferroviárias e até explicações sobre o caso Malta – crime polêmico, envolvendo a morte misteriosa de um homem pela polícia e que foi tema recorrente durante meses, ora ocupando essa seção, ora a "Seção Livre", com vários artigos assinados por um médico legista, inclusive com detalhes sobre as exumações. Essa questão deu origem a um dos folhetins de Aluísio Azevedo, *Mattos, Malta ou Matta*?

A seção "Telegramas: Serviço Especial do Paiz" era composta por notícias de outras regiões do Brasil e notas internacionais. Na intitulada "Tópicos do Dia" havia informações variadas, tanto políticas como comerciais. Na sequência, vinha o tópico "Noticiário", bem eclético, com notas políticas, criminais e sobre lançamento de livros. Na página 2 eram compostas as seções "Avisos" – com informações corriqueiras, que iam desde onde comprar um vestido de noiva, até a data de pagamentos de funcionários do ministério; a coluna "Estrangeira", que geralmente noticiava fatos de Portugal, Inglaterra e França; a "Seção Interior", com informações recebidas da província; e a intitulada "Literatura", geralmente assinada, em que se anunciavam lançamentos literários. No rodapé dessa página era apresentado o folhetim.

Na página 3 havia uma seção curta, sob o título "Ecos de Toda Parte", com tiradas irônicas e piadas. No item "Memorial", espécie de classificado, o leitor encontrava endereços de profissionais liberais, hotéis e informações afins. Logo em seguida, vinha a "Seção Livre", composta de reclames de utilidade pública. Na quarta página tinham lugar os anúncios publicitários e a "Seção Comercial", com tabelas de preços, gráficos sobre a oscilação do câmbio, cotações de apólices e outras informações do gênero.

As quatro páginas do jornal seguiam mais ou menos o padrão apresentado. Eventualmente, esse número era ampliado para seis ou oito, sendo as páginas extras usadas para propagandas publicitárias. Mas não se pôde observar uma regularidade dessa oscilação no período analisado. Talvez essa configuração dependesse do número de anunciantes em determinado período.

Durante o ano analisado, dois folhetins foram publicados concomitantemente no início do primeiro semestre: *Mulher Funesta*, de Georges Maldague[58], e *Amores de Província*, de Xavier Montépin[59]. A partir de meados de fevereiro, apenas *Mulher Funesta* passa a ocupar todo o rodapé do jornal.

ALGUNS DADOS SOBRE AS EDIÇÕES DO ROMANCE

A primeira edição do romance *O Coruja* em livro data de 1887 e foi publicada pela Mont'Alverne. Tratava-se de uma oficina de litografia, fundada por Augusto Carlos de Mont'Alverne, em 1886, e que funcionou até 1900, no número 92 da Rua Ouvidor, no Rio de Janeiro. A segunda edição

58. Segundo Marlyse Meyer, trata-se do pseudônimo de Josephine Maldague: "São muito frequentes as autoras de folhetins escondidas por pseudônimos masculinos; sempre interessada pela condição feminina, Maldague foi autora de vários folhetins de sucesso, publicados, como era de praxe, na imprensa parisiense e retomados por jornais de província". Marlyse Meyer, *Folhetim*, São Paulo, Companhia das Letras, 2005, p. 228.

59. Henry Xavier Amon Perrin, conde de Montépin (1823-1902). Escritor francês, autor de romances, novelas e dramas populares, destacou-se como escritor de folhetins. A influência do escritor francês repercutiu inclusive na telenovela brasileira: em 1966, a TV Excelsior exibiu *Almas de Pedra*, com roteiro de Ivani Ribeiro, baseada em seu romance *Mulheres de Bronze*.

só viria a lume em 1894, pela Magalhães & Cia., de Domingos Magalhães, também responsável pela primeira edição de *Livro de uma Sogra*, no ano seguinte.

Em 1895, *O Coruja* é editado pela B. L. Garnier e, dois anos depois, Hippolyte Garnier compra os direitos autorais sobre as obras completas de Aluísio Azevedo, composta por onze livros já publicados anteriormente, alguns inclusive pelo próprio Garnier. Três outras reedições do livro foram feitas por essa editora (1889, 1898 e 1919). Pela mesma casa publicaram-se também seis edições de *O Mulato* e quatro de *Casa de Pensão*. *O Cortiço* teve 27 edições, até a obra do escritor maranhense ter sido considerada legalmente como de domínio público[60].

O romance *O Coruja* só seria reeditado novamente em 1940, pela Briguiet & Cia., quando a loja Garnier e os direitos sobre as obras de vários escritores brasileiros foram vendidos para Ferdinand Briguiet e Companhia, em 1934. Nesta casa editorial, a obra fez parte da série intitulada "Coleção Literatura Brasileira". No frontispício consta a informação "5ª Edição", portanto, deve ter sido desconsiderada a publicação de 1887, por se tratar de uma oficina de litografia.

Posteriormente, com a morte de Ferdinand, seu sobrinho daria ao seu empreendimento o nome Livraria Briguiet-Garnier. Por essa casa, a obra completa de Aluísio Azevedo teve apenas uma edição, realizada entre 1937 e 1941.

Pela Livraria Martins Editora, *O Coruja* é lançado em 1954, com prefácio de Nogueira da Silva. Nas edições subsequentes, o texto introdutório passa a ser assinado por Raimundo de Menezes. Pelo levantamento bibliográfico feito,

60. Laurence Hallewell, *O Livro no Brasil: Sua História*, p. 192.

nessa casa editorial a obra obteve mais cinco reedições (1959, 1961, 1963, 1968, 1973), a última realizada em convênio com o Instituto Nacional do Livro.

Em 2005, o romance integrou o segundo volume das obras completas do escritor, publicadas pela editora Aguilar. Três anos depois, *O Coruja* foi lançado pela editora Global, tendo como base o texto da Livraria Martins. Inclusive a introdução de Raimundo de Menezes foi mantida.

Portanto, ainda não foi realizado nenhum estabelecimento de texto como o apresentado nesta edição, para o qual utilizamos como texto de base um exemplar editado em 1898, pela H. Garnier, Livreiro-Editor, a última edição publicada antes da morte do escritor, portanto a que corresponde à última vontade do autor. Erros e defeitos do texto de base foram corrigidos e sanados por meio do cotejo com o publicado no jornal *O Paiz*, do dia 2 de junho a 12 de outubro, em forma de folhetim. Desta maneira, foi possível restaurar trechos que foram suprimidos na edição da Livraria Martins, base de edições posteriores. Em alguns casos essas supressões chegavam a comprometer o entendimento do texto.

No processo de estabelecimento do texto, a restauração de trechos omitidos em várias edições, a correção de erros tipográficos, mudanças de sílabas, palavras ou períodos, e outras intervenções editoriais foram orientadas pelo critério do *usus scribendi* do escritor e da época. Portanto, o critério estilístico pessoal que orientava o uso autoral das vírgulas foi mantido quando produz algum efeito de sentido; caso contrário, se houver divergência com o critério sintático em vigor, o regime de vírgulas foi ajustado ao atual, sempre em favor da inteligibilidade e legibilidade do texto, razões que também justificam intervenções em sinais gráficos marcadores do discurso direto: aspas e travessões. A normalização ambiciona construir um efeito de coerência na apresentação do texto, mas sem prejudicar o estilo do autor. Palavras ou expressões em língua estrangeira foram grafadas em português, quando essa forma foi dicionarizada e tornada comum; caso contrário, mantiveram-se as grafias estrangeiras. O texto foi atualizado segundo o Acordo Ortográfico em vigor desde 2009. Todavia, casos em que o escritor optou entre duas formas correntes à época em que a obra foi escrita, como cousa/coisa, dous/dois, doudo/doido, manteve-se a forma utilizada na edição da Garnier[61].

Esta edição contém notas explicativas para esclarecer vocábulos raros ou em desuso, expressões de época, palavras e expressões em línguas estrangeiras, elucidar fatos históricos ou contribuir para a identificação de personalidades da época. Desta maneira, espera-se contribuir para dirimir os obstáculos à fruição da leitura e favorecer o entendimento desse romance ainda tão pouco estudado de Aluísio Azevedo.

61. Durante o estabelecimento de texto, as leituras de cotejo foram compartilhadas com Diana Venda e Elizabeth Sfrizo. Expresso minha gratidão às duas pelas horas preciosas partilhadas nesse empreendimento editorial.

O Coruja

PRIMEIRA PARTE

I

QUANDO, EM UMA DAS PEQUENAS cidades de Minas, faleceu a viúva do obscuro e já então esquecido procurador Miranda, o pequenito André, único fruto desse extinto casal, tinha apenas quatro anos de idade e ficaria totalmente ao desamparo, se o pároco da freguesia, o senhor padre João Estêvão, não o tomasse por sua conta e não carregasse logo com ele para casa.

Esta bonita ação do senhor vigário levantou entre as suas ovelhas um piedoso coro de louvores e, todas elas, metendo até as menos chegadas ao padre, estavam de acordo em profetizar ao bem-aventurado órfão um invejável futuro de doçuras e regalias, como se ele fora recolhido pelo próprio Deus e tivesse por si a paternidade de toda a corte celeste.

A Joana das Palmeirinhas, essa então, que era muito metediça em cousas de igreja, chegava a enxergar no fato intenções secretas de alguma divindade protetora do lugar e, quando queriam-lhe falar nisso, benzia-se precatadamente[1] e pedia por amor de Cristo que "não mexessem muito no milagre".

– É melhor deixar! – segredava ela. – É melhor deixar que o santinho trabalhe a seu gosto, porque ninguém como ele sabe o que lhe compete fazer!

Mas o "pequeno do padre", como desdaí[2] lhe chamaram, foi aos poucos descaindo das graças do inconstante rebanho, pelo simples fato de ser a criança menos comunicativa e mais embesoirada[3] de que havia notícia por aquelas alturas. O próprio senhor vigário não morria de amores por ele, e até se amofinava[4] de vê-lo passar todo o santo dia a olhar para os pés, numa taciturnidade quase irracional.

"Ora, que mono[5] fora ele descobrir!... dizia de si para si, a contemplar o rapaz por cima dos óculos. Aquela lesma não havia de vir a prestar nem para lhe limpar as galhetas!"[6]

O pequeno era de fato muito triste e muito calado. Em casa do reverendo não se lhe ouvia a voz durante semanas inteiras; e também quase nunca chorava, e ninguém se poderia gabar de tê-lo visto sorrir. Se o vestiam e o levavam a espairecer um bocado à porta da rua, deixava-se o mono ficar no lugar em que o largavam; o rosto carrancudo, o queixo enterrado entre as clavículas, e seria capaz de passar assim o resto da vida se não tomassem a resolução de vir buscá-lo.

A criada, uma velha muito devota, mas também muito pouco amiga de crianças, só olhava para ele pelo cantinho dos olhos e, sempre que olhava, fazia depois uma careta de nojo. "Apre![7] Só mesmo a bondade do senhor vigário podia suportar em casa semelhante lorpa!"[8]

E cada vez detestava mais o pequeno; afinal era já um ódio violento, uma antipatia especial, que se manifestava a todo o instante por palavras e obras de igual dureza. E a graça é que jamais nenhuma destas vinha só; era chegar a descompostura e aí estava já o repelão, em duas, três, quatro sacudidelas, conforme fosse o tamanho da frase.

O André deixava-se sacudir à vontade da criada, sem o menor gesto de oposição ou de contrariedade.

– Ah! Só mesmo a paciência do senhor vigário!

Apesar, porém, de tanta paciência, o senhor vigário, se se não mostrava arrependido daquela caridade, era simplesmente porque esse rasgo generoso muito contribuíra para a boa reputação que ele gozava, não só aos olhos da paróquia inteira, como também aos dos seus superiores a cujos ouvidos chegara a notícia do fato. Mas, no íntimo, abominava o pupilo; mil vezes preferira não o ter a seu lado; suportava-o, sabia Deus como!, como quem suporta uma obrigação inevitável e aborrecida.

Ah! não havia dúvida que o pequeno era com efeito muito embirrantezinho[9]. Sobre ser uma criança feia, progressivamente moleirona e triste, mostrava grande dificuldade para aprender as cousas mais simples. Não era com duas razões, nem três murros, que o tutor conseguia meter-lhe qualquer palavra na cabeça.

O pobre velho desesperava-se, ficava trêmulo de raiva, defronte de semelhante estupidez. E, como não tivesse jeito para ensinar, como lhe faltasse a feminil delicadeza com que se abrem, sem machucar, as tenras pétalas dessas pequeninas almas em botão, recorria aos berros, e, vermelho, com os olhos congestionados, a respiração convulsa, acabava sempre empurrando de si os livros e o discípulo, que iam simultaneamente rolar a dous ou três passos de distância.

Aquele maldito estúpido não servia senão para o encher de bílis! O melhor seria metê-lo num colégio, como interno... Era mais um sacrifício – Vá! mas, com a breca, ao menos ficava livre dele!

Oh! o bom homem já não podia aguentar ao seu lado aquela amaldiçoada criança. Às vezes, ao vê-la tão casmurra, tão feia, com o olhar tão insociável e tão ferrado a um ponto, tinha ímpetos de torcê-la nas mãos, como quem torce um pano molhado.

Nunca lhe descobrira a mais ligeira revelação de um desejo. À mesa comia tudo que lhe punham no prato, sem nunca deixar ou pedir mais. Se o mandavam recolher à cama, fosse a que hora fosse, deitava-se incontinenti[10]; se lhe dissessem – Dorme! – ele dormia ou parecia dormir. – Acorda! Levanta-te! – ele se levantava logo, sem um protesto, como se estivesse à espera daquela ordem.

Qualquer tentativa de conversa com ele era inútil. André só respondia por monossílabos, no mais das vezes incompreensíveis. Nunca fazia a ninguém interrogação de espécie alguma, e, certo dia, perguntando-lhe o padre se ele o estimava, o menino sacudia com a cabeça, negativamente.

– E que tal?... – considerou o vigário –; olha que entranhas tem o maroto!...

E segurando-lhe a cabeça para o fitar de frente:

– Com que então, não gostas de mim, hein?

– Não.

– Não és agradecido ao bem que te tenho feito?

– Sou.

– Mas não me estimas?

– Não.

– E, se fores para o colégio, não terás saudades minhas?

– Não.

– De quem então sentirás?

– Não sei.

– De ninguém?

– Sim.

– Pois então é melhor mesmo que te vás embora, e melhor será que nunca mais me apareças! Calculo que bom ingrato não se está preparando aí! Vai! Vai, demônio! e que Deus te proteja contra os teus próprios instintos!

Entretanto, à noite, o padre ficou muito admirado, quando, ao entrar no quarto do órfão que dormia, o viu agitar-se na cama e dizer, abraçando aos travesseiros e chorando: – Mamãe! minha querida mamãe!

– São partes, senhor vigário, são partes deste sonso!… – explicou a criada, trejeitando com arrelia.

II

André seguiu para o colégio num princípio de mês. Veio buscá-lo a casa do tutor um homem idoso, de cabelos curtos e barbas muito longas, o qual parecia estar sempre a comer alguma cousa, porque, nem só mexia com os queixos, como lambia os beiços de vez em quando.

Foram chamá-lo à cama às cinco da manhã. Ele acordou prontamente, e como já sabia de véspera que tinha de partir, vestiu-se logo com um fato[1] novo que, para esse dia, o padre lhe mandara armar de uma batina velha. Deram-lhe a sua tigela de café com leite e o seu pão de milho, o que ele ingeriu em silêncio; e, depois de ouvir ainda alguns conselhos do tutor, beijou-lhe a mão, recebeu no boné uma palmada da criada e saiu de casa, sem voltar, sequer, o rosto para trás.

O das barbas longas havia já tomado conta da pequena bagagem e esperava por ele, na rua, dentro do trole. André subiu para a almofada e deixou-se levar.

Em caminho o companheiro, para enganar a monotonia da viagem, tentou chamá-lo à fala:

– Então o amiguinho vai contente para os estudos?

– Sim – disse André, sem se dar ao trabalho de olhar para o seu interlocutor. E este, supondo que o boné do menino, pelo muito enterrado que lhe ficara nas orelhas com a palmada da criada, fosse a causa dessa descortesia, apressou-se a suspender-lho e acrescentou:

– É a primeira vez que entra para o colégio ou esteve noutro?

– É.

– Ah! É a primeira vez?
– Sim.
– E morou sempre com o reverendo?
– Não.
– Ele é seu parente?
– Não.
– Tutor, talvez...
– É.
– Como se chamava seu pai?
– João.
– E sua mãe?
– Emília.
– Ainda se lembra deles?
– Sim.

E, depois de mais alguns esforços inúteis para conversação, o homem das barbas convenceu-se de que tudo era baldado[2] e, para fazer alguma cousa, pôs-se a considerar a estranha figurinha que levava a seu lado.

André representava então nos seus dez anos o espécime mais perfeito de um menino desengraçado.

Era pequeno, grosso, muito cabeçudo, braços e pernas curtas, mãos vermelhas e polposas, tez morena e áspera, olhos sumidos de uma cor duvidosa e fusca[3], cabelo duro e tão abundante, que mais parecia um boné russo do que uma cabeleira.

Em todo ele nada havia que não fosse vulgar. A expressão predominante em sua fisionomia era desconfiança. Nos seus gestos retraídos, na sua estranha maneira de esconder o rosto e jogar com os ombros, quando andava, transparecia alguma cousa de um urso velho e mal domesticado.

Não obstante, quem lhe surpreendesse o olhar em certas ocasiões descobriria aí um inesperado brilho de inefável doçura, onde a resignação e o sofrimento transluziam, como a luz do Sol por entre um nevoeiro espesso.

Chegou ao colégio banhado de suor dentro da sua terrível roupa de lustrina[4] preta. O empregado de barbas longas levou-o à presença do diretor, que já esperava por ele, e disse apresentando-o:

– Cá está o pequeno do padre.

– Ah! – resmungou o outro, largando o trabalho que tinha em mão. – O pequeno do padre Estêvão. É mais um aluno que mal dará para o que há de comer! Quero saber se isto aqui é asilo de meninos desvalidos!... Uma vez que o tomaram à sua conta, era pagarem-lhe a pensão inteira e deixarem-se de pedir abatimentos, porque ninguém está disposto a suportar de graça os filhos alheios!

– Pois o padre Estêvão não paga a pensão inteira? – perguntou o barbadão a mastigar em seco furiosamente, e a lamber os beiços.

– Qual! Veio-me aqui com uma choradeira de nossa morte. E, porque seria uma obra de caridade, e, porque já tinha gasto mundos e fundos com o pequeno, enfim, foi tal a lamúria que não tive outro remédio senão reduzir a pensão pela metade!

O das barbas fez então várias considerações sobre o fato, elogiou o coração do doutor Mosquito (era assim que se chamava o diretor) e ia a sair, quando este lhe recomendou que se não descuidasse da cobrança e empregasse esforços para receber dinheiro.

– Veja, veja, Salustiano, se arranja alguma cousa, que estou cheio de compromissos!

E o doutor Mosquito, voltando ao seu trabalho, exclamou, sem mexer com os olhos:

– Aproxime-se!

André encaminhou-se para ele, de cabeça baixa:

– Como se chama?

– André.

– De quê?

– Miranda.

– Só?

– De Melo.

– André Miranda de Melo... – repetiu o diretor, indo a escrever o nome em um livro que acabava de tirar da gaveta.

– E Costa – acrescentou o menino.

– Então por que não disse logo de uma vez?

André não respondeu.

– Sua idade?

– Dez.

– Dez quê, menino?

– Anos.

– Hein?

– Dez anos.

– Hã!

E, enquanto escrevia:

– Já sabe quais são as aulas que vai cursar?

– Já.

– Já, sim, senhor, também se diz!

– Diz-se.

– Como?

– Diz-se, sim, senhor.

– Ora bem! – concluiu o Mosquito, afastando com a mão o paletó para coçar as costelas. E, depois de uma careta que patenteava a má impressão deixada pelo seu novo aluno, resmungou com um bocejo:

– Bem! Sente-se; espere que venham buscá-lo.

– Onde? – perguntou André, a olhar para os lados, sem descobrir assento.

– Ali, menino, oh!

E o diretor suspendeu com impaciência a pena do papel, para indicar uma das duas portas que havia do lado oposto do escritório. Em seguida mergulhou outra vez no seu trabalho, disposto a não interrompê-lo de novo.

André foi abrir uma das portas e disse lentamente:

– É um armário.

– A outra, a outra, menino! – gritou o Mosquito, sem se voltar.

André foi então à outra porta, abriu-a e entrou no quarto próximo.

Era uma saleta comprida, com duas janelas de vidraça, que se achavam fechadas. Do lado contrário às janelas havia uma grande estante, onde se viam inúmeros objetos adequados à instrução primária dos rapazes.

O menino foi assentar-se em um canapé[5] que encontrou e dispôs-se a esperar.

Foi-se meia hora e ninguém apareceu. Seriam já quatro da tarde e, como André ainda estava só com a sua refeição da manhã, principiou a sentir-se muito mal do estômago.

Esgotada outra meia hora, ergueu-se e foi, para se distrair, contemplar os objetos da estante. Levou a olhá-los longo tempo, sem compreender o que tinha defronte da vista. Depois, espreguiçou-se e voltou ao canapé.

Mais outra meia hora decorreu, sem que o viessem buscar.

Duas vezes chegou à porta por onde entrara na saleta e, como via sempre o escritório deserto, tornava ao seu banco da paciência. E, no entanto, o apetite crescia-lhe por dentro de um modo insuportável e o pobre André principiava a temer que o deixassem ficar ali eternamente.

Pouco depois de entrar para a saleta, um forte rumor de vozes e passos repetidos lhe fez compreender que alguma aula havia terminado; daí a cousa de cinquenta minutos, o toque de uma sineta lhe trouxe à ideia o jantar, e ele verificou que se não enganara no seu raciocínio com o barulho de louças e talheres que faziam logo em seguida. Depois, compreendeu que era chegada a hora do tal recreio porque ouvia uma formidável vozeria de crianças que desciam para a chácara.

E – nada de virem ao seu encontro.

"Que maçada!" – pensava ele, a segurar o estômago com ambas as mãos.

Afinal, a escuridão começou a invadir a saleta. Havia cessado já o barulho dos meninos e agora ouviam-se apenas de vez em quando alguns passos destacados nos próximos aposentos.

Em tais ocasiões, o pequeno do padre corria à porta do escritório e espreitava.

Ninguém.

Já era noite completa, quando um entorpecimento irresistível se apoderou dele. O pobrezito vergou-se sobre as costas do canapé, estendeu as suas pernitas curtas. E adormeceu.

Dormindo conseguiu o que não fizera acordado: seus roncos foram ouvidos pelo inspetor do colégio, e, daí a pouco, André, sem dar ainda acordo de si, era conduzido à mesa do refeitório, onde ia servir-se o chá.

Seu tipo, já de natural estranho, agora parecia fantástico sob a impressão do estremunhamento[6]; e os estudantes, que o observavam em silêncio, abriram todos a rir, quando viram o inesperado colega atirar-se ao prato de pão com uma voracidade canina.

Mas André pouco se incomodou com isso e continuou a comer sofregamente, no meio das gargalhadas dos rapazes e dos gritos do inspetor que, sem ele próprio conter o riso, procurava chamá-los à ordem.

Por estes fatos apenas fez-se notar a sua entrada no colégio, visto que ele, depois da ceia, recolheu-se ao dormitório e acordou no dia seguinte, ao primeiro toque da sineta, sem ter trocado meia palavra com um só de seus companheiros.

Não procuraram as suas relações, nem ele as de ninguém, e, apesar das vaias e das repetidas pilhérias dos colegas, teria passado tranquilamente os primeiros dias da sua nova existência, se um incidente desagradável não o viesse perturbar.

Havia no colégio um rapaz que exercia sobre outros certa superioridade, nem só porque era dos mais velhos, como pelo seu gênio brigador e arrogante. Chamava-se Fonseca, e os companheiros o temiam a ponto de nem se animarem a fazer contra ele qualquer queixa ao diretor.

André atravessava numa ocasião o pátio do recreio, quando ouviu gritar atrás de si: – Ó Coruja!

Não fez caso. Estava já habituado a ser escarnecido, e tinha por costume deixar que a zombaria o perseguisse à vontade, até que ela cansasse e por si mesma se retraísse.

Mas o Fonseca, vendo que não conseguira nada com a palavra, correu na pista de André e ferrou-lhe um pontapé por detrás.

O pequeno voltou-se e arremeteu com tal fúria contra o agressor, que o lançou por terra. O Fonseca pretendeu reagir, mas o outro o segurou entre as pernas e os braços, tirando-lhe toda a ação do corpo.

Veio logo o inspetor, separou-os e, tendo ouvido as razões do Fonseca e dos outros meninos que presenciaram o fato, conduziu André para um quarto escuro, no qual teve o pequeno esse dia de passar todos os intervalos das aulas.

Sofreu o castigo e as acusações dos companheiros, sem o menor protesto e, quando se viu em liberdade, não mostrou por pessoa alguma o mais ligeiro ressentimento.

Depois desse fato, os colegas deram todavia em olhá-lo com certo respeito, e só pelas costas o ridicularizavam. Às vezes, do fundo de um corredor ou do meio de um grupo, ouvia gritar em voz disfarçada:

– Olha o filhote do padre! Olha o Coruja!

Ele, porém, fingia não dar por isso e afastava-se em silêncio.

Quanto ao mais, raramente comparecia ao recreio, e apresentava-se nas aulas sempre com a lição na ponta da língua.

No fim de pouco tempo, os próprios mestres participavam do vago respeito que ele impunha a todos; e, posto que estivessem bem longe de simpatizar com o desgracioso pequeno, apreciavam-lhe a precoce austeridade de costumes e o seu admirável esforço pelo trabalho.

Uma das particularidades de sua conduta, que mais impressionava aos professores, era a de que, apesar do constante mal que lhe desejavam fazer os colegas, ele jamais se queixava de nenhum, e tratava-os a todos da mesma forma que tratava ao diretor e aos lentes, isto é, com a mesma sobriedade de palavras e a mesma frieza de gestos.

Em geral, era por ocasião da mesa que as indiretas dos seus condiscípulos mais se assanhavam contra ele. O Coruja, como já todos lhe chamavam, não tinha graça, nem distinção no comer; comia muito e sofregamente, com o rosto tão chegado ao prato que parecia querer apanhar os bocados com os dentes.

Coitado! Além do rico apetite de que dispunha, ele não recebia, à semelhança dos outros meninos, presentes de doce, requeijão e frutas que lhes mandavam as competentes

famílias; não andava a paparicar durante o dia com os outros; de sorte que, à hora oficial da comida, devorava tudo que lhe punham no prato, sem torcer o nariz a cousa alguma.

Um dia, porque ele, depois de comer ao jantar todo o seu pão, pediu que lhe dessem outro, a mesa inteira rebentou em gargalhadas; mas o Coruja não se alterou, e fez questão de que daí em diante lhe depusessem ao lado do prato dous pães em vez de um!

– Muito bem! – considerou o diretor. – É dos tais que pagam por meio e comem por dous! Seja tudo por amor de Deus!

III

Assim ia vivendo o Coruja, desestimado e desprotegido no colégio, e como que formando na sua esquisitice uma ilha completamente isolada dos bons e dos maus exemplos, que em torno dele se agitavam.

Dir-se-ia que nascera encascado em grossa armadura de indiferença, contra a qual se despedaçavam as várias manifestações do meio em que vivia, sem que elas jamais conseguissem lhe corromper o ânimo. A tudo e a todos parecia estranho, como se naquele coração, ainda tão novo, já não houvesse uma só fibra intacta.

E, todavia, nenhum dos companheiros seria capaz de maltratar em presença dele um dos mais pequenos do colégio, sem que o esquisitão tomasse imediatamente a defesa do mais fraco. Não consentia igualmente que fizessem mal aos animais, e muita vez o encontraram acocorado sobre a terra protegendo um mesquinho réptil, ou lhe enxergavam vivos sinais de ameaças em favor de alguma pobre borboleta perseguida pelos estudantes.

Na sua mística afeição aos fracos e indefesos, chegava a acarinhar as árvores e plantas do jardim e sentia vê-las mal amparadas na hora do recreio. Não reconhecia em ninguém o direito de separar uma flor da haste em que nascera ou encarcerar na gaiola um mísero passarinho.

E tudo isso era feito e praticado naturalmente, sem as tredas[1] aparências de quem deseja constituir-se em modelo de bondade. Tanto assim, que tais cousas só foram deveras percebidas por um antigo criado da casa, o Militão, a quem os meninos alcunharam por pilhéria de "doutor Caixa-d'óculos".

O Caixa-d'óculos era nada mais do que um triste velhote de cinquenta a sessenta anos, vindo em pequeno das ilhas e que aqui percorrera a tortuosa escala das ocupações sem futuro. Fora porteiro de diversas ordens religiosas, moço de câmara a bordo de vários navios, depois permanente de polícia, em seguida sacristão e criado de um cônego, depois moço de hotel, bilheteiro num teatro, copeiro em casa de um titular e afinal, para descansar, criado no colégio em que se achava o Coruja.

De tal peregrinação apenas lhe ficara um desgosto surdo pela existência, um vago e triste malquerer pelos fortes e pelos vitoriosos.

E foi por isso que ele simpatizou com o Coruja; porque o supunha ainda mais desprotegido e ainda mais desarmado do que ele próprio.

Era, enfim, o único em quem o pequeno do padre, durante o seu primeiro ano de colegial, nem sempre encontrara o desprezo e a má vontade.

Vindas as férias, o reverendíssimo João Estêvão, a pretexto de que o pupilo lucraria mais ficando no colégio do que indo para casa, escreveu a esse respeito ao doutor Mosquito, e bem contra a vontade deste, o pequeno por lá ficou.

André recebeu a notícia, como se já a esperasse, e viu, sem o menor sintoma de desgosto, partirem, pouco a pouco, todos os seus companheiros. Destes, a alguns vinham buscar os próprios pais e as próprias mães; e, ali, entre as frias paredes do internato, ouviram-se, durante muitos dias, quentes palavras de ternura, e sentiram-se estalar beijos de amor, por entre lágrimas de saudade.

Só ele, o Coruja, não teve nada disso.

Viu despovoar-se aos poucos o colégio; retirarem-se os professores, os empregados, e afinal o último colega que restava. E então julgou-se de todo só e abandonado como uma pobre andorinha que não pudesse embandar-se[2] à revoada das companheiras.

Só, completamente só.

É verdade que o diretor ocupava o segundo andar com a família, isto é, com a mulher e duas filhas ainda pequenas; mas as férias aproveitavam eles para os seus passeios, e, além disso, o Coruja só poderia procurá-los à hora das refeições. Embaixo ficaram apenas o hortelão[3] e o Caixa-d'óculos.

André pediu licença ao diretor para tomar parte no serviço da horta e obteve-a prontamente.

Com que prazer não fazia ele esse trabalho todas as manhãs! Ainda o Sol não estava fora de todo e já o Coruja andava pela chácara, descalço, em mangas de camisa, calças arregaçadas, a regar as plantas e a remexer a terra. O hortelão, vendo o gosto que o ajudante tomava pelo serviço, aproveitava-o quanto podia e limitava-se a dirigi-lo.

– Ó Coruja! – gritava-lhe ele, já em tom de ordem, a perna trançada e o cachimbo no canto da boca – Apara-me aí essa grama! – Ou então: – Remexe-me melhor aquele canteiro e borrifa-me um pouco mais a alface, que está a me parecer que levou pouca água!

As horas entre o almoço e o jantar dedicou-as o Coruja aos seus estudos, e às quatro da tarde descia de novo à chácara, onde encontrava invariavelmente o Caixa-d'óculos às voltas com uma pobre flauta, dentro da qual soprava ele o velho repertório das músicas de seu tempo.

Foi essa miserável flauta que acordou no coração de André o gosto pela música. Caixa-d'óculos deu por isso, arranjou um outro instrumento e propôs-se ministrar algumas lições ao pequeno. Esse aceitou com um reconhecimento muito digno de tão boa vontade, mas sem dúvida de melhor mestre, porque manda a verdade confessar que aquele não ofuscava a glória de nenhum dos inúmeros flautistas que ocupam a superfície da terra, contando mesmo os maus, os péssimos e os insuportáveis.

Mas o caso é que, depois disso, eles lá passavam as últimas horas da tarde, a duelarem-se furiosamente com as notas mais temíveis que um instrumento de sopro pode dardejar contra a paciência humana; e terminada a luta, recolhia-se André ao dormitório e pegava no sono até à madrugada seguinte.

As férias não lhe corriam por conseguinte tão contrárias, como era de supor, e só dous desgostos o atormentavam. Primeiro, não poder comprar uma flauta nova e boa; segundo, ver sempre fechada a biblioteca do colégio.

Que curiosidade lhe fazia aquela biblioteca!

Ele a rondava como um gato que fareja o guarda-comida; parecia sentir de fora o cheiro do que havia de mais apetitoso naquelas estantes, e, por seu maior tormento, bastava trepar-se a uma cadeira e espiar por cima da porta, para devassar perfeitamente a biblioteca.

Um suplício! Vinham-lhe até ímpetos de arrombar a fechadura; e, como consolação, passava horas esquecidas sobre a cadeira, na pontinha dos pés, a olhar de longe para os

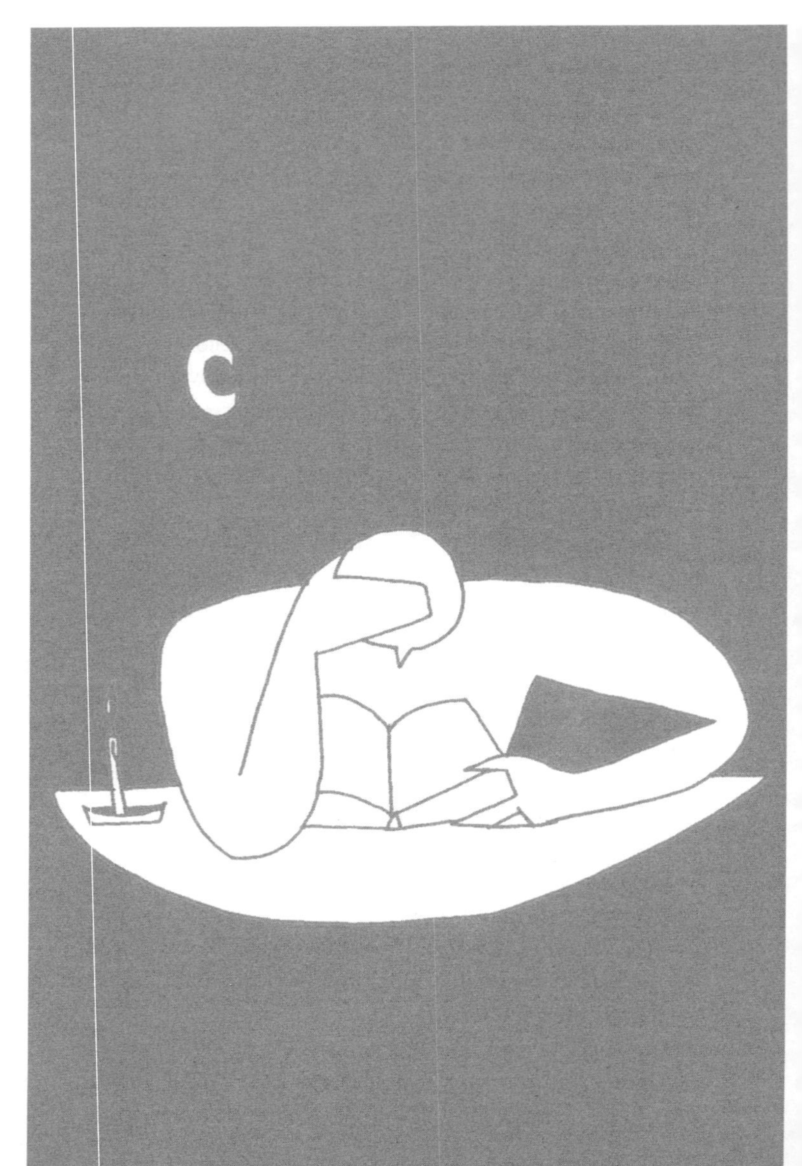
C

livros, procurando distinguir e ler o que diziam eles nas letras de ouro que expunham nas lombadas.

Alguns, então, lhe produziam verdadeiras angústias, principalmente os grandes, os de lombo muito largo, que ali estavam de costas, soberbos, como bojudos sábios, concentrados e adormecidos na sua ciência.

O Coruja tivera sempre um pendor muito particular por tudo aquilo que lhe cheirava a alfarrábio[4] e línguas mortas. Adorava os livros velhos em cuja leitura encontrasse dificuldades a vencer; gostava de cansar a inteligência na procura de explicação de qualquer ponto duvidoso ou de qualquer frase sujeita a várias interpretações.

Já desde a casa do padre Estêvão que semelhante tendência se havia declarado nele. É que seu gênio retraído e seco dava-se maravilhosamente com esses amigos submissos e generosos – os livros; esses faladores discretos, que podemos interromper à vontade e com os quais nos é permitido conversar dias inteiros, sem termos aliás obrigação de dar uma palavra.

Ora, para o André, que morria de amores pelo silêncio, isto devia ser o ideal das palestras. Além do que, à sua morosa e arrastada compreensão só o livro podia convir. O professor sempre se impacienta, quando tem de explicar qualquer cousa mais de uma vez; o livro, não, o livro exige apenas a boa vontade de quem o estuda, e no Coruja a boa vontade era justamente a qualidade mais perfeita e mais forte.

Um dia, o diretor, descendo inesperadamente ao primeiro andar, encontrou-o tão embebido a espiar para dentro da biblioteca, que se chegou a ele sem ser sentido e deu-lhe uma ligeira palmada no lugar que encontrou mais à mão.

O Coruja, trepado às costas de uma cadeira e agarrado à bandeira da porta, virou-se muito vermelho e confuso, como se o tivessem surpreendido a cometer um crime.

– Que faz o senhor aí, seu Miranda?

– Olhava.

– Que olhava o senhor?

– Os livros.

O doutor Mosquito encarou-o de alto a baixo, e, depois de meditar um instante, acrescentou:

– Vá lá acima e diga à mulher que mande as minhas chaves.

André saltou do seu observatório e apressou-se a dar cumprimento às ordens do diretor.

Este, logo que chegaram as chaves, abriu a biblioteca e entrou. O pequeno, à porta, invadiu-a com um olhar tão sôfrego e tão significativo, que o doutor Mosquito o chamou e perguntou-lhe qual era o livro que tanto o impressionara.

André coçou a cabeça, hesitando, mas a sua fisionomia encarregou-se de responder, visto que o diretor, depois de lamentar com um gesto a grande quantidade de pó encarnado sobre os livros, foi à fechadura, separou do molho de chaves a da biblioteca e disse, passando-lha:

– Durante o resto das férias, fica o senhor encarregado de cuidar destes livros e de trazer tudo isto arranjado e limpo. Quer?...

André sacudiu a cabeça afirmativamente e apoderou-se da chave com uma tal convicção que o diretor não pôde deixar de rir.

Logo que se viu só, tratou de munir-se de um espanador e de um pano molhado, e, com o auxílio de uma escadinha que havia na biblioteca, principiou a grande limpeza dos livros.

Não abriu nenhum deles, enquanto não deu por bem terminada a espanação. Metódico, como era, não gostava de entregar-se a qualquer cousa sem ter de antemão preparado o terreno para isso.

Oh! Mas quão diferente foi do que esperava a impressão recebida, quando se dispôs a usufruir do tesouro que lhe estava franqueado.

Não sabia qual dos livros tomar de preferência; não conseguia ler de nenhum deles mais do que algumas frases soltas e apanhadas ao acaso.

E, toda aquela sabedoria encadernada e silenciosa, toda aquela ciência desconhecida que ali estava, por tal forma o confundiu e perturbou que, no fim de alguns segundos de dolorosa hesitação, o Coruja como que sentia libertar-se dos volumes a alma de cada página para se refugiarem todas dentro da cabeça dele.

Bem penosas foram as suas primeiras horas de biblioteca. O desgraçadinho quase que se arrependeu de havê-la conquistado com tanto empenho, e chegou a desejar que, em vez de tamanha fartura de livros, lhe tivessem franqueado apenas quatro ou cinco.

Mas veio-lhe em socorro uma ideia que, mal surgiu, começou logo por acentuar-se-lhe no espírito, como uma ideia de salvação.

Era fazer um catálogo da biblioteca.

Esta luminosa ideia só por si o consolou de toda a sua decepção e de todo o seu vexame. Afigurava-se-lhe que, catalogando todos aqueles livros num só, vê-los-ia disciplinados e submissos ao seu governo. Entendeu que, por esse meio, tê-los-ia a todos debaixo da vista, arregimentados na memória, podendo evocá-los pelos nomes, cada um por sua vez, como o inspetor do colégio fazia a chamada dos alunos ao abrir das aulas.

E o catálogo ficou sendo a sua ideia fixa.

Principiou a cuidar dele logo no dia seguinte. Mas, a cada instante, surgiam-lhe dificuldades: não sabia como dar começo à sua obra, como levá-la a efeito. Tentou arranjar a cousa alfabeticamente; teve, porém, de abandonar essa ideia, como inexequível; numerou as estantes e experimentou se conseguia algum resultado por este sistema; foi tudo inútil.

Afinal, depois de muitas tentativas infrutíferas, o acaso, no fim de alguns dias, veio em seu auxílio, atirando-lhe às mãos o catálogo de uma biblioteca de província.

Era um folheto pequeno, encadernado e nitidamente impresso.

Coruja abriu-o religiosamente e passou o resto do dia a estudá-lo. Na manhã seguinte, a sua obra achava-se começada, pela nona ou décima vez, é certo, mas agora debaixo de auspícios muito mais prometedores.

E em todo o resto das férias foi o seu tempo sistematicamente dividido entre o trabalho da horta, o estudo de seus compêndios, as lições do Caixa-d'óculos e a organização do famoso catálogo. Esta, porém, era de todas as suas ocupações a mais querida e desvelada; o que, entretanto, não impediu que ela ficasse por acabar depois da reabertura das aulas.

"Fica para mais tarde" – pensou o Coruja, cheio de confiança na sua vontade.

E, sem confiar a sua ideia a ninguém, nem mesmo ao diretor, passava todos os dias feriados e todas as horas de recreio metido na biblioteca de cuja fiscalização continuava encarregado.

IV

Entre os novos alunos, que entraram no seguinte ano para o colégio do doutor Mosquito, vinha um que se chamava Teobaldo Henrique de Albuquerque. Menino de doze anos, muito bonito, elegante e criado com mimo.

Falava melhor o inglês e o francês do que a sua própria língua, porque estivera mais tempo em Londres do que no Brasil.

O tipo desta criança fazia um verdadeiro contraste com o do Coruja. Era débil, espigado, de uma palidez de mulher; olhos negros, pestanudos, boca fidalga e desdenhosa, principalmente quando sorria e mostrava a pérola dos dentes. Todo ele estava a respirar uma educação dispendiosa; sentia-se-lhe o dinheiro na excelência das roupas, na delicada escolha dos perfumes que a família lhe dava para o cabelo e para o lenço, como em tudo de que se compunha o seu rico enxoval de pensionista.

Criança como era, já falava de cousas que o outro nem sonhava ainda; tinha já predileções e esquisitices de gosto; discutia prazeres, criticava mulheres e zombava dos professores, sem que estes aliás se dessem por achados, em razão dos obséquios pecuniários que o colégio devia ao pai de Teobaldo, o senhor barão do Palmar.

Não obstante, esses mesmos dotes e mais sua estroinice[1] de menino caprichoso, sua altivez natural e adquirida por educação abriam em torno dele o ódio ou a inveja da maior parte dos condiscípulos. Logo ao entrar no colégio, fizera muitos inimigos e, pouco depois, era tido e julgado como o mais embirrante e o mais insuportável entre todos os alunos do doutor Mosquito.

Não lhe perdoavam ser ao mesmo tempo tão rico, tão formoso, tão inteligente e tão gentilmente vadio. Além de tudo isso, como se tanto já não bastava, havia ainda para o fazer malquisto dos companheiros aquela escandalosa proteção que lhe votavam os professores, apesar da formidável impertinência do rapaz.

Em verdade a todos falava Teobaldo com uma sobranceria[2] ofensiva e provocadora. No seu modo de olhar, no tom da sua voz, no desdém de seus gestos, sentia-se a uma légua de distância o hábito de mandar e ser obedecido.

Esta constante arrogância, levada ao supremo grau, afastou de junto dele todos os seus condiscípulos. Mas o orgulhoso não parecia impressionar-se com o isolamento a que o condenavam as suas maneiras, e, se o sentia, não deixava transparecer em nenhum dos gestos a menor sombra de desgosto.

Ninguém o queria para amigo.

Um domingo, porém, ao terminar o almoço, ouviu dentre um certo grupo de seus colegas uma palavra de ofensa, que lhe era dirigida.

Voltou-se e, apertando os olhos com um ar mais insolente que nunca, exclamou para o grupo:

– Aquele de vocês que me insultou, se não é um covarde, apresente-se! Estou disposto a dar-lhe na cara!

Ninguém respondeu.

Teobaldo franziu o lábio com tédio e, atirando ao grupo inteiro, por cima do ombro, um olhar de desprezo, afastou-se, dizendo entre dentes:

– Canalha!

Mas, ao chegar pouco depois à chácara, seis meninos dos mais fortes dos que compunham o grupo, aproximaram-se dele e exigiram que Teobaldo sustentasse o que havia dito no salão.

Teobaldo virou-lhes as costas e os seis iam precipitar-se sobre ele, quando o Coruja, que tudo presenciara a certa distância, de um pulo tomou-lhes a frente e os destroçou a murros.

Acudiu o inspetor, fez cessar a briga e, tomando o Coruja pelo braço, levou-o à presença do doutor Mosquito.

Teobaldo acompanhou-o.

Exposto o ocorrido, foi o Coruja interrogado e confessou que era tudo verdade: batera em alguns de seus companheiros.

– Pois então recolham-no ao quarto do castigo – disse o diretor. – Passará aí o domingo, fazendo considerações sobre o inconveniente das bravatas!

– Perdão! – observou Teobaldo. – Quem tem de sofrer esse castigo sou eu! Fui o causador único da desordem. Este menino não tem a menor culpa!

E apontou para o Coruja.

– Ó senhores! Pois se eu o vi atracando-se aos outros, como um demônio! – exclamou o inspetor.

– E ele próprio o confessa… – acrescentou o diretor. – Vamos! Cumpra-se a ordem que dei!

– Nesse caso eu também serei preso – respondeu Teobaldo.

E tão resolutamente acompanhou o colega que ninguém o deteve.

Foram recolhidos à mesma prisão, e desta vez, graças à influência de Teobaldo, o outro, além de não ter de gramar o escuro, recebeu licença para levar consigo alguns livros e a flauta que lhe emprestara o Caixa-d'óculos.

Logo que os dous meninos se acharam a sós, Teobaldo foi ter com o Coruja e disse, apertando-lhe a mão:

– Obrigado.

André fez um gesto com a cabeça, equivalente a estas palavras: "Não tem de agradecer, porque o mesmo faria por qualquer criatura".

– Se o senhor fazia parte do grupo que insultei – volveu Teobaldo –, peço-lhe desculpa.

– Não fazia – respondeu o outro, dispondo-se a entregar-se de corpo e alma à sua ingrata flauta.

Felizmente para o colega, foram interrompidos por uma pancada na porta.

Teobaldo correu a receber quem batia, e soltou logo uma exclamação de prazer:

– Oh! Você, Caetano! Como estão todos lá em casa? Mamãe está melhor? E papai, papai que faz que não vem me ver, como prometeu?

Caetano, em vez de responder, pousou no chão uma cesta que trazia, e abriu os braços para o menino, deixando correr pelo sorriso de seu rosto duas lágrimas de ternura que se lhe escaparam dos olhos.

Era um homem de meia idade, alto, magro, de cabelos grisalhos, à escovinha, cara toda raspada; e tão simpático, tão bom de fisionomia que a gente gostava dele à primeira vista.

Trajava uma libré[3] cor de rapé, com botões de latão e alamares[4] de veludo preto.

Caetano entrara muito criança para o serviço do avô de Teobaldo, pouco antes do nascimento do pai deste, e nunca mais abandonou essa família, da qual mais adiante teremos de falar, e por onde se poderão avaliar os laços de velha amizade que ligavam aquele respeitoso criado ao neto de seu primeiro amo.

Por enquanto diremos apenas que o bom Caetano viu crescer ao seu lado o pai de Teobaldo; que o acompanhou tanto nas suas primeiras correrias de rapaz, como mais tarde nas suas aventuras políticas durante as revoluções de Minas[5]; e que a intimidade entre esses dous companheiros por tal forma os identificou que afinal o criado era já consultado e ouvido como um verdadeiro membro e amigo da família a que se dedicara.

– Mas, Caetano, que diabo veio você fazer aqui? – perguntou Teobaldo. – Há novidade lá por casa? Fale! Mamãe piorou?

– Não; graças a Deus não há novidade. A senhora baronesa não piorou, e parece até que vai melhor; o que ela tem é muitas saudades de vossemecê.

– E papai, está bom?

– Nhô-Miló (era assim que chamava o amo) está bom, graças a Deus. Foi ele quem me mandou cá. Vim trazer um dinheiro ao doutor.

– Ah! Ao diretor? Quanto foi?

– Trezentos mil-réis.

– Seriam emprestados, sabes?

– Creio que sim, porque trouxe uma letra que tem de voltar assinada...

– E isso que trazes aí no cesto é para mim?

– É, sim, senhor. É a senhora baronesa quem manda.

Teobaldo apressou-se a despejar a cesta. Vinham doces, queijo, nozes, figos secos, passas, amêndoas, frutas cristalizadas e uma garrafa de vinho Madeira.

– Isto é que é pouco; devia ter vindo mais... – considerou ele, pousando a garrafa no chão.

– Pois fique sabendo que, se não fosse Nhô-Miló, nem essa teria vindo... A senhora baronesa chegou a zangar-se com ele.

E, mudando de tom: – Mas é verdade, vossemecê está preso?

– Qual! Estou aqui porque assim o quis.

Em quatro palavras Teobaldo contou o motivo da sua prisão.

– Ah! – disse o criado – vossemecê é seu pai, sem tirar nem pôr!

– Sim, mas não contes nada em casa...

– Não há novidade, não, senhor!

E, depois de conversarem ainda mais alguma cousa, Caetano abraçou de novo o rapaz, despediu-se do outro e retirou-se, pretextando que não convinha demorar-se para não chegar muito tarde à fazenda.

Outra vez fechada a prisão, Teobaldo, restituído ao seu bom humor com o presente da família, voltou-se, já risonho, para o companheiro e disse, batendo-lhe no ombro:

– Ao menos temos aqui com que entreter os queixos. – E, dispondo tudo sobre uma cadeira, principiou a expor o conteúdo dos pacotes e das caixinhas de doce: – Felizmente a garrafa está aberta e o púcaro[6] d'água serve para beber o vinho. Não acha que isto veio a propósito?

– É – resmungou o Coruja.

– Pois então, mãos à obra! Gosta de vinho?

– Não sei...

– Como não sabe?

– Nunca provei.

– Nunca? Oh!

– É exato.

– Pois experimente. Há de gostar.

André entornou no púcaro três dedos de vinho e bebeu-o de um trago.

– Que tal? – perguntou o outro fazendo o mesmo.

– É bom! – disse Coruja a estalar a língua.

– Com um pouco de queijo e doce ainda é melhor. Atire-se!

André não se fez de rogado, e os dous meninos, em face um do outro, puseram-se a petiscar, como bons amigos. Teobaldo, porém, depois de repetir várias vezes a dose do vinho, precisava dar expansão ao seu gênio comentador e satírico; ao passo que o companheiro saboreava em silêncio aqueles delicados pitéus, que chamavam ao seu mal confortado paladar delícias inteiramente novas e desconhecidas para ele.

E contentava-se a resmungar, de vez em quando: – É muito bom! É muito bom!

– Pois eu, sempre que receber presentes lá de casa – prometeu o outro –, hei de chamá-lo para participar deles. Está dito?

– Está.

– Você chama-se...

– André.

– De…
– Miranda.
– André Miranda.
– De Melo.
– Ah!
– E Costa.
– Não sabia. Como todos no colégio só o tratam por "Coruja"…
– É alcunha.
– Foi aqui que lha puseram?
– Foi.
– Por quê?
– Porque eu sou feio.
– E não fica zangado quando lhe chamam assim?
– Não.
– Eu também faria o mesmo, se me pusessem alguma. Os nossos colegas são todos uns pedaços d'asnos, não acha?

Coruja sacudiu os ombros e Teobaldo, um pouco agitado pelo Madeira, começou a desabafar todo o ressentimento que até aí reprimia com tanto orgulho. Falou francamente, queixou-se dos companheiros, julgou-os um por um, provando que eram todos aduladores e invejosos.

– Não quero saber deles para nada! – exclamou indignado. – Você é o único com quem me darei!

E, muito loquaz e vário, passou logo a falar dos colégios europeus, do modo pelo qual aí se tratavam entre si os estudantes, dos modos de brincar, de estudar em comum, do modo, enfim, pelo qual se protegiam e estimavam.

André o escutava, sem dar uma palavra, mas patenteando no rosto enorme interesse pelo que ouvia.

Era a primeira vez que se achava assim, em comunicação amistosa com um seu semelhante; era a primeira vez que alguém o escolhia para confidente, para íntimo. E sua alma teve com a surpresa desse fato o mesmo gozo de impressões que experimentara ainda há pouco o seu paladar com os saborosos doces até aí desconhecidos para ele.

E o Coruja, a quem nada parecia impressionar, começou a sentir afeição por aquele rapaz, que era a mais perfeita antítese do seu gênio e da sua pessoa.

Quando Salustiano veio abrir-lhes a porta à hora do jantar, encontrou Teobaldo de pé, a discursar em voz alta, a gesticular vivamente, defronte do outro que, estendido na cadeira, toscanejava[7] meio tonto.

– Então? – exclamou o homem das barbas longas. – Que significa isto?

– Isto quê, ó meu cara de "quebra-nozes"? – interrogou Teobaldo, soltando-lhe uma palmada na barriga.

– Menino! – repreendeu o homem. – Não quero que me falte ao respeito!

– E um pouco de Madeira, não queres também?

– O senhor bem sabe que aqui no colégio é proibido aos alunos receberem vinho...

– Para os outros não duvido! Eu hei de receber sempre, senão digo ao velho que não empreste mais um vintém ao diretor.

– Não fale assim... O senhor não se deve meter nesses negócios...

– Sim, mas em vez de estares aí a mastigar em seco e a lamber os beiços, é melhor que mastigues um pouco de requeijão com aquele doce.

– Muito obrigado.

– Não tem muito obrigado. Coma!

E Teobaldo, com sua própria mão, meteu-lhe um doce na boca.

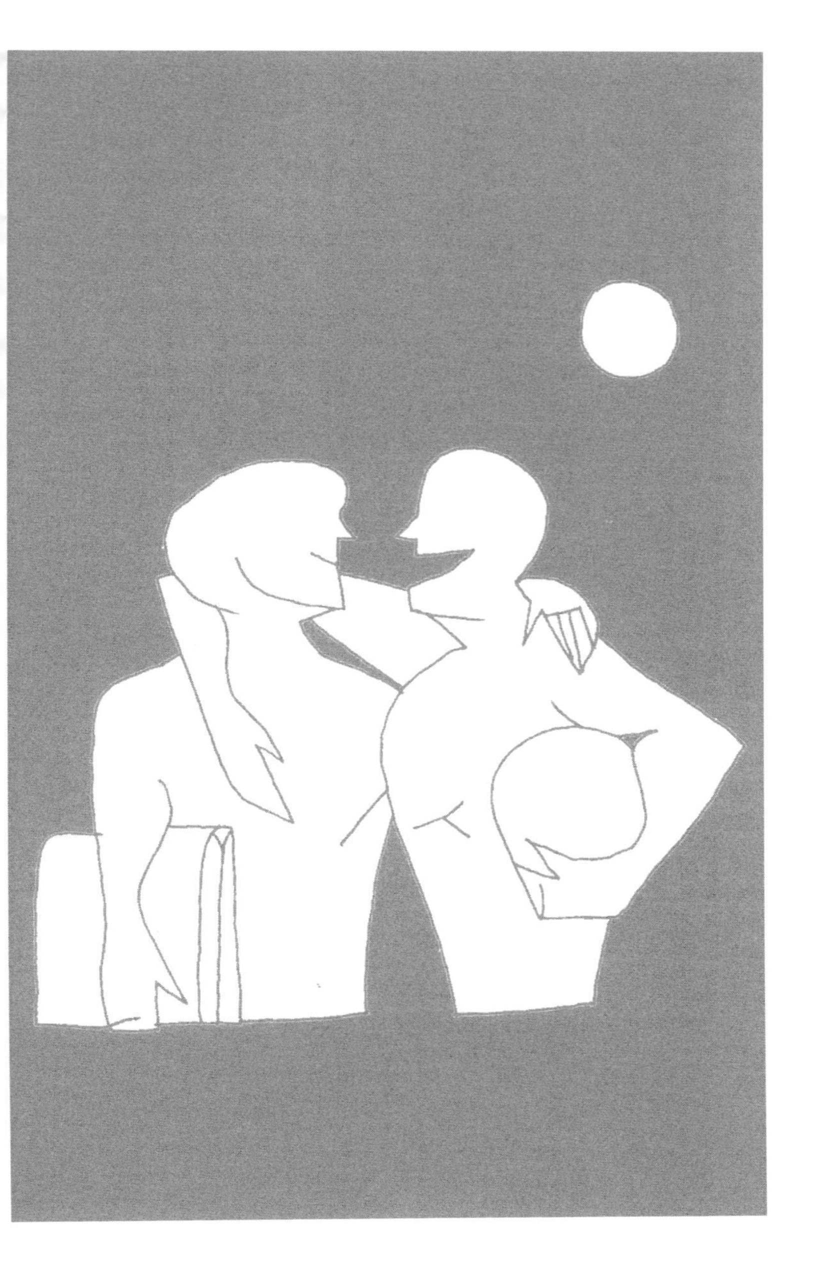

– Você é o diabo! – considerou Salustiano, já sem nenhum sinal de austeridade. E, erguendo a garrafa à altura dos olhos: – Pois os senhores dous beberam mais de meia garrafa de vinho?!...

André, ao ouvir isto, começou a rir a bandeiras despregadas, o que fazia talvez pela vez primeira em sua vida.

Pelo menos, o fato era tão estranho que tanto o Salustiano como Teobaldo caíram também na gargalhada.

– E não é que estão ambos no gole?...[8] – disse o homem, a cheirar a boca da garrafa e, sem lhe resistir ao bom cheiro, despejou na própria o vinho que restava.

– Que tal a pinga? – perguntou Teobaldo.

– É pena ser tão mal-empregada... – respondeu o barbadão a rir.

– Este Salustiano é um bom tipo! – observou o menino, enchendo as algibeiras de frutas e doces.

– Ora, quando o diretor não pode com o senhor, eu é que hei de poder...

E, querendo fazer-se sério de novo:

– Vamos! Vamos! Aviem-se, que está tocando a sineta pela segunda vez!

– Não vou à mesa – respondeu Teobaldo –; daqui vou para o jardim; diga ao doutor que estamos indispostos.

E, voltando-se para o Coruja:

– Oh! André! Toma conta de tudo isso e vamos lá para baixo ouvir a flauta do Caixa-d'óculos.

V

Desde então os dous meninos fizeram-se amigos.

Foi justamente a grande distância, o contraste, que os separava, que os uniu um ao outro.

As extremidades tocavam-se.

Teobaldo era detestado pelos colegas por ser muito desinsofrido[1] e petulante; o outro por ser muito casmurro e concentrado. O esquisitão e o travesso tinham, pois, esse ponto de contato – o isolamento. Achavam-se no mesmo ponto de abandono, viram-se companheiros de solidão, e é natural que se compreendessem e que se tornassem afinal amigos inseparáveis.

Uma vez reunidos, completavam-se perfeitamente. Cada um dispunha daquilo que faltava no outro; Teobaldo tinha a compreensão fácil, a inteligência pronta; Coruja, o método e a perseverança no estudo; um era rico; o outro econômico; um era bonito, débil e atrevido; o outro feio, prudente e forte. Ligados, possuiriam tudo.

E, com o correr do ano, por tal forma se foram estreitando entre os dous os laços da confiança e da amizade que afinal nenhum deles nada fazia sem consultar o camarada.

Estudavam juntos e juntos se assentavam nas aulas e à mesa.

Por fim, era já o André quem se encarregava de estudar pelo Teobaldo; era quem resolvia os problemas algébricos que lhe passavam os professores; era quem lhe arranjava os temas de latim e o único que se dava à maçada de procurar significados no dicionário. Em compensação o outro, a quem faltava a paciência para tudo isso, punha os seus livros, a sua vivacidade intelectual à disposição do amigo, e dividia com este os presentes e até o dinheiro enviado pela família, sem contar as regalias que a sua amizade proporcionava ao Coruja, fazendo-o participar da ilimitada consideração que lhe rendia todo o pessoal do colégio, desde o diretor ao cozinheiro.

De todas as gentilezas de Teobaldo, a que então mais impressionara ao amigo foi o presente de uma flauta e de um tratado de música, que lhe fez aquele à volta de um passeio com o diretor do colégio.

Coruja trabalhava à sua mesa de estudo quando o outro entrou da rua.

– Trago-te isto – disse-lhe Teobaldo, apresentando-lhe os objetos que comprara.

– Uma flauta! – balbuciou André no auge da comoção. – Uma flauta!

– Vê se está a teu gosto.

Coruja ergueu-se da cadeira, tomou nas mãos o instrumento, experimentou-lhe o sopro, e ficou tão satisfeito com o presente do amigo que não encontrou uma só palavra para lho agradecer.

– Que fazias tu? – perguntou-lhe Teobaldo.

Mas correu logo os olhos pelo trabalho que estava sobre a mesa e acrescentou:

– Ah! É ainda o tal catálogo!

– É exato.

– Gabo-te a paciência! Não seria eu!

E, tomando a bocejar uma das folhas escritas que o outro tinha defronte de si:

– Isto vem a ser?...

– Isto é a numeração das obras – respondeu André.

– Ah! Vai numerá-las...

– Vou. Para facilitar.

– E isto aqui? – interrogou Teobaldo, tomando uma outra folha de papel.

– Isto é uma lista dos títulos das obras.

– E isto?

– O nome dos autores.

– Depois reúnes tudo?

– Reúno.

– Melhor seria fazer tudo de uma só vez. Seria mais prático. Assim, não é tão cedo que te verás livre dessa maçada!

– Há de ficar pronto.

Mas estava escrito que o célebre catálogo não teria de ficar acabado nas férias desse ano. Uma circunstância extraordinária veio alterar completamente os planos do autor.

Logo ao entrar das férias, o pai de Teobaldo apresentou-se no colégio para ir em pessoa buscar o filho.

Entrou desembaraçadamente a gritar pelo rapaz desde a porta da rua.

– Ah! É Vossa Excelência – exclamou o diretor com espalhafato, logo que o viu. E correu a tomar-lhe o chapéu e a bengala.

– Bela surpresa! Bela surpresa, senhor barão! Tenha bondade de entrar para o escritório!

– Vim buscar o rapaz. Como vai ele?

– Muito bem, muito bem! Vou chamá-lo no mesmo instante. Tenha a bondade Vossa Excelência de esperar alguns segundos.

E, como se a solicitude lhe dera sebo às canelas[2], o doutor Mosquito desapareceu mais ligeiro que um rato.

O senhor barão do Palmar, Emílio Henrique de Albuquerque, era ainda nos seus cinquenta e tantos anos uma bela figura de homem.

A vida acidentada e revessa[3], a que o condenara sempre o seu espírito irrequieto e turbulento, não conseguira alterar-lhe em nada o bom humor e as gentilezas cavalheirescas de sua alma romântica e afidalgada.

Como brasileiro, ele representava um produto legítimo da época em que veio ao mundo. Nascera em Minas, quando ferviam já os prelúdios da independência, e seu pai, um fidalgo português dos que emigraram para o Brasil em companhia do príncipe regente[4] e de cujas mãos se passara depois para o serviço de Dom Pedro I, dera-lhe por mãe uma formosa cabocla paraense, com quem se havia casado e de quem não tivera outro filho senão esse.

De tais elementos, tão antagônicos, formou-se-lhe aquele caráter híbrido e singular, aristocrata e rude a um tempo; porque nas veias de Emílio de Albuquerque tanto corria o refinado sangue da nobreza, como o sangue bárbaro dos tapuias.

Crescera entre os sobressaltos políticos do começo do século, ouvindo roncar em torno do berço a tempestade revolucionária, que havia de mais tarde lhe arrebatar a família, os amigos e as primeiras e mais belas ilusões políticas.

Desde muito cedo destinado às armas, matriculou-se na Escola Militar, fez parte da famosa guarda de honra do primeiro imperador[5], e, com a proteção deste e mais a natural vivacidade do seu temperamento mestiço, chegou rapidamente ao posto de capitão.

Teve, porém, de interromper os estudos para fazer a lamentável guerra da Cisplatina[6], donde voltou seis meses depois, sem nenhuma das ilusões com que partira, nem encontrar os pais e amigos que sucumbiram na sua ausência, e nem mais sentir palpitar-lhe no coração o primitivo entusiasmo pelos defensores legais da integridade nacional.

Orfanado, pois, aos vinte e dous anos, senhor de uma herança como bem poucos de tal procedência apanhavam nessas épocas, pediu baixa do exército e levantou voo para a Europa, fazendo-se acompanhar por um criado que fora de seu pai, o Caetano, aquele mesmo criado que, trinta e tantos anos depois, apareceu no colégio do doutor Mosquito vestido de libré cor de rapé, com botões amarelos.

Ah! Se esse velho quisesse contar as estroinices que fez o querido amo pelas paragens europeias que percorreu! se quisesse dizer quantas vezes não expôs a pele para livrá-lo em situações bem críticas! quantas vezes por causa de alguma aventura amorosa ou por alguma simples questão de rua ou de café não voltaram os dous, amo e criado, para o hotel com o corpo moído de pauladas e os punhos cansados de esbordoar!

Durante essas viagens levaram eles a vida mais aventurosa e extravagante que é possível imaginar; só voltaram para o Brasil no período da regência[7], depois da abdicação do senhor Dom Pedro I, por quem o rapaz não morria de amores.

Tornando à província, Emílio, talvez na intenção de refazer os seus bens já minguados, casou-se, a despeito da oposição do Caetano, com uma rapariga de Malabar, filha natural de um negociante português que comerciava diretamente com a Índia.

Atirou-se então a especular no comércio, mas o seu temperamento não lhe permitia demorar-se por muito tempo no mesmo objeto e, achando-se viúvo pouco depois de casado, lançou as vistas para Diamantina, que nessa ocasião atraía os ambiciosos, e lá se foi ele, sempre acompanhado pelo Caetano, explorar o diamante.

Tão depressa o viram em 1835 na Diamantina, como em 1842 em Santa Luzia na revolução dos liberais mineiros, lutando contra a célebre reação conservadora manifestada pela Lei de 3 de Dezembro[8].

A galhardia[9] e o valor com que se houve nessas conjunturas valeram-lhe a estima de Teófilo Otoni[10] e outros importantes chefes do seu partido. Dessa estima e mais dos bens particulares que então gastou na política foi que se originou o título, com que mais tarde o agraciaram.

A sua atitude política, a sua riqueza e os seus dotes naturais haviam-lhe já conquistado na corte as melhores relações desse tempo.

Uma vez, por ocasião de trazer para aí uma excelente partida de diamantes, travou conhecimento com um importante fazendeiro de café em cuja fazenda se hospedou por acaso.

Esse homem, mineiro da gema, era no lugar a principal influência do partido conservador e, sem dúvida, um dos que primeiro explorou a famosa Mata do Rio, que então começava a cobrir-se de novas plantações.

O fazendeiro tinha uma filha e Emílio cobiçou-a para casar. Mas o encascado[11] político, descendente talvez dos antigos emboabas[12] que avassalaram o centro de Minas, não cedeu ao primeiro ataque, e Emílio teve de lançar mão de todos os recursos insinuativos da sua raça para conseguir captar a confiança do pai e o coração da filha.

Quando lá tornou segunda vez, deixou o casamento ajustado. Então foi ainda a Diamantina liquidar os seus negócios e, voltando à Mata, recebeu por esposa a mulher que, mal sabia ele, estava destinada a ser a mais suave consolação e o melhor apoio do resto de sua vida.

Foi desse enlace que nasceu Teobaldo, logo um ano depois do casamento.

Emílio só reapareceu na corte em 1847, onde os seus correligionários, então no poder, o agraciaram com o título de barão do Palmar; mas voltou logo para Minas e tratou de estabelecer com os seus capitais uma fazenda na vizinhança da do sogro, que acabara de falecer.

Foi esse o melhor tempo de sua vida, o mais tranquilo e o mais feliz. Só depois de casado, Emílio pode avaliar e compreender deveras a mulher com quem se unira; só depois de casado, descobriu os tesouros de virtude que ela lhe trouxe para casa, escondidos no coração.

Laura, assim se chamava a boa esposa, era um desses anjos criados para a boa segurança do lar doméstico; uma dessas criaturas que nascem para fazer a felicidade dos que a cercam.

Em casa, senhores e escravos chamavam-lhe "Santa". E este doce tratamento condizia com os seus atos e com a sua figura.

– Esta, sim! – exclamava o Caetano, entusiasmado. – Esta, sim, é uma esposa de conta, peso e medida!

Pouco a pouco, Emílio foi amando a mulher, ao ponto de chegar a estremecê-la[13], o que até aí lhe parecia impossível.

No meio de toda essa felicidade, Teobaldo deu os seus primeiros passos pela mão do pai, da Santa e do fiel Caetano, que já o adorava tanto como os outros.

O pequeno era o mimo da casa; era o cuidado, o enlevo, a preocupação de quantos o viam crescer.

Com que sacrifício não consentiu, pois, o barão do Palmar que o filho, daí a seis anos, seguisse sozinho para um colégio de Londres, donde havia de passar a Coimbra.

Mas assim era necessário, porque Emílio, então comprometido no tráfico dos negros africanos, viu-se atrozmente perseguido por Eusébio de Queirós[14], terror dos negreiros e seu inimigo político.

Eis aí quem era e donde vinha o pai de Teobaldo.

E agora, visto aos cinquenta e tantos anos, aquele tipo, correto na forma e um pouco desabrido[15] nas maneiras, estava ainda a dizer a sua procedência mestiça. Por mais despejado que fosse, todavia, cativava sempre com muita graça e muita insinuação. Ar gentil e franco, gestos largos, coração tão aberto a tudo e a todos que até ao mal franquearia a entrada, desde que houvesse lá por dentro uma ideia de vingança.

Possuía ele um desses temperamentos desinsofridos[16] e ao mesmo tempo saturados de bom humor; tão prontos a zombar dos grandes perigos, como a inflamar-se à menor palavra que de longe lhe tocasse em pontos de honra. Temperamentos que não conhecem meio termo e que vão da pilhéria à bofetada com a rapidez de um salto.

Amava loucamente a mulher e adorava o filho. Todas as suas paixões de outrora, todos os seus gostos e hábitos sacrificados ao atual meio em que ele vivia, como que se transformaram em um sentimento único, em um amor de quinta-essência[17], em uma dedicação sem limites por Teobaldo. Mas não sabia educá-lo e por cegueira de afeição permitia-lhe todos os caprichos. A mais extravagante fantasia do menino era uma lei em casa do senhor barão.

Defronte daquele pequeno deus, ninguém seria capaz de levantar a voz. Teobaldo vivia entre os seus parentes como um príncipe no meio da sua corte; o pai, a mãe, uma irmã desta, que agora a acompanhava, todos pareciam apostados em merecer-lhe as graças em troca de amor e submissão.

Pode-se, pois, facilmente calcular qual não seria a comoção de Emílio ao ver o filho, quando o foi buscar nas férias, depois de tantos meses de ausência.

– Teobaldo! – exclamou o barão, correndo para ele de braços abertos.

O menino saltou-lhe ao pescoço e deixou-se beijar, enquanto perguntava pelos de casa.

E depois, a queixar-se:

– Ora! Prometeste que virias visitar-me, e nem uma vez!...

– Não pude abandonar a fazenda um só dia durante o ano! Aquilo por lá tem sido o diabo!...

Ia continuar, mas interrompeu-se para dizer ao filho:

– Anda daí, rapaz! Mexe-te, que, ao contrário, chegaremos muito tarde!... Vamos! Eu te ajudo a preparar a mala. Onde é o teu quarto?

Teobaldo tomou de carreira a direção do dormitório e o pai acompanhou-o, a mexer com todos os pequenos que encontrava no caminho.

– Quem é o tal André, de que falas tu nas cartas com tanta insistência? – perguntou ao filho, enquanto este emalava[18] a sua roupa.

– Ah! O Coruja? É o meu amigo; mostro-to já; espere aí.

E, quando atravessavam o salão, já com a mala pronta, Teobaldo exclamou, puxando o braço do pai:

– Olha! É aquele! Aquele que está ao lado do diretor.

– E aquele padre, quem é? Aquele que conversa com o doutor Mosquito?

– Deve ser o tutor de André.

– O tutor?

– Sim, porque André já não tem pai nem mãe; foi o vigário quem tomou conta dele e quem o meteu no colégio.

– E agora veio buscá-lo e leva-o para casa durante as férias?...

– Talvez não. Já o ano passado, deixou-o ficar aqui sozinho com os criados.

– Mas pode ser que desta vez não aconteça o mesmo...

Emílio foi, porém, convencido logo do contrário pelo que ouviu entre o diretor e o padre cujo diálogo ia-se esquentando a ponto de lhe chegar perfeitamente aos ouvidos.

– Abuso?... – exclamava o vigário. – Não vejo onde esteja o abuso!

– Pois não! – replicava o diretor. – Pois não! Vossa Reverendíssima vem ter comigo e pede-me que tome conta do seu pupilo pela metade do que recebo pelos outros alunos; eu consenti, consenti porque sabia que o pobre menino não tem outra proteção além da sua... Pois bem! chegam as férias; o senhor não manda buscar, o que é sempre um inconveniente para um estabelecimento desta ordem, e...

– Não sei por quê... – interrompeu o padre.

– Sei eu – gritou o diretor. – E a prova, olhe, é que tencionava fazer pelas férias um passeio à corte com minha família, e não fiz!...

– Sim, mas o senhor, naturalmente, não foi detido só por este...

– Engana-se; seu pupilo foi o único aluno que ficou no colégio durante as férias!

– Não é culpa minha!

– De acordo e não é disso que faço questão. Deixa-me continuar...

– Pode continuar.

– Como dizia: o senhor, não satisfeito com o abatimento que lhe fiz durante o ano inteiro, pediu-me ainda que lhe fizesse um novo abatimento durante as férias. Permita que lhe diga: o que Vossa Reverendíssima pagou não deu sequer para as comedorias, porque não é com tão pouco que se alimenta aquele rapaz! Não imagina que apetite tem ele!

André, ao ouvir esta acusação, abaixou o rosto, envergonhado como um criminoso, e pôs-se a roer as unhas, sentindo sobre si o olhar colérico do padre, que o media da cabeça aos pés.

– Pois bem! – prosseguiu o diretor – Chegam de novo as férias e, quando estou resolvido a remeter-lhe o menino, vem o senhor e diz que desta vez não pode pagar tanto como das outras!... Ora! Há de Vossa Reverendíssima convir que isto não tem jeito!

– Seria uma obra de caridade!... – objetou o padre.

– Sim, mas eu já fiz o que pude...

– Pois vá! Pagarei o mesmo que nas férias do ano passado.

– Não, senhor, não serve! Vossa Reverendíssima leva o menino e, se quiser, pode apresentar-mo de novo em janeiro. De outra forma, não!

– Tenho então de levar o pequeno comigo? – exclamou o padre, fazendo-se vermelho.

– Decerto – respondeu o diretor sem hesitar. – As férias inventaram-se para descanso e eu não posso ficar tranquilo, sabendo que há um aluno em casa. Dá-me o mesmo trabalho que me dariam vinte! Não! Não.

– Mas, doutor!...

– Não, não quero! É um cuidado constante. Retiram-se todos os empregados e fica aí o menino só com o servente; de um momento para outro, uma travessura, uma tolice de criança, pode ocasionar qualquer desgraça, e serei eu por ela o único responsável! Não quero!

– E se eu pagar o mesmo que pago durante o ano? – perguntou o reverendo já impaciente e cada vez mais vermelho.

– Nem assim.

– Nem assim? E quanto então é preciso que eu pague?

– Nada, porque estou resolvido a não aceitar.

– De sorte que eu tenho por força de levar o pequeno?...

– Fatalmente.

– Pois então, pílulas! – exclamou o padre, deixando transbordar de todo a cólera. – Pílulas!

E, voltando-se para o Coruja:

– Vá! vá fazer a trouxa e avie-se!

O Coruja afastou-se tristemente enquanto o padre resmungava: – Peste! Só me serve para dar maçadas e fazer-me gastar o que não posso!

O barão, que a certa distância ouvira tudo ao lado do filho, disse a este em voz baixa:

– Pergunta ao teu amigo se ele quer vir conosco passar as férias na fazenda.

Teobaldo, satisfeito com as palavras do pai, foi de carreira ter com o Coruja e voltou logo com uma resposta afirmativa.

– Reverendo – disse então o fidalgo, aproximando-se do padre com suma cortesia. – Por sua conversação com o doutor Mosquito fiquei sabendo que o contraria não poder deixar o seu pupilo no colégio; lembrei-me, pois, se não houver nisso algum inconveniente, de levá-lo com o meu filho, a passar as férias na fazenda em que resido.

O diretor deu-se pressa em apresentá-los um ao outro, desfazendo-se em zumbaias[19] com o barão. E o padre cuja fisionomia se iluminara à proposta do adulado, respondeu curvando-se:

– Meu Deus! O senhor barão pode determinar o que bem quiser!... Receio apenas que o meu pupilo não saiba talvez corresponder a tamanha gentileza; uma vez, porém, que o generoso coração de Vossa Excelência sente vontade de praticar esse ato de caridade...

– Não, não é caridade! – atalhou Emílio, francamente. – Não é por seu pupilo que faço isto, mas só para ser agradável a meu filho... Eles são amigos.

– Se Vossa Excelência faz gosto nisso...

– Todo o gosto.

– Pois então o pequeno está às ordens de Vossa Excelência

– Bem. Ficamos entendidos. Levo-o comigo e trá-lo-ei com Teobaldo, quando se abrirem de novo as aulas.

O reverendo entendeu a propósito contar ao senhor barão, pelo miúdo, a história do "pobre órfão"; como ele o recolhera e sustentara, repetindo no fim de cada frase "que não estava arrependido" e, terminando com a financeira e conhecida máxima: " Quem dá aos pobres, empresta a Deus!..."

VI

– É BEM FEIOZINHO, benza-o Deus! o tal teu amigo!... – disse o barão ao filho, enquanto André se afastava para ir buscar a sua trouxa.

– Sim, mas um belo rapaz – respondeu Teobaldo. – Tem por mim uma cega dedicação.

– Embora! É muito antipático! Está sempre a olhar tão desconfiado para a gente!... E parece mudo – só me respondeu com a cabeça e com os ombros às perguntas que lhe fiz.

– É assim com todos...

– Nem sei como vocês se fizeram amigos. Então tu, que, segundo me disse ainda há pouco o Mosquito; não te chegas muito para os teus colegas.

– Só me chego para o Coruja. É o único.

– Coitado! O reverendo, ao que parece, não morre de amores por ele; nem à mão de Deus Padre queria carregá-lo para casa.

– Um mau sujeito, o tal reverendo!

– Mas, com certeza não foi por maldade que ele o recolheu à sua proteção.

– Não sei. Talvez!...

Emílio olhou mais atentamente para o filho e disse sorrindo:

– Tens às vezes cousas que me surpreendem. Com quem aprendeste tu a desconfiar desse modo dos teus semelhantes?

– Contigo. Não me tens dito tantas vezes que a gente deve desconfiar de todo o mundo?

– Para não sofrer decepções a cada passo... é exato!

– E que, no caso de erro, é preferível sempre nos enganarmos contra, do que a favor de quem quer que seja!...

– Decerto. O homem deve sempre colocar-se superior a tudo e fazer por dominar a todos. O mundo, meu filho, compõe-se apenas de duas classes – a dos fortes e a dos fracos; os fortes governam, os outros obedecem. Ama aos teus semelhantes, mas não tanto como a ti mesmo, e, entre amar e ser amado, prefere sempre o último; da mesma forma que deves preferir sempre dar, a pedir, principalmente se o obséquio for de dinheiro.

– Achas mau que eu seja amigo do Coruja?

– Ao contrário, acho excelente. Essa escolha, entre tantos colegas mais bem parecidos, confirma o bom juízo que faço do teu orgulho, e mostra que tens sabido aproveitar-te dos meus conselhos.

– Não compreendo.

– Também ainda é cedo para isso. É preciso dar tempo ao tempo.

O Coruja reapareceu sobraçando[1] a sua pequena mala de couro cru.

– Pronto? – perguntou-lhe Teobaldo.

O outro meneou a cabeça, afirmativamente.

– Pois então a caminho! – exclamou Emílio, descendo a escada na frente dos rapazes.

Um carro os esperava à porta do colégio; o cocheiro tomou conta das bagagens; Emílio fez subir os dous meninos e sentou-se defronte deles.

André, muito esquerdo[2] com a sua roupinha de sarja, que ia já lhe ficando curta, não olhava de frente para os companheiros e parecia aflito naquela posição; ao passo que Teobaldo, muito filho de seu pai, conversava pelos cotovelos, dizia o que vira, praticara e assistira durante o ano, criticando os colegas, ridicularizando os professores e, ao mesmo tempo, fazendo espirituosos comentários sobre tudo que lhe passava defronte dos olhos pela estrada.

Chegaram à fazenda às oito horas da noite. Vieram recebê-los ao portão a senhora baronesa e mais a irmã, dona Geminiana, acompanhadas ambas pelo Caetano, que trazia uma lanterna.

Santa lançou-se ao encontro do filho, cobrindo-o de beijos sôfregos e a chorar e a rir ao mesmo tempo, enquanto um escravo, que acudira logo, desembarcava as malas e ajudava o cocheiro a desatrelar os animais.

Teobaldo passou dos braços da mãe para os da tia, que não menos o idolatrava, apesar de ser um tanto rezingueira[3] de gênio.

– O nosso morgado[4] traz-lhe um hóspede! – declarou o barão, empurrando brandamente o Coruja para junto das senhoras. – É aquele amigo de que ele fala nas cartas. Vem fazer-lhe companhia durante as férias.

André, muito atrapalhado de sua vida, porque jamais se vira em tais situações, quando deu por si estava nos braços da mãe do seu amigo e recebia um beijo na testa.

Coitado! Que estranhas sensações não lhe produziu aquele beijo, ainda quente da ternura com que foram dados os outros no verdadeiro filho! Há quanto tempo não aspirava o pobre órfão essa flor ideal do amor, essa flor sonora – o beijo!

Depois de sua mãe ninguém mais o beijara. E Santa, sem saber, acabava de abrir no coração do desgraçado um sulco luminoso, que penetrava até às suas mais fundas reminiscências da infância.

– Este menino está chorando! – considerou dona Geminiana, que até aí observara o Coruja como quem contempla um bicho raro.

– Que tens tu? – perguntou Teobaldo ao amigo.

– Nada – respondeu este, limpando as lágrimas na manga da jaqueta.

E o seu gesto era tão desgracioso, coitadinho, que todos, à exceção de Santa, puseram-se a rir.

– Não é nada, com efeito! A comoção talvez!... – exclamou Emílio, batendo levemente nas costas de André. – Há muito tempo que não se vê entre família! Daqui a pouco nem se lembrará que chorou... Não é verdade, amiguinho?

O Coruja disse que sim, enterrando a cabeça nos ombros.

– Mas, vamos para cima, que eu estou morrendo por comer! – protestou Teobaldo, passando os braços em volta da cinta das duas senhoras e obrigando-as a acompanhá-lo.

Assim subiram a pequena alameda de mangueiras que conduzia à casa e, dentro em pouco, penetravam todos na sala de jantar.

A despeito de se achar naquelas alturas, Emílio cercava-se de todas as comodidades que lhe permitia a época. O seu primeiro casamento abrira-lhe o gosto pelos objetos do luxo asiático e trouxera-lhe uma riquíssima coleção de louças, de sedas e cachemiras, xarões[5], marfins, pinturas, objetos de goma-laca, teteias[6] de sândalo e tartaruga, e tudo mais que era de costume nesse tempo introduzirem no Brasil, os portugueses vezeiros[7] no comércio das Índias.

Viam-se aí também, pelas paredes, quadros antigos de santos, alguns dos quais haviam pertencido a Dom João VI, e das mãos deste passado às do avô de Teobaldo. Viam-se igualmente estalados[8] retratos de damas e cavalheiros da corte de Dom José[9] e Dona Maria I[10], detestavelmente pintados, nas suas pitorescas vestimentas do século XVIII e defronte de cujas telas inutilizadas e ressequidas pelo antiaristocrático Sol brasileiro, habituara-se o velho Caetano a possuir-se de todo o respeito, porque lhe constava que entre aqueles figurões havia parentes do seu rico amo.

E, ao lado da mobília, relativamente nova, descobriam-se clássicas peças de madeira preta, que juntavam ao aspecto daquelas salas uma nota religiosa e grave.

Na biblioteca, aliás bem guarnecida, destacavam-se, por entre as estantes, antigas armas portuguesas, dispostas em simetria e caprichosamente entrelaçadas por arcos e flechas do Brasil. Na sala de jantar, dominando a larga e longa mesa da comida, havia um grande retrato de Cromwell[11], representado na ocasião em que ele invadiu o parlamento inglês de chicote em punho.

O Coruja passou por tudo isso, às cegas, sem ânimo de olhar para cousa alguma. O desgraçado sentia perfeitamente que agora, à luz das velas, a sua antipática figura havia de produzir sobre todos uma impressão ainda muito mais desagradável do que a primeira; sentia-se mais feio, mais irracional, posto em contraste com aquela gente e com aqueles objetos.

Mal se assentaram à mesa, dona Geminiana continuou a observá-lo fixamente e concluiu afinal o seu julgamento, franzindo os cantos da boca em um trejeito de repugnância; Santa, porém, não se mostrou tão desagradada e chegou a sorrir para o Coruja, quando lhe passou o prato de sopa.

O barão, que havia tomado a cabeceira, fizera sentar o filho ao seu lado e, segundo o costume, conversava com ele, como se estivesse defronte de um homem.

Entretanto, o Coruja continuava tão mudo e tão fechado que do meio para o fim do jantar ninguém mais se animava a dirigir-lhe a palavra.

Depois do café, Santa ergueu-se da mesa e foi pessoalmente dar suas ordens para que nada faltasse ao taciturno hóspede; mandou acrescentar uma cama no quarto do filho e disse ao outro que podia recolher-se quando quisesse.

Coruja apertou a mão de todos, um por um, e meteu-se no quarto.

– Já vais? – perguntou-lhe o amigo. – És um mau companheiro!

Na sala, onde ficou ainda a família, a conversar por algum tempo, veio o Coruja à discussão. Emílio contou o diálogo que ouvira entre o padre e o diretor do colégio, e dona Geminiana, que parecia disposta a não perdoar ao órfão o ser tão desengraçado, acabou ela própria louvando o procedimento do cunhado.

VII

NINGUÉM SERIA CAPAZ de descrever a comoção que se apoderou do Coruja na sua primeira manhã daquelas férias.

Ergueu-se antes do despontar do Sol, vestiu uma roupa de Teobaldo, que lhe mandaram pôr ao lado da cama, e, com as calças e as mangas dobradas, saiu mais o companheiro ao encontro do barão, que já esperava por eles à margem de um rio, situado a cinquenta passos do fundo da casa.

Era aí que Emílio dava ao filho as suas lições de natação.

Mas não houve meio de conseguir que o Coruja se despisse na presença dos outros. Já em casa do padre, e também no colégio, observava-se a mesma cousa; tinha o Coruja um pudor exageradíssimo, uma invencível vergonha da nudez: não podia admitir que ninguém lhe visse a pele do corpo. E, só depois que o barão e o filho se banharam, consentiu ele, bem certo de que não era espiado, em meter-se n'água.

Sem dar demonstração, o Coruja estava maravilhado com tudo que se ia patenteando em torno dele. Seu coração, puro e compassivo, abria-se para receber amplamente aquela grande paz do campo tão simpática às precoces melancolias de sua pobre alma.

E as castas propensões do Coruja, os gostos imaculados que dormiam a sono solto dentro dele, tudo isso acordou alegremente aos primeiros rumores da floresta e às primeiras irradiações da aurora como um bando de pássaros quando vai amanhecendo.

Nunca se julgou assim feliz. Todas aquelas vozes da natureza, todo aquele aspecto tranquilo das matas e das montanhas; tudo o fascinava secretamente, como se ele tivera nascido ali, entre aquelas cousas tão calmas, tão boas, tão comunicativas.

Os currais, os trabalhos agrícolas, o gado grosso e o gado miúdo, a criação dos animais domésticos, a cultura dos legumes e hortaliças, tudo isso tinha para ele um encanto muito particular e muito suave.

– Então? Que tal achas isto aqui? – perguntou-lhe Teobaldo, depois de mostrar ao amigo as benfeitorias da fazenda.

– Tudo muito bom – respondeu ele.

– E o velho? Que tal?

– Bom, muito bom.

– E Santa?

– Uma santa.

– E a tia Gemi?

– Não é má.

– Um pouquinho rezingueira, não é verdade? Mas não faças caso, que ela se chegará às boas. Olha! se a quiseres agradar, faze-te devoto; reza-lhe dous padre-nossos e tê-la-ás conquistado.

E mudando logo de tom:

– Depois do almoço temos um passeio com o velho. Vais ver o que é bom! Sabes montar a cavalo?

– Não, mas aprendo. Onde é o passeio?

– À fazenda do Hipólito. Não é longe.

– Que Hipólito?

– Um vizinho nosso, amigo do velho e pretendente à mão da tia Gemi.

– Ah!

– Vem comigo à estrebaria.

Defronte dos animais, Teobaldo chamou a atenção do amigo para um belo cavalo alazão, meio-sangue, que o pai lhe havia comprado ainda o ano passado.

– Eu preferia aquele burro... – disse o Coruja, depois de examinar minuciosamente as bestas.

– Quê? Pois preferes o jumento àquele belo alazão?...

– Decerto.

– Mas, por quê?

– Não sei; gosto mais do burro que do cavalo.

– Que gosto! Antes andar a pé.

E acrescentou ainda, apontando para o alazão:

– Olha só para aquilo! É um animal nobre! Parece que tem consciência do seu valor!

Terminado o almoço e vestido o Coruja pelo melhor que se pôde arranjar, o barão, os dous meninos e o velho Caetano abandonaram a casa e encaminharam-se para a estrebaria.

– Sabes, papai? O André prefere ir no burro.

– Porque não é cavaleiro. O burro com efeito é muito menos perigoso para ele. Anda com isso, ó Caetano!

Prontos os animais, o velho criado ajudou Coruja a cavalgar o burro.

– Não tenha medo! – gritou-lhe, a segurar a brida[1]. – Esta besta é mais mansa do que uma pomba!

André, todo vergado sobre o peito e a segurar as rédeas com ambas as mãos, não conseguia endireitar-se na sela do animal, por mais que o amigo lhe gritasse.

– Espicha as pernas, rapaz! Levanta a cabeça! Pareces um macaco!

O barão e o filho, uma vez montados, meteram entre os seus cavalos o jumento em que ia o Coruja, e puseram-se a caminho, seguidos a certa distância pelo criado cuja libré dava à modesta cavalgata um ligeiro colorido de aristocracia.

Os primeiros minutos do passeio foram todos gastos com André, que, diga-se a verdade, fazia o possível para bem aproveitar as lições.

– Assim! assim! – gritou-lhe Teobaldo, metendo as esporas no animal. – Afrouxa um pouco mais a rédea e mete-lhe o chicote com vontade! Não tenhas medo!

Coruja foi pôr em prática esta ordem, mas com tal precipitação o fez que o burro se espantou e, dando um salto, cuspiu-o por terra.

– Ó diabo! – exclamou Emílio, fazendo parar o seu cavalo.

– Ficaste magoado? – perguntou Teobaldo ao amigo.

– Foi nada! – disse o Coruja, erguendo-se a segurar o asno pela rédea, e, antes que lhe pusessem embargos, tomou o estribo, galgou de um pulo a sela e, tocando o animal com certa energia, gritou aos companheiros:

– Vamos adiante!

E às quatro da tarde, sem nenhum outro incidente desagradável, voltavam à fazenda, trazendo consigo o tal Hipólito, que parecia embirrar com o Coruja ainda mais do que a própria noiva.

Mas com quem não embirraria aquele demônio de barbas pretas e cabelo ruivo, eterno maldizente, capaz de encontrar pontos de censura na vida de Santa Maria e de São José?

O barão suportava-o, tão somente para não prejudicar a trintona cunhada, que se arriscava a ficar solteira se lhe escapasse ocasião de ter marido. Hipólito era já um bom arranjo, tinha algum dinheiro e prometia ir muito mais longe com o seu sistema de economia que orçava sensivelmente pela avareza.

A política era talvez a sua paixão dominante; ele, porém, a disfarçava quanto possível e não se metia com os partidos, receoso de gastar alguma cousa. Aparecia frequentemente na fazenda de Emílio e estava sempre a criticar, em segredo com a noiva, a educação que davam a Teobaldo.

– Deus queira que não venham a amargar mais tarde! – dizia Hipólito, cheio de repreensão. – Nunca vi em dias de minha vida semelhante gênero de ensino! Pois se até o fedelho trata aos pais por tu, como se estivesse a falar com os negros! Enfim, cada um faz o que entende; eu, porém, tenho o direito de achar bom ou mau.

Outro pretexto constante para a sua indignação era a vida dispendiosa de Emílio.

– Para que tanta prosápia[2] e tanta galanice?[3] – resmungava frenético. – Ora, eu, que sei perfeitamente com que linhas ele se cose, não posso ver isto a sangue frio! As consequências deste esbanjamento bem sei eu quais são: os parentes que se apertem! Mas, não há de ser comigo que ninguém se arranjará! Cá sei o quanto me custa a conservar o que tenho! E já não é pouco!

Que importava, porém, a mastigação do serrazina[4], se ela ficava sepultada nas discretas orelhas de dona Geminiana?

Não seria por isso que as matilhas do senhor barão deixariam de acordar as florestas com seus latidos, à madrugada, em busca da anta ou do porco bravo; não seria por isso que a mesa do fidalgo seria menos farta, os seus cavalos menos de raça e os seus vinhos menos escolhidos e generosos.

*****

Assim se abria para o Coruja uma existência completamente nova e imprevista, mas muito ao sabor do seu gênio rústico e simples.

A certos divertimentos ia entretanto só pela satisfação de acompanhar o amigo, porque, à medida que ele se familiarizava com o campo, acentuavam-se-lhe os gostos e as preferências. Não trocaria, por exemplo, a mais modesta pescaria pela melhor caçada; desagradava-lhe o alvoroço, o grito dos batedores, o barulho dos cães e não gostava de ver cair ao tiro das escopetas a pobre besta foragida e tonta de terror.

A pesca, sim, era um prazer afinado pelo seu temperamento calmo e silencioso; passava horas esquecidas, de caniço em punho, à espera que se chimpasse[5] o peixe no anzol. Teobaldo às vezes o acompanhava ao rio por condescendência, mas levava sempre consigo uma espingarda passarinheira.

Era interessante de ver aqueles dous meninos tão contrários e tão unidos, partirem de madrugada para o mato, onde passavam quase sempre as melhores horas do dia. André carregava consigo os utensílios da pesca e raro dizia uma palavra enquanto matejava[6]; o outro, com a sua passarinheira a tiracolo, falava por si e por ele, descrevendo entusiasmado as façanhas do pai ou do avô, que muita vez, em noite de invernada, ouvira da boca do velho Caetano.

Todavia, um adorava o sossego, a doce e morna tranquilidade dos vales ou as margens frondosas e sombreadas do rio, para onde levava os seus livros favoritos, entre os quais *Robinson Crusoé*[7] tinha o primeiro lugar; o outro, não; o outro só queria da floresta aquilo que ela lhe pudesse dar de imprevisto e aventuroso: queria a sensação, o perigo, o romanesco e o transcendente.

Às vezes, enquanto o Coruja lia ou pescava à beira d'água, Teobaldo, ao seu lado, deitado sobre a relva, olhos fitos na verde-negra cúpula das árvores, sonhava-se herói de mil conquistas, cada uma do seu gênero; tão depressa se via um grande poeta, como um político inexcedível ou um divino orador. Idealizava-se em todas as atitudes gloriosas dos grandes vultos; não lhe passava pela vista a biografia de qualquer celebridade, fosse esta conquistada pelo talento, pela energia, pela fortuna, pela intrepidez ou pela grandeza d'alma, que ele não descobrisse logo em si muitos pontos de contato com o biografado.

Teobaldo não amava o campo, aceitava-o apenas como um fundo pitoresco em que devia destacar-se maravilhosamente a sua "extraordinária figura", aceitava-o como simples acessório das suas fantasias. Nunca lhe compreendera as vozes misteriosas nem jamais comunicara a sua alma com a dele. Tanto assim que naqueles passeios, o que mais o preocupava não era a contemplação da natureza e sim os pequenos detalhes elegantes que diziam respeito particularmente à sua pessoa, como a roupa, o aspecto do animal que montava e a distinção do exercício que escolhia.

Ele nunca saía a passear sem as suas trabalhadas botas de polimento, sem o seu calção de flanela, a sua blusa abotoada até ao pescoço e cingida ao estômago por um cinturão com fivela de prata; não saía sem o seu chapéu de pluma, a sua bolsa de caça, o seu polvarinho[8], o seu chumbeiro[9] e, ainda que tivesse a certeza de não precisar da espingarda, levava-a, porque a espingarda fazia parte do figurino.

Um dia exigiu que o pai lhe desse uma pistola e um punhal.

– Para que diabo queres tu todo esse armamento? – perguntou-lhe o barão, sem poder deixar de rir.

– Para o que der e vier…

– Descansa, que por aqui não terás necessidade disso.

– Mas eu queria…

– Pois bem, havemos de ver.

E, para não contrariar de todo o filho, o que não estava em suas mãos, Albuquerque estabeleceu nos fundos da casa um tirocínio[10] de pontaria ao alvo e consentiu que o rapaz nos seus passeios à mata trouxesse à cinta um rico punhal de ouro e prata que pertencera ao avô.

– Tu não queres também uma arma? – perguntou Teobaldo ao Coruja.

– Não; só se fosse um facão para cortar mato.

– Ora, vocês não querem também uma peça de artilharia? – exclamou o barão, quando o filho lhe foi pedir o que desejava o amigo.

Enquanto Teobaldo fazia tanta questão das aparências e das exterioridades, André, enfronhado em um fato de ordinária ganga[11] amarela, que nem era dele, com um grande chapéu de palha na cabeça e às vezes descalço, comprazia-se em percorrer a fazenda, não em busca de aventuras como o amigo, mas de alguém que lhe ensinasse o nome de cada árvore, a utilidade e a serventia de todas elas, assim como o processo empregado na cultura de tais e tais plantações, o modo de semear e colher estes ou aqueles cereais; qual a época para isto, qual a época para aquilo; queria que lhe explicassem tudo! Uma de suas mais arraigadas preocupações era a obscura existência dos insetos; interessava-se principalmente pelos alados, procurando acompanhar-lhes as metamorfoses, desde o estado de larva à mariposa. Se lhe despejassem as algibeiras, haviam de encontrar aí várias crisálidas, besoiros e cigarras secas, como encontrariam igualmente vários caroços de fruta e pedrinhas de todos os feitios.

Algumas semanas depois da sua estada na fazenda era ele quem mais se desvelava pelos carneiros e pelos porcos e quem ia dar quase sempre a ração aos cavalos. E, quando havia uma ferradura a pregar ou qualquer tratamento a fazer nos animais, mostrava-se tão afoito que parecia o único responsável por isso.

No fim do primeiro mês das férias já o Coruja sabia nadar, correr a cavalo, atirar ao alvo e, por tal forma havia-se familiarizado com a vegetação, com a terra viva, com o Sol e com a chuva, que parecia não ter tido nunca outro meio que não fosse aquele.

Em geral acordava muito mais cedo que o amigo e ainda dormia este a sono solto, já andava ele a dar uma vista d'olhos pelo serviço das hortas e dos currais.

Dentre toda essa bela existência só uma cousa o contrariava sem que todavia deixasse o Coruja transparecer o menor desgosto contra isso: – era a teimosa perseguição que lhe fazia dona Geminiana. A rezingueira senhora achava sempre um mau gesto ou uma palavra dura para lhe antepor aos atos mais singelos.

Manifestou-se-lhe logo a impertinência a propósito da flauta do rapaz. André, coitado, não desmentia o mestre que lhe dera o acaso, e dona Geminiana, uma noite em que conversava com o noivo, depois de ouvir por algum tempo o fiel discípulo do Caixa-d'óculos arrancar do criminoso instrumento certas melodias bastante equívocas, foi ter com ele, sacou-lhe vivamente das mãos o corpo de delito e, atirando com este para cima de um canapé, tornou ao lado de Hipólito, sem dar uma palavra ao delinquente, rica, porém, de gestos e caretas muito expressivas.

O homem das barbas ruivas e cabelo preto observou tudo isso em silêncio, contentando-se apenas com sacudir a cabeça e apertar os beiços em sinal de aprovação.

Coruja, quando os noivos mergulharam de novo no seu colóquio, retomou sorrateiramente a flauta e fugiu com ela para um caramanchão de maracujás, que havia a alguns passos da casa. Supunha que daí não seria ouvido pela ríspida senhora; mas, no dia seguinte, procurando o instrumento não o encontrou em parte alguma.

– Minha flauta?… – perguntou ele a dona Geminiana.

– Está guardada! – disse essa secamente. – Só lha restituirei quando o senhor voltar para o colégio.

Coruja resignou-se, sem um gesto de contrariedade e não falou a ninguém sobre esse incidente, nem mesmo ao amigo.

Com efeito, só tornou a ver sua querida flauta ao terminar das férias, quando se dispunham, ele e Teobaldo, a voltar para o internato do doutor Mosquito.

O barão foi levá-los em pessoa ao colégio, e Santa, chorando pelo filho, despedira-se do Coruja, dizendo-lhe:

– Continue a ser amigo de Teobaldo e nós faremos com que você passe aqui as férias do ano que vem.

VIII

Com o correr do seguinte ano, a dedicação do Coruja pelo amigo parecia crescer de instante para instante. Uma leoa não defenderia os seus cachorros com mais amor e mais zelos.

Já não se contentava André com resguardá-lo das ameaças e malquerenças dos colegas, como exigia também de todos que lhe rendessem a mesma estima e o mesmo respeito que lhe tributava ele.

Teobaldo, vadio como era por natureza, quase nunca estudava as lições, e quando não lhe valiam os recursos do seu "proverbial talento" ou da sua astúcia, tinha de copiá-las quatro, cinco ou seis vezes, conforme fosse o castigo. Então se revoltava e queria protestar contra a sentença dos mestres, mas o Coruja puxava-lhe a ponta do casaco e dizia-lhe baixinho:

– Não te importes, não te importes que eu me encarrego de tudo…

E, com efeito, mal chegava a hora do recreio, enterrava-se André no quarto de estudo e, imitando a letra do amigo, aprontava as cópias; feliz com aquele trabalho, como se o descanso do outro fosse o seu melhor prazer.

Muita vez perdeu com isso grande parte da noite, e no dia seguinte ainda encontrava tempo para tirar os significados da lição do amigo, para resolver-lhe os problemas de álgebra e fazer-lhe os temas de latim.

Uma vez, em que o Coruja se apresentou nas aulas sem haver preparado as próprias lições, o professor exclamou com surpresa.

– Oh! Pois o senhor, seu André, pois o senhor não traz a sua lição sabida!... Então que diabo fez durante o tempo de estudo, o senhor, que não larga os livros?...

Entretanto, o outro, Teobaldo, estava perfeitamente preparado.

Esta dedicação fanática do Coruja pelo amigo crescia com o desenvolvimento de ambos; mas em Teobaldo a graça, o espírito e a sagacidade eram o que mais florescia; enquanto que no outro eram os músculos, o bom senso, a força de vontade e o férreo e inquebrantável amor pelo trabalho.

Agora, o pequeno do padre já emitia opinião sobre várias cousas, já conversava; tudo isso, porém, era só com o seu amigo íntimo, com o seu Teobaldo. Parecia até que, à proporção que abria o coração para este, mais o fechava para os estranhos.

Quando terminou o ano, o filho do barão havia crescido meio palmo e o Coruja engrossado outro tanto; aquele se fizera ainda mais esbelto, mais distinto e mais formoso, este ainda mais pesado, mais insociável e mais feio.

Afinal, assim tão completados, formavam entre os seus companheiros uma força irresistível. Teobaldo era a palavra cintilante e ferina, era a temeridade e o arrojo; o outro era o braço em ação, a força e o peso do músculo. Um provocava e o outro resistia.

Um era o florete aristocrático, fino e aguçado, que só tem a serventia de palitar os dentes do orgulho; o outro era o malho grosseiro e sólido, que tanto serve para esmagar, como serve para construir.

*****

Partiram de novo para a fazenda, deixando atrás de si a solene gratidão do colégio pelo catálogo da biblioteca, que "eles" concluíram e ofereceram ao estabelecimento; e deixando também por parte de seus condiscípulos um rastro de ódios, ódios que serviram aliás durante o ano para melhor os aproximar e unir, acabando por constituí-los em uma espécie de ser único, do qual um era a fantasia e o outro o senso prático.

Foi então que lhes chegou a notícia da morte do padre Estêvão; sucumbira inesperadamente a um aneurisma, do qual nunca desconfiara sequer, e, no testamento, legara o pouco que tinha a uma comadre e àquela criada de mau gênio que o servira.

Quanto ao Coruja: nem uma referência, nem um conselho ao menos; o que fazia crer fosse escrito o testamento antes da adoção do pequeno e nunca mais reformado.

Esta circunstância da morte do padre levou André a pensar em si, a pensar na sua vida e no seu destino. Interrogou o passado e o futuro e, pela primeira vez, encarou de frente a posição que ocupava ali, naquela fazenda do barão do Palmar, esse protetor tão do acaso como o primeiro que tivera ele. Então notou que na sua curta e triste existência passara de uma para outra mão, que nem um fardo inútil e sem dono.

"Que será de mim?" – perguntava o infeliz a si mesmo nas suas longas horas de concentração. Mas o amigo, com a prematuridade intuitiva do seu espírito, saltava-lhe em frente, antecipando razões, como se adivinhara todos os pensamentos de André.

– Em que tanto pensas tu, meu urso? – perguntava-lhe ele, quando se achavam a sós, no bosque. – Já ontem à noite não quiseste aparecer na sala e cada vez mais te escondes de todos, nem como se fosses um criminoso.

– E quem sabe lá?

– Quê? Se és um criminoso? ...

– Sim. A necessidade, quando chega a um certo ponto de impertinência, que mais é senão um crime? Que direito tenho eu de incomodar os outros?

– Exageras.

– Não. A caridade é muito fácil de ser exercida e chega a ser até consoladora e divertida, mas só enquanto não se converte em maçada.

– Não te compreendo...

– Pois eu me farei compreender. Vou contar-te uma parábola, que o defunto padre Estêvão repetia constantemente.

– Venha a história.

– Senta-te aí nesse tronco de árvore e escuta:

"Era um dia um sacerdote, que pregava a caridade.

"– A caridade – dizia ele – deve ser exercida sempre e apesar de tudo.

"Vai um caboclo, que o ouvira atentamente, perguntou-lhe depois do sermão:

"– Ó sôr padre, é caridade enterrar os mortos?

"– Decerto – respondeu o pregador –; é uma obra de misericórdia.

"E o caboclo saiu, matou uma raposa e foi esperar o sacerdote na estrada; quando sentiu que ele se aproximava, pôs a raposa no meio do caminho e escondeu-se no mato. O padre, ao topar com ela e observando que estava morta, ajoelhou-se, cavou no chão, enterrou-a e, depois de dizer uma sentença religiosa, seguiu o seu caminho. O caboclo, assim que o viu pelas costas, correu à sepultura, sacou a raposa e, ganhando por um atalho, foi mais adiante e jogou com ela ao meio da estrada, antes que o pregador tivesse tempo de chegar; este, porém, não tardou muito e, ao ver de novo uma raposa morta no caminho, fez o que fizera da primeira vez, enterrou-a, mas sem se ajoelhar, nem repetir a sua máxima latina. O caboclo deixou-o seguir, tomou de novo da raposa e foi depô-la mais para diante na estrada; o padre ao topá-la, enterrou-a já de mau humor e prosseguiu receoso de encontrar outras raposas mortas. Todavia, o caboclo não estava ainda satisfeito e repetiu a brincadeira; mas, desta vez, o padre perdeu de todo a paciência e, tomando a raposa pelo rabo, lançou-a ao mato com estas palavras: – Leve o diabo tanta raposa morta! – Então o caboclo lhe apareceu e disse: – Já vejo que enterrar um morto é obra de caridade, mas fazer o mesmo quatro ou cinco vezes é nada menos do que uma formidável estopada![1] – Ao que o sacerdote respondeu que, desde que houvesse abuso da parte do protegido, era natural que o protetor se enfastiasse…"

– Queres dizer com isso – observou Teobaldo – que já estamos fartos de te aturar…

– Decerto, porque tudo cansa neste mundo.

– És injusto e, se meu pai e minha mãe te ouvissem, ficariam zangados contigo.

– Ah! eles não me ouvirão, podes ficar tranquilo. Só a ti falo porque nós nos entendemos e bem sabes que não sou ingrato.

– Meus pais te compreendem tão bem ou melhor do que eu.

– Mas não me perdoam, como tu perdoas, o fato de ser eu tão feio, tão antipático e tão desengraçado...

– Ora! aí vens tu com a cantiga do costume. Deixa-te disso e vamos dar um passeio à rocinha do João da Cinta.

– Outra vez? Que diabo vamos lá fazer agora?

– Convidá-lo e mais a família para virem ao casamento da tia Geminiana.

– É sempre no dia 15 o casamento?

– Infalivelmente, e o alfaiate deve trazer-nos amanhã os nossos fatos novos. Mas, anda, vamos!

Coruja ergueu-se do lugar onde estava assentado e acompanhou o amigo, que já se havia posto a caminho.

Três quartos de hora depois chegavam a um grande cercado de acapu[2] a cuja frente corria um riacho quase escondido entre a vegetação.

Teobaldo parou, disse ao amigo que esperasse um pouco por ele e, trancando pelos barrancos do riacho, foi ter à cerca e soltou um prolongado assobio.

A este sinal, com a presteza de quem está de alcateia[3], surgiu logo uma rapariguita de uns treze anos, forte, corada e bonitinha.

– Ah! – disse ela, vindo encostar-se às estacas.

– Não esperavas por mim?... – perguntou o rapaz.

A pequena respondeu, entregando-lhe um ramilhete[4] que trazia à sorrelfa[5]. E perguntou depois como passava de saúde o senhor Teobaldo.

– Com saudades tuas... – disse o moço, tomando-lhe uma das mãos.

– Mentiroso...

– Não acreditas?

Ela encolheu os ombros, a sorrir, de olhos baixos.

– Dize a teu pai que não deixe de ir com vocês ao casamento de tia Gemi. Vim convidá-los.

– Entre. Fale com mamãe. Ela está aí.

– Não; é bastante que lhe dês o recado.

E mudando de tom:

– Não faltes, hein, Joaninha?...

– Se me levarem, eu vou.

– Vá, que lhe tenho uma cousa a dizer...

Teobaldo havia conseguido passar o braço por entre duas estacas da cerca e segurava a cintura da rapariga; deu-lhe um beijo; ela o retribuiu com outro de igual sonoridade, fazendo-se muito vermelha e fugindo logo em seguida.

Este namoro, inocente de parte a parte, era o primeiro de Teobaldo. Nascera naquelas férias um dia em que ele, por acaso, encontrou a pequena a lavar no riacho em frente da casa as roupinhas do irmão mais novo. Desde então ia vê-la todas as tardes antes do jantar; falavam-se às vezes à beira do córrego, outras vezes com a cerca de permeio. De certa época em diante ela o esperava com um ramilhete; conversavam durante um quarto de hora e despediam-se com um beijo.

O Coruja foi logo o depositário do segredo; Teobaldo contou-lhe a sua aventura e exigiu que ele o acompanhasse todos os dias à rocinha do João da Cinta, quedando-se a certa distância durante o tempo da entrevista.

André consentiu, sem mostrar o mais ligeiro espanto pelo que lhe revelara o amigo.

Ainda inocente e deveras casto, não conhecia os meandros do amor e julgava dos outros corações pelo seu, que resumia toda a gama do afeto e da ternura em uma nota única. Não calculava a que podia chegar aquele inocente namoro originado entre o filho do senhor barão do Palmar e uma sertaneja, que nem ler sabia.

*****

No dia seguinte o Coruja passeava sozinho por uma alameda sua favorita, quando o Caetano lhe foi dizer que o senhor Teobaldo o mandava chamar e ficar à espera dele no quarto.

André correu ao encontro do amigo.

– Chegaram as nossas roupas! – exclamou este ao vê-lo.

E sua fisionomia rejubilava com essas palavras.

– Ah! – fez o outro, quase com indiferença.

– Experimentemos.

– Há tempo.

O alfaiate observou que não podia demorar-se muito.

– Deve estar direito... – respondeu André. – Pode deixar.

– É bom sempre ver... – insistiu o alfaiate.

– É indispensável! – acrescentou Teobaldo.

André não teve remédio senão experimentar a roupa. Era um fato preto, fato de luto, que mal deixava perceber o colarinho da camisa.

E ele, pequeno, grosso, cabeçudo, e queixo saliente, os olhos fundos, com as suas bossas superciliais principiando a desenvolver-se pelo hábito da meditação; ele, enfardelado[6] naquela roupa muito séria, toda abotoada, só precisava de uns óculos para ser uma infantil caricatura do velho Thiers[7].

Contudo, e apesar dos conselhos que lhe dava o amigo para mandar diminuir três dedos no comprimento do paletó e tirar um pouco de pano das costas, achou que estava magnífica.

– Ao menos – disse Teobaldo, que acabava de se vestir, – manda encurtar essas calças, rapaz! e soltar a bainha dessas mangas!

– Estão boas... – teimou o Coruja, esforçando-se para fazer chegar as mangas até às mãos.

– Parece que te meteste nas calças de teu avô.

E voltando-se para o alfaiate:

– Também não sei como o senhor tem ânimo de apresentar uma obra desta ordem… Está uma porcaria!

– Perdão! – respondeu o alfaiate, dispondo-se logo a modificar a roupa de André. – Vossemecê poderia dizer isso se a sua roupa não saísse boa, e essa está que é uma luva, mas quanto à deste moço, nem só é a primeira vez que trabalho para ele, como não podia acreditar que houvesse alguém com as pernas tão curtas e os braços tão compridos. Parece um macaco!

– Bem, bem, veja lá o que é preciso fazer na roupa, e deixe-se de comparações! – observou Teobaldo, defronte do espelho, a endireitar-se, muito satisfeito com a sua pessoa.

Para esse dia estava reservada ao André uma surpresa muito agradável: dona Geminiana, tendo com o casamento de separar-se do sobrinho, queria deixar a este uma lembrança qualquer e mandou buscar da corte um bom relógio de ouro e a respectiva corrente. A encomenda chegou essa noite, Teobaldo recebeu o seu presente da tia e, ato contínuo, tomou do antigo relógio e da cadeia[8] que até aqui usara, e deu tudo ao Coruja.

Seja dito que um dos sonhos dourados de André era possuir um relógio; desejava-o, não como objeto de luxo, mas como objeto de utilidade imediata.

– Poder contar o tempo pelas horas, pelos minutos e pelos segundos!…

Isto para aquele espírito metódico e regrado era nada menos do que uma felicidade.

IX

Durante o tempo que precedeu ao casamento, a fazenda do senhor barão do Palmar descaiu um tanto da sua patriarcal serenidade e tomou um quente aspecto de festas, porque com muita antecedência começaram a chegar os convidados.

Emílio quis reunir os seus vizinhos de uma légua em derredor e não se poupou a esforços para que nada lhes viesse a faltar. Havia de ser uma festa verdadeiramente gamaquiana[1].

Ao lado das delicadas distrações das salas, o jogo, a dança, a música e a palestra, queria ele a grande fartura da mesa e da copa; queria o grosso prazer pantagruélico[2]: – Carne para mil! – Vinho para outros tantos!

À faca as grandes reses que pastavam sossegadamente no campo; à faca os trôpegos, os chibarros[3], os carneiros e os perus! Que não ficassem por ali, naquelas cinco léguas mais próximas, estômagos nem corações com laivos[4] de tristeza!

O casamento devia efetuar-se na própria capela da fazenda, e meio mês antes da festa já ninguém descansava em casa de Emílio. Vieram cozinheiros de longe; cada convidado trazia dous e três serventes e, apesar disso, havia trabalho para todos.

O Coruja ia pela primeira vez em sua vida assistir a um baile, e essa ideia longe de o alegrar, trazia-lhe um fundo ressaibo[5] de amargura, como se o desgraçado estivesse à espera de uma terrível provação.

O fato de perturbarem a calma existência da fazenda, só por si já não lhe era de forma alguma agradável; quanto mais a ideia de ter de acotovelar-se com pessoas inteiramente estranhas, a quem sem dúvida não iria ele produzir bom efeito com a sua triste figura desengraçada.

Oh! se fosse possível ao Coruja presenciar toda aquela festa, sem aliás ser descoberto por ninguém!... se ele pudesse, por um meio maravilhoso, tornar-se em puro espírito e estar ali a ver, a observar, a ouvir o que dissessem todos, sem que ninguém desse pela presença dele – oh! então conseguiria desfrutar, e muito!

Chegou entretanto a véspera do grande dia, e de todos os pontos começavam a surgir, desde pela manhã, convidados a pé, a cavalo e carro.

Um enorme telheiro, que se havia engendrado de improviso nos fundos da casa, ficou cheio de cavalgaduras, troles, carroções e seges[6] das que se usavam no tempo.

A fazenda apresentava um aspecto magnífico. Emílio, como homem de gosto que era, procurou afestoá-la[7] quanto possível. Por toda a parte viam-se florões de murta engranzados[8] com as parasitas mais caprichosas; jogos d'água formando esplêndidos matizes à refração das luzes multicores das lanternas chinesas. Defronte da casa o fogo de artifício, que seria queimado pelo correr da noite.

Às seis horas da tarde uma salva de vinte tiros de peça anunciou que estava terminada a cerimônia religiosa do casamento e que principiava o banquete. Os noivos foram tomar a cabeceira da mesa, acompanhados por mais de quinhentas pessoas.

Como nenhum dos aposentos da casa podia comportar tanta gente, o barão fez levantar no vasto terreiro da fazenda uma enorme tenda de lona, sustentada por valentes carnaubeiras, engrinaldadas de verdura.

Nessa festa foi que o Coruja teve ocasião de apreciar mais largamente as brilhantes qualidades do amigo. Viu-o e admirou-o ao lado das damas, cortês e cavalheiro como um homem; viu-o igualmente ao lado dos amigos do pai e notou que Teobaldo nem uma só vez caía em qualquer infantilidade, e mais, que todos, todos, até os velhos prestavam-lhe a maior atenção, sem dúvida fascinados pelo talento e pelas graças do rapaz; viu-o na biblioteca, tomando parte nos jogos carteados, que André nem sequer conhecia de nome, e reparou que ele puxava por dinheiro e ganhava ou perdia com uma distinção sedutoramente fidalga; viu-o nas salas da dança, conduzindo uma senhora ao passo da mazurca[9], teso, correto, elegante mais do que nunca, e como possuído de orgulho pelo gentil tesouro que levava nos braços; viu-o à mesa erguer-se de taça em punho e fazer um brinde à noiva, levantando aplausos de toda a gente, e o Coruja de cujas mãos saíra aliás essa festejada peça literária, chegou a desconhecer a sua obra, tal era o realce que lhe emprestavam os dotes oratórios do amigo; viu-o depois ao ar livre, debaixo das árvores, a beber ponches e a mexer com a filha do João da Cinta, a qual olhava para ele, escrava e submissa, como defronte de um deus.

Mas tudo isso não o fez ficar tão fortemente impressionado como quando o contemplou ao lado de Santa, ao lado daquela adorável mãe, que parecia resplandecer de orgulho e satisfação a rever-se no filho idolatrado.

Foi com a alma banhada pelos eflúvios da felicidade de Teobaldo que o pobre Coruja ouviu palpitar entre essas duas criaturas as seguintes palavras, mais ternas e harmoniosas que um diálogo de beijos:

– Amas-me muito, meu filho?

– Eu te adoro, minha Santa.

– E nunca te esquecerás de mim?

– Juro-te que nunca.

– Nem mesmo depois de eu ter morrido?

– Nem mesmo depois de teres ido para o céu.

– E sabes tu, meu filho, o muito que te quero?

– Queres-me tanto quanto eu a ti.

– E sabes quanto sofreria tua mãe se por instantes te esquecesses dela?

– Não, porque não sei como possa a gente se esquecer de ti.

– E, quando fores completar os teus estudos na corte, juras que...

Não pôde ir adiante. A ideia da separação, que já se avizinhava a passos largos, tolheu-lhe a fala com uma explosão de soluços.

– Então, Santa, então, que é isso? – murmurou Teobaldo, erguendo-se e chamando para sobre o seu peito a cabeça da baronesa – Não chores! não te mortifiques!...

Emílio acudiu logo, afastou o filho com um gesto e, tomando o lugar deste, segredou ao ouvido da esposa:

– Vamos, minha amiga, nada de loucuras!...

– Não posso conformar-me com a ideia de que Teobaldo torna a separar-se de mim...

– Bem sabes que é indispensável...

– Perdoa-me. Ninguém melhor do que eu aprecia os teus atos e as tuas intenções. Sei que ele precisa fazer um futuro condigno do seu talento; sei que não podemos acompanhá-lo de perto, não podemos morar na corte, porque as nossas condições de fortuna já não...

– Santa! olha que te podem ouvir!...

– Não me conformo com esta separação! É talvez um pressentimento infundado; é talvez loucura, como dizes, mas não está em minhas mãos; sou mãe, e ele é tão digno de ser amado!

– Mas, valha-me Deus! não é uma separação eterna...

– Não sei! É que uma terrível ideia me preocupa. Afigura-se-me que nunca mais o tornarei a ver!... Oh! nem quero pensar nisto!

E os soluços transbordavam-lhe de novo, ainda com mais ímpeto que da primeira vez.

O barão, sem perder uma linha do seu *donaire*[10], passou o braço na cintura da esposa e, deixando que ela se lhe apoiasse de todo no ombro, arrastou-a vagarosamente até à sua alcova.

*****

Coruja, ignorado a um canto da sala, viu e ouviu tudo isso, e ao ver aquelas lágrimas de mãe e ao ouvir aquelas palavras de tanto amor e aqueles beijos mais doces do que as bênçãos do céu, que estranhas amarguras sua alma não carpiu em silêncio!...

Amarguras, sim, que, por menos egoísta, por menos homem que fosse ele, lá do fundo do seu coração havia de sair um grito de revolta contra aquela injustiça da sorte, que para uns dava tudo e para outros nada!

Aquele espetáculo de tamanha felicidade havia fatalmente de amargurá-lo. Ainda se Teobaldo, possuindo muitos dotes fosse ao menos como ele, o Coruja; ainda se fosse miserável ou estúpido, – vá! Mas não! Teobaldo era lindo, era rico, era talentoso e, além de tudo – amado! amado por tantas criaturas e, principalmente, por aquela adorável mãe cujos beijos e cujas lágrimas eram o bastante para lhe adoçar todos os espinhos da vida.

E André, assim considerando, via-se perfeitamente, tinha-se defronte dos olhos, como se estivesse em frente a um espelho. Lá estava ele – com a sua disforme cabeça engolida pelos ombros, com o seu torvo[11] olhar de fera mal domesticada, com os sobrolhos carregados, a boca fechada a qualquer alegria, as mãos ásperas e curtas, os pés grandes, o todo reles, miserável, nulo!

O desgraçado, porém, em vez de dar ouvido a estes raciocínios, voltou-se todo para uma voz íntima, uma voz que também lhe vinha do coração, mas toda brandura e humildade.

E essa voz lhe dizia:

– Pois bem, miserável! ingrato! tu, que és órfão; tu, que não tens onde cair morto; tu, que és feio, que és o *Coruja*; tu, que não tens nenhum dote brilhante, que não és distinto, nem espirituoso, nem possuis mérito de espécie alguma; tu, mal agradecido!, és amado por Teobaldo, que dispõe de tudo isso à larga e que te faz penetrar à sua sombra no santuário de corações onde nunca penetrarias sem ele.

E o Coruja, saindo da sala para respirar lá fora mais à vontade, pôs-se a caminhar, a caminhar à toa entre as sombras das árvores, sentindo-se arrebatado por um inefável desejo de ser bom, um desejo de ser eternamente grato a quem, possuindo todas as riquezas, o escolhia para seu íntimo, para seu irmão – a ele, que nada possuía sobre a terra.

Ser "bom"!

Mas seria isso humildade ou seria ambição e orgulho?

Quem poderá afirmar que aquele enjeitado da natureza não se queria vingar da própria mãe, fazendo de si um monstro de bondade? Sim. Vingar-se, fugindo da esfera mesquinha dos homens, fugindo às paixões, às pequenas misérias mundanas e procurando refugiar-se no próprio coração, ainda receoso de que o céu, cúmplice da terra, lhe negasse também a graça de um abrigo.

Ou quem sabe então se o ambicioso, vendo-se completamente deserdado de todos os dotes simpáticos a que tem direito a sua espécie, não queria supri-los por uma virtude única e extraordinária – a bondade?

A bondade, esse pouco!

Visionário! Não se lembrava de que a bondade, à força de ser esquecida e desprezada, converteu-se em uma hipótese ou só aparece no mercado social em pequenas partículas distribuídas por milhares de criaturas; como se dessa heroica virtude houvesse apenas uma certa e determinada porção desde o começo do mundo e que, de então para cá, à medida que se multiplicaram as raças, ela se fora dividindo e subdividindo até reduzir-se a pó.

SEGUNDA PARTE

I

Dous anos depois do casamento de dona Geminiana, Teobaldo e André chegaram ao Porto da Estrela acompanhados por três pajens e mais por um moleque, o Sabino, que vinha para ficar ao serviço daquele durante o tempo dos estudos.

Desmontaram cobertos de pó e derreados[1] por vinte dias de viagem a cavalo. Foi recebê-los à boca do caminho o Sampaio, um negociante de meia-idade, a quem Emílio recomendara os rapazes.

– Então o barão não quis dar um pulo até a corte? – perguntou a Teobaldo o negociante, depois de fazer descarregar o bagageiro e providenciar para que o moleque se não extraviasse.

– Não lhe foi possível – respondeu o interrogado. Não nos pôde acompanhar, a despeito do empenho que fazia nisso. Minha mãe está doente e ele não quis deixá-la sozinha.

– Sozinha, não; ficaria com a irmã.

– Já não mora conosco. Seguiu com o marido para Tijupá.

– E o que sente a senhora sua mãe é cousa de cuidado?

– Diz o velho que sim; um pouco de cuidado.

– Qual moléstia?

– Não sei. Uma complicação. Nervoso principalmente.

– Coitada! E já está assim há muito tempo?

– Há mais de ano. Foi isso que retardou a minha vinda para a corte.

– E este moço é o tal que seu pai também me recomenda?

– É – confirmou Teobaldo, apresentando o amigo.

– Bem! – disse o negociante. – Aí está a diligência.

– Podemos ir. As bagagens já seguiram adiante.

Os três encarapitaram-se no carro e tomaram a direção da cidade.

Teobaldo estalava de impaciência por cair nesse burburinho da corte, que de longe o atraía em silêncio, mas confessou-se prostrado pela viagem. Precisava desfazer-se de toda aquela roupa; meter-se num banho e estender-se ao comprido numa boa cama.

– Tenho pó até dentro dos miolos! – exclamou ele, a sacudir o seu poncho de brim enxovalhado. – Hei de ver-me limpo e ainda me parecerá um sonho!

– É ter um bocado de paciência. Daqui a nada estaremos em casa.

– Onde mora?

– Na Rua de São Bento.

– É longe?

– Nem por isso. Este seu companheiro é que não gosta muito de falar...– observou o Sampaio, querendo puxar o Coruja à conversa. – Também vem para os estudos?

– Não sei – balbuciou André secamente.

– Talvez se empregue – acrescentou Teobaldo.

– No comércio?

– Ou em outra qualquer cousa.

E Teobaldo, abrindo a boca em um bocejo:

– Não sei que mais tenho, se vontade de dormir, de comer ou tomar banho!

– Com poucas fará tudo isso. Estamos quase em casa; e descanse que nada lhe faltará. Há de ver!

Estas atenções do negociante pelo rapaz não eram puro espírito de hospitalidade e provinham sem dúvida dos interesses que o barão dava anualmente à casa comercial dele. Sampaio era o encarregado de lhe sortir a fazenda de tudo que precisava ir da corte, e nessas faturas o fornecedor de antemão pagava-se de todas aquelas galanterias.

Às nove horas da noite achavam-se os nossos rapazes, depois do indispensável banho, assentados em volta do seu hospedeiro e defronte de uma excelente ceia, que fumegava sobre a mesa.

Sampaio, enquanto eles comiam, procurava instruí-los pelo melhor nos costumes da vida fluminense, da qual se julgava grande conhecedor, sem nunca aliás ter arredado pé do burguês e acanhado círculo em que vivia.

– Isto aqui – rezava ele, – é um demônio de uma terrinha, que tanto pode ser muito boa, como pode ser muito má. Depende tudo de cada um e de cada qual. Não há terra melhor e nem há terra pior! Para aqueles que desejam se fazer gente, trabalhar, dar-se ao respeito – não há terra melhor; mas para os que só pensam na pândega e têm, como o senhor, ordem franca em uma casa comercial como esta – não há terra mais perigosa! Estou certo, porém, de que o senhor Teobaldo há de dar boa conta de si!

– Também eu – disse o filho do barão, recuperando o seu bom humor.

– Sim – continuou o negociante –, mas com esses ares, com essa carinha de moço bonito, é preciso ter muito cuidado com as francesas!

– Com as francesas?

– Francesas é um modo de dizer. Refiro-me a todos esses diabos de que vai se enchendo o Rio de Janeiro e que não fazem outra cousa senão esvaziar as algibeiras dos tolos!

– Mas de que diabo fala o senhor Sampaio?

– Ora essa! das mulheres! Pois então o senhor não me compreende?

– Ah! Com que isto por aqui é fechar os olhos e...

– Um desaforo! Dantes ainda as cousas não iam tão ruins; mas ultimamente é uma desgraça! Todos os dias estão chegando mulheres de fora! Eu nem sei como o governo não toma uma medida séria a este respeito!

Teobaldo sorriu desdenhosamente, e o Sampaio acrescentou: – Todo o cuidado é pouco para não cair nas garras de alguns dos tais demônios! Encontrando o perigo – é fugir, fugir, para não chorar ao depois lágrimas de sangue! O senhor veio ao Rio foi para estudar, não é? Pois enterre a cara dentro dos livros e feche os olhos ao mais!

– Pode ficar tranquilo – respondeu Teobaldo, levando o seu copo à boca.

– Não digo que não se divirta... – prosseguiu o Sampaio –; consinto que vá ao teatro de vez em quando; se se der com alguma família, pode frequentá-la; mas tudo isso, já se vê, com muita prudência e com muito juízo. Evite as más companhias, fuja dos vadios e dos viciosos; não frequente a Rua do Ouvidor[2]; não entre nos cafés! – E, abaixando a voz e chegando-se mais para o moço, disse, com o mistério de quem faz uma revelação terrível: – E, principalmente, meu amigo, não se meta a escrevinhador.

Teobaldo ergueu a cabeça, surpreso:

– Como?

– Sim – confirmou o outro. – Não se meta a escrevinhador, que isso tem posto muita gente a perder! Poderia citar-lhe mais de cem nomes de estudantes; de quem fui correspondente, que perderam anos, que cortaram a carreira por causa da maldita patifaria das letras! Eu os vi, a todos, por aí, enchendo as ruas de pernas, mal alimentados e malvestidos, com a mesada suspensa pela família, a fazerem garbo das suas necessidades e às vezes até das suas bebedeiras!

Teobaldo ouvia agora o negociante com singular atenção.

– Fuja! – continuava aquele –; fuja de semelhante porcaria! se não quiser ver o seu nome todos os dias na boca do mundo!

– O nome?

– Sim, sim, o nome, que seu pai lhe pôs à pia do batismo! Se não quiser vê-lo de boca em boca não se meta a escrevinhador! E ainda se fosse apenas isso… vá ! É feio, mas enfim, sempre há homens sérios cujo nome o público não ignora; o pior é que às vezes rebenta por aí cada descompostura, que é mesmo uma vergonha! Quem se deixa cair em tal desgraça não está livre das chufas[3] da imprensa e dos comentários do mundo inteiro!

E o Sampaio, para melhor firmar os seus argumentos, principiou a citar nomes.

– Mas esses nomes – acudiu Teobaldo recorrendo às leituras que fizera na província –, esses nomes são todos muito distintos. O senhor está citando os nossos poetas mais conhecidos!

– Ah! ninguém nega que não sejam conhecidos, nem que não sejam poetas, mas posso afiançar-lhe que não são homens sérios.

– Homens sérios?… Que diabo entende o senhor por homem sério?

– Ora essa! Que entendo por homem sério? – é boa! Por homem sério entendo todo aquele que não dá escândalos, que não é tratante e que se ocupa em alguma cousa séria! Enfim, todo aquele que trabalha!

– Então quem escreve não trabalha?

– Não digo isso, mas…

– Acabe.

– Mas não é um trabalho sério!

Teobaldo, em vez de prosseguir no diálogo, olhou para o Sampaio com um gesto que tanto podia ser de lástima como de repugnância, e, deixando escapar o seu predileto sorriso de ironia, ergueu-se, bateu-lhe levemente no ombro e disse:

– O senhor é um grande homem!... Mas eu preciso descansar. Boa noite!

Semanas depois, mudaram-se os dous rapazes para Matacavalos, levando em sua companhia o moleque.

Teobaldo, no meio da casa, envolvido em um *robe de chambre*[4] de seda azul, um cigarro entre os dedos, dirigia a colocação dos móveis.

– Esse espelho ali, ó André! E a secretária deste outro lado. Assim! Agora, vejamos onde deve ficar o piano... Ah! cá está o lugar dele, aqui, entre estas duas janelas. E anda com isso, ó Sabino! que ao contrário não se acaba tão cedo a arrumação!

O Sampaio espantara-se quando ele lhe dera a lista dos móveis de que precisava.

– Pois o senhor também quer cortinas? – exclamou arregalando os olhos.

– Quero tudo isto que aí está notado – respondeu o estudante – o resto me encarrego de comprar pessoalmente.

– O resto? Há então ainda outras cousas além disto?...

– Sem dúvida. É preciso alegrar a casa com alguns objetos de arte. Chegam-me quatro ou cinco estatuetas...

– Estatuetas?...

– ... uma pêndula de bom gosto, dous jarros para flores e meia dúzia de quadros.

– Mas o senhor onde já viu casa de estudante com esse luxo?

– Não preciso ver para usar: se faço deste modo é porque assim o entendo. Compreende?

– Bem, bem! isso é lá com o senhor... Tem ordem franca?...

E jurou consigo que Teobaldo não havia de ir muito longe com aquelas tafularias[5].

A casa, depois de cada objeto no seu lugar, não parecia com efeito destinada à habitação de dous estudantes ainda tão novos; tal era a boa ordem, o asseio, o gosto bem-educado e familiar que a tudo presidia. Tanto assim que a proprietária e locadora do prédio, que a princípio não se mostrara lá muito satisfeita com os novos hóspedes, rejubilava-se agora ao ponto de lhes propor que almoçassem e jantassem com ela, mediante uma estipulada mensalidade.

Instalados, cuidou Teobaldo de arranjar os necessários explicadores para os preparatórios que lhe faltavam e mais ao Coruja, e dispôs-se a estudar com afinco.

Mas o seu espírito inconstante e vadio não se queria fixar sobre um ponto certo, e os dias passavam-se em repetidas polêmicas a respeito da carreira que ele devia abraçar.

– Mas, afinal, é preciso que te decidas por alguma!... – dizia-lhe o Coruja. – Se não saíres dessa hesitação, acabarás fatalmente por não estudar nada!

Teobaldo principiava sem dúvida a demorar muito a escolha de uma profissão. Ao sair da sua província vinha aparentemente resolvido a repetir na corte os preparatórios e seguir logo para a Academia de São Paulo. O direito, porém, se lhe apresentava à trêfega[6] fantasia com o insociável aspecto de um velho carregado de alfarrábios, tresandava[7] a rapé, fanhoso, pedantesco, sem bigode e de óculos na testa.

– Abomino-o! – exclamava ele a discutir com o amigo. – Aquilo nem é ciência, é uma cousa toda convencional, uma cousa arranjada segundo o capricho de quem a inventou! Nada possui de certo e determinado! No direito tudo admite sofismas; tudo se pode inverter; tudo está sujeito a mil e um alvarás e a duas mil e tantas reformas! Além disso, consta-me que ninguém pode se gabar de saber direito antes de lidar com ele pelo menos quarenta anos! Oh! bela carreira! bela carreira, que exige quase meio século de estudo para se ficar sabendo alguma cousa dos seus mistérios!... E, demais, que diabo de vantagem oferece o tal direito?... A magistratura? Deus me defenda! A advocacia? Mas eu detesto os advogados!

– Por quê? – atalhou o Coruja.

– Ora? Qual é o papel de um advogado, qual é a sua missão? Defender os réus; muito bem! Mas, das duas uma – ou o réu não tem crime e nesse caso está defendido por si; ou o réu é um criminoso, e não menos será aquele que, por meio da eloquência e da astúcia de seu talento, conseguir provar que ele é um inocente!

– Isso é asneira!

– Pois qual é a missão do advogado, senão empregar meios e modos para alterar a favor do seu constituinte o juízo feito pelos jurados? Qual é a missão do advogado, senão convencer a quem supõe um homem estar tão inocente como no dia em que vestiu o seu primeiro par de calças?...

– Enganas-te – acudiu o Coruja; – o advogado serve para muitas outras cousas; serve para evitar que um inocente sofra a pena que não merece; serve para...

– Ora qual! – interrompeu Teobaldo. – O advogado quase nunca se acha convencido da inocência do seu constituinte. Defende-o, porque a sua vida é defender os réus, e para isso lança mão de todos os recursos da oratória e serve-se de todos os laços e armadilhas da retórica!

– Mas...

– Ora! se o advogado, empregando esses meios, consegue dos jurados a absolvição do réu, é um homem pernicioso, porque faz com que aqueles se pronunciem, não pelo seu juízo calmo e refletido, mas sim dominados pelos efeitos sedutores de um bom discurso; e, se o advogado não consegue vencer a opinião dos jurados, será nesse caso um falador inútil, visto que não adianta absolutamente nada do que estava feito!...

– Pois, se o direito te inspira tal repugnância, escolhe então a medicina...

– A medicina! Mas, onde iria eu buscar paciência e disposição para retalhar cadáveres e aprender os remédios que se aplicam no tratamento de tais e tais moléstias?... Acreditas lá que semelhante cousa possa ocupar a vida de um homem cheio de aspirações como eu?... Podes lá acreditar que eu chegasse a tomar interesse por um tumor ou por uma erisipela?!...

– É o diabo!

– De todas carreiras, metendo a engenharia de que não gosto, por embirrância às matemáticas, só a das armas não me desagrada totalmente.

– Pois aí tens, decide-te pelo exército ou pela marinha.

– Mas, valha-me Deus! o curso militar baseia-se todo nos malditos algarismos e eu nem para fazer uma conta de somar tenho jeito!...

– Então...

– Além de que eu jamais daria um bom soldado ou um bom marinheiro. Só a ideia de ficar eternamente submisso ao governo do meu país; só a ideia de que tinha de deixar de ser um homem, para ser um instrumento do militarismo, um defensor oficial da pátria, com obrigação de ser um bravo a tanto por mês e de ter uma honra talhada pelo padrão de um regulamento; só isso ou tudo isso, meu André, faz-me desanimar.

– Então não há remédio, decide-te pela engenharia…

– Impossível! Seria um engenheiro que havia de contar pelos dedos, quando precisasse somar três adições!

– Então, parte quanto antes para a Alemanha e vai estudar ciências naturais…

– Que de nada me serviriam aqui no Brasil e para as quais tenho tanta aversão quanta tenho às tais ciências exatas e morais!

– Dedica-te à igreja…

– Se eu tivesse jeito, quem sabe?

– Ou então às belas-artes. Faz-te músico, pintor ou escultor…

– E o talento para isso, onde ir buscá-lo? Queres que eu peça ao velho que me remeta lá de Minas, todos os meses, um pouco de gênio?…

– Ora! Tu tens talento para tudo.

– O que equivale a não ter para cousa alguma. Entendo um pouco de desenho, um pouco de música, de canto, de poesia, de arquitetura, mas sinto-me tão incapaz de apaixonar-me por qualquer dessas artes, como por qualquer daquelas ciências. Tudo me atrai; nada, porém, me prende!

E, depois de um silêncio, durante o qual não encontrou o Coruja uma palavra para dar ao amigo:

– Queres saber qual era a carreira que eu de bom grado abraçaria, se não fossem as conveniências?…

– Qual?

– O teatro! Fazia-me ator.

– Estás louco?

– Ah! não! ainda não estou, que, se o estivesse, já teria me resolvido a entrar em cena.

– Havias de arrepender-te…

– Quem sabe lá?…

II

Levavam os dous amigos uma existência bem curiosa na sua casinha de Matacavalos.

Completavam-se perfeitamente. Teobaldo era quem determinava tudo aquilo que dependesse do gosto, era sempre quem escolhia, o outro limitava-se a conservar e desenvolver.

Ao André faltava a fantasia, a originalidade; não tinha inspirações, nem sabia comunicar às pessoas e às cousas que o cercavam o mais ligeiro reflexo individual; mas o que lhe faltava por esse lado sobrava-lhe em método, em paciência e bom senso. Era ali o espírito da ordem, o pacífico regulador do asseio e da decência; queria as cousas no seu lugar, não podia compreender o que lia ou escrevia, sem ver em torno de si a mais harmoniosa disposição nos móveis, nos livros e em todos os objetos de que se compunha a casa.

Teobaldo entrava e saía de casa, sem horas certas, mudava de roupa, atirando a camisa enxovalhada para cima do primeiro traste que encontrava, e daí a pouco perdendo a cabeça à procura do chapéu, ou da bengala, que ele próprio arrojara[1] a um canto do quarto, por detrás de algum móvel. O Coruja, ao contrário, não punha os pés fora de casa, sem passar uma vista d'olhos por tudo, sem arrumar aquilo que estivesse desarrumado; e, às vezes, depois de estar na rua, ainda voltava para certificar-se de que havia fechado a janela da sua alcova ou a gaveta da sua secretária.

Por este modo vivia a casa sempre no mesmo pé de limpeza e ordem.

Um dia Teobaldo, entrando da rua, exclamou para o companheiro, que estudava à secretária, como era do seu costume:

– Sabes, Coruja? Decidi-me pela medicina!

– Mas tu ainda ontem disseste que ias entrar para a Escola Central![2]

– Mudei de intenção. A vida militar é incompatível comigo! Uma vida sem futuro e sem liberdade! Não quero!

E, gritando pelo Sabino, estendeu as pernas, para que o moleque lhe sacasse as botas.

– É verdade! – acrescentou; – convidei hoje para jantar um rapaz que me foi apresentado ontem no teatro, o Aguiar, belo moço, que chegou há dias de Londres.

– Ah!

– E os teus negócios, caminham?

– Qual! Não obtive a cadeira que desejava no colégio do tal Medeiros, mas em compensação um amigo do Sampaio arranjou-me um lugar de conferente no jornal.

– Quanto vais ganhar?

– Trinta mil-réis por mês.

– Oh!

– Antes isso do que nada…

– Quantas horas de serviço?

– Das sete às onze da noite.

– É horrível.

– Prometeram-me arranjar também alguns explicandos[3] de latim, francês e português.

Teobaldo já não o ouvia, porque estava entretido a falar com a dona da casa, que ele acabava de descobrir no andar debaixo.

– Temos então hoje um convidado? – perguntou ela, depois do que lhe disse o rapaz.

– É exato, um amigo. Pode acrescentar um talher à mesa; dos vinhos encarrego-me eu.

Dona Ernestina, assim se chamava a senhoria, era uma rapariga de vinte e poucos anos, cheia de corpo, muito bem-

-disposta, mas um tanto misteriosa na sua vida íntima. Pelo jeito possuía alguma cousinha de seu e era mulher honesta.

Viúva, casada ou solteira?

Viúva, podia ser; casada é que não, porque em tal caso não seria ela a senhora da casa e sim o marido. Solteira... mas há tantos gêneros de mulher solteira...

Contudo ninguém podia dizer mal de sua conduta. Passava todo o santo dia ocupada com os arranjos da casa e só se mostrava à janela ou saía a passear no jardim nas tardes de muito calor, quando o corpo reclama ar livre.

Teobaldo notara que, todas as noites, entre as sete e as dez, aparecia na sala de jantar de dona Ernestina um sujeito de meia-idade, gordo, semicalvo, discretamente risonho e pelo jeito homem de negócios.

A persistência deste tipo ao lado da rapariga e as maneiras carinhosas com que ele a tratava levaram o estudante a decidir para si que o homem, "Seu Almeida", como lhe chamava ela, era sem dúvida o verdadeiro dono da casa; mas nem de leve se preocupou com isso.

Às vezes dona Ernestina reunia em torno de si duas ou três senhoras de amizade e palestravam antes do chá. Nessas ocasiões, Teobaldo descia quase sempre ao andar debaixo e, com a sua presença, animava a sala, cantando, tocando piano, fazendo prestidigitações e recitando poesias.

Uma vez, em que ele deixou-se ficar à mesa depois do almoço, Ernestina guardou também a cadeira e os dous principiaram a conversar:

– Ainda não tinha vindo à corte? – perguntou ela.

– Vim, mas de passagem, quando saí de Minas para ir à Europa.

– Ah! viajou pela Europa?

– Estive em um colégio de Londres.

– E depois voltou para junto de sua família…
– Até o dia em que vim para aqui.
– Seu pai é fazendeiro?
– Sim, senhora.
– E pelos modos, rico…
– Remediado.
– Como se chama?
– Barão do Palmar.
– Ah!
– Ou então Emílio Henrique de Albuquerque.
– Ainda vive a senhora sua mãe?
– Ainda. Quer ver o retrato dela? Trago-o nesta medalha.
Dona Ernestina levantou-se e ficou por alguns segundos debruçada sobre Teobaldo a ver a delicada miniatura em marfim que ele trazia na corrente do relógio.
– Ainda está moça… muito bem conservada…
– Hoje tem os cabelos quase todos brancos. Meu pai, que é muito mais velho, não está tão acabado.
– Que perfume é esse que o senhor usa?
– É dos que ainda trouxe de casa. O velho recebe-os diretamente da Inglaterra.
– É muito agradável.
– Pois, se quiser, posso ceder-lhe um frasquinho; tenho ainda muitos lá em cima.

Dona Ernestina aceitou; ele correu a buscar a perfumaria e, depois de conversarem a respeito do Coruja, que fora trazido à baila e o qual declarou ela com franqueza que achava detestável, Teobaldo entendeu chegada a sua vez de interrogar, e perguntou-lhe sem mais preâmbulos:
– A senhora é casada?
Ela respondeu que "sim", mas vacilando.
– Com o Almeida…

Outro sim dúbio.

– Há muito tempo?

– Há algum já...

– Era viúva antes disso?

– Sim, senhor.

– E não tem filhos?

– Não, felizmente.

– Felizmente, por quê?

– Ora! os filhos fazem a gente velha...

E assim palavrearam durante uma boa hora, sem que o rapaz conseguisse precisar o seu juízo sobre aquela mulher, da qual nem mesmo a idade podia determinar.

Um homem mais velho que Teobaldo notaria entretanto que Ernestina era bem servida de formas, que tinha bons dentes, cabelos magníficos e um par de olhos bem guarnecidos e banhados de uma certa umidade voluptuosa.

Mas o filho do barão estava na idade em que os homens ainda não sabem apreciar as mulheres e aceitam-nas indeterminadamente, como simples recreio dos seus sentidos. Orçava ele então pelos dezoito anos e, mais formoso do que nunca, desenvolviam-se-lhe as feições, sem detrimento da primitiva frescura. Tinha ainda alguma cousa da graciosa candura da criança e já, nos traços enérgicos de sua fisionomia e nos movimentos donairosos[4] de seu corpo, pressentiam-se as manifestações de uma forte e precoce virilidade. Tez aveludada e pura, sorriso crespo e frio, olhar indiferente e terno a um tempo, dir-se-ia que ele, naquele todo de jovem príncipe aborrecido, realizava com a sua graciosa e pálida figura o tipo ideal do romantismo da época.

Entrando em casa uma ocasião às duas horas da tarde, disse-lhe o Coruja que dona Ernestina o mandara procurar havia pouco e que lhe pedia o obséquio de ir ter com ela, logo que chegasse.

– Para quê, sabes? – perguntou.

– Creio – respondeu André – que ela recebeu hoje a notícia da morte de algum parente... Uma tia, se me não engano.

– Sim? E que diabo tenho eu com isso?

Mas, por curiosidade, Teobaldo sempre desceu ao primeiro andar. E, ao barulho de seus passos, ouviu gritar logo de um quarto.

– É o senhor, senhor Teobaldo?

– Sou eu, sim, minha senhora.

– Venha até cá; entre. Tenha paciência!

Ele, que não conhecia ainda os quartos do primeiro andar, seguiu a direção da voz e achou-se pouco depois em uma alcova, meio atravancada de trastes, onde teve de andar às apalpadelas, tão completa lhe parecia a princípio a escuridão.

Entrou a tropeçar nos móveis e, de braços estendidos, tateou casualmente alguma cousa que pela macieza seriam talvez as faces de dona Ernestina.

– Fique! Pode ficar! – disse ela a um movimento de retração que fez o estudante –; o senhor não é de cerimônia, fique!

Teobaldo, que acabava de esbarrar com as pernas em uma cadeira, assentou-se e, habituando-se pouco a pouco à escuridão, foi gradualmente distinguindo o que o cercava. Só então reparou que dona Ernestina conservava uma das mãos dele entre as suas, e que ela estava estendida em uma cama larga, de casados, onde apenas a cabeça e os braços se lhe viam por entre cobertas e lençóis.

– Está doente? – perguntou ele.

– Muito, senhor Teobaldo, muito!

– Que foi isso?

– Ora! Imagine que recebi hoje pela manhã a notícia da morte da única parenta que me restava no mundo.

– Sua tia – disse-me o Coruja.

– Minha tia, não; não era só minha tia, era o meu tudo!

E a um rebote de soluços:

– Oh! como aquela nunca mais encontrarei outra! Nunca encontrarei!

Dizendo isto, dona Ernestina ergueu os braços para o teto e, deixando-os cair em volta do pescoço do rapaz, encostou a cabeça no peito deste e assim ficou a chorar por longo tempo.

– Bem... – resmungou ele um tanto constrangido –, mas a senhora não lucra nada em se afligir desse modo! Faça por conformar-se com o que sucedeu... Não há de ser à força de lágrimas que sua tia voltará à vida! Console-se!

– Oh! mas é que eu não posso! mas é que eu não posso!

E, a cada exclamação, mais se estreitava contra o moço, a ponto de lhe fazer sentir nas faces, nas orelhas e afinal nos lábios o resfolegar ardente dos seus soluços.

– Não posso! não posso conformar-me com semelhante desgraça!

– Mas faça por isso... – retrucou ele, quase que a soprar-lhe as palavras pela boca. – Faça por ter um pouco de resignação!...

– Obrigada, muito obrigada!... – suspirou a chorosa procurando conter o pranto.

E, como em agradecimento àquelas boas palavras de condolência, levou aos lábios as duas mãos do rapaz e cobriu-as de beijos que a outro qualquer surpreenderiam, não a ele, desde o berço amimado a cada instante.

Em Teobaldo era já um hábito muito antigo receber carinhos daquela espécie. Quase nunca os retribuía; aceitava-

-os friamente, sem comoção, como um provecto[5] e glorioso artista recebe os elogios de um homem que lhe fala pela primeira vez.

III

Depois desta cena Ernestina passava a maior parte dos seus dias no segundo andar. Mas não gostava de lá ir enquanto o Coruja não tivesse saído para a rua.

É que ele a intimidava com o seu ar antipático e carrancudo e com aquela repreensiva gravidade de homem sério; defronte dele sentia-se acanhada e contrafeita, como se estivesse defronte de um velho intolerante e respeitável; sentia-se mais criminosa ao lado de André do que ao lado do próprio Almeida.

Quanto a Teobaldo, esse, longe de a constranger, fascinava-a, atraindo-a, dominando-a com a sua indiferença e com o seu orgulho gracioso e sedutor.

Ao tom senhoril das palavras dele, defronte daquele olhar fidalgo ou daquele frio sorriso de adulado, ela se sentia escrava e submissa, feliz em amá-lo, mesmo com a certeza de ser mal correspondida.

E, quanto mais passiva se tornava a pobre moça, mais senhor se fazia ele; tanto que afinal já lhe dava ordens e já a repreendia, como se estivesse a falar com o Sabino.

Uma vez em que Teobaldo à secretária respondia às cartas da família, ela tomou-lhe a cabeça entre as mãos e beijou-lhe os olhos.

– Que é isso? – perguntou ele.

– Não ralhes comigo…

– Vejo fogo!

Ernestina obedeceu e foi colocar-se depois ao lado dele.

– Queres que me vá embora?… – perguntou no fim de algum silêncio.

– Pode ir.

Ela deu alguns passos para sair da sala, mas voltou na ponta dos pés.

– Por que me tratas assim?… – disse encostando a cabeça na dele.

– Ainda? – exclamou Teobaldo, sem levantar a pena do papel.

– Estás farto de mim, não é?

– É.

– Ingrato!

Ele não lhe deu mais uma só palavra e continuou a escrever até que Ernestina se foi embora, a enxugar as lágrimas.

Entretanto, nem sempre a tratava assim; às vezes chegava até a mostrar-se carinhoso com ela. Nos bons dias, ao entrar da rua, corria-lhe a mão pelos cabelos e fazia-lhe festinhas no queixo. Dependia tudo do seu bom ou mau humor.

Uma noite, ela o fitou com mais insistência e perguntou-lhe se queria que o Almeida fosse para o olho da rua.

– Mas a senhora não disse que era casada com ele?

– Tu bem sabes que não sou, e sabes igualmente que serei muito capaz de lhe fechar a porta, se o ordenares.

– Deixa-te disso, filha!

– É porque não me amas…

– Talvez.

O rapaz, com efeito, nada sentia do que ela experimentava por ele. Deixava-se adorar com uma indiferença de verdadeiro ídolo: tanto se lhe dava que aquilo acabasse logo.

– Deixa-te estar – profetizava ela –; deixa-te estar, que algum dia serei vingada! Deus é grande! Hás de encontrar uma mulher que judie contigo ainda mais do que tens judiado comigo!

E as angústias e dissabores de dona Ernestina foram crescendo à proporção que Teobaldo ia conhecendo a corte e à medida que ele se relacionava e desenvolvia.

Dentro de um ano grandes modificações se operaram na vida dos dous rapazes.

Teobaldo concluíra os preparatórios e matriculara-se na Escola de Medicina, esperançoso de largá-la de mão logo que descobrisse melhor carreira; ao passo que o Coruja não conseguira passar em nenhum dos seus exames, se bem que estivesse deveras senhor nas matérias.

E, no entanto, fora ele, o Coruja, quem fornecera ao outro os elementos daquele sucesso; fora ele quem o preparara, quem lhe metera alguma cousa na cabeça!

Teobaldo ficou furioso com as reprovações do amigo.

– Ora entendam lá esta gente! – exclamou entre um grupo de colegas. – A mim, que passei pelos livros, como gato por brasas – distinção! Ao Coruja, que estudou por vinte – tome bomba! Ora bolas! Pois então reprova-se um pobre rapaz, só porque ele é acanhado?...

O Coruja, ainda assim, procurava desculpar os examinadores:

– Coitados! – dizia ele –; não fizeram isso por mal; supunham naturalmente que eu de fato não sabia as matérias. Quem me mandou a mim não ser mais desembaraçado?...

– Qual! Nada me convencerá de que este nosso escandaloso sistema de exames é só aproveitável para os charlatas[1] e pomadistas![2] Os estudantes de tua ordem fazem sempre má figura! Ali só o que se quer é presença de espírito!... E, fica sabendo, tomei tal embirrância a tudo isto que vou escrever ao velho, dizendo-lhe que estou resolvido a seguir para a Europa. Formo-me em ciências naturais! Em ciências naturais!

– Em grande peralta é que ele se está formando! – afirmava o Sampaio, à vista do dinheiro que Teobaldo retirava por mês de sua casa. – É pândega, pândega e mais pândega! O pai afinal não é nenhuma Índia! e se o doudo do filho não mudar de rumo, há de dar com a família em pantanas![3]

O Coruja havia então conseguido, com muito custo em razão da sua tremenda antipatia, arranjar alguns discípulos cujo produto, ligado ao do trabalho de revisão, dava-lhe já para as primeiras despesas.

Escrupuloso como era, tratou logo de conduzir a sua vida de modo a não ser pesado a ninguém, ainda que tivesse para isso de sacrificar as suas pretensões de formatura.

Dava uma parte do dia aos seus discípulos e uma parte da noite ao serviço do jornal. Deitava-se impreterivelmente à uma hora e acordava às cinco da madrugada; não tinha vícios de espécie alguma; não comia senão ao almoço e ao jantar e nem sequer pensava em mulheres.

– É um esquisitão! é um selvagem! – diziam a respeito dele os amigos de Teobaldo, enquanto que a este qualificavam de "bom rapaz".

O Coruja não se incomodava com aquele juízo e, quando o forçavam a prestar contas de suas virtudes, desculpava-se humildemente, como se estivesse a pedir perdão para elas. Se lhe ofereciam charutos: "Desculpe, não fumo". Se lhe ofereciam bebidas: "Não posso, queira desculpar".

E todo ele parecia envergonhado de ser tão puro.

Ao lado da amizade que lhe dedicava, Teobaldo ia criando por ele um certo respeito, que era o freio único para os seus excessos. Às vezes o bonito moço reunia em casa uma troça de amigos, fazia vir o que beber e, entre o fumo dos charutos, discutiam-se todos os assuntos, diziam-se todas as asneiras e a casa transformava-se em um verdadeiro inferno. Mas, sempre que algum dos rapazes se aproximava da mesa de André, que estava ausente, Teobaldo exclamava desviando-o: – Não! não mexam! É a mesa do Coruja!

Quando também levava à noite para casa algum companheiro meio ébrio, a que oferecia hospitalidade, dizia-lhe sempre, ao subir as escadas:

– Agora, toda a atenção!... O Coruja está dormindo! É preciso não o acordar!...

E, em completa antítese de gênios e de costumes, iam os dous todavia vivendo juntos. André descobriu um colégio de certa importância, que lhe dava bom ordenado, casa, comida e roupa lavada, com a condição de que ele, além do serviço de professor, havia também de fiscalizar os rapazes à hora do recreio e fazer a escrituração da casa.

Consultou Teobaldo e, depois de ouvir a opinião deste, resolveu mudar-se para o colégio.

Agora podia abandonar o trabalho de revisão e tomar ainda alguns discípulos para as horas vagas, porque nele o gosto pelo professorado começava a assumir as proporções de uma verdadeira paixão.

Ensinava latim, francês, português, história e geografia do Brasil; tudo isso com muito método, muita paciência e sem nunca parecer fatigado.

– E a respeito de tua formatura? – perguntou-lhe o amigo.

– Ora! – respondeu ele. – Formar-me! Acho desnecessário! Minha vocação toda é o professorado, e para isso não preciso ter carta, basta-me saber conscienciosamente as matérias que ensinar.

IV

Havia em Catumbi uma velha de uns quarenta e tantos anos, chamada Margarida, que vivia em companhia de sua filha única – a Inezinha, e sobre quem ela firmava todas as suas esperanças e a quem dedicava todos os seus afetos.

Moravam sozinhas e, porque não dispunham de outra fonte de receita senão o trabalho, labutavam a valer desde pela manhã até ao fugir do Sol.

A velha era incansável, ativa como poucas, mas, por outro lado, geniosa e rezingueira como ninguém. Posto que o trabalho lhe tomava todas as horas do dia e às vezes uma boa parte da noite, ainda ela descobria algum tempo para dar à língua com os vizinhos e comentar a vida do próximo.

– Aquela almazinha não tinha um momento de descanso – murmuravam os seus conhecidos.

E isso mesmo estava a dizer a figurinha enfrenesiada[1] de dona Margarida: pequena, seca e viva como um camundongo.

Era a primeira que se levantava no seu quarteirão, e, ainda não se sabia a cara que traria o Sol, já andava o demônio da velha na sua canseira de todos os dias; braços arremangados[2], saia puxada ao cós, a lidar, a vassourar para a direita e para a esquerda e a ralhar com a filha, que "Benza a Deus! não parecia ter vindo de tal mãe!"

E daí atiravam-se às costuras, à lavagem ou ao engomado, e era trabalhar para a frente, até dizer basta.

A Inezinha, porém, com o seu ar de mosca morta, os seus olhos sonolentos e a sua voz arrastada e frouxa, metia-lhe fezes no coração.

– Ó pequena! – gritava-lhe a velha muitas vezes, a sacudir-lhe o braço, como se quisesse acordá-la –; onde diabo vais tu parar com toda essa moleza?... Deus me livre! Parece que tens chumbo nas pernas! Pois olha que é preciso puxar pelo serviço, se queremos que não nos faltem os feijões!

Mas Inezinha não endireitava nem à mão de Deus Padre e cada vez parecia mais ronceira[3] e menos capaz de tomar caminho.

– Aí está – resmungava a mãe –; aí está para que serviu saberes mais do que eu! Bem dizia teu pai, a quem Deus haja; bem dizia ele, quando te pus no colégio, que nada havíamos de lucrar com isso!

– Mas eu faço o que posso... – contrapunha a rapariga. – Que culpa tenho eu de não me ajeitar à lavagem da roupa e muito menos ao ferro de engomar? Se algumas vezes deixo o serviço, é porque não há outro remédio, é porque me aparece a pontada no estômago! Ora aí está!

A mãe ralava-se. Aquela filha era o seu tormento! Ainda se Inês fosse uma rapariga esperta, diligente para outras cousas, vá! Dar-se-lhe-ia um jeito; mas aquela mesma, Deus te livre! Aquela que não sabia se mexer pelos seus pés, aquela sem vontade que só caminhava quando alguém a empurrava para a frente! Credo! que até parecia castigo de Deus!

Foi nessa conjuntura que dona Margarida se lembrou de fazer a filha tomar crianças para ensinar.

Vieram os primeiros discípulos, e tal gosto revelou Inês para esse gênero de trabalho, que no fim de pouco tempo a sua ideia fixa era arranjar uma cadeira de professora régia.

Mas, com que pagar a um bom explicador de português, que a aprontasse em pouco tempo?... A cousa não podia ser tão barata, e elas, coitadas, mal ganhavam para o pão de cada dia.

A velha, entretanto, não descansou mais e tanto furou, tanto virou e tanto tagarelou sobre o caso, que afinal descobriu o Coruja, por intermédio da filha de uma sua amiga, a quem ele ensinava de graça.

Foi logo procurá-lo no colégio, levando engatilhado um arsenal de lamúrias, que havia de mover o coração do professor, por mais duro que fosse. André, porém, não lhe deu tempo para lançar mão do arsenal e, logo às primeiras palavras da velha, declarou que ela estava servida.

– Deixe-me o número de sua casa – disse ele – e vá descansada, vá, que a menina há de aprontar-se para a primeira ocasião.

Dona Margarida quis beijar-lhe as mãos.

– Não tem que me agradecer; vá, vá! Hoje por mim, amanhã por ti. Talvez que ainda esta noite dê um pulo até lá. E adeus, adeus, que vai entrar a aula de latim.

Daí a dous dias principiava ele a dar as suas lições a Inês, com a mesma pontualidade e o mesmo inalterável zelo que empregava para com todos os seus discípulos.

Chegava lá regularmente às sete horas da noite e principiava logo o trabalho, defronte de um grande candeeiro de azeite, que dona Margarida trazia para o centro da mesa.

As duas senhoras viam em André um benfeitor caído do céu e, para mostrarem o seu reconhecimento, desfaziam-se em pequeninos obséquios: davam-lhe a melhor cadeira, só lhe falavam a sorrir e obrigavam-no a aceitar todas as noites uma xícara de café.

Em pouco o bom rapaz não representava para elas um simples professor, mas um amigo, uma espécie de membro da família.

No fim de alguns meses ele já as levava aos domingos a dar uma volta no passeio público e, lá uma vez por outra, acompanhava-as a alguma festa de arraial ou a algum espetáculo no Provisório[4].

E tudo isso era praticado com tamanha seriedade, com tanto afeto e respeito que a velha principiou a enxergar no

Coruja um noivo capaz de fazer a felicidade da filha e, por conseguinte, a felicidade dela, Margarida.

Mas o pior era que, a despeito dos conselhos maternos, Inês tratava o seu dedicado professor com a mesma dubiedade de maneiras, com a mesma frieza e, pode-se dizer até, com a mesma indiferença com que tratava a toda gente. Seus gestos e seus olhares estavam como a dizer: "A mim tanto se me dá seis como meia dúzia... Casar com este ou casar com aquele, para mim é tudo a mesma cousa, contanto que não me incomodem e não me obriguem a ter de tomar uma resolução. Querem que eu case com o senhor Miranda? Pois seja, não digo o contrário, mas, por amor de Deus, deixem-me em paz!..."

A mãe, porém, que não tinha aquela fleuma e entendia que sem a sua intervenção nada se arranjaria, resolveu tomar o negócio a seu cuidado.

– O senhor Miranda nunca pensou em casar?... – perguntou-lhe ela uma vez, sem mais preâmbulos.

André corou e respondeu que não podia ainda pensar nisso.

– Ainda é muito cedo... – disse.

E, abaixando os olhos e a voz:

– Além de que eu não devo esperar semelhante cousa... Conheço-me perfeitamente... sei quanto sou feio... quanto sou antipático... Onde iria descobrir uma mulher que me aceitasse?...

– Quem sabe lá!... – retrucou a velha, olhando com intenção para o lado da filha. – Quem sabe lá, seu Miranda!... Às vezes a gente nem desconfia e as cousas estão nos entrando pelos olhos!...

André tornou a corar, mas desta vez sorrindo e levantando a vista para sua discípula.

Inês, porém, não tugia nem mugia[5]. Ali estava, como uma empada, tão pronta para casar no dia seguinte como para não casar nunca.

A velha, percebendo isso e confiando muito pouco no gênio iniciativo do professor, teimou com tal insistência nas suas alusões, que o rapaz não teve remédio senão entrar no assunto.

– Ah! eu não digo que... sim, quer dizer, se eu encontrasse uma menina de bom gênio, que me estimasse, não digo que não; teria até muito prazer com isso...

– Pois há! – acudiu a velha; – há uma menina nessas condições! E ali está ela defronte de nós! Não é verdade, Inezinha, que de bom grado aceitarias o senhor Miranda para teu marido?

Inezinha disse que sim com a cabeça, e a velha acrescentou, muito comovida:

– Pois então, meus filhos, abracem-se em minha presença. Quero ver isto assentado de pedra e cal! Vamos, vamos! Não têm de que se mostrar tão envergonhados!... Então, Inês! então, senhor Miranda!...

Os dous taciturnos namorados ergueram-se em silêncio e deram entre si um abraço de pura formalidade.

– Agora – volveu dona Margarida –, é cuidarmos de decidir quando há de ser o grande dia!

O Coruja, sempre metódico e cauteloso, declarou que achava bom esperar um pouco. Nada de precipitações!... Ele estava no princípio de sua carreira, ainda não podia realizar o casamento; mas, se as cousas caminhassem para a frente, como era de esperar, em breve tudo se poderia fazer.

Desde então as suas constantes visitas à casa da discípula tomaram um caráter mais exclusivo e mais familiar. Aparecia agora mais cedo e assentava-se ao lado da noiva, no mesmo lugar onde, desde o princípio, se habituara a dar as suas lições.

O estudo durava em geral duas horas, no fim das quais se afastavam os livros e começavam todos os três a conversar até ao bater das nove.

Coruja, fácil como era para se escravizar aos hábitos, no fim de algum tempo já não podia passar sem aqueles calmos serões à luz do velho candeeiro de dona Margarida; já não podia dispensar a xicarinha de café, que ele ouvia moer ao pilão, no quintal; e precisava sentir ao seu lado, durante aquelas horas certas, o vulto passivo e silencioso de Inês.

Seu coração imaculado e casto foi pouco a pouco se deixando vencer por um sentimento até aí desconhecido para ele.

Era um amor muito transparente, muito calmo, que esperava com evangélica paciência o dia da ventura, sem a mais ligeira perturbação dos sentidos.

V

Desde que André se mudou para o colégio, a casa de Teobaldo foi aos poucos perdendo o seu digno aspecto de asseio e de ordem, até se transformar em verdadeira república de estudantes.

A Ernestina ficou pasma.

– Como este rapaz tem mudado!... – exclamava ela a cada instante, sem atribuir sequer ao outro, ao feio, a alma da primitiva limpeza e do primitivo arranjo, que tanto a maravilharam.

Agora, Teobaldo já não tinha, como dantes, certo escrúpulo em conservar a casa decente. Os seus companheiros da pândega, que lhe apareciam com mais frequência, já não lhe ouviam dizer em certas ocasiões: "Não; não façam isso, para não afligir o Coruja! Ele não gosta destas brincadeiras!..."

Ernestina suportava-lhe as estouvices[1] porque não tinha outro remédio: adorava-o cada vez mais; sofria em vê-lo tão extravagante, tão sem coração e sem juízo, mas sofreria ainda pior se não o pudesse ver absolutamente.

Enquanto a não abandonara a esperança de conquistá-lo, empregou para isso todos os recursos de sua ternura; depois, certa de que nada conseguiria, resignou-se às migalhas do amor que ele lhe atirava de vez em quando, como para a esfaimar[2] ainda mais.

A infeliz já se não queixava e já nem sequer procurava disfarçar o seu cativeiro; entretanto, um dia em que lhe apareceu na porta uma mulher alta, bonita, vestida com um certo exagero de moda, a perguntar muito desembaraçada se era ali que morava Teobaldo, ela disparatou:

– Pois até mulheres já queriam entrar também na patuscada?[3] Era só o que faltava!

E, fechando-lhe a porta no nariz:

– Procure-o na rua, se quiser!

Depois, meteu-se no quarto e pôs-se a chorar, como uma desesperada.

Às três horas, quando Teobaldo chegou de fora, ela foi-lhe ao encontro e, mais branca do que a cal da parede, os beiços trêmulos, as feições estranguladas de ciúme, disse-lhe quase sem poder falar:

– Isto não pode continuar assim!

– Assim, como?

– Nesta desordem em que vai tudo! O senhor está um perdido!

– E a senhora que tem a ver com isso?

– Quero desabafar!

– Pois desabafe, mas que seja longe daqui!

– Cínico!

– Não me aborreça!

E Teobaldo galgou a escada do segundo andar.

Ela seguiu atrás.

– O senhor precisa mudar de vida! – exclamou penetrando no quarto.

Ele, com a certeza de quem é amado a ponto de lhe perdoarem tudo, pôs-se a cantarolar, tirou o paletó e estendeu-se sobre o divã.

– Até aqui – prosseguiu Ernestina, sem poder conter a cólera –; até aqui suportei e suportei muito! O senhor transformou esta casa em uma república, mas agora a cousa é outra; agora até as mulheres querem entrar na pândega!

– Hein? – fez Teobaldo, voltando-se para ela.

– Sim, senhor! Veio aí uma mulher à sua procura.

Teobaldo deu um pulo da cama.

– Uma mulher? – exclamou. – Ah! eu bem contava que ela havia de vir!

E, voltando-se vivamente para a rapariga:

– Uma mulher alta, não é verdade? Pálida, de olhos pretos?!...

– Vá para o diabo que o carregue! – respondeu Ernestina, virando-lhe as costas e saindo do quarto furiosa.

"Então?... – disse consigo Teobaldo, esfregando as mãos –; voltou ou não voltou?... Ah! logo vi que Leonília havia de voltar!..."

Leonília era a mais formosa criatura que empunhava nesse tempo o cetro do amor boêmio.

Teria então pouco menos de trinta anos e parecia não haver ainda orçado pelos vinte.

No poema de sua vida, poema caprichoso e fantástico, escrito *au jour le jour*[4], ora com lágrimas, ora com champagne,

Teobaldo representava talvez a página mais sentida e com certeza uma das mais recentes e palpitantes.

Mas, que diabo tinha consigo aquele rapaz para enfeitiçar desse modo as mulheres de toda a espécie? Que fluido misterioso espalhava ele em torno de si, com a ironia de seus risos, com o desdém de seus olhos, com a fidalguia de suas maneiras, para as render tão cativas e arrastá-las a seus pés, como Cristo antigamente?

Leonília vira-o uma noite, por acaso, no teatro, desejou-o logo e pediu a um amigo comum que lho apresentasse.

Teobaldo tratou-a com o mesmo sedutor e natural desinteresse que costumava usar para as mulheres desse gênero; mas depois, quando a conheceu mais de perto e teve ocasião de compulsar-lhe[5] o espírito, principiou a distingui-la entre todas as outras com certa preferência.

Leonília, porém, no solipsismo[6] da sua paixão, não se contentou com isso e quis amor, amor tão bom e tão ardente como o que ela lhe dava.

Louca! Teobaldo não era homem para essas transações e, à primeira cena de ciúmes que lhe fez a amante, tomou o chapéu e desertou da alcova dela, sem lhe atirar aos menos uma palavra de despedida.

A loureira[7] apanhou entredentes a afronta e resolveu lançá-la à vala comum dos seus amores esquecidos; mas tal energia só durou enquanto durou a esperança de ver Teobaldo regressar aos seus braços; e, logo que se convenceu de que o ingrato não voltava, calcou no coração todos os reclamos do orgulho e foi ao encontro dele.

O adorado moço consentiu em tornar à abandonada alcova, mas consentiu friamente, como por mera condescendência, e fazendo-se rogar aos seus carinhos.

Leonília submeteu-se. Precisava daquele demônio para a sua ventura; que diabo havia de fazer? Todavia, a uma palavra de ressentimento que lhe escapou uma ocasião ao jantar, Teobaldo soltou-lhe, em cheio no rosto, uma tremenda bofetada e desapareceu de novo.

Foi depois deste episódio que ela o procurou em casa pela primeira vez. E não o fez esperar muito, visto que já calculava com experiência que o rapaz não voltaria por *motu proprio*[8].

Ernestina, coitada, é que ficou brutalmente ferida no seu amor próprio. Ao sair do quarto ia tonta, estrangulada de raiva; mas, ferida por uma ideia, voltou logo ao segundo andar, fechou-se por dentro e disse a Teobaldo, que nessa ocasião se aprontava para sair de novo:

– Você não há de agora sair de casa!

– Por quê? – perguntou o rapaz, atando a gravata defronte do espelho.

– Porque não quero!

– Não quer? Tem graça!

– Verá!

– Veremos!

E, quando ele deu por finda a sua *toilette*, aproximou-se de Ernestina:

– Vamos, filha, basta de tolice! Dá-me a chave.

– Não quero que saia, já disse!

– Dá-me a chave por bem ou eu te obrigo a dar-me à força!...

Ernestina passou-lhe os braços em volta do pescoço.

– Não sejas mau! – disse chorando –; não judies comigo deste modo!

– Dê-me o diabo dessa chave! – berrou ele, soltando-lhe um empurrão.

A rapariga deixou-se cair por terra e começou a soluçar.

– Ora pílulas! – rosnou Teobaldo, avançando sobre a porta disposto a arrombá-la com um pontapé. Mas nesse momento alguém bateu pelo lado de fora e ele estacou, perguntando com um grito:

– Quem é?

– Abra! – respondeu uma voz.

– Estou perdida!... – gaguejou Ernestina. – É o Almeida.

– "Bonito! – pensou o estudante –; vamos ter escândalo!..."

E, voltando-se para a mulher:

– Abra a porta!

– Abrir? E onde me escondo?

– Em parte alguma. Fique!

Ernestina entregou-lhe a chave e Teobaldo abriu a porta. Mas, enquanto ele fazia isto, ela, apanhando as saias, fugia para a alcova imediata.

– Entre! – disse o moço, empurrando com um movimento desembaraçado a folha da porta.

O Almeida entrou; estava mais vermelho cinquenta por cento do que era de costume. O seu colete branco, boleado pelo grande abdômen, arfava; os músculos faciais tremiam-lhe como as carnes de um bêbado velho.

Pela primeira vez Teobaldo reparou bem para aquele tipo. Notou, obra de um segundo, que ele tinha na fisionomia e no feitio do corpo alguma cousa que lembrava uma foca; notou que as suíças do Almeida principiavam logo por debaixo dos olhos e perdiam-se por dentro do colarinho; notou que ele tinha uma cabeça quase quadrada, encalvecida pela face superior; notou que o nariz do homem não era grego, nem árabe, nem tampouco romano e que, se o separassem do rosto, ninguém seria capaz de dizer o que aquilo era, e tanto podiam supor que seria um legume ensopado, como um pólipo[9] extraído ou um mexilhão fora da casca; e notou ainda que o Almeida constava de quatro pés de altura sobre outros tantos de largura e que as mãos dele eram tão papudas, tão escarlates e tão reluzentes de suor que pareciam esfoladas.

– Exponha o que deseja! – ordenou secamente o rapaz, depois deste exame instantâneo.

– O senhor escusa de negar... – principiou o Almeida.

– Eu nunca nego o que faço! – interrompeu Teobaldo.

– Escusa, porque eu sei que ela está aqui.

– Ela quem?

– A Ernestina.

– Está.

– Pois era disso que eu precisava me capacitar! Não me suponha tão tolo que não tivesse há mais tempo desconfiado da marosca[10]; quis, porém, ter uma certeza e agora posso proceder à vontade, sem me doer a consciência!

– Explique-se.

– Pois não: uma vez que ela o prefere a mim, cedo-lha!

– Hein? Como é lá isso?

– Cedo-lha, repito!

– Cede-ma?!

– Sim. Pode tomar conta dela. É sua!

E, dito isto, o Almeida soprou com força, como quem se vê livre de uma carga pesada e abicou para a saída.

Teobaldo deteve-o com um gesto.

– Espere – disse-lhe. – Antes de tomar conta de um fardo, que eu estava longe de esperar, quero saber ao menos qual é o seu conteúdo e a sua procedência!

– Ela que lhe explique tudo!... – respondeu o velhote.

– Não – contradisse o outro –; não quero trocar com ela uma palavra!... Ao senhor compete pôr tudo em pratos limpos. Em primeiro lugar, desejo saber ao certo que diabo vem a ser o senhor para dona Ernestina.

– Pois então o senhor não sabe?
– Se soubesse não perguntaria.
– Com franqueza?
– Não falo de outro modo.
– Pois então, ouça.
Teobaldo ofereceu uma cadeira ao Almeida e assentou-se em outra.
– Vamos lá – disse.
– Haverá cousa de oito anos… casei-me – principiou aquele.
– Muito bem.
– Casei-me, mas não fui feliz…
– Sua mulher traiu-o?
– Não; tinha mau gênio. Era uma víbora!
– Muito bem.
– Suportei-a durante três anos; empreguei todos os meios para quebrar-lhe a fúria.
– Quebrou?
– Foi tudo debalde. A megera ficava cada vez pior. Resolvi largar de mão o negócio!
– Abandonou-a.
– Justamente; mas…
– Que idade tinha sua mulher?
– Cinquenta anos.
– Ah! E o senhor casou por amor?
– Sim, por amor dos meus interesses.
– Ah! era rica…
– Nem por isso...
– Quanto possuía?
– Cinquenta contos.
– Um conto por ano. Adiante!
– Mas bem, como eu lho dizia…

– Como me dizia…

– Resolvi separar-me dela e, foi dito e feito, zás!

– Separou-se!

– Logo.

– Muito bem.

– Foi então que uma noite, voltando para a minha nova residência, encontrei, encostada à porta da rua, uma rapariga…

– Era dona Ernestina…

– Não; era uma mulatinha que me disse haver fugido de casa, porque o senhor estava muito bêbado e queria dar-lhe cabo da pele, depois de ter feito o mesmo à mulher. Perguntei onde ficava a tal casa, e como era perto, dei um pulo até lá. A mulatinha entrou adiante com toda a cautela e voltou pouco depois, declarando que a peste do patrão havia já pegado no sono. "E o cadáver?" – perguntei eu. "Deve estar na sala" – respondeu a mulatinha. Abrimos a porta, e vi então um corpo de mulher estendido no chão. Esta é que era dona Ernestina.

– Estava morta?

– Não, não estava morta, infelizmente, mas estava muito moída de bordoada! E, ainda bem não me tinha visto entrar na sala, começou a chorar com gana e disse-me então que o borracho do marido, além de que lhe não dava de comer, punha-a naquele estado. "Tem fome?" – perguntei-lhe eu. "Muita" – respondeu-me ela com a voz fraca. "Quer vir cear comigo?" "Onde?" "Em minha casa". "E meu marido?"… "Mande-o plantar batatas!" Ela aceitou; pôs um xale sobre a cabeça, chamou a mulatinha e saímos todos três.

Quando o Almeida chegou a esse ponto da sua narração, ouviram-se fortes soluços dentro da alcova de Teobaldo. O Almeida sacudiu os ombros e prosseguiu:

– Desde essa noite ela ao meu lado substituiu minha mulher. Despedi a mulatinha, que era alugada, montei esta casa e…

– E o marido?

– Morreu pouco depois, no hospital.

– Não deixou filhos?

– Creio que não; pelo menos foi o que ela me disse.

– Bem! – fez Teobaldo, erguendo-se. – De sorte que tudo isso que aí está no primeiro andar foi comprado pelo senhor?

– Tudo, e a casa também.

– Logo, tudo isto lhe pertence?

– Não, porque pertence àquela ingrata…

– E está sempre disposto a separar-se dela?…

– Decerto.

– E quanto ela lhe custava em despesa por mês?

– Para que deseja saber?

– Para medir a altura do meu sacrifício.

– Dava-lhe oitenta mil-réis por mês em dinheiro e comprava-lhe muitas cousas: roupa, calçado, chapéus, tudo que ela precisava.

– Bem. Pode ir quando quiser.

– Estamos então entendidos, não é verdade? – concluiu o Almeida, apertando a mão do estudante e ganhando a saída. – fico ao seu serviço: Rua do Piolho, nº 5.

– Seja feliz! – disse Teobaldo, sem lhe voltar o rosto. E, logo que o viu sair, chamou por Ernestina.

– Ouviu o que eu acabo de praticar? – perguntou ele.

– Ouvi… – disse ela abaixando os olhos.

– E no entanto a senhora tem plena certeza de que eu nada fiz para merecer semelhante espiga![11]

– Por que não declarou enquanto era tempo?

– Porque nunca me desculpo comprometendo uma mulher, seja ela quem for, ainda que eu lhe vote a mais completa indiferença.

– Então o senhor não me tem amor?

– Não, digo-lhe agora com franqueza, já que assim o quis.

– Mas por que não disse isso mesmo ao Almeida? por que consentiu que ele me abandonasse?... por que não lhe pediu para...

– Eu não peço nada a ninguém...

E, enquanto ela soluçava:

– Pelo respeito que devo a mim mesmo, tive de comprometer-me a sustentá-la. Seja! Dar-lhe-ei uma mesada, mas nunca porei os pés nesta casa. Retiro-me hoje mesmo.

– O senhor também me abandona?

– Não a abandono, porque nunca a amparei!

– Sou muito desgraçada! – exclamou ela, deixando-se cair sobre uma cadeira, a soluçar. – O senhor perdeu-me para sempre!

– Essa agora é melhor! Eu não a perdi! Não tenho culpa de que a senhora seja indiscreta! Quem lhe mandou vir ao meu quarto e fechar-se por dentro? Ora essa!

– Ai, meu rico Almeida! Como tu é que eu não encontrarei nenhum!

A esta exclamação de Ernestina a porta da sala abriu-se; o tipo do Almeida apareceu de novo, não com o aspecto de há pouco, mas risonho e ressumbrante[12] de ventura.

– Oh! Ainda o senhor? – disse Teobaldo.

– Ouvi tudo, meu amigo...

– Ouviu ou escutou?

– Escutei, escutei por detrás da porta...

E estendendo-lhe a mão:

– Toque!

– Hein?...

– Toque! Desejo apertar a sua mão! Poucos homens tenho encontrado tão nobres como o senhor! Seu procedimento para com uma mulher, que o acaso comprometia, foi mais do que de um fidalgo, foi de um príncipe! Toque!

Teobaldo consentiu afinal que o Almeida lhe apertasse a mão, mas resolveu de si para si mudar-se quanto antes daquela casa.

– Nada! – refletia ele, enquanto os outros dous se abraçavam chorando. – Isto não me convém! É sempre desagradável estar entre um tolo e uma mulher apaixonada! Safo-me!

VI

Com efeito, Teobaldo, daí a dias mudava-se para o Hotel de França, abandonando a Ernestina todos os trastes que ele possuía no segundo andar...

Foi então que lhe chegou às mãos uma carta do pai, a primeira que tratava de questões pecuniárias. O barão, a pesar seu, tinha de entrar nesse assunto e pedia ao filho que apertasse um pouco os cordéis da bolsa.

"Não estamos no caso de fazer muitas larguezas, meu querido filho – dizia ele depois de confessar que a sua vida achava-se um tanto complicada –; ultimamente persegue-me um azar terrível: em nada do que empreendo me saio bem, e a continuarem as cousas deste modo teremos fatalmente a ruína pela proa! É preciso que desde já restrinjas as tuas despesas. No primeiro ano de Rio de Janeiro gastaste um conto de réis, no segundo quase três e ainda não findou o terceiro e já tens despendido neste muito mais do que nos outros dous reunidos. Acredita que não te falaria nisto se a tal não me obrigassem as circunstâncias. Acabo de ajustar contas com o meu correspondente, não lhe fiz recomendação nenhuma a teu respeito, porque entendo melhor fazê-la a ti próprio; tens bastante critério para avaliar o que aqui vai dito e tomares sérias medidas a respeito de tua vida.

"Nada de envolver estranhos neste negócio; mais vale arruinado em segredo do que às claras, porque tudo perdoam à gente, menos a pobreza.

"Tua mãe continua cada vez mais incomodada; principio a ter sérios receios; os seus padecimentos agravam-se de um modo bem desconsolador. Vê se te aprontas o mais depressa possível e dá um pulo até cá; temos ansiedade de teus abraços."

Esta carta foi um choque terrível para Teobaldo; estava bem longe de contar com ela e, pela primeira vez, refletiu na possibilidade de ficar pobre de um momento para outro; e pensou também no muito que esbanjara desde que residia na corte e no muito que se descuidara dos seus estudos.

Não podia ser por menos com a vida que ele levava ultimamente; os seus dias eram em geral consumidos do seguinte modo: acordava às onze horas da manhã, descia ao tanque, onde durante meia hora se deliciava dentro de um banho perfumado; depois deixava-se enxugar pelo Sabino, vestia-se com o auxílio deste e subia ao quarto, onde já o esperava o cabeleireiro com a sua navalha e os seus pentes. Acabada a *toilette*, passava ao salão do hotel e almoçava. Às vezes fazia duas horas de trote pela praia de Botafogo ou pela Rua de Matacavalos; jantava à noite; ia quase sempre ao teatro ou à casa de alguma família conhecida ou então, o que era mais frequente, entretinha-se a beber e a conversar com amigos em casa de mulheres do gênero de Leonília.

A respeito de escola – nada.

Quando se recolhia antes da meia-noite, ainda se entregava a qualquer leitura, literária ou científica, conforme o apetite do momento; outras vezes recorria ao piano e passava duas ou três horas a recordar o clássico repertório que aprendera em casa da família.

É de notar que Teobaldo, no meio da sua espécie de boêmia aristocrática, não perdera o sentimento do belo, o amor às letras, o entusiasmo pelas cousas heroicas e o respeito às mulheres honestas; tão poderosos e salutares foram para ele os singelos conselhos de sua mãe.

Apesar da egoística filosofia do barão do Palmar, Teobaldo conservava ainda para com o Coruja a mesma sagrada amizade e a mesma dedicação da infância. Era tal o apreço em que tinha o amigo que chegava a sentir remorsos de não proceder como ele. Instintivamente e a despeito dos seus dotes intelectuais e físicos, reconhecia em André uma certa superioridade moral, um certo privilégio de bondade que o tornava digno de inveja.

Aquele vulto modesto, feio mas sem vícios, trabalhador e honrado, bom e ao mesmo tempo antipático, às vezes até lhe parecia defronte da consciência como um juiz sobrenatural, que tacitamente o condenava. E Teobaldo, quisesse ou não, via, através daquela rígida couraça de monstro, transparecer a alma imaculada de um herói.

Entretanto, não seria capaz de confessar a ninguém semelhante cousa e, quando falava do Coruja aos seus companheiros de pândega, tinha na fisionomia, em vez da admiração, um gesto frio de risonha condescendência.

*****

Às vezes, aos domingos, quando André tirava o dia para descansar, ia ter com Teobaldo muito cedo e arrancava-o da cama para uma excursão fora da cidade.

Aquele amor ao campo, despertado em seu coração pelas primeiras férias passadas na fazenda de Emílio, conservava-se inalterável; e esses passeios, prolongados até à caixa d'água, aos Dous Irmãos ou à Tijuca, constituíam a grande distração, o luxo, a extravagância de sua vida.

Teobaldo, ou fosse que estimava deveras o Coruja, ou porque um espírito fatigado da pândega precisa de vez em quando remansear[1] ao abrigo de um prazer tranquilo, o certo é que ele não acompanhava o outro por mera condescendência, mas ao contrário punha nisso muito empenho.

Se o passeio era longo, preparavam de véspera o seu farnel de cuja condução se encarregava o Sabino, e no dia seguinte partiam a cavalo, antes de surgir no horizonte o primeiro raio da aurora.

Era nesses longos passeios de domingo, que entre si os dous amigos prestavam contas do que faziam na ausência um do outro. Passavam horas esquecidas a conversar; Teobaldo, sempre muito expansivo, não lhe escondia nenhum dos seus atos, bons ou maus, e falava amargamente dos seus tédios e contrariedades; o Coruja, sempre disposto a achar a vida melhor do que esperava, confessava-se agradecido à fortuna, falava da sua prosperidade e não tinha uma palavra de queixa contra ninguém.

Teobaldo uma vez lhe perguntou:

– A quantos discípulos ensinas tu de graça, ó Coruja?

– Em verdade a nenhum... – respondeu o professor, incomodado com a pergunta.

– Todos eles te pagam?

– Sim; os que não podem pagar já, pagarão mais tarde... Neste mundo a gente não deve olhar só para si... Uma mão lava a outra! Lembra-te de que eu nada seria no rol das cousas, se não fosses tu!

– Sim, mas eu ouvi dizer que até compravas livros, papel, penas e lápis para alguns discípulos.

– Ah! isso é só quando são de todo muito pobres...

– E que até lhes davas dinheiro para levarem à família.

– Casos muito extraordinários! E o dinheiro não é dado, é emprestado... Hão de pagar, quando puderem...

E, receoso de que o outro insistisse no assunto, Coruja cortou a conversa, perguntando-lhe se tinha escrito mais alguma cousa depois que estiveram juntos.

– Fiz versos. Queres vê-los? Aí os tens.

André passou a ler com todo o cuidado os versos do amigo e logo depois travou-se entre eles a discussão natural entre um espírito que vive da fantasia e um outro que vive do estudo.

Coruja não admitia um galicismo[2], uma imperfeição de linguagem. Lido como era nos clássicos, queria o português puro e correto; além disso, com a sua memória mais do que privilegiada, poderia jogar facilmente com a velha terminologia da língua, no caso que lhe não faltasse a imaginação; e com Teobaldo sucedia o contrário justamente: tinha ideias e não tinha a forma.

– Vê agora que tal achas esta balada – disse este, passando-lhe uma folha de papel.

O Coruja leu:

Meu coveiro, já teu braço
Não te custa a levantar?
Não te pede do cansaço
o teu corpo descansar?

Não me custa, caminheiro,
Não me pesa trabalhar;

Ganho nisto meu dinheiro;
Tenho gente a sustentar.

Pois bem, coveiro, prossegue,
Mas de ti quero um favor;
Não é cousa que se negue,
Não é cousa de valor:

Trago aqui, agasalhada,
Minha amante, que morreu;
Tinha na terra morada
Mas sua pátria era o céu.

Quero apenas, meu coveiro,
Que sepultura lhe dês,
Porém me falta o dinheiro
Para pagar-te, bem vês...

Anda avante, caminheiro;
Já meia-noite bateu.
Não sepulto sem dinheiro,
Que dos mortos vivo eu!

– Está assim, assim – disse o Coruja, depois de ler; e fez algumas alterações na construção das frases. – Aquela rima em *ar* não devia ser repetida na segunda estrofe, mas enfim pode passar.

VII

Teobaldo viu pela primeira vez o seu nome em letra redonda, assinando uma produção original, graças a um amigo que fez publicar a balada no *Diário do Rio*.

Ah! Que contentamento o seu! contentamento que triplicou, quando o rapaz recebeu da capital de sua província uma folha onde vinham as seguintes palavras:

"TEOBALDO HENRIQUE DE ALBUQUERQUE – Este jovem e talentoso mineiro, filho do senhor barão do Palmar e que se acha presentemente na corte cursando a Faculdade de Medicina, acaba de publicar aí a bela poesia que em seguida transcrevemos.

"É sempre com o maior prazer que registramos fatos desta ordem, e fazemos votos para que o esperançoso poeta prossiga na carreira que tão brilhantemente encetou."

Seguia-se a balada.

Desde então, começou Teobaldo a cultivar as letras com mais entusiasmo; não que o apaixonasse a arte de escrever, mas pelo simples gosto de ter seu nome em circulação. Fez contos, poemetos, artigos que, depois de apurados pelo Coruja, surgiam no primeiro jornal que os aceitasse.

O que lhe faltava em fôlego para as largas concepções do espírito, sobrava-lhe em habilidade para engendrar pechisbeques[1] literários, muito ao sabor de certa ordem de leitores.

Mas um funesto acontecimento veio tarjar de preto os seus dias – a morte de Santa.

Teobaldo ficou fulminado com a notícia; subiu-lhe à cabeça, em ondas, um delírio de paixões que o teria sufocado se logo não se resolvesse em soluços.

Foi a sua primeira ideia abandonar a corte e correr à casa do pai; este, porém, na mesma carta em que lhe dava a triste nova, participava-lhe que iria ao encontro dele.

Coruja, em prejuízo dos seus trabalhos, entendeu que não devia abandonar o amigo e passava ao seu lado grande parte do dia no Hotel de França.

Estavam juntos, quando chegou o barão. Teobaldo lançou-se nos braços do pai e, tanto este como o filho, abriram a chorar por longo tempo.

André, meio esquecido a um canto da sala, observava em silêncio o seu protetor, e surpreendia-se de vê-lo tão transformado.

Emílio não parecia o mesmo homem; não dava ideia daquele fidalgo de bom humor, que a todos se impunha, quer pela energia do caráter, quer pela insinuação das suas maneiras à Pedro I. Agora estava sombrio, horrivelmente pálido, a fronte coberta de rugas em cujas dobras se percebia todo o mistério dos seus últimos padecimentos.

Já não era a sombra do que fora; já não era aquela figura desempenada e ruidosa, mas um vulto sinistro, todo vergado para a terra e em cujo olhar dorido e pertinaz se via transparecer o surdo desalento de uma dor sem tréguas.

E aquele espectro lutuoso, descarnado e alto, inspirava compaixão e simpatia.

– Meu filho – disse ele, quando a comoção lhe permitiu falar –, a perda de tua mãe é para nós muito mais grave do que podes supor. Com ela fugiu-me a coragem e tudo que me restava de esperanças... Só tu ficaste e só por tua causa viverei mais algum tempo.

Calou-se, depois chamou o Coruja com um gesto, apertou-o nos braços sem lhe dar uma palavra e acrescentou, dirigindo-se de novo ao filho:

– Preciso ter contigo uma longa conferência, mas quero primeiro repousar um pouco, porque ao contrário não poderei ligar duas ideias...

Teobaldo chamou um criado, mandou servir um quarto ao pai e voltou para junto do Coruja, que à janela abafava os seus soluços com as duas mãos espalmadas sobre o rosto.

Horas depois, Emílio de Albuquerque mandava chamar o filho e, tendo-o feito assentar-se perto dele, começou a pintar-lhe francamente a triste posição em que se achava.

A sua primeira comunicação foi a respeito da hipoteca da fazenda, o que, em completa ignorância de Teobaldo, se realizara havia mais de dous anos. Levara-o a dar semelhante passo a esperança de poder à custa de certas especulações recuperar os bens perdidos e desembaraçar-se das dificuldades em que se via; mas, por desgraça, tudo falhou e o que ele supunha uma tábua de salvamento não foi mais do que a mortalha das suas ilusões. E desde então a roda da fortuna, como se recebera um grande impulso, começou a desandar freneticamente; quanto mais enérgicos eram os esforços e tentativas que ele fazia para suster a sua queda, tanto mais vertiginosa ela se tornava; a sorte, afinal, já não tendo de que lançar mão para lhe quebrar a coragem, arrebatou-lhe a última força que lhe restava, a esposa; e tão certeiro fora este último golpe que o desgraçado sucumbiu de todo, para nunca mais se erguer.

– Dentro em pouco tempo – disse ele –, tenho de entregar tudo aos credores; só nos restarão alguns contos de réis que se acham espalhados por aí nas mãos de vários amigos; fica-me, porém, a consolação de que em toda esta desgraça não cometi uma única baixeza; podia ter enganado os meus credores e assegurar-te, a ti, um futuro mais auspicioso; não quis todavia e não me arrependo disso! Creio que farias o mesmo no meu lugar...

– Honro-me de poder afiançar que sim! – respondeu Teobaldo com tal firmeza que o pai lhe estendeu a mão exclamando:

– Obrigado, meu filho!

*****

Emílio demorou-se na corte apenas dous dias mais; Teobaldo acompanhou-o até ao Porto da Estrela e voltou para o hotel muito impressionado e tolhido de estranhos pressentimentos.

Coruja vinha ao seu lado, caminhando de cabeça baixa, o ar concentrado e mudo de quem procura a solução de um problema.

O amigo acabava de lhe confiar tudo o que ouvira do pai.

– Que achas tu que eu devo fazer?... – perguntava-lhe.

André respondeu depois de um silêncio:

– Em primeiro lugar deves sair daquele hotel; é muito dispendioso e, uma vez que estás pobre, precisas fazer economias...

– Tens razão – replicou o outro –, mas para onde irei morar? Bem sabes que nunca me vi nestes apuros...

– Eu me encarrego de arranjar a casa. Queres tu morar outra vez comigo?

– Não poderia desejar melhor... Mas, e o colégio!...

– Dá-se-lhe um jeito. O colégio não precisa de mim à noite; é bastante que eu me apresente lá às seis horas da manhã.

– Quanto és meu amigo...

– Pudera!...

E os dous separaram-se daí a pouco concordes na mudança.

Teobaldo correu então à casa do seu correspondente.

– Espere! – disse-lhe o Sampaio com mau humor; aquele mesmo Sampaio que dantes se mostrava tão atencioso com ele.

Teobaldo estranhou a grosseria do tratamento, mas teve ainda a generosidade de não acreditar que ela fosse já uma consequência da ruína de seu pai.

– Venho saber se... – ia ele a dizer, quando o outro repetiu ainda mais forte:

– Espere!

O filho do barão mordeu os beiços e não retrucou, até que, meia hora depois, o negociante se dignou enfim de prestar-lhe atenção.

– Disse meu pai que eu tenho aqui algum dinheiro a receber. Quero saber quanto é.

– São quinhentos mil-réis, e é o resto. Depois disso nada mais tenho a lhe dar; terminaram os negócios de seu pai com esta casa.

– Já sei.

– O senhor pode receber a quantia de uma só vez ou por partes, como quiser...

– Quero-a toda.

– Lembra-se de que é o resto...

– Despache-me.

– Mas por que não deixa alguma cousa de reserva?

– Porque não quero de novo aturar as suas grosserias.

– Obrigado. Vai ser servido.

– Mas ande com isso!

– Espere, se quiser.

À noite, Teobaldo depositava em poder do Coruja os seus últimos quinhentos mil-réis.

– É o que me resta – disse ele –; guarda-os tu, que sempre tens mais juízo do que eu.

André obedeceu, e a mudança efetuou-se no dia seguinte.

Foram ocupar duas salas de uma casa de cômodos. O Coruja escolheu logo a pior para si, dizendo ao entregar a outra ao amigo:

– Agora é preciso começar vida nova... Tens belos recursos e ainda estás muito em tempo de fazeres de ti o que bem quiseres...

– Ah! decerto! – respondeu Teobaldo, sempre com a mesma confiança na sua pessoa. – É impossível que eu não encontre meios de ganhar a vida!

– Sim, mas convém não te descuidares.

– Não descansarei.

– E os teus estudos?

– Sei cá! Julgo que o melhor é deixar-me disso! Não tenho fé com as academias!

– Não sei se farás bem...

– Mas não vejo em ti mesmo um exemplo palpitante?...

– O meu caso é muito diverso; sou de poucas aspirações, não desejo ser mais do que um simples professor; tu, porém, tens direito a muito, e aqui em nossa terra a carta de doutor é a chave de todas as portas das boas posições sociais.

– Havemos de ver. Não posso agora pensar nisso, tenho a cabeça fora do lugar...

Pouco tempo depois, quando eles ainda estavam inteiramente possuídos pelo golpe que acabavam de sofrer com a morte de Santa, apareceu-lhes em casa, banhado de lágrimas, o velho Caetano, o fiel criado do barão do Palmar.

Teobaldo estremecera com um pressentimento horrível e levou as mãos à cabeça, como para não ouvir o que seu coração já adivinhava.

E depois, voltando-se rapidamente:

– Fala!

– Ele morreu, é exato!

E o velho servo começou a chorar, sem mais poder dizer uma palavra.

Teobaldo arrancou-lhe das mãos uma carta que ele havia tirado da algibeira, e leu o seguinte:

"Meu filho – Evoca toda a tua coragem e todos os conselhos que te dei durante a minha vida para poderes ler com resignação o que se segue. Escrevo estas linhas resolvido a meter uma bala nos miolos, quando as houver subscritado para ti. Será isso talvez uma fraqueza

de minha parte, será talvez um crime, porque tens apenas vinte e um anos; eu, porém, no estado em que me acho, não posso continuar a viver sem aquela Santa a quem devemos tu – a vida e eu – a única felicidade que já não tenho.

"Morro ainda mais pobre do que supunha, mas não deixo dívidas; perdoa-me e procura dirigir a tua existência melhor do que eu.

"O nosso velho procurador fica encarregado de remeter-te o que pagarem porventura os meus devedores, e Caetano entregar-te-á pessoalmente um cofre com as joias que tua mãe possuía antes do casamento; as outras, as que eu lhe dei, foram já reduzidas a dinheiro.

"E adeus, até à eternidade, se não me enganaram na religião que aprendi no berço.

"Teu pai – Emílio."

VIII

Os ÚLTIMOS ACONTECIMENTOS vieram perturbar de todo a vida dos dous rapazes.

Coruja tinha de guardar um pouco mais a companhia de Teobaldo cuja inquietação de espírito lhe trazia agora sérios receios.

Cobertos ambos de luto, pareciam eternamente fechados a qualquer consolação mundana; Teobaldo caíra em uma espécie de abatimento moral de cujo estado não conseguiam arrancá-lo as palavras do companheiro.

– É preciso que também não te deixes levar assim pelo desgosto – dizia-lhe este, procurando meter-lhe ânimo. – A vida não se compõe só de cousas agradáveis! Concordo em que não estejas habituado a certas provações e que por isso as sintas mais do que qualquer; mas, valha-me Deus! um homem deve antes de tudo ser um homem!

– Do que me serve a vida?... – respondia o outro –; do que me serve a vida, se já não tenho as pessoas que mais me amaram?...

– E então eu?! – reclamava André. – Eu não estou ainda a teu lado?.. É uma injustiça o que acabas de dizer!...

– Tens razão, é uma injustiça não pensar em ti; mas imagina que será de mim agora, sem recurso e sem o hábito de trabalhar?...

– Ora! deixa-te disso! não pareces um rapaz de 20 anos!... Que diabo! com o teu talento e com os teus recursos só quem de todo não quer subir!... Tens um enorme futuro diante de ti.

– Ah! Falas assim porque te coube em sorte a inestimável ventura de dar no mundo os teus primeiros passos pelo teu próprio pé e não tiveste, como eu, de entrar na vida carregado ao colo de meus pais! Ah! o trabalho é a alegria e a consolação dos filhos da pobreza, mas é também o castigo e o suplício dos que nasceram ricos e mais tarde se acham no estado em que me vejo!...

– Teobaldo! Essas ideias são indignas de ti!

– Não! Tudo que eu dissesse ao contrário disto seria hipocrisia!

– É porque estão ainda muito abertos os dous tremendos golpes que acabas de receber tão em seguida um do outro; tenho plena certeza de que em breve a tua coragem se erguerá mais altiva e mais forte do que nunca e que, à força de talento, conseguirás uma invejável posição. Enquanto assim não suceder, cá estou eu ao teu lado para amparar-te; e com isto, não tens que te envergonhar, porque nada mais faço do que seguir os exemplos aprendidos em casa de teus pais, quando me socorreram. Eu te pertenço, meu amigo!

Teobaldo, sinceramente comovido, agradeceu aquela dedicação e prometeu que se faria digno dela.

Mas pelo espaço de um ano quase inteiro a sua mágoa absorvia-lhe todos os instantes, não lhe deixando tempo nem forças para cousa alguma. Descuidou-se de obter os meios de ganhar a vida e, depois de comido o último dinheiro, teve de lançar mão de algumas joias das que foram de sua mãe para vender.

Agora, com o correr do tempo por cima da sua desgraça, vinham-lhe já, de quando em quando, alguns rebotes de energia; então falava em trabalhar, muito, fazer-se independente e forte por meio do próprio esforço. E neste delírio de boas intenções lembrava-se de tudo conjuntamente e sonhava com o comércio, com as indústrias, com as artes e com a literatura.

Qual não foi, porém, a sua decepção, quando, levando trabalho a um jornal, ouviu estas palavras daqueles mesmos que dantes o elogiavam:

– Homem! deixe ficar isso... Havemos de ver, mas o senhor bem sabe que o público vai-se tornando exigente: é preciso dar-lhe cousas boas!...

Teobaldo compreendeu então o alcance de certas palavras de seu pai: "Esconde o mais que puderes a tua necessidade; ela só por si é o pior estorvo que se pode levantar defronte de ti, quando precisares de dinheiro..."

E com efeito: dantes, Teobaldo, mal apresentava algum trabalho nas redações, só ouvia em torno de si elogios e palavras de entusiasmo. É que sabiam perfeitamente que ele não precisava ganhar a vida; agora era um necessitado como qualquer e então viravam-lhe as costas, porque a necessidade é sempre ridícula e importuna.

O mesmo justamente lhe sucedera com os teatros. Dantes, quando Teobaldo frequentava a caixa dos teatros nas horas de ensaio, pagando champanhe aos artistas e levando-os depois do espetáculo a cear nos melhores hotéis; dantes, quando ele os presenteava nos benefícios e lhes emprestava dinheiro, muita vez perguntaram-lhe os empresários por que razão, dispondo de tanto talento e de tanto espírito, não escrevia ele alguma cousa para ser levada à cena. Havia por força de fazer sucesso!... Teobaldo que experimentasse!

E agora, quando a necessidade lhe invadira a casa, e o rapaz, lembrando-se de tão repetidas solicitações feitas ao seu talento, tomou de um romance inglês e extraiu daí um drama que, se não era um primor de arte, estava ao menos no gosto do público e podia dar lucro, aqueles mesmos empresários o receberam com frieza, dizendo-lhe secamente que deixasse ficar o trabalho e aparecesse depois. E, mais tarde, talvez sem terem lido a obra, acrescentaram-lhe com meias palavras e dando-lhe o pretensioso tratamento de "filho" que ele fosse cuidar de outro ofício e perdesse as esperanças de arranjar alguma cousa por aquele modo.

Com o seu gênio altivo, com a educação que tivera, Teobaldo não podia insistir em tais pretensões. Era bastante perceber um gesto de má vontade ou de pouco caso para lhe subir o sangue às faces, e muito fazia já conseguindo reprimir a cólera que se assanhava dentro dele, sôfrega por escapar em frases violentas.

Depois dessas lutas e dessas tentativas estéreis, voltava para casa desanimado e furioso contra tudo e contra todos, encerrando-se no quarto e fechando-se por dentro para chorar à vontade.

Vinha-lhe então quase sempre a ideia do suicídio, mas não vinha com ela a resolução, e o desgraçado continuava a viver.

Todavia o tempo ia-se passando e o círculo das necessidades apertava-se cada vez mais.

Coruja era agora o único sustentáculo da casa; era quem pagava o aluguel, a pensão de comida para Teobaldo (que ele continuava a almoçar e jantar no colégio), era quem lhe pagava a lavadeira, e quem lhe fornecia dinheiro.

Mas, tudo isso era feito com tamanha delicadeza, com tanto amor, que Teobaldo, quando lhe aparecia qualquer revolta do caráter, ficava mais envergonhado de seu orgulho do que com receber aqueles obséquios.

E nunca o André andou tão satisfeito, tão alegre de sua vida; dir-se-ia que ele, praticando aqueles sacrifícios, alcançava enfim a realização dos seus melhores sonhos.

Era comum vê-lo chegar a casa com uma caixa de charutos debaixo do braço e depô-la ao lado do amigo, dizendo quase envergonhado:

– Olha! como estavam a acabar estes charutos e sei que são dos que mais gostas, trouxe-os, porque depois quando fosses procurá-los já não os encontrarias à venda.

E tinha sempre uma desculpa a apresentar, uma razão para disfarçar os seus benefícios. Teobaldo quis privar-se do vinho à mesa; Coruja, que aliás não bebia nunca, opôs-se-lhe fortemente.

– Não! – disse ele. – Estás muito acostumado com o vinho à comida e, por uma miserável economia de alguns tostões, não vale a pena fazeres um sacrifício!...

A maior dificuldade era, porém, quando precisava passar-lhe dinheiro, sem lhe ferir, nem de leve, o amor próprio. A princípio tinha para isso uma boa desculpa – os quinhentos mil-réis; mas esta quantia não podia durar eternamente e, já por último, dizia o Coruja:

– Sabes? quando eu tinha em meu poder aquele teu dinheiro, servi-me de tanto e esqueci-me de repor o que tirei; por conseguinte, se precisas agora receber algum por conta, eu posso pagar.

Um dia ele apareceu em casa com um grande rolo de papéis, e disse ao companheiro que o diretor do colégio o havia encarregado de organizar uma seleta muito especial, destinada ao estudo da sintaxe portuguesa.

– A cousa não é má... – acrescentou o Coruja, abaixando a voz, como quem conspira. – Eles pagam 300 réis pelo trabalho...

– Bom – fez Teobaldo.

– Eu estive a recusar, porque me falta talento; lembrei-me, porém, de que tu, se quisesses... podias encarregar-te disso... A cousa é maçante, é, mas enfim... sempre é um achego...[1] Além de que, eu te posso ajudar, sim, quer dizer que...

– Ah! para ajudar não te falta talento! Hipócrita! – respondeu Teobaldo abraçando-o.

– E se precisares durante a obra de algum dinheiro adiantado... É do contrato! Sabes!

*****

Esta situação tinha para o Coruja apenas um ponto de desgosto e vinha a ser este o seguinte: desde que dona Margarida lhe falou em casamento com a filha, André resolveu ir fazendo as suas economias para poder em breve realizá-lo: mas, com o amigo na difícil posição em que se achava, não lhe era permitido pôr de parte um só vintém, e o projeto ia ficando adiado para mais tarde.

E dona Margarida a perguntar-lhe como iam os negócios dele e a pedir-lhe com insistência que marcasse o dia das núpcias. Ora, o Coruja, que era tão incapaz de mentir, quanto era incapaz de confessar o verdadeiro motivo da sua demora, via-se deveras atrapalhado e desculpava-se como melhor podia.

Entretanto, dona Inezinha concluíra afinal os estudos, fizera exame e estava preparada para reger uma cadeira de primeiras letras.

A mãe resplandecia com isso.

– Assim desembuchasse por uma vez aquele demônio do Coruja!... – exclamava ela às amigas, quando lhe falavam na filha.

E tão impaciente se fez com as reservas e meias palavras do futuro genro que afinal disparatou e disse-lhe às claras:

– Homem? você se não tenciona casar com a pequena, é melhor dizer logo, porque não faltará quem a queira! Estas cousas, meu caro, quando não são ditas e feitas, servem apenas para atrapalhar o capítulo!

– Oh, minha senhora – respondeu André –, se eu não tivesse a intenção de casar com sua filha, há muito tempo que já o teria declarado!...

– Pois então!?...

– Mas é que ainda não me é possível! Estas cousas não se realizam só com o desejo!

– Ora! Com boa vontade tudo se faz!

– Nem tudo; entretanto, se a senhora entende que sua filha não pode esperar por mim, é casá-la com outro; não serei eu quem a isso se oponha!... Estimo-a muito, desejo fazer dela a minha esposa, mas não quero de forma alguma prejudicar-lhe o futuro. Se há mais quem a deseje, e se ela acha que deve aproveitar a ocasião, aproveite; porque eu me darei por muito feliz em vê-la satisfeita e contente de sua vida!...

– O senhor diz isso porque sabe que ela está disposta a esperar...

– Tanto melhor, porque nesse caso realizarei o que desejo.

– Mas, se o seu desejo é casar com ela, case-se logo por uma vez! Tanto vive o pobre como vive o rico!

E por este caminho a impertinência de dona Margarida foi subindo a tal ponto que o Coruja, para tranquilizá-la um pouco, deixou escapar um segredo que a ninguém tinha ainda revelado. Era a ideia de montar um colégio seu, perfeitamente seu, feito como ele entendia uma casa de educação; um colégio sem castigos corporais, sem terrores; um colégio enfim talhado por sua alma compassiva e casta; um colégio, onde as crianças bebessem instrução com a mesma voluptuosidade e com o mesmo gosto com que em pequeninas bebiam o leite materno.

Sem ser um espírito reformador, o Coruja sentiu, logo que tomou conta de seus discípulos, a necessidade urgente de substituir os velhos processos adotados no ensino primário do Brasil por um sistema todo baseado em observações psicológicas e que tratasse principalmente da educação moral das crianças; sistema como o entendeu Pestalozzi[2], a quem ele mal conhecia de nome.

Froebel[3] foi quem veio afinal acentuar no seu espírito essas vagas ideias, que até aí não passavam de meros pressentimentos.

Mas não era essa a única preocupação de sua inteligência: ainda havia uma outra que não lhe merecia menos desvelos, a de fazer um epítome[4] da história do Brasil, em que se expusessem os fatos pela sua ordem cronológica.

Nesse trabalho de paciente investigação revelava-se aquele mesmo cabeçudo organizador do catálogo do colégio; continuava o Coruja a pertencer a essa ordem de espíritos, incapazes de qualquer produção original, mas poderosíssimos para desenvolver e aperfeiçoar o que os outros inventam; espíritos formados de perseverança, de dedicação e de modéstia, e para os quais uma só ideia chega às vezes a encher toda a existência.

IX

Passadas as primeiras épocas depois da morte dos pais de Teobaldo, o verdadeiro temperamento deste, aquele temperamento herdado do velho cavalheiro português e da cabocla paraense, aquele temperamento mestiço agravado por uma educação de mimos e liberdades sem limites, começou a ressurgir como o Sol depois de uma tempestade. Reapareceu-lhe o gênio alegre e petulante e com este voltaram também as suas propensões, os seus gostos, os seus hábitos e as suas amantes; só as antigas posses é que não voltaram.

A princípio, acordando pouco a pouco do desânimo em que caíra, parecia resolvido a vencer, fosse como fosse, todos os obstáculos que se lhe antolhassem no caminho; dizia-se disposto a tudo suportar com energia; disposto a passar por cima dos maus modos e da impertinência dos ricos até galgar uma posição social. E já o inconsolável Caetano ouvia-o cantarolar ao descer de manhã para o banheiro, já procurava sorrir às suas pilhérias quando ele servia o almoço e já o via aprontar-se alegremente para sair, acender o charuto e ganhar a rua, muito ativo, em busca de um emprego.

Mas Teobaldo, ao dobrar a primeira esquina, encontrava logo um conhecido dos bons tempos e, sem poder evitá-lo e sem coragem para lhe expor francamente a sua posição, fingia-se feliz e falava dos seus extintos prazeres como se ainda os desfrutasse.

O amigo convidava-o a beber, depois iam jantar a um hotel, depois metiam-se no teatro, e afinal Teobaldo só voltava para casa às duas horas da manhã, arrependido daquele dia e fazendo protestos de regeneração para o dia seguinte.

Mas no dia seguinte, quando dava por si, estava já em qualquer confeitaria, a beber, a conversar com os amigos, sem mais pensar nos seus protestos da véspera.

E assim se foi habituando a essa fictícia existência, que no Rio de Janeiro levam muitos rapazes: entrada franca nos teatros, contas abertas em toda a parte, um amigo em cada canto e um credor a cada passo. Devia ao alfaiate, devia ao chapeleiro, ao sapateiro, ao hotel, mas andava sempre com a mesma elegância e bebia dos mesmos vinhos.

Que diabo! as cousas haviam de endireitar, e ele então pagaria tudo!

De vez em quando recebia algum dinheiro de antigos devedores de seu pai; nessas ocasiões gastava como se ainda fosse rico; não porque não compreendesse o mal que fazia, mas por uma fatalidade de seu temperamento e de sua educação.

****

Em uma dessas vezes, acabava ele de assentar-se à mesa do botequim do Teatro Lírico, quando sentiu baterem-lhe de leve com um leque nas costas. Voltou-se e viu Leonília defronte dele.

Ela havia chegado da Europa dous ou três dias antes; fora passear em companhia de um banqueiro rico e voltara carregada de joias e dinheiro. E só, livre; o banqueiro, depois de insistir em querer detê-la na Itália, ameaçou-a com uma separação, mas no dia seguinte, em vez da amante, encontrou sobre a cama este bilhete: "Meu caro banqueiro, a uma mulher de minha ordem, nunca se deve ameaçar com o abandono – abandona-se logo, para não suceder como lhe acontece agora. – Fujo! Adeus, até outra vez!"

Tudo isso ela contou a Teobaldo em menos de três minutos, assentando-se defronte dele.

Estava agora mais bonita e incontestavelmente mais elegante. Vestia cor de cana, tinha os ombros e os braços nus, a cabeça constelada de diamantes.

– Tomas alguma cousa? – perguntou-lhe o rapaz.

– Um gole de champanhe.

Teobaldo pediu uma garrafa, e os dous antigos amantes continuaram a conversar, sem que durante toda a palestra se tocasse, nem de leve, no atual estado de pobreza a que se via aquele reduzido.

"Naturalmente ela ignora tudo..."– pensou ele.

Afinal vieram de parte a parte as recordações; lembraram-se as cenas de ciúme, as tolices que os dous fizeram por tanto tempo.

– Recordas-te ainda aquela ceia que engendramos em casa do teu cocheiro? – perguntou Leonília rindo.

– Quando voltávamos de um passeio à Cascatinha?... – reforçou ele –; não, não me lembro nem devo lembrar-me.

– E daquele baile carnavalesco em que me obrigaste a fingir um ataque de nervos por causa do velho Moscoso?...

– Bom tempo aquele!... – resmungou Teobaldo, ferrando o olhar no chão e tornando-se triste. – Ah! Bom tempo!...

– Queres saber de uma cousa?... – segredou-lhe a moça, erguendo-se –; vamos fugir para casa; tenho lá um marreco assado. Vai ao camarote buscar a minha capa, nº 8, primeira ordem.

Teobaldo quis recusar-se e confessar com franqueza a sua posição; mas, ou porque lhe faltasse a coragem para isso, ou porque aqueles ombros e aqueles braços lhe trouxessem irresistíveis lembranças, ou porque Leonília se mostrava tão empenhada em levá-lo consigo para casa, ou porque os olhos dela o prendiam com tanto desejo e acordavam nele adormecidas paixões, ou porque depois de algumas taças de champanhe ninguém resiste a uma mulher formosa, o fato é que o rapaz não se deteve um segundo e correu ao camarote.

Ela, ao vê-lo tornar à mesa, entregou-lhe os ombros, e Teobaldo envolveu-a na capa, uma grande capa alvadia[1] e orlada de arminhos; em seguida pagou a garrafa e conduziu a bela mulher para um cupê[2] que a esperava à porta do teatro.

Seriam onze e meia da noite quando chegavam os dous à casa dela. Veio recebê-los um criado inglês, que os fez entrar para uma pequena sala, caprichosamente mobiliada.

– Espera um pouco por mim – disse Leonília ao rapaz, fugindo para o interior da casa.

Teobaldo atirou-se em um divã e pôs-se a fazer íntimas considerações sobre o ato que acabava de praticar.

Não seria uma baixeza de sua parte, interrogou a si mesmo, conservar aquela mulher no engano em que se achava a respeito dele?... Porventura seria possível deixar-se ficar ali nas circunstâncias precárias em que ele se via, sem com isso humilhar-se aos seus próprios olhos?... Poderia acaso sustentar aquelas relações no mesmo pé de superioridade em que as mantinha dantes?... E, uma vez que aceitasse qualquer concessão da parte daquela mulher, uma vez que não tivesse como qualquer de corresponder a peso de ouro com o amor que ela lhe dava, não ficaria ele obrigado a respeitá-la com a submissão de um obsequiado; não ficaria ele devendo em gratidão, em finezas e em considerações aquilo que não pudesse pagar a dinheiro?...

– "Sim! – deliberou Teobaldo –, nem por forma alguma devo iludir-me a este respeito! Não posso ficar!"

E, afastando do pensamento toda a ideia de hesitação, procurando arrancar da memória a imagem daqueles ombros e daqueles braços nus, ergueu-se resolutamente, tirou um cartão do bolso e ia escrever algumas palavras, com a intenção de retirar-se depois, quando se abriu uma porta, que comunicava com o interior da casa, e Leonília reapareceu já em trajos domésticos: um belo penteador de renda, os cabelos a meio despenteados e os pés em chinelas turcas.

Teobaldo suspendeu o seu movimento, franzindo ligeiramente o sobrolho[3].

– Que é isso? – perguntou ela. – Ias escrever?...

– Sim, a tua presença poupa-me esse trabalho. Senta-te aqui comigo e ouve com atenção o que te vou dizer.

Leonília, com um gesto que a tornava mais engraçada, deixou-se cair ao lado dele no divã.

– Sabes? Eu não posso cear contigo e é natural que não volte à tua casa.

– Por quê?

– Porque tenho sérios motivos que mo impedem. Mais tarde sem que seja necessária a minha intervenção, hás de saber de tudo. É só esperar mais alguns dias.

– Não preciso esperar! Já sei: é porque estás pobre...

Teobaldo fez-se vermelho, como que se aquela última palavra fosse uma bofetada. Ergueu-se, sem dizer palavra, tomou o chapéu e estendeu a mão à rapariga:

– Adeus.

Ela, em vez de apertar-lhe a mão, passou-lhe os braços em volta do pescoço e alongou os lábios suplicando um beijo em silêncio.

E depois, em resposta a uma nova menção de Teobaldo:

– É inútil tentar sair, porque as portas estão fechadas... Dei ordem para que não as abrissem a ninguém.

O rapaz fez um gesto de contrariedade e disse, tornando-se sério:

– Creio que terás bastante espírito para não me colocares em uma posição ridícula…

– Ridículo serias tu se me abandonasses agora…

– Paciência. Dos males o menor!…

– Mas, nesse caso, ao menos ceia comigo. O fato de estares pobre não te desobriga dos teus deveres de cavalheiro. Seria o mais incivil dos homens se me obrigasses a ir sozinha para a mesa.

Ele respondeu largando o chapéu e o sobretudo, que tinha ido tomar.

– Ainda bem! – disse Leonília. – Passemos para a sala de jantar.

E acrescentou, puxando-o pelo braço:

– Entra por aqui mesmo.

Os dous atravessaram uma pequena antecâmara, depois uma grande alcova, que Teobaldo considerou de relance, e afinal, tendo ainda atravessado um quarto de toucador, acharam-se na sala de jantar.

– Estamos completamente a sós – observou a rapariga, mostrando a ceia já servida –; dei ordem ao copeiro que se recolhesse, e disse à criada que podia dormir à vontade.

– Está bom…

– Temos tudo à mão. Não precisamos de ninguém.

E, assentando-se ao lado de Teobaldo:

– Sabes? A primeira pessoa de quem pedi notícias, ao chegar aqui, foste tu…

– Muito obrigado.

– Oh! não calculas o prazer que tive quando me disseram que estavas totalmente arruinado!

– É bondade tua!

– E, olha, se não fosse isso, eu talvez não tivesse te prendido hoje.

– Orgulho! Compreende-se.

– E é exato. Nós, mulheres, quando gostamos deveras de um homem, sentimos dessa espécie de orgulho.

– Caprichos do amor... Queres uma fatia de presunto?

– Aceito. Vocês, homens, são os bichos mais pretensiosos que o céu cobre. Querem ter sobre as pobres das mulheres todas as superioridades!... Enquanto nós nos sentimos felizes em depender do homem que amamos, vocês, vaidosos, sentem-se humilhados em dar ternura em troca da ternura que lhe damos. Súcia[4] de egoístas!

– Não, filha, isso depende também da qualidade da mulher.

– Que gentileza!

– Pois não! Há certas mulheres cuja ternura não é lícito pagar só com ternura...

– Não. O amor só com o amor se paga! Passa a mostarda.

– Oh! mas é que há tanta espécie de amor...

– Protesto! O amor, o verdadeiro amor, é um só, insolúvel e eterno! e por ele tudo se explica e tudo se perdoa! É preciso não enxovalhar esse nome sagrado emprestando-o a outro qualquer sentimento; eu quando te falo em amor, não me refiro ao amor fingido... Toma um pouco de Borgonha.

– Sim, mas também há mulheres das quais seria tolice esperar o tal amor genuíno de que falas...

– Ora, diz-me uma cousa, Teobaldo; quantas espécies de mulheres conheces tu?

– Eu? Duas.

– Quais são elas?

– A mulher virtuosa e a mulher que não é virtuosa.

– Só?

– Só.

– Ora bem, diz-me ainda; que diabo entendes tu pela tal mulher virtuosa?

– A mulher casta.

– E pela outra entendes naturalmente a que não é casta. Para aquela tens tudo que há de bom em ti: o respeito, o amor, a confiança; e para esta, guardas o contrário de tudo isso: desconfias dela, não a estimas sinceramente e não lhe dedicas a menor consideração, porque a infeliz nada te merece!

– Não é uma lei criada por mim...

– Bem sei, e nem tenho a pretensão de destruí-la com as minhas palavras; apenas quero provar-te que vocês, homens, no juízo que formam das mulheres, são os entes mais injustos e mais tolos que se pode imaginar!

– Vamos ver isso.

– Quero provar-te que esse desprezo a que condenam a mulher perdida é nada menos do que a condenação de todas as mulheres em geral.

– Como assim?

– Vou ver se me explico. Toda mulher é capaz de ser honesta ou deixar de ser, conforme as circunstâncias que determinam a sua vida; não é exato? Todas elas estão sujeitas às mesmas leis fisiológicas e aos mesmos irreparáveis descuidos, pelos quais, confessemos, são sempre as responsáveis e dos quais muito raras vezes têm a culpa. Apenas acontece que umas são espertas e outras são eternamente ingênuas. Daí a divisão da mulher em duas ordens – a mulher maliciosa e a mulher simples; pois bem, em casos de sedução – a maliciosa resiste, a inocente sucumbe. Não achas que é muito mais fácil perder uma menina verdadeiramente ingênua do que uma outra que não o seja?

– Sim, mas isso nada prova.

– Bem. Admitindo que é mais difícil seduzir a mulher velhaca do que a mulher inocente; e visto que a classe das perdidas compõe-se em geral destas últimas, segue-se que toda mulher é má, umas por natureza e outras à força de circunstâncias; daí a condenação de todas elas!

– Isso é uma filosofia muito apaixonada!...

– Não, é simplesmente verdadeira. Ora, diz-me se, em vez de me teres agora ao teu lado, tivesses uma rapariga de minha idade, casada aí com qualquer sujeito e mãe de um pequeno que ela tivesse ao colo e de mais três que lhe subissem pelas pernas; diz-me, que impressão te produziria no espírito essa mulher?

– Uma impressão toda de respeito e acatamento.

– Pois bem; agora imagina tu por outro lado que essa mesma rapariga, antes de conhecer o homem que havia de casar com ela, era uma criatura inocente ao ponto de ignorar o valor da própria virgindade, e crédula ao ponto de não supor o seu noivo capaz de a enganar; imagina ainda que esse noivo é nada menos do que um sedutor; imagina que ele a abandona depois de desvirtuá-la e que à infeliz se fecham, como é de costume, todas as portas, menos, está claro, a de um sujeito que se propõe substituir o primeiro, não com o casamento, que vocês são incapazes disso, mas substituí-lo amancebando-se com ela...

– Bem.

– Pois, feito isto, meu amigo, está feita a grande viagem da perdição, porque depois desses dous degraus é só escorregar, e escorregar fatalmente, sem esperança de apoio. Se do primeiro ao segundo amante mediou um ano, do segundo ao terceiro vai só um mês, do terceiro ao quarto uma semana, e os outros contam-se pelos dias e afinal pelas horas. E agora, imagina tu, meu orgulhoso, que, em vez de mim, tivesse a teu lado uma dessas desgraçadas que têm amantes por hora, uma dessas mártires que, por inocência e por credulidade, se deixaram arrastar à última degradação; imagina essa mulher ao teu lado e diz-me depois que sentimentos ela te inspiraria.

– O da compaixão; está claro.

– O da compaixão! Mas que espécie de compaixão é essa, que só se veste de desprezo e desdém?... Para os entes que nos inspiram compaixão entendo que deve haver palavras consoladoras e cheias de caridade, deve haver ternura e carinhos e não o abandono e a maldição!

– Mas...– ia a dizer Teobaldo.

– Espera. Disseste ainda há pouco que só conheces duas espécies de mulheres e declaraste que uma te inspira respeito e outra compaixão; pois quero saber agora a qual dessas duas espécies pertenço eu.

– Ora, que exigência de mau gosto! Voltaste do passeio à Europa com uma dialética bem esquisita!

– Não! responde!

– Mas, filha, não há que saber... pertences à segunda espécie...

– E assim é... – disse Leonília, meneando a cabeça. – Todos nós merecemos ou devemos merecer compaixão. Ontem a inocência e a perseguição; hoje a vergonha e o desprezo; amanhã a miséria e talvez o hospital!

– Para que pensar nisso – observou Teobaldo, já aborrecido com as palavras da rapariga. – Mudemos de assunto.

– Causo-te lástima, não é verdade? Dize com franqueza!

– É.

– E sabes, meu adorado, qual é o único meio de socorrer uma mulher que nos causa compaixão?

– Qual é?

– Amando-a.

– Oh!

– Não te sentes capaz de tanto?

– Não.

– Nem se eu para isso empregar todos os meios?... Se eu me fizer tua escrava, tua amiga e tua amante, só tua?

– Impossível.

– E se nisso estiver empenhada a minha vida, a minha felicidade e talvez a minha reabilitação?

– Paciência!

– É a tua última palavra!

– É e peço-te licença para sair.

– Não dou.

– Mas é preciso.

– Não quero. Aqui mando eu!

Teobaldo experimentou as portas; estavam todas fechadas por fora.

– É então uma violência? – perguntou ele, afetando bom humor.

– É – respondeu a cortesã.

E, tomando a direção da alcova, acrescentou com um sorriso:

– Vem.

X

SÓ NO DIA SEGUINTE, às duas horas da tarde, foi que ele saiu da casa de Leonília.

Sentia-se aborrecido e como que importunado por uma espécie de remorso: afigurava-se-lhe que em torno daquele seu desleixo pela vida girava um mundo da atividade dos que trabalham para comer, dos que labutam desde pela manhã. Pungia-lhe a ideia de haver-se deixado arrastar por uma mulher cujo amor seria para ela uma virtude, mas para ele era nada menos do que uma depravação moral.

Ao chegar ao centro da cidade, o movimento comercial das ruas, o vaivém das classes laboriosas, ainda mais lhe agravaram a consciência da sua inutilidade e da sua inércia.

"Por que – perguntava consigo – não pertenço ao número desses que trabalham, desses que sabem ganhar a vida?"

E arrependia-se de ter ido ao Lírico, de haver oferecido de beber a Leonília, em vez de a tratar com frieza, o que afinal seria digno de sua parte. E vinham-lhe de novo os ímpetos de reação e um grande desejo de atirar-se a qualquer trabalho produtivo e honesto.

Mas por onde principiar? Onde e em que descobrir ocupação? Fazer-se professor? Isso, porém, era tão precário, tão maçante e tão subalterno... Empregar-se na redação de um jornal? Mas em qual? e como? a quem devia dirigir-se?

E daí não passavam as íntimas reclamações do seu caráter.

Às vezes, à mesa dos cafés, dizia ele aos companheiros:

– Homem! Vejam se me arranjam um emprego!... Eu preciso trabalhar! É preciso viver, que diabo!

Mas estas palavras caíam por terra, sem aparecer quem as erguesse. O que aparecia eram novos e novos convites para tomar alguma cousa – para jantar em companhia de mulheres suspeitas e para assistir a espetáculos bufos. O Aguiar, principalmente, nunca o abandonara com as suas franquezas de moço rico e com os seus eternos protestos de estima e admiração.

E Teobaldo topava a tudo; considerando interiormente, para se desculpar, que não seria metido em casa que ele havia de descobrir arranjo; precisava furar, ir de um lado para outro, até achar o que desejava.

E, visto que aceitava esses obséquios, apressava-se a retribuí-los, quando porventura lhe caía de Minas algum dinheiro, sem reservar nenhum para os seus credores.

Por várias vezes, em ceias fora de horas, depois de enxutas algumas garrafinhas de *Chianti* e *Malvasia*, que eram os seus vinhos prediletos, os amigos de Teobaldo, na febre dos brindes, faziam-lhe grandes elogios ao talento e à educação; e ele, coitado, ouvia tudo isso já com uma certa amargura, porque ia cada vez mais se convencendo de que lhe faltava a competência para ganhar a vida. E, quando, pelas três ou quatro da manhã, conseguia chegar a casa, tinha a cabeça em vertigem e o coração estrangulado por um desgosto profundo.

A casa! que suplício para ele!... Como tudo aquilo que respirava a presença do Coruja lhe exprobrava[1] silenciosamente as suas culpas. Era aí que Teobaldo mais sentia o peso brutal da própria nulidade; era aí, já recolhido aos lençóis que ele considerava, um por um, todos os seus passos na vida. E excitado, cheio de revolta contra si mesmo, levava longo tempo a virar-se de um para outro lado da cama, antes de conseguir pegar no sono.

Na manhã seguinte acordava muito prostrado, sem ânimo de deixar o colchão e, ainda de olhos fechados, chamava pelo moleque.

Quase sempre, em vez do Sabino, era o fiel Caetano quem acudia ao seu primeiro chamado, e, enquanto Teobaldo se preparava defronte do toucador, o pobre velho o observava com um profundo olhar de comiseração.

Depois, meneava a cabeça, suspirando, e punha-se a escovar a roupa que o rapaz tinha de vestir.

Teobaldo às vezes batia-lhe carinhosamente ao ombro, dizendo:

– Como tudo isto mudou, hein, meu velho amigo?... Como tudo isto é tão diverso dos nossos bons tempos!...

O criado então levava os olhos à manga de sua velha libré, que nunca mais fora reformada depois da morte do barão e entre lágrimas falava neste para desabafar.

Teobaldo perguntava sempre a que horas saíra o Coruja.

– Às seis da manhã – respondia invariavelmente o criado.

E os dous conversavam um pouco; depois Teobaldo descia ao banheiro, que era no primeiro andar. Banho, café, vestir e leitura dos jornais nunca se liquidava antes do meio-dia. Por almoço tomava em geral dous ovos quentes, um cálice de vinho; feito o que saía logo, sem destino, à procura da tal colocação.

*****

No dia imediato ao em que ele esteve com Leonília, acordou mais cedo do que de costume, vestiu-se com certa presteza, foi à secretária e escreveu a seguinte carta:

> "Querida – Não voltarei a ter contigo e peço-te que não dês o menor passo com o fim de fazer-me mudar de resolução, porque perderias o tempo. Aceita a insignificante lembrança que com esta te envio, e esquece-te para sempre do mais infeliz Teobaldo que há no mundo."

Fechada a carta, meteu-a no bolso e saiu.

Na véspera, antes de dormir, havia deliberado o que agora punha em prática.

Era preciso, era indispensável, não tornar à casa de Leonília, ainda que para isso fosse necessário que ele se fizesse mau e grosseiro. E, neste propósito, chegou à Rua dos Ourives, à loja de um joalheiro, a quem vendera as joias de Santa, escolheu uma medalha de ouro, com um pequeno brilhante no centro e perguntou quanto custava.

– Cem mil-réis – respondeu o joalheiro.

– Do que tenho comigo posso apenas dispor de cinquenta. Consente que lhe fique devendo o resto?

O dono da casa fez um ligeiro ar de hesitação, mas disse em seguida:

– Pois leve.

– Já não quero! – exclamou Teobaldo, empurrando de defronte de si o escrínio[2] onde estava a joia. – Pode guardá-la!

– Não, doutor, leve-a! Peço-lhe que a leve!

E, por suas próprias mãos, introduziu o estojo no bolso do rapaz.

Este passou-lhe os cinquenta mil-réis e correu logo para a casa de Leonília. Entrou, bateu, entregou ao criado a carta e mais o estojo e, sem esperar pela resposta, saiu apressado.

À noite desse mesmo dia, atravessava a Rua do Ouvidor, quando o Aguiar foi ao encontro dele e disse-lhe, estendendo-lhe o braço pelas costas:

– Amanhã faço anos e quero que jantes comigo. Serás o único rapaz que terei ao meu lado! Prometes ir?

– Pois bem – respondeu Teobaldo. – Mas onde é o jantar?

– No *Pharoux*[3].

– A que horas?

– Às cinco.

– Lá estarei.

No outro dia, quando Teobaldo chegou ao hotel, não lhe passou despercebido certo cupê, que estacionava à porta; mas não fez caso e subiu a escada.

– É aqui – disse-lhe um criado discretamente, mal o viu, e fê-lo entrar para um gabinete particular.

Teobaldo ficou surpreso ao dar com Leonília, que estava à cabeceira da mesa.

– Ah! – fez o Aguiar, como em resposta ao gesto do amigo –, convidei esta dama para te ser agradável, sabendo que a companhia dela só poderia dar-te gosto...

– Oh! certamente, certamente! – exclamou o filho do barão, puxando uma cadeira e assentando-se ao lado de Leonília, a quem cercou de galanteios.

– E esta outra senhora?... – perguntou ele depois, apertando a mão a uma rapariga de pouca idade, que se quedava assentada à esquerda de Leonília.

– Ah! essa convidei para ser agradável a mim mesmo – respondeu o Aguiar, por sua vez tomando assento junto da tal rapariga.

– É uma amiga das minhas – explicou a outra, que parecia muito empenhada no jantar.

E, voltando-se diretamente para Teobaldo:

– Só desta forma conseguiríamos pilhá-lo hoje! Com efeito! O senhor faz-se agora de manto de seda!...[4]

– É que às vezes a gente pretende dar valor às cousas, exigindo por elas muito mais do que valem...

– Bravo! – gritou Aguiar. – Eis uma teoria comercial na boca de Teobaldo! Estou encantado! Não te fazia capaz de tanto!...

– Ah! – respondeu o outro, a rir –; o comércio é toda a minha vocação!...

– E não digas brincando... Quem sabe se algum dia não serás meu colega no comércio?...

– Pode ser! E que todo o meu mal fosse esse!...

– Eu... queres que te diga?... eu, pelo menos – continuou o Aguiar, derramando Madeira nos cálices –, nunca me arrependi de haver entrado para o comércio. Verdade é que nada fiz por mim e que não estaria na posição em que me acho se não fosse meu pai, mas nem por isso sou menos feliz, verdadeiramente feliz! Que diabo! Ganhar sem sentir, às vezes sem trabalhar!... Pode haver cousa melhor? Passo semanas e semanas inteiras na pândega, gasto por vinte e, quando julgo que os negócios vão mal, diz-me o guarda-livros que ganhei mais do que nunca! Ah! nada há como o comércio para fazer dinheiro! E hoje, deixem falar quem fala, o dinheiro é tudo! Com ele tudo se obtém: glórias, honras, prazeres, consideração, amor! tudo! tudo!

– É exato! – confirmou Teobaldo, sorrindo amargamente e no íntimo arrependido de ter aceitado o convite do Aguiar. – É exato!

– Ah! – disse a rapariga, que este convidara para ser agradável a si mesmo. – Quem pode negar a grande superioridade do dinheiro sobre todas as cousas?

– Eu! – acudiu Leonília, que acabava de observar os gestos de Teobaldo. – Protesto contra as teorias de Aguiar e juro que o dinheiro não representa para mim a menor sedução... Gosto dele, não nego, mas nos outros, não por ele, mas pelo gostinho de o extrair gota a gota, beijo a beijo, e tanto assim que, mal o apanho, lanço-o à rua pela primeira janela que encontro aberta. Nunca depenei um ricaço por amor ao seu dinheiro, mas tão somente pelo gostinho de o deixar depenado. É uma paixão comparável à dos jogadores ricos, uma paixão de glória, uma febre de querer vencer, de querer derrotar, ainda com o sacrifício dos próprios interesses.

E erguendo o copo: – Dinheiro! Dinheiro! rio-me dele! O dinheiro, quanto a mim, é a mais triste recomendação que um homem pode ter! Quais seriam os milhões que valeriam, por exemplo, o amor deste demônio?

E, dizendo isto, levava às mãos ao cabelo de Teobaldo e chamava a atenção dos outros para a cabeça dele, como quem mostra um objeto de arte.

– Que dinheiro vale a doçura aveludada destes olhos mais belos que os diamantes?... Que dinheiro vale toda esta riqueza? Esta boca, este sorriso desdenhoso, estes dentes, esta palidez de estátua e este ar de senhor que mata de amores as suas escravas?... Sim! que me digam as mulheres qual é o dinheiro que paga tudo isto, sem contar ainda com o que há escondido neste tesouro: o talento, o caráter, a educação e a energia!

– Olha a Leonília apaixonada! – exclamou o Aguiar, rindo muito.

– E por que não?! – perguntou ela, a encará-lo firme. – Por que não? Julgas que sou incapaz de um sentimento nobre e desinteressado?... Pois olha, filho, queres que te diga? No dia em que abandonei o meu banqueiro estava em véspera de receber das mãos dele alguma cousa que equivale a tanto como o que possuis, e não foi por isso que não o mandei passear, logo que entendi que o devia fazer!

– Ah! todos sabem que tu és mulher caprichosa!...

– Caprichosa, não! Sou apenas mulher! Tenho coração, tenho nervos! Quando adoro um homem, sou capaz de tudo por ele, de tudo! compreende? de tudo! Ainda que tenha de quebrar todas as conveniências como quem quebra isto!

Assim dizendo, tinha arrancado do pescoço o seu colar e arremessava-o partido sobre a mesa.

Teobaldo compreendeu a intenção com que isso fora feito, e lançou sobre ela um olhar de ameaça.

– Que significa esse olhar? – perguntou a cortesã. – Não o compreendo.

– Tanto melhor para mim! – disse o moço, esvaziando o copo – porque não tenho a menor necessidade de ser compreendido por quem não o merece!

– Sempre o mesmo orgulho e a mesma vaidade! – replicou Leonília.

– Ah! – volveu aquele, rindo com desprezo. – Estás à beira da praia e julgas-te em pleno oceano! Meu orgulho! conhecê-lo-ás depois, se te passar pela fantasia a ideia de experimentá-lo!

– Então! Então! – reclamou o Aguiar. – Nós não estamos aqui para discutir questões dessa ordem. Perante a pândega somos todos iguais. Faço anos e exijo que se lembrem um pouco de mim! Ainda não me fizeram um só brinde!

Leonília soltou uma risada e disse, voltando-se para o festejado:

– Desculpa, filho, mas já não me lembrava que te devo o obséquio de teres feito anos hoje.

– Não repares – acrescentou Teobaldo, batendo com o seu copo no do outro rapaz. – E bebamos à tua saúde! Para que nunca te arrependas de tuas teorias sobre o dinheiro!...

– Obrigado! – respondeu Aguiar –, mas consente que eu te diga uma cousa com franqueza: eu não faço anos hoje!

– Como assim?

– Perdoa-me, mais tarde o saberás!

Teobaldo olhou para o amigo, depois para Leonília e afinal sacudiu os ombros.

Já haviam comido a sobremesa e dispunham-se a tomar café, quando aquele deu por falta do Aguiar e da rapariga que este convidara para seu recreio.

– Para onde teriam ido? – perguntou ele a Leonília.

– Foram-se embora. Chega-te mais para mim e ouve o que te vou dizer.

Teobaldo obedeceu.

– Sabes? – disse ela. – Este jantar foi uma cilada que te armei; eu, só eu, podia fazer com que o Aguiar se achasse na intimidade em que o viste com aquela rapariga; em troca, ele empregou os meios para te arrastar até aqui.

– De sorte que eu servi de divertimento a vocês ambos?... Servi para objeto de especulação, fui negociado!

– É exato – respondeu ela, e creio que não levarás a tua birra ao ponto de me deixares aqui sozinha, em um hotel!...

– Mas por que não procederam de outro modo?

– Porque já te conheço e tenho plena certeza de que só assim havias de vir.

– E, se por gosto eu não teria vindo, para que obrigar-me então a vir à força?

– Porque antes assim do que nada. Para o amor todos os meios são bons.

– Pois saiba que errou nos seus cálculos – disse Teobaldo, indo buscar o chapéu –; estou disposto a acompanhá-la até a casa, mas não subirei um só degrau de sua escada.

– Por quê?

– Porque, para fazer da senhora a minha amante, sou pobre demais, e para ser o seu *amant de coeur*[5] – sou muito rico e muito orgulhoso.

– Eu então só posso pertencer a um homem rico?

– Decerto, porque é preciso muito dinheiro para comprar o luxo com que a senhora se habituou.

– Bem – volveu ela –; já não precisa vir comigo. Adeus. Só lhe peço um obséquio...

– Qual?

– Vá amanhã a minha casa depois do meio-dia.

– Fazer o quê?

– Buscar a resposta do que acabou de me dizer agora. Vai?

– Vou. Adeus.

Leonília saiu, meteu-se no carro e Teobaldo ainda ficou no hotel, a fumar charutos e a beber, muito enfastiado de sua vida.

XI

Resolveu não ir, mas no dia imediato, quando deu por si, estava defronte da casa de Leonília.

Tencionava não entrar, mas uma grande confusão de vozes que vinha das salas prendeu-lhe a atenção.

"Que diabo significa isto? – pensou ele. – Dir-se-ia que fazem leilão em cima."

Pelo corredor viam-se entrar e sair negros e galegos carregados de móveis; ao passo que um formigar de homens sem bigode, cabelo curto, de jaqueta, sem gravata e sem colete, enchia todos os aposentos da casa.

"É um leilão! não há dúvida!..." – considerou o rapaz, subindo até ao primeiro andar, e o seu raciocínio foi confirmado logo pela presença de um sujeito que, de martelo em punho, apregoava o preço dos móveis a um grupo de arrematantes:

– Vinte mil-réis pelo espelho! É de graça, meus senhores! Vinte e cinco mil-réis! Ninguém dá mais?... Vinte e cinco! vinte e cinco!

Teobaldo, com esta música a perseguir-lhe os ouvidos, atravessou a sala e depois os quartos, até encontrar o criado que o recebera naquela noite do Lírico.

– Ah! é o senhor Teobaldo?

– Sim – disse este.

– Aqui tem esta carta.

O rapaz tomou a carta, abriu-a e leu:

"Mudei-me para Santa Teresa; agora já não tens razão para fugir de mim; espero-te, não te demores.

"Tua – Leonília."

Vinha escrito o nome da rua e o número da casa.

Teobaldo, sem ânimo de entestar[1] com as ideias que lhe trouxe a leitura dessas poucas palavras, desceu à rua e, quase que maquinalmente, foi seguindo a indicação do bilhete.

Chegou às três horas ao lugar marcado; era uma casinha nova, muito modesta e pequenina, escondida entre meia dúzia de árvores e coberta de trepadeiras, que lhe davam um aspecto encantador.

Ele atravessou o pequeno jardim e bateu.

Leonília veio em pessoa abrir a porta.

Não parecia a mesma, tal era a transformação por que passara; até a sua própria fisionomia parecia outra.

Trazia um singelo vestidinho de chita, apertado à cintura, que mal deixava perceber uma pequena parte do colo; os braços, porém, mostravam-se livres por entre a largura das mangas, e o cabelo, enrodilhado sobre a nuca e seguro por um simples pente de tartaruga, já lhe não caía na testa como dantes, mas ao contrário dividia-se-lhe em dous bandós naturais fazendo ver uma fronte cor de mármore cujos sutis reflexos de ouro mais pálida a tornavam.

Por únicas joias trazia ao pescoço a medalha que lhe dera Teobaldo e no dedo anular da mão esquerda uma aliança de casamento; em vez de caprichosos sapatos de peito aberto e grande salto, que ela até aí usava, tinha agora uma honesta botina, preta, de duraque[2], apenas guarnecida por um laço de fita da mesma cor.

O filho do barão, ao vê-la assim tão outra, ficou longo tempo a contemplá-la, perguntando com o gesto que significava aquela transformação.

Ela, em resposta ao pensamento dele, sorriu e disse, indo colocar-se-lhe ao alcance dos lábios:

– Estás satisfeito?

– Eu?

– Sim, creio que não poderás dizer agora o que disseste ontem.

– Mas tu és douda?... Não te compreendo, filha.

– Isto quer dizer que em resposta à tua frase de ontem, resolvi separar-me de tudo o que me prendia ao passado; vendi o carro, a mobília, as joias, as roupas, e, com o produto dessas cousas, suponho que terei um pequeno fundo de reserva para o dia em que me abandonares.

E passando-lhe o braço no ombro:

– Aqui nada há que te possa fazer corar!... Nada disto foi pago ainda e não o há de ser sem ordem tua; também é tudo tão pouco que não tens de recear pela despesa...

Ficaram ambos calados por um instante.

– Vem ver a casa comigo – disse ela afinal, puxando-o brandamente para fora da pequena sala. – É um verdadeiro ninho de noivos pobres... Aqui tudo é simples quanto pode ser: mobília americana, louça de família... Vês?... tenho até uma máquina de costura...

Teobaldo olhava para tudo aquilo, como se assistisse à representação de uma comédia; afigurava-se-lhe que, uma vez caído o pano do teatro, Leonília logo tornaria ao primitivo estado.

– Então? – perguntou esta – não me dizes nada? Ficas assim, mudo, como se nada disto te interessasse?...

– É que ainda não voltei a mim, filha. Estou pasmo!

– Pois então prepara-te para ouvir o mais extraordinário: do princípio do mês que vem em diante vou trabalhar em casa do Gabardan.

– Que Gabardan?

– Aquele cabeleireiro da Rua Direita.

– Tu?

– Sim. Meu pai, que era francês como já sabes, foi o primeiro cabeleireiro aqui da corte; eu aprendi a trabalhar com ele e, até o dia em que lhe fugi de casa, tinha as honras da sua primeira discípula; ninguém me excedia na oficina!... E juro-te que, se voltar ao serviço, hei de sair-me tão bem ou melhor do que nesse tempo! Ah! não calculas! eu fazia muito mais do que todas as minhas companheiras e apresentava sempre trabalho muito limpo; já ganhava um belo ordenado!

– É admirável! – respondeu o rapaz.

– Ora – prosseguiu Leonília –, o Gabardan há muito que me fala em entrar para a casa dele; hoje lhe mandei dizer que aceito e, do princípio do mês que vem em diante, é natural que...

– De sorte que tencionas fazer uma completa regeneração...

– Só depende de ti...

– É por conseguinte uma regeneração por meio do amor?

– Não! O amor servirá apenas para dar o primeiro impulso; depois o interesse e a ambição se encarregarão do resto.

– A ambição?

– Decerto; trabalhando com vontade, é natural que apareçam lucros e com estes a febre de prosperar. Então, todo o meu ideal será ter uma boa casa, uma firma bem acreditada, um capital seguro e, para conseguir tudo isso, é indispensável uma conduta exemplaríssima; é necessário que não possam dizer a mais pequenina cousa contra mim. Compreendes?

– Sim, senhora; o plano é engenhoso e faz honra ao teu espírito, mas convém saber se terás bastante energia e bastante perseverança para realizá-lo...

– Não me conheces!

– Oh! se conheço!... Vocês, pobres filhas do vício, são como os ingleses: por mais que viajem, por mais que se demorem nos países estrangeiros, têm sempre o sentido, a alma e o pensamento voltados para a pátria! Veio-te agora a fantasia de dar um passeio pelo amor, mudaste de roupa, tiraste as joias, tomaste para disfarce esse modesto vestidinho de chita, e desferiste afinal o voo; mas, se quiseres falar com franqueza, hás de confessar, minha querida, que a tua alma não se prende a esta pobre casinha sem espelhos, sem tapetes e sem as fosforescências do luxo; tua alma ficou lá donde partiste! Apenas trouxeste a imaginação para uso da viagem! Eu seria capaz de apostar a cabeça em como a tua primeira ideia, quando resolveste fazer tudo isto, não foi o amor, nem a ambição, mas pura e simplesmente calcular o efeito que semelhante fantasia iria produzir sobre as tuas companheiras e sobre os teus admiradores!... "Que dirá fulana quando souber?... Que dirão fulanos e beltranos?... Com certeza hão de achar-me original, caprichosa, uma verdadeira heroína de romance!..."

E, se amanhã suceder que as tuas companheiras e os teus amantes, em vez de enxergarem na tua regeneração uma fantasia original, entendam que te regeneraste por necessidade, que te fizeste sóbria e modesta por já não poderes ser extravagante e opulenta; se eles julgarem assim, filha, juro que a tua mal-entendida vaidade de cortesã despertará furiosa, e então tu, para provares que não és inferior a nenhuma das tuas competidoras, voltarás fatalmente ao primitivo estado!

– Cala-te!

– Ah! bem sabes, minha Leonília, que as recaídas são sempre muito mais perigosas do que a própria moléstia.

– És cruel!

– Não; sou apenas sensato!

– E de que pretendes me convencer com a tua sensatez?

– De que não acredito em semelhante reabilitação!

– Nem no meu amor?

– Nesse acredito. Não que ele dure por muito tempo, mas acredito que ele exista agora. Toda mulher ama sempre; algumas dedicam-se a um só homem durante a vida: são as constantes; outras gostam de variar: são as do gênero a que pertences. Mas, no fim de contas, todas elas amam, naturalmente, sem esforço, por uma fatalidade orgânica, sem haver nisso outro mérito mais do que se obedecessem a qualquer uma das funções fisiológicas do seu corpo.

– Pois então no amor que te consagro cujas provas reais acabo de dar-te, não há mérito algum?...

– Não digo isso, filha! Há um mérito relativo no que acabas de fazer; apenas sustento que o amor, qualquer que ele seja, não me causa entusiasmo nem admiração de nenhuma espécie. Se não me amasses, amarias a qualquer outro; amas-me, não porque eu seja forte, inteligente ou bom, mas sim por uma razão muito simples: porque és mulher! O caso seria para espantar, se em vez de te apaixonares por mim, te apaixonasses por uma estátua ou por uma árvore ou por um elefante ou por esta bengala!

– Enganas-te! Amo-te, não pelo simples fato de ser mulher, mas porque tu reúnes em ti todos os dotes que nos seduzem: és nobre e altivo como um príncipe; és forte e corajoso como um homem; és belo como uma estátua; original como um gênio; e espirituoso como um parisiense; e tudo isso reunido: força, altivez, beleza, espírito e originalidade, tudo isso é o que eu amo e o que faz de mim a tua escrava!

– Logo, se eu fosse feio, estúpido e fraco, não me amarias?

– Não, decerto.

– E é esse amor que, entendes tu, deve me entusiasmar?... Tem graça!

– Por quê?

– Nada conheço mais egoístico, mais baixo e mesquinho do que semelhante amor! No fim de contas não é a mim que amas, é a ti própria; não é a mim a quem pretendes contentar, é ao teu próprio gosto, é ao teu próprio coração! Se te sacrificas por mim, se me preferes a tudo e a todos, não é porque eu goze muito com isso, mas sim porque tudo isso é necessário para a tua felicidade; e se me desejas o bem, é ainda para que a minha ventura se reflita sobre ti; é para que tu a possas desfrutar, para que a possas saborear com delícia!... Não achas que isto é exato?...

– E conheces porventura algum amor que não esteja nessas condições? – perguntou Leonília. – Olha em torno de ti; procura em todos os corações um amor que não tenha sempre por base o mesmo egoísmo!

– O amor materno... – respondeu Teobaldo, transpondo com a amante o portão da chácara e indo assentar-se ao lado dela sob um caramanchão. – A mãe ama sempre o filho, seja este feio, estúpido ou mau.

– Mas só ama o próprio, o seu, e esta ideia de propriedade só por si é já egoísmo. Vai dizer a qualquer mãe que faça pelos filhos dos outros o que a natureza lhe inspira por aquele que lhe saiu das entranhas; ela te responderá que "quem pariu Mateus que o embale". E se há uma dedicação sem a menor sombra de altruísmo é essa justamente, porque a mãe nunca ama o filho pelas qualidades que ele possui, mas tão somente porque ele é uma continuação dela, porque ele é um pouco de sua carne e porque é a consequência palpitante, por bem dizer, a personificação do amor de quem a possuiu. No filho ela se vê a si e vê também o homem a quem amou; isto é, vê todos os gozos, todas as egoísticas venturas de que há pouco falavas; e, meu amigo, se penetrares no âmago de todas as outras afeições, hás de sempre encontrar lá dentro a mesma mola feita de egoísmo.

– E o amor filial?

– Não existe.

– Como não existe?

– Não existe, porque o amor filial é a convivência, é o hábito, é o primeiro beijo que recebemos, é a canção que nos embalou o berço, é a lágrima que se juntou à nossa primeira lágrima, o sorriso que se fundiu com a nossa primeira alegria e, mais tarde, é a recordação de tudo isso! Separa ao nascer um filho dos braços maternos e dir-me-ás depois qual é o amor que ele sente pela mãe. E assim são pouco mais ou menos todos os afetos: uns amam para gozar, outros por hábito, outros simplesmente por necessidade.

– Estás iludida – replicou Teobaldo, acendendo um charuto. – Eu, pelo menos, tenho em minha vida uma afeição que se constituiu sem o concurso de nenhuma dessas circunstâncias; tenho um amigo cuja única boa qualidade que possui e que me leva a estimá-lo, é ser bom; bom para com todos, todos, seja lá quem for!

– Um amigo?

– Sim, o Coruja; não o conheces e é bem provável que não chegues nunca a conhecê-lo.

– Por que não?

– Porque ele teria medo desse teu espírito diabólico e profanador. É uma alma imaculada, que se retrai e fecha ao mais leve rumor de tudo o que é feliz, espetaculoso e barulhento, com a mesma facilidade com que se abre para tudo aquilo que chora e sofre. É uma triste criatura que vive silenciosamente para a dedicação e para o amor. Tanto é capaz de sacrificar-se pelo bom, como pelo mau; um estúpido ou um gênio, uma mulher monstro ou uma mulher encantadora, todos lhe merecem a mesma ternura, desde que há uma lágrima a estancar ou a mais ligeira sombra de sofrimento a desfazer. É capaz de despir o paletó para cobrir um cão que tem frio, e fica triste se em sua presença decepam uma árvore qualquer.

– É um santo – disse Leonília, a rir.

– Não – volveu Teobaldo –; é simplesmente um homem feliz...

E, depois de descrever o tipo do amigo:

– Tenho inveja dele. Confesso...

– Tu?!

– Sim; tenho-lhe inveja...

– Ora essa!...

– Calculo quanto não gozará ele com ser tão dos outros e tão pouco de si mesmo; calculo a infinita volúpia da sua abnegação; o prazer supremo de não ter um vício, a consciência de não ter cometido uma ação má durante toda a sua vida.

– Há de haver um pouco de exagero de tua parte...

– Qual! Não disse a metade do que ele é...

– Que entusiasmo! Parece que o estimas mais do que a mim!...

– Pudera! – resmungou o rapaz, disposto a continuar o elogio do Coruja; mas foi interrompido pelo criado, que os chamava para jantar.

Teobaldo tinha às vezes dessas expansões; dava para discorrer com entusiasmo sobre alguém que na ocasião o impressionava; ao passo que no dia seguinte seria capaz de fazer o mesmo por uma pessoa completamente oposta.

Do meio para o fim do jantar, jantarzinho de hotel, porque nesse dia ainda não se havia acendido o fogão da casa, ele se mostrou menos pessimista a respeito do amor das mulheres e mais disposto a corresponder com os seus carinhos ao sacrifício de Leonília; entretanto, quando esta lhe falou em viverem juntos, Teobaldo protestou energicamente:

Não! Isso não era possível!

Ele tinha lá as suas aspirações, precisava fazer carreira e não estava resolvido a começar com o pé esquerdo.

– És um ingrato!... – queixava-se ela, enxugando as lágrimas. – És um ingrato! Até aqui fugias de mim, por que eu não era só tua; pois abandono tudo, venho meter-me neste canto e tu, mesmo assim, declaras abertamente que não queres morar comigo!... Oh! isto também é demais! Já passa à maldade!

– Não, filha; é impossível morarmos juntos! Não posso. Hei de aparecer-te de vez em quando, sempre, talvez todos os dias, mas...

– És um homem mau, um egoísta.

E multiplicaram-se as recriminações. Afinal Teobaldo, apesar do firme propósito em que estava de moscar-se[3] depois do jantar, resolveu não ir; ficou.

Também que diabo! seria crueldade deixá-la ali, naquela casa, em companhia de um criado admitido na véspera.

"E demais – pensava ele –, que posso eu recear?... Quando a cousa se tornar perigosa, mando-a plantar batatas!"

XII

Voltou de lá às três horas da tarde do dia seguinte.

"Mais um dia perdido!" – considerava ele amargamente ao entrar em casa já ao cair da noite e depois de ter jantado em companhia de amigos.

Ainda no corredor foi detido pelo Coruja, que lhe disse com reserva:

– Acho bom que não subas agora! Aquela sujeita do Almeida, a Ernestina, está aí à tua espera. Não subas!

– Está aí? – perguntou Teobaldo deveras contrariado. – Que diabo quer ainda de mim essa mulher?

– Não sei; diz o Caetano que ela já aí está há quatro horas.

– Ora esta! E, logo hoje, que eu precisava dormir!

– Recolhe-te mais tarde; ela talvez não se demore.

– Qual! Vou despachá-la! Verás!

E, enquanto subia a escada acompanhado pelo amigo:

– Não faltava mais nada!... Estou mesmo muito disposto a aturar mulheres!... Já me bastam as maçadas que me dão as outras! Além dela ninguém me procurou?

– Depois de eu chegar, não.

Teobaldo tinha por costume perguntar sempre se alguém o procurara na sua ausência. É que esperava que a fortuna viesse um belo dia ao encontro dele, como vinham as mulheres; era uma espécie de vaga confiança no acaso; um modo preguiçoso de desejar ser feliz.

Assim, quando pilhava dinheiro, arriscava algum na roleta ou na loteria.

Foi de mau humor que ele entrou na sua pequena sala, abriu a porta com um empurrão e dirigiu-se de cara fechada para a rapariga, que o esperava.

– Teobaldo! – exclamou esta, querendo lançar-se-lhe nos braços.

– Perdão! – disse o perseguido, afastando o corpo. – Não estou disposto a dar abraços; venho incomodado. Faça o favor de dizer o que deseja, mas que seja breve!

– Oh! não te reconheço! Não pareces o mesmo!...

– Diz muito bem! Eu com efeito já não sou o mesmo. Grandes transformações se deram na minha vida. Adiante!

– Compreendo; é que amas a outra!

– Ai, ai, ai, minhas encomendas! – gritou o rapaz, sem poder dominar a impaciência. – Teremos ainda discussões sobre o amor? Mas, minha senhora, há uma porção de dias que não ouço falar em outra cousa! Estou farto! o que se pode chamar farto! Oh!

Ernestina pôs-se a chorar.

– Então, então! – resmungou ele –; deixe-se de asneiras e diga o que a trouxe.

– Ah! já não me posso iludir; amas a outra!

– Engana-se! Não amo mulher alguma!

– Nem a mim?

– Mas que lembrança foi essa a sua de vir aqui? Há mais de dous anos que nos separamos, creio que sem protestos e sem juramentos!... E vê-la assim, sem mais nem menos, tirar-se dos seus cuidados e...

– É que então eu não era livre, não podia acompanhar-te: vivia meu marido!

– Marido?

– Sim. O Almeida afinal enviuvou, casou-se comigo, e três meses depois faleceu nos meus braços.

– Que não casasse... – respondeu Teobaldo, rindo.

– És cruel!

– "A mesma frase da outra" – pensou ele, com um suspiro de tédio.

Ernestina circunvagou os olhos em torno de si, para certificar-se de que estava a sós, e acrescentou:

– Um dia ofereceste-me a tua proteção, não é verdade? Venho reclamá-la...

– Sim, mas é que os tempos se mudaram; já não tenho com que proteger ninguém, nem a mim mesmo! Estou na espinha!

– Teobaldo! Eu não vim pedir-te esmola!

– Então diga o que veio pedir.

– Vim em busca de amor! Para esquecer-me de ti fiz o que era possível; nada consegui e cá estou, disposta a afrontar o último sacrifício, contanto que fique ao teu lado. Amo! E, dizendo isto, tenho dito tudo!

– Sim?… – perguntou o rapaz, apertando os olhos. – Mas não me fará o obséquio de dizer que culpa tenho eu disso?

– Não sei; amo-te, e nós, as mulheres, quando amamos deveras, somos capazes de tudo!

– Pois, se é capaz de tudo, veja se consegue deixar-me em paz!

– Menos isso!

– Pois, olha, filha, custa-me a confessar, mas acredite que estou em uma tal situação que não me é possível absolutamente pensar em mulheres. Não imagina! Acho-me com a vida muito atrapalhada; falta-me tempo para tudo; os dias fogem-me por entre os dedos como se fossem minutos. Se a senhora é minha felicidade, não queira ser a primeira a criar-me novos obstáculos. Já tenho tantos!

– Não! Quero apenas saber se amas a uma outra mulher.

– Não! já lhe disse que não, e acrescento que, se não amo, é porque não posso, é porque não tenho jeito, não tenho tempo, e é porque agora me faltam recursos para isso! Está satisfeita?

– Pois, se não amas a outra, juro-te que hei de, à força de dedicação, fazer-me amada por ti! Verás!

– Aconselho-lhe que não tente semelhante cousa! Perderia o seu tempo! O que não falta por aí são rapazes em muito melhores circunstâncias do que eu. Experimente e verá!

– Mas se só a ti desejo e amo? Se ninguém é belo, forte, inteligente como tu?

– Sempre a mesma cantiga! – exclamou Teobaldo. – Malditos dotes! Afinal, preferia ser mais feio do que o Coruja!

– Não blasfemes!

– Qual blasfemes, nem qual histórias! Quer saber de uma cousa? Errou a pontaria. Veio buscar amor? Pois bem: não há!

E, passeando de um lado para outro, furioso:

– Oh! oh! é demais! Não tenho obrigação nenhuma de aturar isto! Apre!

Ernestina defronte daquele transbordamento de cólera, principiou a soluçar, dizendo que era a mais desgraçada das mulheres; que amava um homem que a tratava daquele modo, e, enfim, que, se Teobaldo não estivesse disposto a ser mais generoso, ela daria cabo da vida.

– Faça o que entender, minha senhora!

– Tu serás a causa de minha desgraça!

– Paciência!

– Malvado!

– Não acho! A senhora é infeliz porque me ama; não me amasse!

Ela então lançou-lhe os braços em volta do pescoço e abriu a dizer entre beijos:

– Não! não é possível que sejas tão mau! Sei que dizes tudo isso para me experimentar! Amo-te, adoro-te! Estou disposta a afrontar tudo!

Teobaldo desembaraçou-se das mãos dela grosseiramente, foi buscar o chapéu, enterrou-o na cabeça e saiu, dando-se aos diabos.

A pobre rapariga, depois do esforço que fizera para detê-lo, deu ainda alguns passos, muito ofegante, até à porta e afinal caiu sem sentidos. Esta crise era promovida pelo despeito e em grande parte pela ausência do jantar.

Coruja, que no seu quarto aprontava com pressa um trabalho para o dia seguinte, ouviu-lhe o baque da queda e correu a socorrê-la.

– Que significa isto? – perguntou ele, erguendo-a do chão e indo depô-la sobre a cama de Teobaldo, que ficava na alcova próxima.

– Fugiu-me! – disse a infeliz, abrindo os olhos e soluçando com mais ânsia –; fugiu-me, depois de dizer que não me amava e que nunca me amaria!

– Pois ele disse isso?… – murmurou André, sem saber o que devia fazer, muito perturbado com aquelas lágrimas e com aquele desespero.

– É um ingrato! É um homem mau! – exclamava ela nas curtas intermitências do choro. – É um malvado.

– Veja se consegue ficar tranquila... – aconselhava o professor a acarinhá-la. – Faça por isso...

E, com uma ideia:

– Mas, agora reparo, a senhora está aqui há um bom par de horas e naturalmente precisa comer. Vou arranjar-lhe qualquer cousa.

– Não se incomode.

– É que por essa forma a senhora ficará pior. Vamos, procure tranquilizar-se enquanto lhe arranjo a ceia.

Ela aceitou afinal e o Coruja afastou-se.

No fim de um quarto de hora voltava ele com uma bandeja nos braços.

– Veja se consegue sempre meter alguma cousa no estômago – dizia a arranjar a mesa –; eu lhe farei companhia. Vamos.

Ernestina arrastou-se ainda muito chorosa até à mesa e, entre suspiros, principiou a comer. O Coruja ao seu lado desfazia-se em solicitudes, sem aliás conseguir animá-la.

– Oh! mas é que dói muito semelhante ingratidão! – exclamava ela com a boca cheia. – Um rapaz, por quem eu seria capaz de dar a vida, tratar-me deste modo, dizer-me cara a cara o que me disse e, afinal, sair como saiu, desprezando--me, nem que se eu fosse um cão tinhoso!

– É que ele estava hoje de mau humor, coitado! – arriscou André. – Há de ver que amanhã já a tratará de outro modo...

– Qual! Amanhã fará pior; tola fui eu em mostrar-me apaixonada! Ingrato!

O professor empregou ainda alguns esforços para tranquilizá-la e depois confessou que estava muito atrapalhado de serviço e precisava continuá-lo.

– Não me posso descuidar um instante – acrescentou. É um trabalho com pressa. Olhe, a senhora fique a seu gosto, está em sua casa, se precisar de qualquer cousa é só chamar por mim. Com licença. Até logo.

E, enquanto ele se afastava, muito feio com o seu ar ginguento[1] e mal-amanhado[2], Ernestina murmurava:

– Foi-se aquele ingrato e ainda por cima deixa-me aqui este maldito Coruja, que a gente só de olhar para ele parece que fica doente! Credo! Que estupor!

XIII

TEOBALDO SAIU DE CASA verdadeiramente aborrecido.

Malditas fossem todas as mulheres! Maldito fosse ele, que não conseguia dar um passo sem tropeçar logo num rabo de saia! Arre! Era preciso despedir-se de Leonília por uma vez e fazer com todas as outras o que fizera com Ernestina! Esta com certeza estava mais que despachada!

E, assim considerando pelo caminho, principiou a passar uma revista mental aos seus amores.

No fim de contas, pensava, só trouxera de tudo isso consequências ridículas ou perniciosas, que serviam apenas para lhe atrasar a vida e afastá-lo dos seus verdadeiros interesses. Ah! mas desta vez havia de tomar uma resolução, uma medida séria! Naquele andar não conseguiria nunca fazer carreira!… A ter de ter amores, que fossem estes com mulheres de quem lhe viesse algum benefício real: mulheres que, lhe abrindo os braços, abrissem-lhe também as portas de um futuro garantido e cômodo. Estava disposto a amar, sim senhor, contando que lhe viesse daí algum proveito imediato para as suas ambições.

Com estes cálculos chegava ao Largo de São Francisco, quando o Aguiar lhe bateu no ombro. Virou-se, sem ter tempo de compor um sorriso amável.

– Oh! Estás com uma cara! – disse-lhe aquele.

– Não é nada! Tédio.

– Eu também não me sinto de bom humor. Dormi mal a noite passada e tive enxaqueca durante todo o dia. Vou beber para ver se distraio; queres vir também?

– Não, obrigado; estou incapaz de tudo.

– Anda daí.

– Está bom. Vamos lá.

E à mesa do botequim, defronte dos copos de cerveja:

– Mas, que diabo tens tu? – perguntou Aguiar.

– Desanimado, filho, totalmente desanimado! Não imaginas a série de contrariedades que me sucedem todos os dias. Agora, para cúmulo de caiporismo[1], é o diabo da Leonília que entendeu perseguir-me de um modo atroz!

E contou minuciosamente o que ela fizera.

Aguiar abriu os olhos com exagero de espanto.

– Quê! Pois seria crível? Ora, para que lhe havia de dar! – exclamava a rir. – Paixão aguda, com caráter pernicioso! Pobre Leonília.

– Pobre, mas é de mim! – emendou Teobaldo, muito preocupado.

– De ti? Tu o que és é um grande felizardo! – disse o outro. – As mulheres procuram-te e são capazes de ir ao inferno para te descobrirem!

– Não esta má fortuna! Dava-a de boa vontade a quem a quisesse!

– Deixa-te disso...

– Juro-te, meu amigo, que estou deveras aborrecido com tudo isto e que de bom grado abandonaria o Rio de Janeiro, se me achasse em condições de fazer uma viagem.

Depois de alguns outros copos, os dous rapazes ficaram mais expansivos. Aguiar confessou então que a causa do seu mal-estar não era a tal noite mal passada, nem tampouco a suposta enxaqueca, mas o diabinho de uma prima que ele tinha, um diabinho de quinze anos, que ele adorava, sem conseguir arrancar-lhe um ar de sua graça.

– Não te corresponde?

– Qual! Parece até embirrar comigo. Talvez me confunda com os tipos que a cobiçam por causa do dote...

– Ah! é rica!

– Tem cento e tantos contos... Ah! mas tu sabes perfeitamente que eu, só por parte de minha mãe, possuo mais do que isso, sem contar com a morte do meu avô.

Teobaldo soltou um suspiro.

– Já vês... – disse o outro – que não é pelo dote!

– Está claro!

– Pois, apesar disso, não consigo agradá-la. Tenho empregado todos os meios; não penso em outra cousa: persigo-a por toda a parte, e a malvadinha cada vez mais cruel!

– Decerto; toda mulher foge enquanto a perseguem. Deixa-a de mão; finge indiferença, e verás que ela se chega.

– Homem, e dizes bem, vou fazer-me indiferente.

Mas acrescentou logo depois: – Qual! É impossível! Não

tenho forças para isso!... Será bastante vê-la, encontrá-la na rua, para que eu perca de todo a cabeça e não saiba mais regular os meus atos. Fico louco!

– Oh! mas então a cousa é séria!

– Que queres tu? Adoro-a!

– Ela é bonita?

– Encantadora! Queres ver o retrato?

E, tirando do bolso uma fotografia:

– Olha.

– É linda, com efeito. Pois, filho, se estás tão apaixonado, é insistir, porque a água mole em pedra dura...

– Sim, mas já me vão faltando as esperanças de conseguir qualquer cousa... E, sabes? Ela depois de amanhã faz anos; hesito ainda no presente que lhe devo dar...

– Não lhe dês nada.

– Impossível. Há uma festa em casa da família. O pai, o comendador Rodrigues, que protege as minhas pretensões sobre a filha, convidou-me.

– Ah! O pai protege-te?

– Pai, parentes, amigos, todos me protegem, menos ela.

– É o diabo! Estás mal!

– Contudo, ainda não desanimei de todo e vou experimentar uma ideia, que tive agora, uma ideia para o dia de seus anos.

– Qual é?

– Uma ideia magnífica; só tu, porém, me podes valer.

– Eu? De que modo?

– Vou levar-lhe de presente uma poesia... Que achas?

– É um presente econômico.

– Mas eu não sei fazer versos; tu és quem os há de arranjar.

– Não seja essa a dificuldade. Podes contar com eles.

– Não. Há de ser já; ao contrário sei que não os pilho[2].

– Agora?

– Sim. Olha; ali tens uma mesa com papel e tinta; toma a fotografia para te inspirares, e mãos à obra!

– Ora, filho, mas isto é uma espiga...

– Anda! escreve!

Teobaldo ainda recalcitrou, mas o outro insistiu por tal forma que ele afinal não teve remédio senão fazer-lhe a vontade.

E, colocando o retrato defronte de si, compôs ao correr da pena meia dúzia de estrofes líricas, repassadas de arrebatamento amoroso; depois limou-as pelo melhor que pôde e leu-as ao amigo.

– Que tal achas?

– Soberbo! Com isto creio que avanço uma légua nas minhas pretensões.

E guardando os versos na algibeira:

– É verdade! Tu bem podias vir comigo à festa; é domingo. Hás de gostar.

– Pode ser... – respondeu o outro.

– Não; quero que venhas com certeza; desejo apresentar-te a meu tio.

Teobaldo, havia muitos meses, não tinha ocasião de visitar famílias, o que com a sua educação fazia-lhe certa falta; não lhe foi por conseguinte de mau efeito o convite do amigo, e, logo que este pôs à disposição dele algum dinheiro, ficou entre os dous combinado que jantariam juntos no domingo em casa do Aguiar e seguiriam depois para o baile do comendador Rodrigues.

Depois foram daí ao teatro e à volta deste cearam no Mangini em companhia de uma francesa que se lhes agregara durante o espetáculo.

Eram duas horas da madrugada quando Teobaldo, um pouco eletrizado pelos seus vinhos italianos, recolhia-se afinal a casa, pé ante pé, para não acordar o Coruja.

Mas, ao entrar no quarto, ficou surpreendido; alguém ressonava na sua cama.

Acendeu a vela; era Ernestina, que dormia a sono solto.

"Ora esta!" – pensou ele, tomando uma carta que acabava de descobrir sobre a mesa, e, ato contínuo, soprou a vela e tornou a sair, muito enfiado.

– Diabo! – exclamou, fechando sobre si a porta da rua. – Pois nem com a minha pobre cama posso contar?

Neste instante, Ernestina, que havia acordado, aparecia à janela, estremunhada e aflita.

– Quê! pois não ficas em casa?! – perguntou ela.

– Decerto! – respondeu de baixo o moço com raiva. – Pois se encontro a cama ocupada...

– És um homem impossível!

E ouviram-se soluços.

– Impossível é a senhora! – gritou ele. – Creio que não podia lhe falar com mais franqueza do que falei! Fez mal em ficar!

– Sobe! – pediu ela com a voz chorosa.

– Não me aborreça – replicou Teobaldo, afastando-se furioso.

"E pensar – considerava o fugitivo pela rua – que não fui ter hoje com Leonília só para gozar uma noite completamente sossegada..."

E, depois de alguns passos, enquanto seu pensamento trabalhava, deteve-se no meio da rua, batendo freneticamente com a bengala no chão.

"Mas isto não tem jeito! No fim de contas é uma violência que me incomoda, que me irrita, que me põe neste estado! Quero dormir, quero repousar e nem isso me permitem! Antes ser escravo! antes ser um cão, que esses ao menos descansam!"

Então foi que se lembrou da carta encontrada sobre a mesa; aproximou-se de um lampião e abriu-a.

Reconheceu logo pelo sobrescrito que era de Leonília.

"Teobaldo – Confesso-te que estou deveras surpresa com o teu procedimento; vejo que me enganei – não és um cavalheiro. Por tua causa enterrei-me neste arrabalde, transformei toda a minha vida, e tu, logo nos primeiros dias, foges de mim como se eu fosse a peste em pessoa; ora, hás de..."

Teobaldo não leu o resto; amarrotou a folha de papel entre os dedos e lançou-a fora com arremesso.

– Vão todas para o diabo! – disse, e foi continuando a caminhar até à porta do Hotel Paris. Bateu e pediu um quarto.

Só depois de recolhido se lembrou de que tinha consigo pouco dinheiro e, pois, não devia gastá-lo em cousas supérfluas.

"Amanhã... amanhã darei um jeito a tudo isto!... – deliberou entre os lençóis. – Vou falar com franqueza ao Coruja e pedir-lhe que me ajude a fugir desta crítica situação em que me acho... Ele é muito capaz de descobrir um meio, e se não descobrir, arranjarei o negócio por minha conta... Aqueles demônios das mulheres..."

Adormeceu em meio deste raciocínio e tão profundamente que só acordou no dia seguinte à uma hora da tarde.

A despeito disso não teve vontade de sair da cama; um entorpecimento doentio parecia chumbá-lo ao colchão; e, com os olhos ainda cerrados, deixava que a sua consciência funcionasse à vontade, grupando em torno dela um mundo de exprobrações[3].

Para mais lhe enervar o espírito ali estava aquele insociável aspecto do quarto de hotel, onde se sentiam ainda os rastros da última mulher que o habitara.

Teobaldo, despertando afinal, reparou para tudo isso, minuciosamente, com o doloroso prazer de quem repisa de propósito uma parte do corpo que está dorida e machucada.

A cama era muito larga, com um grande colchão de molas, onde o corpo se abismava; os travesseiros monstruosos e enfeitados de rendas e fitas; e por cima um imenso cortinado de labirinto, enxovalhado de pó. Sobre o mármore do lavatório via-se a bacia de gigantescas proporções, ao lado de uma porção de vasilhas de porcelana; e, em contraste com o resto, um miserável pedaço de sabão de 200 réis, fornecido pelo hotel. Ao canto da pedra, esquecida sobre os rebordos do lavatório, havia uma escova de dentes, suja de opiato[4].

E todo esse aspecto de abandono e desleixo, todo esse falso conforto de quarto sem dono e nunca desocupado, tudo isso ainda mais o entristecia e acabrunhava.

Depois, o fato de não ter mudado de roupa e ver-se obrigado a vestir aquela mesma camisa da véspera também o torturava.

– Maldita Ernestina!

Pagas a dormida e uma xícara de café que lhe deram, não lhe ficava dinheiro suficiente para o almoço; vestiu-se, disposto a sair logo. Mas, enquanto se aprontava, ouviu no quarto imediato uma voz grossa, de homem, que altercava com o criado.

"Esta voz!..." – pensou o rapaz.

E, tomando de curiosidade, abriu a porta e espiou para o corredor, justamente quando o seu vizinho ia a sair.

– Mas, não me engano! – exclamou. – É ele! é o marido da tia Gemi! o velho Hipólito!

– Velho, não! – respondeu o homem. – Velho é trapo! – E a sua testa enrugava-se em orlas regulares, como água onde caísse uma pedra.

E reparando:

– Ora, espera! Você é o Teobaldo!...

– Em carne e osso, meu tio.

As orlas da testa do velho acentuaram-se, mais, em uma expressão de contrariedade que ele não procurava disfarçar; circunstância que alterou no mesmo instante o ar de contentamento que se havia formado no rosto do moço.

– Não sabia que o senhor estava na corte... – disse este, para quebrar o silêncio.

– Cheguei ontem e tive o caiporismo de meter-me no diabo deste hotel, que afinal me parece o menos próprio para mim! Com a breca, só vejo francesas e pelintras![5] E, demais, esfolam-me! Pedem-me os olhos da cara por dá cá aquela palha! Você mora aqui?...

– Não, senhor; vim apenas dormir esta noite: mas a ninguém lembra morar neste hotel. O senhor deve procurar outro. Como ficou minha tia?

– Bem. Está perfeitamente boa!

– Oh! dir-se-ia que o senhor dá notícias de sua mulher contra a vontade...

– É o meu gênio!

E, sem poder dominar-se:

– Demais, para que precisa você das notícias de sua tia? Parece-me que uma pessoa, que, durante dous anos, não se lembrou dos parentes, não há de ter muito interesse por eles...

– Perdão! – replicou Teobaldo. – Eu escrevi à tia Gemi por ocasião da morte de meu pai e depois creio que mais duas vezes; segundo, porém, a única resposta que recebi, quis acreditar que tanto ela como o senhor estavam persuadidos de que eu lhes escrevia para obter dinheiro, e...

– Ah, sim! sua tia chegou a falar-me em dar-lhe uma mesada, mas, se me não engano, você foi o próprio a rejeitá-la.

– Não me lembro disso, mas é natural que seja exato.

– Pois eu me lembro perfeitamente e afianço que é.

– Bom.

E Teobaldo declarou o número da casa em que morava e pô-la à disposição do tio.

– Passe bem! – respondeu este.

E, quando o rapaz havia se afastado:

"Um peralta que abandonou os estudos, que não arranjou meios de vida, um pobre diabo! ainda vem para aqui com soberbias!...[6] Bata a outra porta, se quiser: comigo não se arranjará! Ah! eu logo vi que semelhante educação havia de dar nisto mesmo!"

Entretanto Teobaldo sofria e sofria muito. Só quem já atravessou uma boa quadra de necessidade, quando se tem o estômago mal confortado e o coração cheio de orgulho, poderá julgar do desgosto profundo e do tédio homicida que o acompanhavam.

Maldita educação! Maldito temperamento! Compreender o seu estado e não poder reagir contra ele; sentir escorregar-se para o abismo e não conseguir suster a queda; haverá maior desgraça e mais dolorosa tortura?

A surda aflição que lhe punha no espírito a sua falta de recursos, a força de reproduzir-se, havia já se convertido em estado patológico, em uma espécie de enfermidade nervosa, que o trazia sempre desinquieto e lhe dera o hábito de levantar de vez em quando o canto do lábio superior com um certo trejeito de impaciência.

Orgulhoso como era, a ninguém, a nenhum amigo, exceção feita do Coruja, confessava as suas necessidades e este fato ainda mais as agravavam.

E quando em tais ocasiões lhe pediam dinheiro emprestado? Oh! não se pode imaginar que suplício para Teobaldo!

Principiava por lhe faltar a coragem de confessar que não o tinha; e, se o do pedido insistia, começava ele a arranjar pretextos, a remanchear[7], a prometer para daí a pouco, a mentir, como um caloteiro que deseja engodar um credor impertinente.

E, se o sujeito não desistia, Teobaldo dizia-lhe que esperasse um instante e corria a empenhar o relógio, a arranjar dinheiro fosse lá como fosse, contanto que não tivesse de confessar a sua miséria a outro necessitado.

Estes sacrifícios eram tanto mais rigorosamente cumpridos, quanto menos seu amigo era o sujeito que lhe fazia o pedido; não representavam desejo de servir, mas pura e simplesmente manifestação de vaidade.

Quando, porém, o pedinchão lhe era de todo desconhecido, Teobaldo preferia passar por mau e respondia-lhe com a lógica de um sovina, e aos mendigos negava a esmola rindo, fingindo não acreditar nas lágrimas de fome que muita vez lhes saltavam dos olhos.

XIV

Voltou a casa às horas de jantar, e mais aborrecido do que nunca. Para isto contribuía em grande parte a insociável catadura[1] com que o tio o recebeu.

Ao entrar na alcova soltou uma exclamação:

– Pois a senhora ainda está aí? – perguntou a dar com Ernestina estendida na cama. – Ora esta!

– Você é um malvado! – respondeu ela com dificuldade, por causa de uma formidável rouquidão. – Você é um judeu!

– Está incomodada?

A teimosa meneou a cabeça afirmativamente e explicou, mais por mímica do que por palavras, que aquela sua ida à janela a pusera naquele estado.

– Estou ardendo em febre – disse. – Seu amigo chamou um médico, foi buscar os remédios e deu-me um suadouro. Creio que vou transpirar. É preciso não abrir a janela.

– Pois eu hei de ficar fechado aqui com este calor? Ora, minha senhora!

"E o pior – pensava ele – é que estou sem vintém."

Entretanto, desceu ao banheiro, lavou-se, mudou de roupa e, antes de assentar à mesa de jantar, chamou pelo Caetano e, entregando-lhe o seu relógio e a sua corrente, ordenou-lhe que levasse esses objetos a uma casa de penhores.

– Irei depois – objetou o criado. – Por enquanto tenho de servir o jantar.

– E o Sabino?

– O Sabino desapareceu há três dias.

– Bem, nesse caso irás depois.

E mais baixo: – A Ernestina almoçou?

– Bebeu um caldo. O médico recomendou que não lhe dessem nada de comer.

– Bom. Não te descuides dela.

– É verdade – acrescentou o criado –, aqui está uma carta de Minas para vossemecê.

– Por falar nisso: o Hipólito chegou; já sabias?

– Ainda não, senhor. Vossemecê falou com ele? Como ficou sinhá Gemi?

– É dela justamente esta carta. Vejamos.

"Querido sobrinho – Teu tio segue amanhã para aí, vai tratar da compra de um engenho e conta demorar-se um mês ou mais; desejaria eu que o procurasses logo que esta recebesses. Ele há de falar-te sobre um pedido que lhe fiz a teu respeito: é uma questão de mesada, visto que, segundo me consta, tens aí, depois da morte de teu pai, lutado com grandes dificuldades. Eu, se há mais tempo não fui ao teu socorro, é porque teu tio está cada vez mais apertado em questões de dinheiro e não queria por cousa alguma entrar em acordo comigo.

"Mas agora consegui dele prometer-me que te havia de procurar e que te daria 50 réis por mês; não é muito, bem sei, mas com esse pouco e alguma boa vontade poderás continuar os estudos, que muito lamento haveres interrompido.

"Acredita, meu filho, que, se a cousa dependesse só de mim, não chegarias a sofrer a menor privação; posto que nunca te lembres desta tua pobre tia, que muito te ama e quer.

"Adeus. Receba um abraço, dá lembranças ao Caetano e, quando puderes, vem fazer um passeio à fazenda."

O criado, que ouvira atentamente a leitura, chorava de alegria, quando o amo acabou a carta.

– Sim senhor! Gostei! – exclamou ele –; não esperava outra cousa de sinhá Gemi!

– E, no entanto – respondeu Teobaldo –, nada disto me adianta, pois já estive hoje com meu tio e recusei de antemão a mesada!

– Pois vossemecê recusa a mesada de sua tia?

– Não é por ela, é por aquele malcriado do Hipólito.

– Vossemecê faz mal.

– Embirro com ele. Acabou-se!

E erguendo-se da mesa: – Mas que ainda fazes aí? Dá-me o café e vai onde te mandei. Anda! – Então! Não te mexes?

Caetano dirigiu-se para a porta, mas voltou hesitando.

– Então! – fez Teobaldo.

– É que, se vossemecê permitisse... eu tenho aí algum dinheirinho, que...

– Não, não, obrigado, meu amigo, não te incomodes; desejo mesmo empenhar o relógio... Anda! Vai!

– Então faça ao menos uma cousa: empenhe-o em minhas mãos; sempre é mais seguro…

– Ah! Que és mais impertinente do que o próprio Samuel! – disse o rapaz.

E o Caetano, aproveitando esse bom humor, correu ao seu quarto e voltou com uma pequena caixa de folha.

– Vossemecê tenha a bondade de servir-se…

Teobaldo retirou duas notas de vinte mil-réis.

– Estás satisfeito, usurário? Não sabia que era essa a tua vocação!

– Agora, vossemecê faz-me um favor…

– Ainda?

– É de guardar-me esses objetos; podem roubá-los e…

– Mas, que diabo! eu não devo ficar com o dinheiro e com o penhor!

– Vossemecê pagará depois os juros…

– Também já entendes de juros, hein?...

– Oh! se entendo... Fosse vivo Nhô-Miló, coitado! que ele lhe daria as contas que eu sabia fazer de cabeça… Nunca me passaram a perna num vintém!

– Pois olha, se com todos fazias negócios desta ordem, podes limpar as mãos à parede![2]

O velho, satisfeito com o que acabava de dar-se, prendeu por suas próprias mãos a corrente ao colete do amo, meteu-lhe o relógio na algibeira e afastou-se receoso de comovê-lo com a sua presença.

Logo depois Teobaldo saiu e dirigiu-se diretamente para o colégio onde trabalhava o Coruja.

Encontrou-o ainda ocupado com a última aula e dispôs-se a esperar por ele.

– Tu por aqui? – disse André, quando lhe apareceu no fim de meia hora.

– É verdade, procurei-te para te pedir um obséquio.

– Estou às tuas ordens.

– Quando fores para casa, se ainda encontrares lá aquele estafermo[3], despede-a por uma vez e dize-lhe que eu não voltarei enquanto me constar que ela não se foi embora.

– A Ernestina? mas sabes que ela está doente?

– Apenas constipada; não é motivo para não ir.

– Coitada. Ela parece gostar tanto de ti...

– De acordo, mas eu é que não tenho nada com isso. São muito engraçadas essas senhoras: entendem que um homem, pelo simples fato de que as agrada e lhes merece amor, deve ficar submisso às ordens delas.

– Mas...

– Imagina tu que vinte mulheres pensam do mesmo modo e ao mesmo tempo a meu respeito; algumas, pelo menos, ficarão fatalmente sacrificadas, porque a gente não pode dedicar-se a tantas... E note-se que nenhuma delas admite divisões de ternura; cada uma quer tudo para si e leva o egoísmo ao ponto de não consentir que o objeto do seu amor pense em outra pessoa que não seja ela! Ah! É uma bela cousa, não há dúvida!

– Escolhe uma entre todas e dedica-te só a essa. A Ernestina, por exemplo...

– Não, não quero Ernestina, como não quero nenhuma. Trata tu de despachá-la, que eu me encarrego das mais. Daqui, vou já principiar a cuidar disso; é preciso não perder tempo. Adeus.

Coruja quis ainda detê-lo:

– Olha, ouve!

– Nada! Faz-me o que te pedi e, se ela de todo não quiser sair, amanhã mesmo nos mudaremos. Adeus. – E ganhou a rua, tomando logo a direção da casa de Leonília.

Durante o caminho fez ainda várias considerações sobre aquela "terrível fatalidade" que lhe prendia aos calcanhares uma inevitável cauda de mulheres. Suplício estranho, contra o qual não havia remédio possível, a não ser que ele fugisse para um lugar onde só houvesse homens.

Teobaldo tinha um desses tipos de que em geral gostam infinitamente as senhoras de moral fraca. Nele tudo parecia feito de propósito para cativá-las: os seus grandes olhos apaixonados, ora ternos, ora atrevidos, tão prontos a desmaiarem de amor como a ferirem com arrogância; o seu pequeno bigode crespo, arrebitado; a sua boca desdenhosa, aristocrata e sensual a um tempo; a sua fronte de homem de talento, sobre a qual uma bela cabeleira caía em anéis que se agitavam ao menor movimento da cabeça; o seu largo pescoço de estátua, pálido e rijo como o mármore; o seu perfil sereno e firme, orlado pela fina transparência da epiderme; as suas mãos longas e formosas; o seu porte gracioso e desafetadamente altivo; a sua voz insinuante e ligeiramente irônica; a sua verbosidade original, cheia de espírito e alheia aparentemente ao efeito que levantava; tudo isso, e mais os pequeninos nadas do seu todo, que ninguém poderia determinar, mas que todos sentiam como se sente um perfume sem saber donde ele vem: tudo isso parecia destinado a encher de sonhos a fantasia das mulheres ávidas de ideal. E cada uma delas via nele o homem ambicionado; e cada uma, por amá-lo como as outras, entendia-se com o direito exclusivo de persegui-lo.

Triste martírio para quem, como Teobaldo, não queria aceitar favores de qualquer gênero que fosse, e para quem era necessário cuidar seriamente do futuro.

E a graça é que a pobreza, a que ele se via agora reduzido, longe de ser uma barreira de resguardo contra aquela invasão, era como que um novo atrativo ajuntado aos seus encantos. E quanto mais fugia delas, com tanta mais insistência o rebuscavam; quanto era maior a sua indiferença, tanto maior o empenho que elas faziam. Se as tratava pelo modo por que tratou Ernestina, se as ameaçava, se lhes chegava a bater, como fizera a diversas, então é que o não deixavam de todo e a perseguição contra o belo desgraçado tomava um caráter horroroso.

E ele, que a princípio com isso se divertia, chegando até a julgar-se lisonjeado no seu amor próprio, já por último andava sinceramente aborrecido com tanto amor; já o irritavam os beijos soluçados e as delirantes palavras de ternuras. Ah! não queria ouvir falar em paixão, e fugia de certas mulheres como um criminoso foge da polícia.

A Albertina, então, uma atriz de segunda ordem em tudo, mas que não perdia as esperanças de conquistá-lo, essa o trazia num cortado. Era bispá-la[4], quebrava ele a primeira esquina, metia-se no primeiro corredor, enfiava pela primeira escada, e, apesar disto, não conseguia escapar-lhe, porque o demônio da mulher parecia ter faro de cão mateiro.

Quando ele chegou à casa de Leonília, disseram-lhe que esta havia se mudado para um hotel na Tijuca, porque o médico assim lho ordenara.

– Está doente? – perguntou Teobaldo.

Responderam-lhe que sim, que lhe aparecera febre, uma enorme sobre-excitação nervosa, fastio e dores na caixa do peito.

Entrou na alcova. O isolamento desta, em vez de o impressionar desagradavelmente, trouxe-lhe ao contrário um certo prazer íntimo de quem se vê livre de uma maçada que já tinha como inevitável.

Deitou-se na cama e tomou um livro que estava sobre o velador. Dentro do livro havia uma carta sobrescritada para ele.

"Escreveu-me, mas não se animou a remeter-me a carta" – pensou, abrindo-a.

"Teobaldo.

"És um miserável. Melhor seria que, em vez de procederes infamemente para comigo, como acabas de proceder, me houvesse falado logo com toda a franqueza e tivesses me mandado para o diabo. Seria mais simples e muito mais digno. Até hoje homem nenhum teve a petulância de fazer-me a vigésima parte do que tens feito; envergonho-me de me haver iludido ao ponto de contar, já não digo com o teu amor, que tu só amas a ti próprio, mas ao menos com o teu reconhecimento, que era dever teu para comigo.

"Saíste-me vulgar e mesquinho como os outros – paciência!

"Ontem fui à tua casa; mas, ao subir as escadas ouvi uma voz de mulher, espiei pela fechadura, vi-te a discutir e a ralhar com uma sujeita; alguma cena de ciúmes! quis entrar e confundir a ambos, resolvi, porém, não ligar tanta importância a um fato que afinal não a merecia, e saí com a intenção de nunca mais te procurar.

"Ao chegar à casa, ardia em febre; à noite não pude me levantar da cama; veio o médico, aconselhou-me todo o repouso, e que eu evitasse contrariedades e que, mal me achasse em estado de sair, procurasse um arrabalde bem tranquilo e salubre.

"Não sei qual é a minha moléstia, posso apenas afiançar que estou muito doente, nervosa a um ponto de fazer lástima, sem poder comer e sem poder dormir; a boca muito amarga, a caixa do peito muito dorida, e que a causa de tudo isso – és tu.

"Não obstante perdoo-te, porque não és o culpado de te amar eu tanto. Só desejo que nunca te façam passar pelo que me tens feito sofrer.

"Adeus. Amanhã sigo para a Tijuca, e é natural que em breve esteja de viagem para a Europa. Se quiseres me ver antes disto procura-me e, se não quiseres, remete-me o teu retrato. Adeus."

Assinara o nome dela.

"Sempre a mesma cousa!..." – pensou Teobaldo com um gesto de aborrecimento; mas foi interrompido pelo criado, que vinha fazer entrega de uma carta que deixara a senhora.

– Uma carta?... Para mim?... – perguntou o rapaz.

– Sim, para o senhor Teobaldo.

Lembrou-se este então de que a outra, que acabava de ler, não lhe tinha sido remetida e abriu a nova com uma certa curiosidade.

"Querido Teobaldo.

"Peço-lhe que não me procure. Deixo esta casinha por interesses particulares e é natural que do lugar a que me destino siga logo para a Europa.

"Sou inconstante, perdoe, é uma questão de temperamento!

"Adeus. Seja feliz!"

Teobaldo riu ao terminar a leitura.

– Coitada! – disse consigo. – Foi infeliz! esqueceu-se de inutilizar a outra carta, sem o que talvez produzisse esta o efeito a que se destina. Definitivamente não nasci para sofrer pelas mulheres!...

E, ganhando de novo a rua:

– Daqui nada mais tenho a recear! Desta estou livre!

Ao entrar na cidade encontrou logo o Aguiar.

– Amanhã, hein? – disse-lhe este –, não te esqueças!

Teobaldo já se não lembrava de quê.

– Oh! homem, da festa de meu tio! Amanhã é o dia dos anos de Branca.

– Ah! sim! É bem possível que eu vá.

E seguiram juntos, para tomar alguma cousa.

XV

Enquanto para Teobaldo a vida corria desse modo, oscilando entre amarguras e contrariedades de todo gênero; enquanto ele sofria por não ter coragem para abrir por uma vez contra os seus hábitos e tomar energicamente um novo caminho, o Coruja ralava-se de serviço, preocupado apenas pela ideia de que nada viesse a faltar ao seu amigo.

Daí começou para André uma triste época de sacrifícios ignorados e obscuras privações. O diretor do colégio chegou a dizer-lhe que não se apresentasse tão maltrajado; ele, com efeito, trazia agora um fato que, à força de uso, perdera de todo a cor primitiva e já em certos lugares se mostrava transparente.

A sua economia, depois que Teobaldo precisava de socorros, parecia milagrosa: só comprava roupa já usada e calçado já servido, e com este regime, e mais sem ter nenhum vício e comendo às expensas do colégio, passava semanas inteiras sem gastar um vintém com a sua pessoa.

Entretanto, não vivia alegre, porque, apesar de tamanho heroísmo, Teobaldo ainda sofria privações.

Um outro motivo do seu desgosto era dona Margarida. A velha, desesperada com a demora do casamento da filha, acabara por perder de todo a paciência e desabafou uma vez defronte do Coruja:

– Ele, se não tinha intenção de casar, por que iludiu a pobre rapariga?

– Eu não a iludi... – explicou André, corando. – Pelo menos nunca tive a ideia de iludir pessoa alguma...

– Então por que não casou já por uma vez?

– Porque tenho encontrado dificuldades com que não contava...

– Ora! é sempre a mesma cantiga! Dificuldades! e afinal de contas o senhor não é capaz de dizer que dificuldades são essas!? Eu, por mim, confesso que já desconfiei do negócio e, quando dou para desconfiar, é o diabo! Para o que, veja-se: dantes, quando o senhor ainda não estava tão ligado a nós, trazia-nos quase sempre algum presente: eram cortes de chita, eram lenços, latas de doce, camarotes de teatro… e hoje?! Hoje é isto que se vê! O senhor esbodega-se lá por fora e já faz muito quando nos traz uma desgraçada libra de café! Ainda se gastasse consigo, vá! mas nem isso, que o senhor anda mais bodega[1] que um cigano! Tem a roupa a cair aos pedaços, os sapatos que é uma vergonha, só a camisa é decente, porque a engomamos nós! Ora, pois, a cousa está a entrar pelos olhos! Pois então, quando o senhor ganhava muito menos, podia gastar consigo e conosco, e agora, que faz por mês o dobro do que fazia, não tem com que comprar um chapéu, para não se apresentar com essa rodilha[2] de limpar panelas, que até encalistra[3] a quem se dá com o senhor?

– É exato… é exato – dizia o Coruja, envergonhado de si mesmo.

– Ora, pois! Isto é cousa! Gato ou raposa! Quanto a mim, digo-lhe com franqueza, ninguém me tira da cabeça que o senhor o que tem é por aí algum diabo de uma mulher que lhe come até à última!

O Coruja, ao ouvir isto, fez-se cor de sangue e balbuciou escandalizado:

– A senhora está enganada, senhora dona Margarida!…

– Pois, então, se não é uma mulher que o está depenando, o senhor deu para jogador…

– Jogador! Eu?

– Sem dúvida!...

– Deve duvidar, sim, senhora! Eu nunca joguei!...

– Então deu para avarento!

– Se eu tivesse pecúlio ajuntado já não estaria solteiro.

– Pois então não sei! A verdade, porém, é que o senhor ganha e o dinheiro não aparece!...

E estas recriminações iam longe. Inezinha em compensação fazia justamente o contrário:

– Não se dê por achado, seu Miranda – dizia-lhe ela, sempre muito mole e muito por tudo –, aquilo em mamãe é gênio...

– É que não me convém casar, sem a certeza de que nada faltará à minha mulher... – respondeu ele.

– Decerto.

– Acho que é um crime obrigar uma menina a sofrer necessidades...

– Decerto...

– Acho que ninguém tem o direito de oferecer-se para marido, enquanto não pode ser pai...

– Decerto...

– A senhora, se quiser esperar que eu melhore de condições, espere; se não pode, então o caso muda de figura.

– Eu estou por tudo, seu Miranda.

– Visto isso é preciso fazer com que sua mãe se deixe daquelas cousas...

– É gênio, coitada! Olha, a mim nunca o senhor ouvirá dizer nada... O que tem de ser, traz força. Do que serve a gente se amofinar?... Consumações não adiantam nada...

E, como sempre, terminava com a sua invariável frase:

– Mais vale a nossa saúde...

O Coruja, todavia, mortificava-se deveras com a situação. Por cousa alguma ele seria capaz de confessar o verdadeiro motivo da sua penúria e só a ideia de passar por um impostor aos olhos da velha era o bastante para lhe tirar todo o sossego do espírito. O fato de haver prometido casamento a uma rapariga e não ter certeza de poder cumprir honestamente com o prometido tomava naquela imaculada consciência as proporções de um crime monstruoso.

Vinham-lhe ímpetos, às vezes, de escrever uma carta a Margarida, dizendo que não contasse com ele e desse a filha a um outro que a desejasse; mas o Coruja ao lembrar-se disto já estava a ver defronte de si o tremendo vulto da velha, a gritar, com as mãos nas cadeiras:

– Então! Que é que eu dizia?! O homem esteve ou não esteve divertindo-se à nossa custa? É ou não é um impostor? Ora pois, isto tem jeito?... Enganar assim uma pobre rapariga, fazê-la perder o seu melhor tempo e depois virar-lhe as costas!

Além de que, sendo ele tão geralmente antipatizado e desquerido, prezava do fundo da alma aquela condescendente afeição de Inês, como um bem inesperado e singular que lhe viera quebrar o monótono abandono em que vivia. Posto que a sua extrema bondade o levasse constantemente a se esquecer de si mesmo para só cuidar dos outros, não podia ficar indiferente à vista daquele fato, que lhe enchia o coração com esta frase: – Eu também tenho uma mulher que me ama!

Amá-lo-ia?

Talvez não; mas o que para qualquer outro não passava de simples afabilidade vulgar e obrigada; para ele era a extrema manifestação da ternura feminil, tão habituado estava à indiferença e ao desamor dos seus semelhantes.

Para quem se acha nas trevas qualquer claridade que chega é um belo foco de luz.

Pela primeira vez julgou possível ter uma companheira ao lado de sua vida, e esta ideia o transportou de júbilo; ser bom para todos, indiferentemente, é um gozo, mas ser bom para quem nos retribui os sacrifícios com amor e carinhos, isso já é o que se chama a felicidade.

E amou-a, idolatrou-a com a alma ajoelhada, cheia de reconhecimento e respeito; amou-a como os crentes amam a Deus, pedindo que os não repila nunca do seu seio.

No casamento, entretanto, ele não via apenas o caminho mais curto para chegar à felicidade, via também um meio de dirigir e regular as suas qualidades morais, dando-lhes um objetivo; o casamento era por bem dizer o modo de reunir em uma só criatura a humanidade inteira, por quem o Coruja ter-se-ia dedicado se pudesse.

Ou quem sabe se ele, considerando a grandeza exagerada do seu coração não queria dividi-lo com Inês, à semelhança de um milionário pródigo que, receoso de não poder sozinho gastar o seu tesouro, convida uma mulher para ajudá-lo?

Por conseguinte, a ideia daquele amor, ao mesmo tempo que o consolava, o constrangia.

"Mas, que fazer?..." – pensava. Casar, sem dispor de meios para isso? – não! Negar a Teobaldo o seu auxílio – nunca! Logo, o melhor e mais acertado era ir protelando o seu desígnio, até que chegasse a ocasião oportuna para realizá-lo condignamente.

Essa ocasião, porém, só chegaria com uma grande transformação na existência de Teobaldo.

André esperava que, de um momento para outro, o amigo encontrasse trabalho, modificasse os seus hábitos e endireitasse a vida. "O que mais o atrapalha – dizia consigo – são as mulheres!... Ele, coitado, não tem culpa, porque até lhes foge, como tenho já observado, mas as malditas não se lhe despregam nem à mão de Deus Padre! Não sei que diabo tem o rapaz para as enfeitiçar deste modo!... São bilhetes, recadinhos, visitas, uma verdadeira perseguição! Ah! se eu fosse assim querido!..."

E aquelas duas criaturas, inteiramente opostas, invejavam-se em silêncio, não com essa inveja mesquinha que se transforma em raiva, mas essa outra que produz admiração e respeito.

– Se eu fosse feliz como ele... – dizia cada um por sua vez, quando falava no outro.

E tinham-se ambos na mesma conta de infortunosos: um por ser desejado demais e o outro por bom em demasia.

Em demasia, está claro, porque o Coruja, naquela aberração, inculpada e santa, do seu amor pelos semelhantes, compadecia-se indistintamente de todo e qualquer desgraçado, fosse um faminto ou um assassino, um ladrão ou uma prostituta.

Uma noite, já tarde, trabalhava ele, como de costume, à sua secretária, quando ouviu um forte rumor na janela que dava para o telhado, e logo depois aparecer aí uma cabeça de homem cujos olhos brilhavam como os do tigre.

Espantou-se, mas, tornando a si, disse com toda a calma:

– Entre.

Não era necessária semelhante permissão, porque o homem de olhos de tigre acabava de transpor a janela e deixava-se cair no soalho, ofegante e prostrado de fadiga.

– Deixe-me descansar primeiro – disse, quase sem poder articular as palavras –; depois o senhor fará de mim o que entender!...

Só então o Coruja, correndo a uma das janelas da frente, deu pelo motim em que estava a rua. Aquele homem vinha naturalmente perseguido por soldados e talvez pelo povo; e, de telhado em telhado, conseguira chegar até ali.

Pela atitude dos que se aglomeravam lá fora, compreendeu que ninguém desconfiava do destino do fugitivo, pois a atenção deles voltava-se para o telhado de uma outra casa, donde, a julgar pelas exclamações e pelas pedradas que lançavam, esperavam sem dúvida ver surgir o perseguido.

– Bom – disse o Coruja –; não sabem que você está aqui.

E fechou as janelas.

O sujeito vinha completamente esfarrapado, a ponto de se lhe perceber a carne das pernas e do tronco, cheia de contusões e esfoladelas que vertiam sangue.

Uma enorme cabeleira, hirsuta[4] e destratada, cobria-lhe a cabeça e ligava-se-lhe às grandes barbas grisalhas, dando-lhe um aspecto terrível de facínora. Viam-se-lhe as palmas das mãos rasgadas e ensanguentadas, porque o desgraçado fizera talvez um quarto de légua de gatinhas pelos telhados.

De tão cansado que vinha não podia respirar sem abrir de todo a boca, a patentear[5] a dentadura enegrecida de fumo e embaciada pelo álcool.

Logo que se achou menos convulso, volveu em torno os olhos, com o assombro de uma fera perseguida, e pediu um pouco d'água – por amor de Deus.

O Coruja, que estava a contemplá-lo silenciosamente, foi buscar uma bilha cheia e trouxe-lha, dizendo:

– Aqui tem, amigo.

Então o homem, tomando a bilha entre as mãos enormes e sangrentas, olhou-o espantado, luzindo nos seus grandes olhos, verdes e arregalados, uma expressão de terror e de pasmo.

– Beba – acrescentou o Coruja, batendo-lhe no ombro –; não tenha medo, que aqui não será perseguido. Beba sem receio e descanse, que ao depois eu lhe darei de comer, se você tem fome.

Ao ouvir isto, o homem, que nesse instante acabava de despejar de um trago a bilha inteira, começou a fitar o Coruja e a rir apalermadamente.

Este arrastou para junto dele uma poltrona que havia no quarto, e disse-lhe com um gesto que se assentasse.

Não se ergueu o foragido e, cada vez mais admirado, engatinhou-se para a poltrona e ia assentar-se nela, olhando de esguelha para o Coruja, quando um rumor no corredor fê-lo dar um salto e, de mãos abertas, os dedos espetados, os olhos com a mesma primeira expressão da janela, regougou[6] assombrado:

– Quem é?! Quem é?!

E precipitou-se para um dos cantos do quarto.

– Não é nada – volveu o Coruja. Talvez algum vizinho que se recolhe. Pode ficar tranquilo que aqui não lhe acontecerá mal de espécie alguma. Vamos, assente-se e descanse.

Para melhor o tranquilizar, foi à porta da entrada e fechou-a por dentro, à chave. Depois, ao voltar de fazer isto, foi que notou deveras a estranha figura do seu protegido.

Este agora, de pé, com a sua grande cabeleira caída sobre os olhos, estava medonho. Era de enorme estatura, magro, mas vigoroso; peito cabeludo e punhos grossos, que pareciam raízes de árvore.

O Coruja sentiu-se pequeno defronte daquele colosso. Foi quase intimidado que se aproximou dele novamente para lhe repetir que se assentasse.

O homem acompanhava-lhe todos os movimentos sempre com o mesmo desconfiado espanto. André foi ao interior da casa, andou por lá remexendo nos armários e voltou afinal com uma travessa de carne assada e um pão.

Pôs isto sobre uma mesinha, que ele mesmo desocupou para esse fim, foi ainda buscar lá dentro uma garrafa de vinho e disse ao hóspede:

– Coma.

O foragido, sem deixar de lhe acompanhar os menores movimentos, encaminhou-se logo para a mesa e ia lançar-se sofregamente sobre a comida, quando uma explosão de soluços lhe tomou a garganta; e, escondendo a carranca nas suas mãos enormes, ele soluçava com tal ímpeto que o corpo todo se lhe sacudia nos arrancos do choro.

Coruja não deu palavra, deixou o homem chorar à vontade e pôs-se a fingir que lia um livro junto à secretária; depois foi fazer café.

Passada a crise das lágrimas, o desgraçado principiou a comer, a comer muito, como quem traz uma velha fome de muitos dias. Deixou os pratos limpos e a garrafa enxuta.

– Sente-se agora melhor? – perguntou o rapaz.

O outro tomou-lhe a mão e beijou-lha, enquanto dous fios grossos lhe escorriam dos olhos pela aspereza das barbas.

– Está pronto o café – disse Coruja indo buscar a máquina e enchendo duas xícaras. – Nisto eu lhe faço companhia.

E, depois de lhe passar uma delas:

– O senhor talvez esteja habituado a fumar...

O hóspede fez um gesto afirmativo e ele apressou-se a ir buscar um dos charutos que comprara para Teobaldo.

Durante o café conversaram. O homem declarou que era muito desgraçado: fora trabalhador, tinha o ofício de ferreiro, mas estava preso havia mais de três anos e só agora conseguira fugir, depois de frustradas tentativas, que só lhe renderam novas penas e novos castigos.

– Por que o prenderam?

– Porque eu matei minha mulher. Havia muito tempo que andava desconfiado dela, um dia escondi-me, vi entrar um homem no meu quarto e, quando a descarada apareceu para se deitar com ele, meti-lhe uma faca na barriga!

– E o sujeito?

– O sujeito ficou atrapalhado, atirou-se, sem saber o que fazia, por uma janela e foi cair embaixo meio morto. Um diabo de um vizinho que eu tinha, foi quem me entregou à polícia. Fui preso na mesma ocasião.

– E agora, você o que tenciona fazer?

– Não sei. Dizem que o Brasil vai ter guerra com o Paraguai[7], eu marcharei para a guerra. Fugi. Porque todos os dias pensava em fugir e afinal apareceu uma ocasião. Anteontem, às ave-marias[8], o carcereiro foi à minha cela buscar como de costume a tigela em que ele dá comida à gente; mas, em não bem o cabra se tinha abaixado para a apanhar, ficou mais roxo que uma berinjela e caiu de focinheira no chão, sem tugir, nem mugir. Eu peguei-lhe assim pelo braço e vi que o bruto estava mole; então saquei-lhe fora esta farda, que é a que eles lá usam, vesti as calças do bicho, pus o boné na cabeça, e por aqui é o caminho! Mas um diabo de um guarda desconfiou da marosca[9] e eu – pernas para que te quero! Foi o meu mal! Abri pelo corredor, ganhei a rua, mas o demônio do guarda atrás. Enfiei pela primeira porta que encontrei, era a casa de uma quitandeira, varei até ao quintal, havia um muro, saltei-o, estava em um cortiço, havia um cercado, atravessei-o nem sei como, e vi-me de repente em um curral; havia um telheiro, trepei-me para ele e daí passei a um telhado mais alto. Atravessei quatro ou cinco telhados, correndo como um gato e em risco de me levar o diabo a cada instante! Afinal ouvi gritar na rua: "Ali está ele!" E vi seis soldados que escoravam a casa. Então, segurei-me a uma goteira, desci, pilhei-me em outro telhado e deste passei adiante; mas os policias me acompanharam da rua, apitando, cercando os quarteirões, entrando pelas casas e, quando eu dei fé, havia povo por toda a parte, nas chaminés, nas árvores, nos muros, e atiravam-me pedras e pedaços de pau, enquanto outros se divertiam com a minha pelotica![10] Já estava para ser agarrado, porque não tinha mais forças e via-me cercado, quando por um acaso do céu escorreguei pelo telhado dessa casa que fica aí ao pé e vim ter àquela janela por onde entrei!

O assassino tomou fôlego e acrescentou depois, mudando de tom:

– Quis Deus que eu encontrasse uma alma boa; aqui estou e não me vexo de dizer a verdade. Vossemecê pode agora fazer de mim o que entender; não lhe fico querendo mal por isso!

– Pode ir em paz – respondeu o Coruja –; mas, se quiser ouvir o meu conselho, espere um pouco, não saia já. Olhe, ali tem uma bacia com água; lave-se, que você está sujo de sangue; depois tire essa roupa que o compromete, e vista a que lhe vou dar. Naquele toucador há pente, escova e óleo para o cabelo; arranje-se, durma um pouco e depois então saia. Para a sua viagem não lhe posso dar muito, mas aqui tem cinco mil-réis.

– Vossemecê algum dia foi criminoso? – perguntou o assassino.

– Criminosos somos todos nós – respondeu o Coruja.

– Mas nunca matou ninguém?

– Creio que não.

– Deus o conserve assim, moço!

O assassino lavou-se e vestiu uma roupa do Caetano e, depois de guardar o dinheiro que lhe dera André, beijou as mãos deste e saiu.

– Olhe – disse-lhe o rapaz que o fora acompanhar até à escada –, faça por ser bom e, quando precisar de qualquer cousa, apareça. Adeus.

XVI

Na manhã seguinte, em que Teobaldo encarregou de despachar Ernestina ao Coruja, viu-se este em sérios embaraços.

Que diabo havia ele de dizer àquela mulher?... Contudo era urgente tomar uma resolução, porque as cousas não podiam continuar pelo jeito que levavam...

A rapariga, mal calculou pelo exórdio[1] onde chegaria o sermão de André, ergueu-se do lugar em que estava, avançou contra ele de punhos fechados e gritou-lhe sobre o nariz:

– Bem desconfiava eu! Você mesmo é quem me anda intrigando com o outro, seu cara do diabo! Desconfiei, e eu, quando desconfio, não me engano!

– Não diga assim...

– Peste! Um bicho feio, que parece estar sempre a maquinar maldades!

– As aparências muita vez enganam...

– Qual, enganam o quê? Pensam e conversam lá o que bem entendem a meu respeito e depois vem este basbaque me atenazar[2] os ouvidos: "Porque a senhora deve convir, porque a senhora deve perceber que isto prejudica Teobaldo!". Prejudicar em quê?! Eu porventura exijo dele alguma cousa?! Já alguma vez lhe pedi dinheiro?! Vocês falam de boca cheia! Onde iriam descobrir uma rapariga de minha idade, jeitosa como eu sou e que nada mais pede do que um pouco de delicadeza! Brutos! Ainda por cima se queixam, como se eu lhes desse prejuízos!

– Desculpe, mas dá...

– Prejuízo? Em quê? Recebo porventura alguma cousa das mãos dele? Exijo algum sacrifício?

– Não, mas perturba...

– Perturbo? Como?

– Perturba a vida de Teobaldo. Olhe, enquanto a senhora estiver aqui, ele não voltará a casa e, como sabe, isto é já um sério transtorno para quem precisa cuidar do futuro…

– Qual! Ele se não vem para casa, é porque anda lá por fora na pândega! Encontra por lá em que se divertir!

– Juro-lhe que se engana…

– A mim não embaçam!

– E ninguém pensa em tal; a senhora é que procura iludir-se; já devia ter percebido que Teobaldo não está agora em circunstâncias de a tomar a seu cargo…

– Porque tem outras!

– Não sei; isso é lá com ele.

– É um ingrato!

– Pode ser.

– Um cínico!

– Não acho.

– Você é tão bom como ele!

– Quem me dera.

– Uma corja, ambos!

– São opiniões!

– Dous imbecis!

– Talvez…

– Dous idiotas!

O Coruja não replicou mais e pôs-se a passear ao comprido do quarto, muito aborrecido com o insucesso das suas palavras.

Depois, tendo ido e revindo mais de vinte vezes, voltou-se de novo para Ernestina:

– Mas a senhora por que não se vai embora? É muito melhor… Em casa nada lhe falta, tem tudo! Vá! Deixe em paz o meu amigo…

– Não deixo!

– Mas isso não é justo… Que interesse tem a senhora em fazer semelhante cousa?…

– Não sei! Ele é o homem que eu amo, acabou-se!

– E que culpa tem ele disso, coitado?

– Não sei. Amo-o!

– Pois não o ame…

– Não posso.

– Ou, se o ama, não queira fazer-lhe mal.

– Ele que não faça a mim!

– Ele? ele não lhe faz mal.

– Como não? Pois o senhor ainda acha pouco? Pois então eu desço da minha dignidade e venho procurá-lo aqui; ponho-me aos pés dele, declaro que estou disposta a ser sua escrava, se ele me tratar com carinho, e a única resposta que recebo é um couce?[3]

– Couce!

– Decerto; quando um homem faz com uma mulher o que Teobaldo fez comigo, dá couces!

– Mas, perdão, minha senhora, Teobaldo falou-lhe com toda a franqueza. A senhora apresentou-lhe um contrato, não é verdade? pois bem, ele não o aceitou. A senhora é que faz mal em, no lugar de retirar-se dignamente, ficar aí dias inteiros e fazer o que tem feito…

– Não saio! Pode dizer o que quiser, é inútil; não saio!

– Mas há de convir que com isso pratica uma arbitrariedade. Teobaldo não lhe deve nada...

– Deve-me tudo! deve-me dedicação e amor!

– Mas os sermões, quando não são encomendados…

Nisto, o diálogo foi interrompido pelo barulho de um carro que parava à porta da rua. E logo em seguida ouviram-se ligeiros passos no corredor e uma voz de mulher, que gritava:

– O Teobaldo ainda mora aqui?

Coruja correu na direção da voz, enquanto Ernestina se instalava na poltrona, afetando ares de dona de casa e dizia com todo o desembaraço:

– Entre quem é.

Leonília apareceu à porta do quarto, hesitante, olhou em torno de si, como quem receia haver-se enganado:

– Desculpe, mas supunha que ainda morava aqui um rapaz que procuro…

– Teobaldo?

– Justamente.

– É aqui mesmo – respondeu Ernestina. – Que deseja dele?

– Desejo falar-lhe. A senhora vem a ser…

– O que não é de sua conta. Se tem algum recado a deixar, eu me encarrego de transmiti-lo a Teobaldo.

– A senhora então é a mulher dele?… – perguntou Leonília cuja impaciência principiava a denunciar-se.

– Não, não é! – apressou-se a afirmar o Coruja, que parecia muito aflito com a situação. – Não é mulher dele, não senhora.

– Quando digo "mulher", quero dizer "amante". Sei que ele não é casado…

– Também não é amante… – respondeu aquele, a despeito dos olhares que lhe lançava Ernestina.

– É talvez uma criada…

A outra então não resistiu mais, e veio colocar-se defronte de Leonília, a medi-la de alto a baixo, como se quisesse fulminá-la com os olhos.

A cortesã soltou uma risada.

– Também não é criada?… – disse. – Então que diabo é… Ah! já sei… talvez alguma parenta da província!

– Não, não – respondeu André.

– Será simplesmente uma amiga? – perguntou ainda Leonília.

– Previno-a – acudiu a outra – de que não admito debiques[4] para o meu lado!

– Não, filha, eu apenas desejo saber a quem tenho de confiar o que trago para Teobaldo. Encontrei a senhora aqui, com ares de dona de casa, pergunto-lhe muito naturalmente se é mulher dele, ou amante, ou parenta, ou quando menos uma criada, e a senhora fica dessa forma e parece que me quer comer viva! Se alguém deve estar aborrecida sou eu, porque, no fim de contas, venho fazer uma visita e, das duas uma: ou a senhora representa a dona da casa e neste caso devia ser mais cortês, ou não representa cousa alguma e por conseguinte devia ser menos intrometida...

– Isso é desaforo!

– Será, mas é um desaforo justo e merecido; quanto à decepção que acabo de sofrer, não é com a senhora que me avenho, pois nem a conheço, mas sim com Teobaldo, que me ofereceu a casa e é o único responsável por esta sensaboria[5].

Mal acabava Leonília estas palavras, quando se ouviu parar na rua um tílburi[6], e logo no corredor os passos de Teobaldo.

– E ele aí está – acrescentou ela, dirigindo-se para a porta da sala, o que fez com que o Coruja não tivesse tempo de prevenir o amigo.

– Olá! – exclamou este, vendo Leonília. – Por aqui! Supunha-te longe, já em viagem para a Europa!

Mas o seu bom humor transformou-se em tédio logo que ele deu com a figura enfurecida de Ernestina que, a um canto do quarto, parecia colada à poltrona por uma tremenda raiva. E, como em resposta à presença dela:

– Não tive remédio senão vir a casa, porque tenho de ir hoje a uma *soirée*[7] com o Aguiar.

– Sim, sim – respondeu Leonília –; antes porém de mais nada, diz-me quem é aquela senhora e qual é aqui a sua posição.

Teobaldo, parado em meio da sala, de pernas abertas, começou a coçar a cabeça, sem encontrar uma resposta. Por esse tempo, o Coruja, que não podia ver ninguém na situação em que estava Ernestina, aproximou-se da outra e disse:

– Aquela senhora está aqui por minha causa...

– Você não se enxerga! – exclamou a mal-agradecida, sem compreender a intenção benévola do moço. – Estar aqui por causa dele! Olha que pretensão! Verdade é que...

– Basta! – interrompeu Teobaldo. E, voltando-se para a outra – Ela está aqui por mim.

– É tua amante? – perguntou Leonília.

– Não.

– Tua parenta?

– Também não. É uma amiga e veio a meu convite passar aqui alguns dias.

Cavalheiro, como sempre, não quis, dizendo a verdade, cobrir de ridículo uma pobre mulher cujo crime único era amá-lo até à impertinência; Leonília, porém, que não estudara pelo mesmo código de civilidade, já não pensava desse modo e acrescentou com ironia:

– Ah! veio tomar ares... Estimo que aproveite isso, mas é bom que lhe recomendes que seja um pouco mais cortês com as pessoas que te procuram...

– Deixa-te disso! – repreendeu Teobaldo.

– Não – insistiu Leonília. – Que tu protejas aquela mulher compreende-se, porque só tens recebido de suas mãos protestos e mais protestos de amor; eu porém, não estou no mesmo caso, dela só recebi as mais significativas provas de grosseria e de atrevimento.

– Sim, sim, mas acabemos com isto! – replicou Teobaldo.
Ernestina ergueu-se e foi ter com ele:
– Exijo que repilas aquele insulto.
– Ora!
– Não repeles?
– Ninguém aqui te insultou, filha!
– És tão bom como ela!
– Mau!
– És um infame!
– Pior!
– És um miserável!
– Cale-se!
– Colocar-me nesta posição ridícula...
– Olhe que me faz perder a paciência!...
– Pensei que estivesse na casa de um cavalheiro e vejo que me sucede justamente o contrário!...
– Ah! o meu procedimento é imperdoável, não há dúvida!
– Com certeza! Um homem que se preza não coloca uma mulher nesta posição!...
– Ah! Insiste? Além de impertinente é atrevida? Pois então ouça: a senhora, se se acha nesta posição, é porque assim o quis; eu, há três dias que emprego todos os meios e modos para a afastar de mim, e a senhora cada vez mais a agarrar-se-me que nem uma ostra! E fique sabendo agora que, se não fossem os meus escrúpulos de homem delicado, há muito que a teria enxotado daqui ou encarregado alguém de despejá-la lá fora!

Ernestina ouviu tudo isto sem um gesto, nem um movimento. Quando Teobaldo acabou estava mais lívida que um defunto e os lábios tremiam-lhe tanto quanto lhe arfava o peito; a outra ainda mais lhe aumentava a agonia lançando-lhe olhares de desprezo.

– Coitada! – disse afinal Leonília.

Ernestina deu um arranco na direção do quarto, naturalmente com a intenção de preparar-se para sair, mas em meio do caminho cambaleou e, soltando um grito agudo, desfaleceu nos braços do Coruja, que a acudira de pronto.

– Agora, entram os nervos em cena!... – observou Leonília em ar de caçoada.

Coruja conduziu a desfalecida para a cama de Teobaldo, enquanto este, bufando de impaciência, andava de um lado para outro da sala, muito agitado, as mãos nas algibeiras, o olhar carrancudo.

– Que maçada! – resmungava de vez em quando. – Que maçada!

– É pô-la na rua! – aconselhou Leonília.

– Ora, deixe-me você também! – respondeu ele furioso.

– Recebeste a minha carta?

– Recebi.

– Não ficaste zangado?

– Não.

– E é dessa forma que me amas?

– É.

– Pois olha que eu não sou como aquela desgraçada, sabes?

Teobaldo sacudiu os ombros com indiferença.

– Confesso que te havia escrito uma outra carta, mas não quis dar-te o gostinho de recebê-la.

– E eu a encontrei no teu quarto, dentro de um livro.

– Pois leste?...

– Sim, e afianço-te que ela me causou ainda pior efeito que a outra, a cínica.

– Isso quer dizer...

– Que estimei a notícia da tua viagem.

– Obrigada – exclamou Leonília. – Não devia esperar outra cousa de ti! És um miserável! Ah! mas descansa que não te perseguirei!

E, rabanando a cauda do vestido, saiu como um raio.

– Passe bem! – disse Teobaldo, sem lhe voltar o rosto, e continuou a passear de um para o outro lado da sala, gesticulando enfurecido a cada grito histérico que partia da sua alcova.

– Sabino! – gritou ele.

Apareceu o velho Caetano:

– Vossemecê que deseja?

– O Sabino?

– Ainda não voltou.

– Quero o fato de casaca e o sobretudo; mas isso com pressa! Não posso me demorar neste inferno! Que delicioso domingo!

Os gritos de Ernestina repetiam-se.

– E de mais a mais aquela música!... – pensava o rapaz a morder os beiços. – Ah! mas tudo isto há de endireitar agora por uma vez ou eu não serei quem sou!...

O Coruja surgiu à porta do quarto para dizer muito aflito:

– Teobaldo! ó Teobaldo! Vê esta mulher, que está perigosa, coitada!

– Que a leve o diabo! não fosse idiota!

O outro lançou-lhe um olhar de censura.

– Isso passa... – disse aquele como para se justificar. – Um simples ataque de nervos...

E, vestindo a roupa que lhe trouxe Caetano: – Não tenhas receio, ela voltará a si...

– É que parece que lhe falta o ar...

– Desaperta-lhe o colete...

– Eu?...– perguntou o Coruja enrubescendo.

– Isso é o que devias ter feito logo.

E, apressando o laço da sua gravata branca, foi ter com Ernestina, desabotoou-lhe o vestido, desatacou-lhe o colete e, depois de a sacudir duas vezes, deixou-a cair de novo sobre a cama.

– Não é nada... – disse ele, – olha, põe-lhe mais água de colônia na cabeça e dá-lhe a cheirar daquele frasquinho que está sobre a mesa.

Coruja obedeceu e ele correu à sala para acabar a sua *toilette*.

Já pronto, o sobretudo no braço, um charuto ao canto da boca:

– Melhorou?

– Está mais tranquila, creio que vai tornar a si...

– Bem. É preciso que eu saia antes que ela acorde. Despediste-a, como te recomendei?

– Sim, mas inutilmente, não houve meio de a convencer...

– Pois então, em voltando de todo a si, repete-lhe a ordem, e, se ela insistir, mudamo-nos amanhã mesmo...

– Amanhã?...

– Ah! É preciso acabar com isto uma vez por todas!... Quero saber se vim ao mundo só para servir de divertimento a estas senhoras! Que horas são?

– Devem ser quatro.

– Bom! Ó Caetano!

– Meu senhor.

– Vê se o tílburi ainda está aí embaixo.

E, muito elegante na sua casaca, disse ao Coruja, batendo-lhe no ombro:

– Até logo. Janto com o Aguiar e depois vou a uma *soirée*, na casa de um tio que ele tem em Botafogo. Adeus, não te descuides da Ernestina.

E saiu.

XVII

O Aguiar morava lá para Matacavalos, em casa própria, e tão caprichoso era com esta quanto com a sua própria pessoa.

Aquelas pequenas salas forradas de fresco, mobiliadas com certo esmero, enfeitadas de quadros e cortinas, diziam admiravelmente com o tipo do dono.

Orçava ele então pelos vinte e oito anos e parecia mais bem-disposto que nunca. Bonito, mas antipático, tinha uma dessas caras gordas, bem barbeadas, sem rugas nem espinhas, bigode curto e retorcido à força, queixo redondo, olhos pequenos e vivos, nariz grosso, testa muito estreita e magníficos cabelos.

Não era muito gordo, nem tampouco muito magro; não era alto, mas, igualmente, ninguém podia dizer que era baixo, e vestia-se com inalterável apuro, chegando a fazer disso uma preocupação.

Era um luxo a roupa branca que ele usava durante o trabalho; gostava das calças de brim engomado e trazia sempre boas pedras de valor no peito da camisa e nos dedos.

Aguiar pertencia ao comércio tanto por gosto como pelas circunstâncias em que nascera; destinado para isso desde o berço por seu pai, um rico negociante português, dera os primeiros passos entre o Razão[1] e o Caixa e criara os primeiros cabelos da barba em Londres, para onde o enviara aquele a praticar em velhas casas comerciais.

Não chegara a conhecer a mãe, porque esta morrera pouco depois de o dar à luz; só tornou ao Brasil com a notícia do falecimento de seu pai cujo lugar no comércio preencheu logo.

Foi então que Teobaldo se relacionou com ele, por acaso, em um baile de máscaras no Pedro II[2]. O filho do barão, que nesse tempo era ainda um bom gastador, fascinou-o de pronto com as suas maneiras fidalgas e muito mais distintas que as dele; dentro em pouco haviam-se feito companheiros inseparáveis de pândega; quase sempre ceavam juntos, gastavam com a mesma largueza, conheciam as mesmas mulheres e, muita vez, jogavam ao lado um do outro nas casas de tavolagem[3] da época.

As desastrosas circunstâncias a que ao depois se viu Teobaldo reduzido separaram-nos por algum tempo, mas não de todo; e, agora, aquele convite para a casa do comendador Rodrigues, e as confidências que o precederam, como que os ligavam de novo e mais estreitamente.

O comendador era tio do Aguiar por parte de pai; velhote de seis palmos de altura, forte e nervoso, coração bom, mas de gênio irascível e fulminante.

O sobrinho dizia a rir que ele, se lhe chegassem um charuto aceso à ponta do nariz, estourava.

Viera muito pequeno de Portugal em companhia do irmão; fora tropeiro durante uns vinte anos em S. Paulo e Minas; depois estabeleceu-se na Mata, negociou forte e veio afinal, já velho, a levantar a sua tenda no Rio de Janeiro. Da sua paixão pela política apenas lhe restavam as recordações de quarenta e dous, ano em que se batera pela revolução de Minas, saindo ferido de uma pequena escaramuça na ponte de Santa Luzia; contava este fato a toda a gente e sempre com o mesmo entusiasmo.

Era viúvo; tivera três filhas, das quais apenas uma lhe restava, Branca; um mimo de quinze anos, a formosa tirana para quem o Aguiar pedira versos ao amigo e em honra da qual se afestoava agora o velho casarão do comendador.

Teobaldo chegou às cinco horas a Matacavalos, ainda muito impressionado pelas contrariedades desse dia.

– Ah! mas desta vez creio ter conseguido endireitar a vida!… – disse ele logo que entrou em conversa com o dono da casa.

E pôs-se a contar o ocorrido a respeito de Leonília e Ernestina.

– Tomara eu as tuas desgraças… – respondeu aquele disposto a falar dos próprios amores.

Teobaldo não lhe deu licença para isso e continuou a tratar de si, até à ocasião de irem ambos para a mesa.

Aguiar, que não era dos mais pecos[4] em questões culinárias, caprichou no jantar que ofereceu ao amigo, e, à prova do terceiro vinho, já os dous lamentavam intimamente não dispor de mais segredos para os confiar um ao outro.

Teobaldo pediu novas informações a respeito de Branca.

– Ah! – fez o negociante, meneando a cabeça com os olhos fechados –; vais ver o que é uma criatura perfeitamente adorável. Bela, inteligente, distinta, espirituosa, tudo o que há de bom, que há de puro e que há de mais sedutor no mundo! Uma obra-prima! Ah! que se ela sentisse por mim a metade do que eu sinto por ela!...

– É não desanimar, filho! Deixa correr o tempo; não acredito que uma menina aos quinze anos resista a todo esse amor!

– Não sei; ela é de uma tal frieza para comigo…

– Talvez aparente… Não conheces as mulheres… foi para elas que se inventou o provérbio "Quem desdenha quer comprar".

– Em todo o caso não desanimarei sem ter esgotado até o último recurso.

– Está claro! E teu tio? que tal é?

– Um tipo, mas belo homem… Vais gostar dele. Fala-lhe na revolução mineira…

– Aquela casa pertence-lhe, ou é alugada?

– A casa em que ele mora? Pertence-lhe, e, como essa, mais duas lá mesmo em Botafogo.

– E ele vive só com a filha?

– Não; tem mais uma pessoa em casa; madame de Nangis.

– Madame de Nangis?... Quem vem a ser?...

– É uma professora francesa, a quem meu tio encarregou da educação de Branca.

– Ah!... E é velha?

– Meia-idade...

– Bonita?

– Não é feia.

– Mora lá há muito tempo?

– Há mais de oito anos.

– E não dizem nada a respeito dela com teu tio?...

– Não, porque já disseram tudo o que podiam dizer.

– Com razão?

– Sei cá; é de supor que sim...

– Nunca percebeste nada entre eles?

– Nem pretendo.

– Por conveniência...

– Não.

– Então por quê?

– Ora! que diabo me interessa isso?...

– É boa! Pois não tencionas casar com tua prima?...

– Sim, mas minha prima nada tem que ver com madame de Nangis...

Teobaldo sacudiu os ombros em sinal de desaprovação.

– E ela que tal é? Simpática? – perguntou depois.

– Quem? A professora? É. Toca piano admiravelmente e dizem que tem espírito.

– Dizem?

– Sim; eu ainda não dei por isso...
– É instruída?
– Tanto como qualquer pretensiosa.
– Amável?
– Tanto quanto é instruída.
– Parece que não morres de amor por ela...
– Enganas-te; madame de Nangis protege o meu casamento.
– Ah! E só por isso é que a estimas?...
– Por isso e pela grande influência que ela tem sobre meu tio.
– Então é exato o que disseram a respeito deles...
– Homem, a cousa vem desde os últimos tempos de minha tia...
– E por que o velho não se casa agora com a professora?
– Por uma razão muito simples: madame de Nangis é casada...
– Casada? E o marido?
– Está em Paris.
– Ah!...
– E a graça é que lhe dá uma pensão.
– À custa do comendador?
– À custa do comendador é um modo de dizer, porque o que é dele é dela...
– Ah! a cousa chegou a esse ponto?
– Ora!

*****

Às dez da noite apearam-se os dous rapazes à porta do comendador Rodrigues de Aguiar.

Casa antiga, de aparência muito feia, mas com um belo interior; Teobaldo, ao primeiro passo que deu de portas a dentro, notou logo em tudo uma certa felicidade de escolha, uma bem-educada sobriedade nos objetos de luxo; percebeu que não entrava em uma dessas casas burguesas em que a gente se fatiga só com olhar os móveis e donde se sai com a alma atordoada e cheia de tédio.

Ele, que havia muito não entrava em uma sala dessa ordem, sentiu despertar dentro de si todo o seu passado adormecido, e, como a planta desterrada que ia amortecendo ao ar livre e logo se endireita quando a recolhem à tepidez da estufa, assim ele se fez o que era dantes ao lado da família.

Ali, Teobaldo achou-se perfeitamente bem; estava no seu elemento.

Flor amimada e crescida entre carinhos, era, quando se achava nas ruas, nos cafés ou nas casas de trabalho, uma criatura deslocada e nostálgica. Para o seu completo bem-estar e para o seu bom humor tornava-se indispensável aquele perfume de riqueza, aquele meio aveludado e fino.

O amigo apresentou-o ao tio, e os três conversaram por longo tempo ao fundo de uma saleta, onde se jogava.

É inútil dizer que o filho do Barão do Palmar, insinuante como era, cativou logo as simpatias do velho, principalmente depois que lhe falou de Minas e do papel que seu pai representara na Revolução. Aprovou muito o projetado casamento do amigo com Branca e terminou desfazendo-se em elogios ao bom gosto e à distinção que presidiam àquelas salas.

– Não, quanto a isso – respondeu o velho –, não aceito os seus cumprimentos, porque não devem ser dirigidos a mim; pertencem de direito a uma senhora que acompanha minha filha há oito anos, madame de Nangis. Daqui a pouco lhe serão ambas apresentadas. Se não fosse madame de Nangis…

E, como Branca passasse nesse momento pela sala próxima de braço com uma amiga, o comendador interrompeu o que dizia e correu ao encontro dela.

Teobaldo apressou-se a segui-lo.

– É esta – disse o velho.

E, voltando-se para a menina: – O senhor Teobaldo Henrique de Albuquerque, filho de antigos conhecidos meus e amigo de teu primo Afonso, que teve a boa ideia de o trazer a esta casa.

Teobaldo vergou-se respeitosamente e declarou que estava encantado em ter feito conhecimento com pessoas tão distintas.

Em seguida o comendador deu-lhe o braço e levou-o até onde estava madame de Nangis.

Nova apresentação.

– Agora – disse o velho –, está cumprido o meu dever e o senhor que trate de si; faça-se apresentar às amigas de minha filha. Com licença.

– Vai principiar o concerto – observou a professora aceitando o braço que lhe ofereceu Teobaldo. – O senhor gosta de música?

– Apaixonadamente, minha senhora.

– Toca algum instrumento?

– Um pouco de piano.

– Quando tiver ocasião dar-nos-á muito prazer em se deixar ouvir.

– Vossa Excelência confunde-me…

E chegaram à sala próxima, onde duas rabecas[5], uma violeta[6] e um violoncelo dispunham-se a executar uma serenata de Schubert[7].

Depois da serenata, madame de Nangis anunciou a Teobaldo que ia dançar uma quadrilha e perguntou se ele queria um par.

O rapaz respondeu que ficaria muito lisonjeado se ela própria o aceitasse para seu cavalheiro.

– Com muito gosto, mas fique sabendo que o senhor perde com a troca – replicou a professora.

Dentro de uma hora, Teobaldo era o objeto da curiosidade de todas as damas.

Seu tipo destacava-se naturalmente, sem o menor exagero de galanteria, sem frases pretensiosas, e sempre correto, elegantemente frio e de um distintíssimo comedimento nas palavras e nos gestos.

Branca foi o seu par nos Lanceiros[8]; depois cedeu-lhe também uma valsa, terminada a qual puseram-se ambos a conversar.

– O senhor é que é o autor de uns versos, que saíram há poucos dias no jornal?

– Sim, minha senhora, mas como chegou Vossa Excelência a lembrar-se de semelhante cousa?

– É que meu primo me havia dito que eram de um amigo dele, creio até que chegou a citar o seu nome e, agora, vendo-os juntos…

– Vossa Excelência gosta de versos?

– Qual é a moça de minha idade que não gosta de poesia?… Ainda ontem meu pai trouxe-me um livro de Casimiro de Abreu[9]. Conhece?

– Já li. Tem cousas admiráveis.

– Oh! É tão terno, tão apaixonado, que faz chorar. E, mudando de tom:

– Sabe? Meu primo também é poeta…

– Ah! – fez Teobaldo.

– Ofereceu-me hoje uma poesia. Quer ver?

Teobaldo bem podia dispensar a leitura, mas não quis prejudicar o outro e disse quando a terminou:

– Magnífico! Não sabia que o Aguiar tem tanto talento!

– Eu também não…

– Até aqui o apreciava somente pelas suas qualidades morais.

Branca não respondeu, porque neste momento uma senhora principiava a cantar ao piano.

Daí a pouco, a um canto da janela, perguntava Afonso ao amigo:

– Então, que tal achaste minha prima?

– Encantadora.

– Não é?!

– Adorável! Uma flor!

– Falou-te nos versos que lhe dei?

– É verdade, e eu tive de elogiá-los, para fazer não desconfiar que eram meus. Imagina em que estado não ficaria minha modéstia; qualifiquei-os de admiráveis!

– E, com efeito, são muito bons.

– Qual! Escrevi-os de afogadilho![10] Ah! Mas se eu já a conhecesse, juro-te que sairiam inspirados!

– Pois reserva a inspiração para outra vez.

Não continuaram a conversa, porque madame de Nangis veio ter com Afonso e arrebatou-o, dizendo ao outro:

– Tenha paciência, roubo seu amigo por um instante!

Teobaldo ia também deixar a janela, quando a cortina desta se agitou e apareceu Branca.

– Ah! – fez ele, Vossa Excelência estava aí?

– Sim, o que foi muito bom, porque posso lhe agradecer os versos que o senhor me fez...

– Pois ouviu?

– Ouvi, mas foi sem querer... Que mal há nisso?

– Seu primo é que não ficará satisfeito...

– Se souber, mas que necessidade tem ele de saber?...

– Quer que eu não lhe diga nada?

– Decerto, e nem só isso, como desejo que meu primo não fique na primeira poesia e me ofereça muitas outras. Vou daqui direitinha dizer isso mesmo a ele próprio.

E, como para agradecer antecipadamente os versos de Teobaldo, estendeu-lhe a mão, que o moço apertou entre as suas, um tanto comovido.

Horas depois, os dous rapazes, já instalados nos seus sobretudos, metiam-se no carro e abandonavam a festa do comendador.

Pela viagem Teobaldo, a despeito do bom humor do companheiro, quase que não deu palavra; e, ao separarem-se, Afonso notou que o achava triste.

– Não é nada – respondeu o outro. – Adeus. Até mais ver!

E deixou-se cair para o fundo do cupê, respirando com alívio e murmurando entre dentes:

– Adorável criança!

XVIII

ENQUANTO TEOBALDO DANÇAVA, ouvia música e conversava em casa do comendador Rodrigues de Aguiar, o pobre Coruja via-se em palpos de aranha com os nervos da Ernestina cuja crise não fora tão passageira como afiançara aquele.

De mais a mais, o Caetano havia saído logo em seguida ao amo e nessa noite recolhera-se mais tarde que de costume; teve André por conseguinte de servir de enfermeiro à rapariga, sem licença de abandoná-la um só instante, porque as convulsões histéricas e os espasmos se repetiam nela quase que sem intermitência.

Foi uma noite de verdadeira luta para ambos; o rapaz, apesar da riqueza dos seus músculos, nem sempre lhe podia conter os ímpetos nervosos. A infeliz escabujava[1] como um possesso; atirava-se fora da cama, rilhando os dentes, trincando os beiços e a língua, esfrangalhando as roupas, em um estrebuchamento que lançava por terra todos os objetos ao seu alcance. No fim de algumas horas o Coruja sentia o corpo mais moído do que se o tivessem maçado com uma boa carga de pau.

Além de que, a sua nenhuma convivência com mulheres e o seu natural acanhamento mais penosa e crítica tornavam para ele aquela situação. Ernestina cingia-se-lhe ao corpo, peito a peito, enterrando-lhe as unhas na cerviz[2], mordendo-lhe os cabelos, resfolgando-lhe[3] com ânsia sobre o rosto, como em um supremo desespero de amor. E André, tonto e ofegante, sentia vertigens quando seus olhos topavam as trêmulas e agitadas carnes da histérica, completamente desvestidas nas alucinações do espasmo.

Às quatro horas da madrugada, quando Teobaldo chegou do baile, ele ainda estava de pé e a enferma parecia ter afinal sossegado e adormecido.

– Quê! – exclamou aquele. – Pois ainda trabalhas?

– Schit! Qual trabalho... – respondeu Coruja, pedindo silêncio com um gesto. – Passei a noite às voltas com a Ernestina... Ah! Não imaginas... ataques sobre ataques!... Pobre rapariga! Não faças bulha... Creio que ela agora está dormindo...

– Impressionou-se naturalmente com o que eu lhe disse à tarde... Ora! não fosse importuna!

– Coitada!

– Bem – disse Teobaldo –, mas recolhe-te ao quarto e trata de descansar; eu fico aqui. Vai.

– Mas não te deitas?

– Tenho ali aquele sofá; não te incomodes comigo. Vai para a cama, que deves estar caindo de cansaço. Adeus.

O Coruja notou que o amigo trazia qualquer preocupação.

– Sentes alguma cousa? – perguntou-lhe.

– Ao contrário: há muito tempo não me acho tão bem-disposto.

– Então boa-noite.

– Até amanhã.

Coruja recolheu-se ao quarto e o outro pôs-se a passear na sala, enquanto se despia; depois chegou à porta da alcova, encarou com um gesto de tédio o vulto prostrado de Ernestina e voltou logo o rosto, como se tivesse medo de acordá-la com o seu olhar.

Todo ele era só uma ideia – a filha do comendador. Branca não lhe saía da imaginação; tinha ainda defronte dos olhos aquele sorriso que ela lhe deu à janela; sentia ainda entre as suas a sua trêmula mãozinha e nos ouvidos a música das últimas palavras que lhe ouviu.

– Adorável! adorável! – repetia ele.

E foi para a mesa em mangas de camisa e começou a escrever versos sentimentais.

Ouviam-se, no silêncio fresco da madrugada, o bater inalterável do relógio e os bufidos[4] suspirados de Ernestina, que parecia dormir um sono de ébrio.

– Que mulher impertinente!... – considerou ele, atirando com a pena e deixando pender para trás, a cabeça a fitar o teto.

E pensou:

"Quando eu me lembro que a esta criatura nada falta – casa, rendimentos, criados, e que ela se vem meter aqui, possuída de esperanças injustificáveis... nem sei que juízo forme a seu respeito!... Será isto o verdadeiro amor?... Talvez, mas, se assim é, arrenego dele, porque não conheço cousa mais insuportável!... Ainda se ela não fosse tão desengraçada!... tão tola!... Mas, valha-me Deus! nunca vi mulher mais ridícula quando tem ciúmes; ainda não vi ninguém fazer cara tão feia para chorar!... Se ela fosse jeitosa ao menos; mas não tem gosto para nada, não sabe pôr um vestido, não sabe pôr um chapéu; e, em vez de endireitar com o tempo, parece que vai ficando cada vez mais estúpida! Não! Definitivamente é uma mulher impossível, apesar de toda a sua dedicação!"

E, para se divertir, pôs-se a lembrar as asneiras dela. Ernestina não dizia nunca "eu fui", era "eu foi"; pronunciava "pãos", "razãos, "tostãos" e gostava muito de preceder com um *a* certos verbos, como divertir, divulgar, reunir, retirar e outros; como também não pronunciava as letras soltas no meio da palavra. "Obstáculo" em sua boca era *ostáculo*, "obsta" era *osta* e assim por diante. E a respeito dos tempos do verbo? Se ela queria dizer "entremos", dizia *entramos* e vice-versa; perguntava – *tu fostes? – tu fizestes?* Uma calamidade!

Além disso, ultimamente dera para engordar, por tal forma que parecia ainda mais baixa e mais desairosa.

Não era feiazinha de rosto, isso não; mas em toda a sua fisionomia, como no resto, não se encontrava um só traço original, distinto, impressionável. Vestia-se, calçava-se e penteava-se como toda a gente, e só conversava a respeito de vulgaridades, sem ter nunca uma frase própria; rindo quando repetia uma pilhéria já muito estafada, e desconfiando sempre que lhe diziam qualquer cousa que ela não entendesse. Uma lesma!

E Teobaldo a fazer estas considerações; e ela lá dentro a ressonar, agitada de vez em quando pelo sonho; ora gemendo, ora articulando palavras incompletas e destacadas.

"O bonito será se ela adoece deveras aqui em casa!... – considerou ele. Era só o que faltava!"

E, notando que amanhecia, ergueu-se da mesa, lavou-se, mudou de roupa e tomou um cálice de conhaque. Já de chapéu e de bengala, ia a sair quando Ernestina se remexeu na cama, depois assentou-se e perguntou com a voz muito quebrada e fraca:

– És tu, Teobaldo?

– Que deseja? – interrogou ele secamente.

– Não te recolhes?

– Não, porque me tomaram a cama.

– Não sejas mau.

– Ora!

– Para que me tratas desse modo?... Estou tão incomodada, tão doente... Se soubesses como tenho sofrido!...

– Sofre por teima! A senhora podia perfeitamente estar em sua casa, feliz e tranquila...

– É exato; a culpa é minha. Que horas são?

– Amanhece.

– Quê? Pois já se passou a noite inteira? Ah! agora me recordo que estive sem sentidos...

– Adeus.

– Vais sair?

– Vou.

– Por que não te demoras um pouco? Faz-me um bocado de companhia...

– Não, filha, preciso sair. Adeus.

– Escuta: foste sempre ao baile?

– Fui.

– Divertiste-te muito?

– Sim.

– Namoraste?

– Adeus.

– Vem cá.

Ele se aproximou dela com má vontade.

– Acho-te tão aborrecido, meu amor; não me trates com essa indiferença...

– Se lhe parece!

– Quê?

– Que não devo estar aborrecido...

– Por minha causa?

– Naturalmente.

– Pois então vai-te embora, vai! Nunca mais te aborrecerei!

Teobaldo apertou-lhe a mão. Ela pediu-lhe um beijo, ele negou-lhe e saiu cantarolando um trecho de ópera.

Logo que se perdeu no corredor a voz do moço, Ernestina ergueu-se e foi, amparando-se aos móveis e à parede, até à mesa, onde estavam, ao lado do candeeiro de petróleo ainda aceso, os versos há pouco escritos por Teobaldo. Leu-os, chorou e, assentando-se no lugar em que ele estivera, tomou da pena e lançou em uma folha de papel o seguinte, pouco mais ou menos:

"Declaro que sou a única autora de minha morte e declaro também que reconheço por meu legítimo herdeiro o senhor Teobaldo Henrique de Albuquerque, morador nesta casa. O meu testamento, no qual lego-lhe todos os meus bens, acha-se nas notas de tabelião Ramos."

Datou, assinou, pôs a folha de papel sobre a cômoda e, tornando à mesa, agarrou o candeeiro, desatarrachou-lhe a griseta[5], lançou esta para o lado sem lhe apagar a torcida[6] e, julgando-se cheia de resolução, levou aos lábios o reservatório de querosene.

Mal, porém, encheu a boca com o primeiro trago fugiu-lhe a coragem de suicidar-se e, já arrependida de tal propósito, arrevessou[7] de uma golfada sobre a mesa o venenoso líquido, que foi ter à torcida e logo se inflamou.

Ernestina, assustada com isto, arremessou nervosamente o candeeiro que tinha ainda nas mãos, e o petróleo derramou-se, inundando-a.

Então levantou-se uma grande chama que a envolveu toda. Ela soltou um grito e procurou ganhar a porta da sala; a chama recresceu com o deslocamento do ar.

A desgraçada conseguiu todavia chegar até onde estava André. O Coruja ergueu-se de pulo e viu, sem compreender logo, aquela enorme labareda irrequieta, que lhe percorria o quarto, a berrar desesperadamente.

Correu a socorrê-la; mas Ernestina acabava nesse momento de cair por terra, agonizante. Embalde ele procurava com os próprios punhos apagar-lhe as chamas do vestido.

Da sala até ali, por onde ela atravessava de carreira, viam-se na parede, de espaço a espaço, a forma de sua mão, desenhada com gordura derretida e pequenos pedaços de carne.

Três vizinhos haviam acudido do andar de baixo e procuraram esclarecer o fato; a carta, encontrada sobre a cômoda, tudo explicou. Em breve a casa encheu-se de gente do povo e empregados da polícia.

Puxou-se o sofá para o meio da sala e nele se depôs o corpo de Ernestina; não foi possível despi-lo totalmente dos farrapos que o cobriam, porque estes se tinham grudado às enormes feridas abertas pelo fogo. Toda ela, coitadinha, apresentava uma triste figura negra e esfolada em muitos pontos. Estava horrível; o cabelo desaparecera-lhe; os olhos eram duas orlas vermelhas e ensanguentadas; a boca, totalmente deslabiada, mostrava os dentes cerrados com desespero; e dos ouvidos sem orelhas e do nariz sem ventas escorria-lhe um líquido gorduroso e amarelento.

Um dos vizinhos, que era médico, passou logo o atestado de óbito e o Coruja tratou de dar as providências para o enterro.

Teobaldo, ao entrar da rua às três da tarde, parou, sem ânimo de penetrar na sala, e, muito lívido, perguntou ao companheiro:

– Que é isto? Ela morreu?...

– Matou-se.

E André, carregando com ele para o seu quarto, narrou-lhe minuciosamente o ocorrido e disse-lhe depois:

– E o seu herdeiro és tu.

– Eu!

– É exato. Deixou-te o que possuía, coitada!

E limpou as lágrimas.

– Diabo! – exclamou Teobaldo, soltando um murro na cabeça. – Diabo! Maldito seja eu!

O outro não queria consentir que ele visse o cadáver, mas Teobaldo repeliu-o e correu para junto de Ernestina. Atirou-se de joelhos ao lado dela e abriu a soluçar como um perdido.

– Desgraçado que eu sou! Desgraçado que eu sou!

E ergueu a cabeça para lhe dar um beijo na testa.

"Quem sabe – pensou ele, inundando-a de lágrimas –, quem sabe se este mesmo beijo um pouco antes não teria te poupado à morte!... Criminoso que sou! Enquanto morrias aqui, abandonada e repelida por mim, que te não merecia; enquanto me lançavas com o teu último suspiro a tua bênção e o teu perdão, eu te amaldiçoava e maldizia o teu afeto, sem ao menos compreendê-lo!"

Coruja veio arrancá-lo dali à força, e tão acabrunhado o achou depois do enterro que, para o consolar, lhe disse:

– Então, então, meu Teobaldo! O que está feito já não tem remédio! Nada lucras com ficar neste estado! Vamos! No fim de contas não tens culpa do que sucedeu!...

– Não é verdade, meu bom André? – volveu o outro, apoderando-se das mãos do Coruja. – Não é verdade que não sou um assassino perverso?... Não é verdade que, se a matei...

– Oh! tu não a mataste!...

– Sim, matei-a! Sei perfeitamente que fui a causa de sua morte; mas eu também não podia adivinhar que a minha indiferença a levasse a tal extremo!

– Decerto, decerto!

– Ah! sou um desgraçado! sou um ente maldito! Todos me cercam de carinhos e bondades, eu só os retribuo com o mal e com a ingratidão! Reconheço que sou amado demais! Reconheço que nada mereço de ninguém, porque nada produzo em benefício de quem quer que seja! Deviam dar cabo de mim, como se faz com os animais daninhos!

– Enlouqueceste, Teobaldo! Estás a dizer tolices!

– Não! – replicou este –, não! E em ti mesmo vejo a confirmação do que estou dizendo! És trabalhador, és perseverante, és digno de toda a felicidade, e, só por minha causa, não consegues ser feliz!

– Ao teu lado não posso ser infeliz, meu amigo.

– Ao meu lado és sempre tão desgraçado como eu! Ainda não conseguiste o teu casamento, ainda não conseguiste fazer o teu pecúlio, e tudo por quê?... Porque eu aqui estou! Já hoje não foste à tua obrigação; ontem gastaste o dia inteiro a cuidar desta pobre mulher que eu matei...

Coruja percebeu que eram inúteis as suas palavras de consolação, porque o desespero de Teobaldo estava no período agudo, e, para distraí-lo, resolveu procurar casa no dia seguinte e tratar logo da mudança.

* * *

Aqueles fatos serviram para redobrar a irregularidade da vida de Teobaldo, porque vieram modificar as teorias deste sobre o amor da mulher e aqueceram-lhe durante algum tempo as algibeiras.

Foi por seu próprio pé à procura de Leonília que, não conseguindo realizar a premeditada viagem, havia tornado à existência primitiva e achava-se luxuosamente instalada como dantes. Contou-lhe todo o ocorrido e acabou pedindo-lhe perdão de se ter mostrado até aí tão indiferente e grosseiro também com ela.

A cortesã estranhou a visita, mas não menos a estimou por isso, abençoando instintivamente do fundo da alma a morte da outra, que lhe restituía o amante.

Foi assim que Teobaldo voltou aos braços dela, entregando-se como por castigo, como para cumprir uma penitência, em honra à memória de Ernestina.

Todavia não se esqueceu de Branca; era esta a ideia verdadeiramente boa e consoladora de sua vida; era sua doce estrela de esperança, o grande lago azul onde o seu pensamento ia descansar, quando voltava desiludido dos prazeres ruidosos e prostrado pelo tédio da ociosidade.

Agora assistia à casa do comendador com mais frequência e, uma vez em que se achou a sós com Branca, tomou-lhe as mãos e disse-lhe:

– Ah! Se eu pudesse lhe falar com franqueza…

– Mas…

– Sei que não tenho esse direito: a senhora nunca me autorizou a tal; muito me custa, porém, esconder por mais tempo o meu segredo… Oh! É um desgosto tão grande… tão profundo…

– Um desgosto? creia que me penaliza essa notícia…

– Obrigado, no entanto…

– Mas, qual é o desgosto?
– Consente que lho confesse?
– Sim.
– Promete não ficar zangada comigo?
– Diga o que é.
– É o seu casamento.
– Com meu primo? Ora, isso ainda não está decidido.
– Mas estará em breve...
– Crê?
– É a vontade do comendador... e a senhora como filha dócil e obediente...
– Meu pai não seria capaz de casar-me contra a minha vontade...
– E é contra a sua vontade este casamento?
– O senhor já sabe que sim; mas não vejo onde esteja a causa do seu desgosto...
– É porque sou amigo de seu primo...
– E deseja vê-lo casado comigo...
– Ao contrário, e por isso que me desgosto.
– E por que não deseja vê-lo casado comigo?
– Porque...
– Diga.
– Porque a amo.
Branca estremeceu toda e quis fugir.
– Ouça-me – acrescentou Teobaldo, segurando-a pelos braços. – Ouça e perdoe minha doce esperança, minha vida! A senhora foi o meu bom anjo, foi a salvadora de minha alma; eu já me sentia perdido, gasto, morto; desde que a vi, reanimei-me como por encanto! Adoro-a, Branca, e basta uma palavra sua, uma única, para que eu seja o mais feliz ou o mais desgraçado dos homens!...
– Cale-se, Teobaldo!

– Não! Quero que me responda!...
– Mas que lhe hei de eu dizer?...
– Diga-me se devo ou não ter esperanças de ser amado pela senhora.
Ela quis escapar-lhe de novo; ele não deixou. Vamos! Fale.
– Sim... – disse Branca afinal, corando muito e fugindo.

XIX

A VIDA DE ANDRÉ ficou muito mais desafrontada depois da morte de Ernestina, graças ao magro legado que a infeliz deixara ao outro.

O bom rapaz principiou logo a pôr de parte algum dinheiro do que ganhava, para ver se podia afinal realizar o seu casamento; pois, a despeito das insistências do amigo, não houve meio de lhe fazer aceitar das mãos deste um só vintém.

– Não, não! – dizia. – Isso, nas condições em que te achas, mal chega para te equilibrares de novo! nada, meu amigo, é preciso que endireites a tua vida; que a ponhas em ordem e possas manter por algum tempo certa independência. Paga aos teus credores e não te preocupes comigo; deixa-me cá, deixa-me cá com os meus rapazes e trata de aplicar agora o que possuis melhor do que fizeste da outra vez! Isso é que é! Lembra-te das privações e dissabores por que passaste!...

Mas qual! Teobaldo, mal empolgou[1] a herança, tornou à mesma ou pior vidinha que levara antes de empobrecer; não era homem para ficar quieto com dinheiro no bolso. Enquanto tivesse o que gastar, não pensaria noutra cousa; e dir-se-ia até que as suas provações dos últimos tempos, em vez de o corrigirem, serviram apenas para estimular a febre da prodigalidade.

Quem o visse um ano depois não acreditaria que ali estava o desesperado herdeiro de Ernestina; que ali estava aquele mísero rapaz a quem, por castigo, o remorso e o arrependimento arrastaram de novo aos braços de Leonília. E, a julgar pelas aparências, tão proveitoso lhe fora o tal castigo que Teobaldo acabara de esquecer totalmente a culpa.

Todo ele agora respirava júbilo, elegância e prosperidade; seus esplêndidos vinte e sete anos luziam por toda a parte. Também a época não podia ser melhor para isso: o Rio de Janeiro passava por uma transformação violenta, estava em guerra; e, enquanto as províncias se despiam para cobrir com os seus filhos os sertões paraguaios, o Alcazar[2] erguia-se na Rua da Vala e a opereta francesa invadia-nos de cabeleira postiça e perna nua.

Durante o dia ouvia-se o Hino Nacional acompanhando para bordo dos vasos de guerra os voluntários da pátria; à noite ouvia-se Offenbach[3].

E o nosso entusiasmo era um só para ambas as músicas.

A guerra tornava-nos conhecidos na Europa e uma nuvem de mulheres de todas as nacionalidades precipitava-se sobre o Brasil, que nem uma praga de gafanhotos sobre um cafezal; as estradas de ferro desenvolviam-se facilitando ao fazendeiro as suas visitas à corte e o dinheiro ganhado pelos escravos desfazia-se em camélias e champanhe; abriam-se hotéis onde não podiam entrar famílias; multiplicavam-se os botequins e as casas de penhores. Redobrou a loteria e a roleta, correram-se os primeiros cavalos no Prado; surgiram impostos e mais impostos, e o ouro do Brasil transformou-se em papel moeda e em fumaça de pólvora.

Teobaldo estava, pois, com o seu tempo; já demandando todas as noites o Alcazar dentro do seu cabriolé[4], que ele mesmo governava com muita graça; já percorrendo a cavalo as ruas da cidade em marcha inglesa; já servindo de juiz de raia no Jóquei Clube ou madrugando nas ceias do Raveaux ao lado das Vênus[5] alcazarinas.

Entretanto, posto esquecesse a culpa, não se descuidava totalmente da sua penitência a respeito de Leonília e tinha para ela uma espécie de estima obrigatória, como a de alguns maridos pela competente esposa.

A cortesã, já então um pouco ofuscada pela concorrência estrangeira, resignava àquele meio amor, esperando, cheia de fé, que o seu amado haveria, mais cedo ou mais tarde, de recorrer aos braços dela como supremo recurso quando lhe chegasse a ele a saciedade ou quando se lhe esgotassem recursos para a peraltice.

Aquela vidinha não podia durar muito e, uma vez comido o último vintém, não seria com as francesas que ele se havia de achar!

Com efeito, ainda não estava em meio o segundo ano da nova opulência de Teobaldo e já este começava a retrair-se da pândega, não para tornar fielmente a Leonília, mas torcendo para o lado de Branca de cujo namoro se descuidara um pouco nos últimos tempos.

E ao sentir murcharem-lhe de todo as algibeiras, veio-lhe uma ardente febre de liquidar quanto antes aquele casamento, que passava a ser de novo para ele o extremo porto de salvação. Aguiar, porém, que não desistia uma polegada de suas pretensões sobre a prima, deu logo por isso, pôs-se de sobreaviso, estudou-os a ambos e afinal, sem mais se poder conter, interrogou abertamente a menina, de uma vez em que a pilhou de jeito.

Branca respondeu que não reconhecia nele direito algum que o autorizasse a fazer semelhante interrogatório e, depois de muito instigada pelo primo, confessou que votava ao senhor Teobaldo particular afeição e que estaria disposta a casar-se com ele, no caso que ele a desejasse.

– Com que a senhora o aceitaria para marido?

– A ter de escolher...

– Escolhia-o…

– É exato.

– Quer dizer que o ama!…

– Não sei o que é o amor; apenas reconheço no seu amigo todas as qualidades que eu sonhava no meu noivo; assim pensasse ele a meu respeito…

– Ah! descanse que não! Aquilo não é homem para sentimentos dessa ordem! É um libertino!

– Meu primo!

– A senhora já o defende!… Bravo!

– Decerto, porque o senhor o está caluniando!

– E minha prima o conhece porventura? Saberá ao menos quais são os precedentes da vida dele?

– Não, mas calculo.

– Pois erra no cálculo! Fique sabendo que Teobaldo não a merece; é, repito, um homem incapaz de qualquer afeição séria e duradoura; é um homem que se gastou, que se estragou em amores de todo o gênero e…

– Se continua falar desse modo, vou para junto de meu pai…

– Ah! não quer ouvir as verdades a respeito dele; está bom, está muito bom!… Não sabia que a cousa chegara a este ponto; mas, enfim, sempre lhe direi que o seu rico Teobaldo até hoje tem vivido, por bem dizer, à custa de mulheres!…

Branca ergueu-se indignada e fugiu.

– Miserável! – considerou o Aguiar –; é preciso ser muito infame para fazer o que ele fez! Apresento-o a esta casa, confio-lhe as minhas intenções, declaro-lhe quanto adoro minha prima, e o patife responde a tudo isso procurando disputar-ma. Ah! mas a cousa não lhe há de ser assim tão doce! Eu cá estou para te cortar os planos, especulador! Queres apanhar-lhe o dote? Pois tens de te haver comigo! Não te lamberás com o dinheiro de meu tio como te lambeste com o dinheiro da pobre Ernestina!

Daí a dias falava o Aguiar com o comendador:

– É preciso abrir os olhos, meu tio, é preciso abrir os olhos. Aquele tratante é capaz de tudo! Abra os olhos, se não quiser que ele lhe pregue alguma peça…

– Mas, com a breca! não foste tu mesmo que mo apresentaste?

– Não o conhecia nesse tempo: andava iludido; só hoje sei a bisca que ali está.

E contou a respeito de Teobaldo todas as verdades que sabia e mais ainda o que lhe pareceu necessário para as realçar; assim, disse que ele era um grande devasso e um grande hipócrita; que ele para conseguir qualquer desiderato[6] não hesitava defronte de obstáculos, nem considerações de espécie alguma, e que, no caso presente, se o comendador não tratasse de defender a filha, o patife conseguiria apoderar-se dela, pois já lhe havia captado a confiança e talvez o coração.

– Estás sonhando com certeza!

– Não! digo a verdade. Branca deseja casar com ele!

– Não creio! Isso não pode ter fundamento.

– Juro-lhe que tem! Ela própria mo confessou!

– Nesse caso vou interrogá-la.

– Pois interrogue, e verá!

Branca respondeu ao pai com toda a franqueza que "se tivesse de escolher noivo preferiria o senhor Teobaldo a qualquer outro…"

– Bem, filha, isso é lá uma questão de gosto; não se argumenta! mas, sempre te direi que é de minha obrigação evitar que dês um passo mau; preciso esclarecer-te sobre os precedentes e sobre o caráter desse moço, a quem na tua inocência escolheste para marido.

– Oh! mas foi vossemecê justamente quem me deu o exemplo de gostar dele!... Não posso compreender como um rapaz, até aqui tão querido e simpatizado por todos nesta casa, mereça o que meu pai acaba de dizer!...

– Sim, minha filha, mas o casamento é cousa muito séria; pode a gente simpatizar com uma pessoa, achar que ela tem talento, que é bonita, que é engraçada; sim, senhor! Daí, porém, a querer metê-la na família vai uma distância enorme!...

– Não sei que possa faltar àquele rapaz para ter direito à minha mão!...

– Não se trata do que falta, meu bem, mas do que lhe sobra!...

– Como assim?

– É que há feios boatos a respeito da vida que ele tem levado aqui na corte...

– Intrigas de meu primo...

– Eu, pelo menos, preciso tomar certas informações antes de consentir que penses nele.

– Ora, papai, isso de pensar ou de não pensar em alguém não depende da vontade; e, quase sempre, quanto mais a gente faz por não pensar em uma pessoa ou em uma cousa, é quanto mais ela não lhe sai da ideia.

– Bem, bem, bem! – disse o velho afastando-se contrariado –; mais tarde havemos de falar neste assunto; por ora não tens a cabeça no seu lugar.

Toda esta conversa foi à noite desse mesmo dia relatada minuciosamente a Teobaldo por Branca, que se encontrou com ele em casa de uma família conhecida de ambos.

– Estás disposta a casar comigo? – perguntou-lhe o rapaz.
– Bem sabes que sim.
– Mesmo sem a autorização de teu pai?
– Sim, mas exijo que lhe faças o pedido.
– E se ele negar?
– Insistiremos.
– E se ele insistir também na recusa?
– Esperaremos.
– E se ele nunca mudar de ideia?
– Não sei… Havemos de ver…
– E se ele quiser casar-te à força com teu primo?
– Oh! isso não consinto.
– Pois fica sabendo que é essa a sua intenção!
– Não creio!
– E, se for, estás disposta a reagir?
– Estou.
– E sabes qual é o único meio que há para isso?
– Qual é?
– Fugindo.
Branca teve um sobressalto e repetiu quase que mentalmente:
– Fugindo?…
– Sim, e desde já preciso saber se devo ou não contar contigo; nestes casos não há meias medidas a tomar: se estás disposta a ser minha esposa, arrostaremos[7] tudo; se não estás, desaparecerei para sempre de teus olhos. Decide!
– Sim, mas tu hás de falar primeiro a papai…
– Está claro e só me servirei do rapto no caso que ele me recuse a tua mão.
– Talvez não recuse…
– E se recusar?
Ela abaixou os olhos.
– Responde! – disse ele.

– Irei para onde me levares...

– Bem. Estamos entendidos.

E Teobaldo afastou-se disfarçadamente.

Quando tornou a casa, foi direito ao Coruja, a quem por último confiava as suas esperanças de casamento, e disse-lhe sem mais preâmbulos:

– Sabes?! O Aguiar está me fazendo uma guerra terrível! intrigou-me com o comendador! Creio que vou ter muito vento contrário pela proa! Ah! mas comigo aquele miserável perde o seu tempo porque estou resolvido a raptar a menina!

– Não sei se farás bem com isso... – observou o outro –; esses meios violentos provam quase sempre muito mal... Eu, no teu caso, me entenderia com o pai...

– Ah! está bem visto que lhe farei o pedido! faço, que dúvida! mas já sei que vou levar um formidável "não" pelas ventas! O bruto nega-me com certeza!

– Quem sabe lá, homem! Experimenta...

– Pois se o demônio do Aguiar não faz senão desmoralizar-me aos olhos do velho!...

– Pois desmente-o, provando com a tua conduta o contrário do que ele disser. Olha! Queres ver o meio de chegar mais depressa a esse resultado? Procura trabalho. Emprega-te!

– Mas onde?

– Em casa do próprio pai da menina...

– Em casa do comendador? Tem graça!

– Não sei por quê...

– Pois eu sirvo lá para o comércio!...

– Procura servir...

– Ele não tomaria a sério o meu pedido...

– Nesse caso a culpa já não seria tua; e o bom cumprimento do teu dever, procurando trabalho, seria já argumento que ficava de pé contra as intrigas do Aguiar.

– Tens razão. Amanhã mesmo vou falar ao velho talvez consiga alguma cousa…

– Hás de conseguir, pelo menos, provar que desejas ganhar a vida.

Teobaldo ficou pasmado quando, no dia seguinte, às suas primeiras palavras com o pai de Branca, este lhe disse sem o menor constrangimento:

– Ó meu caro senhor, por que não me falou há mais tempo?… Tenho muito prazer em ser-lhe útil; diga quais são as suas habilitações e pode ser que entremos em algum acordo.

Teobaldo viu-se deveras embaraçado para responder a semelhante pergunta. Ele, coitado, não tinha habilitações; tinha dotes, sentia-se com jeito para tudo em geral, mas imperfeito e inepto[8] para qualquer especialidade.

O comendador foi em auxílio dele, perguntando-lhe se sabia o francês e o inglês.

– Perfeitamente – apressou-se a responder o interrogado. – Falo e escrevo com muita facilidade qualquer dessas línguas…

– Pois então trabalhará na correspondência. Tem boa letra?

– Sofrível; quer ver?

E, tomando a pena que o negociante havia deposto em cima da carteira, escreveu primorosamente sobre uma folha de papel as seguintes palavras:

"Convencido de que a ociosidade é a mãe de todos os vícios e de todos os males, desejo evitá-la, dedicando-me a um trabalho honesto e proveitoso."

– Muito bem! – disse o comendador, olhando por cima dos óculos para o que estava escrito. – Pode amanhã mesmo apresentar-se aqui; meu guarda-livros se entenderá com o senhor.

– Devo vir a que horas?

– Aí pelas sete da manhã.

Teobaldo correu a contar ao amigo o resultado da sua conferência com o pai de Branca.

– Então? Que te dizia eu?... – exclamou Coruja, nadando em júbilo. – Vês?! Tudo se pode arranjar por bons meios! Não dou muito tempo para que o comendador morra de amores por ti e esteja disposto a proteger-te mais do que protegeria a um próprio filho! Assim tenhas tu cabeça e saibas te aguentar no emprego!

– Vamos a ver...

– Olha, meu caro, ali tens um futuro, sabes? Talvez não ganhes muito ao princípio, mas pouco a pouco o comendador te aumentará o ordenado e, quando deres por ti, estarás com a tua vida independente e garantida. Então, sim, pede a menina e casa-te, antes disso, é asneira!

XX

O Aguiar, ao lhe constar a entrada de Teobaldo para o escritório do tio, esteve a perder os sentidos, tal foi o abalo que lhe produziu a notícia; mas, ordenando as suas ideias e meditando o fato, tocou logo para a casa de Leonília, disposto a pôr mão em todos os meios que lhe servissem de arma contra o rival.

– Aposto que não adivinhas o que aqui me traz!... – principiou ele, assim que a cortesã lhe apareceu no patamar da escada.

– Saberei se mo disseres...

– É uma revelação de amigo...

– Uma revelação? Entra.

– Com licença.

E, assentando-se defronte dela:

– Ainda gostas muito de Teobaldo?

– Loucamente, por quê?

– Sentirias muito se ele te abandonasse?

– Se me abandonasse? Mas que queres dizer? Há alguma novidade? Ele tenciona sair do Rio? Anda! fala por uma vez!

– Não, não é isso...

– Então que é? Desembucha!

Aguiar estendeu as mãos uma contra a outra, em sinal de casamento e fez um trejeito com os olhos.

– Casar? Ele?! – exclamou Leonília, empalidecendo repentinamente. – Ele vai casar?!

– Está tratando disso e é natural que o consiga se lhe não cortarem os planos... Só uma pessoa o poderia fazer e essa pessoa és tu.

– Eu?! – disse ela, afetando indiferença. – Ora, que me importa a mim! Que se case quantas vezes quiser!

Mas puxou logo o lenço da algibeira, escondeu os olhos e atirou-se depois sobre o divã, soluçando aflita.

"Bom, bom! – pensou o rapaz – com esta posso contar!..."

E foi assentar-se ao lado da cortesã, para lhe expor o caso minuciosamente. Soprou-lhe em voz baixa o nome da noiva, o número da casa do tio, falou sobre este e sobre madame de Nangis e terminou dando parte do novo emprego de Teobaldo.

– Se aquele patife continuar mais algum tempo no escritório – segredou ele –, estará tudo perdido! É preciso antes de mais nada arrancá-lo dali. Conheço-lhe as manhas, é capaz de enfiar um camelo pelo ouvido de uma agulha!... Trata de evitar o casamento e podes, além do resto, contar com uma boa recompensa de minha parte. Adeus.

Leonília deixou-o sair, sem lhe voltar o rosto, nem lhe dar uma palavra. Só alguns minutos depois ergueu-se, passou as mãos pelos cabelos das fontes, suspirou prolongadamente, mirou-se no espelho que lhe ficava mais perto e apoiou-se a um móvel, com o olhar cravado em um ponto da sala.

– Miserável! – balbuciou ela depois de longa concentração. – Miserável! E ele que nunca me falou nisto!... Iludir-me por tanto tempo!... Tinha um casamento ajustado, tinha um namoro, e eu supondo que era amada! ... Ah! quando me lembro que ainda ontem lhe disse que seria capaz de tudo por causa dele, que tudo suportaria para não me privar dos seus carinhos!... Oh! mas hei de vingar-me, hei de fazê-lo sofrer o quanto for possível; hei de persegui-lo enquanto durar o meu amor! Ou este casamento será desmanchado ou Teobaldo não terá mais um momento de repouso em sua vida!

E desde então principiou Leonília a fazer planos de vingança, a imaginar maldades e represálias contra o amante, disposta a não lhe deixar transparecer o menor indício das suas intenções; mas, na primeira ocasião em que Teobaldo esteve ao seu lado, ela não se pôde conter e, entre soluços, deixou rolar contra ele a formidável tempestade de ciúmes que a tanto custo reprimia.

– É exato – respondeu o moço sem se alterar. – Já que sabes de tudo, confesso-te que vou casar.

– Hipócrita!

– Hipócrita por quê? Então não posso dispor de mim?

– Não, decerto! a não ser que tenciones me dar o mesmo destino que teve a pobre Ernestina!

Teobaldo fez um gesto de contrariedade e Leonília acrescentou:

– Não, decerto, porque, quando uma mulher ama como eu te amo, não pode consentir que o seu amado se case com outra!

– Mas, filha, é preciso ser razoável!... Querias então que eu fosse eternamente o teu *amant de coeur*?... querias que eu não tivesse outras aspirações, outros ideais, senão representar a indigna e falsa posição que represento aqui nesta casa, que não é paga só por mim?...

– Oh! Já tive ocasião de provar-te que não ligo importância a tudo isso!...

– Sim, mas não compreendes que tenho aspirações e prezo o meu futuro, não vês que seria loucura de tua parte contar comigo para toda a vida?... Oh! às vezes nem me pareces uma mulher de espírito!

– E amas tua noiva?

– Se não a amasse, não desejaria casar com ela.

– Diz antes que lhe cobiças o dote; serias, ao menos, mais delicado para comigo.

– Bem sabes que eu não minto...

– Quando não te faz conta!...

– Desafio-te a citares uma mentira minha!

– Ora! não tens feito outra cousa até agora, escondendo de mim os teus projetos de casamento...

– Não! Isso seria falta de franqueza, mas nunca mentira.

– É mentir fazer acreditar em um amor que não existe.

– Eu nunca fiz semelhante cousa! Não fui eu quem te iludiu, foste tu própria!

– Confessas então que nunca me amaste, não é assim?

– A que vem esta pergunta?... Amar! amar! Oh! como tal palavrão me enjoa e apoquenta!

– É porque és um cínico!

– Não, é porque “amor” nada exprime, é um palavrão sem sentido; fala-me em simpatia, em gostar de ver alguém e senti-lo ao seu lado; fala-me na estima e no apreço em que temos os bons e os generosos, e eu te compreenderei e eu te direi que te aprecio e te quero!

– Vais me oferecer a tua amizade. Aposto.

– Não te posso oferecer uma cousa que dispões há muito tempo... O que eu desejo é apelar justamente para essa amizade e pedir-te em nome dela que não sejas um obstáculo ao meu futuro e à minha tranquilidade.

– Não te compreendo.

– Meu futuro baseia-se todo neste casamento.

– E vens pedir que eu te auxilie?...

– Sim.

– Pois desiste de tal ideia!

– Não queres me proteger?

– Quero guerrear-te.

– Ah!...

– Hei de fazer o possível para que o teu casamento nunca se realize!

– É assim que és minha amiga?...

– É assim que sou rival de tua noiva! Hei de fazer o que puder contra ela! És meu! amo-te! hei de defender-te de toda e qualquer mulher, seja uma das minhas ou seja uma donzela de quinze anos!

– Queres então que eu me arrependa de haver consentido em ser teu amante?

– Não sei! quero é que não me deixes! Sou muito mais velha do que tu; espera que eu morra e casarás depois com uma das que aí ficarem.

– És má!

– Sou mulher.

– Adeus.

E fez alguns passos na direção da porta; ela atirou-se-lhe ao pescoço e começou a soluçar, beijando-o todo, sofregamente, como quem se despede do cadáver de um ente querido a quem vão sepultar.

Teobaldo entretanto conseguiu desviar-se-lhe dos braços e saiu, disposto a nunca mais tornar ao lado dela.

Mas, no dia seguinte, às duas da tarde, trabalhava no escritório do patrão, quando viu parar à porta o carro de Leonília e logo, em seguida, entrar esta pela casa, à procura do senhor comendador Rodrigues de Aguiar.

– O comendador não está – disse-lhe um caixeiro.

Leonília perguntou a que horas o encontraria; o caixeiro respondeu, e ela saiu com o mesmo desembaraço com que entrara.

Teobaldo, mal ouviu bater a portinhola do carro, atirou para o lado a correspondência, pôs o chapéu, abandonou o escritório, tomou um tílburi e seguiu na pista da cortesã. Quando esta se apeava à porta de casa, ele surgiu ao lado dela.

– Que deseja de mim? – perguntou Leonília parando à entrada.

– Pedir-te um favor.

– Agora não lhe posso prestar atenção. Adeus.

– Olha! Ouve!

Ela não respondeu, arrepanhou as saias, galgou a escada e Teobaldo ouviu bater em cima uma porta fechada com arremesso.

Tornou à rua estalando de cólera.

“Maldita mulher! – pensou ele. – Maldita mulher, que tanto mal me faz!”

E, quanto mais reconsiderava as vantagens do seu casamento, mais furioso ficava contra Leonília e mais apaixonado se supunha pela graciosa filha do comendador.

Meteu-se de novo no tílburi e mandou tocar a toda força para o colégio onde trabalhava o Coruja. Era uma ideia que lhe aparecera de repente.

E assim que viu o amigo:

– Arranja uma saída já! – disse-lhe, sacudindo a mão dele entre as suas. – Preciso de ti no mesmo instante. É um caso urgente. Vem daí!

O Coruja, meio contrariado por interromper a sua obrigação, mas ao mesmo tempo já em sobressalto com as palavras do amigo, não se fez esperar muito.

– Então, que temos? – perguntou logo que se viu a sós com Teobaldo na rua.

– André, preciso que me prestes um serviço, um verdadeiro serviço de amigo: Leonília quer desmanchar o meu casamento; é necessário convencê-la do contrário. Só tu me podes fazer isso; és o único homem sério de que disponho! Vai ter com ela e chama-a à razão! Fala-lhe com franqueza, promete-lhe o que entenderes, contanto que a convenças!

– Ela ameaçou-te de fazer qualquer cousa?

– Nem só ameaçou, como até já foi ao escritório do comendador procurá-lo!...

– Falou-lhe?

– Não porque felizmente ele não estava em casa, mas volta amanhã sem dúvida ou talvez ainda hoje mesmo, e tu bem sabes que, se ela fala ao comendador, estou perdido; e adeus casamento, adeus futuro, adeus tudo!

– É preciso então ir já?

– Sim, imediatamente! Olha! mete-te no tílburi e vai, anda!

Coruja fez ainda algumas perguntas, tomou certas informações e afinal seguiu para a casa de Leonília.

Veio ela própria recebê-lo, fê-lo entrar para a sala e assentou-se-lhe ao lado.

Só então o pobre André avaliou o alcance do seu compromisso; achou a comissão mais difícil do que julgara e a si próprio mais fraco do que supunha; mas vencendo o acanhamento, principiou sem transição:

– Sabe, moça, eu venho aqui para lhe pedir um favor...

– O senhor é o amigo de Teobaldo, não é verdade?

– Sou eu mesmo.

– O Coruja, não?

– Justamente.

– Que favor deseja pedir?

– Que a senhora não faça a desgraça do nosso amigo.

– Como?

– Desmanchando-lhe o casamento.

– Ele então já lhe falou nisso?

– Já, e eu vim pedir à senhora que tenha pena do pobre rapaz.

– E ele teve pena de mim, porventura? Ele não calculou que com esse casamento fazia a minha desgraça? Não se lembrou de que há já um bom par de anos que nos amamos e eu não poderia de braços cruzados vê-lo atirar-se nos de outra mulher?... Ele não calculou tudo isso?

– Mas é necessário – replicou André.

– Para quem? – perguntou a rapariga.

– Para ele.

– Pois também é necessário para mim que ele não case.

– Não tanto...

– Não tanto? Ora essa! Por quê?

– Porque a senhora já tem, boa ou má, a sua vida constituída, e ele precisa fazer um futuro, precisa arranjar uma posição.

– Ora!

– É que talvez a senhora não esteja bem informada; as cousas nunca se acharam para ele tão ruins! Teobaldo está em uma situação crítica, muito crítica; se não consegue realizar este casamento, fica perdido, perdido para sempre, e, como lhe conheço bem o gênio, receio pela vida dele!...

– Outro tanto não faz ele a meu respeito.

– Ah! mas a senhora não se vê nos mesmos apuros...

– Engana-se, meu amigo, estou até em muito piores condições. Todo este luxo que o senhor tem defronte dos olhos não significa opulência, significa miséria!... Sou mais infeliz do que qualquer das minhas companheiras, porque tenho coração, porque sinto e conheço o terreno em que piso, e sei avaliar cada passo que dou neste tristíssimo caminho de minha vida! Ah! veem-me rir; veem-me zombar de tudo e de todos, e no entanto só eu sei o que vai cá por dentro! Sofro e sofro mais do que ninguém! Cada beijo que tiro dos meus lábios para vender é mais uma fibra que me estala n'alma! Oh! daria todo o meu sangue para não ser quem sou!

O Coruja principiava a comover-se.

– Mas... – prosseguiu Leonília – o senhor no fim de contas tem toda a razão: meu amor não é como o amor das outras pessoas, o meu amor, em vez de elevar, humilha e rebaixa! Quanto mais delicada, quanto mais escrava e amiga me fizer de Teobaldo, tanto mais o prejudico! Tem toda a razão! É indispensável que eu me afaste dele por uma vez! É preciso que eu acorde deste sonho para cair de novo na triste realidade do meu destino! Que importa que isso agrave os meus sofrimentos; que os torne perigosos; que os torne fatais?... Que importa, se nada lucram os outros com a minha vida ou perdem com a minha morte?... Ele quer abandonar-me? Pois não! faz o seu dever, obrará como um "rapaz de juízo"! Todos os homens sérios e refletidos aplaudirão esse ato! Ele quer casar? Nada mais justo! O casamento é a moral, é a ordem, é a dignidade no amor! Pois alguém lhe perdoaria abandonar um casamento vantajoso só para impedir que sucumba uma desgraçada, uma mulher perdida? Ninguém, decerto! Ah! tudo tem seu tempo! Amou-me enquanto podia e precisava amar-me; depois nada mais tem que fazer a meu lado e vai buscar o que lhe convém, o que serve para o seu futuro! Aqui não se trata de mim; trata-se dele apenas; eu que não fosse tola! Quem me mandou tomar a sério o que não devia passar de uma brincadeira, de um capricho? Quem me mandou a mim sonhar com felicidades que me não pertencem?... Pois não devia eu calcular logo que as desgraçadas de minha espécie só têm direito à libertinagem, ao vício e à eterna degradação?...

E Leonília rompeu em soluços.

– Não se mortifique... – aconselhou o Coruja, sem achar o que dizer.

– Ah! Sou muito, muito desgraçada! Ninguém poderá calcular o quanto sofre uma mulher nas minhas condições, quando ela não sabe ser quem é e quer se dar à fantasia de revoltar-se contra o seu próprio meio! Por todos os lados sempre a mesma lama: o que se come, o que se veste, o que se gasta, é tudo prostituição; nada que não tenha a mancha de podre! E no entanto uma cousa boa e pura me restava ainda no meio de tanta imundícia: era o meu amor por Teobaldo; esse não tinha sido contaminado pelo resto... Quando eu me sentia aviltada por tudo e por todos, refugiava-me nele, lembrava-me de que o amo sem interesses mesquinhos, sem hipocrisias, nem baixezas; e esta ideia me fazia por instantes esquecer de mim mesma, esta ideia como que me transformava aos meus próprios olhos, e eu me supunha menos só no mundo e menos prostituta! Agora, querem arrebatá-lo; querem tomar-me o único pretexto que eu tinha para viver... pois levem-no! Mas, oh! por quem são! deixem-me morrer primeiro! Não há de custar tanto!

– Não pense nisso!

– E do que me serve a vida sem Teobaldo?... É que o senhor não conhece, não pode imaginar o que é a existência de nós outras, mulheres perdidas! É simplesmente horrível! Hoje ainda encontro quem me ampare, porque não estou de todo acabada; mas amanhã os homens principiarão a desertar e as suas vagas representarão mil necessidades – depois a moléstia, a fome completa e afinal – "Uma esmola por amor de Deus!" Eis aí o que me espera, como espera a todas as minhas iguais! Atravessamos uma existência de vergonhas para acabar num hospício de idiotas ou num hospital de mendigos! Pois bem! com a ideia em Teobaldo, eu me esquecia desse futuro implacável; bem sei que ele nunca me recolheria de todo à sua guarda... Quem sou eu para merecer tanto?... mas dizia comigo "Ele, coitado, tem-me amor, nada me pode fazer por ora; mais tarde, porém, quando me vir totalmente desamparada, virá em meu socorro e não consentirá que eu morra como um cão sem dono!".

– E quem lhe disse que ele não olhará pela senhora?... Por que o há de supor tão mau?

– Ah! Mas uma vez casado, a cousa muda logo de figura... Não há homem que se não modifique deixando o estado de solteiro! Quando eles até então só amam a mulher com que se casam, mal a possuem esquecem-na por outra; e, se antes do casamento já se dedicavam a qualquer amante, será esta sacrificada à legítima esposa. Esta é a lei geral; esta há de ser a lei de Teobaldo!

– Mas, segundo me parece, isso não impede que ele seja eternamente grato aos desvelos que a senhora lhe dedicou.

– Sim, creio, e é justamente por esse motivo que eu nada esperarei dele depois do casamento. Uma mulher aceita a compaixão seja de quem for e pelo que for, menos do seu amado, em substituição da ternura.

– Pois se lhe repugna aceitá-la das mãos dele, pode recebê-la das minhas; comprometo-me a olhar pela senhora.

Leonília, ao ouvir isto, voltou-se de todo para o Coruja e mediu-o em silêncio com os olhos ainda congestionados pelo choro. "Que significaria aquela proposição?..."

– O senhor tenciona tomar-me à sua conta?... – perguntou ela surpresa. – Tenciona fazer-se meu amante?

André tornou-se vermelho e balbuciou:

– Está louca?

– Mas não é essa a proposta que acaba de fazer?

– Eu lhe ofereci apenas o meu auxílio pecuniário...

– Quer ser então o meu protetor?

– Quero opor-me à desgraça de Teobaldo.

– Quanto o senhor é amigo daquele ingrato!

– Se a senhora se acha disposta a sair do Rio de Janeiro, arranja-se-lhe o necessário para a viagem. Concorda?

– Sim; creia, porém, que é mais pelo senhor do que por ele.

– Obrigado. Amanhã mesmo lhe chegará o dinheiro às mãos. Adeus.

Leonília foi acompanhá-lo até à porta e o Coruja saiu para ir ter com Teobaldo.

– Bonito! – exclamou este, quando o amigo lhe prestou contas da sua comissão – Fizeste-la bonita!

– Como assim?

– Pois tu foste prometer dinheiro à mulher? Não sabes que não tenho onde ir buscá-lo?

– Dividiremos a despesa... eu posso arranjar a metade. Creio que, se lhe mandarmos uns duzentos mil-réis...

– Duzentos mil-réis! Isso nem dobrado vale nada para ela! Não conheces esta gente! Foi o diabo!

– E quanto entendes tu que é necessário dar-lhe?

– Sei cá! Nunca menos de cem libras esterlinas!

– Um conto de réis!

– Com menos disso duvido que ela se vá embora!

– Há de se lhe dar um jeito! Não te aflijas.

– É que eu estou sem vintém!

– Arranja-se...

– Não admito que te sacrifiques tão estupidamente! Ora essa!

– Descansa que não me sacrificarei...

Mas, ao tirar-se daí, André foi direitinho à sua secretária, sacou de uma das gavetas um pequeno pacote de notas de cem mil-réis, meteu-o no bolso e saiu.

Quando tornou ao lado de Teobaldo, disse-lhe:

– Sabes? Está tudo arranjado.

– Hein? Como? Ela parte?

– Sim. Levei-lhe em teu nome oitocentos mil-réis. Seguirá no primeiro paquete[1] para Buenos Aires e não tornará tão cedo ao Brasil.

– Ó desgraçado! Querem ver que lhe deste as tuas economias!

– Não; apenas o que fiz foi adiantar-te o dinheiro; depois de casado me pagarás.

– Nesse caso vou passar-te uma letra.

– Para quê? Não precisa.

XXI

E, NO ENTANTO, À NOITE desse mesmo dia, travava-se entre o Coruja, dona Margarida e a filha desta o seguinte torneio de palavras:

– Então, seu Miranda; o senhor decide ou não decide o diabo deste casamento?

– Agora, agora senhora dona Margarida, é que as cousas vão endireitando e, se Deus não mandar o contrário, pode bem ser que tudo se realize até mais cedo do que esperamos.

– Ora! já não é de hoje que o senhor diz isso mesmo!

E note-se que, depois que Teobaldo melhorara de circunstâncias, dona Margarida havia abrandado muito a aspereza de suas palavras para com o futuro genro; isto quer dizer que ultimamente podia André, como no princípio de seu namoro, levar alguns presentes à noiva e mais à velha. Mas nem por isso deixava esta de falar às vizinhas, desde pela manhã até à noite, a respeito do célebre casamento da filha, que, segundo a sua expressão parecia encantado.

– Pois se tu também não te mexes! – gritava ela às vezes, ralhando com a rapariga. – A ti tanto se te dá que as cousas corram bem como que não corram. Nunca vi tamanho descanso, credo! Ninguém dirá que és a mais interessada no negócio!

– Ora, mamãe, mais vale a nossa saúde!... – respondia Inês, invariavelmente. – O que tem de ser traz força!

– Oh! que raiva me metes tu quando dizes isso, criatura!

– Mas se é...

– Qual é o quê! Cada um que não trate de si para ver como elas lhe sabem! Não me tiram da cabeça que, se apertasse um pouco o rapaz, ele talvez até já tivesse aviado por uma vez com isto! Já com a tal história do ensino foi a mesma cousa; tu, tanto remancheaste[1], tanto te descuidaste, que afinal lá se foi tudo por água abaixo!

– Ora, eu ensino em casa da mesma forma...

– A quatro pintos pelados, que levam aí todo o santo dia a me atenazarem[2] os ouvidos com o “b-a faz bá, b-e faz bé!” Ora, Deus me livre!

– Rendem quase tanto como uma cadeira...

– Mas não são certos. De um momento para o outro podes ficar sem nenhum… Ao passo que a cadeira…

– Mais vale a quem Deus ajuda…

– Sim, mas Cristo disse: "Faz por ti que eu te ajudarei". E é justamente do que não te importas: é de fazer por ti!

Estas conversas acabavam quase sempre arreliando a velha, que por fim lançava à conta do Coruja toda a responsabilidade do seu azedume. Porém o que mais a mortificava era o falatório da vizinhança, era o comentário dos conhecidos da casa, que principiavam já a zombar abertamente do "tal casório".

– A Inezinha está só esperando a idade para casar!… – diziam eles em ar de chacota, para mexer com o gênio da velha.

E conseguiam, porque dona Margarida ficava furiosa; mas não contra aqueles e sim contra o pobre André.

Este, todavia, com a regularidade de um cronômetro, não faltava à casa da noiva, às horas do costume. Apresentava-se lá com a mesmíssima cara do primeiro dia, sempre muito sério, muito respeitoso e muito dedicado; Inês, também inalterável, vinha assentar-se ao lado dele, enquanto a velha se postava defronte dos dous. E assim conversavam das sete às dez horas todos os domingos e das sete às nove nas terças, quintas e sábados.

E lá se iam cinco anos em que isto se verificava com a mesma pontualidade. André era já conhecido no quarteirão e, quando ele surgia na esquina da rua, resmungavam os vizinhos de dona Margarida:

– Ali vem o noivo empedrado!

Houve espanto geral em vê-lo passar uma sexta-feira fora das horas costumeiras e muito mais apressado e mais preocupado que das outras vezes.

Ia pedir à velha um obséquio bastante melindroso: é que, nesse dia, pela volta das onze, Teobaldo lhe surgira no colégio, com um ar levado dos diabos, o chapéu à ré, o rosto em fogo, para lhe dizer:

– Sabes? Fiz o pedido ao velho!

– Já? Acho que foste precipitado!

– Pois se ele quer enterrar a filha em Paquetá, até que ela se resolva a casar com o primo!

– Mas então?

– Negou-ma!

– Negou-ta?

– Abertamente! Chegou até a contar-me uma porção de histórias, que me fizeram subir o sangue à cabeça!

– Que disse ele?

– Ora! Que eu não estava no caso de fazer a felicidade da filha; que eu era um estroina[3], um doudo; que eu tinha mais amantes do que dentes na boca (foi a sua frase) e que eu, para prova de que não gostava do trabalho, nunca tomara a sério o emprego que ele me dera em sua casa; e que eu entrava sempre mais tarde que os outros; que eu era isto e que eu era aquilo, e que, ainda mesmo que não fosse quem sou, ele não podia me dar a filha, porque já estava comprometida com outro...

– O Aguiar...

– Já se vê!

– E tu, que lhe respondeste?

– Eu? Eu olhei muito sério para ele e disse-lhe: "você sempre é um ginja[4] muito idiota!" O velho ficou mais vermelho que o lacre[5], tremeu da cabeça aos pés, cresceu meio palmo e não pôde dar uma palavra, porque estava completamente gago. Então agarrei no chapéu, enterrei-o na cabeça e bati para Botafogo!

– Para a casa dele? Ah! Isto se passou aqui embaixo…

– Sim. Entrei na chácara e fui enfiando até à escadaria do fundo. O acaso protegeu-me; Branca bispou-me da janela e veio logo ter comigo a um sinal que lhe fiz. “Sabes?”, disse-lhe, “pedi-te ao comendador; ele declarou que por cousa alguma consentirá que eu seja teu marido e jurou que hás de casar com o Aguiar!” Ela pôs-se a chorar. “Tu me amas?”, perguntei-lhe. Ela respondeu que me adorava e que estava disposta a tudo afrontar por minha causa. “Pois então, repliquei, se queres ser minha esposa, só há um meio, é fugirmos! Estás disposta a isso?”. Ela disse que sim, e ficou decidido que hoje mesmo às dez horas da noite eu a iria buscar. Por conseguinte, tem paciência, preciso de ti, pede licença ao diretor e saiamos, que não há tempo a perder.

– Estou às tuas ordens…

– Tens dinheiro?

– Um pouquito, mas em casa.

– Ora!

– Podemos dar um pulo até lá! Espera um instante por mim; não me demoro.

Durante o caminho, Teobaldo contou mais minuciosamente a sua conversa com Branca e pintou com exagero de cores a opressão que lhe fazia o pai, para a constranger a casar com o bisbórria[6] do primo.

Chegados a casa, mal Teobaldo embolsou o que havia em dinheiro, disse ao amigo:

– Bem! Então, antes de mais nada, enquanto eu vou falar ao cônego Evaristo e depois ver se arranjo mais algum cobre, vai ter à casa de tua noiva e pede à velha que consinta depositarmos lá a menina. Creio que ela não se oporá a isto; que achas!

– Não sei, vou ver…

– Pois então vai quanto antes e volta aqui imediatamente. É quase meio-dia, às duas horas podemos estar juntos; iremos então tratar do carro e do resto; depois jantaremos no hotel e às nove partiremos para Botafogo. A ocasião não pode ser mais favorável ao rapto; a noite há de ser escura; a francesa está doente e de cama e, quando chegarmos, é natural que o comendador já se ache no segundo sono e os criados no terceiro!

– Eu serei o cocheiro do carro – disse Coruja –; sabes que tenho boa mão de rédea.

– Bem lembrado! Escusa de metermos estranhos no negócio. E, olha, para melhor disfarce, porás a libré do Caetano e levarás o seu chapéu de feltro.

– A libré do Caetano há de chegar-me até aos pés…

– Melhor, ninguém te reconhecerá.

– Isso é verdade…

– Sabino?

– Meu senhor.

– Preciso hoje de você. Às quatro e meia no hotel. Ouviu?

– Já ouvi, sim, senhor.

– Olha! Traz-me uma garrafa daquelas que estão no guarda-louça.

Era um presente de Moscatel d'Asti espumoso, que lhe fizera Leonília no dia dos anos dele.

– Vais beber agora? – perguntou o Coruja.

– Vou; sinto-me sufocado! Preciso de um estimulante. Conserva tu em perfeito juízo a tua cabeça e deixa-me beber à vontade.

Encheu duas taças e, erguendo uma delas, disse ao amigo:

– Ao novo horizonte que se rasga defronte de nossos olhos! Ao amor e à fortuna!

Coruja levou a sua taça aos lábios, bebericou uma gota de vinho e afastou-se logo para ir a casa de dona Margarida;

enquanto o outro, esticando-se melhor na cadeira em que estava e soprando com volúpia o fumo do seu charuto, murmurava de si para si:

– Amanhã a estas horas tenho à minha disposição uma mulher encantadora e um dote de cem contos de réis! Ah! geração de imbecis, agora é que vais saber quem é Teobaldo Henrique de Albuquerque!

XXII

Às nove horas da noite Teobaldo partira para Botafogo dentro de um cupê em cuja boleia o Coruja e mais o Sabino empertigavam-se denodadamente[1] como se fossem legítimos cocheiros.

Era para ver o grave professor enfronhado naquela libré já ruça[2], de botões enverdecidos de azinhavre, e todo austero, inalterável, possuído da mesma gravidade com que se assentava ao lado da noiva ou recolhia na aula as lições dos seus rapazes.

Não se lhe desfranzira o sobrolho, nem lhe fugira dos lábios a triste rispidez favorita, como também os seus pequeninos olhos mal abertos conservavam aquela dura expressão antipática e sem graça, que a todos desagradava e repelia.

Pelas aproximações da casa do comendador o carro seguiu mais lentamente e abordou-a pelos fundos, sem se lhe ouvir o rodar, porque a rua era de areia.

A certa altura, Teobaldo segredou uma palavra ao amigo, saltou em terra e dirigiu-se para o portão traseiro da chácara; aí escondeu-se atrás de uma árvore que havia e assoviou três vezes. Só no fim de alguns minutos um leve rumor de saias fê-lo compreender que alguém se aproximava.

– Teobaldo… – disse uma voz medrosa e tímida.

– Estás pronta?

E ele viu desenhar-se na escadaria de pedra, frouxamente iluminado pelas estrelas, o gracioso vulto de Branca.

Ela desceu trêmula e confusa, apoiando-se ao corrimão engrinaldado de verdura, a olhar espavorida para todos os lados, até chegar embaixo.

– Vem – disse Teobaldo a meia-voz.

– Tenho medo... – balbuciou a menina, encostando-se ao pilar da escada, sem ânimo de dar um passo em frente.

O rapaz abriu cautelosamente o portão e foi ter com ela.

– Não tenhas receio, minha Branca – segredou-lhe, passando-lhe um braço na cintura. – Lembra-te de que, se não aproveitarmos esta ocasião, nunca mais seremos um do outro. Dei já todas as providências: uma família espera por ti e ao raiar do dia estaremos casados. Vem! Nada de hesitações, vem, antes que nos surpreendam aqui.

– Vê como estou gelada... – balbuciou ela, pousando a sua mãozinha fria sobre o rosto do namorado. – O coração parece que me quer saltar de dentro do peito... Oh! não pensei que me custaria tanto a dar este passo...

Teobaldo puxou-a brandamente até à rua e, com um sinal, fez aproximar-se o carro, para onde ele a levou nos braços.

– Deus me proteja!... – suspirou Branca, deixando-se cair sobre as almofadas, como se perdera os sentidos.

– Toca! – ordenou o raptor ao Coruja.

O carro disparou. Então a menina deixou pender a cabeça sobre o colo do amante e abriu a soluçar.

*****

Dona Margarida e a filha esperavam por eles.

Não foi, porém, sem dificuldade que o Coruja logrou capacitar a velha de que não devia fugir a semelhante obséquio, e é de crer que ela cedesse mais por espírito de curiosidade do que pelo simples gosto de servir ao futuro genro: aquilo, afinal, era um escândalo, e a mãe de Inês dava o cavaquinho pelos escândalos.

Branca chegou lá às dez e meia da noite, e dona Margarida, ao dar com o Coruja muito sério e disfarçado em cocheiro, exclamou benzendo-se:

– Credo, seu Miranda! Que trajos são esses, homem de Deus?

Teobaldo despediu o carro, fez servir uma ceia que mandara trazer do hotel e ordenou ao Sabino que tornasse a Botafogo e ficasse até pela madrugada a rondar a casa do comendador, para ver se haveria alguma novidade.

Puseram-se todos à mesa e, a despeito da crescente aflição da foragida, riram e conversaram, sem cuidar nas horas que fugiam, porque estavam mais que dispostos a passar a noite inteira na palestra e na bisca de sete[3].

– Vê!... – disse Margarida, dirigindo-se a André e apontando para Branca e Teobaldo, que alheados conversavam juntos –, quando a gente quer as cousas deveras faz como aqueles!...

O Coruja remexeu-se ao lado de Inês, e a velha acrescentou:

– E note-se que estes para casar topavam outras dificuldades que já o senhor não encontra para casar com minha filha!...

– O meu caso é muito diferente... – resmungou por fim o Coruja –, mas muito diferente... Quanto a mim, não se trata de vencer oposições de família; trata-se é de obter os meios necessários para que a senhora e sua filha não venham a sofrer dificuldades depois do meu casamento...

– Ora! Quem tudo quer, tudo perde!

Teobaldo interveio a favor da velha, aconselhando ao amigo que acabasse por uma vez com aquela história, que se casasse logo com a moça, e, depois de apresentar em linguagem colorida as vantagens do matrimônio, fechou o discurso oferecendo a sua casa e a sua mesa ao amigo, apesar de não saber ainda onde havia de se refugiar com Branca depois que a igreja os tivesse legalmente unido.

André abanou as orelhas a tais palavras.

– E por que não? – insistiu o outro – Não temos porventura conseguido viver juntos até hoje e em perfeita harmonia?... Para que havemos, pois, de separar-nos daqui em diante?...

– Para não termos o desgosto – contraveio André – de vermos nossas famílias em guerra constante. Dous rapazes viverão eternamente em boa paz debaixo do mesmo teto; com duas senhoras a cousa é mais difícil e com mais de duas é impossível.

– Agora, isto é exato... – confirmou a velha.

– É! – arriscou Inês. – Quem casa, quer casa!

Mas declarou logo que, apesar disso, estaria por tudo que deliberassem.

– Pois eu – replicou Teobaldo – afianço desde já que não estou disposto, seja pelo que for, a dispensar a companhia do Coruja, ache-se ele casado, solteiro ou viúvo!

– Se sua mulher ou a dele estiverem por isso!... – observou a velha, já em tom de contenda e disposta a armar questão.

– Ora! dona Inês não me parece das mais difíceis de contentar... – disse Teobaldo sorrindo.

– Ah! eu estou sempre por tudo... – confirmou Inês.

– E quanto a Branca... – prosseguiu aquele.

– Desde que me case – atalhou a filha do comendador. – Serei sempre da opinião de meu marido. Só a ele compete decidir.

Dona Margarida, pela cara, mostrou não gostar de semelhante teoria; mas a filha, em compensação, por uma risonha careta que fez ao Coruja, deu a entender que subscrevia as palavras de Branca.

E por este caminho, a conversa deu ainda algumas voltas, até cair de novo no principal assunto – o rapto, e, às cinco da manhã, quando se dispunham a levantar o voo para a igreja, ouviram bater à porta da rua.

Teobaldo foi logo abrir.

Era o Sabino. Vinha a botar os bofes pela boca, e com muito custo declarou que estivera por um triz a cair nas unhas da polícia.

– Mas fala por uma vez! – disse-lhe o senhor impacientando-se. – Houve alguma novidade?

– Já se sabe tudo na casa do homem! – explicou o moleque.

– Oh! Diabo.

– Ali pela volta das três horas – prosseguiu aquele –, ouvi rumor dentro da casa, e, com poucas, era gente a passar com luz para uma banda e para outra, assim como cousa que caçassem alguém; eu me escondi na rua, atrás de uma árvore; eles desceram à chácara, deram com o portão aberto e, pelo jeito, toparam um lenço ou cousa que o valha, porque tudo ficou assanhado!

– E depois?

– Depois vieram à rua, não me bisparam e, tudo seguiu outra vez para riba, e aí foi um berreiro de todos os diabos, que nem se tivesse morrido alguém.

– Mas que teria sucedido, não sabes?

– Não sei não senhor, porque vim me embora...

Embalde procurou Teobaldo esconder de Branca o que acabava de ouvir; foi preciso dizer-lhe tudo, e ela desde então pôs-se a chorar, dominada por terríveis apreensões.

Daí a algumas horas boquejava-se em toda a cidade que a filha do comendador Rodrigues de Aguiar fugira de casa com um vadio de marca maior chamado Teobaldo, o qual a desposara clandestinamente às cinco e meia da madrugada na igreja de Santana; e que o pai da moça, assim que deu por falta desta e quando soube quem era o raptor, caíra fulminado por uma congestão cerebral, morrendo logo em seguida, sem dar uma palavra.

Bem dizia o Aguiar que o homem, se lhe chegassem um charuto aceso à ponta do nariz, estourava.

E, com efeito, estourou.

FIM DA SEGUNDA PARTE

TERCEIRA PARTE

I

ROLOU UM ANO SOBRE o casamento de Teobaldo com Branca, e moram estes agora em Botafogo, naquela mesma casa em que o comendador perecera estrangulado pelo seu amor paternal.

A casa é a mesma, mas ninguém dirá que o é, pois desde a entrada notam-se em toda ela consideráveis transformações. O bom gosto de Teobaldo, aquele gosto aristocrata, herdado com o sangue de seu avô, fez do velho casarão, tristonho e assombrado, um confortável ninho afestoado e tépido.

Já se lhe não viram espetar do alto do frontispício as caducas telhas, negras e esborcinadas[1], por entre cujas fendas se extravasavam longos fios de lama barrenta, choradas sobre o pano da parede, que nem baba por velha boca desdentada. Agora, sente-se ali a mão de quem entra na vida disposto a viver; desde o portão da chácara vão os olhos descobrindo em que se regalar; caminhos de murta, canteiros de finas flores, repuxos, cascatas e estatuetas, globos de mil cores, caramanchões e pequenos bosques artificiais: tudo nos diz que ali reside agora gente feliz e moça.

As escadas, até aquela mesma por onde Branca fugira ao pai, são hoje mais claras, mais enfeitadas de verdura e, só com vê-las, já se adivinha, já se sente o luxo que vai pelo interior da casa.

Pelo esvazamento[2] da porta principal vê-se perpassar de quando em quando um vulto alto e magro, muito silencioso, vestido de libré cor de havana com botões de ouro, a cabeça toda branca e o queixo trêmulo: é o velho Caetano. E nas salas, que se seguem a essa de espera onde ele espaceia, encontram-se, restaurados e em novas molduras, aqueles célebres retratos de damas e cavaleiros da corte de Dom José e Dona Maria I, com os quais o defunto barão do Palmar ilustrara outrora as paredes de sua fazenda em Minas.

Mas onde foste tu, belo boêmio excêntrico e aborrecido, descobrir todas essas tafularias do gosto; donde houveste o desenho de teus tapetes, a esquisitice da tua mobília, das tuas cortinas e de todo esse luxo em que se atufam[3] os teus aposentos?

É tudo obra do dinheiro?

Segundo, porém, dizem todos, não foi tão grande, o legado do pobre comendador e o dote de Branca não justifica semelhante opulência. Gastas como um milionário! E, posto te apoderasses da vaga que o desgraçado velho abriu no comércio com a sua morte, a vida que estadeias é um mistério!

Ora queira Deus, Teobaldo! que não tenhas feito entrada de leão, sem saber ainda com a saída de que bicho hajam de comparar a tua retirada!...

Isto dizia a boca do mundo, todas as vezes que ele e mais a mulher atravessavam a praia de Botafogo ou as ruas da cidade, no seu magnífico landau[4], tirado por duas éguas de raça.

Estes passeios faziam sempre os dous sozinhos porque madame de Nangis, depois de fechar os olhos do defunto protetor e depois de tirar dos próprios as lágrimas que pôde, recolheu o que lhe tocava de herança, chamou do banco as suas economias, emalou tudo e bateu para França, naturalmente com a piedosa intenção de tornar ao lado do marido.

A discípula despediu-se dela em seco, com a egoística frieza dos que amam por aqueles que não são o objeto do seu amor.

Branca era então feliz como seria qualquer moça nas suas circunstâncias, quer dizer, estava na lua de mel e não tinha perdido ainda para o esposo o encanto da novidade; Teobaldo cercava-a de carinhos e desvelos, procurava afinar os seus gostos pelos dela, fazia-se bom, cordato, muito amigo de sua casa, muito escrupuloso na escolha das pessoas que atraía às suas reuniões de cada semana.

E toda ela se embelezara de um modo admirável; toda ela se fez mais formosa, mais mulher; carnearam-se-lhe os braços e o colo; a garganta refez-se em doçuras de curva e torneamento de linhas; os olhos volveram-se mais rasgados, mais ternos e mais doces; a boca abriu as suas pétalas cor-de-rosa ao calor dos primeiros beijos do esposo, como a flor que desabotoa ao fecundo sopro das brisas fecundas.

Entretanto, um ligeiro véu de tristeza, talvez devido à morte do pai, talvez devido à sua própria ventura que, de tão completa, não podia durar muito, lhe anuviava a beleza, fazendo-a todavia realçar ainda mais, à semelhança dessas formosas paisagens que mais lindas se tornam quando o crepúsculo derrama sobre elas a melancolia de suas primeiras sombras.

Não se conseguiria imaginar dous seres mais aparentemente afinados, mais completos entre si e mais adequados um ao outro! Se os contemplassem juntos, na intimidade do amor, diriam talhados no mesmo bloco de mármore pela mão inspirada de um só artista.

– Mete gosto – consideravam os amigos – vê-los em meio dos seus convidados, tão amáveis, tão espirituosos e tão fidalgos.

E em breve as reuniões de Teobaldo tornaram-se disputadas; velhos ódios se extinguiram e novas simpatias se formaram em torno dele.

Um dos mais acérrimos[5] frequentadores da casa era o Aguiar. Depois do casamento da prima, fora ao encontro do amigo, declarou que estava disposto a esquecer tudo e caiu-lhe nos braços, muito comovido.

E continuou a ser aquele mesmo "bom rapaz", insuportavelmente bonito, sempre risonho e sempre feliz de sua vida e com aquele eterno ar de quem faz da roupa uma das suas melhores preocupações.

Achá-lo-iam talvez um pouco mais magro e mais descorado; chegariam talvez a dizer que ele, depois que a prima casou, envelheceu uns cinco anos pelo menos; mas ninguém em consciência afirmaria que o vira um só momento mais triste do que dantes ou menos expansivo. Ao contrário, nunca pareceu tão bem-disposto de gênio.

É verdade que muita vez o surpreendiam com os olhos pregados em Branca, a fitá-la, como se a vira pela primeira vez; mas que podia haver de extraordinário em semelhante cousa, se a formosa senhora prendia a atenção de quantos se aproximavam dela?

Outra pessoa com quem não contara Teobaldo, e que lá ia constantemente, era o velho Hipólito, marido de dona Geminiana.

Todo o seu azedume contra o sobrinho desaparecera, desde que o bom homem se convenceu de que não seria jamais incomodado por ele. Quando lhe chegou aos ouvidos a notícia do casamento, dissera:

– Ora, sim, senhor, até que o demônio do rapaz fez uma cousa com jeito! Perdoo-lhe tudo e hei de visitá-lo sempre que for à corte.

E, como já então as estradas de ferro facilitavam essas viagens, Hipólito consentia em levar a mulher a visitar o sobrinho.

Outro, que também brigara com Teobaldo e que agora o frequentava, era o Sampaio, o seu ex-correspondente. Esquecera-se da antiga rixa com o vadio estudante e decidira-se a reatar a consideração que dantes lhe dedicara.

Teobaldo encarava tudo isso com verdadeiro orgulho, sem que aliás ninguém de tal desconfiasse. Sentia-se vitorioso, não pelo dinheiro, que esse muito pouco lhe podia lisonjear o amor-próprio, mas pelo bom resultado dos planos que ele concebera para chegar a seus fins.

Consistia o seu sistema no seguinte: desde que a inesperada morte do comendador lhe fez ver quão magra era a fortuna de Branca, o seu primeiro cuidado foi esconder de todos a verdade e manter a ilusão em que se achavam a respeito dos bens do morto; o que não podia ser muito difícil nas circunstâncias especiais em que falecera o velho. Então, para melhor cegar o público, Teobaldo tomou da metade do que lhe trouxe a mulher e dedicou-a exclusivamente ao luxo, reservando a outra metade para o comércio.

– As aparências são tudo! – considerava ele, ainda dominado pelas teorias paternas. – Julguem-me rico e hão de ver se em breve o não serei de fato!

E, durante todo o seu primeiro ano de casado, fez prodígios de especulação comercial só com a parte do dinheiro que escapara à ostentação e mais a pequena prática adquirida ao lado do comendador.

Apenas Branca e o Coruja sabiam destes particulares, porque até aos próprios sócios sobreviventes ao velho Aguiar conseguiu o mágico iludir, fazendo-lhes supor que, além do capital com que jogava na praça, dispunha ele ainda, como fundo de reserva, de um dote imaginário que pertencia à mulher.

O caso é que o pouco parecia muito e, como no comércio o crédito é dinheiro, não eram de todo infundadas as esperanças que ele depositava no seu sistema de vida.

II

Teobaldo, ao instalar-se mais a esposa em Botafogo, convidou logo o Coruja a ir morar com eles.

– Ora!... – opôs vacilante o amigo.

– Ora, quê?

– Receio incomodá-los; vocês têm lá os seus hábitos de grandeza... estão acostumados a certo modo de vida, a certo luxo, entre o qual o meu tipo esquisito havia de ser uma nota dissonante...

– Não admito que te separes de mim! – foi a única resposta de Teobaldo.

Mas, como o outro ainda recalcitrasse, ele acrescentou:

– Também era só o que faltava: era que tu me abandonasses pelo simples fato de me haver eu casado. Tinha graça! Enquanto me vi atrapalhado e sem meios de viver, éramos companheiros de casa e mesa; agora, queres desertar. Não deixo!

– Mas...

– Não aceito razões. Hás de ir morar comigo!

Coruja cedeu um tanto contrariado, porque previa não se ajeitar àqueles requintes de luxo. O que para Teobaldo representava o encanto e a delícia de uma bela existência, para ele seria nada menos do que um martírio de todos os instantes.

Cedeu, mas com a condição de que iria ocupar um sótão que havia nos fundos da casa.

– O sótão?! – exclamou Teobaldo. – Ora essa! Pois eu consentiria lá que fosses para o pior lugar da casa, havendo aí outras acomodações tão boas e que de nada me servem?

– Não sei; a ter de ir, só irei para o sótão, e desde já te previno de que não me separo dos meus cacaréus[1].

– Pois faz o que entenderes, contanto que fiques em minha companhia.

Não era sem razão que o Coruja opunha aquela resistência ao convite do seu querido Teobaldo. Desejava estar junto deste, oh! se desejava! Desejava vê-lo e falar-lhe todos os dias, porque o idolatrava, porque no seu espírito inalterável e escravo dos hábitos Teobaldo se constituíra em ídolo; Teobaldo fora a sua primeira afeição, o seu primeiro amigo, o seu primeiro protetor; André habituara-se a vê-lo crescer no seu reconhecimento e dentro da sua estima, como o único e legítimo senhor; mas também não queria abrir, sem mais nem menos, com o programa de vida que ele próprio traçara, jurando a si mesmo cumpri-lo rigorosamente, porque assim entendia o cumprimento do dever.

Havia cousa de dous anos resolvera o Coruja ir pondo de parte as economias que pudesse, para ver se lograva realizar afinal o seu casamento cuja transferência de ano para ano já o apoquentava deveras.

E com efeito, depois da morte de Ernestina, conseguiu ajuntar aqueles oitocentos mil-réis que serviram para abrandar as iras de Leonília: Teobaldo, em casando, pagou-os logo; mas ainda não foi desta vez que o pobre Coruja viu efetuado o seu desiderato, porque uma nova contrariedade se lhe pôs de permeio.

Foi a seguinte:

Uma noite entrava às horas do costume em casa da noiva, quando esta lhe apareceu muito triste, dizendo entre suspiros que a mãe, desde pela manhã, se queixara de dores na cabeça e fora piorando com o correr do dia, a ponto de ter de largar o serviço e meter-se na cama, já ardendo em febre.

André passou logo ao quarto da velha e encontrou-a em uma grande sonolência e quase sem dar acordo de si. Observou-a em silêncio por alguns segundos, depois tomou de novo o chapéu e foi buscar um médico seu conhecido.

O doutor declarou que a velha tinha varíola de muito mau caráter e que precisava de um bom tratamento.

Daí a pouco toda a vizinhança de Margarida sabia já do fato e começava a alvoroçar-se. Só Inês não se preocupou com ele.

– Para que estar com medos?... – disse entre dous muxoxos. – Se eu tiver de pegar as bexigas, hei de pegar mesmo, ainda que fuja para o inferno!

E com a sua filosofia de fatalista, afrontou impavidamente a moléstia da mãe.

No dia seguinte Coruja alugou um enfermeiro, e o médico principiou a visitar a doente com toda a regularidade.

As bexigas foram das piores, pele de lixa, o tratamento muito dispendioso e demorado. Durante a moléstia nada faltou à velha; mas, quando esta se pôs em convalescença e foi para a Tijuca à procura de novos ares em casa de uma amiga, André não tinha mais um só vintém das suas economias.

– Sim – disse ele, para se consolar –, gastei tudo, é verdade; mas também agora estou desembaraçado de certas despesas e posso mais facilmente ajuntar algum pecúlio.

E, nos quatro meses que se seguiram à enfermidade da velha, entregou-se ele ao trabalho com tal fúria que, ao entrar no quinto, sua saúde começou a alterar-se consideravelmente.

Apareceram-lhe então terríveis dores na espinha e na caixa do peito; veio-lhe uma tosse seca e constante; e à noite, quando o tempo ia refrescando, sentia ameaços de febre e uma prostração aborrecida que lhe tirava o gosto para tudo.

– Ó Coruja! – dizia-lhe o amigo – tu precisas descansar! Dessa forma dás cabo de ti, homem! Olha! Pede uma licença ao colégio e deixa-te ficar aí em casa por algum tempo. Que diabo, não te faltará nada!

Bastava, porém, ao desgraçado lembrar-se do seu compromisso com Inês para não lhe ser possível ficar tranquilo. Além disso, dona Margarida, cuja força de gênio aumentara com a moléstia, cercava-o já com frases desta ordem:

– Também você não ata, nem desata, seu Miranda! No fim de contas vejo que não tratei com um homem sério! Ora pois!

A própria Inês, até aí tão passiva, tinha agora de vez em quando as suas rabugens e acompanhava já o serrazinar[2] da velha.

Coruja enfraqueceu afinal; principiou a trabalhar menos e a faltar constantemente às aulas.

– Recolhe-te por uma vez! – gritava-lhe Teobaldo.

Mas o teimoso fazia ouvido de mercador e lá ia para a frente, ganhando os magros vencimentos de professor e procurando sempre pôr de parte alguma cousa para o casamento.

– Querem ver que ele agora dá para morrer?... – grunhia a velha cada vez mais enfurecida. – Se em bom não conseguiu casar, quanto mais doente! Ah! este homem foi uma verdadeira praga que nos caiu em casa!

– E foi mesmo!... – confirmava já a moleirona da filha, que sentia ir-se encaminhando para a velhice a passos de granadeiro[3]: – foi mesmo uma praga!

E, quando ele lhes aparecia muito pálido, a tossicar dentro do *cache-nez*[4], saltavam-lhe ambas em cima:

– Então, então, seu Miranda! Acha que ainda é pouco o debique?[5]

– Tenham um pouco de paciência! um pouquito mais de paciência. Agora estou fraco; juro, porém, que em breve levantarei a cabeça e tudo se arranjará. Descansem!

– Ora! Quem se fiar no que você diz não tem o que fazer! Diabo do empulhador![6]

Para as tranquilizar um pouco, enviava-lhes presentes e dava-lhes o dinheiro que podia.

E sempre bom, escondendo de todos as suas privações e os seus desgostos, procurando ocupar no mundo o menor espaço que podia, e sempre superior aos outros, sempre além da esfera de seus semelhantes, atravessava a existência, caminhava por entre os homens sem se misturar com eles, que nem um pássaro que vai voando pelo céu e apenas percorre a terra com a sua sombra.

III

Fazia dolorosa impressão ver sair todas as manhãs, pelos fundos da chácara de Teobaldo, aquele vulto sombrio todo envolvido em um velho sobretudo, a tossir esfalfado de trabalho e sem querer incomodar com a sua tosse os criados que ainda dormiam.

A nova existência do amigo como que o fizera ainda mais triste e mais só. Dantes tinham os dous sobeja ocasião para estarem juntos, para se falarem, para trocarem entre si as suas confidências; e agora mal se viam uma vez ou outra, casualmente, porque André insistia no escrúpulo de desfear o radiante aspecto daquelas salas, carregando para lá com o seu vulto desalinhado e feio. À noite, quando apareciam visitas, o que era muito frequente, não havia meio de arrancá-lo do sótão.

Demais, para que iludir-se? Teobaldo não fazia grande empenho em apresentá-lo aos seus amigos, chegava até em presença destes a tratá-lo com uma certa frieza. Aquele interesse em obrigá-lo a aceitar um canto de sua casa não passava de

um dos muitos rompantes de generosidade, que ele às vezes tinha quase que inconscientemente, e dos quais se arrependia logo sem nunca se queixar de si, mas do seu obsequiado.

Isto não quer dizer que Teobaldo agora estimava menos o Coruja; ao contrário – jamais intimamente o colocou tão alto no seu conceito; apenas, como homem fraco e vaidoso, não queria incorrer no desagrado de seus sequazes impondo-lhes um tipão daquela ordem.

A borboleta, desde que lhe saem as asas, não gosta de ir ter com as antigas companheiras que se arrastam no chão.

"Não é dele a culpa... – considerava André, sempre disposto a perdoar. – A borboleta precisa de sol, precisa de flores... Quem tem asas, voa; quem as não tem fica por terra e deve julgar-se muito feliz em não ser logo esmagado por algum pé."

E, a contragosto, fazia-se mais e mais retirado e macambúzio.

Ao lado de Branca então chegava o seu acanhamento a causar dó; quando a formosa senhora lhe dirigia a palavra, ele parecia ficar ainda mais selvagem, mais desajeitado, atarantava-se, fazia-se estúpido, não encontrava posição defronte daquele primor de beleza, e conseguia apenas uivar algumas vozes confusas e quase sem nexo.

E no entanto sentia por ela um afeto extremamente respeitoso, uma espécie de adoração humilde e tácita; quando Branca passava por junto dele, Coruja reprimia a respiração, contraía-se todo, como se receasse macular o ambiente que ela respirava; e só se animava a encará-la enquanto a tinha distraída ou de costas, e isso com um profundo olhar de terna veneração.

– Achas-la bonita, hein? – perguntou-lhe uma vez Teobaldo, batendo-lhe no ombro.

– É uma imagem… – respondeu André.

– Entretanto, ela se queixa de ti…

– De mim?

– É verdade, desconfia de que não te caiu em graça.

– Ora essa!…

– Supõe que antipatizas com ela…

– Eu?…

– Sim e, vamos lá, coitada, não deixa de ter o seu bocado de razão: quase nunca lhe dás uma palavra e, quando acontece te achares ao lado dela, ficas por tal modo impaciente que a pobrezinha receia ser importuna e foge.

– Bem sabes que infelizmente esse é o meu feitio; sou assim com todo o mundo, à exceção de ti.

– Sim, mas o que eu não admito justamente é que, para ti, minha mulher faça parte de todo o mundo! Quero que ela participe da exceção aberta para mim, que a trates pelo modo por que me tratas.

– Não é por falta de vontade, crê; mas não está em minhas mãos! Procuro ser amável, ser comunicativo, e as palavras gelam-se-me na garganta, o pensamento estaca e uma cadeia de chumbo enleia-me todo, tirando-me até os movimentos; então sinto-me ridículo, arrependo-me de me haver mostrado; suo, lateja-me o coração e em tais momentos daria o resto de minha vida para sair de semelhante apuro. Outras vezes quero aproximar-me dela, dizer-lhe alguma cousa que lhe faça compreender o quanto a estimo, mas de tal modo me falece a coragem, que não consigo fazer um passo, nem encontro uma palavra para lhe dar.

– És um tipo!

– Sou um asno! Ah! que se eu tivesse a tua presença de espírito, as tuas maneiras, os teus recursos…

– Com esse gênio, serias ainda mais infeliz!

– Não, seria ao menos compreendido; porque não sei que diabo tenho eu comigo, que ninguém além de ti percebe as minhas intenções ou acredita nos meus atos. Às vezes, quero ser meigo, quero mostrar que não estou contrariado, quero manifestar a minha simpatia ou o meu entusiasmo por alguém ou por alguma cousa e, em vez disso, consigo apenas convencer a todos de que estou aborrecido e que só desejo que ninguém se aproxime de mim, que não me fale, que não me incomode! E, todavia, não sou mau e todo o meu empenho é ser melhor do que sou.

– Ser melhor do que és?... Oh! então é que serias deveras um tipo insuportável! Acredita, meu bom Coruja, que o teu defeito capital é a tua extrema bondade. A maior parte dos homens não te pode tomar a sério, porque não te compreende e porque te supõe um louco. Tens atravessado a existência a espalhar pelo chão, à toa, sem contar as sementes, punhados e punhados de boas ações. Pois bem! Qual foi de todas essas sementes a que vingou? Nem uma única! Não porque não fossem perfeitas e sãs, mas porque não encontraram terra em que pudessem medrar![1] És um excêntrico, um aleijado, um monstro, tens o coração defeituoso, porque ele não é como o coração típico dos mais. E como, em semelhantes condições, queres ter amigos; queres ser ao menos suportado entre os homens? Já viste porventura uma pomba atravessar impunemente por entre um bando de corvos?... Se queres ser bem recebido no meio dos homens, sê homem como eles ou pior; desculpa-lhes os vícios, imitando-os; afaga-lhes o amor próprio, fingindo que os admiras; e dessa forma, se fores um forte hás de desfrutá-los, e se fores um vulgar hás de viver com eles lado a lado, na mais doce harmonia e na mais deliciosa felicidade. Isso é a vida!

– Oh! não me pareces o mesmo; nem acredito que abraces tão cínicas teorias; são falsas, nunca te pertenceram!

– Enganas-te, meu visionário, essas teorias foram sempre as minhas e nunca me conheceste outras, desde que caminhamos juntos por entre a enorme corja de nossos semelhantes; a diferença única é que dantes elas se manifestavam por outro modo, visto que eu me achava ainda no período da vida em que todo o homem, por pior que seja, tem no coração uma grande dose de altruísmo e belas aspirações... Eram efeitos dos vinte anos! Acredita, porém, que todas as aparentes generosidades que me viste praticar, todo o meu desprendimento por umas tantas cousas, todas as minhas abnegações, todas as minhas boas obras, todos os meus atos de heroísmo, e tudo o que fiz e faço de nobre, de superior e digno, tudo foi e é feito para que eu melhor viva entre os meus semelhantes, a quem detesto, à exceção de ti e de Branca. Detesto-os, mas faço-me amar por eles; sei que me humilhando serei pisado; então, nem só não me humilho, como ainda os rebaixo quanto posso! E contigo sucede justamente o contrário: amas todo o mundo e não consegues te fazer amar por ninguém. Humilhas-te por bondade; e eles respondem a isso desprezando-te. A humanidade, meu amigo, em geral é baixa e vil, logo que encontra alguém que a respeita, julga esse alguém ainda mais baixo e mais vil do que ela; para lhe merecer alguma consideração é indispensável fazer o que eu faço e o contrário do que tu fazes – é necessário desprezá-la e só aceitar das mãos dela aquilo que serve para nos elevar e engrandecer-nos, rebaixando-a. O homem tudo perdoa aos seus semelhantes, menos o bem que estes lhe façam, porque dever um obséquio é dever gratidão, e a gratidão jamais vem de cima para baixo, mas sempre vai de baixo para cima! Aceitá-la é aceitar uma atitude inferior. A grande filosofia da vida consiste, pois, em saber aproveitar todo o bem que nos queiram fazer, fingindo sempre que tão pouca importância lhe ligamos que nem dele nos apercebemos, e fechar o coração a todos, para não obrigar quem quer que seja a nos ser grato!

Coruja ficou a refletir por alguns instantes, e depois disse:

– Estava bem longe de esperar de tua boca tais ideias, e confesso que te fazia na conta de meu amigo...

– E sou efetivamente; mas tu, repito, não és um homem e nem eu te falaria com toda esta franqueza se tivesses alguma cousa de comum com eles. Não me arrependo de haver aceitado os muitos obséquios que recebi de tuas mãos; juro-te, porém, que jamais terias ocasião de os praticar se eu em qualquer tempo chegasse a descobrir em ti a intenção de me fazeres grato ou reconhecido. Aceitava-os, confesso, porque tu, pela tua excepcional bondade, entendias que eu, só com recebê-los, prestava-te um grande serviço.

– E era.

– Não, em verdade não era; mas era como se assim fosse, porque tu assim o entendias.

– E o que não serei eu capaz de fazer para continuar a ser teu amigo?... Só a ideia de que não me repeles e não me condenas como todos os outros, todos, até mesmo a minha noiva; só essa ideia é já uma grande consolação para mim. Não imaginas, meu Teobaldo, quanto me dói cada vez mais esta terrível antipatia que inspiro a toda a gente. Ainda há pouco, enquanto me falavas de tua mulher, dizia eu comigo: "Para que me hei de aproximar, para que me hei de chegar para ela, se tenho plena certeza de que minha presença lhe é fatalmente penosa, e aborrecida?"

– Exageras! – respondeu Teobaldo. – E para o quê, vais ver!

E correu a tocar o tímpano[2].

– Que fazes? – perguntou o Coruja, aflito.

– Verás – disse o outro, e acrescentou para um criado que entrava:

– Pergunte à senhora se pode chegar até aqui.

– Não faças semelhante cousa!... – exclamou André, entre suplicante e repreensivo, e muito sobressaltado. – Que não irá supor dona Branca!

– Suporá que endoudeceste se continuas a fazer esses trejeitos e esses gatimanhos[3].

– Mas eu agora não posso me demorar... voltarei daqui a pouco...

– Não sejas criança! Espera.

Nessa ocasião, Branca assomava à porta do gabinete em que conversavam os dous amigos. Vinha deslumbrante de simplicidade e de beleza; não se lhe via uma joia no corpo, nem uma só fita no vestido inteiriço, de cambraia; mas a sua pequena cabeça altiva e dominadora estava a pedir um diadema e as suas belas espáduas um manto de rainha.

Coruja, ao vê-la, abaixou os olhos e começou a respirar convulsivamente, como um criminoso que vai ouvir a sentença.

– Vem cá, minha flor! – disse Teobaldo, fazendo um gesto à mulher. – Senta-te aqui perto de mim.

Branca obedeceu e ele acrescentou:

– Muito bem. Agora tu, Coruja, senta-te deste outro lado.

Coruja adiantou-se muito vermelho procurando sorrir.

– Ora muito bem! – repetiu aquele dirigindo-se à esposa –; sabes para que te chamei? Para acabarmos por uma vez com uma tolice que observo entre vocês dous. Tu supões que o Coruja, o meu único amigo, não gosta de ti, e ele, o idiota! pensa que tu embirras com ele. Expliquem-se!

– Ora! sempre tens umas brincadeiras!... – resmungou André, muito atrapalhado –; isto é cousa que se faça?...

– Pois eu – atalhou Branca sorrindo – não desgostei da brincadeira, porque receava, com efeito, que o senhor Miranda...

– Chama-lhe Coruja – interrompeu o marido.

– Que o senhor Miranda – continuou Branca – houvesse antipatizado comigo.

– Oh! minha senhora!... Por amor de Deus... Longe de mim semelhante ideia!... Ao contrário, eu... sim... quero dizer...

– Então! – fez Teobaldo.

– Eu gosto muito da senhora...

– E creia que é pago na mesma moeda – respondeu Branca.

– Ora até que afinal! E agora, vamos! um abraço! – exigiu Teobaldo.

A esposa ergueu-se imediatamente, e o Coruja, cada vez mais vermelho e comovido, caminhou contra ela com os braços moles, ofegante e sem encontrar uma palavra para dizer.

Foi necessário que a formosa senhora se resolvesse a ir em socorro dele e lhe cingisse os braços em volta das costelas.

– Bom! – concluiu o dono da casa. – Creio que agora estão feitas as pazes, e espero que de hoje em diante não tenha de aturar as queixas de nenhum dos dous!

IV

Depois desta cena, Branca fazia o possível por familiarizar-se com o Coruja. Procurava pô-lo à vontade, convertê-lo em uma espécie de parente velho, rompia com ele sem-cerimônias que não usava para com mais ninguém, e para as quais, força é confessar, não lhe sobrava jeito, pois que ela já por temperamento, como por educação, era uma dessas criaturas frias e reservadas cujos sentimentos nunca se deixam trair na fisionomia ou nas palavras.

Madame de Nangis, como toda mãe adotiva, transmitira-lhe as suas maneiras, o seu gosto, o seu estilo, mas não lhe tocara na alma, porque esta só a própria mãe sabe educar.

Felizmente a alma de Branca era boa por natureza, e, se não se aperfeiçoou por falta de educação, também não se corrompeu com a moral da professora.

André ficou extremamente surpreso quando notou que a encantadora senhora era para com ele muito mais dada e expansiva do que com qualquer dos outros amigos do esposo. E foi aos poucos se habituando a vê-la e a falar-lhe sem ficar constrangido, até sentindo já por fim um certo gosto quando a tinha a seu lado, tão tranquila, tão feliz e tão distinta.

Ela, muita vez, ao vê-lo triste e apoquentado da vida, chamava-o para junto de si e procurava animá-lo com boas palavras de interesse. Dizia-lhe por exemplo:

– Então, meu amigo, que ar terrível tem hoje o senhor... Veja se consegue enxotar os seus diabinhos azuis e leia-me alguma cousa. Olhe! dê-me notícias de sua obra, diga-me como vai a sua querida história do Brasil... Terminou afinal aquele episódio dos Guararapes, que tanto o preocupava? Vamos! converse!

Coruja sorria, muito lisonjeado por debaixo da sua crosta de elefante, mas remanchava para não mostrar o que escrevera.

Ora... aquilo era um trabalho tão frio, tão desengraçado, que não podia interessar o espírito de uma senhora.

Contudo, se Branca insistia, ele acabava por ir buscar os seus caderninhos de apontamentos históricos e lia-lhe em voz alta aquilo que dentre eles se lhe afigurava menos insuportável.

Eram fatos colhidos por aqui e por ali, em serões na Biblioteca Nacional, escritos num estilo compacto, muito puro, mas sem belezas de colorido nem cintilações de talento.

O que lhe falecia em arte e gosto literário sobrava-lhe não obstante em fidelidade e exatidão; as suas crônicas eram de uma frieza de estatística, mas sumamente desapaixonadas, simples e conscienciosas. Entre aquela infinidade de páginas, abarrotadas de letrinha miúda e muito igual, não havia um só adjetivo de luxo ou uma frase que não fosse de primeira necessidade.

Teobaldo gostava de fazer pilhéria com os alfarrábios do amigo; mas, passando a falar sério, citava-os com respeito, se bem que deles não conhecesse uma linha ao menos.

– Obra de fôlego! – dizia engrossando a voz; e afirmava que no meio de toda aquela papelada havia cousas magníficas.

Quando Branca estava aborrecida, durante pequenas viagens comerciais do marido, André, em lugar da enfadonha história, lia-lhe alguns dos seus poetas mais prezados, clássicos na maior parte, entre os quais se destacavam Camões[1] e Garrett[2], por quem ele sentia verdadeiro fanatismo. Outras vezes tomava da flauta e punha-se a tocar para a distrair; quase nunca, porém, o conseguia, porque o desgraçado tocava mal e sem inspiração.

Para ser agradável a Branca, para a entreter, ele estava sempre disposto a tudo, menos a apresentar-se na sala de Teobaldo em noites de recepção ou acompanhá-los ao Lírico. Adorava a boa música, mas não podia ajeitar-se com o frenético burburinho das plateias e a nervosa vivacidade dos saraus. Quando lhe dava na cabeça para ver uma ópera, o que era raríssimo, comprava um bilhete de torrinha e metia-se lá em cima, muito só, muito escondido de todos e pedindo a Deus que ninguém o notasse.

Entretanto o que Branca sentia por ele era menos estima do que uma certa espécie de condolência, que todo coração feliz e farto costuma votar aos desfalecidos da fortuna. E, se por vezes brilhava nas suas palavras ou nos seus gestos qualquer centelha de afeição, seria talvez alguma gota escapada do grande transbordamento do seu amor pelo marido; Coruja, por muito ligado a este, participava do luminoso eflúvio.

Tanto assim que, entre todas as relações de Teobaldo, antigas ou recentes, era essa a única que merecia da formosa criatura semelhante distinção; as outras, nem isso tinham.

O velho Hipólito e mais a mulher causavam-lhe tédio; ele com a sua eterna mania de criticar a Deus e a todo o mundo, com a sua avareza mal disfarçada e com a sua proa de ricaço; ela com aquele gênio de querer governar sempre e dirigir a vida das pessoas com quem se dava e querer impor a sua opinião a propósito de tudo.

Quanto ao Sampaio, esse felizmente poucas vezes aparecia e outro rastro não deixava de sua passagem além de meia dúzia de banalidades e algumas pontas de cigarro lançadas fora do cinzeiro. Era porco.

Depois do Coruja, o mais frequentador da casa era o Afonso de Aguiar. Apresentava-se regularmente nos dias de recepção e surgia uma vez por outra à hora do jantar, sem ser esperado. A sua atitude ao lado da mulher do amigo era, na aparência, a melhor e mais correta que se poderia desejar: chegava com o seu passinho miúdo, um sorriso de bom rapaz à superfície dos lábios, e ia logo apertar-lhe a mão com todo o respeito, perguntando-lhe cheio de doçura "como passava a sua querida prima", e em seguida ia ter com Teobaldo e punha-se, até à ocasião de sair, a conversar com este sobre negócios e um pouco sobre política.

Estas conversas tanto e tanto se repetiram e foram por tal forma tomando um caráter expansivo e íntimo que Teobaldo, contra todo seu sistema de retração, já de último lhe confiava algumas particularidades da sua vida comercial. O outro cuja posição na praça era bastante próspera e segura, animava-o com palavras de amigo e prometia estar sempre ao lado dele e ao seu dispor, quando por acaso Teobaldo encontrasse alguma séria dificuldade na sua carreira. Independente disso parecia admirar-lhe de tal modo o tino e o talento que ao lado dele se fora aos poucos convertendo em um desses louvaminheiros[3] constantes, que em geral acompanham os homens excepcionais, e para os quais reservam estes uma certa proteção amistosa, cheia de apreço e reconhecimento, mas com quem, no fundo, são de uma indiferença a toda a prova.

Como todo homem egoísta e vaidoso, Teobaldo gostava de ouvir elogios, viessem estes de quem quer que fosse, e o finório[4] do Aguiar, compreendendo isso mesmo, não perdia ocasião de lhe queimar incenso defronte do nariz.

Tudo, por mais simples que fazia o marido de Branca, representava para o velhaco novos pretextos de entusiasmo. Um discurso à sobremesa ou em alguma outra reunião, um parecer em qualquer questão comercial, um artigo na imprensa, tudo era motivo de louvor e pasmo.

– Não há outro! – exclamava o primo de Branca. – Não há um segundo Teobaldo! O ladrão reúne em si todas as qualidades que se podem desejar em um homem! Maneiras, talento, caráter, figura, tudo o que há de bom, de belo e de grandioso! E demais um verdadeiro fidalgo: ninguém como ele para saber cativar a quem quer que seja; para cada pessoa tem sempre um assunto especial que a interessa particularmente, que a prende. Se está defronte de um ministro, só conversa em política e, ouvindo-o, ninguém acreditaria que ele, durante toda a sua vida, tivesse outra preocupação além da política; se fala a um homem de ciência, faz logo pasmar a todos com a sua despretensiosa erudição; se a pessoa com quem ele conversa é um artista, um músico, um poeta, um pintor ou um ator, então a sua palavra privilegiada chega a causar delírios de entusiasmo: as ideias, as frases, as belas imagens literárias saem-lhe da boca em borbotão. E note-se que tão facilmente discorre pela arte moderna, como remonta à de três séculos atrás; tão à vontade se acha falando sobre os pintores da renascença, como falando da escultura pagã, como do teatro grego ou da poesia hebraica. Seu milagroso talento, sem fazer especialidade de cousa alguma, abrangeu tudo e de tudo se apoderou. Nada do que existe no orbe[5] intelectual escapou à sua grande faculdade de apanhar de um salto aquilo que os outros levam muitos anos para conquistar.

Com a mesma facilidade com que compõe uma valsa, escreve uma poesia, desenha uma paisagem, faz um discurso, escreve um artigo político, engendra um folhetim de crítica, canta uma parte de barítono, sustenta a conversação de uma sala, dirige um cotilhão[6], inventa um feitio de chapéu para senhora, um prato esquisito para o jantar e tão pronto está para fazer uma lista dos melhores vinhos do mundo, como para fazer a classificação de todos os sistemas filosóficos até hoje conhecidos.

Teobaldo, com efeito, era um desses espíritos que tanto têm de inconstantes e fracos para aprofundar e conservar qualquer cousa, como de prontos e fortes para assimilar o que passa defronte deles com a carreira mais vertiginosa. Tudo conseguia apanhar em um lapso instantâneo, mas não conseguia estudar seriamente qualquer cousa; conhecia tudo e nada conhecia ao mesmo tempo, porque tudo percorrera de passagem; era enfim um homem superficial, um habilidoso, incapaz de qualquer trabalho de fôlego ou de qualquer concepção verdadeiramente individual, mas como ninguém apto para imitar em um relance tudo aquilo que os outros, os especialistas, conceberam e aperfeiçoaram durante uma existência inteira.

Por várias vezes representara em teatrinhos particulares e tão bem copiava o ator que ele escolhia para modelo que chegaram a julgá-lo um gênio na arte dramática; quando pela primeira vez apareceu na corte o introdutor da copofonia[7], Teobaldo arranjou logo uma dúzia de copos de cristal, afinou-os e, tanto fez que, no fim de alguns dias, já tocava, não com a perfeição do outro, mas enfim tocava, e isso era o bastante para satisfazer a sua fantasia. Depois de ver o Hermann, entregou-se durante três meses à mania da prestidigitação e conseguiu fazer maravilhas nessa especialidade; vendo um célebre jogador de bilhar, que em certa época andava-se mostrando ao público do Rio de Janeiro, quis competir com ele e conseguiu fazer trezentas carambolas[8] de uma tacada.

Para estas passageiras manifestações de habilidade, incontestavelmente era como ninguém. Entendia um pouco de tudo; sabia tirar retratos fotográficos, jogar todos os jogos de cartas e mais os de exercício, contando a esgrima, o tiro ao alvo, a pela, a bengala, o bilboquê; e cada novidade que surgia, fazendo impressão no público, encontrava nele o maior e também o menos constante dos entusiastas.

Assim, durante algum tempo, só o ouviram falar em magnetismo, e parecia resolvido a não pensar em outra cousa, daí em diante; depois veio o espiritismo, e Teobaldo durante outro período foi o mais fervoroso discípulo de Allan Kardec[9]; depois passou a dedicar-se à astronomia; depois à maçonaria e, entre os vinte e os trinta anos, pertenceu sucessivamente àquilo que mais estivesse em moda. Foi materialista com Büchner[10]; foi ateu com Renan[11]; socialista com Sainte-Beuve[12]; evolucionista com Spencer[13]; psicólogo com Bain[14], positivista com Littré[15] e Auguste Comte[16]; mas nenhum deles conseguiu estudar a sério; entusiasmava-se momentaneamente e de cada filósofo conhecia apenas os livros mais espetaculosos, mais vulgares, sem nunca entrar pela obra profunda dos sábios. De Buckner, por exemplo, conhecia tão somente *Força e Matéria*, de Renan a *Vida de Jesus*, de Jacolliot[17] a *Bíblia na Índia*, e assim por diante; notando-se que de muitas obras conseguia ler apenas uma pequena parte, ou alguma notícia crítica, ou qualquer citação, ou um simples a propósito.

No entanto falava de todas elas, nomeando autores modernos e antigos, discutindo-os, atribuindo-lhes até pensamentos e frases que jamais lhes pertenceram, chegando a sua temeridade ao ponto de citar em falso ou de orelha as mais respeitáveis autoridades, para justificar o que ele na ocasião negava ou afirmava.

Esta prodigiosa faculdade de tudo assimilar sem nada digerir era tamanha em Teobaldo que muita vez, discutindo com o Coruja, ele apanhava no ar os argumentos deste e apresentava-lhos em defesa própria, já transformados e desenvolvidos. E o mais curioso é que, posto André estivesse senhor da matéria em discussão e arrazoasse-la conscienciosamente, citando autores que o outro desconhecia, era sempre levado à parede e tinha de render-se, porque o contendor com sua afoita verbosidade lhe arrebatava todas as armas.

Seu espírito, de uma agilidade acrobática, saltava de um ponto a outro, fazendo as mais difíceis cabriolas; tão depressa Teobaldo se sentia mal seguro em um terreno, puxava logo a conversa para o lado oposto, sem que aliás ninguém desse por isso, tão presos ficavam todos à sonora corrente de suas palavras. E, sempre irrequieto, sempre em constante fermentação, aquele sutil e maleável espírito a tudo se amoldava, em tudo se informava, torcendo, singrando e penetrando por caminhos da ciência inteiramente desconhecidos para ele. E às vezes, sem conhecer de certos autores mais do que o nome, citava-os de todas as nacionalidades, de todas as classes e de todas as épocas.

Os ignorantes, ouvindo-o, comiam-no por sábio; um sábio se o ouvisse, havia de julgá-lo um louco.

Afonso de Aguiar não o considerava nenhuma dessas cousas; mas bem lhe conhecia a parte vulnerável do caráter – a vaidade e, por aí contava invadir-lhe o coração e apoderar-se dele.

E, no empenho de conquistar a confiança de Teobaldo, já por fim tanto lhe glorificava os dotes intelectuais e as simpáticas exterioridades de sua pessoa, como ainda lhe gabava as qualidades morais.

– Que coração! – segredava ele a todo aquele que pudesse levar suas palavras ao marido de Branca. – Que coração de ouro! É capaz de despir a camisa para socorrer a um pobre! Dá esmolas sem contar o dinheiro e, dantes, quando não tinha para dar, sofria mais do que o próprio necessitado. Em solteiro, muita vez empenhou o relógio só para servir a algum amigo; muita vez teve de pedir emprestado dinheiro, que não era para ele; muita vez pagou dívidas, que não eram suas!

E o Aguiar, abaixando a voz, acrescentava quase sempre:

– E sem precisar ir muito longe, aí está o fato do Coruja...

– Que Coruja? – perguntavam.

– Ora! aquele rapaz que ele tem em casa, um pobre diabo, sem eira nem beira, um tipo esquisitório, que teria levado o diabo, se não fosse ele!

Então passava a contar uma história a respeito do Coruja, e, sempre engrandecendo as qualidades do outro, resumia:

– Pois é como digo! E note-se que ele faz tudo isso somente porque o tal sujeito foi seu companheiro de colégio!

Esta calculada e constante glorificação de Teobaldo, feita pelo suposto amigo, foi afinal encontrando eco nos grupos em que ela caía, e o festejado esposo de Branca viu surdir[18] aos poucos em torno de seu nome uma grande reputação de homem ilustrado, de homem de talento e de homem generoso.

Isto, ligado à sua fama de rico, era tudo quanto ele desejava.

E mais: todas as vezes em que Teobaldo ouvia elogiar o seu procedimento para com o Coruja e tentava provar que o não merecia, tanto mais se assanhavam os propagadores de sua fama e tanto mais o fato era engrandecido e apregoado.

Um deles exclamou cheio de entusiasmo:

– Além de tudo é modesto! Que homem! Nega a pé junto a esmola que faz como qualquer negaria um obséquio recebido que o humilhasse!

Branca, porém, revoltava-se com tamanha injustiça feita ao melhor amigo do seu Teobaldo. "Este – pensava ela – tem de sobra com que merecer elogios e não precisa enfeitar-se com as penas que lhe não pertencem!"

Sofreu, pois, uma enorme decepção, quando, falando a esse respeito ao esposo e dizendo que achava indispensável esclarecer bem aquele ponto aos olhos de todos, lhe ouviu declarar frouxamente:

– Não sei, minha flor, não acho muito prudente agitar essa questão mais do que já está... Com semelhante resolução talvez apenas conseguíssemos chamar sobre mim algum ridículo... e bem sabes que um homem na posição em que me acho deve temer o ridículo sobre todas as cousas!...

Branca não opôs uma palavra às do marido, mas intimamente sentiu estremecer, posto que de leve, o entusiasmo pelo seu ídolo, pelo seu amado, pelo seu esposo, pelo seu deus: entusiasmo que ela até aí mantinha sereno e inalterável como uma estátua de ouro.

Foi o primeiro ponto escuro que descobriu no astro, e procurou logo enganar a vista, fazendo por convencer-se de que "aquilo" não passava de "uma venial fraqueza".

Ah! mas a primeira mancha nunca vem só, e Branca tinha de sofrer ainda outras decepções mais amargas e mais difíceis de esquecer!

Todavia, uma vez ao lado do Coruja, não se pôde dominar e falou-lhe abertamente sobre o fato.

– Ah!... – respondeu o professor sem se alterar – eu já sabia... fui até já por várias vezes interrogado sobre isso...

– Como? Pois já chegaram a lhe falar?...

– Sim, alguns amigos de Teobaldo.

– E o senhor explicou tudo, não é verdade?

– Não, não valia a pena... Que mal pode haver em que suponham semelhante cousa? Muito mais quando isso tem o seu fundo de verdade!...

– De verdade? Pois o senhor quer me convencer também a mim de que Teobaldo é quem lhe fornece os meios de subsistência?

– Ora, se os não fornece agora, já o fez por muito tempo, e quem sabe se não virei ainda a precisar disso?...

Branca, defronte destas palavras, ficou ainda mais surpresa do que quando ouviu as próprias do marido. Ela sabia já que o Coruja era um singular exemplo de abnegação e de boa-fé, mas nunca o julgou capaz de tanto.

E seu espírito, ainda puro, religioso e casto, principiou instintivamente a voltar-se mais e mais para aquela figura feia, resignada e melancólica, aquele pobre diabo carcomido pelo trabalho e pelo sacrifício, que todos repeliam, e para o qual ninguém sabia ter uma única palavra de amor e consolação.

V

A SEGUNDA DECEPÇÃO destinada a Branca consistiu no seguinte: Teobaldo, no fim de dous anos de casamento, já não tinha pela esposa o primitivo desvelo, se bem que ela, longe de perder alguma cousa dos seus encantos, ia-se fazendo cada vez mais sedutora.

Não deixou todavia a pobre senhora transparecer o seu ressentimento e, convencida de que havia de reconquistar o marido à força de carinhos, refinou na ternura e na meiguice. Mas em breve compreendeu que de nada aproveitariam tais esforços, porque no espírito egoísta daquele homem a inconstância era talvez a face mais desenvolvida. Foi terrível a sua desilusão, quando deveras se convenceu de que o vaidoso pensava muito mais em si do que nela.

Agora, dir-se-ia até que ele apenas a estimava como a um precioso objeto de luxo que ao amor-próprio de qualquer desvanecera. Já não era afeto, nem dedicação, nem respeito, mas simples orgulho de possuir inteira aquela mulher maravilhosa, que todos lhe invejavam, sem ânimo de cobiçá-la. Teobaldo gozava muito mais com vê-la resplandecer em meio dos salões, crivada de olhares deslumbrados, do que com tê-la a sós, na intimidade do lar, palpitante de amor nos braços dele.

Branca percebeu tudo isso e começou a sofrer em silêncio; ao passo que o marido, de tão preocupado consigo mesmo e com as suas ambições, não dava sequer pelo estado lastimável em que ela se abismava. Às vezes, durante o almoço, enquanto Teobaldo comia, sem despregar os olhos e a faca do jornal em que vinha alguma cousa a respeito dele, a mísera esposa o fitava longamente, com a cabeça apoiada em uma das mãos, e toda ela enlanguescida e triste, como a planta mimosa que vai fenecendo à míngua de cuidados.

E suspirava.

Ah! mas Teobaldo já não sabia ouvir estes suspiros e, ao erguer-se da mesa, distraído e apressado pelos seus interesses exteriores, também não sabia adivinhar nos olhos de Branca as lágrimas que tinham de rebentar daí a pouco, logo que ele transpusesse a porta da rua.

Uma ocasião, por volta de um baile em que ela mais do que nunca fez sobressair os seus encantos e as suas graças, o marido tomou-a frouxamente nos braços e pousou-lhe na fronte um beijo, em que já não havia a febre dos outros tempos.

Este beijo desnaturado e frio foi o bastante para fazer transbordar a grande tempestade interior que Branca há tanto e com tamanho custo reprimia. Ela deixou pender a cabeça sobre o colo do marido e abriu em uma explosão de soluços.

Teobaldo surpreendeu-se, sem compreender aquele súbito transbordamento de lágrimas.

– Por que choras, filhinha? – perguntou ele, procurando ameigá-la.

A esposa não respondeu, porque o pranto não lho permitia.

– Vamos! Não chores desse modo!… Se alguma cousa te aflige, diz-me com franqueza o que é…

Ela, sem poder falar, meneava a cabeça negativamente, a esconder o rosto como que envergonhada por se deixar trair pelos seus soluços.

– Perdoa... – disse afinal – não me pude conter. Perdoa.

– Mas qual é o motivo dessas lágrimas?

– Tu bem sabes por que choro...

– Eu?... Juro-te que não sei...

– Oh! tu me fazes sofrer, Teobaldo!

– Eu?!

– Sim! Já não és o mesmo para mim...

– Ora essa! Acaso terei, sem saber, cometido alguma cousa que te desgostasse?... Já deixei qualquer dia porventura de tratar-te com a mesma delicadeza e com a mesma dedicação que sempre me mereceste?...

– Oh, não! não me queixo disso! És cada vez mais delicado e mais atencioso para comigo...

– Então?

– Mas é que já não me amas como dantes! Acho-te frio, indiferente aos meus carinhos; posso dizer que me suportas com dificuldade quando insisto em ficar perto de ti.

– Ilusão tua!

– Não, não me iludo! Já não és o mesmo! Dantes querias ter-me ao teu lado, quando trabalhavas horas esquecidas no gabinete; fazias-me ir buscar na estante um livro ou outro de que precisavas para consultá-lo; fazias-me procurar no dicionário o termo que te faltava na ocasião; lias-me sempre o que escrevias, consultavas a minha opinião, discutias comigo, prendias-me enquanto durasse o teu serviço, pagando-me depois a beijos todo o prazer que eu punha em estar contigo. Dantes não tinhas fora de casa uma conversa, um encontro menos comum, uma impressão qualquer, que não me viesses logo transmiti-los; tudo me contavas; dizias-me todos os passos da tua vida, e eu podia, hora por hora, instante por instante, afinar meu coração pelo teu; e agora já nada me contas do que fazes; já não me reclamas quando vais para a tua mesa de trabalho; já não me passas o braço na cintura e não me levas contigo; já não encontras o que me dizer; já não achas graças em cousa alguma que eu faça; posso ir para o piano, posso cantar os mesmos romances que dantes estimavas tanto; e nada te comove, e nada te prende, e nada te chama a atenção! Teu pensamento, tua alma, está tudo lá fora; aqui só vens para preparar novos elementos de popularidade! Agora – ligas mais importância à opinião do primeiro que se te apresenta do que ligas à minha opinião e às minhas palavras!

– Sim, porque tua opinião é suspeita...

– Oh! não há opinião menos suspeita e mais valiosa do que a da pessoa que amamos sinceramente; pelo menos comigo é assim: nada do que os outros me possam dizer, por mais lisonjeiro que seja, vale o mais insignificante gesto de aprovação que de ti venha. O maior elogio dos estranhos não vale o menor dos teus sorrisos...

– Ah! decerto, porque o caso muda muito de figura: tu és mulher e és minha esposa; vives pura e exclusivamente para o nosso lar, vives para mim; teu público sou eu, e mais ninguém! A minha opinião deve esconder aos teus olhos todo e qualquer juízo dos estranhos. Desde que eu decida dos teus atos, nada mais tens que ver com o que pensam os outros a respeito deles. Se eu os aprovar ou se eu os reprovar, seja com justiça ou não seja, estão definitivamente aprovados ou reprovados, ninguém mais tem nada que dizer!

– Pois é justamente por isso; justamente porque tu para mim representas o mundo inteiro; justamente porque eu só a ti possuo; porque só com o teu julgamento devo contar, e porque não tenho outro estímulo, e porque não tenho outro amor, senão o teu, é que com tanto empenho te disputo e tanto me arreceio de perder-te!

Ao terminar estas palavras, Branca deixou de novo transbordar, desfeito em lágrimas, o seu ressentimento; mas Teobaldo, por melhores esforços que empregasse, já não conseguia arrancar de si uma única centelha do extinto amor, que dantes lhe inspirava a esposa.

Todo o seu entusiasmo consumia-se no pedestal da sua própria imagem, gastava-se a seus pés, naquela eterna adoração de si mesmo.

E no entanto, os suspiros de Branca, que ele já não sabia ouvir, e as lágrimas, que ele não sabia evitar, foram pressentidas e abençoadas de longe por alguém.

VI

Uma noite, Afonso de Aguiar assistia à representação dos *Huguenotes*[1] ao lado de sua prima; Teobaldo muito pouco se mostrara no camarote e parecia extremamente preocupado com a ausência de alguém. Tratava-se de um conselheiro, a quem ele devia ser apresentado durante o espetáculo e de quem esperava a realização de uma ideia que nesse momento o possuía todo.

Essa ideia era nada menos do que a criação de um jornal político, jornal de luta, com que ele pudesse fazer pressão sobre o partido dominante no país e determinar sua individualidade perante o público; ao lado, porém, deste interesse, todo moral e decisivo, tinha vagas esperanças de obter do governo algum vantajoso privilégio ou algum bom lugar em qualquer legação ou, se as cousas tomassem outro caminho, preparar terreno para uma provável candidatura de deputado geral.

Inconstante e leviano como sempre, não firmava em um só ponto as suas pretensões e aspirava em grosso, abrangendo com a sua desnorteada e vacilante ambição tudo aquilo que se podia articular de qualquer modo ao objeto do seu desejo.

Assim, logo que lhe veio a ideia de fazer-se jornalista, pensou em ser concessionário, pensou em ser diplomata e pensou em ser deputado, sem se decidir por nenhuma das três carreiras, aliás tão diversas e tão opostas.

E tanto teve de entusiasmo pelo comércio, ao fazer-se negociante, quanto agora o detestava e maldizia a cada momento.

"Se eu conseguir criar a folha – planeava ele, espaceando no corredor do teatro –, conservo-me ainda por algum tempo no comércio, apenas na qualidade de sócio comanditário[2], e dedico-me de corpo e alma ao jornalismo. Com o meu talento e com a minha vivacidade, não dou um ano à minha folha para ser a primeira do Império."

E já se via aclamado e aplaudido pelo público, já se via influindo sobre os destinos da pátria e determinando com uma penada as mais graves questões políticas.

Uma enorme sede de luzir, de parecer grande, de dominar, o assoberbava ultimamente, fazendo-o esquecer-se de tudo e de todos, para só cuidar do seu nome. Apoderava-se dele a febre do voo, a paixão da altura; queria subir até onde chegava sua ambição. Não havia nisso a menor sombra de amor pelo trabalho, nem desejo de ser útil à pátria ou aos seus semelhantes, mas só vaidade, essa mesma vaidade que fora sempre a sua única soberana, e pela qual ele seria capaz dos maiores heroísmos e também das maiores perversidades.

E, enquanto Teobaldo devaneava e passeava no corredor, entusiasmando-se com o alto conceito que fazia de si mesmo, o outro, o Aguiar, quedava-se no camarote, acompanhando em silêncio todos os gestos da prima.

Estavam já no penúltimo ato, em meio do grande dueto de Raul de Nangis e Valentina[3]; Branca não despregava o binóculo da cena e parecia arrebatar-se com a magia daquela música suprema e apaixonada; os seus desgostos, as suas profundas mágoas de amor acordavam todas, uma por uma, no fundo de sua alma; e, quando o tenor soltou a última frase do dueto, uma lágrima brilhou nos olhos dela e um longo suspiro desdobrou-se-lhe nos lábios.

Só então, despertando do seu enlevo, atentou para Afonso, que a devorava com a vista.

– Como sofre… – disse ele entredentes, não tão baixo, porém, que a prima não o ouvisse.

Ela balbuciou ainda uma frase de desculpa, mas o rapaz acrescentou em segredo:

– Para que há de esconder de mim os seus sofrimentos? Julgará que é de hoje que os observo e acompanho?… Melhor faria, minha prima, em derramá-los no meu coração, porque só os que também sofrem poderão compreendê-los e…

– Eu é que não o compreendo… – respondeu Branca, fazendo-se muito séria.

– As palavras de um bom amigo só não as compreende quem de todo não quer…

– Nesse caso repita-as a Teobaldo, que ele as compreenderá melhor do que eu.

– Duvido.

– Não acredita então na amizade de meu marido?...

– Não.

– Como assim?

– Teobaldo não estima ninguém. Ele só cuida de si, só pensa na sua própria pessoa, só de si se ocupa.

– Não é isso o que meu primo costuma dizer a respeito dele.

– Ah! certamente, porque desejo engrandecê-lo aos olhos de todos.

– Mas então com que fim?

– Com o fim de ser para ele útil e para a prima, agradável.

– Pretende então agradar-me?

– Decerto, visto que sou seu amigo.

– E como, se é meu amigo, procura convencer-me de que Teobaldo não estima a ninguém?… Esquece-se, meu primo, porventura de que, se eu chegasse a acreditar em semelhante falsidade, seria a mais infeliz das mulheres, porque adoro meu marido e suponho ser amada por ele?

– Se a prima acreditasse no amor de Teobaldo, não sofreria como sofre...

– Quem lhe disse que eu sofro?

– Diz-me tudo: dizem-me as suas lágrimas mal disfarçadas, a sua melancolia, os seus suspiros; dizem-me esses pobres olhos entristecidos e queixosos!…

Branca abaixou as pálpebras instintivamente, e o rapaz, aproveitando o efeito daquelas palavras, acrescentou:

– Quando uma mulher é correspondida no seu amor, toda ela ressumbra contentamento e felicidade; de cada beijo que dá ou recebe da pessoa amada, fica-lhe na alma o germe de um sorriso e não da lágrima, que ainda há pouco lhe vi saltar dos olhos.

– Mas, quando assim fosse – retorquiu a senhora –, dada a hipótese de que com efeito tenho qualquer motivo para sofrer, que lucraria eu em confessá-lo?

– Que lucraria? Oh! lucraria muito! Lucraria em desabafar, lucraria em dividir com alguém a sua mágoa!

– Não! Isso só se pode fazer com um ente, um, único, quando o possuímos, e eu o possuí tão pouco!…

– Quer falar de sua mãe?

– É verdade.

– E não se lembra de que eu, por bem dizer, sou seu irmão, que a vi pequenina e que me habituei a estimá-la e a respeitá-la, como se tivéssemos bebido o mesmo leite materno?...

– Mas que lhe podem interessar meus desgostos? São tão íntimos... tão meus!...

– Por isso mesmo me interessam, porque eles são muito seus. Oh! era preciso não ser seu amigo, seu companheiro de infância, seu irmão, para não me interessar por eles, como me interesso por tudo o que lhe diz respeito!

E chegando-se ainda mais para junto dela:

– Juro-lhe, minha prima, que, apesar da tremenda decepção que sofri com o seu casamento, apesar de a ter desejado ardentemente para minha esposa, só a ideia de que Teobaldo faria a sua felicidade levou-me a esquecer tudo! Nunca mais a possuiria, é exato; nunca mais a vida seria para mim outra cousa mais do que a morte sem as regalias da morte, sem o descanso, sem o esquecimento e sem a dor; consolava-me, porém, a ideia de ter contribuído para a ventura daquela que eu idolatrava, daquela que foi a única mulher que amei, que amarei sempre! E contava, pois, que, em a vendo satisfeita e alegre, eu teria também, do fundo da minha desgraça, o meu quinhão de alegria! Vendo-a gozar, eu gozaria também! Ah! mas quando dei pelo procedimento de seu marido; quando descobri que ele covardemente a enganara, fazendo-lhe acreditar que a amaria por toda a vida; quando cheguei a compreender qual fora a verdadeira intenção daquele miserável, arrancando-a brutalmente da casa paterna; ah! então, confesso-lhe, minha prima, transformei-me todo; confesso-lhe que senti indignação tão grande como seria a indignação de seu pai, se ainda vivesse!

– Meu pai! Oh! não me fale nele, por amor de Deus!

– Sim, seu pai, que juntou a vida ao dote cobiçado pelo seu raptor.

– Meu primo!

– Perdoe-me! Deixe-me desabafar por uma vez, que estou cansado de reprimir a minha indignação! Juro-lhe que, se Teobaldo fosse um bom marido, teria em mim um amigo para a vida e para a morte; mas, fazendo-a sofrer; desprezando-a como a despreza, desdenhando de todas essas virtudes e de todos esses encantos que a prima possui como nenhuma outra mulher no mundo, preferiria vê-lo atravessado por uma bala!

– Cale-se por amor de Deus!

– Não tem de se revoltar com o que estou dizendo! é na qualidade de amigo e de irmão que lhe falo! Ninguém terá maior empenho do que eu em protegê-la!

– Não posso aceitar uma proteção que acusa e ofende meu marido…

– Em sua defesa, eu acusaria o próprio Deus, se ele a desgostasse!…

– Pois se assim é, proteja-me estimando Teobaldo, perdoando-lhe as faltas e defendendo aos olhos dele a minha causa. Só por essa forma provaria o primo que me estima deveras.

Mas, justamente nessa ocasião, Teobaldo, em um camarote, defronte do da esposa, fazia a corte à mulher do tal conselheiro de quem dependia a criação do seu jornal.

Experiente e vivo como era, sabia que as mulheres são o melhor conduto para se chegar aos maridos. – Porque – considerava ele – das duas uma: ou a sujeita é boa e por bondade cederá ao meu pedido; ou não é, e neste caso eu a farei solidária nos meus interesses, desde que a converta em minha amante.

A senhora do conselheiro, posto não fosse de todo desengraçada e despida de seduções, era já uma gorducha quarentona que em ninguém acenderia delírios de amor, e muito menos em Teobaldo, que, a respeito de mulheres, só tinha tido até ali boas fortunas. Não se tratava, porém, de satisfazer ao gosto e sim de arranjar proteção, e como ele, logo ao primeiro ataque, descobriu que a esposa do conselheiro pertencia à segunda daquelas duas ordens, tratou de dar toda a força aos seus recursos de insinuação e aos seus artifícios de conquistador.

Foi tiro e queda! No fim de pouco tempo de conversa a senhora do conselheiro se interessava visivelmente pelo marido de Branca. Ouvia-o com toda a atenção, abanando-se indolentemente, a sorrir e a contemplá-lo em silêncio.

Ele falava de tudo, promiscuamente, tocando apenas com a ponta da asa do seu espírito no assunto que se oferecia; não esteve calado um instante; depois ergueu-se de súbito e, o claque[4] em punho, o ar todo restrito, pediu as ordens da excelentíssima senhora, lamentando ainda uma vez a ausência do conselheiro, a quem fazia empenho de ser apresentado.

– Pois então apareça-nos sexta-feira. Está convidado. Eu prevenirei meu marido de que o senhor não faltará. Vai?

Teobaldo vergou-se todo defronte destas palavras, disse que sim com um gracioso sorriso e, requintando a sua cortesia, beijou a mão que a senhora do conselheiro lhe havia estendido.

"É interessante este rapaz!" – anotou ela consigo, depois de sair a visita.

"Estou garantido!" – pensou ele, quando se viu em liberdade.

Entretanto, o Aguiar, que não perdera um só dos movimentos do marido de sua prima, chamou a atenção desta sobre o modo pelo qual ele se despedia da outra.

– Não há de ser por mal... – considerou Branca, afetando tranquilidade, mas no íntimo ressentida.

É que acabava de cair por terra mais uma das pedras do pobre castelo das suas ilusões.

VII

Por esse tempo o Coruja, sempre lutando com o seu coração, com a sua natural antipatia, com o seu trabalho excessivo e com as exigências da velha Margarida e mais da filha, achava-se em uma situação especial.

O diretor do colégio, em que ele trabalhava havia tantos anos, um viuvão preso ultimamente à cama pelo reumatismo, acabava de sucumbir pedindo-lhe, antes de morrer, que ficasse com o estabelecimento e fizesse o possível para mantê-lo sem quebra dos créditos até aí conquistados.

André prometeu; mas, feito o inventário do colégio, verificou-se que este devia dez contos de réis, ficando por conseguinte quem tomasse conta dele obrigado a fazer frente a esse débito.

Ora, o Coruja não tinha dez contos de réis, nem donde os haver, pois que Teobaldo, único a quem ele poderia recorrer, já não se achava em circunstâncias de servi-lo.

Entretanto, mesmo com algum sacrifício, pagava a pena de ficar com o colégio, porque, em primeiro lugar, o que havia dentro deste valia bem a metade daquela quantia, e, em segundo lugar, o estabelecimento era um dos mais acreditados da corte e contava um bonito número de alunos. Notando-se ainda que a ninguém convinha como ao Coruja ficar com ele a dirigi-lo, visto que de há muito fazia as vezes do diretor, e, valha a verdade, com vantagem sobre o verdadeiro, já por introduzir no estabelecimento muitas das reformas do ensino primário, já por desenvolver várias aulas que encontrou quase que em estado de abandono.

Ora, se o Banco do Brasil, que era o principal credor, cedesse dous anos de moratória, o Coruja, empregando todo o seu esforço, bem podia dar conta do recado.

Tratou-se do negócio. O Banco, mediante a hipoteca do colégio, dava um ano para a entrada da metade da dívida e outro ano para a entrada do resto. André teria, pois, se fechasse o acordo, de apresentar seis contos de réis daí a um ano e outros seis daí a dous, submetidos, já se vê, aos juros da lei.

Verificou o que conseguira economizar depois da moléstia de dona Margarida, calculou ao certo o produto líquido do colégio e, tomando a resolução de reduzir ainda mais as suas despesas e largar de mão por algum tempo a sua história do Brasil, resolveu afinal assinar o contrato.

Tudo isso fez ele sem o menor entusiasmo, com uma inalterável confiança nos seus esforços.

E desde então com efeito não descansou um segundo; dispensou alguns professores cujo serviço tomou a seu cargo, e começou a lecionar por dia nada menos do que oito aulas, inclusive a de música.

Pois, ainda assim, descobria tempo para fazer a escrituração da casa e, lá uma vez por outra, para adiantar uma página à sua querida história do Brasil.

Embalde protestava-lhe o corpo contra tanto excesso de trabalho. Coruja não se deixava vencer e reagia energicamente; é verdade que, ao chegar a noite, já se não podia ter nas pernas e só com muito sacrifício aguentava-se acordado até às onze horas, trabalhando ainda; mas em compensação trazia agora o espírito mais tranquilo a respeito do seu compromisso com Inês, a quem desposaria, mal visse o colégio desembaraçado.

A nova situação de André de qualquer forma animou a velha Margarida, que ultimamente se havia convertido para ele em um verdadeiro tormento.

– Ora, Deus queira que desta vez você desembuche, criatura! – disse-lhe ela, quando o rapaz lhe levou a notícia. – Já não vem sem tempo!

– Ah! desta vez creio que ficará tudo realizado!... – considerou André. – É que as cousas, senhora dona Margarida, nem sempre caminham à medida dos nossos desejos...

– Ora seu Miranda, se você quisesse, há muito tempo que já teria dado um jeito ao negócio!...

– Mas para que fazer as cousas no ar? É muito melhor ir pelo seguro! Olhe, logo que eu liquide o meu débito com o Banco, posso casar sem receio, porque já terei certo o necessário para sustentar mulher e os filhos que vierem. O colégio, uma vez desembaraçado, dará perfeitamente para isso e talvez até para se pôr de parte alguma coisinha... Não acha a senhora, dona Margarida, que sempre é melhor assim do que casar-se a gente em um dia e já no outro estar arrependida?

A velha, em vez de responder às considerações de André, limitou-se a exclamar:

– Hei de ver este casamento pelas costas e ainda me parecerá um sonho!

– Agora há de vê-lo realizado!

– Com um ano de espera pelo menos... – arriscou Inês. – Em um ano o mundo dá tantas voltas!...

E sua cara era tão feia e tão apoquentada com semelhantes palavras que fazia desconfiar que as tais voltas do mundo haviam de ser por cima dela.

– O que não sei é se ele ainda deitará um ano!... – considerou a velha, quando o Coruja a deixou com a filha. – Acho-

-o agora tão não sei como!... O diabo do homem parece que fica mais feio de dia para dia!

– A mim, o que lhe acho – acrescentou a outra – é mais bodega[1] do que nunca: já não se sabe de que cor é o paletó que ele traz no corpo, e o chapéu parece que está a se acabar aos nacos!

Tais considerações sobre o mau trajar do Coruja não eram privilégio exclusivo das duas senhoras; em casa de Teobaldo já todos haviam também notado a mesma cousa, sem que ninguém aliás se animasse a censurá-lo, porque bem sabiam a que ponto levava ele a economia depois de tomar o colégio à sua conta.

Mas se aí lhe perdoavam a penúria de roupa, o mesmo não sucedia nas outras partes, e o pobre Coruja ia ganhando fama de somítico[2] e miserável.

Comentavam amargamente aquela extrema restrição de despesas; acusavam-no de nunca ter sido visto a gastar um só vintém com pessoa alguma, e muita gente garantia que ele aferrolhava dinheiro.

Em verdade, não podia ser mais rigorosa a abstinência do Coruja, nem podia o seu tipo ser mais farandolesco[3] e miserável do que era ultimamente; mas, também, quem o surpreendesse à noite no seu cubículo, depois de recolhido, vê-lo-ia tirar de uma gaveta diversos títulos do Banco e diversos maços de cem mil-réis em papel, que ele contava e recontava com uma voluptuosidade de avarento; como se, à força de conferir o dinheiro, pretendesse engrossá-lo.

O Aguiar embirrava com ele progressivamente. Ao topá-lo em casa do amigo, tão maltrapilho e tão esquerdo[4] de maneiras, torcia sempre o nariz e às vezes chegava a exprobrar à prima aquela relação.

– Também não sei – dizia – como Teobaldo, que é aquele mesmo, conserva este tipo dentro de sua casa...

– São muito amigos – respondia Branca secamente.

– De acordo, mas, que diabo! semelhante figura é o bastante para desmoralizar uma casa... Parece um mendigo! um verdadeiro mendigo!

– É um homem honesto, afianço-lhe.

– Oh! nem podia deixar de ser! Com tal aspecto ser honesto não é favor; ele tinha obrigação de ser, pelo menos, santo.

– E talvez meu primo acertasse. O Coruja tem cousas de um verdadeiro santo.

– Menos a figura, que essa é marca de Judas.

– Com efeito, é antipático, mas também não é tanto assim... Repare bem e verá.

– Não. Tenho medo. Aquela cara seria capaz de me pôr doente se eu a fitasse.

A atitude do Aguiar ao lado da prima continuava a ser a de um seu parente chegado e amigo da casa; Branca, todavia, ao conversar com ele, sentiu por várias vezes orçar-lhe pelo pudor as antenas de uma estranha intenção, que ela procurava não compreender e contra a qual se retraía toda. Mas o sedutor nem por isso perdia as esperanças, e, sempre com o seu sistema artificioso, ia empregando todos os meios de insinuar-se-lhe no ânimo, até que chegasse uma boa ocasião para a empolgar.

A ocasião, porém, não queria apresentar-se, e ele teria talvez precipitado os acontecimentos se o acaso não fosse ao seu encontro, avivando-lhe a coragem e fazendo-lhe antever um desfecho ainda mais rápido do que esperava para a sua campanha.

Aguiar estava muito ao corrente das pretensões jornalísticas de Teobaldo e, melhor ainda, sabia em que pé caminhavam as intimidades deste com a senhora do conselheiro; de sorte que, um belo dia, ouvindo Branca a teimar que o marido tinha de passar a noite em importante conferência comercial com alguns amigos, ele sorriu e disse:

– E o que perderia a prima se eu lhe provasse o contrário?

– Perderia mais uma ilusão a respeito de meu marido – respondeu ela. – Até aqui ainda não o apanhei mentindo, e confesso que o julgo incapaz de tamanha baixeza.

– E se eu provasse que ele, em vez de passar a noite nessa fantástica conferência, estará por esse tempo aos pés da mulher do conselheiro?

– Creio que ainda assim eu não acreditaria.

– E se as provas fossem irrecusáveis?

– Nunca perdoaria a ele semelhante infâmia.

– E jura que não fará o mesmo a meu respeito, se eu provar o que disse?

– Pode estar tranquilo por esse lado, porque nós, as mulheres, só condenamos os atos maus e as faltas da pessoa que amamos. Em nós o ódio é sempre o avesso do amor e só aparece quando este se esconde; o nosso coração é uma capa de duas vistas cujos lados não podemos usar ao mesmo tempo: ou bem que amamos, ou bem que odiamos.

– Quem me dera então ser odiado pela prima...

Branca sentiu o roçar das tais antenas e tratou logo de cortar a conversa, retirando-se para o seu quarto, a pretexto de sentir-se indisposta.

Aguiar ficou na sala, mas a denúncia dele acompanhou-a, grudando-se-lhe ao coração com tanta insistência que afinal já a oprimia.

"Um mentiroso!" – pensava ela, deixando-se cair sobre o divã.

E vieram os soluços.

– Mentir, enganar-me, trair-me como o mais baixo dos homens não faria com sua mulher!... Oh! isso não! Isso já é demais! Isso já não é uma fraqueza, é uma vilania e uma perversidade! Se ele está farto de mim, se já não me pode suportar, por que então não fala com franqueza? por que não confessa tudo dignamente? por que me traz nesta dúvida ridícula e mais dolorosa do que a pior das evidências?...

E ainda chorava sobre estes raciocínios quando Teobaldo chegou à tarde. Ela disfarçou as suas lágrimas, acompanhou-o ao jantar, depois conversaram juntos, como de costume, debaixo de um caramanchão que havia na chácara e, só à noite, ao vê-lo já pronto para sair, perguntou-lhe com os braços em volta do pescoço dele:

– Vais sempre à tal reunião?

– Vou, e creio que me demorarei alguma cousa; mas fica descansada, que não irei muito além da meia-noite.

E beijou-a na testa e teria desaparecido logo, se a mulher não o prendesse com mais força.

Ele estranhou:

– Então! – disse. – Creio que não vou empreender alguma viagem aos polos!

A esposa tomou coragem e interrogou-o abertamente:

– Quero que me digas uma cousa, mas não mintas! Fala com franqueza.

– Não te compreendo, filha.

– Diz-me: aonde vais tu agora?

– Oh! estou farto de repetir!

E estalando as sílabas: – Vou a uma reunião comercial, que tem hoje de deliberar sobre um sindicato, apresentado ao governo, pedindo privilégio para o fornecimento de certos materiais de guerra que tencionamos mandar ao Paraguai. Oh!

– Jura! Dá a tua palavra de honra!

– Ora essa!

– Então não acredito.

– Paciência!
– E vejo que as minhas desconfianças têm razão de ser...
– Desconfianças?
– Sim. Não acredito na tal reunião.
– E com que direito?
– Com o direito de quem tem ciúmes!
– Ciúmes, tu?
– Eu mesma.
– E duvidas de mim?
– Só não duvidarei se renunciares a essa tal reunião.
– Não posso.
– Fica. Peço-te.
– É impossível! Teria um grande prejuízo!
– Fica, Teobaldo.
– Não. Seria uma tolice, que eu a mim mesmo nunca perdoaria! Bem sabes que os meus negócios não vão bem, atravesso uma crise muito séria, extraordinariamente séria! A guerra tem-me feito um mal diabólico! Se me descuidar, estará tudo perdido, tudo! Nesta reunião de hoje vou tratar do nosso futuro; é o interesse que me conduz e não devo faltar!
– Bem, vai!
– Adeus.
– Adeus.
Ele tornou a beijá-la na fronte e depois saiu.
Branca ficou imóvel, junto à porta, a segui-lo com os olhos. Viu-o descer muito lépido a escadaria de pedra, atravessar a chácara e ouviu depois rodar o carro lá fora.
– Qual dos dous será o mentiroso? este ou o outro?... – balbuciou ela, deixando pender a cabeça para o peito e entregando-se a uma cisma atormentadora e ensombrecida pela dúvida: – Qual dos dous será o infame? Talvez ambos!...
Despertou com a voz do primo.

– Então? Ele sempre foi? – perguntou este com um sorriso.

Branca respondeu sem falar, procurando esconder a sua preocupação. Deu uma pequena volta pela sala, afinal foi colocar-se ao lado do primo:

– Onde é a entrevista, sabe?

– No Catete.

– Em casa de quem?

– Na minha.

– Na sua casa?

– Ele pediu-ma e eu não podia negar. Não acha?

– Fez bem.

E ela acrescentou, depois de uma pausa aflita, aproximando-se mais de Aguiar:

– Meu primo, o senhor disse que é meu amigo, não é verdade?

– E sustento.

– Pois bem, prove-o, não dando uma palavra a respeito do que eu vou fazer.

– Juro que não darei, mas peço em troca uma promessa do mesmo gênero.

– Fale.

– A prima não dirá a Teobaldo quem foi que o denunciou.

– Pode ficar descansado.

Dito isto, Branca foi ao tímpano e vibrou-o.

Apareceu um criado.

– O Caetano que se apronte para sair e venha imediatamente aqui; você vá chamar um carro. Depressa!

– Vai certificar-se? – perguntou Aguiar à prima, feliz com aquela intimidade que o aproximava mais dela e como que o fazia seu cúmplice, estabelecendo entre eles um segredo, um pacto e um juramento.

Branca respondeu que sim, queria certificar-se com os seus próprios olhos.

– E que meios tenciona empregar para isso?
– Espiá-los.
– Mas, de que modo?
– Postando-me defronte da casa.
– E se eles já tiverem entrado e se fechado por dentro?
– Espero que saiam.
– Mas é que dessa forma a prima será descoberta e terá de passar longas horas a esperar na rua, metida em um carro de aluguel, talvez arriscando a sua reputação…
– Que então hei de fazer?
– Seguir os meus conselhos. Eu me comprometerei a levá-la a um lugar, donde a prima poderá observá-los à vontade e sem ser vista.
– Ir em sua companhia?…
– Parece-me que sempre é mais prudente do que ir em companhia do Caetano… Lembre-se de que esse velho a ninguém preza neste mundo como a Teobaldo e que não resistirá por conseguinte ao desejo de contar-lhe tudo!
– Pouco me importaria eu com isso!…
– Sim, mas importo-me eu. Se Teobaldo chegasse a descobrir a armadilha, descobriria também quem a armou. Ao passo que, indo a prima só comigo, eu a faria entrar misteriosamente pelos fundos da casa e levá-la-ia a um lugar seguro donde, já disse, os poderia ver, sem que ninguém desconfiasse da sua presença.

O velho Caetano acabava de aparecer à porta da sala, todo paramentado com a sua libré nova, a cabecinha já muito branca e vergada ao peso dos seus setenta anos.

– Espere, Caetano – disse-lhe Branca, encostando-se a um móvel, como para melhor resistir às ideias que a acabrunhavam.

É que ao seu espírito altivo e leal repugnava tudo aquilo, sentia-se mal, como se estivesse premeditando uma infâmia.

– Você já não é necessário – declarou Aguiar ao criado, enquanto ela pensava.

O velho Caetano fez uma respeitável continência e apartou-se sem dar palavra, arrastando os seus cansados pés e afagando lentamente com a mão a nuca encanecida.

Branca teve afinal um gesto resoluto de cabeça, foi ter com o primo e perguntou-lhe com a voz tão firme quanto era firme o seu olhar:

– Dá-me a sua palavra de honra em como não deixará de ser cavalheiro um só instante enquanto estiver ao meu lado?

– Dou-lhe a minha palavra de honra em como a respeitaria como minha irmã ou minha mãe!

– Bem. Aceito a sua companhia.

E retirou-se por alguns segundos para ir pôr uma capa.

– Podemos ir – disse ao reaparecer na sala.

O primo deu-lhe o braço e os dous saíram juntos.

VIII

CHEGARAM SEM O MENOR incidente ao destino que levavam.

Aguiar fez conduzir o carro pela rua dos fundos da casa e apeou-se defronte de um portão, dizendo à prima:

– Entre sem receio.

– Mas...

– Calculando a sua vinda, dei todas as providências para que nada nos estorvasse.

– Como?

– A sala, onde seu marido há de estar com a sujeita, tem uma janela que despeja para aqueles lados.

– Ah!

– Essa janela parece dar simplesmente para a montanha, mas tanto dá para a tal montanha como para um pequeno terraço que existe perto dela, meio oculto pela folhagem de algumas árvores.

– Um terraço?

– Sim. E é daí que vamos observar.

– E se a janela estiver fechada?

– Tão tolo não era eu que consentisse em tal...

– Como assim?

– Ora, preguei muito de propósito as folhas da janela contra a parede. Além disso, eles não terão empenho em fechá-la, não só porque nem sequer desconfiam de que possam ser espreitados, como também abafariam de calor. Só por essa janela entra o ar no quarto.

Branca deixou-se conduzir até ao terraço; o primo a seguiu, afetando o maior acatamento e o mais solícito respeito.

– Eis a janela – segredou ele ao ouvido da prima.

E apontou para uma janela que de fato estava aberta, deixando devassar parte de uma boa sala bem guarnecida e bem iluminada. Sobre a mesa do centro via-se um grande véu preto, de mulher, ao lado de uma bolsa e mais um chapéu de homem e uma bengala.

Branca reconheceu estes dous últimos objetos, mas não disse uma palavra.

– Venha agora para esta outra banda... – segredou-lhe de novo o rapaz, tomando-a delicadamente pela mão e conduzindo-a à extremidade oposta do terraço.

Ao chegar aí, ela sentiu um choque mais violento e amparou-se contra o ombro do primo, escondendo o rosto nas mãos e chorando.

É que vira o marido, de pé, tendo nos braços a senhora do conselheiro.

Agora, Branca já não podia ficar iludida; vira perfeitamente: ele estava todo de preto, vergando-se para alcançar com os lábios o beijo que a sua cúmplice lhe oferecia. E viu que os dous se estreitavam nos braços um do outro, dizendo entre si alguma cousa em segredo: palavras de amor sem dúvida.

Branca enxugou as lágrimas, puxou de novo sobre o rosto a sua capa, que ela havia afastado para melhor ver, e com um gesto pediu ao primo que a acompanhasse.

– Agora está convencida?... – perguntou este meigamente.

– Estou. Obrigada.

E ela tomou a direção da saída do terraço.

Aguiar acompanhou-a, sem arriscar uma palavra ou um gesto a favor das suas pretensões amorosas. Percebia que era ainda cedo demais para isso, e que poderia comprometer todo o seu jogo, se naquele momento lhe faltasse a calma.

Ah! ele conhecia perfeitamente o caráter orgulhoso da prima; tinha plena certeza de que a comoveria muito mais resistindo ao desejo de aproveitar aquela ocasião do que lhe caindo aos pés com uma declaração de amor.

"Nada de precipitar os acontecimentos!..." – considerou, resolvido a esperar que o dia da sua felicidade chegasse por si. Foi, pois, com todo o respeito que ele seguiu a prima, dando-lhe a mão quando era preciso descer algum degrau, afastando solicitamente os galhos das roseiras, quando atravessaram o jardim, e afinal conduzindo-a até à carruagem e perguntando-lhe, com a cabeça descoberta, o ar muito sério, se ela queria que ele a acompanhasse a casa.

– Não, obrigada; não há necessidade disso. Adeus.

E Branca, estendendo-lhe a mão, que Aguiar beijou com toda a cortesia:

– Olhe, ouça –, ia a dizer o rapaz; mas, nessa ocasião, um vulto de mulher, que saíra da sombra da rua, assomara pelo lado oposto da carruagem e, metendo a cabeça na portinhola, dissera claro:

– Bom! É quanto me basta ver! Estou satisfeita!

Branca retraiu-se no fundo do carro, soltando um pequeno grito assustado, enquanto Aguiar, que havia reconhecido a outra, ordenou ao cocheiro que seguisse, e foi ter com ela.

– Ora, Leonília, que imprudência a tua!...

– Não! deves dizer antes "Que felicidade!" Não imaginas quanto estou satisfeita!

IX

Leonília, logo em seguida àquela célebre visita que lhe fez o Coruja, isto é, logo que embolsou o dinheiro que ele lhe levou, fez vir o Aguiar à presença dela e lhe disse:

– Sabes? Resolvi largar de mão o casamento de Teobaldo e parto no primeiro paquete que daqui sair.

– Pois tu vais deixar o Rio de Janeiro em semelhante ocasião? – perguntou o rapaz, sinceramente espantado. – Vais partir sofrendo em silêncio o que acaba de te fazer aquele miserável?

– É verdade.

– Pois nem ao menos procuras vingar-te?

– Oh! quanto a isso, mais devagar, meu amigo!

– Ah!...

– Era preciso que eu não o tivesse amado apaixonadamente e não me tivesse abaixado até à última humilhação a que conduz o amor, para não guardar contra ele um ódio terrível e uma terrível necessidade de fazer-lhe mal.

– Bom.

– Mas, por enquanto, não quero. Seria tolice. Ele que se case, que siga o seu destino; mais tarde hei de estar ao seu lado.

Aguiar tentou ainda convencê-la de que a melhor cousa a fazer contra Teobaldo era desmanchar-lhe o casamento; nada, porém, conseguiu e pôs à disposição dela o seu auxílio.

Leonília partiu com efeito no primeiro paquete que encontrou a sair do Rio de Janeiro; foi em busca do seu incorrigível banqueiro e, durante quatro anos, ajudou-o a liquidar o resto de dinheiro que ainda lhe encontrou.

Quando o viu reduzido à espinha, bateu de novo a bela plumagem, completando o bilhete que lhe deixara da outra vez com esta frase: "Até nunca". E tornou então para o Rio de Janeiro, não com os mesmos encantos e as mesmas pedrarias que trouxera da primeira viagem, porque ia já se enterrando muito em idade e fazendo-se demasiadamente gorda, mas voltou com a mesmíssima preocupação que levara a respeito de Teobaldo.

Um dos seus primeiros cuidados, chegando à corte, foi pedir notícias dele.

É inútil dizer que as obteve, ainda mais completas do que procurava, porque no Rio de Janeiro essas cousas se conseguem com extrema facilidade, principalmente quando é uma Leonília quem as busca. Mas de tudo o que lhe constou a respeito do pérfido amante, só uma circunstância lhe encheu deveras as medidas: a inesperada intimidade de Aguiar em casa de Branca.

Conhecendo o caráter "daquele tipo"; sabendo quais foram os esforços que ele empregou para casar com a prima e quão grande a sua decepção por não o conseguir, calculou logo que espécie de intenções o levaram a se fazer de novo amigo do homem que lhe roubara a mulher amada. Entretanto, por conhecer também de que força era o Aguiar em manha e disfarce, receava que o hipócrita realizasse os seus intentos contra a esposa de Teobaldo, mas, com tamanho jeito e habilidade, que ninguém viesse a descobri-los. E isto, que para ele representaria sem dúvida o complemento da vingança, para Leonília não era mais do que um fato do qual podia se tirar o melhor partido, metendo-o em circulação.

Interrogou o Aguiar sobre esse ponto, e o Aguiar respondeu jurando que a prima era um modelo de honestidade conjugal.

– Bom, disse Leonília, é o que vamos ver...

E esperou.

Esperou e de olhos bem abertos. Nos passeios de carro que ela costumava fazer à tarde ou à noite, preferia em geral as bandas de Botafogo, circunstância em que nada havia de extraordinário, porque este bairro era então o mais próprio e usado para isso.

Mas, chegando em certa altura da praia, mandava sempre abaixar a cúpula do carro e afrouxar o passo dos animais; às vezes, chegava até a estacionar por alguns minutos debaixo de alguma árvore, como quem espera por alguém ou pretende descobrir alguma cousa; outras vezes saltava em terra e entretinha-se a dar uma pequena volta pelo cais.

Foi assim que ela, na tal noite da entrevista da mulher do conselheiro, viu o Aguiar surdir na porta de Teobaldo com a mulher deste pelo braço.

– Olé! – disse consigo e, auxiliada pela escuridão, pôde observá-los à vontade, sem ser pressentida.

Viu-os trocarem em segredo algumas palavras, depois meterem-se resolutamente no carro que os esperava na rua e que tomou logo a direção da cidade. Leonília acompanhou-os, recomendando ao seu cocheiro de guardá-los a certa distância e não os perder de vista.

Durante todo o tempo que Branca levou no terraço a espreitar o marido, ela rondou a porta da casa; casa aliás já sua conhecida, pois que até pernoitara aí uma noite com Teobaldo, depois de uma grande ceia, que o Aguiar oferecera aos amigos num dia de seus anos.

O primo de Branca estava longe de se supor espiado, e não procurou esconder a sua contrariedade defronte de Leonília.

– Mas com que diabólica intenção fizeste semelhante cousa? – perguntou ele, depois de ouvir da cortesã a confissão de que ela o seguira desde Botafogo.

– Ora essa! – respondeu Leonília, sem dominar o seu contentamento – para vingar-me, está claro! Quero que repitas agora o que disseste da inquebrantável honestidade de tua prima!

– Pois olha, juro-te que não mentiria sustentando o que afirmei a respeito dela.

– Tem graça!

– Não posso te explicar as circunstâncias muito especiais que determinaram o que acabas de ver, mas afianço-te que Branca tem sido até hoje uma esposa verdadeiramente casta...

– Ora, deixa-te disso, e fala com franqueza.

– Mas, filha, juro-te que estou dizendo a verdade. As aparências muitas vezes enganam.

– Bem! Não queres falar, tanto pior para ti... Outros descobrirão aquilo que não me queres confessar.

– Mas se não há nada!

– Não tratemos mais disto; acabou-se!

– Não! Mas é que tu me podes comprometer muito seriamente!...

– Pois se tens medo de mim, fala com franqueza e eu farei as cousas de modo a não ficares comprometido. Não admito é que me queiras convencer a mim de que levas a estas horas uma mulher à tua casa de rapaz solteiro, talvez para discutirem algum ponto de moral doméstica!... Isso, hás de ter paciência, mas não passa... E, por conseguinte, diz lá o que entenderes, mas desde já te previno de que tenho sobre o fato o meu juízo formado.

– Se tens já o teu juízo formado, para que diabo queres então que eu fale?

– Porque com isso não fico sabendo menos do que já sei.
– E se não quiser falar?
– Nesse caso darei parte desta entrevista a Teobaldo, e ele que proceda como entender.
– E como conseguirias provar?
– Ora! Isso seria o menos! Bastava-me o cocheiro, que é meu conhecido antigo; e demais não sabes se eu estou só; posso ter testemunhas.
– Mas que diabo lucras tu com a minha confissão?
– Não é disso que se trata! Quero saber é se confessas ou não confessas que és o amante de tua prima.
– Desde que afianças que, se eu não confessar, vais perdê-la para sempre... Confesso!
– Confessas então que és o amante da mulher de Teobaldo?
– Que remédio!
– E há quanto tempo?
– Desde que a conheço. Bem sabes que ela é a única mulher que amei até hoje...
– Não! pergunto desde quando ela é a tua amante de fato, desde quando a possuis!
– Não sei, já não me lembro.
– E que tencionas fazer?
– A que respeito?
– A respeito dela. Pergunto se tencionas continuar como até agora, ou visto que a amas, se tens a intenção de tirá-la do marido.
– Isso não é cousa que dependa só de mim. Era preciso que ela consentisse.
– Ela não quer?
– Creio que não.
– Não lhe perguntaste?
– Nunca.

– Não creio.

Ele sacudiu os ombros.

– Bem... – murmurou Leonília, depois de uma pausa. – Adeus.

– Posso então confiar em ti, não é verdade? – perguntou Aguiar, apertando-lhe a mão.

– Podes confiar abertamente. Adeus.

– Até outra vez.

Leonília afastou-se, tomou o seu carro e desapareceu. Aguiar, muito contrariado com o que acabava de suceder, foi-se deixando ir pelas ruas, procurando consolar-se com a ideia de que ainda havia de possuir como amante aquela que o rejeitou para marido.

E, já sentado à mesa do hotel, onde ele costumava cear, dizia de si para si enquanto esperava o chá:

– No fim de contas fui muito feliz em não me ter casado com ela!

X

ENQUANTO ISTO SE DAVA, Branca, aflita e estrangulada de indignação, chegava a casa.

Enfiou logo para seu quarto e, atirando a capa à criada, disse-lhe com a voz trêmula:

– Chama o João ou o Caetano, aquele que se aprontar mais depressa. É preciso entregar quanto antes uma carta, que vou escrever.

E, depois de esgotar de um trago um copo d'água, assentou-se à secretária e escreveu o seguinte com a mesma precipitação com que bebera:

"Conselheiro – Se Vossa Excelência preza a sua honra de homem casado, vá imediatamente à Rua do Catete, n.º 15 e aí encontrará sua mulher nos braços do marido de quem lhe faz esta denúncia."

E declarou a hora e o dia em que era escrito o bilhete, sem contudo expor a sua assinatura. Depois, meteu a folha de papel em um envelope e sobrescritou-a.

– Leve imediatamente esta carta ao seu destino. É muito perto daqui. Não se demore.

O criado saiu e ela se atirou à cama soluçando. No fim de alguns minutos ergueu-se de novo; teve um instante de arrependimento, mas sacudiu logo os ombros, chamou pela criada já com a voz firme, despiu-se, recomendou que dissessem ao marido, no caso que este perguntasse por ela, que se achava indisposta e não queria falar a ninguém. Em seguida fechou por dentro a porta do seu quarto e recolheu-se ao leito, aguardando a explosão que julgava ter provocado com a carta dirigida ao conselheiro.

Criança! pensava ter lançado uma faísca na pólvora, e a faísca tinha apenas se cravado na lama.

A carta, segundo a declaração do criado que a levara, foi entregue em mão própria. Sua Excelência abriu-a, leu-a imperturbavelmente, rasgou-a depois e disse ao portador:

– Está entregue.

Só no dia imediato foi que Branca se encontrou com o esposo; estranhou muito não lhe descobrir na fisionomia a mais ligeira sombra de contrariedade e procurou não deixar igualmente transparecer na sua o menor vestígio das amarguras que desde a véspera sofria.

Baldado esforço! O marido, logo às primeiras palavras que trocou com ela, perscrutou que alguma cousa a constrangia e empregou os meios de descobrir o que era.

– Nada! Nervoso! – respondia a pobre senhora, disfarçando as lágrimas.

– Não, não; tens seja lá o que for. É que não queres dizer.

– Ilusão, pura ilusão tua! De que posso eu me queixar? Sou a mais feliz das criaturas! Nada me falta: tenho o teu amor, tenho a estima de meus amigos, vejo-te prosperar, crescer! Que mais desejo?

Teobaldo aproximou-se dela para lhe dar um beijo; Branca fugiu com o rosto.

– Que significa esta recusa? – perguntou ele.

– Não sei, mas não posso agora suportar as tuas carícias.

– E por quê?

– Caprichos dos nervos, naturalmente...

– Tu então repeles os meus beijos, Branca?

– Sim, e peço-te que não insistas em querer saber a razão.

– E até quando durará o tal capricho de teus nervos?

– Não sei; é natural que dure enquanto eu viver.

– Confesso que te estranho. Tu, que eras tão meiga, tão amorosa para comigo...

– É exato. Vê como a gente se transforma de um momento para o outro.

– Mas é indispensável que haja uma causa para semelhante transformação.

– Não sei; apenas te afianço que não contribuí absolutamente para ela.

– Se tens alguma razão de queixa contra mim, melhor será que fales logo com franqueza. Ao menos dar-me-ás o direito de defesa.

– Razão de queixa? Mas, valha-me Deus! seria uma injustiça, uma tremenda injustiça à tua bondade, ao teu caráter e a todos os teus princípios de moral. Queixar-me? Que ideia!

Pois se jamais fui tão lealmente amada e tão dignamente respeitada por ti!...

– Não te compreendo, nem te reconheço. Estás irônica.

– Não; estou simplesmente orgulhosa de ser tua esposa. Pressinto que caminhas para um futuro brilhante; as tuas relações não podem ser melhores: o conselheiro adora-te, o conselheiro! um homem de bem, às direitas, um velho respeitável por todos os motivos!

– E é a verdade o que dizes...

– Oh! verdade pura. Estou convencida de que o teu comparecimento à sessão de ontem há de ainda mais engrandecer-te aos olhos dele. Não há dúvida que vais em uma carreira por todos os motivos invejável!

– Branca – disse Teobaldo, com o ar muito sério –, se tens algum ressentimento contra mim, peço-te de novo que fales abertamente. Não sei em que possa eu ter incorrido no teu desagrado; a minha consciência está tranquila, mas desejo apagar de teu espírito toda e qualquer sombra de suspeita, de que me julgues merecedor.

– Já disse que não tenho acusação nenhuma a fazer.

– Mas então por que te mostras tão diferente do que és; por que estás desse modo?

– De que modo? Eu nunca me vi de tão bom humor!

– És cruel, filha!

– Eu? Pois então o meu bom humor já é uma crueldade?... Ora! tem paciência; mas não sei que fizeste da tua lógica, chegas a ser incoerente! Até aqui tu me lançavas em rosto todos os dias as minhas tristezas, os meus ciúmes, as minhas repetidas queixas de amor; e agora exprobras-me[1], porque me sinto bem-disposta e com vontade de rir. Hás de confessar que isto não é lógico!

– Pois é justamente a tua rápida transformação o que me impressiona e do que desejo saber o motivo.

– Oh! não tem de saber! É que caí em mim…

– Caíste em ti? Como assim?

– É que ontem eu via as cousas por um certo prisma e hoje as encaro por outro.

– Explica-te.

– Desfizeram-se as ilusões, dissolveram-se-me as fantasias; vejo o mundo e vejo as criaturas por um prisma talvez menos consolador, com certeza, porém, mais justo, mais razoável e muito mais lúcido.

– Não compreendo onde queres chegar com isso!…

– Não me compreendes? Oh!

– Juro-te que não!

– Então ainda menos me compreendeste até hoje. Imagine o senhor meu esposo que eu, até agora, via a sociedade e os homens de um ponto de vista ideal, cheia de confiança e de boa-fé; mas que era só meu, individual, próprio, escolhido a meu capricho, sem mescla do que nos ensina a experiência e a dura realidade dos fatos.

– Bem…

– Pois calcule que, de um momento para outro, senti rasgarem-se-me defronte dos olhos os véus da minha ignorância, e desde então vejo tudo às claras, vejo certo, posso julgar com justeza, dando a cada figura, a cada grupo, a cada ação e a cada fato o valor que lhe compete, a sua capacidade, a sua grandeza ou a sua pequenez, determinando os seus fins e calculando as suas intenções, boas ou más.

– E a que deves tu essa milagrosa lucidez inesperada?

– Não sei, talvez a um sonho, que tive esta noite.

– Um sonho?

– É verdade. Adormeci ainda no meu ridículo estado de credulidade e sonhei que me achava entre todos os meus amigos e conhecidos; via-os a todos, como te estou vendo a ti, tão bons, tão afáveis e tão meigos! Mas, de súbito, senti uma grande agitação em torno de mim, olho espantada; então um singular espetáculo se apresenta: a máscara de cada um havia caído por terra e um grande montão de fisionomias misturava-se a meus pés, imóveis e frias como rostos de defuntos. E todas aquelas figuras humanas, que acabavam de despir a máscara, começaram a rir e a escarnecer umas das outras, descaradamente, sem rebuços de delicadeza. E as mais vergonhosas confissões saíram de cada boca. Um gritava: "Eu finjo que te amo, mas no fundo eu te aborreço!". Outro dizia: "Afeto respeito à moral, mas a minha paixão verdadeira é a crápula e o aviltamento!". Este afiançava que lhe era indiferente o mundo inteiro e que só a sua própria pessoa o interessava; aquele outro declarava que o seu fim único era enganar o próximo em proveito de si mesmo; mais adiante ouvia-se dizer: "Eu, se não cometo certas baixezas, é só porque com isso atraso a minha vida"; outro protestava em como, se exercia algumas vezes o bem, era para que o glorificassem e acatassem; uma mulher gritava que se fingia virtuosa, porque era mais cômodo e vantajoso ser honesta do que dissoluta; ao lado dela um sujeito confirmava essas palavras, dizendo que a virtude na mulher é como a honra no homem: um passaporte para a consideração pública. E então vi deslizar defronte de mim o mais estranho batalhão de monstros! Velhos sérios a fazerem momices de criança; crianças com os vícios e os achaques da velhice; vi homens feios e bons, outros maus e encantadores; vi o amor ao lado da ingratidão e do abandono; o ódio e a indiferença de braço dado à dedicação e ao sacrifício; vi a força ao lado da covardia; vi a fraqueza e a incompetência ao lado da valentia e do atrevimento; vi o generoso perseguido; vi o egoísta aclamado; vi o preguiçoso triunfante; vi o trabalhador estendido no meio do caminho; vi a franqueza e a lealdade cobertas de ridículo e de vergonha e vi a hipocrisia, a mentira, a falsidade recebendo o aplauso, a confiança e a veneração de todos. E, quando passei a mão pelo meu rosto, notei que este também já não era o mesmo, e vi aos meus pés a máscara da minha inocência, da minha boa-fé e da minha credulidade! Acordando, circunvaguei o olhar em torno de mim, evoquei a memória das pessoas conhecidas, examinei-as, uma por uma, e verifiquei que todas elas traziam cada qual a sua cara postiça.

– Até eu?

– Sim, até tu, hipócrita!

– E qual era a minha máscara?

– Essa que tens agora.

– E a feição verdadeira?

– A de um homem vulgar, sem coração, sem talento e sem dignidade!

– Um homem vulgar, eu?

– Tão vulgar como o teu grande amigo, o conselheiro!

Teobaldo empalideceu ouvindo estas últimas palavras da mulher e abaixou os olhos defronte da enérgica serenidade que notou na fisionomia dela.

Depois quis tomá-la pela cintura; Branca desviou-se, lançando-lhe um gesto de desprezo:

– Mas ouve! – disse ele – deixa ao menos que eu me explique!

– Não é preciso! Nada mais há de comum entre nós dous...

XI

Principiou então a formar-se entre Branca e o marido uma inalterável frieza. Viam-se todos os dias, falavam-se, às vezes chegavam mesmo a conversar algumas horas assentados um defronte do outro na sala de jantar, mas despediam-se depois com um aperto de mão, e cada qual se recolhia ao competente quarto.

Teobaldo, longe de se incomodar com isto, parecia até rejubilar-se, pois que mais em liberdade se podia dar às suas preocupações exteriores.

A princípio, entretanto, quando via a esposa mais triste e mais indiferente, mostrava por ela certo interesse e chegava a indagar o motivo de tamanha transformação; Branca respondia-lhe em geral com um gesto de tédio, e, se lhe dava alguma palavra, era para pedir que não a estivesse importunando com a sua mal fingida solicitude.

E, quanto mais Teobaldo se preocupava com armar ao efeito lá fora para os estranhos, mais a pobre senhora se retraía em casa, amparando-se unicamente ao seu orgulho de mulher honesta.

E com as suas ilusões de amor foram também fenecendo as graças do seu espírito e as galhardias do seu corpo; a pouco e pouco ia-se fazendo estátua, ia perdendo a originalidade do querer; já não tinha caprichos, já não tinha desejos: aceitava a vida como a vida se apresentava, sem de leve opor a sombra de uma queixa.

No seu entristecido olhar de rola abandonada pelo esposo, não transparecia o mais leve indício da tremenda revolta que mantinha sua alma contra aquela sociedade de mentirosos em que ela vivia; homens como mulheres, todos se lhe afiguravam os mesmos; todos ruins; todos ordinários.

No entanto, afetava em público a mais completa harmonia com seu marido, a quem no íntimo ela execrava com asco, e, sempre por amor e respeito a si mesma, não arredava um ponto da linha dos seus deveres de mulher casada, se bem que o Aguiar lhe rondasse os passos com insistência digna de melhor intuito.

Ele a porfiar[1] e Branca a fingir que não o compreendia, desviando-se das garras do sedutor com a imperturbável calma de quem tem toda a confiança em si. Mas o demônio não desanimava, e, com quanto mais força a prima o repelia, tanto mais prontamente ele voltava aos pés dela, como o trapézio que o acrobata arremessa e logo torna na proporção do impulso recebido.

E aquela constante repressão dos desejos o atormentava dia e noite; aquele amor enjaulado dentro dele, como uma fera, indo e vindo incessantemente, sem encontrar descanso, nem repousar um instante, deixava-o prostrado e cada vez mais sôfrego.

Contudo, não desanimava: Ah! ele tanto havia de lançar aos pés daquela estátua o fogo de sua paixão que o bronze acabaria derretendo-se.

E Aguiar, seguro de que não a venceria só com a força do seu amor, começou a fingir-se desinteressado e generoso; com tal ciência que Branca foi aos poucos abrindo para ele uma exceção no terrível juízo que fazia dos homens, chegando até a arrepender-se de o ter julgado tão mal e transformando-o insensivelmente em amigo íntimo, a quem por último já confiava os segredos das suas mágoas e as queixas que tinha contra o marido.

E o velhaco aproveitava com muito jeito tais regalias para denunciar as culpas e as fraquezas de Teobaldo, que por este próprio lhe eram reveladas.

Branca o ouvia sempre com a mesma calma, imperturbável e altiva, os olhos meio cerrados, os lábios contraídos numa dura expressão de asco.

– Ah! Mas não devemos condená-lo por isso!... – dizia o traiçoeiro. – Nele, aquilo é uma questão de gênio!... Teobaldo nunca poderia dar um bom marido; nunca seria capaz de dedicar-se durante a vida inteira por qualquer pessoa, fosse esta a mais adorável das criaturas. Todo ele é pouco para pensar em si mesmo; tudo o que não for *ele*, tudo o que não for a sua querida e respeitável individualidade, nenhum valor tem a seus olhos; tudo que não for *ele* é público e faz parte do resto da humanidade, a quem, na sua louca pretensão, ele considera um simples complemento de sua pessoa. Então, na eterna febre de armar ao efeito e não desgostar seja lá a quem for, jamais tem franqueza para ninguém: se lhe pedem qualquer obséquio, ele nunca diz que não, promete sempre, ainda que um instante depois já nem se lembre de semelhante cousa; se uma mulher lhe lança um sorriso de provocação, ele responde com outro, ainda que a deteste; não tem amigos: tem auditório; não tem amor: tem amantes. É uma simples questão de vaidade, no sentido positivista da palavra. Ele, enquanto fala, não se dirige à pessoa com quem conversa, mas sim às que o observam de parte, só preocupado com o efeito que está produzindo sobre elas. E, como é na conversa, é em todos os atos de sua vida.

Branca ficou muito surpreendida e perdeu por instantes a sua calma habitual, uma vez em que o primo lhe declarou que Teobaldo, antes da mulher do conselheiro, já tivera tido muitas outras amantes de igual espécie.

– E depois dessa? – perguntou ela.

– Ora! – respondeu Aguiar, com um sorriso de quem perdoa. – Hoje, em certas rodas aristocráticas, ser amante de Teobaldo é um indispensável atestado de bom gosto: as senhoras da moda o adoram e cuidam dele como de um objeto de sua propriedade. O desgraçado não se pertence; não pode dar um passo sem ter de voltar-se para a direita e para a esquerda, sempre a fingir que ama, sempre a enganar. Para o que, diga-me, quais são as noites que ele passa aqui? Depois que a prima se retraiu e desertou das festas, quase nunca o vê, não é verdade? Entretanto, no Rio de Janeiro não há função de certa ordem em que ele não seja ouvido e consultado previamente. Se há concerto na festa, foi ele quem organizou o programa; se há dança, é ele quem tem de dirigir o cotilhão; se é preciso um discurso qualquer, uma poesia, aí está o Teobaldo recitando! Em todas as salas, quer esteja ou não esteja presente, só se ouve o nome dele; velhos e rapazes procuram imitá-lo em tudo; ele é sempre quem dá a nota do tom, quem decreta a moda; qualquer modificação no seu penteado ou no feitio de sua barba levanta um formidável escândalo entre os seus imbecis admiradores; a sua presença é mais indispensável para o sucesso das festas do que mesmo a presença do imperador, de quem ele aliás já conseguiu as simpatias, graças à habilidade com que o seduziu. Quando aquele demônio chega a qualquer parte, ouve-se logo de todos os lados: "Aí está o Teobaldo! O Teobaldo! O Teobaldo!". Os que ainda não o conhecem correm logo a vê-lo; os outros apressam-se a mostrar que têm a honra de se dar com ele, e todos se mexem e tudo se agita para lhe dar passagem. Chega e daí a pouco está cercado de gente, sem que ninguém saiba explicar lucidamente por que razão lhe fazem tamanha roda. Ele descerra os lábios? diz qualquer cousa? é um sucesso infalível, e a sua frase, ainda que seja a mais banal, a mais piegas, corre logo de boca em boca e é repetida e logo aclamada como o verbo da sabedoria divina. Opinião boa, que apareça por aí a respeito de qualquer fato, ou de qualquer produção artística, ou de qualquer homem notável, não se pergunta de quem é, atribui-se logo a ele!

Branca, todas as vezes em que o primo lhe falava dessa maneira, sentia, malgrado a energia do seu caráter, ir crescendo e subindo em torno de seu coração a irresistível torrente daquelas verdades, como se ela estivera em meio de um dilúvio. Não era que fizesse empenho em reconquistar o esposo, mas sim como que uma espécie de revolta contra o destino, que entendera não lhe dar a felicidade a que ela se julgava com direito, sendo tão amorosa, tão leal e tão digna.

E a onda implacável, que o primo lhe despejava intencionalmente contra a delicadeza de suas mágoas, depois de afogar-lhe o coração, transbordava-lhe pelos olhos e pela garganta desfeita em lágrimas e soluços.

Era isso o que ela com tanto empenho queria evitar; era isso justamente o que ele queria que sucedesse, para a tomar de surpresa, e segurar-lhe as mãos, e dizer-lhe, como se falasse delirando:

– Mas não se aflija, não se aflija por amor de Deus! Repare que os seus soluços me enlouquecem! Creio que aquele ingrato não lhe merece essas lágrimas tão puras e tão sentidas!

– Não é por ele que eu choro – respondia Branca, sem descobrir o rosto –; choro por mim própria, pela minha desgraça, pelo muito que padeço!

Aguiar então, com extrema delicadeza, aproximava-se da prima e principiava a afagá-la que nem a uma criança.

– Então! então!... – dizia-lhe meio repreensivo. – Vamos, não se aflija! Veja se consegue tranquilizar-se!...

Ela, muito envergonhada por deixar a descoberto os seus desgostos, acabava queixando-se com franqueza.

– É que – dizia – já não tenho ânimo de sair de casa ao menos; de ir a qualquer divertimento, a qualquer parte; porque a presença de toda a gente me faz um mal horroroso! Quando saio com meu marido e me acho no meio das salas ao lado dele, sinto-me ainda mais só do que se fico entre as quatro paredes do meu quarto; sinto-me ridícula, desamparada, submissa a um homem que pertence a todo o mundo, menos a mim. Oh! Esta posição é degradante!

– Mas, porventura não estou eu ao seu lado? porventura não pode minha prima contar ainda com um irmão, um amigo dedicado, que tudo daria para a ver tranquila e venturosa?

– Obrigada; não me conformo, porém, com esta viuvez a que me condenou injustamente o homem a quem confiei a minha felicidade, o homem a quem entreguei todos os meus sonhos e todo o meu amor!

– E ainda o ama talvez!...

– Não, já não o amo, e é isso justamente o que não lhe perdoarei nunca! é ter-me obrigado a desprezá-lo, é ter feito de mim uma esposa sem amor, uma mulher casada que não ama ao seu marido e que por conseguinte há de fatalmente ser mártir, quer submetendo-se à sua desgraça, quer tentando disfarçá-la com outra ainda pior!

– Pior?! Pior do que o eterno suplício de aturar junto de si uma pessoa que abominamos?... Pior do que sacrificar tudo, a mocidade, o futuro de todos os gozos a que temos direito?...

– Sim, pior, porque no outro caso o sacrifício que se tem a fazer é o sacrifício da honra! Bem ou mal sou mulher casada e como tal hei de proceder enquanto durar meu marido!

Aguiar, que não esperava por estas palavras, estacou defronte delas, mas sem se dar ainda por vencido.

XII

A SINGULARÍSSIMA POSIÇÃO de Teobaldo, entre a chamada melhor sociedade do seu tempo, vinha pura e simplesmente das graças dele, do seu espírito e de seu talento de saber, como ninguém, dar a cada indivíduo aquilo que lhe era mais lisonjeiro ou agradável; vinha de conseguir agradar ao gosto de todos, desde o imperador até ao último dos copeiros, sem aliás desgostar a ninguém, o que é muito difícil. A sua invejável atitude de homem raro e desejado por todos procedia em linha reta da sua excepcional habilidade de transformar-se sem o menor esforço, sem que ninguém desse por isso, e amoldando-se ao gosto da pessoa que tinha defronte de si, como a nuvem que percorre uma cordilheira e vai tomando o feitio de cada montanha que atravessa.

Pândego para os pândegos, homem sério para os homens sérios, ele a todos agradava e com todos se afinava, sem aliás perder uma linha da originalidade do seu tipo e da esquisitice do seu gênero, assim como um pintor de talento conserva o seu estilo próprio em mil diversas fisionomias que lhe saem da paleta.

Além dessas, havia uma outra razão, talvez não menos poderosa, e com certeza menos legítima.

Era a paternidade que lhe davam (e contra a qual ele protestava muito frouxamente) de uma famosa série de artigos, então publicados em várias revistas científicas e várias folhas diárias.

A história desses artigos é a seguinte: Coruja, havia muito, entregara-se por gosto e por necessidade de sua índole ao estudo sério e acurado de umas tantas matérias a que em geral chamam áridas, e com as quais Teobaldo não seria capaz de entestar.

Sem imaginação, nem talento inventivo e nem arte, André só assim encontrou meio de usar da sua grande atividade intelectual e foi aos poucos se familiarizando com os estudos econômicos e sociológicos.

Pode ser que esse apetite fosse ainda uma consequência da sua ideia fixa e dominante – a história do Brasil, obra esta a que ele se escravizara desde os seus vinte anos e da qual nunca se distraíra, investigando sempre, inalteravelmente, com a calma e a paciência de um sábio velho que se dedica ao trabalho só pelo prazer de trabalhar, sem a menor preocupação de elogio ou glória. Essa obra ainda estava longe de seu termo, mas representava já uma soma enorme de serviço: compilações de todo o gênero e apontamentos de toda a espécie.

– Se eu não conseguir levá-la a cabo – dizia ele –, aí fica bom material para quem o souber aproveitar, dando-lhe a forma literária, que é só o que lhe falta.

E isto que ele dizia a respeito da carcaça da sua obra capital verificou-se logo com os seus apontamentos sobre questões sociais: um dia Teobaldo fez-lhe algumas perguntas a respeito de elemento servil, locação de serviços e colonização. Coruja satisfez as perguntas do amigo e declarou que tinha consigo algumas notas tomadas nesse sentido.

Os dous subiram ao cubículo de André, e este sacou de uma gaveta de sua velha secretária um grosso pacote, composto de pequenos maços de tiras escritas, sobre cada uma das quais via-se metodicamente lançado um título diverso.

Teobaldo começou a manusear os maços.

Leu no primeiro: "Indústrias", no segundo: "Manufaturas", leu em outro: "Escravidão" e em outro: "Instrução pública".

E continuando a percorrê-los, foi encontrando: "Pequena lavoura; Nacionalização do comércio a retalho; Nunes Machado e seu tempo; Economia rural, decadência do açúcar, nota sobre o inquérito do governo; Exploração do gado lanígero; Administração dos correios; Legislação territorial; Cultura do bicho-da-seda; Plantação da vinha; Colonização, reflexões sobre as cartas do marquês de Abrantes; Discursos sobre o elemento servil por Bernardo de Vasconcelos, Euzébio de Queiroz e João Maurício Vanderley; Guerra do Rosas".

E assim por diante.

– Que diabo tencionas tu fazer disto? – perguntou Teobaldo.

– Nada – respondeu André –; são notas e considerações, que às vezes acodem e que a gente vai colecionando, para, se algum dia precisar...

– Mas é um tesouro isto que aqui tens!... Deves fazer publicar estas notas!

– Qual! Não despertariam interesse em ninguém; faltam-lhes forma literária, não passam de apontamentos; datas, nomes, citações, discursos políticos e nada mais.

– Ora! a forma literária é o menos. Isso arranja-se brincando.

– Pois se quiseres arranjá-la...

– Homem! Está dito! Publicam-se com um pseudônimo. Vais ver o barulhão que isto faz aí!

– Não creio.

– E eu tenho certeza; só com uma vista d'olhos já percebi que tomaste nota de todos os fatos mais curiosos de nossa administração pública nestes últimos tempos.

– Ah! Isso é exato; estas notas foram escritas à proporção que se sucediam os fatos, e cada uma tem ao lado as considerações que a respeito dela fez a imprensa.

– São minhas! – resumiu Teobaldo, guardando na algibeira as notas do Coruja.

Daí a dias surgia em público o primeiro artigo dos de uma longa série que então se publicaram e que estavam destinados a dar ao marido de Branca uma nova reputação, uma reputação que ele ainda não tinha: a de homem de bom senso prático e econômico.

As conscienciosas notas de André, floreadas pelas lentejoulas da retórica do outro, converteram-se no objeto da curiosidade pública.

Foi um verdadeiro sucesso; o jornal que as publicou viu a sua tiragem aumentada e os artigos, uma vez colecionados em volume, deram várias edições.

Daí nasceu o prestígio de Teobaldo entre os homens públicos do seu tempo, que desde então começaram a respeitá-lo, se bem que o habilidoso jamais declarasse positivamente ser o autor dos célebres artigos.

Branca, porém, sabia ao certo a quem eles pertenciam de direito e ficou muito seriamente indignada contra o marido uma vez em que este, depois de negar a pé junto que não era o autor dos tais artigos, respondera a um tipo que exigia nesse caso que ele desse a sua palavra de honra.

– Não! isso não! Afianço que os artigos não são meus, mas, quanto a dar palavra de honra, não dou!

O fato é que ele ficou sendo desde então considerado uma das primeiras ilustrações do Brasil, tendo ao seu dispor o jornalismo em peso e ao seu serviço a proteção dos homens mais influentes na política.

Podia enfim alargar os seus horizontes e desejar mais largos apesar do seu espírito ser tão inconstante e a sua ambição tão desnorteada.

Agora já não pensava mais em se fazer dono e redator de um jornal; vivia só para uma ideia: entrar na câmara dos deputados.

Um terrível contratempo veio, porém, alterar-lhe a vida.

Nessa ocasião, em vista dos efeitos da guerra, esperava-se que o preço das libras esterlinas subisse extraordinariamente, e Teobaldo, fiado nisso, empregou a melhor parte do que lhe restava em comprar uma boa porção delas para as revender com lucro fabuloso; eis, porém, que a subida inesperada do partido conservador, firmando o crédito do estado, elevou o papel moeda, deixando o câmbio quase ao par, depois de verificado o empréstimo do Visconde de Itaboraí[1], do qual se conservou a popular denominação de "bonde em ouro".

Por conseguinte, o dinheiro arriscado nessa especulação de cambiais não foi recuperado; as libras, que aliás haviam chegado excepcionalmente ao valor de 15 réis cada uma, desceram de repente e foram vendidas por muito menos do custo.

Teobaldo viu-se perdido. Além de ficar completamente despido de dinheiro, ainda tinha de apresentar seis contos de réis ao seu fornecedor de café em certo dia convencionado, sob pena de perder também o crédito, que era a cousa única com que podia ainda contar para a sua reabilitação.

No entanto só o Coruja, o Aguiar e Branca sabiam da verdade inteira a respeito disso; de todos os mais Teobaldo escondeu a sua crítica situação, convencido de que tudo perdoam aos homens, menos a infelicidade.

Este fato de ter de esconder o seu desespero ainda mais o fazia sofrer, enchendo-lhe as horas de amargura e sobressalto.

Foi então que o Aguiar se chegou para ele e disse, batendo-lhe no ombro:

– Ora, se a questão é de seis contos de réis, não tens que te afligir, eu tos empresto; teu crédito não ficará abalado!

Teobaldo abraçou-o, declarando que o Aguiar acabava de lhe salvar a honra.

– És um verdadeiro amigo! – disse-lhe. – Se não foras tu, era natural que eu metesse uma bala nos miolos!

Quando Branca se achou a sós com o primo, apertou-lhe a mão muito comovida e repetiu pouco mais ou menos as palavras do esposo.

– Engana-se – respondeu o Aguiar –, não foi por ele que fiz aquilo, foi simplesmente em honra da senhora.

– Não é então amigo de Teobaldo?

– Eu o detesto.

– Foi nesse caso só por mim que o socorreu?

– Bem sabe que sim.

E chegando-se para ela, acrescentou em voz baixa:

– E que não faria eu por sua causa? Terei porventura alguma outra preocupação que não seja tornar-me aos seus olhos cada vez mais digno? terei maior ambição do que vê-la satisfeita comigo e perdoando-me o estimá-la mais do que me é permitido?... E tanto assim que nada mais lhe peço além de declarar com franqueza o que quer que eu faça; ordene e ver-me-á submisso e escravo a seus pés cumprindo as suas leis.

– Não tenho ordens a lhe dar, nem direito para isso, apenas desejo que meu primo continue a ser meu amigo, e, visto que não está nas mesmas circunstâncias em que estou para com Teobaldo, perdoo-lhe as franquezas e as maldades.

– Não! Eu só perdoaria àquele vaidoso se ele a deixasse em paz!

– Não o compreendo e peço licença para retirar-me, sinto-me indisposta; meu marido não tarda aí e far-lhe-á companhia.

Branca afastou-se tranquilamente, sem se mostrar nem de leve receosa das seduções do primo; ao passo que este, sufocando a sua impaciência, deixou-se ficar imóvel no lugar em que estava, a fitá-la pelas costas com o seu comprido olhar de homem teimoso e vingativo.

"Que pensará de mim esta mulher? – interrogou ele intimamente, cruzando os braços em meio da sala. – Que ideia fará da minha vontade e do meu querer? Pois não perceberá ela que eu, odiando o marido, não faria por este o menor sacrifício, se não fora a esperança de saciar o amor que me põe louco? É impossível que Branca, tão inteligente e tão lúcida, não me compreenda e não perceba as minhas intenções! É impossível que ela me suponha tão fácil de contentar que eu só exija de sua pessoa um casto e fraternal reconhecimento! Ah! mas agora, agora que os tenho seguros por uma dívida de meia dúzia de contos de réis, hei de chegar aos fins a que desejo ou muito terão eles de amargar!"

Fazia tais reflexões, quando Teobaldo entrou da rua.

Vinha extremamente pálido e, pelos modos, bastante contrariado.

– Oh! que tens tu? – perguntou-lhe o outro, indo ao encontro dele. – Estás com uma cara. Alguma cousa te contraria ainda?

– Nada!

– Desconheço-te, homem!

– Nada! não tenho nada! Necessidade de repouso.

– Nesse caso, retiro-me...

– Não. Fica à vontade.

– Julgas que é muito agradável suportar-te neste estado?...

– É exato. Confesso que estou preocupado. Mais tarde saberás por quê.

– Bem; não falemos mais nisso e conversemos sobre outra cousa.

Mas, daí a meia hora, dizia o Aguiar:

– Não! Tem paciência! Hoje não posso contigo. Adeus. Voltarei quando estiveres mais admissível.

Teobaldo, mal viu sair o amigo, meteu-se no seu gabinete de trabalho, acendeu o gás, fechou-se por dentro pôs-se a reler uma carta, que tirara da algibeira.

Era uma carta anônima e dizia o seguinte:

"Meu adorável Teobaldo.

"O feitiço vira-se às vezes contra o feiticeiro: tu, que tens destelhado a valer a honra de vários maridos, estás agora com a tua exposta à chuva e aos ventos...

"Olha que lhe fazem cada rombo, que até da rua a gente os vê!...

"E a graça, adorável Teobaldo, é que deves esse obséquio ao teu melhor amigo, ao teu íntimo, ao teu unha com carne! Coitado do meu Teobaldo!

"Se exiges provas do que dizemos, estamos dispostos a dar-tas quando quiseres."

Assinava – "Uma das vítimas dos teus encantos."

XIII

DEPOIS DA NOVA LEITURA da carta anônima, Teobaldo mergulhou mais profundamente na sua preocupação.

"O meu melhor amigo... o meu íntimo!... – repetia ele, como um sonâmbulo. – Trata-se por conseguinte do Coruja ou do Aguiar! O Aguiar!... não! não é possível!... e contra o outro não me animo sequer a levantar a ponta de uma suspeita!"

Mas o seu espírito, como se pactuasse com o autor da covarde denúncia, escapava-se das convicções dele a favor daqueles dous amigos e punha-se na pista das probabilidades do que afirmava a carta.

"Oh! – dizia por dentro da sua experiência – as mulheres são tão dissimuladas, tão vingativas e tão traiçoeiras que às vezes aquela que supomos mais anjo e mais virtuosa é justamente a mais capaz de matar-nos a alfinetadas, se lhe ofendermos o amor-próprio e a vaidade!"

E, porque ele julgava de todas as mulheres pelas que até aí tivera por amantes, isto é, pelas fracas, pelas vulgares e gafadas[1] de velho romantismo, seu pensamento ia ainda mais longe e dizia-lhe:

"Ah! são todas as mesmas! Perdoam-nos tudo, as maiores baixezas e as maiores maldades; só o que cada uma de *per si*[2] não nos perdoa nunca é não lhe darmos a primazia da nossa ternura e da nossa dedicação! Cada qual quer sempre ser a melhor e a mais digna de amor, e ai daquele que não obedece ou não finge obedecer a esse capricho, quando ligou o seu nome a qualquer dessas egoístas!"

E, depois de agarrar-se a este princípio, Teobaldo perguntou a si mesmo:

"Qual dos dous, o Coruja ou o Aguiar, teria Branca preferido para cúmplice de sua vingança contra mim? O Aguiar, sem dúvida, porque o outro nada tem de amável... Que importa, porém, a ferrenha antipatia do Coruja, se não é do amor que se trata, mas simplesmente de uma vingança? E a vingança com o Coruja seria muito e muito mais completa e mais cruel!"

E então, como para explicar esta terrível hipótese, o espírito de Teobaldo começou a fazer desfilar defronte de si todas as esquisitices que se notavam em Branca ultimamente; vieram os caprichos, as transformações de gênio, as excentricidades, que ela, a despeito do seu reconhecido bom senso, apresentava de tempo a essa parte.

"Sim, sim – insistia o pensamento de Teobaldo. – Desde aquela célebre noite da entrevista da mulher do conselheiro, Branca já não é a mesma senhora ajuizada e boa dona de casa!... Está completamente transformada, ao ponto de não dar ideia do que fora... Agora tem extravagâncias que parecem de louca; dá para fechar-se no quarto dias inteiros, a ler ou a escrever, sem se importar com o que vai pelo resto do mundo; agora toma-se de simpatias por criaturas que até aí não podia suportar; agora veste-se mal, um pouco disparatadamente, desleixa-se em questões de asseio, não capricha em trazer a cabeça penteada; falta à mesa nas horas consagradas à refeição e levanta-se à noite, fora de horas, para cear em companhia do velho Caetano..."

Este nome como que o despertou.

– Ah! – disse, e correu a vibrar o tímpano.

Surgiu logo um criado.

– O Caetano que venha aqui, imediatamente! – ordenou.

E já passeava a passos medidos em toda a extensão do gabinete, quando o velho criado lhe apareceu, arrastando os pés, a cabecinha toda branca e vergada para a terra, como se andasse à procura dos oito palmos que esta lhe destinava no seu seio.

– Velho amigo! – disse-lhe o amo, passando-lhe o braço pelo ombro. – Sabes para que te chamei? Foi para que me relates minuciosamente tudo o que tens visto fazer minha mulher nestes últimos tempos.

– Nunca a espreitei... – respondeu Caetano, franzindo as sobrancelhas.

– Bem sei – replicou o amo –, e não te perdoaria se o fizeras; quero, porém, que me contes minuciosamente como Branca tem vivido, quais são agora os seus hábitos, os seus gostos e as suas propensões.

– Ah! muito mudada de gênio, coitadinha! – principiou o criado –; não lembra quem era! Está triste, frenética e caprichosa, que mete dó! Já não cuida das suas flores; mandou retirar da sala os passarinhos que ela tanto estimava dantes e parece disposta a não conservar nenhum dos hábitos antigos; já não se deita, nem se levanta dous dias seguidos à mesma hora; nega-se às visitas que recebia com mais prazer e só se mostra deveras entretida quando ouve a leitura do senhor André.

– Do Coruja! Ah! explica-me isso!

– O senhor André, quase todas as noites e aos domingos durante algumas horas do dia, desce à sala de jantar, assenta-se ao lado dela e põe-se a ler. A senhora o ouve com toda a atenção e parece tomar nisso grande interesse, porque às vezes, quando ele termina a leitura, ela tem os olhos cheios d'água e suspira.

– E o que mais tens observado entre os dous?

– Mais nada. O senhor André, terminada a leitura, conversa ainda um pouco com a senhora dona Branca e retira-se depois para o seu quarto.

– E ela?

– Ela nunca faz o que fez na véspera e sim o que lhe vem à fantasia.

– Sim, mas explica o que é!

– Oh! mas são tantas as cousas... Uma vez, por exemplo, quando toda a casa já estava recolhida, ela mandou-me chamar, fez preparar o carro e saímos a passeio.

– Onde foram?

– À toa. A senhora dona Branca disse ao cocheiro que desse algumas voltas até o Catete.

– E foi só essa vez que passeou?

– Não, senhor: fez o mesmo várias vezes.

– E sempre em tua companhia?

– Creio que sim, senhor.

– E o Coruja nunca os acompanhou?

– Não, senhor; se bem que a senhora dona Branca o convidasse mais de uma vez.

– Ah!

– O senhor André apenas a acompanhou uma ocasião em que a senhora dona Branca foi à missa à igreja de São João Batista.

– Há muito tempo?

– Há cousa de dous meses.

– E o outro, o Aguiar, tem vindo aqui muitas vezes?

– Tem sim, senhor; mas a senhora dona Branca parece não estimar tanto a companhia do senhor Aguiar como estima a do senhor André, visto que às vezes deixa-se ficar no quarto e não lhe aparece, e de outras retira-se da sala antes que ele se tenha ido embora.

– E o Aguiar trata-a com muita amabilidade?

– Muita; e parece respeitá-la extraordinariamente.

– Bem. E quem mais aparece?

– Nestes últimos tempos, quase que ninguém a não ser o senhor Aguiar, porque há muito que a senhora dona Branca não se quer mostrar a pessoa alguma. Quem muita vez passa o dia aqui e parece distrair muito a senhora dona Branca é o filhinho da costureira, um pequeno de uns cinco anos. A senhora dona Branca mostra certa estima por ele, faz-lhe roupas, leva-o consigo dentro do carro, compra-lhe brinquedos, sapatos, chapéus e às vezes passa horas e horas esquecidas ao lado do menino.

Teobaldo fez ainda várias perguntas ao velho Caetano, intimamente envergonhado por não saber o que ia por sua própria casa e mais ou menos aturdido pela dúvida e pela desconfiança em que se achava contra a esposa e os dous únicos homens a quem tinha por amigos verdadeiros.

Disse ao criado que se retirasse. Depois foi à gaveta da secretária buscar um revólver que lá estava.

"Hei de descobrir – pensou ele – o que há de verdade em tudo isto, e juro que meterei uma bala na cabeça do miserável que me atraiçoa!"

XIV

A CARTA ANÔNIMA era obra de Leonília. Esta só se decidira a lançar mão de semelhante meio de vingança depois de bem convencida da inutilidade dos esforços empregados por ela para surpreender de novo a mulher de Teobaldo em outra entrevista com o Aguiar.

Como toda infeliz que em tempo não se abrigou a uma afeição legítima e duradoura, a cortesã sentia a sua má vontade contra os homens azedar-se à proporção que seus encantos desapareciam.

Ela estava na dolorosa transição dos quarenta anos; época em que toda mulher só pode ser sublime ou ridícula. Sublime se a fizeram casta e principalmente se a natureza lhe permitiu ser mãe; e ridícula, se a desgraçada perdeu a flor da sua mocidade ao reflexo das orgias e ao grosseiro embate da prostituição.

Ah! não se pode esperar de criaturas nestas últimas circunstâncias senão o ódio contra tudo e contra todos. Durante a vida inteira deram-se de corpo e alma ao prazer, e, desde que este lhes volta as costas, sentem-se totalmente desamparadas.

E nem ao menos resta-lhes a consolação de desabafar o muito que sofrem, porque, amarradas aos próprios destroços, precisam esconder com o mesmo cuidado tanto os sintomas da velhice como as manifestações da desgraça; não se animam a rir por medo de mostrar os dentes que já lhes faltam; não se animam a chorar receosas de que as lágrimas lhes despintem os olhos.

Leonília, porém, ainda não estava de todo abandonada; sentia ainda atrás de si o tossicar decrépito de seus velhos amantes e ouvia-lhes o som dos passos trôpegos e mal seguros. Ao seu lado só ficaram aqueles que, já idosos, ainda a pilharam moça e formosa; só esses não desertaram, que lhes faltavam as forças para isso e outrossim não lhe notavam os estragos do tempo e os sulcos da velhice, porque a vista lhes fora faltando a eles à proporção que a ela fora faltando a beleza.

Mas, ah! justamente quando esta vai fugindo é que a mulher mais a exige dos seus amantes; à moça, bonita e cheia de vida, pouco importa que o homem a quem se dá seja tão novo e tão lindo como ela; para o seu completo deleite chegam-lhe os próprios encantos e, vaidosa, contenta-se com ser admirada e não precisa admirar ninguém. Só às feias ou às que já perderam as frescuras da mocidade interessam os encantos do homem a quem se dão; querem que ele tenha aquilo que já lhes falta a elas. Chegada uma certa idade, trocam-se os papéis, por isso que os velhos morrem de amor pelas mocinhas e as matronas tanto apetecem aos magros estudantes de preparatório.

À Leonília, por conseguinte, já não bastava o séquito de seus amantes mais velhos do que ela, e era, pois, com profundo desgosto que acompanhava os passos de Teobaldo, vendo-o luzir por toda a parte, belo, sempre desejado, resplandecendo em meio de dous oceanos, um de inveja e outro de amor. A desgraçada não podia habituar-se à ideia de que aquele ingrato, pouco mais moço do que ela, estadeasse agora no apogeu da força e da fortuna, sem se lembrar ao menos da existência de uma pobre mulher, que o amara tão apaixonadamente.

E por isso tratou de remeter-lhe uma nova carta anônima, e logo depois outra e mais outra; certa de que com elas havia de lhe amargurar a existência.

Com efeito, aquelas cartas anônimas, lançadas da sombra, traziam Teobaldo ultimamente bastante apoquentado e aborrecido, tanto mais que ele não podia fixar a sua desconfiança contra nenhum dos seus dous amigos. Ora sondava a mulher, ora sondava o Aguiar, ora o Coruja; e o resultado de suas observações eram sempre as mesmas sombras e as mesmas incertezas.

André, todavia, estava bem longe de desconfiar que era alvo de tais suspeitas; a sua existência agora, agora mais que nunca trabalhosa e cheia de responsabilidades, gastava-se em esforços de todo gênero. Oito meses haviam decorrido depois do seu compromisso com o Banco e, segundo os seus planos, a primeira entrada de dinheiro seria feita no dia convencionado.

Não perdera um instante e não distraíra um vintém das suas economias; todas as aspirações necessárias para chegar aos seus fins, ele as afrontara heroicamente; e dona Margarida e mais a filha, aguardando em sôfrego silêncio o termo dessa campanha, contavam as horas e os segundos, apenas reanimadas, de quando em quando, pelas palavras do professor, que parecia cada vez mais seguro do cumprimento da sua promessa.

Agora um novo tipo frequentava a casa de dona Margarida. Era o Costa, um alferes de polícia, conhecido pela alcunha de "Picuinha".

Homenzito esperto, despejado de maneiras e muito metido a taralhão[1] com todo mundo. Tinha o nariz comprido, laminoso e de papagaio, os olhos fundos, o queixo muito metido para dentro, com uma boquinha de coelho. Quando soltava uma das suas escandalosas gargalhadas, viam-se-lhe as presas, solitárias como as presas de um cão, porque ele já não possuía os dentes da frente. Era imberbe e macilento, o pescoço fino, as mãos nodosas e feias; todo ele raquítico e pobre de sangue, a jogar com o corpo da direita para a esquerda, principalmente quando aparecia depois do jantar, com a farda desabotoada sobre o estômago, o boné à nuca, uma ponta de cigarro presa ao canto dos lábios e uma chibata na mão, a fustigar com ela de vez em quando o brim engomado das suas calças brancas.

Dona Margarida o suportava por simples conveniência: o alferes era seu freguês de roupa e gostava de aparecer-lhe à tarde, para cavaquear à janela; um cotovelo sobre o peitoril, as pernas cruzadas, a cuspilhar consecutivamente pedacinhos de fumo que ele mascava do cigarro.

O que ela não podia lhe perdoar era o costume da bebida. O alferes em dias de folga metia-se no gole e escandalizava a rua inteira.

– É todo o seu mal! – dizia a velha. – Tirando daí, não há melhor criatura!

Ele gostava de brincar com todos; não tinha graça, mas estava sempre disposto a rir; o casamento de André era assunto obrigado das suas pilhérias, quando queria mexer com Inês.

– Ele, a modos que não tem lá essas pressas de casar!... – chacoteava a respeito do Coruja, apresentando na sua boca de roedor as duas presas isoladas.

Mas, quando a velha tomava a defesa do futuro genro, o Picuinha fazia-se sério e elogiava-o.

– Bom moço... – resmungava. – Não é dos mais simpáticos, mas muito sisudo, e dizem que sabe por uma academia!

A velha entrava então a falar sobre o colégio, sobre os altos compromissos de André e no casamento da filha, o qual seria efetuado, impreterivelmente, daí a quatro meses!

– E eu cá estou para entrar no bródio![2] – exclamava o alferes, chibateando as calças. – Quero só ver como aquele tipo se sai nesse dia! Consta-me que vai ser cousa de arromba!

Ali pela vizinhança da velha com efeito já se boquejava a propósito do casório, e diziam até que o noivo estava muito bem e que o seu colégio era o melhor do Rio de Janeiro.

– Ah! mas também apertado como ele só! – afirmava uma amiga de Inês, muito cheirona da vida alheia. – Aquilo é criaturinha que traz por conta os cordões do bolso! Não há meio de lhe apanhar uma de X![3] E depois, que cara de homem, credo! Parece que está sempre arreliado!

O Coruja, em verdade, tornava-se cada vez mais esquisitório[4] e mais e mais farroupilha[5]; não havia meio de obrigá-lo a comprar um fato novo e a resignada Inês, posto não desse demonstrações, tinha já certo vexame quando o via surgir no canto da rua, com a grande cabeça enterrada nos ombros, a jogar o corpo no seu pesado andar de urso.

Em casa de Teobaldo, os criados o olhavam por cima do ombro e o Aguiar chegava muitas vezes a virar-lhe o rosto.

Dantes o primo de Branca ainda procurava disfarçar a sua repugnância pelo professor, mas agora nem se dava ao trabalho de fazer isso, e, sempre que a dona da casa lhe falava nele, não perdia a ocasião para ridicularizá-lo.

Em geral o pretexto destas zombarias era a famosa história do Brasil.

Branca procurava defender o trabalho do Coruja, chegando até a impacientar-se com aquela grosseira perseguição do primo.

XV

Aguiar, depois que emprestara os seis contos de réis a Teobaldo, deixava transparecer muito mais claramente aos olhos da prima as suas intenções a respeito desta; Branca fingia não dar por isso, mas, de si para si, tomava as suas cautelas contra o sedutor.

Não lhe convinha entretanto denunciá-lo ao marido, não só porque bem poucas vezes entrava em conversa íntima com este, como porque, conhecendo o gênio irrefletido de Teobaldo, temia, em dizendo-lhe tudo, armar algum escândalo mais perigoso e lamentável do que o próprio objeto que o promovia.

Uma ocasião, porém, o primo chegou-lhe a falar com tamanha insistência e com tamanha clareza que ela instintivamente ergueu-se da cadeira em que estava e mediu-o de alto a baixo.

– Por que me trata desse modo?... – perguntou o Aguiar, abaixando os olhos e afetando tristeza.

– Porque o senhor assim o merece – respondeu ela imperturbavelmente.

– E terei eu culpa de amá-la tanto?...

– Proíbo-o de repetir semelhante frase, ou ver-me-ei obrigada a tomar medidas mais sérias a este respeito. E, por enquanto, não lhe posso prestar atenção. Com licença.

– Branca! ouça, peço-lhe que me ouça!

– Enquanto não estiver disposto a se portar dignamente para comigo, far-me-á o obséquio de não pôr os pés nesta casa.

Dito isto, Branca se afastou tranquilamente, como se viera de dar qualquer ordem a algum dos seus criados, e saiu da sala sem o menor gesto que traísse a sua indignação.

Apesar disso, no entanto, ele não desistiu da sua empresa e, sem se dar por achado com as palavras da prima, continuou a frequentar a casa, como se nada houvesse sucedido de extraordinário e apenas tratando de disfarçar o seu projeto de novos ataques.

Um belo dia, três meses depois daquela cena, surpreendendo Branca no fundo de um caramanchão que havia na chácara, a ler distraída, tomou-a de improviso pela cintura e caiu-lhe aos pés, exclamando:

– Perdoa, perdoa, se de tudo me esqueço e não resisto a este amor insensato que me consome.

E ia ferrar-lhe um beijo na face, quando Branca, escapando-lhe das mãos, ligeira como um pássaro, lançou-lhe contra o rosto uma bofetada.

Ele ergueu-se rubro de cólera e encarou-a de frente.

– Rua! – fez ela, apontando-lhe a saída. – Já!

Ele não se mexeu.

– Já! não ouviu?! Não quero que fique aqui nem mais um instante! Rua!

– Enxota-me?

– E, se não me quiser obedecer, juro-lhe que Teobaldo a isso o constrangerá!

Aguiar sorriu, e respondeu afinal, torcendo o bigode entre os dedos:

– Não tenho medo de caretas, minha prima! Sairei daqui se eu bem quiser. Pode ir fazer queixa de mim a seu marido, vá! diga-lhe o que entender, não me assusto com isso... Agora, sempre lhe previno de que a honra dele está nas minhas mãos, e que de um momento para outro, posso reduzi-lo a trapos! Vá! Pode ir! Lembre-se, porém, de que eu tenho em meu poder títulos assinados por seu marido; títulos já vencidos e que são o bastante para lançá-los, a ele e à senhora, na ruína e na vergonha! Prefere lutar? Pois cá estou às suas ordens, e há de ver, que, se fui fraco e imbecil no meu amor, saberei ser forte e cruel no meu ressentimento!

E o Aguiar saiu da chácara, deixando a prima inteiramente dominada pela impressão do que ouvira.

Quando tornou a si ela correu ao quarto, assustada e trêmula, como a corça que pressente a próxima tempestade, e lançou-se no leito, aflita e estrangulada por um desespero nervoso, um desespero que respirava de todo o seu ser, uma agonia que vinha de sua alma e também de sua carne; mas que ela de forma alguma podia explicar se era raiva, se era vergonha, se era ressentimento ou pura necessidade de amor.

E, oprimindo os olhos com os punhos cerrados e mordendo as articulações dos dedos, soluçava, soluçava tanto, e tão rápidos e seguidos eram os seus soluços que pareciam uma interminável gargalhada de quem enlouquece à força de sofrer.

À noite tinha febre, sentiu a cabeça andar à roda, mas ergueu-se e foi ter ao quarto do marido.

Ela! que havia tanto tempo não mostrava a menor curiosidade em saber a que horas ele entrava da rua ou saía de casa.

Teobaldo a recebeu tão surpreso quanto ela já estava calma e completamente senhora de si.

Era sem dúvida para impressionar aquela pálida figura de mulher, toda vestida de luto, que outro trajo não usara depois da sua viuvez moral, aquela figura altiva e sofredora cuja expressão geral da fisionomia punha em colisão qualquer espírito, para decidir qual seria maior e mais forte: se a energia do seu caráter ou se a violência dos desgostos que a perseguiam.

Tão grande foi a surpresa de Teobaldo que ele não encontrou para receber a mulher senão o gesto e a exclamação inconscientes do seu pasmo.

– Venho pedir-lhe um favor – disse ela.

– Um favor?

– Sim. É que liquide quanto antes as suas contas com meu primo.

– E por quê?

– Porque assim é preciso.

– Mas a razão por que é preciso?

– Não posso dizer, mas afianço que é preciso liquidar as suas contas com aquele homem.

– Tem a senhora alguma razão de queixa contra ele?

– Nenhuma.

– Por acaso ter-lhe-ia seu primo falado a respeito da minha dívida?

– Não; asseguro-lhe, porém, que é de todo interesse para nós livrarmo-nos dele.

– Sim, mas a senhora há de confessar que eu tenho o direito ao menos de querer saber o motivo desta sua exigência.

– E eu não lhe posso dizer qual é o motivo.

– Então por que veio me falar nisto?

– Porque era meu dever. O senhor, no fim de contas, é meu marido e eu tenho obrigação de zelar pelos seus interesses.

– Obrigado, confesso-lhe, porém, que os obséquios dessa ordem não trazem a menor vantagem!

– Não faço um obséquio; cumpro com o meu dever, já disse.

– Mas, se a senhora me vem dizer isto, é que alguma cousa de extraordinário se passou aqui! Ou eu já não tenho também o direito de saber o que vai pela minha casa?

– Oh! tem todo o direito; entendo, porém, que não é de minha obrigação dar-lhe contas do que vejo e observo. Se o senhor quer estar a par do que se passa em sua casa, faça por isso, que não fará mais do que o seu dever.

– Engana-se; daquela porta para dentro é à senhora que compete zelar pelo que se passa nesta casa.

– E por isso venho-lhe prevenir de que é de toda a conveniência liquidar quanto antes os seus negócios com meu primo.

– Sem apresentar a razão por quê...

Ela não respondeu dessa vez e fez menção de sair.

O marido deteve-a.

– E a senhora pensou um instante nas consequências que pode ter esta sua meia denúncia?

– Já pensei tanto quanto devia.

– E não calculou até que ponto elas poderiam chegar?

– Calculei.

– E não saberá porventura que nas condições apertadíssimas em que me acho, as suas palavras só me podem servir para mais atrapalhar a minha vida e aumentar o desespero em que ando?

– Sei apenas que é preciso fazer o que lhe disse.

– Pois aponte-me os meios para isso! Diga-me onde devo ir buscar dinheiro para fazer face a uma dívida em que eu não pensava agora!...

– Os negócios que se tratam daquela porta para fora pertencem-lhe, como de portas para dentro pertence-me a mim zelar por esta casa.

E, tendo dito isto, retirou-se do gabinete do esposo, ainda mais fria e sobranceira do que se apresentara.

Foram inúteis todos os esforços que Teobaldo empregou para detê-la ainda.

XVI

No dia seguinte, ela procurou de novo o marido para saber se ele estava ou não disposto a tomar qualquer deliberação a respeito dos negócios do Aguiar.

Teobaldo respondeu já meio impacientado:

Que o deixassem em paz e não o estivessem apoquentando com tolices! Já bastante tinha com que se aborrecer e não era pouco! A mulher, se queria ser atendida, que diabo! dissesse a razão que levava a semelhante exigência e, se não estava resolvida a desembuchar, que não lhe desse mais uma palavra sobre o tal assunto!

Branca, todavia, hesitou ainda. Seu espírito, aliás tão forte para entestar com outras provações, seu espírito orgulhoso e sempre vencedor, quando abria luta contra a bestialidade da carne, acobardava-se agora defronte da hipótese de um escândalo social.

– Um escândalo! Que horror!

Não podia conformar-se com a ideia de que seu nome fosse correr as ruas, de boca em boca, despertando em uns a curiosidade e o direito de desejá-la também e em outros a simples vontade de rir; não podia aceitar enfim que um fato de sua vida caísse no domínio público e servisse de divertimento à multidão, igualando-a com qualquer artista *tapageuse*[1] ou com qualquer meretriz de espavento[2], que precisa do escândalo para não ser esquecida.

Via-se entalada por um dilema cuja saída havia de ser fatalmente escandalosa, porque das duas uma: ou tudo confessava ao marido e a questão daria um escândalo doméstico; ou deixava que a vingança do Aguiar corresse à revelia e neste caso o escândalo teria um caráter todo comercial.

Preferiu o último. Mas desde então um terrível sobressalto apoderou-se dela e começou a crescer à proporção que os dias se passavam; afinal era já um martírio de todo o instante, uma agonia sem tréguas, que lhe não deixava um momento de repouso.

Nesta conjuntura lembrou-se de André e resolveu contar-lhe tudo.

E tal ideia lhe chamou logo aos lábios um suspiro, como se ela, só por si, fora já uma consolação completa.

Entretanto, não podia a pobre senhora explicar qual era o estranho motivo dessa confiança que lhe inspirava o Coruja. Que mais podia esperar dele, além de um conselho ou algumas palavras de animação? O fato, porém, é que Branca só com a ideia de lhe confiar aquilo que ela não quis confiar ao marido, sentiu-se menos oprimida e mais sobranceira ao perigo.

Uma inexplicável esperança, uma espécie de fé a arrastava para junto daquele homem honrado, daquele anjo de bondade que sempre encontrava meios de proteger todo o infeliz que ia procurar abrigo à sombra das suas asas.

Havia um quer que seja de religioso naquela confiança de Branca por André; ela esperava dele a proteção como os crentes quando se dirigem a Deus, sem mesmo indagar quais os meios que este empregará para isso.

E, nesta ilusão, tinha de si para si que chegaria ao Coruja tão facilmente como uma devota supõe chegar ao objeto de sua crença; mas, uma vez ao lado dele, sentiu-se vazia, sem encontrar o que dizer, sem uma palavra para principiar.

André estranhou-a e quedou-se igualmente mudo.

Houve um silêncio, durante o qual Branca, de olhos baixos, torcia e destorcia o debrum de seu casaquinho de musselina preta, ao passo que ele, sem se animar a encará-la, olhava para os lados, meneando o corpo da direita para a esquerda.

– A senhora, se não me engano – balbuciou afinal o pobre André –, creio que disse ter alguma cousa a comunicar-me. Não é exato?

– É exato... – fez Branca, tornando-se ainda mais pálida.

– Pois então...

– Mas é que...

– Tenha a bondade de falar com franqueza...

– Sim, eu, ouça-me… eu…

E ela não achava ânimo.

– Então!

– Vai ouvir tudo. O Aguiar, sabe?…

– Seu primo?

– Sim; o Aguiar tem procurado todos os meios de me seduzir.

André sorriu lividamente. Ela acrescentou:

– Não me deixa há muito tempo, e, se bem que nenhum perigo houvesse nisso até agora, porque sou bastante honesta e virtuosa para não temê-lo… receio todavia que…

– Quê?…

– Que ele, aproveitando-se das nossas circunstâncias atuais, se lembre de fazer-nos alguma maldade…

– Mas como?

– Ora! ele é credor de Teobaldo…

– Oh! é impossível, porém, que aquele rapaz leve a esse ponto semelhante perseguição. Não creio que haja no mundo um homem capaz disso!

– É porque supõe os outros por si...

– E Teobaldo? Que diz ele a respeito disto?

– Nada, porque de nada sabe.

– Pois a senhora não lhe contou tudo?

– Não.

– Por quê?

– Receando um escândalo.

– Ah! E o que tenciona fazer agora?

– Não sei, e é isso justamente que eu desejo ouvir de sua boca. O senhor, como o modelo dos homens honestos, deve saber aconselhar-me, dirigir os meus passos. Quero evitar um escândalo e quero conservar-me imaculada; diga-me: o que me compete fazer?

– Mas…

– Oh! não hesite por amor de Deus! É impossível que o senhor não tenha uma boa resposta para me dar. É impossível que o senhor, tão bom, tão amigo dos outros, não encontre meio de me valer, quando eu venho pedir o seu auxílio.

Coruja não respondeu e pôs-se a coçar a cabeça.

– Então? – disse ela. – Vamos, fale. Diga-me alguma cousa!

E Branca sacudiu-lhe o braço.

Ele ia responder afinal, quando foram interrompidos por um criado, que vinha anunciar o Aguiar.

– Ainda?! – exclamou Branca, deveras surpreendida. – Pois meu primo tem ainda o atrevimento de voltar.

– Receba-o – disse o Coruja enfim.

E acrescentou, encaminhando-se para uma porta que havia na sala:

– Eu fico aqui escondido por detrás desta cortina. Receba-o sem o menor escrúpulo, porque a senhora não está só.

– Faça entrar meu primo – ordenou Branca ao criado.

Daí a pouco Aguiar estava defronte dela.

– Que deseja? – perguntou a senhora, vendo que a visita não se resolvia a falar.

– Venho receber a confirmação do que há dias a senhora me disse.

– Ora essa! De que espécie de confirmação fala o senhor?

– Da confirmação das suas últimas palavras. Não quero que me pese na consciência a menor sombra de remorso pelo que vou fazer...

– Contra quem?

– Contra a senhora e contra seu marido.

Branca, por única resposta, apontou-lhe a porta, como da primeira vez.

– Pense um instante! – disse ele ainda. – Veja bem o que faz!...

– Rua!

– Branca!

– Saia! Já lhe disse!

– Mas repare que a senhora me obriga a ser pior do que sou!

– Se não sair, mando-o despejar lá fora pelo criado!

– Sim?! Pois não sairei!

– Hein?!

– Não saio, porque não quero!

E, pondo o chapéu na cabeça:

– Já não se trata aqui de pedir amor em troca de amor; agora trato apenas de exigir o que me compete de direito! Quero para aqui o que me devem!

– Miserável!

– Oh! pois não! A senhora entende que me deve humilhar a seu gosto e eu devo ficar de cabeça baixa! Engana-se! Por bem sou capaz de todos os sacrifícios; por mal sou capaz de todas as crueldades. Já não é a recusa do seu amor o que me revolta; farte-se com ele quem quiser; mas o seu atrevimento, a sua insolência, o seu orgulho mal-entendido!

Branca, lívida e trêmula, mas sem dar uma palavra, encaminhou-se para a mesa onde estava o tímpano, com a intenção de chamar um criado.

– É inútil! – observou Aguiar, cortando-lhe o passo –; é inútil fazer vir alguém, porque eu não sairei. Já não é com a senhora que tenho de me entender e sim com o seu marido!

E, sacando do bolso algumas letras:

– Exijo o pagamento destas letras ou elas serão protestadas!

Nisto, porém, afastou-se o reposteiro do quarto, onde estava escondido o Coruja, e Aguiar viu com espanto surgir o vulto maltrapilho do professor e encaminhar-se tranquilamente para ele com um terrível sorriso nos lábios.

A sua primeira menção foi de sair, mas o outro o deteve com um gesto cheio de delicadeza.

– Espere – disse –, o senhor vai imediatamente ser embolsado do que lhe deve o marido desta senhora. Fui encarregado por ele de tratar disto.

O Aguiar mediu-o de alto a baixo com um olhar em que transparecia mais decepção do que altivez. André, sem se alterar, afastou-se e voltou pouco depois com um grosso maço de dinheiro.

– Faça o favor de verificar se está certo – acrescentou.

E, como o outro hesitasse ainda:

– Então, vamos, confira!

E, para o animar, principiou ele próprio a contar o dinheiro, nota por nota.

– Bem! – fez, logo que estava a soma conferida –; creio que agora já ninguém lhe deve nada nesta casa. Pode retirar-se.

Aguiar, muito pálido e constrangido, tomou o chapéu com a mão a tremer e encaminhou-se para a saída, sem ânimo de levantar os olhos sobre nenhum dos dous outros.

Entretanto Branca presenciara isto imóvel e com a vista presa ao Coruja, como se contemplara um Deus.

André foi acompanhar o outro até à porta da rua e disse-lhe, empurrando-o brandamente para fora de casa:

– Agora, muito cuidadinho com a língua, porque não é só com Teobaldo que terás de te haver! A respeito do que se passou aqui, nem uma palavra! compreendes? Anda. Vai-te embora, desgraçado!

Feito isto, voltou tranquilamente ao seu sótão, fechou a gaveta da sua secretária, que ele deixara aberta com a precipitação de buscar o dinheiro, e desceu ao gabinete de Teobaldo.

Branca, porém, foi ter ao encontro dele e, passando-lhe os braços em volta do pescoço, deu-lhe um beijo em pleno rosto e desatou a soluçar.

Mas a porta do gabinete acabava[3] de abrir-se, e Teobaldo aparecia defronte dos dous com um flamejante olhar de leão cioso.

XVII

Com a chegada de Teobaldo, Branca e o Coruja separaram-se instintivamente, enquanto aquele, tirando da algibeira o seu revólver, precipitou-se sobre o amigo.

A mulher lançou-se entre eles, tentando desviar o tiro, mas a bala partiu e foi cravar-se no calcanhar esquerdo de André, que caiu, amparando-se à parede.

– Fizeste mal… – disse a vítima com um gemido.

E Branca, soltando um grito, exclamou para o outro:

– Desgraçado! Acaba de ferir o salvador da sua e da minha honra!

– Expliquem-se!

Branca apresentou-lhe as letras do Aguiar e acrescentou:

– Já que o senhor assim o quer, saberá tudo. Fiz o possível para não lhe falar em semelhante cousa; vejo, porém, que era muito mal-empregado o meu escrúpulo.

– Deixemo-nos de palavras e venham os fatos! Quero a explicação do que acaba de se passar aqui e quero saber a razão por que essas letras se acham em seu poder!

– Estas letras se acham em meu poder, porque aquele pobre homem, a quem o senhor pretendeu matar, resgatou-as ainda há pouco.

– Resgatou-as? E por quê?

– Porque assim era preciso, como aliás já o senhor sabia.

– Mas, afinal, por que era necessário resgatá-las?

– Pelo simples motivo de que o seu amigo Aguiar queria se prevalecer dessa dívida para me obrigar a esquecer os meus deveres de mulher casada.

– Será possível? – interrogou Teobaldo, vencido agora pelo implacável olhar da esposa e pelo sereno gesto de perdão que transparecia já no rosto do Coruja.

Houve um silêncio.

– Oh! maldito seja eu! – exclamou Teobaldo por fim, correndo a erguer nos braços o ferido.

– Não és culpado! – disse este. – Foi um instante de loucura! Não te incomodes comigo! Isto nada vale!

À detonação do tiro os criados haviam acudido; Coruja foi carregado para uma cama; descalçaram-no e banharam-lhe o pé com arnica, enquanto não chegava o médico, que se fora chamar a toda pressa.

Teobaldo parecia louco, estava atarantado, ia e vinha do gabinete ao quarto, esmurrando a cabeça, torcendo os punhos, sem encontrar palavras bastantes para se maldizer.

É que duas ideias o atormentavam: a de haver ferido o amigo e a de vingar-se do outro.

– Ah! – resmungava de vez em quando – aquele miserável há de cair-me nas mãos! e há de pagar-me bem caro a sua infâmia!

Logo que o médico declarou que a ferida não apresentava maior perigo, Teobaldo enterrou o chapéu na cabeça e teria ganho a rua se gente de casa, por ordem de Branca, não lhe impedisse a saída.

Foi, porém, necessária a intervenção do Coruja para que ele consentisse em ficar.

– Não saias ainda – pediu-lhe aquele –; o médico acaba de dizer que a extração da bala há de ser um tanto dolorosa; fica para me animares com a tua companhia.

Teobaldo compreendeu a intenção de tais palavras e assentou-se resignado junto à cama de André.

Entretanto fez-se a operação logo que a ferida esfriou. Branca, enquanto não viu o Coruja com o pé aparelhado, não se desprendeu do lado dele, cercando-o de desvelos, ameigando-o e servindo de ajudante ao médico.

Este, apesar das repetidas perguntas que ela lhe fazia a respeito do ferido, não quis logo falar abertamente e, só ao despedir-se, confessou que o Coruja havia de ficar aleijado, visto que a bala lhe cortara vários tendões do pé; mas que não tinham a recear amputação, se se não descuidassem de lhe dar o tratamento necessário.

Com efeito, durante os dias que a isto se seguiram, era André a maior preocupação dos que moravam naquela casa. Todos os cuidados de Branca lhe pertenciam.

Teobaldo, porém, achava-se em terrível estado de inquietação, já porque lhe chegara aos ouvidos a notícia de que o Aguiar havia arribado para a Europa, e já porque as suas circunstâncias não lhe permitiam naquela ocasião restituir ao amigo o dinheiro de que este se privara por causa dele.

– Todavia – disse-lhe o Coruja –, acho que, para evitares um escândalo à tua esposa, deves fazer acreditar a todos que o pagamento das letras do Aguiar foi feito por ti e não por mim; e, então, quando puderes, me restituirás a quantia, sem ser necessário que mais ninguém além de nós saiba de tais particularidades.

Teobaldo jurou que, desse momento em diante, não descansaria enquanto não tivesse obtido o dinheiro necessário para evitar que o amigo ficasse em falta com o Banco. Mas o dia destinado à primeira prestação do Coruja chegou, sem que o outro tivesse obtido cousa alguma. E, para maior desgraça, André ainda não podia andar, senão de muletas.

O colégio foi posto de novo em arrecadação e vendido em proveito do Banco.

XVIII

AH! QUE TERRÍVEL EFEITO produziu sobre dona Margarida e mais a filha a notícia de que o colégio já não pertencia ao Coruja.

Ficaram indignadas, como se fossem vítimas de um grande roubo. Dir-se-ia que aqueles seis contos lhes saíam das algibeiras.

– Mas, onde diabo meteu este homem tanto dinheiro?... – bradava a velha no auge da fúria. – Ora pois! que ele consigo não se arruinou decerto! E ninguém me tira da cabeça que em tudo isto anda grande maroteira[1] se é que aquele cara de boi morto não enterrou tudo no jogo!

A história do tiro no pé muito intrigou igualmente a dona Margarida. Segundo uma das versões, o tiro fora disparado por Teobaldo em um exercício de atirar ao alvo e, segundo outra, o Coruja fora o próprio a ferir-se, metendo-se a carregar uma arma, que ele não conhecia. Havia ainda uma outra versão, era que, entrando Teobaldo em casa e encontrando André, fizera fogo sobre ele, na persuasão de que surpreendia um vagabundo dentro de seu quarto.

Esta última versão fora levantada pelo alferes Picuinha, que agora não perdia ocasião de meter a ridículo o pretendente de Inês.

Dona Margarida, ou fosse por cortesia, ou por mera curiosidade, apresentou-se, acompanhada com a filha, em casa de Teobaldo, dizendo que iam fazer uma visita ao senhor Miranda.

Este, mal foi interrogado pelas duas senhoras, confirmou o boato de haver ele próprio se ferido; depois do que, teve de tratar a respeito do seu casamento, assunto para o qual estivera até aí dona Margarida a empurrar a conversa.

– Não sei, minha senhora, não sei que lhe diga – murmurou o Coruja com um suspiro.

– Como não sabe o que me diga?...

– É que as cousas me correram muito ao contrário do que eu esperava...

– Mas o senhor não tinha dito que o casamento seria agora sem falta?...

– Disse, é exato, mas esperava também estar com a minha vida segura e confesso que nunca a tive tão mal amparada!

– Isto quer dizer que ainda não é desta vez que se faz o casamento?

– É verdade, ainda não pode ser desta vez.

A velha, ao ouvir isto, ficou mais vermelha do que o xale de Alcobaça que ela trazia ao ombro e, erguendo-se de repente, exclamou possessa:

– Olhe! você quer saber de uma cousa?! Vá plantar batatas, você e mais quem lhe der ouvidos! Eu é que já não estou disposta a aturá-lo, sabe? E passe muito bem!

E, agarrando a filha pelo braço: – Vem daí tu também, ó pequena! Larga o diabo deste impostor, que, digam o que disserem, não é outro quem nos tem encaiporado a vida!

E saiu, muito furiosa, a clamar desde então contra "aquele cara do inferno".

– Pena é não lhe haver acertado deveras o tiro! – praguejava ela. – Se o maldito prestasse para alguma cousa teria morrido! E é sempre assim. Deus me perdoe, credo!

Os vizinhos de dona Margarida viram-na esse dia atravessar a rua como um foguete.

O demônio da velha ia com o diabo no corpo.

– Ora! Pois também se o tal noivo das dúzias estava há tanto tempo a mangar!

– Não! Que uma cousa assim até parecia escândalo!

– E a pobre Inês, coitada! é que havia de amargar, porque perdera o seu tempo à espera do homem!

– Não fossem tolas! Pois não viam logo que daquela mata não podia sair coelho?...

O caso do Coruja ganhou imediata circulação entre os amigos e conhecidos das duas senhoras, que principiaram logo a ver no inofensivo professor um terrível monstro, tão feio de alma quanto de corpo.

Quem não se mostrou desgostoso com o fato foi o Picuinha, que até já havia dito por mais de uma vez:

– Pois se o homem não quer a rapariga, é despachar, que há mais quem a queira.

Dona Margarida, justiça se lhe faça, não desejava trocar o professor pelo alferes de polícia, mas à vista do "indigno procedimento" daquele, e à vista do empenho que fazia o outro em casar com Inês, alterou a sua opinião a respeito de ambos e, como a filha era "aquela mesma" que "tanto se lhe dava, como se lhe desse", acabou declarando que o melhor seria mesmo agarrar o Picuinha e mandar o Coruja pentear monos!

– Homem! Querem saber? Mais vale um pássaro na mão do que dous a voar!

De sorte que, ainda bem o Coruja não conseguia se ter de pé, já a sua noiva era ligada ao alferes por todos os vínculos ao alcance dos dous, inclusive o conjugal.

– Ora... – resmungou aquele ao saber disto –, não me posso queixar!... Foi melhor mesmo que a rapariga se desenganasse pelo meu lado e tratasse de se arranjar por outro! Ao menos tiro um peso da consciência!

Não obstante, seu coração carpia em segredo o desaparecimento de mais essa ilusão que, à semelhança de quase todas as da sua triste existência, o abandonava para sempre.

Depois que Inês casara, todo o empenho e toda a esperança de André voltaram-se para a sua querida história do Brasil. Enquanto esteve de cama muito trabalhara nessa obra, mas o seu esforço recrudesceu[2] com aquele fato e era provável que agora a levasse ao termo.

O pior estava em que a implacável velha e mais a sua gente não perdiam ocasião de desmoralizá-lo perante o público, dizendo horrores a respeito dele.

Estas maledicências, ligadas ao descrédito comercial que lhe provinha do mal desempenho dos seus negócios com o Banco, foram por tal forma o prejudicando moralmente que em breve o desgraçado se viu tido por homem mau, sem dignidade própria, nem respeito pela alheia.

A continuarem as cousas desse modo acabaria por não poder ganhar o seu pão. Ninguém mais lhe queria confiar trabalho; ninguém já o queria para nada. As famílias fechavam-lhe as portas; os seus ex-discípulos puxavam-lhe o paletó no meio da rua; um dos antigos credores do colégio chegou a chamar-lhe "tratante", cara a cara, e o Coruja não repontou ao insulto, porque no fim de contas essa era a verdade.

Com Teobaldo não contava absolutamente, porque ninguém melhor do que ele sabia da triste situação em que se achava agora o amigo.

E, desgraçadamente para ambos, a posição de Teobaldo não podia ser mais falsa.

Depois do seu formidável desastre com as cambiais, nunca mais conseguiu levantar deveras a cabeça e, posto ele afirmasse o contrário, seus negócios corriam de mal a pior. Tanto que, para manter ainda a sua casa particular com uma certa decência, era-lhe já preciso contrair dívidas tais que só os juros delas lhe levavam o que ele ganhava na praça.

É impossível imaginar a ginástica que aquele demônio punha em jogo para disfarçar o seu verdadeiro estado de pobreza. Sentia-se perdido a cada instante, mas ninguém o diria pelas aparências.

Não despediu nenhum dos seus criados, nem deixou fugir nenhuma das suas boas relações.

É que ele esperava que a fortuna, aquela fortuna que nunca o desamparou, chegasse de um momento para outro em seu socorro e transformasse tudo.

Como sempre esperava, sem saber donde e sem saber por que, mas esperava; não confiava em si absolutamente, mas confiava muito no acaso.

Agora a sua grande ambição era a política. Teobaldo voltou-se abertamente para ela, como se voltaria para qualquer outro lado; voltou-se unicamente, porque o seu espírito, de tão inconstante, não podia estar por muito tempo sem mudar de posição.

Mas, apesar disso, compreendia que, sem dinheiro, nem influência de família e só com um pouco de prestígio de um talento que ele fingia ter, era preciso arranjar bons amigos e pôr de parte uns tantos escrúpulos.

E principiou a falar muito de política por toda a parte, começou a intrometer-se nas intriguinhas dos partidos e a escrever nos "a pedidos" das folhas; fez-se um conservador originalíssimo, um conservador capaz de dar a última gota do seu sangue pelo monarca e também pela constituição do Império, mas disposto a devorá-los a ambos no dia em que semelhante cousa fosse necessária para a felicidade do povo.

– Sim, porque – disse ele ao próprio imperador em uma das muitas vezes em que o foi visitar –, se eu amo Vossa Majestade com tanta dedicação, procuro servir a vossa causa, é porque entendo que Vossa Majestade é, foi e será sempre o maior, o mais sincero amigo de todo o brasileiro!

XIX

Nada disso, porém, teria produzido efeito se um acaso feliz, um desses acasos com que Teobaldo contava sempre, não viesse em auxílio das suas aspirações políticas.

Foi o caso que um dos seus bons amigos, homem de vistas grossas, mas de influência real em certa circunscrição eleitoral, depois de preparar a candidatura de um rapaz protegido seu, descobriu que este lhe pagava esse obséquio tentando corromper-lhe a esposa, e então o bom homem, sem querer saber de mais nada, pôs o seu afilhado de parte e resolveu despejar sobre a cabeça do primeiro que se apresentasse tudo o que para aquele havia destinado.

Ora, o primeiro que se apresentou foi Teobaldo, e eis aí como este, quando ninguém esperava, surgiu deputado geral por um círculo que ele mal conhecia.

Todos pasmaram defronte deste fato, menos Branca, que era afinal a única pessoa que tinha sobre aquele pantomimeiro[1] um juízo havia muito determinado e certo.

E a cada palavra que lhe diziam em honra do marido, ela sorria, sem deixar transparecer no seu gesto cousa alguma que se pudesse tomar por orgulho, por contentamento, nem por desprezo ou indiferença. Sorria para não falar.

E o fato é que o marido, sempre tão jatancioso[2] e parlapatão[3] para com os mais espertos e atrevidos, retraía-se defronte daquele sorriso frio e desafetado, sem conseguir dominar a sua perturbação. E, quanto mais Teobaldo se sentia crescer aos olhos do público, tanto menor e mais mesquinho julgava-se aos olhos da mulher.

Todavia, com a sua nova posição, voltou-lhe de novo a coragem e redobrou a confiança que ele depositava na sua boa estrela.

Como sempre, não tinha agora uma ideia segura sobre o que ia fazer; não tinha orientação política; não tinha intenções patrióticas; entrava para a câmara com uma única ideia: ser deputado e produzir sobre o público o mais brilhante efeito que lhe fosse possível. Entrava para a câmara como até aí entrara em toda a parte, dominado por um único entusiasmo: o entusiasmo de si mesmo. O interesse que o levava era o interesse próprio e nenhum outro.

Mas, quem o visse à noite, em meio de sua sala, falando e gesticulando defronte dos amigos, havia de jurar que ali estava o mais intrépido defensor da nação e o mais desinteressado dos políticos da terra.

E com que habilidade, nas belas reuniões que ele agora fazia em casa, não sabia o grande artista chamar para derredor de si as vistas mais distraídas dos homens que lhe eram necessários?... Com que sutileza não fingia discutir todas as questões de interesse geral, quando aliás não estava a discutir senão a sua própria pessoa?

Nunca o seu privilegiado talento de insinuar-se em cada um, a quem ele queria agradar, teve tanta ocasião de fazer valer a sua força: a todos comunicava o insinuante mestiço uma faísca do seu espírito sedutor; a tudo um reflexo do seu diletantismo aristocrata.

E tão depressa o viam cercado por um grupo de colegas, a convocá-los sobre qualquer ponto de política, como ao lado das damas, a conversar sobre as mais deliciosas futilidades.

E, assim como não se podia adivinhar os sacrifícios e os milagres inventados por Teobaldo para manter aquela aparência de grandeza, ninguém seria capaz de desconfiar que, durante essas reuniões, um desgraçado perdia as noites lá em cima, no sótão, entregue a um trabalho sem tréguas, a compulsar livros, a mergulhar em alfarrábios, a passar horas e horas estático defronte de uma página, só com a esperança de esclarecer algum ponto mais obscuro da história do seu país.

Ah! se jamais a vida de Teobaldo foi tão brilhante, a de Coruja nunca foi tão obscura, tão despercebida e tão difícil. Agora precisava o pobre diabo empregar todos os esforços para fazer algum dinheiro; o círculo dos seus recursos apertava-se vertiginosamente. Incapaz de mentir, incapaz do menor charlatanismo, ele tinha em si mesmo o seu maior inimigo.

Em tais apertos lembrou-se de entrar em concurso para uma cadeira de professor; mas, apesar da sua incontestável competência sobre a matéria, fez uma figura tristíssima. Até lhe faltaram as palavras na ocasião do exame; viu-se sem ideias; sentiu-se estúpido e ridículo, sem ânimo de afrontar o riso que se levantava em torno da sua desengraçada perturbação.

Definitivamente nada arranjaria por meio de concurso. Era tirar daí a ideia.

E, contudo, urgia descobrir algum meio de ganhar dinheiro para viver, porque ele, coitado, bem percebia que o seu maldito tipo ia-se tornando de todo incompatível com a casa de Teobaldo.

Sim, o Coruja compreendia perfeitamente que a sua grotesca pessoa era uma nota desafinada entre aquelas salas de bom gosto e aquela gente tão distinta; compreendia que, se não o haviam já enxotado como se enxota um cão leproso, era simplesmente porque se julgavam empenhados para com ele em dívidas de gratidão; ou talvez porque receassem que o infeliz não tivesse onde cair morto.

A certeza de que a sua presença era por toda e qualquer forma penosa ao amigo o constrangia e mortificava muito mais pela ideia de separar-se dele do que pelas dificuldades de arranjar um canto onde se metesse.

Oh! quanto não sofria o infeliz quando era surpreendido nas salas de Teobaldo por algum amigo deste! Quanto não lhe custava a sofrer o exame das pessoas que o pilhavam às vezes de improviso, sem que ele tivesse tempo de fugir para o seu sótão.

Teobaldo não ficava menos contrariado com isso, e via-se em sérios embaraços para justificar aos olhos das suas visitas aquela amizade tão estranha.

Então, como recurso de aperto, apresentava o Coruja na qualidade de um desses tipos excêntricos que, à força de extravagância, são, nem só previamente desculpados por todas as suas esquisitices, como até suportados por gosto.

E passava a pintá-lo exageradamente.

– Um verdadeiro tipo! – dizia – o maior esquisitão que eu até hoje tenho conhecido! Ah! não imaginam! É magnífico! É uma raridade! Inalterável como uma torre! Deem-lhe alguns alfarrábios, deixem-no a sós, e ele estará como quer! Se não lhe puxarem pela língua, será capaz de ficar mudo durante um século! Podem cortar-lhe uma das orelhas, que ele não dá por isso, e, se der, também perdoa logo a quem a cortou!

– É um louco! – afirmavam os que ouviam isto. – É um alienado! É um bicho!

E o senhor Teobaldo, que conhecia perfeitamente o amigo; o senhor Teobaldo, que tivera mil ocasiões para saber quem era e quanto valia o Coruja, não tinha entretanto a coragem de defendê-lo, e chegava até a confirmar tacitamente o triste juízo que a respeito dele formava meia dúzia de sujeitos a quem no íntimo desprezava.

Quando, porém, Teobaldo caía nessa fraqueza, voltava instintivamente os olhos para a esposa. E lá estava nos lábios de Branca o tal sorrisozinho que o desconcertava.

Então, sem se dirigir a ela, mas falando só para ela, acrescentava com a sua ênfase predileta:

– Pois não! No fim de contas aquela invariável bondade; aquele eterno altruísmo; aquele monótono desinteresse, até a um santo acabaria por enfastiar! Oh! é que tudo cansa neste mundo! Qualquer cousa, por melhor que ela seja, se no-la derem sempre e sempre, se converterá em um martírio! Além disso, a virtude em demasia é um defeito como outro qualquer! Um homem afinal deve ser um homem! E quem não souber castigar o mal que lhe fazem, dificilmente reconhecerá o bem que lhe dedicam! Não compreendo um bom amigo que não saiba ser um melhor inimigo, e cada vez estou mais convencido de que descuidar-se a gente da sua própria pessoa é cometer a maior maldade que se pode fazer contra uma criatura humana, a não ser que essa pessoa pretenda abdicar dos seus foros de homem.

E o penetrante sorriso de Branca não se alterava.

XX

Se em casa de Teobaldo corriam as cousas deste modo, em casa de dona Margarida elas não iam melhor. Inês tinha agora um filhinho, e o alferes, depois do casamento, piorara de gênio e de costume.

Se ele até aí era já despejado de maneiras, era agora nada menos do que brutal, e, se dantes costumava beber nos dias de folga, agora se emborrachava toda a vez em que se lhe oferecia ocasião.

E o demônio do homem, quando se punha no gole, ficava que ninguém podia com ele: muito grosseiro, muito exigente, tanto com a mulher como com a sogra, e por tal forma ameaçador que fazia tremer as duas míseras criaturas.

Nos sábados à noite era certo o chinfrim[1] em casa de dona Margarida e, como por experiência já sabiam que o Picuinha, quando entrava bêbado, reduzia a cacos quanta louça lhe caía nas mãos, mal o pressentiam de longe, tratavam de esconder às pressas nos armários tudo o que fosse de quebrar.

Ele chegava resmungando e pedia logo alguma cousa para beber; elas negavam, e principiava então a grande luta cujo desfecho era muita bordoada e uma berraria dos diabos, porque tanto a velha praguejava, como chorava Inês e berrava o pequeno.

E o alferes, cada vez mais furioso, ia distribuindo pontapés e murros para a direita e para a esquerda, danado por não encontrar nem um pires ao seu alcance.

Oh! aquela mania de quebrar a louça era o que mais enraivecia a velha.

– Mas o grande causador de tudo isto – exclamava ela – é aquela peste daquele Coruja! Se não fosse ele, eu não teria agora de aturar este bêbado! Se não fosse ele, Inês não teria casado com semelhante homem e não estaria com um filho às costas e outro no bucho!

E naquela casa o Coruja ficou sendo o termo de comparação para tudo o que havia de mal ou feio ou repugnante.

"Ruim como o Coruja! Mais torto que o Coruja! Velhaco que nem o Coruja! Mentiroso nem como o Coruja!"

E, quando Inês fazia recriminações ao marido, este lhe atirava logo em rosto com o nome do outro:

– E – dizia ele, com a sua voz cavernosa de ébrio – você nunca devia ter-se casado senão com aquele coxo! Estavam mesmo talhados um para o outro! Asno fui eu em meter-me neste inferno e ligar-me a semelhante gentinha! Não solto um espirro, que logo não me queiram tomar contas porque espirrei – é o que se pode chamar "não ser senhor do seu nariz!" Aqui todos querem mandar sobre mim: é mulher, é sogra, é o diabo! Ah! mas um dia cismo deveras e vai tudo raso, faço uma tal estralada que vai tudo de pernas pra o ar! Mexam muito comigo e verão!

E, depois de sacudir os braços e repelir do pulmão o ar alcoolizado: – Caramba! Quero saber se tenho de dar contas de meus atos a safardana[2] algum desta vida!

– Pois então não se casasse!... – arriscava Inês.

– Ah! Se eu pudesse adivinhar, decerto! antes de tudo a minha liberdade! Agora já nem com o que eu ganho posso contar!

– Quem o ouvisse havia de supor que lhe custamos muita cousa! Olha a graça! Depois do tal casamento é preciso puxar aqui muito mais pela agulha e pelo ferro de engomar!

– Ó raio de uma fúria! – berrava afinal o Picuinha. – Se não calas essa boca do diabo, racho-te de meio a meio!

– Também é só para o que você presta, casta de um bêbado!

– É! O Coruja havia de prestar para muito mais!

– E talvez que sim!

– Bem, mas basta! Estou farto! Arre!

Dona Margarida em geral só se metia nestas polêmicas de Inês e Picuinha quando a contenda chegava ao auge, e então é que era barulho!

Quase sempre terminava o banzé com a intervenção dos vizinhos, muitas vezes com a da polícia.

O alferes, porém, longe de tomar caminho, ficava pior de dia para dia.

As duas senhoras já não conseguiam apanhar-lhe dinheiro, senão tirando-lho à força das algibeiras, e isso mesmo quando sobrava algum da pândega.

E que não lhe apresentassem na manhã seguinte a calça engomada e a camisa limpa, que haviam de ver o bom e o bonito!

– Ah! – dizia a velha – aquele malvado, cortado em pedacinhos e posto em salmoura, ainda não pagava a metade do mal que nos tem feito!

Este malvado, a quem ela se referia, não era o alferes, era o Coruja.

Uma ocasião, entretanto, depois de uma tremenda carraspana[3], o alferes foi acometido por um violento ataque de nervos e viu-se obrigado a guardar a cama durante uma semana inteira; apareceram-lhe perturbações cardíacas e ligeiros sintomas de amolecimento cerebral.

O médico declarou que isso tudo eram efeitos do álcool, e proibiu ao doente que bebesse, que fumasse, e recomendou-lhe que tivesse toda a regularidade na comida, sem o que se arriscava a ficar perdido para sempre.

Picuinha ficou muito impressionado com o que ouviu do médico, e parecia seriamente resolvido a mudar de vida.

Principiou arranjando mês e meio de licença e durante este tempo submeteu-se ao mais rigoroso tratamento; logo, porém, que se achou com a saúde mais garantida, foi aos poucos recaindo nos seus antigos hábitos; e então, de cada bebedeira que apanhava, era-lhe preciso ficar em casa dous, três dias, prostrado, muito irascível, muito nervoso, a beber caldos, sem poder suportar no estômago um bocado de pão.

Por estas crises tornava-se tão insuportável à mulher e à sogra que as duas já pediam a Deus que o levasse por uma vez.

E as bebedeiras repetiam-se. Então no dia do recebimento do ordenado a cousa era feia; nesse dia escondia-se a louça e preparava-se a casa para o infalível chinfrim.

Mas agora o borracho, receoso já de que as duas mulheres lhe dessem busca às algibeiras, como costumavam fazer, escondia o dinheiro em lugares os mais extravagantes que se podem imaginar; escondia-o dentro da meia, escondia-o no forro da farda e às vezes debaixo dos sovacos.

E, logo que a mulher ou a sogra, depois de uma terrível luta com o alferes, conseguiam descobrir e arrancar-lhe o dinheiro, o homem ficava possesso.

– Ladras! – berrava ele quase sem abrir os olhos. – Ladras! Não posso ter um vintém que não mo roubem!

O Picuinha afinal caiu nesse estado mórbido das pessoas inutilizadas pela bebida e do qual, como os trabalhadores das minas de mercúrio, só conseguem fugir por instantes refugiando-se no próprio veneno que os corrompe e mata.

Acordava muito mole, com um pigarro convulso, que só o deixava depois que ele vomitasse a sua pituíta[4] dos ébrios; e pela manhã tinha sempre o corpo dorido, a salivação grossa e amarga, os intestinos em brasa, os olhos ardendo e lacrimejando; mas, era só beber um trago de Paraty[5], e ficava logo esperto.

Também, agora não precisava de mais para aprontar-se; uma dose pela manhã, antes de entrar no serviço; outra à tarde, ao deixá-lo, e ninguém o via senão ébrio.

Os superiores começaram, pois, a repreendê-lo com mais frequência e já o ameaçavam com uma queixa ao chefe; na repartição diziam todos que, se ele há muito não estava na rua, era simplesmente porque o comandante tinha pena de deixar aos paus um pobre diabo com mulher e filhos.

Não obstante, depois de mais algumas crises como a que o tomou pela primeira vez, o Picuinha ficou irremediavelmente perdido e incapaz de todo e qualquer serviço. Estava até meio idiota e o corpo tremia-lhe todo como o de um velho de cem anos.

XXI

– Uma desgraça nunca vem só! – considerou dona Margarida, pois que justamente quando o genro se inutilizava para ganhar o pouco que até aí ganhava, era ela acometida por uma carga de reumatismo, e tão forte que não lhe permitia servir-se dos braços, nem das pernas.

O Coruja, sabendo disto, foi visitá-la incontinenti.

– Ah! É você?... – resmungou a velha, ao ver entrar no quarto a entristecedora figura de André.

Inês escondeu-se para não lhe aparecer.

Ele estava muito acabado e abatido; parecia mais velho ainda no seu andar de coxo.

– Então! Você foi quem se lembrou de vir visitar-me, hein? Grande caiporismo, o meu!

E a voz da velha era repreensiva e dura.

– É exato... – respondeu Coruja, indo assentar-se ao lado da cama em que ela estava estendida. – É exato; ouvi dizer que a senhora e os seus têm curtido ultimamente bem maus pedaços...

– Por sua causa – atalhou Margarida, gemendo pelo esforço de mexer com um dos braços –; só ao senhor devemos tudo isto!

– Pois acredite, minha senhora, que nunca pensei em fazer-lhe mal de espécie alguma... – respondeu o acusado, sentindo-se já comovido em meio de toda aquela desgraça.

– Ora! – rosnou a outra – se o senhor não tivesse procedido pelo modo imperdoável com que procedeu conosco, minha filha não teria caído nas mãos daquele homem e ambas nós não estaríamos neste bonito estado!... Até digo-lhe mais: o senhor, se tivesse um bocado de consciência, nem poria mais os pés nesta casa!

– Engana-se, dona Margarida, justamente por não me faltar consciência é que vim procurá-la; quero ser útil à senhora e à sua filha, naquilo que estiver ao meu alcance.

– E com isso nada mais faz do que o seu dever!

– Bem sei; bem sei que o dever de todos nós neste mundo é auxiliar-nos uns aos outros, e, tanto assim que aqui estou. Olhe! não lhe poderei dar muita cousa, porque desgraçadamente de muito pouco disponho na presente ocasião, mas com o pouco também se ajuda. Por enquanto cá estão vinte mil-réis, desculpe; logo mais virá o médico e eu me encarregarei de mandar aviar as receitas que ele fizer. Adeus.

– Passe bem – respondeu a velha.

E o Coruja, arrastando a sua perna coxa, saiu, prometendo aparecer de vez em quando.

Na segunda visita, Inês não se escondeu e foi apertar-lhe a mão, em agradecimento pela parte que lhe tocava, a ela, na "esmola" feita por ele à velha.

– Não foi esmola... – disse Coruja, abaixando os olhos envergonhado. – Pelo menos juro que não foi com essa intenção que fiz aquele pequeno serviço. Hoje por mim, amanhã por ti! Ora essa!

E, assim falando, ele considerava intimamente a grande transformação física que se havia operado em Inês durante os últimos tempos.

Estava uma velha, e feia.

Não parecia mulher de trinta e cinco anos, mas de cinquenta. Faltavam-lhe dentes; o cabelo lhe encanecera e a pele do rosto lhe estalara em rugas; as mamas, rechupadas, caíam-lhe até a cinta e os braços pareciam, quando se fechavam, espetar com a ponta do cotovelo aquilo que encontrassem.

Além disto, muito emporcalhada pelas duas crianças (a segunda nascera), muito cheia de desmazelo e de privações; o pé sujo e sem meia, o cós do vestido despregado e roto; sempre descansada e indiferente, sempre "Tanto se me dá, como se me dê", sempre a repetir o seu velho provérbio "Homem, mais vale a nossa saúde!".

Coruja perguntou-lhe como ia o marido.

– Foi para o hospital – respondeu ela.

– Para o hospital?

– Decerto, pois se lhe deu a fúria!...

– Como a fúria?

– Ora; deu para doudo furioso. Quebrou aí uma porção de cousas, rasgou toda a roupa e afinal fugiu para a rua, a dar berros e quase nu. A polícia agarrou-o e meteu-o no hospício. Nós o deixamos lá, porque ele aqui não podia ficar; já bastam as consumições que temos, e não são poucas! Se eu lhe disser que seu Costa não nos deixou sequer uma xícara inteira!... Quebrou tudo, tudo que era louça!

– Coitado! – lamentou André.

– Ora! a culpa foi só dele; para que bebia daquele modo? Ah! o senhor não imagina, às vezes enxugava três garrafas de Paraty durante o dia! Nunca vi assim! Credo!

– Coitado!

– Não apanhava um vintém que não fosse para o demônio do vício! Ultimamente estava até descarado; pedia dinheiro a todo mundo – para beber!

– É uma desgraça!

– Ora! o médico bem que o preveniu. Importou-se esta mesa com o que disse o médico? Assim fez ele! Até parece que ao depois que lhe proibiram os espíritos, bebia ainda mais!

– Uma verdadeira desgraça, coitado!

– Coitado! coitado! Coitada, mas é de mim, que me casei só para ficar com duas crianças às costas e agora de mais a mais com minha mãe doente, que era a única pessoa que me ajudava! Coitada de mim e de meus filhos!

– Descanse que a senhora e seus filhos não hão de morrer de fome! Enquanto Deus me der um pouco de forças, hei de olhar por todos.

Inês agradeceu suspirando tristemente, como quem se submete a um vergonhoso sacrifício.

E, desde esse dia, o Coruja ficou sendo o esteio daquela desgraçada família.

Então, todas as tardes, levava-lhes o que podia, pagava-lhes a botica, o padeiro, o açougue e finalmente o aluguel da casa.

Mas só ele sabia os sacrifícios que isso lhe custava; só ele sabia quanto esforço era necessário pôr em prática para que não faltasse o pão de cada dia àquela gente a quem o monstro, na loucura da sua extrema bondade, entendia dever proteção e apoio.

E quem o visse tão maltrapilho, tão miserável, a bater a cidade de um ponto a outro à procura de fazer dinheiro; quem o visse tão reles, tão ordinário e tão chato, não seria capaz de acreditar que à sombra das asas daquele corvo se abrigava inteira uma família de pardais.

– Por que o senhor não vem morar conosco? – perguntou-lhe Inês, um dia em que o Coruja deixou involuntariamente transparecer o embaraço que lhe causava morar em casa de Teobaldo.

E ela acrescentou para justificar a sua proposta:

– Acho que o senhor faria bem; em primeiro lugar, porque teria aqui quem cuidasse do que é seu, de sua roupa, de seus papéis; segundo, escusava de comer em outra parte, porque comeria aqui conosco e assim a comida sai mais em conta, e, finalmente para deixar por uma vez aquela casa, que digam o que disserem, é a principal causa dessa tristeza em que o senhor vive.

O Coruja, apesar do desgosto que lhe trazia a ideia de separar-se do amigo, reconhecia razão de sobra nas palavras de Inês. Sim, não havia dúvida que ele precisava mudar-se da casa de Teobaldo e, se havia de ir para outra parte, era melhor que fosse para ali, onde todas as despesas já corriam por sua conta. Ao menos seria isso o mais lógico.

– Quer então deixar-nos? – interrogou Teobaldo na ocasião em que ele lhe deu parte da mudança.

– É melhor – respondeu André. – Ali fico mais à minha vontade; sinto muito separar-me de ti, mas reconheço que a minha presença muitas vezes te constrange…

E, porque Teobaldo fizera um gesto negativo:

– Ah! não é por tua causa, decerto! mas pelos que te cercam… Conheço perfeitamente o que são estas cousas… A política e a sociedade têm exigências muito especiais. Não te perdoariam a minha amizade, se soubessem até que ponto de intimidade ela chega. Assim, pois, é melhor mesmo que eu vá e que apenas te apareça de vez em quando, para te ver.

– Bem… – disse Teobaldo – faze lá o que quiseres; não te contrario, mas bem sabes que a minha casa estará sempre às tuas ordens.

– Ah! quando de todo me faltar um canto para me meter...

– Certamente, certamente. Já sabes que aqui não serás nunca um estranho.

– Eu hei de aparecer sempre.

Mas Teobaldo já não lhe podia prestar atenção, porque era todo de um discurso que pretendia apresentar na câmara no dia seguinte.

Branca mostrou-se em extremo sentida com a mudança do Coruja; foi com os olhos cheios d'água que ela se despediu dele.

– Seja sempre meu amigo, disse, e, quando não tiver o que fazer, venha ler-me algumas páginas dos seus poetas favoritos.

– Deixo-os todos com a senhora – respondeu André –; era essa a minha intenção desde que pensei na mudança. É para não se esquecer de mim.

– Obrigada; creia que não era preciso isso; o senhor nunca será esquecido nesta casa.

Depois disto, ele foi abraçar o velho Caetano, despediu-se de todos os outros criados, e saiu logo para não perder de vista a sua bagagem, que já havia partido adiante.

Uma cousa o mortificava agora, era que Teobaldo não tinha mais para com ele aquelas expansões primitivas; já se lhe não abria nos seus momentos penosos; já não lhe expunha, como dantes, as suas preocupações, e já igualmente não lhe pedia conselhos.

Agora dir-se-ia até que ele o tratava com um certo ar de proteção; que o ouvia distraído e apressado, sem conversar e dando-lhe muito menos atenção do que qualquer dos seus amigos dos mais modernos.

"É que ele vive lá preocupado com os seus negócios..." – pensou o Coruja, para se consolar. Mas sentiu perfeitamente que no fundo azul do seu coração um princípio de sombra se formava, como a nuvem negra que surge no horizonte, ameaçando logo estender-se pelo céu inteiro e transformar-se em medonha tempestade.

Perder a amizade de Teobaldo! Oh! de todas as suas desilusões seria essa com certeza a mais cruel e dolorosa!

Não! não era possível!

E André nem pensar queria em semelhante cousa. Defronte de tal hipótese o seu pensamento recuava aterrado, fugindo de todo e qualquer raciocínio.

E, no entanto, logo à primeira visita que ele fez ao amigo depois da mudança, ainda o encontrou mais frio e distraído.

André ia pedir-lhe algum dinheiro e Teobaldo deixou muito claramente perceber a sua impaciência.

– Sabes, filho, estou que não imaginas, atrapalhado com uma infinidade de cousas! Agora não posso tratar disso. Aparece logo! Adeus.

XXII

Meses depois, quando as câmaras já se achavam fechadas e o ministério em crise, a Rua do Ouvidor regurgitava de povo que vinha de todos os pontos da cidade saber as novidades políticas. Falava-se muito em dissolução das câmaras[1]; falava-se em subir de novo o partido liberal; citavam-se conselheiros que Sua Majestade o Imperador mandara chamar a São Cristóvão.

Mas, de repente, tudo serenou; porque um grande letreiro acabava de ser fixado à porta de um jornal: "Organização do novo gabinete conservador!"

E entre os sete nomes que aí se liam, achava-se também o de Teobaldo Henrique de Albuquerque.

O organizador do novo ministério chamara-o na véspera para lhe dar a pasta da Agricultura, Comércio e Obras Públicas.

Estava ministro.

O Coruja, logo ao saber da grande nova, não se pôde conter e atirou-se para a casa do amigo.

"Teobaldo ministro! Oh! que belo! que belo!" – ia ele a pensar pelo caminho. "Quem o havia de supor? Deputado apenas nesta última candidatura e já hoje no poder! Isto é o que se chama andar aos pulos!"

E foi com imensa dificuldade que o Coruja conseguiu chegar até à porta de sua Excelência, tal era a multidão que aí se reunia, para saudar o novo ministro. A rua, a chácara, tudo estava cheio de gente, uma banda de música tocava o hino nacional em frente da casa, e dentre o povo partiam repetidos vivas ao herói daquela festa e ao partido conservador.

André deteve-se um pouco entre a multidão, empenhado em escutar os originais e desencontrados comentários que se faziam a respeito do amigo.

– Não há dúvida que ele é uma grande cabeça! – dizia um sujeito em meio de uns quatro ou cinco.

– Ora qual! – opunha um destes – não passa de um felizardo! Entrou na câmara dos deputados por um acaso e ainda por outro acaso conseguiu pilhar uma pasta.

– Como por acaso?

– Pois então há quem ignore que este tipo foi chamado às pressas para substituir o Rosas, que não aceitava o programa do Paranhos?[2] Entrou para fazer número e, uma vez passada a lei, mandam-no passear de novo.

Em outro grupo se afirmava que Teobaldo era no Brasil o homem talvez de maior ilustração e com certeza o de ideias mais adiantadas.

– Hão de ver o que vai sair dali!

– É um portento[3], não há dúvida!

Um desses dera a sua palavra de honra em como o partido conservador jamais tivera um ministro tão teso, tão ativo e tão reto. E jurava que as repartições públicas sujeitas à alçada dele iam agora ver o bom e o bonito.

– Ah! Já foi contando com isso que o chamaram para o poder – acrescentou outro. – E afianço que certos empregadinhos vão pedir demissão de seus lugares, antes que Teobaldo lhas dê.

– É um farofa! – dizia entretanto um tipo de outro magote[4], um retórico! – Não enxerga um palmo adiante do nariz, nada sabe, nada! Um verdadeiro pulha![5]

Mais adiante se dizia que a principal qualidade de Teobaldo era a pureza de caráter e, logo ao pé, proclamavam-no um velhaco de marca maior.

– Hipócrita só como ele! – segredava-se aqui.

– Homem sincero! – considerava-se ali.

– Ele o que é – dizia alguém –, é um grande pândego! Foi eleito deputado pelo escrutínio[6] secreto das damas e chegou até ao poder subindo por uma trança de cabelos louros.

Mas a opinião geral e mais corrente a respeito do marido de Branca era-lhe de todo o ponto favorável. Davam-lhe grande talento, vasta erudição, caráter firme e sentimentos patrióticos; quer dizer: quase todos atribuíam-lhe justamente aquilo que lhe faltava, e ninguém, menos a esposa, as duas únicas qualidades intelectuais que ele tinha deveras desenvolvidas: habilidade e bom gosto.

E foi só com a sua habilidade e com o seu bom gosto que o pândego chegara àquela altura.

Todavia, o Coruja, meio atordoado pela confusão do povo e pelo desacordo das opiniões que ouvira a respeito do amigo, atravessou a chácara e subiu a escada que ia dar à sala.

– Ainda não pode entrar! – gritou-lhe asperamente um ordenança que aí se achava.

– Oh, senhor! mas não era preciso dizer isso deste modo.

O ordenança mediu-o de alto a baixo com um gesto de superioridade e virou-lhe as costas desdenhosamente.

– Olha que impostor! – disse consigo o Coruja, e perguntou quando seria possível falar a Teobaldo.

– A quem?!

– Ao ministro.

– Ah! Logo mais! Daqui a pouco franqueia-se a casa ao povo.

– Está bom; eu espero.

– Lá embaixo! Espere lá embaixo!

Ouvia-se vir de dentro da casa um rumor alegre e quente de vozes de homens e risos de senhoras; alguma cousa que dava logo a ideia de uma existência aristocraticamente feliz. Pelo rumor daquelas vozes, pelo tilintar daquela alegria bem-educada, pelo aspecto exterior da casa, com as suas cortinas muito claras, com a sua chácara e as suas escadas de pedra branca, imaginava-se logo uma boa mesa servida com porcelana e cristais de primeira ordem; imaginava-se a confortável mobília, as largas cadeiras estofadas, a voluptuosa cama de molas de aço, o banho perfumado, as roupas de linho puro.

E o Coruja, sem que aliás a menor sombra de inveja lhe entrasse no coração com a ideia de tudo isso, nunca se sentiu tão desamparado, tão só no mundo, como naquele momento.

Uma agonia surda e duvidosa apoderou-se dele.

E foi com a garganta cerrada por um punho de ferro que o mísero desceu lentamente a escada, arrastando de degrau em degrau o seu pé aleijado pelo tiro.

Ao chegar embaixo reparou que um grito de aclamação partia de todos os lados; voltou-se e notou que Teobaldo acabava de assomar ao balcão da janela seguido pela esposa.

E o Coruja notou igualmente que o amigo não parecia um simples ministro, mas um príncipe. Estava belo com o seu porte altivo e dominador; com o seu grande ar de fidalgo que exerce a delicadeza, não em honra da pessoa a quem se dirige, mas em sua própria honra. Iam-lhe muito bem os fios de cabelo branco que agora lhe prateavam a cabeça e a barba, dando-lhe à fisionomia uma expressão ainda mais distinta e mais nobre.

Abriram-se as portas da casa ao povo que ia cumprimentá-lo, e as salas foram invadidas, enquanto a banda de música continuava a tocar.

Havia um grande número de senhoras lá dentro e Branca, ao lado de dona Geminiana e mais do velho Hipólito, que se tinham apresentado de véspera, fazia as honras da festa, sem alterar, no meio daquela tempestade de louvor e adulação que cercava o marido, o seu frio riso de estátua.

Só ela parecia não tomar parte moral no grande entusiasmo de toda aquela gente.

Coruja ouviu de fora os hurras dos brindes e os vivas levantados a Teobaldo, ao partido conservador e ao monarca; não se sentiu, porém, com ânimo de entrar e resolveu ir-se embora.

Saiu triste, profundamente triste, sem contudo saber a razão dessa tristeza. Um vago desgosto pela vida o acabrunhava e consumia; um tédio enorme, uma espécie de cansaço de ser bom, levava-o sombriamente a pensar na morte.

É que em torno de seus passos havia encontrado sempre e sempre a mesma ingratidão ou a mesma antipatia por parte de todos, ou a mesma maldade por parte de cada um.

Agora daria tudo para poder cometer uma ação má, como se por essa forma o seu coração pretendesse repousar um instante.

E, por todo o caminho, notou pela primeira vez os encontrões que lhe davam, as caras más que lhe faziam os transeuntes, a falta de consideração que todos lhe patenteavam.

Observou que ninguém lhe cedia a passagem na calçada. Um homem em mangas de camisa dera-lhe um empurrão e, ainda por cima, lhe gritara: "Que diabo! Está bêbado?!" Um padre, querendo passar ao mesmo tempo que ele, dissera-lhe: "Arrede-se!" E um menino de jaquetinha e calça curta chegara a obrigá-lo a ceder-lhe o passo. Ao atravessar a rua, quando ia a chegar a casa, uma carruagem, que passava a todo trote, levantou com as rodas um jato de lama que se foi estampar na cara dele.

Era o Afonso de Aguiar quem ia dentro desse carro. Voltara, afinal, ao Brasil.

E só aquele fato de ver o Aguiar, sempre feliz, rico, rejuvenescido com o passeio à Europa, ainda mais o fez entristecer.

Coruja recolheu-se, finalmente, foi para o seu quarto, que era o pior da casa de dona Margarida, fechou-se por dentro e deixou-se cair em uma cadeira, a soluçar como uma criança que não tem pai nem mãe.

XXIII

E DE ENTÃO EM DIANTE ia ficando cada vez mais triste, mais concentrado e mais esquivo de tudo e de todos.

Não tinha afinal um canto seguro, no qual, fugindo aos desgostos da rua, pudesse refugiar-se com o seu tédio, porque na própria casa onde morava é que a má vontade mais se assanhava contra ele; o infeliz, em troca de toda a sua dedicação pelas duas desgraçadas senhoras que tomara à sua conta, só recebia constantes e inequívocas provas de ressentimento e até de ódio.

Ah! o Coruja estava bem convencido de que aquela gente, se não precisasse dele para não morrer de fome, também o enxotaria de junto de si, como se enxota um cão impertinente.

E, pois, sem carinhos de espécie alguma, sem o menor consolo, lá ia vegetando entre aquela família, que não era sua senão no peso, e entre aquela mesquinha e perversa humanidade, que o apupava, que o insultava e que nunca lhe estendera a mão com outro fim que não fora pedir uma esmola ou dar uma bofetada.

Isto, além de o tornar mais sóbrio, afrouxava-lhe a coragem, enfraquecia-lhe o caráter, a ponto de lhe trazer um mal, que ele até aí não conhecia: a revolta contra a própria sorte e o desamor à vida.

Dera para resmungão: falava só, gesticulando zangado; afetava contra seus semelhantes uma grande raiva toda de palavras, desesperando-se ainda mais por não poder deixar de ser bom, por não poder dominar o seu irresistível vício de socorrer os desgraçados e despir-se de tudo para suavizar as necessidades alheias; sofrendo por não conseguir ser mau como qualquer homem e procurando esconder da vista de todos as boas ações que praticava, como se procurasse esconder uma falta vergonhosa e humilhante.

E tal era agora o seu empenho em disfarçar a bondade que, um dia, depois de muito discutir com um taverneiro, a quem ele não pagara no prazo marcado uma velha conta de vinho, feita pelo marido de Inês, viram-no pôr-se a rir, estranhamente satisfeito, porque o credor lhe gritara em tom de descompostura:

– Mas eu não devia esperar outra cousa de quem aproveita a moléstia de um desgraçado para se meter com a mulher dele!

Este modo de explicar a residência de André na casa da velha Margarida não pertencia exclusivamente ao taverneiro, mas à rua inteira, e ninguém perdoava àquele a suposta concubinagem.

Mas também se ele, em vez de defender-se de tais acusações, rejubilava-se com elas, mostrando-se pelos homens e seus juízos de uma indiferença de cínico!...

Agora, só um nome tinha o poder de o despertar ainda: o nome de Teobaldo.

Era, porém, tão difícil chegar até sua Excelência!... havia sempre durante o dia na antecâmara do senhor ministro tanta gente à espera de chegar a sua ocasião de falar com este!... E durante a noite a casa de Teobaldo tinha um tal aspecto de festa, um tal movimento de casacas e vestidos de seda que o Coruja muito poucas vezes se animou a procurar o amigo depois da mudança.

Mas para que iludir-se? Teobaldo não podia gostar de semelhantes visitas!

E, com efeito, a presença de André o constrangia bastante.

Não que já não o estimasse de todo; ao contrário sentia prazer em vê-lo, de vez em quando, apertar-lhe a mão e trocar com ele ideias que não trocaria com ninguém; gostava ainda de arrepiar os arminhos do seu espírito roçando a lixa daquele caráter de ferro; gostava de ouvir-lhe aquelas meias palavras, sinceras e ásperas; preferia ainda um gesto de aprovação feito pelo Coruja a quantos elogios lhe fizessem os outros; gostava muito de tudo isso, mas não ali, em presença de tantas testemunhas e exposto ao ridículo.

Estimava-o, não havia dúvida que o estimava, porém sentia-se mal à vontade e aborrecido, quando o pressentia chegar pelo barulho da sua grossa bengala de coxo.

Tanto que uma ocasião, vencendo todos os escrúpulos, disse-lhe abertamente:

– Queres saber de uma cousa, André? Desconfio que estas visitas que me fazes são para ti um verdadeiro sacrifício! Acho que o melhor é procurar-te eu em tua casa, de vez em quando, hein? Que achas?!

– É! – resmungou o Coruja, abaixando a cabeça.

– Não te parece melhor?... Bem sabes que sou o mesmo; sou teu amigo e no meu conceito estás acima de todos, mas é que aqui não conseguimos nunca ficar à vontade; não podemos conversar livremente, e deves concordar que isto para mim é nada menos que um martírio! Que diabo! Prefiro não te ver senão quando estivermos a sós, completamente a nosso gosto! Não és da mesma opinião?

Coruja mastigou algumas palavras em resposta, sem levantar os olhos, muito vermelho, e depois retirou-se, todo atrapalhado à procura do chapéu, que ele aliás conservara debaixo do braço durante a visita.

E foi quase a correr que atravessou a chácara e ganhou a rua, como um criminoso que foge do lugar do delito.

Notaram em casa que ele esse dia falou e gesticulou sozinho mais do que era de costume, com a diferença que desta vez os seus solilóquios acabavam sempre em lágrimas.

Dous meses depois, em um domingo, Teobaldo fora surpreendê-lo em casa às nove horas da manhã.

Ia de chapéu baixo, fato leve e bengalinha de junco. Em vez do cupê, que costumava usar com duas ordenanças, vinha de tílburi.

Entrou gritando desde a porta da rua pelo Coruja:

– Onde estava aquele malandro! Talvez ainda metido na cama!? Pois que não fosse tão epicurista e viesse cá para fora receber os amigos!

André, que trabalhava fechado no quarto, largou de mão o serviço e correu ao encontro dele; ao passo que Inês fugia para junto da mãe, muito sobressaltada por aquela voz argentina e cheia de vida, que espantava a miserável tristeza da casa com a sua risonha expressão de estroinice fidalga.

– Ora venha de lá esse abraço, mestre Coruja!

E assentando-se com desembaraço em uma cadeira da sala de jantar:

– Sabes! Vim disposto a almoçar contigo. Hoje estou perfeitamente livre; minha própria mulher supõe-me fora da cidade. Ninguém desconfia de que eu estou aqui. Ah! eu precisava passar algumas horas completamente despreocupado, precisava descansar e então lembrei-me de fazer-te esta surpresa; cá estou!

Ergueu-se, foi até ao parapeito do quintal; esteve a olhar por algum tempo para um tanque cheio de roupa que lhe ficava defronte dos olhos, e disse depois suspirando:

– Como tudo isto é bom e consolador! É como se eu voltasse ao meu passado; estou vendo o momento em que entra por aquela porta, com a sua lata na cabeça, aquele velho que nos levava todos os dias o almoço e o jantar. Como se chamava, lembras-te?

– Sebastião.

– Era isso mesmo. Sebastião. Muito fiz eu sofrer o pobre diabo! Recordas-te de uma vez em que o obriguei a improvisar um bestialógico[1] encarapitado sobre a mesa e com uma garrafa equilibrada na cabeça? Bom tempo!

Coruja erguera-se para ir à cozinha ver o que havia para almoçar, mas o outro, percebendo-lhe a intenção, gritara:

– Olha! Vão chegar aí umas cousas que mandei vir do hotel.

– Bom – disse André, risonho como havia muito tempo não o viam –, porque o nosso almoço, força é confessar, não vale dous caracóis!

– Com certeza já tivemos outros piores! – replicou Teobaldo, encaminhando-se também para a cozinha. – Deixa estar que ainda havemos de fazer aqui um jantar. Nós dous!

– Quando quiseres!

– Nós dous é um modo de dizer! Tu não entendes patavina a respeito de cozinha!

– Mas posso servir de teu ajudante.

Pouco depois chegou a encomenda do hotel. Teobaldo foi por suas próprias mãos abrir a caixa da comida e, para cada prato que tirava de dentro dela, tinha uma exclamação de afetado entusiasmo:

– Bravo! bravo! Bolinhos de bacalhau! Costeletas de porco! Maionese de camarões! Peixe recheado! Pato assado!

E, tão à vontade se mostrava na pobre casa de dona Margarida que ninguém diria estar ali o ministro mais amigo da etiqueta, mais apaixonado pela sua farda e pelas suas bordaduras de ouro, como por tudo aquilo que fosse brilhante, luxuoso e ofuscador.

– Como vai a velha? – perguntou ele.

– Assim – respondeu Coruja. – Pouco melhor.

– Ah! está doente?...

– Ora! Pois então não sabes? Eu já te falei nisso por mais de uma vez.

– É exato, agora me lembro. E a filha?

– Essa está boa. Vou chamá-la.

– Não, deixa-a lá por ora. Virá depois. Olha. Recomenda-lhe que nos arranje o almoço, enquanto conversamos no teu quarto. Onde é?

– Aqui. Entra.

No quarto, o ministro, sem se mostrar nem de leve impressionado pelo aspecto de miséria que o cercava, tirou fora o paletó e pôs-se a examinar o que havia sobre a mesa do Coruja.

O grande maço de anotações históricas, já suas conhecidas, era a cousa mais saliente entre todo aquele oceano de papéis e alfarrábios.

– Está muito adiantado? – perguntou, batendo com o dedo sobre as notas.

– Pouco mais. Ultimamente não tenho podido fazer quase nada. Ainda me falta muito para concluir a obra.

– Pois é tratares de a concluir, que eu te arranjarei a publicação dela à custa do governo.

– Prometes!

– Ora!

– Ah! só assim tenho esperanças de não perder o meu trabalho, porque juro-te que já ia-me fugindo o gosto...

– Podes ficar certo que a tua história será impressa.

– Não calculas o alegrão que me dás com essas palavras!

– E então digo-te mais: a obra será adotada na instrução pública e transformar-se-á para ti em uma mina de ouro!

– Que felicidade!

– Hás de ver!

E na sua febre de fazer promessas agradáveis, Teobaldo perguntou a razão por que o amigo não se metia aí em qualquer repartição do Estado.

– Ora, que pergunta! Bem sabes que não é por falta de esforços da minha parte...

– Pois digo-te que agora também serás empregado. É verdade que a época não é das melhores para isso: os bons lugares estão todos preenchidos, mas...

– Não! qualquer cousa me serve... – declarou André. – Tu bem me conheces; desde que não haja necessidade de concurso...

– Que diabo! Se eu pensasse nisto há mais tempo, já podias até estar com o teu emprego.

– Olha! Vê se me arranjas alguma cousa na biblioteca. Isso é que seria magnífico!

– Homem! e é bem lembrado. Havemos de ver.

Assim conversaram até a ocasião de irem para a mesa.

O almoço foi alegre e comido com bastante apetite. Inezinha preparou-se antes de aparecer ao senhor ministro, mas, apesar das insistências deste, não tomou lugar à mesa, para ficar servindo.

Dona Margarida, lá mesmo da cama onde continuava amarrada pelo reumatismo, dirigia o serviço, lembrando de quando em quando à filha tudo aquilo que podia ser esquecido.

– Areaste o paliteiro? – perguntava ela do quarto. – Se não areaste é melhor pôr o outro de louça, que está na gaveta do armário.

– Já pus, sim, senhora.

– Não te esqueças dos guardanapos. Os melhores são os de debrum encarnado.

– Eu sei, mamãe.

– Olha que o café esteja pronto quando eles acabarem! Mas o senhor Teobaldo talvez prefira o chá. Pergunta-lhe.

– Café! café! – respondeu o próprio Teobaldo, de modo a ser ouvido pela velha.

E então uma conversa de gritos se entabulou entre os dous.

– Sua Excelência nos desculpe – pedia a dona da casa –, bem sabe quais são as nossas circunstâncias!

– Ora, por amor de Deus, dona Margarida! Acredite que há muito tempo que eu não almoço tão bem ou pelo menos com tamanho prazer.

– Que diria se eu não estivesse presa a esta cama! Não acredito que Inês tenha dado conta do recado!

– É uma injustiça que faz à sua filha. Está tudo muito bom.

E dirigindo-se a Inês: – Tenha a bondade de levar este cálice de vinho à senhora sua mãe, que eu vou beber à saúde dela.

– Não sei se não me fará mal! – gritou logo a velha.

– Este só lhe pode fazer bem – respondeu Teobaldo –, é uva pura!

Depois do café, Teobaldo esteve alguns instantes no quarto da velha, pediu-lhe licença para lhe deixar sobre a cômoda uma nota de cinquenta mil-réis, dinheiro que ele depositou ao pé de um velho oratório, dizendo:

– É para a cera dos seus santos.

A velha agradeceu muito comovida e teria contado pelo miúdo sua história se a visita não arranjasse meios de afastar-se, declarando que ia para o quarto do Coruja encostar um pouco a cabeça.

E Teobaldo, tendo ainda conversado com o amigo enquanto dava cabo de um charuto, estirou-se melhor no trôpego canapé em que estava e adormeceu profundamente.

Coruja veio na ponta dos pés à sala de jantar e, concheando a mão contra a boca, disse em voz baixa:

– Agora, nada de barulho, que Teobaldo está dormindo!

XXIV

Teobaldo, durante o pouco tempo em que esteve no ministério, granjeou as simpatias de toda a nação.

Parecia ser querido e apreciado desde pelo seu monarca, até pelo último dos serventes de secretaria; os empregados das repartições sujeitas ao seu mando adoravam-no.

A todos conquistara ele com aquela proverbial afabilidade e com aquela sua irresistível sedução de maneiras; os velhos chamavam-lhe colega na prudência e na reflexão; os moços no entusiasmo e no modernismo das ideias; a uns e outros cegara o seu inestimável talento de adoção, que era toda a sua força e a sua principal arma de conquista.

Sem fazer nada, parecia fazer tudo, porque nas câmaras a sua palavra era sempre a mais destacável entre os colegas.

Além de que afetava uma grande atividade espetaculosa: não havia inauguração de estrada de ferro, ou de qualquer fábrica industrial ou cousa deste gênero, que ele não acompanhasse de corpo presente, fingindo ligar a isso grande atenção e derramando-se em longos discursos talhados ao sabor do auditório que encontrava.

E ainda uma circunstância, independente de sua vontade, veio completar o prestígio dele e solidificar a simpatia que o público lhe dedicava, acrescentando-lhe à fama, já não pequena, uma glória que lhe faltava ainda e que, pela raridade, seria talvez a melhor e mais desejada – a glória de ser um ministro notoriamente honrado.

Até aí era aclamado como bom patriota, ministro de talento progressista e ativo; de então em diante ficou tendo, além de tudo isso, o prestígio de homem de bem.

Foi o caso que um inglês, representante de certa companhia, desejava obter do governo concessão para uma empresa, da qual Teobaldo fruiria lucros de sócio, ou, quando não, uma recompensa de trezentos contos de réis.

Depois de várias negaças de parte a parte, o ministro convidou o inglês e mais outros interessados no negócio para um pequeno jantar em sua casa.

Antes da sobremesa quase ou nada se conversou a respeito do único assunto que os reuniu ali; apenas alguma frase destacada fazia desconfiar que entre eles havia qualquer intenção escondida; mas, quando Branca, que presidia ao jantar, erguera-se da sua cadeira, pedindo licença para deixá-los em liberdade, o inglês entrou abertamente na questão e declarou que estava disposto a não se separar de Teobaldo sem levar consigo uma resposta definitiva.

– O senhor ministro – concluiu ele na sua meia língua –, se proteger o negócio só pode com isso fazer bem, tanto a si como aos outros.

Teobaldo lembrou que ia expor o seu nome; talvez desmoralizar-se para sempre.

– Sim, talvez – volveu o inglês –, mas com certeza Vossa Excelência fica com a vida segura e garantida. Além de que, semelhante particularidade jamais cairá no domínio público! Oh! a política do Brasil está cheia de exemplos muito mais escandalosos, e não me consta que nenhum dos seus autores ficasse desmoralizado; ao contrário criam novo e maior prestígio quando enriquecem!

Afinal, Teobaldo prometeu dar no dia seguinte uma decisão. O inglês que o procurasse na secretaria à hora da audiência.

E, ao despedir-se, acrescentou no ouvido do pretendente:

– Vá descansado, que tudo se há de arranjar pelo modo mais conveniente a todos nós...

Logo, porém, que as visitas saíram, Branca apareceu na porta do seu quarto.

– Ouvi – disse ela – toda a conversa que tiveram depois que eu me levantei da mesa.

– Ah! ouviu?

– Ou, melhor, escutei; escutei por detrás daquela cortina.

– E então?

– Então, é que amanhã o senhor dirá a esse especulador que não se acha disposto a mercadejar com a sua posição.

Dir-lhe-á que não é ministro para proteger velhacadas, mediante uma gratificação de dinheiro, e que, se ele insistir nos seus planos, o senhor o denunciará perante a nação...

Teobaldo, posto estivesse já habituado ao gênio seco e orgulhoso da mulher, estranhou-a mais ainda desta vez e tentou justificar-se aos olhos dela.

– Convença-se – disse-lhe ele – de que a senhora ouviu mal ou não compreendeu o que ouviu.

– Mal ou bem ouvido, juro que, se o senhor não fizer o que acabo de ordenar, terá em mim o mais terrível de seus inimigos.

– Mas não posso compreender esta solicitude por mim, à última hora...

– Engana-se: não é de sua pessoa que se trata, mas de seu nome, que desgraçadamente também é o meu. Não quero ser a esposa de um traficante!

– Faz muito bem.

– Isto quanto ao lado moral, porque pelo lado prático acho que o senhor faz um mau negócio. Que poderá aproveitar uma soma tão desonestamente adquirida? Do que lhe servirão esses miseráveis contos de réis senão para fazer a mortalha com que o senhor cairá na vala comum dos patoteiros?[1] O senhor, que já é um ministro nulo, quer ser agora um político desmoralizado? Ou quem sabe se o senhor teve a pretensão de acreditar um instante que com o seu suposto talento havia de escapar ao anátema[2] dos homens de bem?... Se o senhor não arranjar prestígio pelo lado do caráter, por que lado então conta arranjá-lo? Acaso fez o senhor alguma cousa tão grande, tão útil, tão genial que com ela possa esconder as falhas da sua honra? Esquece-se porventura de que neste fato casual da sua entrada para o ministério foi o senhor o único afortunado? Esquece-se de que o chamaram não porque o senhor fora singularmente necessário, mas sim porque era o mais à mão entre todos aqueles de quem podiam dispor?

– Pois bem! E daí? – perguntou Teobaldo, ardendo de impaciência.

– Daí – continuou Branca, sem se alterar –, é que o senhor faria mau negócio cedendo a troco de dinheiro esta boa ocasião, boa e única, que a fortuna lhe proporciona para se distinguir de qualquer modo entre seus colegas.

– Distinguir-me?

– Sim, na qualidade de homem verdadeiramente honrado. Acho que o senhor, mesmo por interesse prático, não deve inutilizar os meios de que dispõe agora como ministro para pôr em relevo as suas qualidades morais; qualidades que ficariam eternamente ignoradas, se o senhor não estivesse no poder.

Teobaldo pôs-se a meditar.

A esposa disse ainda:

– E é semelhante homem, que se julga ambicioso; um homem capaz de vender-se a um especulador vulgar! Um homem que não percebe que seu nome amanhã seria muito maior e respeitado, quando dissessem que um ministro preferiu continuar pobre a ter de transigir com os princípios da sua honra!

Teobaldo ergueu a cabeça, olhou por algum tempo a esposa e, estendendo-lhe a mão, disse:

– Obrigado.

– Não tem que me agradecer – respondeu ela –; já lhe expliquei que não é pelo senhor que levanto esta luta, é por mim mesma; não quero, repito, ser esposa de um traficante! E, agora, é despachar o cavalheiro de indústria, e ter de hoje em diante um pouco mais de escrúpulo nos seus atos e em suas palavras!

Teobaldo não se contentou com repelir energicamente a proposta do inglês, mas explorou o fato quanto pôde, metendo-o logo em circulação pela imprensa e transformando-o no melhor ornamento das suas glórias políticas.

Daí a poucos meses, não tinha já a seu cargo a pasta da Agricultura, mas seu nome era apontado na lista tríplice para a primeira eleição de senador.

XXV

Que mais podia desejar?

Aos quarenta e tantos anos havia já percorrido a enorme gama das classes sociais e experimentado, uma por uma, toda a impressão capaz de fazer vibrar o coração humano. Desde os seus primeiros tempos de colégio até aquela elevada posição a que chegara, sua vida fora uma série de conquistas fáceis, uma interminável cadeia de bons acasos.

Mas agora justamente que mais nada lhe faltava a conquistar; agora que ele, dispondo ainda de uns restos de mocidade para ser amado como homem, era já celebrizado como medalhão; agora que ele possuía tudo; agora que todas as classes do seu país haviam já lhe tributado a melhor parte do seu entusiasmo; agora é que ele se sentia menos satisfeito, porque, à medida que se alargavam os horizontes da sua ambição, tanto mais a consciência da sua mediocridade o estreitava em um terrível círculo de inconsoláveis desgostos.

Pouco a pouco foi-se tornando invejoso. Afinal já não podia ouvir falar dos homens verdadeiramente grandes, sem ficar com o coração apertado por um punho de ferro que o estrangulava. As grandes e legítimas reputações, os nomes universais, fossem de artistas, de poetas, de descobridores, de filósofos ou de guerreiros, o irritavam acerbamente e enchiam-no de um ódio surdo, inconfessável e assassino.

Principalmente ao voltar dos seus relativos triunfos, quando no círculo mesquinho das suas glórias ouvia o próprio nome aclamado e coberto de ovações, é que mais desabridas lhe roncavam por dentro a dor da inveja e a consciência da sua incapacidade.

– Oh! antes nunca chegasse a ser nada, nem tivesse pensado em ser alguma cousa! Ser tão pouco, quando tanto se ambiciona; ambicionar tanto e ter certeza de nunca ir além da própria pequenez, é muito mais doloroso, é muito mais cruel do que ficar eternamente sucumbido ao peso da primeira desilusão!

Era isto o que agora o fazia mau de todo; era isto o que agora o tornava infeliz, desconsolado e triste.

Nunca houvera penetrado dentro de si mesmo e, quando, graças à franqueza da esposa, o fizera pela primeira vez, achou-se tão vazio e tão ridículo aos próprios olhos, achou-se tão de gesso que sentiu ímpetos de reduzir-se a pó.

E, com o correr de mais algum tempo e com a percepção da sua inferioridade, veio-lhe o tédio, o desprezo próprio, a grande moléstia dos que sobem sem convicção e sem causa; veio-lhe o desfalecimento dos que vencem sem ter lutado, dos que olham para trás e não encontram no passado sequer uma boa recordação, à sombra da qual repousem o espírito fatigado e o coração desiludido; veio-lhe o fastio e o cansaço dos que nunca amaram, dos que nunca sofreram nem se sacrificaram por ninguém; veio-lhe enfim o desespero dos egoístas, o desespero dos que se veem isolados no meio do público que os aclama vitoriosos, mas que está pronto a virar-lhes as costas logo que o menor interesse particular chama a sua atenção para outro lado.

E, da mesma forma que o Coruja sentia-se cansado de ser tão bom, tão dos outros e precisava cometer uma ação má para repousar; assim Teobaldo, reconhecendo o seu egoísmo e a sua indiferença pelos que o amaram, desejou pela primeira vez em sua vida praticar o bem.

Mas, se àquele era impossível cometer uma ação má, a este não seria mais fácil praticar um rasgo de abnegação e de heroísmo.

Os extremos encontravam-se de novo; as duas criaturas, que o isolamento unira no colégio, fugiam agora dos homens, homens tão caprichosos, tão ruins e tão pequenos como os seus condiscípulos de outrora.

E, ainda como o Coruja, Teobaldo pensou na morte, não como ele por não conseguir abominar seus semelhantes, mas por não conseguir amá-los.

E fez-se cada vez mais sombrio, mais concentrado e mais doente.

Agora passava horas e horas esquecidas no seu gabinete, sozinho, fechado por dentro, a cismar; ou enterrado sombriamente no fundo de uma poltrona, ou passeando de um lado para outro, com as mãos nas algibeiras e os olhos postos no chão.

E sua figura, ainda elegante e altiva, mas prematuramente envelhecida e gasta, havia de impressionar a quem o surpreendera pelas horas silenciosas da madrugada nessas profundas meditações.

– Afinal que fiz eu?... – interrogava ele a si mesmo em um desses momentos –; sim, qual foi a minha obra?... Qualquer homem, por mais pequeno, por mais obscuro, tem sempre um ideal na sua vida: uns dedicam-se à família, e cada filho é um poema, bom ou mau, que eles deixam à pátria; outros trabalham para enriquecer, e, depois da morte, ainda são lembrados pelos seus herdeiros; outros nos legam um livro de suas memórias, ou uma casa comercial, ou uma empresa que criaram, ou uma ideia a que se sacrificaram por toda a vida! Todos deixam alguma cousa atrás de si: um nome ou uma recordação; só eu não deixarei nada, porque todo o meu ideal, durante a minha vida inteira, fui eu próprio! Nunca fiz nada pelos outros; nunca amei pessoa alguma que não fosse eu mesmo. E, de tudo que apresentei durante a vida como produto do meu esforço, e de tudo que me engendrou este nome transitório que possuo, nada foi obra minha! Eu nada fiz!

Depois pensou nos entes que mais o estremeceram e, defronte da memória de cada um, seu coração sentiu-se envergonhado e arrependido.

E, daí em diante, quem o visse, apesar de tão profundamente abatido pelos seus padecimentos morais, ainda assim não poderia calcular os desgostos que iam por aquela pobre alma.

A sua larga fronte, já despojada de cabelos até ao meio do crânio, raiara-se de longas rugas paralelas, como um horizonte no crepúsculo que se enfaixa de nuvens sombrias; seus grandes olhos, dantes tão insinuativos e lisonjeiros, amorteciam agora em uma profunda expressão de mágoa sem esperanças de consolo; seus lábios pareciam cansados de tanto sorrir para todo mundo e, como já não tinham forças para fingir, quedavam-se em uma imobilidade cheia de tédio e desdém; e todo o seu aspecto, ao contrário do que fora, servia agora muito mais para fazer pena do que para seduzir.

E daí principiaram todos a notar a sua ausência nos lugares em que ele era dantes mais frequente; afinal já nunca o encontravam em parte alguma, onde houvesse um pouco de alegria ou um pouco de prazer; agora o riso lhe fazia mal; ao passo que ao cair da tarde viam-no sempre nos arrabaldes mais solitários, passeando a pé, vagarosamente; as mãos cruzadas atrás, a cabeça baixa, o ar todo preocupado como de um mísero pai de família que vai sentindo faltar-lhe a vida e treme defronte da morte, não por si, mas pelos entes que lhe são caros e que aí ficam no mundo abandonados.

Todavia era justamente o inverso o que se dava com Teobaldo; sucumbia à falta da família; sucumbia à falta de afeições sinceras e à falta de carinhos legítimos.

E quanto mais, com o correr do tempo, a falta de tudo isto lhe apertava o coração e lhe ensombrava os dias, tanto mais insuportáveis se lhe faziam as tredas[1] amizades da rua, as falsas relações políticas, os frívolos protestos dos seus admiradores e o palavreado venal daqueles que mendigavam a sua proteção.

XXVI

Foi em tal estado que ele, atravessando certa noite uma das ruas menos frequentadas da cidade velha, sentiu, da rótula de uma casinha de porta e janela, baterem-lhe no ombro.

– Abrigue-se da chuva – disse uma voz de mulher.

Teobaldo afastou-se, mas não tão depressa que não chegasse a reconhecer quem o provocara.

Era Leonília.

Uma rápida nuvem de desgosto tingiu-lhe logo o coração.

Parou. Ela não o tinha reconhecido, graças à circunstância de que Teobaldo levava o sobretudo com a gola levantada e o guarda-chuva aberto. Sua primeira intenção foi dar-lhe dinheiro e seguir caminho sem lhe falar; mas tomado de súbito por uma outra ideia, olhou em torno de si, fechou o guarda-chuva e transpôs a porta que Leonília havia já aberto.

Ah! Que terrível impressão experimentou sua Excelência ao achar-se em meio daquela pequena sala, sistematicamente preparada para o vício barato!

Que doloroso efeito lhe causaram aquelas pobres cortinas de renda, aquelas cadeiras encapotadas de musselina branca, para fingir mobília de luxo; aqueles dous consolos[1] cobertos de crochê e guarnecidos por um par de bonecos de gesso colorido; aquela mesinha de centro, onde havia um candeeiro de querosene e ao lado deste um maço de cigarros *Birds's eye*!

Teobaldo, sem tirar o chapéu, considerava entristecido tudo isto, enquanto que a dona da casa passava para uma alcova que havia ao lado da sala, deixando correr atrás de si uma cortina de lã vermelha.

– Que transformação – pensava ele. – Que transformação!

E, a despeito de tudo, sua memória o transpunha ao passado, reconstruindo os extintos aposentos da cortesã, outrora tão luxuosos, e nos quais ele tantas vezes viu palpitar de amor nos seus braços aquela mesma mulher, quando era moça.

Então, a beleza de Leonília, a mocidade de ambos, o luxo que os cercava, punham-lhe no amor um lânguido reflexo de romantismo, um picante sabor orgíaco, um quer que seja que agradava à vaidade dele e satisfazia em segredo ao temperamento dos dous.

Então, atiravam-se um contra o outro, sem se envergonharem da sua loucura; bebiam pela mesma taça o vinho de sua mocidade, e os beijos estalavam entre seus lábios como o estribilho de uma canção de amor.

Oh! Mas a prostituição é contristadora[2], ainda mais quando precisa trocar a túnica de seda pelos andrajos da miséria; a prostituição é pavorosa quando não gira sobre diamantes e não tem a seu serviço a beleza e a mocidade.

– E quanto ela era bela dantes! Que partido não sabia tirar de todos os seus tesouros! Com que graça não se embriagava, mostrando o colo e deixando-se cair em gargalhadas nos braços dos seus amantes! E agora?... Uma velhusca, muito gorda, o rosto coberto de rugas mal disfarçadas pelo alvaiade[3], os olhos cansados, os lábios descaídos, os dentes sem brilho, o cabelo reles, o hálito mau. Que diferença!

Quando Leonília tornou da alcova e viu Teobaldo já com a cabeça desafrontada, soltou um grito e voltou-se para o lado contrário, escondendo o rosto.

– Entrei, porque a reconheci... – disse ele, tirando dinheiro do bolso. – Tome, e se quiser deixar esta vida, eu lhe darei o necessário para não morrer de fome.

Ela soluçava, sem descobrir os olhos.

– Então? – perguntou o ministro ao fim de algum silêncio. – Eu não vim aqui para a fazer chorar! Vamos, recolha este dinheiro e creia que não me esquecerei de sua pessoa. Adeus.

– Não, não! – disse afinal a cortesã. – Não preciso: prefiro nunca mais ter notícias suas! O senhor fez mal em entrar aqui! Devia fazer que não me reconhecia e ir seguindo o seu caminho! Vá, vá-se embora e nunca mais se lembre de mim!

– Se entrei, foi porque a minha consciência me obrigou a entrar. Cumpro um dever.

– Não! É muito tarde para isso. Vá-se embora! Deixe-me!

– Desejo ser-lhe útil naquilo que puder.

– Fez mal em entrar; eu não merecia ainda mais esta maldade! Basta o muito que já sofri por sua causa, quando este corpo valia alguma cousa! O que o senhor acaba de fazer é uma profanação! Para que mexer nas sepulturas? Por que não me deixou apodrecer sossegada neste meu aviltamento, nesta antecâmara do hospital? O senhor foi o homem que eu mais amei e também o que eu mais odiei; agora já não lhe tenho nenhuma dessas cousas; estamos quites; já não lhe devo nada, nem o senhor a mim; contudo preferia nunca mais lhe pôr a vista em cima! Vá embora! Vá.

– Mas, recolha ao menos esse dinheiro.

– Não, não quero; protestei que de suas mãos nunca mais aceitaria o menor obséquio!

– Lembre-se de que precisa.

– Deixe-me em paz! Não vê que a sua presença me faz mal? Não vê que fico neste estado?

E Leonília soluçava, não com a mesma graça dos outros tempos, mas com uma sinceridade que seria capaz de comover ao diabo.

– Mas, filha, aceite, é um favor que me faz! – insistia o conselheiro.

– De suas mãos: nada! O senhor é um homem mau! É um egoísta, é um fátuo![4] Prefiro morrer de fome, prefiro ir acabar em um hospital, mas deixe-me, deixe-me por amor de Deus!

XXVII

Teobaldo abandonou a casa de Leonília e, depois de vagar ainda pelas ruas, recolheu-se mais aborrecido do que nunca.

Uma indomável necessidade de companhia, mas de companhia amiga e consoladora, o assoberbava a ponto de irritá-lo.

Foi com o coração desconfortado e o espírito oprimido que ele atravessou as salas desertas de sua casa. Dir-se-ia que ali não morava vivalma; um silêncio quase completo parecia imobilizar o próprio ar que se respirava; os quadros, as estatuetas e as faianças nunca para ele haviam sido tão mudos, tão frios e tão imperturbáveis.

Meteu-se no gabinete, disposto a trabalhar em qualquer cousa, para ver se conseguia distrair-se; mas aquela solidão tirava-lhe o gosto para tudo; aquela solidão o aterrava, porque o desgraçado já não podia, como dantes, fazer companhia a si mesmo; já não podia entreter-se a pensar em si horas e horas esquecidas, e também já não tinha ilusões, porque o principal objeto de suas ilusões era ele próprio, e ele estava desiludido a seu respeito.

Seu ideal era como um espelho, onde só a sua imagem se refletia; quebrado esse espelho, ele não tinha coragem de encarar os pedaços, porque em cada um via ainda, e só, a sua figura, mas tão reduzida e tão mesquinha que, em vez de lhe causar orgulho como outrora, causava-lhe agora terríveis dissabores.

– Como a vida é horrível! – pensou ele –; como tudo que ambicionamos nada vale, uma vez alcançado! Como eu me sinto farto e desprendido de tudo aquilo que até hoje me interessava e me comprazia! Afinal, do que serve existir? Para que viver? Que lucramos em atravessar estes longos anos que atravessei? Onde estão os meus gozos? as minhas regalias? Que espero fazer amanhã melhor do que fiz hoje? Que há em torno de mim que possa me dar um instante de ventura? Ah! Se eu não tivera sido tão mau! Tão mau para mim, pensando que o era para os outros!...

E ouviu bater três horas.

– Três horas da madrugada! E não trabalhei, nem li, nem fiz cousa alguma, e não posso dormir, e tenho de suportar a mim mesmo, sabe Deus até quando! E sinto-me doente! A febre escalda-me o sangue!

Levantou-se do lugar onde estava e, cambaleando, fez algumas voltas pelo quarto.

– Oh! Este isolamento me aterra!

Pensou então na mulher: ela nessa ocasião dormia, com certeza... Naquele momento daria tudo para a ter junto de si.

Mas ele a queria não como ela era ultimamente, porém, como dantes, quando o amava, quando vinha recebê-lo à porta da rua e não o abandonava senão quando ele tornava a sair de casa...

Assim é que a queria: companheira, amiga, unida e inseparável.

– Ah! Se eu não tivesse me incompatibilizado com ela!... Se pudesse ir buscá-la, trazê-la aqui para o meu gabinete, desfrutar a sua companhia, gozar o seu coração!... Oh! mas tudo isto já não pode ser! Está tudo perdido! Ela continua a ver em mim um vaidoso, um fátuo, um homem ainda menor que o mais vulgar! Nunca mais poderei ser para Branca o que fui, o que ela me julgou na cegueira do seu primeiro amor!

E Teobaldo deixou-se cair de novo na cadeira, com o rosto escondido entre as mãos, a respiração convulsa, os olhos ardendo como se fossem duas chagas.

– Se eu não tivesse sido para ela o que fui, talvez, quem sabe? tivéssemos agora um filhinho?

Esta ideia lhe trouxe uma golfada de soluços.

E, no seu desespero, ele via esse filho imaginário; esse ente que nunca existira e de quem ele tinha saudades, porque entre os vivos não encontrava um coração que o recebesse.

Chorou muito ainda, depois ergueu-se e saiu do gabinete.

Atravessou como um sonâmbulo os aposentos da casa, até chegar ao corredor por onde se ia ao quarto de Branca.

A porta estava fechada.

– Se ela soubesse quanto eu sofro!... Ela, que é tão boa, tão compassiva e tão casta, talvez tivesse compaixão de mim!...

Mas não se animou a bater.

Havia tanto tempo que não se falavam senão em público!... Ele tantas vezes desdenhara dos seus carinhos; tantas vezes fingira não compreender as lágrimas dela!...

Abandonou de novo o corredor, na intenção firme de recolher-se à cama.

Chamou o criado, pediu conhaque, bebeu, despiu-se e deitou-se.

Não conseguiu dormir.

Tocou de novo a campainha.

– Meu amo chamou?

– Sim. Vê roupa. Torno a sair.

– Mas Vossa Excelência parece incomodado; creio que faria melhor em...

– Vê roupa! Não ouves?!

E, quando o criado ia de novo a sair, depois de cumprida aquela ordem:

– Olha!

– Senhor!

– Chama o Caetano.

Era uma ideia que lhe acudira com vislumbres de inspiração.

– O Caetano?... – repetiu o criado. – Saiba Vossa Excelência que o Caetano está de cama.

– De cama?... Que tem ele?

– Amanheceu há quatro dias com muita febre e ainda não melhorou.

– Achava-se nesse estado, e nada me diziam! Canalha!

– Peço perdão, mas devo notar que o senhor conselheiro há muito tempo que não aparece a ninguém.

– Cala-te. Sou capaz de apostar que deixaram sozinho o pobre velho!...

– Saiba Vossa Excelência que a senhora dona Branca, que o tem ido ver muitas vezes todos os dias, deu ordem ao Sabino para não sair do lado dele.

– Bem. Previne ao Sabino que eu quero ir ver o Caetano.

O criado, surpreso com estas palavras, mas sem o dar a perceber, afastou-se imediatamente; ao passo que o amo, vestindo-se às pressas e, contra o seu costume, em desalinho, abandonou ainda uma vez o gabinete e ganhou em direitura ao quarto do enfermo.

Não era, como ele próprio supunha na sua necessidade de fazer bem, o interesse pelo velho servo de seu avô e companheiro de seu pai o que o impelia àquele ato de piedade, mas simplesmente a urgência de falar com alguém que ainda o estimasse; alguém que lhe arrancasse o coração do lastimável estado em que se achava naquele instante.

Recebeu um logro. O pobre velho não dava mais acordo de si e só dizia palavras desnorteadas pelo delírio da febre.

– Não me reconheces, amigo velho? – perguntou-lhe o conselheiro, amparando-se-lhe das mãos hirtas e nodosas.

– Sim, Nhô-Miló? Meta a espora no cavalo, que os Saquaremas, embicando por este lado, hão de encontrar homem pela proa!

E os olhos do velho torciam-se nas órbitas com um acesso de cólera senil.

– Sonha com meu pai e com as revoluções de Minas!... – pensou Teobaldo entristecido. – Ah! o barão do Palmar foi ao menos um homem! É justo que este desgraçado lhe dedique os seus últimos pensamentos em vez de os dedicar a mim, que nem isto mereço. É justo! É justo!

E saiu dali para esconder o seu desespero contra aquele maldito velho, que, no delírio da morte, não achava uma palavra de consolação para lhe dar.

Atravessou a chácara sem levantar a cabeça, o ar muito sombrio e pesado, os olhos fundos e cheios de sangue.

Quando chegou à rua, estacou e pôs-se a olhar para as águas da baía que se douravam aos primeiros raios de Sol.

Pôs-se a andar pela praia, vagarosamente, quase que sem consciência do que fazia.

E o dia, que apontava, um dia triste e cheio de névoas, um dia sem horizonte, como o próprio espírito de Teobaldo, ainda mais lhe agravava o mal-estar.

Ele sentia frio e dores por todo o corpo.

Caminhou assim durante uma hora; cabeça baixa, mãos nas algibeiras do sobretudo e uma secura enorme a lhe escaldar a garganta.

Três vezes tentou fumar e de todas lançou fora o charuto, porque não podia suportar o cheiro do fumo.

Afinal viu um carro de praça, chamou-o, meteu-se dentro dele e mandou tocar para a casa do Coruja.

Todavia, depois mesmo de estar em caminho, hesitava em lá ir. O seu procedimento para com o pobre amigo não podia ser pior e mais ingrato do que fora, ultimamente.

Nada fizera do que lhe prometera; não lhe dera o tal emprego, nem mandara publicar a célebre história do Brasil.

– E havia tanto tempo que já não se viam!... Em que disposição estaria André a respeito dele?... Qual teria sido nessa ausência a sua vida, com uma família às costas e sem meios de ganhar dinheiro?... Quem sabe até se ele tivera estado doente?... Quem sabe se já não teria morrido?...

Davam sete horas quando Teobaldo entrava em casa do Coruja.

O aspecto do corredor, o silêncio que aí reinava, entristeceram-no, pondo-lhe no coração um vago sentimento de remorso.

Com um bocadinho de esforço, pensou a sua consciência, ter-se-ia restituído a esta pobre gente a primitiva felicidade!...

Foi Inês que veio recebê-lo, e, posto que surpresa com a visita, ela deixava transparecer no semblante as contrariedades de sua vida.

– Como está a senhora sua mãe? – perguntou Teobaldo.

– Mal, senhor conselheiro; há mais de um mês que ela não faz outra cousa senão gemer. Está cada vez pior. Agora tudo lhe dói: são as pernas, os braços, a caixa do peito, as costas, o pescoço e a cabeça! Coitada, chega a fazer dó!

– E o André? Como vai?

– Não sei, não, senhor, mas também não anda bom! Ultimamente quase que não dá uma palavra a pessoa alguma; entra da rua e sai de casa, sem tugir nem mugir; às vezes mete-se no quarto às seis da tarde e só dá sinal de si no dia seguinte.

– E como vão os negócios dele? Sabe?

– Sei cá! Se ele não fala com pessoa alguma! Não dá uma palavra!

– Tem trabalhado muito?

– Trabalhado?

– Pergunto se tem escrito.

– É natural; pelo menos leva um tempo infinito metido no quarto.

– Ele está aí?

– Está, sim, senhor; faz favor de entrar.

Teobaldo foi bater à porta do Coruja e ficou gelado defronte do ar frio com que este o recebeu.

– Como vais tu? – disse.

André sacudiu os ombros e resmungou alguns sons que não lhe passaram da garganta.

– Que diabo tens hoje? Acho-te mudado.

– Nada.

– Não! Tens alguma cousa que te aflige!

– Aborrecimento. Entra. Já tomaste café?

– Ainda não, e quero, porque não me sinto bem.

– Estás doente? Nunca te vi tão amarelo e tão abatido.

– É! Efetivamente não tenho passado bem! Apoquentações!... Agora mesmo creio que sinto febre! Não imaginas a vida que levo! Um martírio!

Coruja afastou-se para ir buscar café e o outro então o considerou melhor. O desgraçado estava muito mais acabado e mais feio: caía-lhe agora todo o cabelo sobre os olhos, que se sumiam debaixo das pálpebras; a boca envergava-se para baixo em uma expressão constante de desgosto e ressentimento; as costas arqueavam-se-lhe como as de um caquético, e o peito afundava-se-lhe cavernosamente, tornando-o mais encolhido, mais mesquinho e mais reles.

– Pois, meu amigo, confesso-te – disse Teobaldo, quando ele voltou com as xícaras – que te procurei, porque preciso de ti, como do pão para a boca. Preciso da tua companhia. Aqui onde me vês, sou uma vítima do isolamento e do tédio!

André não respondeu e foi assentar-se a um canto do quarto, sobre um caixão vazio.

– Ah! meu bom Coruja – prosseguiu sua Excelência –, não calculas como ando! Um inferno! Sinto-me farto, inteiramente farto da vida! Sinto-me devastado! Preciso de ti! Quero-te ao meu lado! Venho buscar-te, e não volto para casa sem te levar comigo!

– Impossível! – respondeu o outro secamente.

– Impossível?! – repetiu o ministro, fulminado por esta palavra. – Como impossível?! Pois tu não queres vir comigo?

– Não posso.

– E por quê?

– Porque me sinto inutilizado! Já não presto para nada! Já não posso suportar a companhia de ninguém!

– Ora essa! Então tu também estás desgostoso?

– Mais do que podes supor. E peço-te que mudemos de assunto.

Fez-se um grande silêncio entre os dous; cada um fitava o seu ponto, sem ânimo de trocarem um olhar entre si.

Teobaldo perguntou afinal, erguendo-se:

– Não devo então contar contigo?

– Não, não posso ir. Desculpa-me.

– Está bom! Paciência!

E, depois de dar em silêncio uma volta pelo quarto, disse meio hesitante:

– É verdade! E a tua história do Brasil? Terminaste-a?

O Coruja, sem desviar os olhos do lugar em que estavam presos, apontou para um grande montão de papéis rotos, acumulados ao fundo do quarto.

– Que é isto? – interrogou o conselheiro.

– Desisti.

– Como assim?

– Abandonei por uma vez!

– Não concluíste o trabalho?

– Não.

– Mas foi uma loucura de tua parte.

Coruja sacudiu os ombros, indiferentemente, e pousou os cotovelos sobre os joelhos, ficando com as duas mãos abertas contra o queixo, sem dar mais uma palavra.

Causava estranha e viva impressão aquela figura tétrica e sofredora, que parecia agora mergulhada nesse estado comatoso que às vezes acomete os loucos.

Embalde tentou o outro puxar por ele e, vendo o egoísta que, em vez de consolações, encontrara ali ainda maior desânimo que o seu, despediu-se e saiu arrastando até à casa a negra túnica das suas aflições.

– Até este! – pensava ele já na rua –, até o Coruja me vira as costas! Só o público, essa besta insuportável e estúpida, só o público me abre os braços! E do que me serve o público, se não tenho a quem amar? Do que me serve o público, se vivo neste isolamento pior que tudo? Do que me servem admiradores, se não tenho amigos?

Durante o caminho, Teobaldo, justamente ao contrário do que sucedia com André, encontrou mil pessoas que corriam a saudá-lo, apertar-lhe a mão, que o abraçavam, que o felicitavam "mais uma vez" por tais e tais gloriosos feitos.

Mas em todas essas fisionomias só viu e percebeu: em umas, a adulação; em outras o fingimento; em outras a má vontade invejosa e sem ânimo para se patentear; e em nenhuma encontrou o que ele procurava com tamanho empenho, aquilo que ele dantes descobria em quantos o amavam e a quem afastou de si, para sempre; isto é, a dedicação, o desinteresse, a verdadeira amizade.

– Ah! não valia a pena sacrificar àquela besta esse inestimável tesouro, que agora lhe fazia tanta falta!

E era tarde! O egoísta já não podia encontrar em torno de si senão a sombra de si mesmo. E todos que o idolatravam com tanto desinteresse e aos quais ele só respondeu com a ingratidão perpassavam agora em torno de seu espírito como espectros de remorso que se erguiam para o fazer mais infeliz, mais inconsolável e mais revoltado contra o seu isolamento.

Ainda como o Coruja, ele desejava fugir do público e ao mesmo tempo sentia medo de meter-se em casa. A rua e o lar eram para ambos um tormento de gênero diverso, mas de iguais efeitos.

Foi, pois, completamente aniquilado, que ele chegou ao portão da sua chácara.

Um criado veio dizer-lhe logo que o velho Caetano estava agonizante.

Teobaldo apressou-se a ir ter com ele, apesar da prostração em que se achava.

O quarto do moribundo parecia agora ainda mais sombrio do que à noite.

Um quarto estreito, enterrado no porão da casa, mas dignamente arranjado e limpo.

Era tudo de uma simplicidade austera e pobre. Na parede via-se um retrato do barão do Palmar, sobre o qual dependurava-se uma grinalda de rosas murchas, contrastando com uma espada enferrujada e um jogo de pistolas antigas, que guarneciam a parte inferior do quadro; por cima deste, em um intervalo talvez de dous palmos, havia ainda um pequeno crucifixo de metal branco.

Dir-se-ia que aquilo era célula de algum fidalgo vitimado pela revolução.

Ao fundo do quarto, sobre uma cama estreita e sem cortinas, destacava-se a longa figura de Caetano.

Parecia agora muito mais comprido e mais magro; sentiam-se-lhe os ângulos do corpo por detrás do lençol.

O amo, se demora um pouco mais, já não o encontrava com vida.

Assentou-se ao lado da cama e ajudou o moribundo a segurar uma vela de cera, que lhe haviam posto entre as mãos extensas e descarnadas.

Entretanto, o velho agonizava, quase sem o menor movimento de corpo ou a menor contração de rosto.

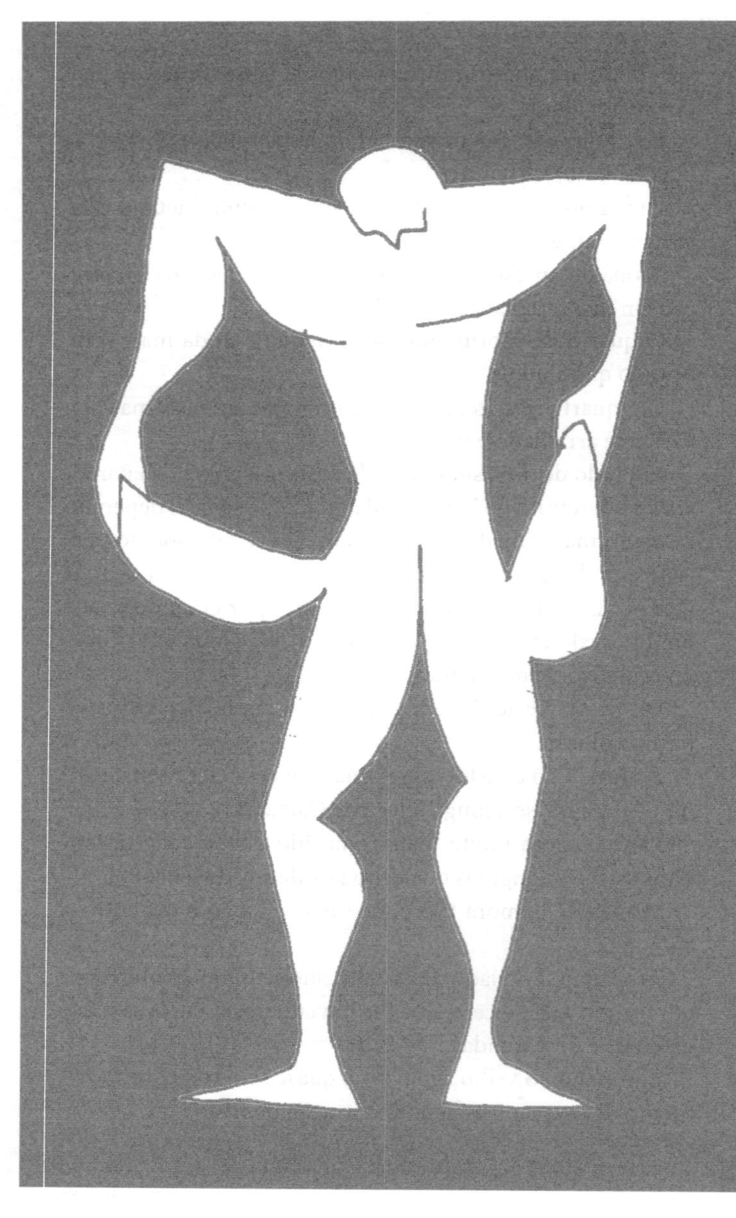

Era uma figura imóvel, hirta, com os membros duros, os olhos cravados no ar, fixos e já turvados pela morte.

O conselheiro debruçou-se sobre ele, disse-lhe em voz baixa algumas palavras de consolação, que não foram ouvidas, e afinal, quando a morte chegou de todo, retirou-se para o seu gabinete, sem conseguir resolver em lágrimas o peso enorme que se lhe fora acumulando por dentro.

XXVIII

Dadas as providências para o enterro do velho Caetano, Teobaldo tomou algumas colheres de caldo e meteu-se na cama, recomendando que não o chamassem.

Passou o dia inteiro na modorra da febre e à noite foi necessário buscar o médico, porque o seu incômodo recrudescia.

O médico examinou-o e declarou que havia uma congestão de fígado. Era, pois, indispensável para o doente evitar todo e qualquer abalo moral e submeter-se a um rigoroso tratamento, sem o que podia sobrevir a hemoptise[1], e a cousa tornar-se então muito mais séria.

Acudiu logo muita gente com a notícia da moléstia de sua Excelência; como, porém, o doutor havia proibido ao enfermo falar a alguém, contentavam-se todos com deixar o cartão de visita; só o Coruja não levou lá o seu nome, porque nunca passava do portão do jardim e entendia-se com os criados inferiores.

Hipólito e dona Geminiana achavam-se então na fazenda e por isso não deram sinal de si.

Todavia, e apesar dos afetados desvelos de tanta gente, a hepatite do senhor conselheiro progredia, agravada agora por uma lesão pulmonar cujos sintomas já se denunciavam.

Ele, muito abatido, o rosto cor de oca, a barba de quatro dias, os olhos fundos e tingidos de amarelo, mostrava-se muito desanimado e com um grande medo de morrer.

O médico ia vê-lo três vezes ao dia e de todas lhe recomendava a mais completa tranquilidade de espírito.

O doente sorria ao ouvir estas palavras.

Uma noite mandou chamar a mulher.

Ela não se fez esperar e correu ao quarto do marido. A enorme transformação, que lhe notara logo ao primeiro golpe de vista, impressionou-a vivamente; contudo quedou-se fria e contrafeita à porta da alcova, como se estivesse defronte de um estranho.

– Branca!...– murmurou ele, volvendo para a esposa os olhos já despidos do primitivo encanto.

– O médico recomendou que lhe não deixassem falar...– respondeu ela, sem sair do ponto em que se achava.

– Venha para junto de mim – pediu o infeliz –; preciso do seu perdão.

Branca aproximou-se dele, recomendando de novo que se calasse.

Teobaldo, quando a sentiu ao alcance de suas mãos, quis abraçá-la. Branca retraiu-se com um movimento espontâneo, no qual só transparecia repugnância.

Ele fechou os olhos e deixou cair a cabeça sobre os travesseiros.

Ela então adiantou-se, arrependida talvez de o haver contrariado, mas soltou logo um grito, porque o marido, sentindo congestionar-se-lhe o sangue no pulmão, erguera-se de súbito, sufocado por uma golfada de sangue.

Era a hemoptise.

O quarto encheu-se de estranhos; uma balbúrdia formou-se em torno de Teobaldo; todos queriam socorrê-lo, mas ninguém o conseguia; o sangue lhe golpejava pelas ventas e pela boca.

O médico, quando entrou daí a nada, declarou-o morto.

XXIX

O FATO, MAL CAIU EM circulação, abalou deveras o público.

Desde as nove horas da manhã notou-se na cidade um movimento anormal de ordenanças a cavalo e de tílburis, que subiam e desciam a todo o trote a praia de Botafogo.

No dia subsequente cada folha, das diárias, trouxe na sua parte editorial um artigo de fundo a propósito do ilustre morto. Tudo que se pode dizer sobre um político e sobre um homem de talento publicou-se a respeito de Teobaldo; publicou-se em tipo grande, entrelinhado e guarnecido das melhores flores de retórica de que dispunham as redações; mas, no que pareciam ajustadas, era em glorificar o falecido como um peregrino exemplo de honestidade e retidão.

"Ainda há bem pouco tempo", dizia um dos jornais mais acreditados, "tinha o insubstituível cidadão que a morte acaba de arrebatar-nos a seu cargo uma das pastas mais rendosas, do ministério, e talvez, afora a da Fazenda, a que melhor se presta a certos manejos de especulação e, no entanto bem ao contrário do que é de costume entre nós, ele morreu pobre, paupérrimo, a ponto de se lhe encontrar em casa apenas um pouco de dinheiro em papel e quase nenhum objeto de valor. Só este fato, pela sua raridade, é mais que o bastante para dar ideia de quem foi Teobaldo Henrique de Albuquerque e colocar o seu nome entre os daqueles que figuram no Panteão da História, cercado de glória, abençoado pela sua geração e eternamente benquisto pela humanidade."

Toda a imprensa se mostrou empenhada em que o governo estabelecesse imediatamente uma pensão à viúva de festejado defunto, e tal foi o entusiasmo que semelhante morte encontrou no público e até entre os colegas do morto que na câmara chegaram a falar em erigir-lhe uma estátua.

Em uma subscrição para este fim aberta, figurava em primeiro lugar a assinatura de Afonso de Aguiar com a quantia de quinhentos mil-réis.

Poucos, muito poucos dos enterros que têm havido no Brasil poderiam rivalizar com o que ele teve.

Parecia que se tratava da morte de um príncipe, tal era o acerto do gosto, a boa disposição artística; tal era a distinção, o luxo aristocrático daquelas cerimônias, que a gente tinha vontade de acreditar que por ali andava o dedo do próprio Teobaldo e que tudo aquilo era obra dele.

Dir-se-ia que de dentro do seu rico caixão, coberto de crepe e engenhosamente entretecido de fúnebres coroas, Teobaldo dirigia o solene préstito[1] que o acompanhava à sepultura. Esperava-se ver a cada momento surgir entre as abas do caixão a cabeça do grande homem de gosto, exclamando para algum soldado que saíra da fileira:

– Mais para a direita! Pra a direita! Em linha!

E, todo aquele reluzir de dragonas e comendas, e todo aquele deslumbramento de fardas bordadas, aquele cintilar de armas em funeral, e mais aquela marcha cadenciada da tropa; tudo se casava admiravelmente com a impressão gloriosa que Teobaldo deixava gravada na alma do povo, desse mesmo povo que ele dominou com a sua encantadora figura de fidalgo revolucionário e com o seu fino espírito de diplomata apaixonado pelas multidões.

*****

Coruja estava na rua, quando lhe deram notícia da morte do amigo.

Ao contrário do que esperavam todos, ele a ouviu sem soltar uma palavra de dor ou derramar uma lágrima; apenas lhe notaram certa contração no rosto e um quase imperceptível sorriso de desdém.

Contudo, atirou-se logo para Botafogo e, quando deu por si, estava defronte da casa do falecido, sem aliás sentir ânimo de levar àquelas magníficas salas em luto o seu pobre tipo farandolesco e miserável.

Acompanhou o enterro de longe, a pé, coxeando como um cão ferido que segue a carruagem do dono.

Ao chegar ao cemitério já as formalidades do estilo estavam cumpridas.

Um coveiro em mangas de camisa socava a sepultura de Teobaldo, e a multidão, que o acompanhara até aí, punha-se em retirada, com pressa, como quem volta de fazer uma obrigação e quer ainda aproveitar o resto do tempo.

Coruja parou cansado e encostou-se numa sepultura, a olhar estranhamente para tudo aquilo.

O cemitério recaía aos poucos na sua pesada sonolência, enquanto os últimos clarões do dia descambavam no horizonte em um rico transbordamento de cores siderais. Já as montanhas ao fundo se cobriam de azul escuro e os ciprestes rumorejavam as primeiras vozes da noite.

Ouviam-se rolar ao longo da rua as derradeiras carruagens que se retiravam e, de espaço a espaço, uma pancada surda e desdobrada pelo eco. Era a maceta do coveiro que socava a terra.

Coruja seguiu, coxeando, a direção dessas pancadas e, chegando à sepultura do amigo, ficou a contemplá-la em silêncio.

– Quer alguma cousa? – perguntou-lhe o coveiro.

– Nada, não, senhor – respondeu André.

– Pois então é andar, meu caro, que são horas de fechar o cemitério!

Com efeito, quando os dous chegaram ao portão, já o guarda os esperava sacudindo as suas chaves.

Coruja, logo que se viu só, encostou-se ao muro do cemitério e começou a soluçar.

Chorou muito, até que um fundo cansaço se apoderou dele voluptuosamente. Sentia-se como que arrebatado por um sono delicioso; mas caiu logo em si, lembrando-se de que já se fazia tarde e naquele dia, distraído com a morte do amigo, descuidara-se da gente que tinha à sua conta.

E manquejando, a limpar os olhos com a manga do casaco, lá se foi, rua abaixo, perguntando a si mesmo "Onde diabo iria, àquelas horas, arranjar dinheiro para dar de comer ao seu povo?..."

Notas

PRIMEIRA PARTE

I

1. *Precatadamente*: cautelosamente.
2. *Desdaí*: desde então.
3. *Embesoirada*: carrancuda.
4. *Amofinava*: aborrecia; sentia-se infeliz.
5. *Mono:* macaco; metáfora para designar um indivíduo feio e desengonçado.
6. *Galhetas*: pequenos vasos de vidro que contêm o vinho ou a água, para o serviço da missa.
7. *Apre!*: interjeição que expressa aborrecimento ou raiva.
8. *Lorpa*: palerma; parvo.
9. *Embirrante*: antipático.
10. *Incontinenti*: imediatamente; prontamente.

II

1. *Fato*: roupa.
2. *Baldado*: inútil; fracassado.
3. *Fusca*: cor escura, parda.
4. *Lustrina*: tecido lustroso, de algodão ou lã.
5. *Canapé*: tipo de sofá.
6. *Estremunhamento*: aspecto de desorientação, típico de quem acorda de repente, ainda dominado pelo sono.

III

1. *Tredas*: falsas; traiçoeiras.
2. *Embandar-se*: unir-se em bando.
3. *Hortelão*: aquele que cultiva uma horta.
4. *Alfarrábio*: livro antigo.

IV

1. *Estroinice*: extravagância; excentricidade.
2. *Sobranceria*: altivez; orgulho; desdém.
3. *Libré*: uniforme de criados da aristocracia.
4. *Alamares*: cordões de tecido ou metal, usados como ornamentos de um vestuário.
5. *Revoluções de Minas*: referência à revolta liberal, liderada pela elite de Barbacena, em junho de 1842, atingindo São João d'El Rei, São José e outras localidades de Minas Gerais. A batalha decisiva ocorreu em Santa Luzia, em agosto, com a derrota dos revoltosos.
6. *Púcaro*: pequeno vaso de barro; caneca.
7. *Toscanejava*: dormitava; cochilava.
8. *No gole*: embriagados.

V

1. *Desinsofrido*: impaciente; agitado.
2. *Dar sebo às canelas*: expressão popular para indicar ligeireza; rapidez.
3. *Revessa*: tortuosa; problemática.
4. *Príncipe regente*: referência ao príncipe Dom João, regente de Portugal, que se tornaria rei Dom João VI após a morte de sua mãe, Dona Maria I, em 1816.
5. *Primeiro imperador*: em 1818, o príncipe regente foi aclamado rei como Dom João VI. Dois anos depois, ocorreu em Portugal a chamada Revolução da cidade do Porto. Os políticos portugueses, entre outras demandas, exigiam o retorno imediato da família real para a metrópole. Diante dessa pressão, Dom João VI voltou para Portu-

gal. Seu filho, o príncipe regente, Dom Pedro, ocupou seu lugar no Brasil. Todavia, logo ficou evidente que os revoltosos portugueses exigiam que o Brasil perdesse a relativa independência política e econômica, conquistada com a vinda da família real para a América Portuguesa. Diante disso, lideranças das províncias do Rio de Janeiro e Minas Gerais começaram a pressionar Dom Pedro para que proclamasse a Independência do Brasil, o que ocorreu em 7 de setembro de 1822. Dom Pedro foi então coroado como primeiro imperador do Brasil.

6. *Guerra da Cisplatina*: conflito armado entre o Brasil e as Províncias Unidas do Rio da Prata. Em causa estava a disputa pela ocupação da então Província da Cisplatina. Deflagrado em 1825, estendeu-se até 1828, quando o Tratado de Montevidéu reconhece a Província Cisplatina como país independente, denominado Uruguai.
7. *Regência*: Dom Pedro I renunciou ao trono do Império do Brasil em 1831 e partiu para Portugal. Em seu lugar, deixou o filho, Pedro de Alcântara, com apenas 5 anos, que deveria assumir o governo quando atingisse a maioridade. Entre 1831 e 1840, o Brasil foi governado por regentes, ou seja, pessoas que governavam em nome do infante. Os nove anos do período regencial foram marcados por muitas revoltas.
8. *Lei de 3 de Dezembro*: promulgada em 1841, consistia na Reforma do Código de Processo Criminal, que favorecia a centralização do poder. Durante o Segundo Império, membros do Partido Liberal lideraram uma série de movimentos armados que ficaram conhecidos como "As Revoltas Liberais de 1842". As reformas propostas pelos partidários do Gabinete Conservador, e consequente enfraquecimento das proposições dos membros do Gabinete Liberal, determinaram a deflagração desses conflitos, ocorridos em Minas Gerais e São Paulo. O movimento teve início em Sorocada, sob o comando do Padre Feijó. Um dos líderes do movimento foi Teófilo Benedito Otoni, em Barbacena, Minas Gerais.
9. *Galhardia*: bravura; coragem; elegância.

10. *Teófilo Otoni (1807-1869)*: jornalista, empresário e político; um dos líderes das Revoltas Liberais de 1842.
11. *Encascado*: endurecido; rigoroso.
12. *Emboabas*: designação atribuída a portugueses e pessoas procedentes de outros lugares do Brasil, que se aventuravam por Minas Gerais em busca de pedras preciosas e ouro.
13. *Estremecer*: amar enternecidamente.
14. *Eusébio de Queirós Coutinho Matoso da Câmara (1812-1868)*: importante magistrado e político. Autor da Lei Eusébio de Queirós, que proibiu a prática do tráfico de escravos no Brasil. Essa lei foi instituída, em 1850, quando ele exercia o cargo de Ministro da Justiça.
15. *Desabrido*: rude; grosseiro.
16. *Desinsofrido*: ver nota 1 do capítulo v, p. 498.
17. *Quinta-essência*: pureza do mais alto grau.
18. *Emalava*: arrumava a mala.
19. *Zumbaia*: cortesia exagerada; bajulação.

VI

1. *Sobraçando*: segurando com o braço.
2. *Esquerdo*: encabulado; desajeitado.
3. *Rezingueira*: resmungona.
4. *Morgado*: herdeiro de bens que, depois da morte do possuidor, não podiam ser divididos e passavam a pertencer ao filho mais velho ou único.
5. *Xarões*: objetos envernizados com laca da China.
6. *Teteias*: bibelôs, pequenos objetos utilizados para enfeitar móveis.
7. *Vezeiros*: acostumados, habituados.
8. *Estalados*: rachados, trincados.
9. *Dom José I (1714-1777)*: coroado rei de Portugal em 1750, cinco anos antes do Terremoto de Lisboa, que destruiu quase toda a cidade, atingiu quase todo o território do país e é considerado um dos mais violentos de que se tem notícia. Durante seu reinado destacou-se como estadista o célebre Marquês de Pombal (1699-1782).

10. *Dona Maria I (1734-1816)*: filha de Dom José I, ficou conhecida como "A Louca". Os sinais de demência tornaram-se notáveis em 1799, quando seu filho, o príncipe Dom João, assumiu a regência do reino.
11. *Oliver Cromwell (1599-1658)*: líder inglês que comandou exércitos na Irlanda, Escócia e Inglaterra na chamada Revolução Puritana, ocorrida entre 1641-1649, com o objetivo de instaurar o sistema político monárquico parlamentar na Inglaterra.

VII

1. *Brida*: rédea; correia presa ao freio de uma cavalgadura, serve para guiar.
2. *Prosápia*: orgulho; vaidade.
3. *Galanice*: elegância.
4. *Serrazina*: maçante; importuno.
5. *Chimpar*: prender.
6. *Matejar*: percorrer o mato.
7. *Robinson Crusoé*: romance do escritor inglês Daniel Defoe (1660-1731), publicado em 1719.
8. *Polvarinho*: utensílio em que se guarda ou carrega pólvora. Grafa-se também polvorinho.
9. *Chumbeiro*: estojo em que se guarda chumbo para munição de uma arma de fogo.
10. *Tirocínio*: local onde se pode exercitar ou praticar alguma habilidade.
11. *Ganga*: tecido de baixa qualidade, geralmente, azul ou amarelo.

VIII

1. *Estopada*: chateação.
2. *Acapu*: árvore de grande porte, com madeira de lei, rija e duradoura, usada em artefatos de alta qualidade.
3. *De alcateia*: à espera; vigilante; alerta.
4. *Ramilhete*: forma variante de "ramalhete"; buquê de flores.
5. *Sorrelfa*: de maneira dissimulada.
6. *Enfardelado*: vestido com a farda, isto é, com a roupa de gala.

7. *Marie Joseph Louis Adolphe Thiers (1797-1877)*: político e historiador francês. Durante o reinado do rei Luís Filipe I, foi por duas vezes Primeiro-Ministro, em 1836 e 1840. Foi Presidente da França de 1870 a 1873, durante a Terceira República Francesa.
8. *Cadeia*: corrente usada para prender o relógio de bolso.

IX

1. *Gamaquiana*: grandiosa.
2. *Pantagruélico*: referência a Pantagruel, protagonista de *Os Horríveis e Espantosos Feitos e Proezas do Mui Célebre Pantagruel*, obra do escritor francês François Rabelais (1494-1553). O apetite de Pantagruel era insaciável, daí advém a expressão "pantagruélico", para referir-se a uma grande quantidade de comida, banquete.
3. *Chibarro*: bode pequeno e castrado.
4. *Laivos*: vestígios.
5. *Ressaibo*: sinal, indício.
6. *Sege*: espécie de carruagem.
7. *Afestoar*: adornar com festões; engrinaldar.
8. *Engranzados*: entrelaçados; encadeados.
9. *Mazurca*: dança de origem polonesa, praticada nos salões da sociedade brasileira no século XIX.
10. Donaire *(francês)*: graça; garbo; elegância.
11. *Torvo*: terrível; triste; sombrio.

SEGUNDA PARTE

I

1. *Derreados*: cansados; extenuados.
2. *No século XIX*, a Rua do Ouvidor, localizada na região central do Rio de Janeiro, abrigava as melhores lojas de artigos finos e vestuário da moda vigente, vindos da Europa; além de cabelereiros, perfumarias,

joalherias e cafés. Era também o lugar onde se concentravam as redações dos jornais e as livrarias.

3. *Chufas*: zombarias, gracejos.
4. Robe de chambre *(francês)*: roupão caseiro, usado sobre o pijama ou a camisola.
5. *Tafularia*: luxo; elegância excessiva.
6. *Trêfega*: inquieta, turbulenta.
7. *Tresandava*: exalava mau cheiro.

II

1. *Arrojara*: arremessara, lançara.
2. *Escola Central*: escola superior militar, estabelecida no Rio de Janeiro em 1858, que está na origem da atual Escola Politécnica da UFRJ.
3. *Explicandos*: alunos particulares.
4. *Donairosos*: garbosos, elegantes.
5. *Provecto*: experiente; conhecedor.

III

1. *Charlatas*: charlatões; trapaceiros; mistificadores.
2. *Pomadistas*: mentirosos; presunçosos.
3. *Pantana*: lodo; pântano; atoleiro; em sentido figurado: pobreza.

IV

1. *Enfrenesiada*: inquieta; rabugenta.
2. *Arremangados*: com as mangas arregaçadas.
3. *Ronceira*: preguiçosa, indolente.
4. *Provisório*: teatro inaugurado em 1852; posteriormente, em 1854, recebeu o nome de Teatro Lírico Fluminense. O prédio foi demolido em 1875.
5. *Não tugir nem mugir (expressão popular)*: permaner calado.

V

1. *Estouvice*: imprudência; leviandade; extravagância.

2. *Esfaimar:* esfomear.
3. *Patuscada*: folia; farra.
4. Au jour le jour *(francês)*: dia a dia; diariamente.
5. *Compulsar*: analisar; examinar.
6. *Solipsismo*: individualismo; egoísmo.
7. *Loureira*: cortesã; meretriz de luxo.
8. Motu proprio *(latim)*: por iniciativa própria.
9. *Pólipo*: tumor.
10. *Marosca*: trapaça, ardil.
11. *Espiga (expressão popular)*: chateação, maçada.
12. *Ressumbrante*: transparente; evidente.

VI

1. *Remansear*: tranquilizar-se; aquietar-se.
2. *Galicismo*: adoção ou adaptação de uma palavra ou expressão francesa à língua vernácula, no caso, a portuguesa.

VII

1. *Pechisbeque*: algo de pouco ou nenhum valor.

VIII

1. *Achego*: auxílio; pequeno rendimento adicional.
2. *Johann Heinrich Pestalozzi (1746-1827)*: pedagogo suíço que propôs um modelo em que os educadores deveriam estimular as crianças a desenvolverem suas habilidades natas.
3. *Friedrich Froebel (1782-1852)*: educador alemão pioneiro ao considerar a primeira infância como uma fase fundamental para a formação dos indivíduos. Criou o primeiro jardim da infância.
4. *Epítome*: exposição sintética de algum tema de interesse educacional.

IX

1. *Alvadia*: esbranquiçada.

2. *Cupê*: tipo de carruagem para dois passageiros.
3. *Sobrolho*: sobrancelha.
4. *Súcia*: bando; cambada; corja.

X

1. *Exprobrava*: criticava; censurava.
2. *Escrínio*: pequeno estojo, geralmente estofado, onde se guardam joias e objetos preciosos; porta-joias.
3. *Pharoux*: hotel luxuoso inaugurado no Rio de Janeiro, em 1816. O prédio foi demolido em 1959.
4. *Manto de seda*: comportamento cerimonioso.
5. Amant de coeur *(francês)*: amante de coração.

XI

1. *Entestar*: confrontar, defrontar.
2. *Duraque*: tecido forte e resistente, muito usado para confeccionar sapatos femininos.
3. *Moscar-se*: sumir; ir embora.

XII

1. *Ginguento*: vocábulo não registrado nos vários dicionários consultados.
2. *Mal-amanhado*: de aparência desagradável.

XIII

1. *Caiporismo*: má sorte; infelicidade.
2. *Pilho*: apanho; possuo.
3. *Exprobrações*: censuras; acusações; críticas.
4. *Opiato (vocábulo caído em desuso)*: pasta de dentes.
5. *Pelintra*: sem-vergonha; debochado.
6. *Soberbia*: manifestação de altivez, soberba, orgulho.
7. *Remanchear*: demorar; retardar, atrasar.

XIV

1. *Catadura*: aparência; aspecto.
2. *Limpar as mãos à parede (antiga expressão popular)*: sentir vergonha do que foi feito.
3. *Estafermo*: estorvo; obstáculo.
4. *Bispar*: perceber; ver de longe.

XV

1. *Bodega*: ordinário.
2. *Rodilha*: trapo.
3. *Encalistrar*: vexar; envergonhar.
4. *Hirsuta*: arrepiada, emaranhada.
5. *Patentear*: evidenciar; mostrar.
6. *Regougou*: rosnou.
7. *Guerra do Paraguai (1864-1870)*: maior conflito armado internacional ocorrido na América do Sul. O Paraguai foi derrotado pela Tríplice Aliança, formada pelo Brasil, Argentina e Uruguai.
8. *Às ave-marias*: designação do catolicismo para as orações rezadas às seis horas da tarde.
9. *Marosca*: ver nota 10 do capítulo v, p. 504.
10. *Pelotica*: Manobra que provoca riso.

XVI

1. *Exórdio*: introdução de um discurso.
2. *Atenazar*: atormentar; torturar.
3. *Couce*: o mesmo que "coice".
4. *Debique*: zombaria; troça.
5. *Sensaboria*: desgosto.
6. *Tílburi*: tipo de carruagem.
7. Soirée *(francês)*: reunião social, festa, sessão de teatro etc., realizadas durante a noite.

XVII

1. *Razão*: livro em que se faz a escrituração contábil dos créditos e débitos.
2. *Teatro D. Pedro II*: inaugurado em 1871, denominou-se Teatro Lírico com a república, até ser demolido em 1934.
3. *Tavolagem*: casa de jogos; forma variante: tabulagem.
4. *Peco*: ignorante.
5. *Rabeca*: instrumento musical de cordas, precursor do violino.
6. *Violeta*: pequena viola.
7. *Franz Peter Schubert (1797-1828)*: célebre compositor austríaco.
8. *Lanceiros*: espécie de quadrilha dançante de origem inglesa, que permitia a participação de muitos pares.
9. *Casimiro de Abreu (1839-1860)*: poeta da segunda geração do romantismo no Brasil.
10. *Afogadilho*: pressa; precipitação.

XVIII

1. *Escabujava*: estrebuchava; esperneava.
2. *Cerviz*: nuca.
3. *Resfolgar*: resfolegar; respirar.
4. *Bufido*: sons expelidos ao bufar.
5. *Griseta*: peça de metal onde se enfia o pavio das lamparinas.
6. *Torcida*: pavio.
7. *Arrevessou*: cuspiu; lançou.

XIX

1. *Empolgou*: agarrou.
2. *Alcazar*: teatro carioca de variedades, com apresentação de operetas, espetáculos leves, divertidos e variados. Suas dependências também acolhiam festas e bailes de máscaras. Inaugurado em 1859, encerrou suas atividades em 1877.
3. *Jacques Offenbach (1819-1880)*: nascido na Alemanha fez carreira de sucesso na França como violoncelista e compositor de operetas.

4. *Cabriolé*: carruagem pequena, leve e ágil.
5. *Vênus (mitologia romana)*: deusa da beleza e do amor. No texto, é metáfora para as belas artistas que se apresentavam no teatro Alcazar.
6. *Desiderato*: desejo.
7. *Arrostaremos*: enfrentaremos.
8. *Inepto*: sem aptidão; inábil; inútil.

XX

1. *Paquete*: navio a vapor.

XXI

1. *Remanchear*: demorar.
2. *Atenazar*: ver nota 2 do capítulo XVI, p. 506.
3. *Estroina*: irresponsável; leviano; perdulário.
4. *Ginja*: antiquado.
5. *Lacre*: substância, geralmente, vermelha, usada para lacrar correspondências ou garrafas.
6. *Bisbórria*: desprezível.

XXII

1. *Denodadamente*: corajosamente; ousadamente.
2. *Ruça*: gasta; envelhecida.
3. *Bisca de sete*: jogo de baralho.

TERCEIRA PARTE

I

1. *Esborcinadas*: que possui a borda danificada.
2. *Esvazamento*: vão; abertura.
3. *Atufam*: atulham; enchem demasiadamente..
4. *Landau*: carruagem de luxo.
5. *Acérrimo*: constante.

II

1. *Cacaréu (ou cacareco)*: traste; coisa velha e sem valor.
2. *Serrazinar*: importunar; incomodar.
3. *Passos de granadeiro (expressão popular)*: rapidez.
4. Cache-nez *(francês)*: cachecol.
5. *Debique*: ver nota 4 do capítulo XVI, p. 506.
6. *Empulhador*: enganador; farsante.

III

1. *Medrar*: brotar; aparecer; crescer.
2. *Tímpano*: campainha usada para chamar os criados.
3. *Gatimanhos*: gesticulação ridícula; trejeito.

IV

1. *Luís Vaz de Camões (1524?-1580)*: o mais importante poeta da língua portuguesa, quer no gênero épico (*Os Lusíadas*, 1572), quer na poesia lírica (*Rimas*, 1595).
2. *Almeida Garrett (1799-1854)*: célebre escritor português, iniciador do romantismo em seu país. Autor de obras importantes no teatro (*Frei Luís de Sousa*, 1843) e na prosa de ficção (*Viagens na Minha Terra*, 1846).
3. *Louvaminheiro*: adulador; bajulador.
4. *Finório*: espertalhão.
5. *Orbe*: mundo; campo; área.
6. *Cotilhão*: dança de salão, semelhante à quadrilha, que, antigamente, costumava terminar um baile.
7. *Copofonia*: música executada por meio de copos de cristal.
8. *Carambola*: no jogo de bilhar, tacada em que uma bola consegue atingir duas outras.
9. *Allan Kardec (1804-1869)*: pseudônimo do educador francês que se dedicou ao estudo de fenômenos paranormais, que resultou na sistematização da doutrina do espiritismo.

10. *Ludwig Büchner (1824-1899)*: cientista alemão, estudioso do materialismo científico.
11. *Ernest Renan (1823-1892)*: célebre escritor francês, autor de *O Futuro da Ciência* (1890), em que rejeita o sobrenatural e faz a apologia da ciência positiva. Seu livro *Vida de Jesus* (1863) esteve entre os mais famosos do século XIX.
12. *Charles Augustin Sainte-Beuve (1804-1869)*: eminente crítico literário francês. Equívoco do autor, pois Sainte-Beuve não era socialista. Provavelmente, Aluísio Azevedo quis se referir a um dos fundadores do chamado socialismo utópico: o filósofo francês Saint-Simon (1760-1825).
13. *Herbert Spencer (1820-1903)*: escritor e pensador inglês, considerado um dos formuladores do chamado evolucionismo social.
14. *Alexander Bain (1818-1903)*: pensador escocês, inovador nos estudos de psicologia em sua época.
15. *Émile Littré (1801-1881)*: pensador francês, autor do famoso *Dicionário da Língua Francesa* (1863).
16. *Auguste Comte (1768-1857)*: filósofo francês, fundador do positivismo.
17. *Louis Jacolliot (1837-1890)*: jurista francês. Seu livro *A Bíblia na Índia* foi publicado em 1869.
18. *Surdir*: emergir; vir à tona.

VI

1. *Os Huguenotes*: ópera composta pelo alemão Giacomo Meyerbeer (1791-1864). A trama descreve o conflito entre os huguenotes (protestantes) e os católicos, ocorrido em Paris, em 1572, que culmina com o chamado "Massacre da Noite de São Bartolomeu", quando milhares de protestantes foram mortos em uma emboscada.
2. *Sócio comanditário*: sócio de empresas em que só é responsável até o limite do capital que empregou.
3. *Dueto de Raul de Nangis e Valentina*: personagens da ópera *Os Huguenotes*. Essa cena transcorre no cemitério de uma igreja, Valentine

uma jovem católica, enamorada de Raoul de Nangts, um huguenote (protestante), tenta persuadir Raoul a fingir-se católico, para ser poupado do massacre. Mas ele resite e prefere a morte a negar sua fé. No desfecho da ópera, os enamorados morrem, sob as ordens dadas pelo pai de Valentine, que não os reconhece na escuridão.

4. *Claque*: chapéu alto; cartola.

VII

1. *Bodega*: reles; ordinário.
2. *Somítico*: avarento; sovina.
3. *Farandolesco*: maltrapilho.
4. *Esquerdo*: desastrado; desajeitado.

X

1. *Exprobrar*: censurar; culpar.

XI

1. *Porfiar*: lutar.

XII

1. *Visconde de Itaboraí*: Joaquim José Rodrigues Torres (1802-1872) foi jornalista, presidente do Banco do Brasil e político (senador, ministro da marinha e da fazenda).

XIII

1. *Gafada*: corrompida.
2. Per si *(latim)*: por si.

XIV

1. *Taralhão*: intrometido.
2. *Bródio*: festa.
3. *X*: moeda de pouco valor.

4. *Esquisitório*: estranho, excêntrico.
5. *Farroupilha*: roto; maltrapilho.

XVI

1. Tapageuse *(francês)*: turbulenta.
2. *Espavento*: assombro; espanto.
3. *A palavra "acabava"* não constava da edição da Garnier, incluímos conforme edição da Martins, pois a frase estava sem sentido.

XVIII

1. *Maroteira*: velhacaria; malandragem.
2. *Recrudesceu*: aumentou; intensificou.

XIX

1. *Pantomimeiro*: mímico; farsante.
2. *Jatancioso*: vaidoso; arrogante.
3. *Parlapatão*: embusteiro; fanfarrão.

XX

1. *Chinfrim*: desordem; confusão.
2. *Safardana*: canalha; pessoa inescrupulosa.
3. *Carraspana*: pileque; bebedeira.
4. *Pituíta*: muco viscoso procedente do vômito ou da expectoração.
5. *Paraty*: cachaça.

XXII

1. *Sobre essa prática de dissolução da Câmara, recorrente no Segundo Império, cabe citar Raymundo Faoro*: "A Câmara dava vibração ao regime, era sua parte popular, popular tendo-se em conta a tênue parcela que se ocupava de política. Réplica da Câmara dos Comuns conquistou, a par de suas funções legislativas, o lugar central da atenção pública, mercê dos poderes de

desfazer gabinetes, ao preço de sua dissolução. De 1840 a 1889 passaram pelo governo 36 gabinetes, com duração média de 1,3 anos. 27 foram derrubados pela Câmara e foi esta nove vezes dissolvida pelo Imperador". Raymundo Faoro, *Machado de Assis: a Pirâmide e o Trapézio*, São Paulo, Companhia Editora Nacional, 1974, p. 97.

2. *José Maria da Silva Paranhos Júnior (1845-1912)*: jornalista, jurista, geógrafo, historiador e diplomata carioca. Recebeu o título de barão do Rio Branco, em 1888. Foi ministro das Relações Exteriores e é considerado patrono da diplomacia brasileira.
3. *Portento*: prodígio; gênio.
4. *Magote*: grupo.
5. *Pulha*: velhaco; calhorda; canalha.
6. *Escrutínio*: voto. No texto, o vocábulo sugere a influência das mulheres sobre o voto do marido. No Brasil, as mulheres conquistaram direito ao voto em 1932.

XXIII

1. *Bestialógico*: discurso sem nexo.

XXIV

1. *Patoteiro*: trapaceiro.
2. *Anátema*: reprovação; condenação.

XXV

1. *Tredas*: fingidas; traiçoeiras.

XXVI

1. *Consolo*: mesinha decorada por bibelôs e outros enfeites.
2. *Contristadora*: triste.
3. *Alvaiade*: cosmético esbranquiçado.
4. *Fátuo*: vaidoso; presunçoso.

XXVIII

1. *Hemoptise*: expectoração de sangue.

XXIX

1. *Préstito*: cortejo; desfile solene.

Vida e Obra de Aluísio Azevedo

Aluísio Tancredo Gonçalves de Azevedo nasceu em 14 de abril de 1857, em São Luís do Maranhão. Seus pais, os portugueses David Gonçalves de Azevedo e Emília Amália Pinto de Magalhães, tiveram cinco filhos, dos quais, além de Aluísio, dois outros enveredaram pelos caminhos literários: Artur Azevedo, conhecido, sobretudo, por seu trabalho como dramaturgo, e Américo Azevedo, que chegou a publicar alguns livros de poesia, mas não se destacou por suas produções.

A mãe do futuro romancista possuía uma seleta biblioteca e se encarregou da educação inicial dos filhos. Em 1852, por iniciativa do pai, foi organizado no Maranhão o Gabinete de Leitura, uma espécie de clube fechado, restrito aos cidadãos portugueses. O local foi, durante décadas, o ponto de encontro dos homens cultos da cidade. David Gonçalves chegou também a escrever um livro sobre a história de Portugal e foi vice-presidente da Sociedade Dramática de São Luís, dado seu grande interesse por teatro.

Nesse espaço acolhedor e estimulante, o pequeno Aluísio e seus irmãos não só representavam obras clássicas de teatro, em salão mandado construir pelo pai especialmente para isso, como encenavam textos escritos por Artur, para os quais Aluísio pintava os cenários, já mostrando seus pendores para as artes plásticas.

Retrato de Aluísio Azevedo

Verificada essa inclinação, sua mãe o estimulou a ter aulas de desenho e pintura. Seus primeiros quadros foram retratos encomendados pela burguesia local, atividade bastante rentável na época em que a fotografia ainda dava seus primeiros passos. No entanto, apesar de todos os cuidados dispensados por dona Emília para a formação dos filhos, Aluísio Azevedo só frequentou a escola formal até os treze anos, quando o pai o empregou como despachante alfandegário no armazém de um amigo da família.

O primeiro livro, *Uma Lágrima de Mulher*, publicado em 1879, foi escrito quando Aluísio Azevedo tinha dezessete anos. Ainda não foi encontrado nenhum artigo que confirme sua colaboração na imprensa maranhense antes de sua primeira estada no Rio de Janeiro, mas acredita-se que Aluísio tenha participado dos encontros de jovens positivistas, como Celso Magalhães e Manuel Bithencourt, que publicavam artigos nos jornais *O Seminário* e *O Domingo*, este último dirigido por Artur Azevedo. O grande alvo dos textos publicados por esses jovens maranhenses era o obscurantismo provocado pela Igreja católica, que impedia o avanço de ideias progressistas. Pode ser que o futuro autor de *O Coruja* tenha participado desse grupo entre os quinze e os dezoito anos, pois só assim se entende a coerência e o conhecimento de causa por ocasião de sua participação no movimento anticlerical, em 1876, no Rio de Janeiro.

Certo é que, até a publicação de *O Mulato*, em 1881, Aluísio não tinha aspirações de tornar-se romancista. Seu desejo era estudar pintura em Roma, mas não obteve o consentimento do pai, que talvez não pudesse custear essa viagem. Continuou a pintar quadros e chegou a dedicar-se a retratar defuntos, além de trabalhar como professor particular, para conseguir o dinheiro necessário e mudar-se para o Rio de Janeiro.

Uma Lágrima de Mulher, *publicado em 1879.*
Capa criada pelo artista Clóvis Graciano, na década de 1950, para a edição da Livraria Martins Editora.

A PRIMEIRA ESTADA NO RIO DE JANEIRO

Aos dezenove anos, Aluísio Azevedo desembarca no Rio de Janeiro, onde permanecerá de 1876 a 1878. Matricula-se na Imperial Academia de Belas Artes e para se sustentar trabalha como chargista em importantes periódicos da época.

As charges e as caricaturas foram amplamente usadas como forma de denunciar os problemas sociais e políticos do Brasil ao longo do Segundo Império e continuaram a sê-lo depois da Proclamação da República. Ângelo Agostini, Rafael Bordalo e Henrique Fleiuss, só para citar alguns, estavam entre os grandes nomes da charge naquela época e Aluísio juntou-se a eles, divulgando seus desenhos em publicações como *O Fígaro*, *O Mequetrefe* e na revista *A Comédia Popular* – nesta última também assinava crônicas, sob o pseudônimo de Lambertini.

Em muitas das charges pode-se constatar a crítica ferrenha contra a monarquia, a Igreja e o partido conservador, em prol do progresso e da república. Em algumas é explícita também a influência do positivismo, como é o caso da intitulada *Visão do Século* XX, uma espécie de alegoria do Juízo Final, publicada em *O Mequetrefe*, em que se vê Auguste Comte combatendo membros do clero.

Outras foram criadas para atacar diretamente o imperador, por exemplo, na intitulada *Um Sonho Oriental*. No primeiro plano dessa charge, vê-se o imperador fumando um narguilé, enquanto da fumaça expelida saem imagens da vida política e econômica do Brasil (anarquia na Câmara, escândalos financeiros, o uso indevido do poder pela Igreja, a dependência das relações exteriores). Representada à esquerda, em tamanho menor, há uma mulher aos prantos, provavelmente simbolizando a pátria.

"Um Sonho Oriental", charge publicada em
O Mequetrefe, *em 19.03.1877.*

Durante esses dois anos e meio em que viveu no Rio de Janeiro, Aluísio Azevedo, além de fazer parte do quadro de chargistas de então, participou de um círculo de intelectuais, artistas e políticos que marcaram a vida cultural e política do país no último quartel do XIX. Desse grupo faziam parte Teixeira Mendes, fundador da primeira igreja positivista do Brasil; Lopes Trovão, futuro deputado republicano; e o abolicionista José do Patrocínio. É provável que o convívio com essas pessoas tenha contribuído para fortalecer suas convicções abolicionistas e republicanas, ideias que, como visto, já estavam presentes em muitas das charges produzidas pelo artista e que serão defendidas em romances escritos posteriormente.

A situação de Aluísio Azevedo como chargista e cronista ia de vento em popa na então capital do Brasil, mas a morte repentina do pai obriga-o a voltar para o Maranhão. Abandonou então suas atividades e retornou à cidade natal para cuidar da mãe e dos irmãos menores, a despeito de essa decisão pesar, e muito, na sua promissora carreira.

DE VOLTA AO MARANHÃO

Ao retornar à terra natal, Aluísio constata que ocorreram algumas mudanças durante os quase três anos em que esteve fora de São Luís: a Biblioteca Popular fora fechada por falta de verba e o Gabinete Português de Leitura estava à beira da falência, embora contasse com cerca de oito mil exemplares em seu acervo. Além disso, apenas três jornais disputavam a preferência do público: *Publicador Maranhense*, *O País* e *Diário do Maranhão*.

No entanto, entre 1878 e 1881, cinco outros periódicos foram criados: *O Futuro*, dirigido por Manuel Bithencourt

Fac-símile *de carta enviada por Aluísio Azevedo à sua mãe, em 12.01.1883, escrita com intuito de tranquilizá-la sobre o lugar onde morava. No trecho acima, descreve a sala, decorada com estátuas de Ariosto, Dante, Byron e Mozart e o retrato dos pais. Nas estantes, os livros dividem o espaço com imagens de Rubens e Augusto Comte. A carta é ilustrada com desenhos para que dona Emília melhor visualize a posição dos objetos.*

para defender suas ideias positivistas; *A Flecha*, lançado por Aluísio Azevedo e João Afonso do Nascimento, em março de 1879, e que circulou até outubro de 1880; *O Pensador*, sob direção de jovens progressistas, entre eles Aluísio Azevedo; e *Pacotilha*, também criado e dirigido pelo escritor e o seu futuro cunhado, Vítor Lobato. Essas publicações formavam uma espécie de plataforma para combater a escravatura e lutar a favor da Proclamação da República. Para defender os interesses católicos e, principalmente, fazer oposição às ideias postuladas por integrantes das outras quatro publicações, membros da diocese inauguraram o semanário *Civilização*.

A participação de Aluísio Azevedo na imprensa local foi intensa nesse período, sobretudo no periódico *Pacotilha*, que chegou a ter uma distribuição de trezentos exemplares por dia. Seus textos denunciam a hipocrisia da sociedade de São Luís do Maranhão, bastante conservadora à época. As disputas constantes entre os jovens positivistas e a Igreja tornavam-se cada vez mais acirradas. Aluísio Azevedo, que inicialmente assinava sob pseudônimo, passou a assumir a autoria das crônicas e artigos que escrevia.

Todavia, não demorou muito para que o escritor e seus amigos começassem a ser vítimas de várias perseguições. Chegou mesmo a ser instaurado um processo contra os idealizadores do jornal *O Pensador*. E a situação ficou ainda mais acirrada depois da publicação de *O Mulato* (1881), obra em que o escritor não apenas faz críticas severas à Igreja e ataca os horrores da escravidão, como também retrata pessoas de seu convívio: padres, alcoviteiras, comerciantes, políticos se veem implicitamente retratados, o que fomenta ainda mais os ataques contra ele.

Durante o período em que voltou a morar em São Luís do Maranhão, além de sua intensa participação na imprensa e da criação do romance *O Mulato*, Aluísio Azevedo também contribuiu ativamente para a produção teatral da cidade. Muitos de seus artigos são em favor dessa manifestação artística. Na companhia de amigos como Vítor Leal e Euclides Faria, o escritor chegou a planejar a construção de um teatro novo, onde só seriam representadas obras realistas, mas o projeto não saiu do papel.

Apesar da intensa participação na imprensa maranhense, as críticas constantes publicadas pelos clérigos no jornal *Civilização* e a boa recepção de *O Mulato* no Rio de Janeiro contribuíram para que o jovem escritor decidisse pela mudança definitiva para a capital do Brasil. Todavia, essa atuação na imprensa maranhense certamente foi decisiva para a sua formação como escritor.

A CONSAGRAÇÃO COMO ROMANCISTA

Uma vez instalado no Rio de Janeiro, Aluísio Azevedo deu início à produção de seu primeiro folhetim, *Memórias de um Condenado*, que, ao ser publicado em livro, recebeu o título de *A Condessa Vésper.* Em 1882, escreve a opereta *A Flor-de-Lis.*

Nesse mesmo ano é publicado o folhetim *Mistérios da Tijuca*, editado em livro sob o título *Girândola de Amores.* Em seguida, escreve *Casa de Pensão* (1884), inspirado em crime ocorrido sete anos antes, que fora intensamente tratado pela imprensa do Rio de Janeiro. O lançamento do romance foi um verdadeiro sucesso: três edições esgotaram-se rapidamente no mesmo ano de lançamento. Em 1884, adaptou *O Mulato* para o teatro e produziu o folhetim *Filomena Borges*, publicado pelo jornal *Gazeta*, que também teve versão do escritor para o teatro.

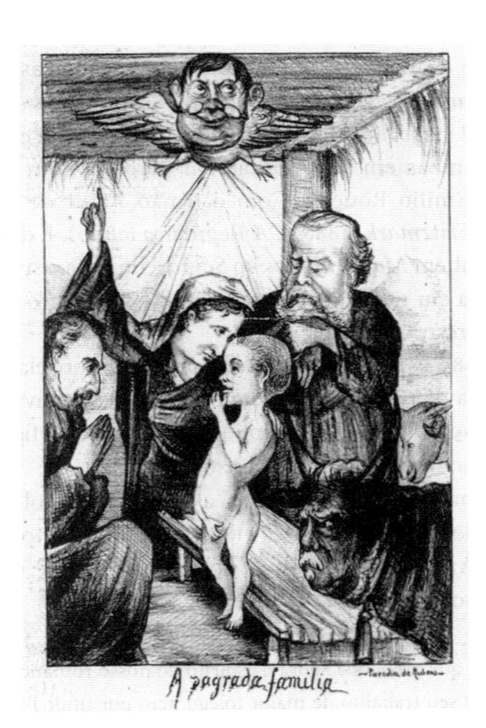

A charge foi feita durante a segunda regência da princesa Isabel, que ocorreu entre 1876 e 1877. Por isso, nessa imagem, uma explícita paródia da pintura A Sagrada Família, *de Rubens, Aluísio Azevedo retrata a regente no centro da imagem. D. Pedro II parece adormecer, apoiado no cajado, uma crítica mordaz à ausência explícita do imperador, que na altura estava em viagem. À esquerda, vê-se o Conde D' Eu (Príncipe consorte e marechal do exército). Luís Alves de Lima e Silva, o Duque de Caxias, é representado como um boizinho de presépio, pois na época era o chefe do governo conservador, mas assuimindo um posto apenas simbólico. Quem ditava as regras era na verdade João Maurício Wanderley, o barão de Cotegibe. Charge publicada em* O Mequetrefe, *n. 94, Rio de Janeiro, 25 de abril de 1877.*

Como dramaturgo, escreveu também as peças *Venenos que Curam*, posteriormente intitulada *Lição para Marido* (1885), *O Caboclo* (1886), *Um Caso de Adultério* e *Em Flagrante*, ambas em 1890, todas em parceria com o amigo francês Emílio Rouède. Com o irmão Artur de Azevedo assinou *Fritzmark* (1888) e *A República* (1890). É de sua autoria também *Macaquinhos no Sótão*, comédia em três atos, encenada em 1887, que posteriormente recebeu o título *Os Sonhadores*.

Em 1885, escreve *Matos, Malta ou Mata?*, novela policial, publicada na revista *A Semana* e só editada em livro na década de 1980. Talvez isso explique o fato de não figurar em muitas biografias e cronologias sobre o autor.

O romance *O Coruja* começa a figurar como folhetim no rodapé do jornal *O Paiz*, em 1885. É neste mesmo ano que Aluísio Azevedo divulga nota sobre o projeto de urdir um ciclo de romances:

> A obra que preocupa agora o espírito do nosso romancista, e que será talvez seu trabalho de maior fôlego, tem por título "Brasileiros Antigos e Modernos" e consta de cinco livros, do tamanho cada um de "Casa de Pensão", a saber: 1. O Cortiço, 2. A Família Brasileira, 3. O Felizardo, 4. A Loureira, 5. A Bola Preta. Esta obra, unida por uma teia geral que atravessa desde o primeiro até ao último livro, representará todavia cinco romances, perfeitamente completos, cada um dos quais poderá ser lido em separado. A ação principia no tempo da Independência e acabará, segundo espera o autor, pelos meados do ano que vem, ou talvez do imediato, isto é, começa em 1820 e acaba em 1887[1].

1. Raimundo de Menezes, *Aluísio Azevedo, Uma Vida de Romance*, São Paulo, Livraria Martins Editora, 1958, pp. 211-212.

Ainda que o ciclo de romances tenha malogrado, Aluísio utilizou parte das ideias nas obras *O Coruja*, *O Homem* e, principalmente, em *O Cortiço*. Em *O Homem*, o tema da histeria organiza a estrutura do romance, cujo núcleo principal repousa na evolução da doença de Madalena. Lançado em 1887, o livro provocou enorme controvérsia.

Alguns críticos consideram que foi durante essa produção que o autor radicalizou sua visão estética, aderindo mais abertamente ao modelo do romance experimental, teorizado por Zola. Fato é que foi um verdadeiro sucesso de vendagem: três edições de mil e novecentos exemplares esgotaram-se entre outubro e dezembro de 1887. Logo depois da publicação de *O Homem*, vem a lume uma reedição de *O Mulato*. Um ano depois, lança *O Cortiço*, considerado pela crítica seu melhor romance, e *O Coruja* recebe a terceira edição, agora pela Editora Garnier Frères.

Apesar do sucesso de público alcançado com sua vasta produção, o escritor continuou a produzir folhetins para manter-se financeiramente. Escreve *A Mortalha de Alzira*, na *Gazeta de Notícias*, sob o pseudônimo Vítor Leal, em 1891. Interessante observar que Aluísio até então assinava todas as suas produções, mesmo as folhetinescas. Talvez, nesse ponto da carreira, já assumidamente um seguidor da estética naturalista, pretendesse não misturar a qualidade alcançada com a escrita de *Casa de Pensão* e *O Cortiço* com obras escritas ao correr da pena para garantir a subsistência material.

Em carta destinada a Afonso Celso, em 25 de novembro de 1884, o escritor solicita ao amigo, então deputado geral por Minas Gerais, alguma colocação em cargo público. Aluísio Azevedo, no entanto, não conseguiu o tão almejado emprego público, condição que favoreceu a produção de muitos escritores da segunda metade do XIX, como Macha-

No primeiro semestre de 1885 Aluísio Azevedo escreve Mattos, Malta ou Matta?, *novela policial, publicada na revista* A Semana, *obra que só foi editada em livro em 1985, e por isso não figura em muitas biografias e cronologias sobre o autor.*

do de Assis, Joaquim Manuel de Macedo e Artur Azevedo. Mas chegou a ocupar, por seis meses, em 1891, o cargo de oficial-maior da secretaria de negócios do governo do estado do Rio de Janeiro. Todavia, o escritor foi exonerado tão logo Floriano Peixoto assumiu a presidência da república no lugar do marechal Deodoro da Fonseca. Tal dificuldade de conseguir um emprego público pode ter sido reflexo de suas posições políticas explicitamente defendidas tanto na imprensa como no teatro.

Em 1893, vem a lume o livro de contos *Demônios*, que já estava há algum tempo nas mãos do editor. Seu último romance, *Livro de uma Sogra*, é editado pela Garnier em 1895. Neste mesmo ano, presta concurso e é nomeado vice-cônsul. Dois anos depois de ingressar na diplomacia, Aluísio Azevedo vende os direitos de suas obras completas para a Garnier, que publica a antologia de contos *Pegadas* (1898), que incluía sete contos já presentes em *Demônios*, alguns bastante modificados, acompanhados de textos inéditos.

O DESAFIO DE VIVER DA PRÓPRIA PENA

Apesar de ter escrito somente até os 37 anos, idade em que abraçou a carreira diplomática, poucos romancistas de sua geração alcançaram sua popularidade durante o período de produção. Ao longo de toda a sua carreira literária, Aluísio Azevedo não mediu esforços para dar visibilidade às suas publicações. Para isso, anunciava seus lançamentos, inventando situações para aguçar a curiosidade do público e criar expectativas sobre o romance que logo viria a lume. Fato é que Aluísio Azevedo não só foi um dos primeiros a ver a produção literária como produto de mercado, como o único de sua geração a considerar o trabalho de roman-

ALUIZIO AZEVEDO

DEMONIOS

Les meilleurs livres sont ceux que chaque lecteur croit qu'il aurait pu faire; la nature, qui seule est bonne, est toute familière et commune.

PASCAL — PENSÉES.

S. PAULO

TEIXEIRA & IRMÃO — EDITORES

65 — RUA DE S. BENTO — 65

1893

Em 1893, vem a lume o livro de contos Demônios *pela Teixeira & Irmão editores.*

cista como atividade principal, à qual se dedicava quase exclusivamente.

Conta Orna Messer Levin que, quando da publicação de *O Mulato*, o escritor redigiu uma crônica, publicada no jornal *Pacotilha*, na qual anunciava a chegada de um ilustre advogado, doutor Raimundo, protagonista do romance, em São Luís do Maranhão. Com esse expediente criou uma criatura puramente literária, mas as pessoas à época chegaram a acreditar que o tal doutor Raimundo fosse real[2].

Outro exemplo do empenho de Aluísio Azevedo na divulgação de sua obra foi o fato de três edições de *O Homem* esgotarem-se em meses, em 1887. Favoreceram alguns expedientes promocionais como anunciar o romance na *Gazeta da Tarde*, onde trabalhava; organizar uma conferência pública, em que trechos do romance foram lidos por Coelho Neto para um auditório lotado; além da adaptação do romance para o teatro. As mesmas técnicas promocionais foram utilizadas quando da publicação de *O Cortiço*. A notoriedade da venda do romance *O Homem* foi determinante para que, em seguida, o escritor assinasse com a Garnier contrato para reedição de *O Mulato*, *O Coruja* e *Casa de Pensão*.

A despeito de todos expedientes usados por Aluísio e seus amigos para divulgar suas obras e do significativo sucesso de vendas à época, os ganhos do autor estavam longe do que conseguia, por exemplo, seu irmão Artur Azevedo com suas peças teatrais.

Soma-se a isso o fato de que não se pagava direito autoral para os romances franceses e portugueses vendidos no país, portanto, as obras de escritores europeus eram tradu-

2. Cf. Orna Messer Levin (org.), *Aluísio Azevedo. Ficção Completa*, vols. I e II, Rio de Janeiro, Aguilar, 2005, p. 25.

zidas, adaptadas e difundidas no Brasil sem que tradutores recebessem o menor direito autoral. Essa prática dificultava ainda mais a edição e difusão de obras de escritores nacionais, pois os poucos editores e donos de jornais davam prioridade às traduções e adaptações, que lhes saíam muito mais baratas. Portanto, não era incomum que os próprios escritores bancassem as primeiras edições de suas obras, que raramente passavam de trezentos exemplares. Não é preciso dizer que isso dificultava sobremaneira a difusão do livro.

Além disso, não havia qualquer legislação que garantisse aos escritores brasileiros direito sobre a produção e difusão de seus livros, que tinham de contar com leitores expostos à literatura estrangeira, sobretudo francesa e portuguesa, para escolher as próprias leituras. Em resumo, os escritores brasileiros do final do XIX tinham visíveis dificuldades de viver da própria pena.

UMA ESCRITA EMPENHADA

Aluísio Azevedo produziu sua obra no momento em que o Brasil passava por grandes transformações. No campo da política dava-se a passagem do regime monárquico para o republicano; na área econômica, o trabalho do negro escravizado era substituído pela mão de obra assalariada, sobretudo dos imigrantes. Essas mudanças refletiam fortemente no quadro social e podem ser percebidas em muitas passagens de seus textos.

Na obra *Literatura como Missão*, em que Nicolau Sevcenko parte da literatura de Euclides da Cunha e Lima Barreto para traçar um panorama histórico e cultural no Brasil da *Belle Époque*, há significativas reflexões sobre a produção intelectual dos escritores no último quartel do XIX. Segundo ele:

Nesta charge vê-se claramente a percepção aguçada que Aluísio Azevedo tinha dos problemas que acometiam o Brasil. Três momentos distintos da nação são representados. No primeiro, sob o título "Idade de Ouro", com a data de 1500, vê-se um indígena e lê-se: "A liberdade é a vida". Na imagem à direita, intitulada "Idade de Bronze", datada de 1822, o chargista ilustra D. Pedro I, montado em seu cavalo, como geralmente é representado no dia da Proclamação da Independência, mas pisoteando o povo, acorrentado, com os bolsos vazios, e a legenda: "A independência é uma mentira". No centro da charge, sob a data 1877, lê-se "Idade da Folha de Flandres", e vê-se um homem, corrompido pela política (representada por uma mulher luxuriosa) e a igreja (representada por um padre), como síntese daquele momento histórico têm-se: "A civilização do Brasil é o vício". Charge publicada em O Mequetrefe, *n. 94, Rio de Janeiro, 19 de março de 1877.*

A palavra de ordem da então "geração modernista de 1870" era condenar a sociedade "fossilizada" do Império e pregar as grandes reformas redentoras: "a abolição", "a república", a "democracia". O engajamento se torna a condição ética do homem de letras[3].

Aluísio Azevedo integrava esse grupo de escritores que, por meio do texto ficcional ou jornalístico, defendia ideias abolicionistas, liberais e republicanas. Todavia, de acordo com Nicolau Sevcenko, foi justamente essa predisposição temática e política, assumida por esses pensadores e artistas brasileiros, que permitiu o florescimento de "um ilimitado utilitarismo intelectual tendente ao paroxismo de só atribuir validade às formas de criação e reprodução cultural que se instrumentalizassem como fatores de mudança social" (p. 99). Para alcançar essa meta, a cultura europeia gozava da vantagem de ser o único padrão de pensamento que tinha validade como modelo para iniciativas de modernização de sociedades tradicionais, como era o caso da brasileira naquele momento.

No entanto, a despeito dos embates travados por esses intelectuais e artistas nos jornais, livros ou cátedras – tanto em prol da Abolição, ocorrida em maio de 1888, como em defesa da República –, eles não foram eleitos como líderes da nação para as reformas que defendiam. Tampouco houve participação popular em tais movimentos, malgrado os esforços por eles empreendidos. No caso da abolição da escravatura, a participação limitou-se aos festejos, mas nada foi feito concretamente para a melhoria de vida dos libertos.

3. Nicolau Sevcenko, *Literatura como Missão: Tensões Sociais e Criação Cultural na Primeira República*, São Paulo, Companhia das Letras, 2003, p. 97.

Charge publicada em O Mequetrefe. *Rio de Janeiro, 10.04.1877. Nela, vê-se o general Duque de Caxias golpeando com uma lança um representado povo crucificado, enquanto o imperador joga dados com um clérigo ao fundo. Abaixo da imagem lê-se: "E o povo... o povo também é rei como Jesus! Para beber o fel para morrer na cruz!"*

Mesmo por ocasião da Proclamação da República, ocorrida um ano e meio depois da Abolição, a participação popular não correspondeu ao idealizado pela maioria dos intelectuais e escritores da época, favoráveis às reformas políticas e sociais.

AS ATIVIDADES CONSULARES

Recapitulando, durante os quase dezessete anos em que se dedicou à literatura, Aluísio Azevedo escreveu onze romances, uma novela policial, várias peças de teatro, duas antologias de contos e inúmeros artigos em jornais e revistas.

Desgostoso com o pouco rendimento que obtinha com a venda de seus livros, resolveu prestar exames para ingressar na carreira diplomática, no intuito de ter mais tempo para dedicar-se à escrita criativa.

No entanto, em algumas cartas escritas aos amigos, Aluísio Azevedo deixa transparecer que o excesso de trabalho burocrático não lhe permitia o tempo necessário para dedicar-se, como gostaria, à literatura:

> [...] do ofício de cônsul só os ossos têm cabido em partilha, apesar de habilitado pela respeitável congregação examinadora da Secretaria para cônsul de carreira não honorário – um susto e uma carreira é que parece o que fizeram comigo.
>
> (Carta dirigida de La Plata a Lúcio de Mendonça, em 26 de dezembro de 1900.)

Os consulados do Brasil não são como os de Portugal, por exemplo, quando nosso governo faz algum cônsul, quer para aí o trabalhinho ou reclama que lhe despejem o lugar. Isso não é como era o consulado de Eça de Queirós em Bristol, para onde ele foi mandado, não para desunhar em ofícios e legalizações de papelada de navios, mas para ter tempo folgado e farto para escrever seus adoráveis livros.

(Carta enviada para Figueiredo Pimentel, de Cardiff, datada de 5 de julho 1905.)[4]

Fato é que Aluísio Azevedo, realmente, jamais voltou a escrever com o furor que o impulsionou durante os anos de intensa produção, mas deixou uma coletânea de impressões de viagens, escritas durante sua estada em Yokohama, que foram publicadas somente em 1984, sob o título *O Japão*.

Sua correspondência com Afrânio Peixoto também registra desejo não consumado de escrever um romance sobre uma personagem misto de Dom Quixote e Antônio Conselheiro, que, movido pela fé, acabaria sendo martirizado. Tal correspondência documenta ainda o envio de livros por Afrânio Peixoto para subsidiar as pesquisas de Aluísio, mas não encontramos quaisquer outras informações sobre a produção de tal obra nos livros pesquisados. De qualquer forma, fica a certeza de que o prolífico romancista que fora um dia sofreu a angústia da não escrita.

Como cônsul, Aluísio Azevedo trabalhou em Vico, La Plata, Salto Oriental, Yokohama, Cardiff, Nápoles, Assunção e Buenos Aires, onde faleceu, em 21 de janeiro de 1913, de uma crise cardíaca, em consequência de sequelas deixadas por um atropelamento sofrido em agosto de 1912.

4. Aluísio Azevedo, *Touro Negro*, São Paulo, Livraria Martins Editora, 1961, pp. 137 e 156.

Capa de O Japão, *coletânea de impressões de viagens, escritas durante a estada de Aluísio Azevedo em Yokohama.*

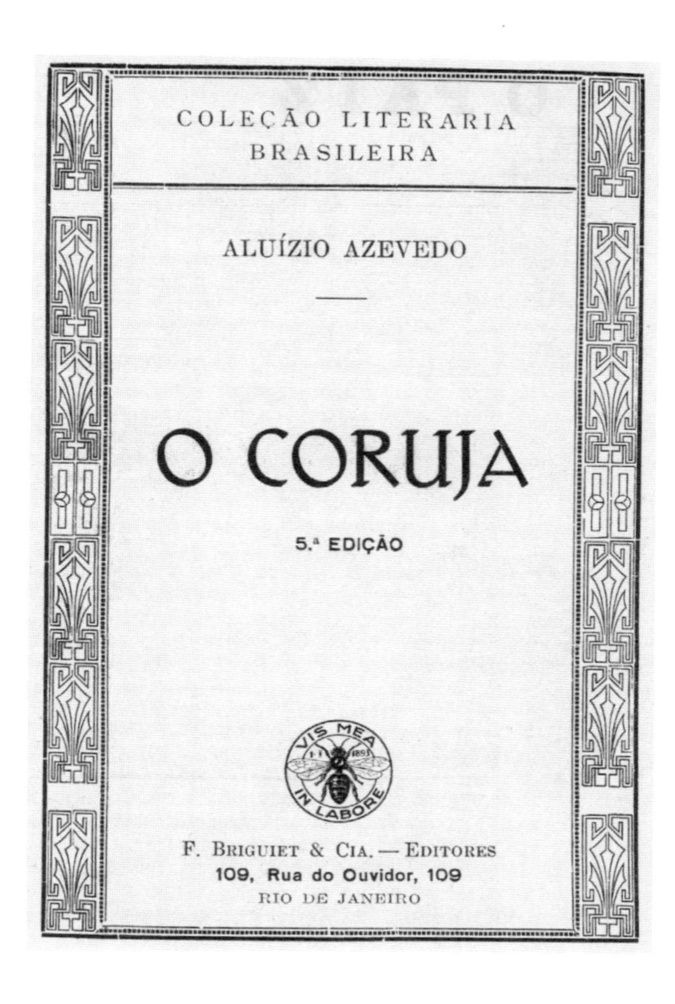

Capa do romance O Coruja *lançado em 1940, pela Briguiet & Cia., quando a loja Garnier e os direitos sobre as obras de vários escritores brasileiros foram vendidos para Ferdinand Briguiet e Companhia, em 1934.*

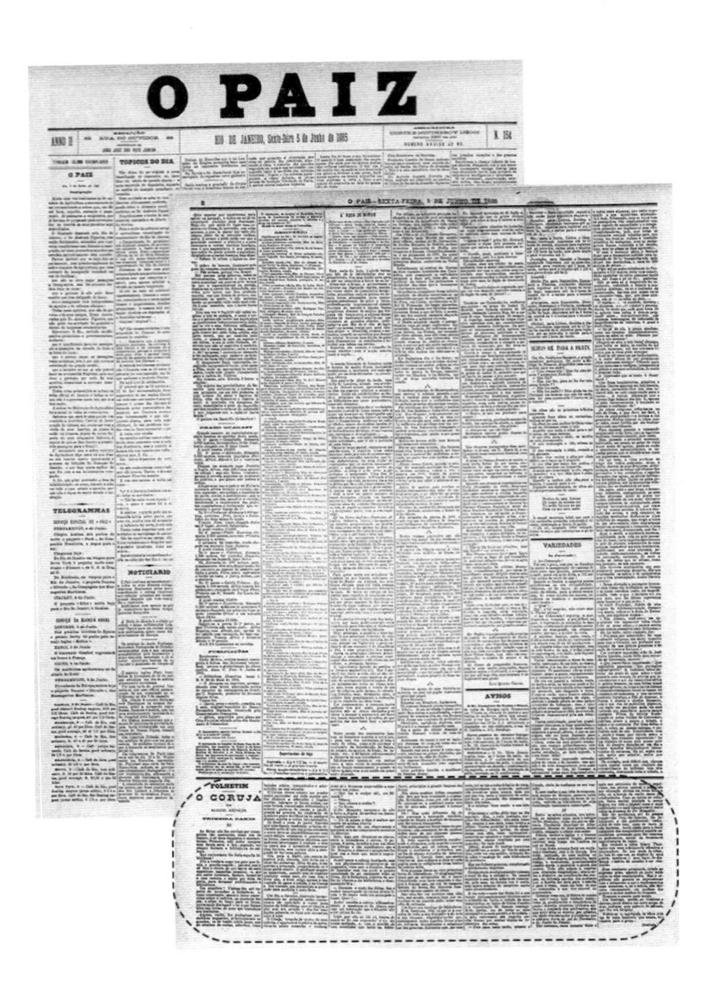

O PAIZ

ANNO II — RIO DE JANEIRO, Sexta-feira 5 de Junho de 1885 — N. 154

TOPICOS DO DIA

O PAIZ

TELEGRAMMAS

NOTICIARIO

O PAIZ—SEXTA-FEIRA, 5 DE JUNHO DE 1885

PUBLICAÇÕES

VARIEDADES

AVISOS

FOLHETIM

O CORUJA

PRIMEIRA PARTE

Páginas do jornal O Paiz, *onde foi publicado o folhetim* O Coruja, *de 2.06.1885 a 12.10.1885.*

Obras do Autor

ROMANCES

Uma Lágrima de Mulher, São Luís, 1879. Rio de Janeiro, H. Garnier, 1899.

O Mulato, Maranhão, Tipografia *Do País*, 1881. Rio de Janeiro, H. Garnier, 1889.

Memórias de um Condenado, em folhetim na *Gazetinha*, 1882. 1ª ed. Ouro Preto, Tipologia do Liberal Mineiro, 1886. 2ª ed., com o título *Condessa Vésper*, Rio de Janeiro, H. Garnier 1902.

Mistério da Tijuca ou *Girândola de Amores*, em folhetim na *Folha Nova*, 1882. 1ª ed. Rio de Janeiro, H. Garnier, 1902.

O Coruja em folhetim do jornal *O Paiz*, 1885. 1ª ed. Rio de Janeiro, oficina de litografia Mont'Alverne, 1887. 2ª ed. Rio de Janeiro, Magalhães & Cia., 1894. 3ª ed. Rio de Janeiro B. L. Garnier, 1890, 4ª ed. Rio de Janeiro H. Garnier, 1895.

O Cortiço, Rio de Janeiro B. L. Garnier, 1890. 2ª ed. Rio de Janeiro, H. Garnier, 1896.

O Homem, 1ª ed. Rio de Janeiro, Tipologia de Adolfo de Castro Silva & C., 1887. 2ª ed. Rio de Janeiro, H. Garnier, 1896.

Casa de Pensão, saiu em folhetim na *Folha Nova*, 1883. 1ª ed. Rio de Janeiro, Tipologia Militar de Santos & C., 1884. 2ª ed. *Casa de Pensão. Tipos e Fatos*, Rio de Janeiro, Faro & Lino editor, 1884, 3ª ed. Rio de Janeiro, H. Garnier, 1897.

A Mortalha de Alzira, em folhetim na *Gazeta de Notícias*, sob o pseudônimo de Vítor Leal. 1ª ed. Fauchon & C.; 2ª ed. H. Garnier, 1894.

Livro de uma Sogra, 1ª ed. Rio de Janeiro, Domingos de Magalhães, 1895, 2ª ed. H. Garnier, 1897.

O Esqueleto (*Mistérios da Casa Bragança*), 1ª ed. Tipografia da *Gazeta de Notícias*, 1890, sob o pseudônimo de Vítor Leal.

Filomena Borges, 1ª ed. Rio de Janeiro Tipografia da *Gazeta de Notícias*. Saiu antes em folhetins, nesse jornal.

A Filha de S. Excia., inédito. *A Vida Moderna* refere-se a esse romance, afirmando que ia ser publicado em fascículos.

CONTOS

Demônios, 1ª ed. São Paulo, Teixeira & Irmão, 1893.

Pegadas, 1ª ed. Rio de Janeiro, H. Garnier, s.d.

TEATRO

A Flor de Lis, ópera-cômica em 3 atos, em colaboração com Artur Azevedo. Música de Leon Vasseur. Galeria Teatral. 1ª ed. Rio de Janeiro, Domingos de Magalhães, 1882. Representada pela primeira vez no Teatro Santana, em 26 de outubro de 1882.

O Mulato, drama em 3 atos, representado no Teatro Recreio Dramático.

Os Sonhadores (*Macaquinhos no Sótão*), comédia em 3 atos, 1887, representada no Teatro Santana.

Filomena Borges, comédia em 1 ato, 1884, representada no Teatro Príncipe Imperial.

Casa de Orates, em colaboração com Artur Azevedo, comédia em 3 atos, representada no Teatro Santana em 1882; publicada na *Revista de Teatro*, nº 289 janeiro-fevereiro, 1956.

Fritzmarck, revista fluminense de 1888, em prosa e verso, em 1 prólogo, 3 atos e 17 quadros, música de Leocádio Rayol. 1ª ed. Rio de Janeiro, Luís Braga Júnior, editor, 1889, em colaboração com

Artur Azevedo, representada no Teatro Variedades Dramáticas, em 1º de maio de 1889.

A República, revista do ano, também com Artur Azevedo, 1890, representada no Teatro Variedades Dramáticas.

Venenos que Curam, comédia em 4 atos com Emílio Rouède, 1883, representada no Teatro Lucinda.

O Caboclo, drama em 3 atos, também com Emílio Rouède, representada no mesmo teatro, em 1886.

Um Caso de Adultério, drama em 3 atos, com Emílio Rouède, 1891, inédita, representada no Teatro Lucinda.

Em Flagrante, comédia em 1 ato, com Emílio Rouède, representada em 1891, no mesmo teatro.

Os Doudos, comédia em 3 atos, em verso, colaboração de Artur Azevedo. Publicado na íntegra na *Revista de Teatro*, n. 289, janeiro e fevereiro de 1956.

As Minas de Salomão, fantasia em 5 atos, mencionada por Artur Mota.

O Inferno, fantasia em 3 atos, com Emílio Rouède, inédita.

A Mulher, drama fantástico, inédito.

Fluxo e Refluxo, facécia em 3 atos, escrita em Salto Oriental, em 1903, e publicada no Almanaque Garnier, 1905.

Lição para Maridos, comédia em 4 atos, em colaboração em Emílio Rouède.

O Abismo, drama em 5 atos e 11 quadros. Traduzido de Charles Dickens.

Triboulet, tradução do *Le roi s'amuse*, drama em 5 atos, de Vítor Hugo, em alexandrinos rimados, com a colaboração de Olavo Bilac.

Alma no Prego, fantasia em 3 atos e 14 quadros.

JORNAIS E REVISTAS

Colaborou na "Comédia Popular", "Mequetrefe", "O Pensador", "Pacotilha", "Revista Americana", "O Álbum", "Gazeta Literária",

"Gazetinha", "Folha Nova", "Gazeta de Notícias", "A Semana", "Almanaque Brasileiro Garnier", "Revista da Academia Brasileira de Letras" etc.

COLETÂNEA PÓSTUMA

O Touro Negro, coletânea de artigos e epistolário.
O Japão, 1984.

Referências Bibliográficas

Azevedo, Aluísio. *O Coruja*. 5ª ed. Rio de Janeiro, H. Garnier, 1898.

______. *O Coruja*. São Paulo, Martins, 1954.

______. *O Coruja*. Prefácio de Raimundo de Menezes. São Paulo, Livraria Martins Editora, 1963.

Bakhtin, Mikhail. "O Romance de Educação na História do Realismo". *Estética da Criação Verbal*. São Paulo, Livraria Martins Editora, 2010.

Bosi, Alfredo. *Céu, Inferno*. São Paulo, Duas Cidades/Editora 34, 2003.

Candido, Antonio. *O Discurso e a Cidade*. São Paulo/Rio de Janeiro, Duas Cidades/Ouro sobre Azul, 2004.

Coutinho, Afrânio & Coutinho, Eduardo de Faria. *A Literatura no Brasil: Era Realista, Era de Transição*. São Paulo, Global, 1997.

Goethe, Johann Wolfgang von. *Os Anos de Aprendizado de Wilhelm Meister*. São Paulo, Editora 34, 2009.

Gomes, Eugênio. *Aspectos do Romance Brasileiro*. Salvador, Progresso, 1958.

Hallewell, Laurence. *O Livro no Brasil: Sua História*. São Paulo, Queiroz/Edusp, 1985.

Júnior, Araripe. *A Obra Crítica de Araripe Júnior*. vol. 1. Rio de Janeiro, Casa de Rui Barbosa, 1958.

Kayser, Wolfgang. "A Estrutura do Gênero". *Análise e Interpretação da Obra Literária*. São Paulo, Livraria Martins Editora, 1976.

Lukács, Georg. *A Teoria do Romance*. Tradução de Alfredo Margarido. Lisboa, Editorial Presença, [s/d].

______. "Posfácio". In: Goethe, Johann Wolfgang von. *Os Anos de Aprendizado de Wilhelm Meister*. São Paulo, Editora 34, 2009.

Maya, Alcides. "Discurso Proferido na Sessão Solene Extraordinária do Dia 21 de Julho de 1914 na Academia Brasileira de Letras". Disponível em: http://www.academia.org.br/abl/media/Tomo%20I%20-%201897%20a%201919.pdf. Acesso em: janeiro de 2017.

Mass, Wilma Patrícia. *O Cânone Mínimo do* Bildungsroman *na História da Literatura*. São Paulo, Editora da Unesp, 1999.

Mazzari, Marcus. *Romance de Formação em Perspectiva Histórica*: O Tambor de Lata *de Günter Grass*. São Paulo, Ateliê Editorial, 1999.

______. *Labirintos da Aprendizagem: Pacto Fáustico, Romance de Formação e Outros Ensaios de Literatura Comparada*. São Paulo, Editora 34, 2010.

Menezes, Raimundo de (Prefácio). *O Coruja, de Aluísio Azevedo*. São Paulo, Livraria Martins Editora, 1963.

Mérian, Jean-Yves. *Aluísio Azevedo: Vida e Obra (1857-1913)*. Rio de Janeiro, Espaço e Tempo, 1988.

Miguel-Pereira. Lúcia. *História da Literatura Brasileira*, vol. xii. Rio de Janeiro, José Olympio, 1957.

Milliet, Sérgio. *Introdução ao Romance* O Cortiço, *de Aluísio Azevedo*. São Paulo, Livraria Martins Editora, 1959.

Moises, Massaud. *História da Literatura Brasileira: Realismo e Simbolismo*. São Paulo, Cultrix, 2001.

Montello, Josué. "A Ficção Naturalista" In: Coutinho, Afrânio e Coutinho, Eduardo de Faria (orgs.). *A Literatura no Brasil: Era Realista, Era de Transição*. São Paulo, Global, 1997, p. 75.

______. *Aluísio Azevedo: Trechos Escolhidos*. Rio de Janeiro, Agir, 1969.

Oliveira, Franklin. "Aluísio Azevedo". *Literatura e Civilização*. Rio de Janeiro, Difel/mec 1978.

Prado, Antonio Arnoni. "Aluísio Azevedo e a Crítica". In: Azevedo, Aluísio. *Ficção Completa em Dois Volumes*. Rio de Janeiro, Nova Aguilar, 2005.

Schopenhauer, Arthur. "O Mundo como Vontade e Representação". *Schopenhauer*. Coleção Os Pensadores. São Paulo, Abril, 1980.

______. *Sobre o Fundamento da Moral*. Maria Lúcia Mello e Oliveira Cacciola (trad.). São Paulo, Martins Fontes, 2001.

Sevcenko, Nicolau. *Literatura como Missão: Tensões Sociais e Criação Cultural na Primeira República*. São Paulo, Companhia das Letras, 2009.

Silva, M. Nogueira da. "Prefácio da 6ª Edição". In: Azevedo, Aluísio. *O Coruja*. São Paulo, Martins, 1954.

Sodré, Nelson Werneck. *História da Imprensa no Brasil*. São Paulo, Martins Fontes, 1983.

______. *O Naturalismo no Brasil*. Belo Horizonte, Oficina de Livros, 1992.

Veríssimo, José. *História da Literatura Brasileira: de Bento Teixeira (1601) a Machado de Assis* (1908). Rio de Janeiro, Topbooks, 1998.

Coleção Clássicos Ateliê

A Carne, Júlio Ribeiro
Apresentação e Notas: Marcelo Bulhões

A Cidade e as Serras, Eça de Queirós
Apresentação: Paulo Franchetti
Notas e Comentários: Leila Guenther

A Ilustre Casa de Ramires, Eça de Queirós
Apresentação e Notas: Marise Hansen

A Relíquia, Eça de Queirós
Apresentação e Notas: Fernando Marcílio L. Couto

Auto da Barca do Inferno, Gil Vicente
Apresentação e Notas: Ivan Teixeira

Bom Crioulo, Adolfo Caminha
Apresentação e Notas: Salete de Almeida Cara

Casa de Pensão, Aluísio de Azevedo
Apresentação e Notas: Marcelo Bulhões

Clepsidra, Camilo Pessanha
Organização, Apresentação e Notas: Paulo Franchetti

Dom Casmurro, Machado de Assis
Apresentação: Paulo Frenchetti
Notas e Comentários: Leila Guenther

Esaú e Jacó, Machado de Assis
Apresentação: Paulo Franchetti
Notas: José de Paula Ramos Jr.

Espumas Flutuantes, Castro Alves
Apresentação e Notas: José de Paula Ramos Jr.

Farsa de Inês Pereira, Gil Vicente
Apresentação e Notas: Izeti Fragata e
Carlos Cortez Minchillo

Gil Vicente (O Velho da Horta, Auto da Barca do Inferno e Farsa de Inês Pereira), Gil Vicente
Apresentação e Notas: Segismundo Spina

Iracema, José de Alencar
Apresentação: Paulo Frenchetti
Notas e Comentários: Leila Guenther

Lira dos Vinte Anos, Álvares de Azevedo
Apresentação e Notas: José Emílio Major Neto

Memórias de um Sargento de Milícias, Manuel Antônio de Almeida
Apresentação e Notas: Mamede Mustafa Jarouche

Memórias Póstumas de Brás Cubas, Machado de Assis
Apresentação e Notas: Antônio Medina Rodrigues

Mensagem, Fernando Pessoa
Apresentação e Notas: António Apolinário Lourenço

O Cortiço, Aluísio Azevedo
Apresentação: Paulo Franchetti. Notas: Leila Guenther

O Guarani, José de Alencar
Apresentação e Notas: Eduardo Vieira Martins

O Noviço, Martins Pena
Apresentação e Notas: José de Paula Ramos Jr.

O Primo Basílio, Eça de Queirós
Apresentação e Notas: Paulo Franchetti

Os Lusíadas, Luís de Camões
Apresentação e Notas: Ivan Teixeira

Poemas Reunidos, Cesário Verde
Introdução e Notas: Mario Higa

Quincas Borba, Machado de Assis
Apresentação: Jean Pierre Chauvin
Notas: Jean Pierre Chauvin e José de Paula Tmos Jr.

Só, Antônio Nobre
Apresentação e Notas: Annie Gisele Fernandes e
Helder Garmes

Sonetos de Camões, Luís de Camões
Apresentação e Notas: Izeti Fragata Torralvo e
Carlos Cortez Minchillo

Til, José de Alencar
Apresentação e Notas: Ivan Teixeira

Triste Fim de Policarpo Quaresma, Lima Barreto
Apresentação: Ivan Teixeira. Notas: Ivan Teixeira e
Gustavo Martins

Várias Histórias, Machado de Assis
Apresentação e Notas: José de Paula Ramos Jr.

Viagens na minha Terra, Almeida Garrett
Apresentação e Notas: Ivan Teixeira

Título	*O Coruja*
Autor	Aluísio Azevedo
Apresentação e Posfácio	Maria Schtine Viana
Estabelecimento de Texto e Notas	José de Paula Ramos Jr.
	Maria Schtine Viana
Editor	Plinio Martins Filho
Produção Editorial	Aline Sato
Ilustrações da Capa e Miolo	Kaio Romero
Iconografia	Maria Schtine Viana
Revisão	José de Paula Ramos Jr.
	Maria Schtine Viana
Editoração Eletrônica	Camyle Cosentino
	Juliana de Araújo
Formato	12 x 18 cm
Tipologia	Minion Pro
Papel	Chambril Avena 70 g/m^2 (miolo)
	Cartão Supremo 250 g/m^2 (capa)
Número de Páginas	552
Impressão e Acabamento	Lis Gráfica